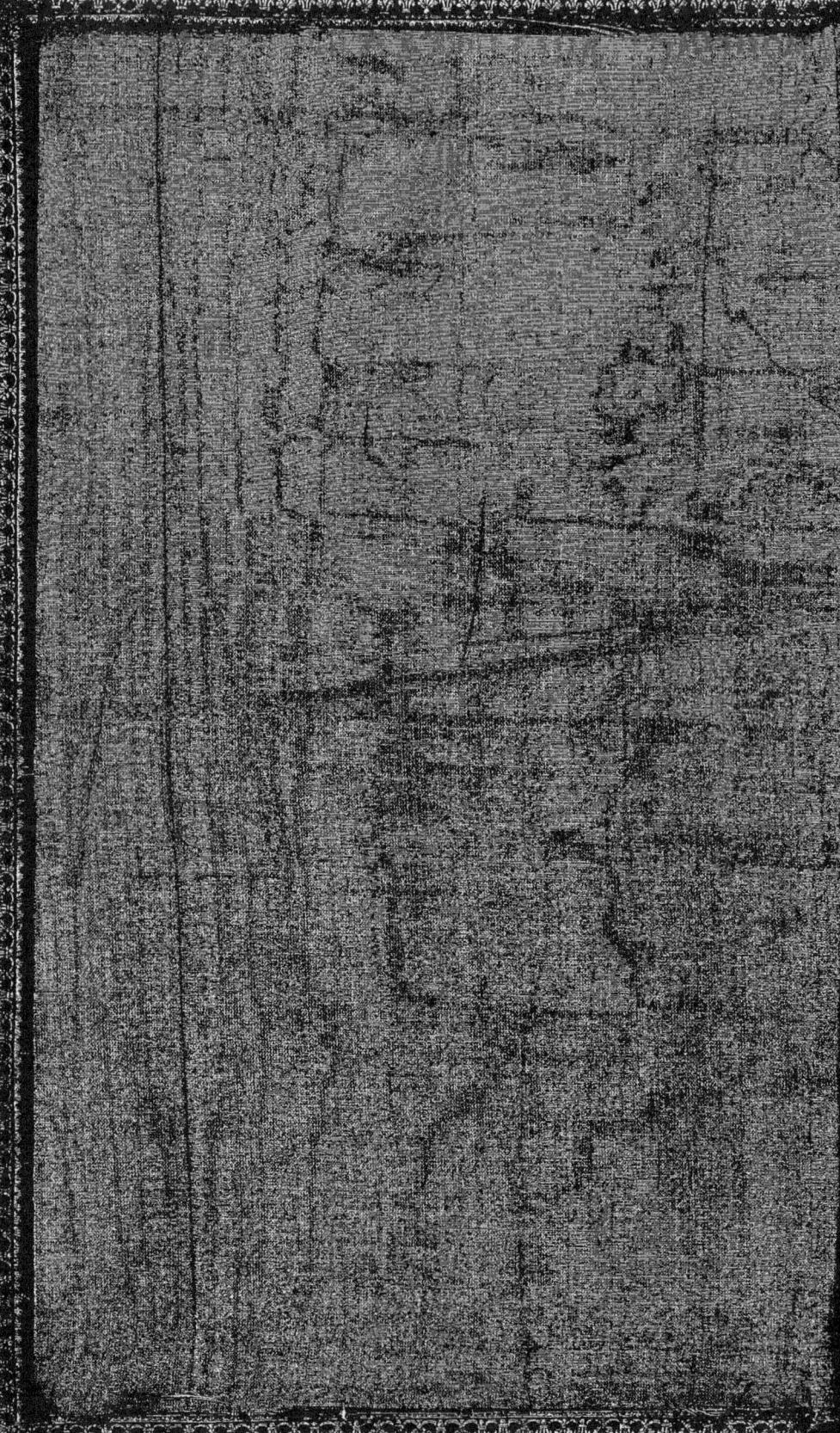

4486

OEUVRES

COMPLETES

DE

VOLTAIRE.

OEUVRES

COMPLETES

DE

VOLTAIRE.

TOME TRENTE-SEPTIEME.

DE L'IMPRIMERIE DE LA SOCIÉTÉ LITTÉRAIRE-
TYPOGRAPHIQUE.

1 7 8 4.

DICTIONNAIRE

PHILOSOPHIQUE.

AVERTISSEMENT

DES EDITEURS.

Nous avons réuni fous le titre de *Diƈtionnaire philofophique*, les queftions fur l'Encyclopédie, le dictionnaire philofophique réimprimé fous le titre de la raifon par alphabet, un dictionnaire manufcrit intitulé l'opinion en alphabet, les articles de M. de *Voltaire* inférés dans l'Encyclopédie ; enfin plufieurs articles deftinés pour le dictionnaire de l'académie françaife.

On y a joint un grand nombre de morceaux peu étendus, qu'il eût été difficile de claffer dans quelqu'une des divifions de cette collection.

On trouvera néceffairement ici quelques répétitions ; ce qui ne doit pas furprendre, puifque nous réuniffons des morceaux deftinés à faire partie d'ouvrages différens. Cependant on les a évitées autant qu'il a été poffible de le faire fans altérer ou mutiler le texte.

INTRODUCTION

Aux queſtions ſur l'Encyclopédie, par des Amateurs. (*)

Quelques gens de lettres, qui ont étudié l'Encyclopédie, ne propoſent ici que des queſtions, & ne demandent que des éclairciſſemens; ils ſe déclarent douteurs & non docteurs. Ils doutent ſurtout de ce qu'ils avancent; ils reſpectent ce qu'ils doivent reſ-pecter; ils ſoumettent leur raiſon dans toutes les choſes qui ſont au-deſſus de leur raiſon, & il y en a beaucoup.

L'Encyclopédie eſt un monument qui honore la France; auſſi fut-elle perſécutée dès qu'elle fut entre-priſe. Le diſcours préliminaire qui la précède était un veſtibule d'une ordonnance magnifique & ſage, qui annonçait le palais des ſciences; mais il avertiſſait la jalouſie & l'ignorance de s'armer. On décria l'ouvrage avant qu'il parût; la baſſe littérature ſe déchaîna ; on écrivit des libelles diffamatoires contre ceux dont le travail n'avait pas encore paru.

Mais à peine l'Encyclopédie a-t-elle été achevée que l'Europe en a reconnu l'utilité; il a fallu réimprimer en France & augmenter cet ouvrage immenſe qui eſt de vingt-deux volumes *in-folio* : on l'a contrefait en Italie; & des théologiens même ont embelli & fortifié les articles de théologie à la manière de leur pays : on le contrefait chez les Suiſſes ; & les additions dont on le charge ſont ſans doute entièrement oppoſées à la

(*) Voyez l'avertiſſement des Editeurs.

méthode italienne, afin que le lecteur impartial foit en état de juger.

Cependant cette entreprife n'appartenait qu'à la France; des français feuls l'avaient conçue & exécutée. On en tira quatre mille deux cents cinquante exemplaires, dont il ne refte pas un feul chez les libraires. Ceux qu'on peut trouver par un hafard heureux fe vendent aujourd'hui dix-huit cents francs; ainfi tout l'ouvrage pourrait avoir opéré une circulation de fept millions fix cents cinquante mille livres. Ceux qui ne confidéreront que l'avantage du négoce, verront que celui des deux Indes n'en a jamais approché. Les libraires y ont gagné environ cinq cents pour cent, ce qui n'eft jamais arrivé depuis près de deux fiècles dans aucun commerce. Si on envifage l'économie politique, on verra que plus de mille ouvriers, depuis ceux qui recherchent la première matière du papier, jufqu'à ceux qui fe chargent des plus belles gravures, ont été employés & ont nourri leurs familles.

Il y a un autre prix pour les auteurs, le plaifir d'expliquer le vrai, l'avantage d'enfeigner le genre-humain, la gloire; car pour le faible honoraire qui en revint à deux ou trois auteurs principaux, & qui fut fi difproportionné à leurs travaux immenfes, il ne doit pas être compté. Jamais on ne travailla avec tant d'ardeur & avec un plus noble défintéreffement.

On vit bientôt des perfonnages recommandables dans tous les rangs, officiers-généraux, magiftrats, ingénieurs, véritables gens de lettres, s'empreffer à décorer cet ouvrage de leurs recherches, foufcrire & travailler à la fois: ils ne voulaient que la fatisfaction d'être utiles; ils ne voulaient point être connus;

& c'eft malgré eux qu'on a imprimé le nom de plufieurs.

Le philofophe s'oublia pour fervir les hommes; l'intérêt, l'envie & le fanatifme ne s'oublièrent pas. Quelques jéfuites, qui étaient en poffeffion d'écrire fur la théologie & fur les belles-lettres, penfaient qu'il n'appartenait qu'aux journaliftes de Trévoux d'enfeigner la terre; ils voulurent au moins avoir part à l'Encyclopédie pour de l'argent ; car il eft à remarquer qu'aucun jéfuite n'a donné au public fes ouvrages fans les vendre.

Dieu permit en même temps que deux ou trois convulfionnaires fe préfentaffent pour coopérer à l'Encyclopédie : on avait à choifir entre ces deux extrêmes ; on les rejeta tous deux également comme de raifon, parce qu'on n'était d'aucun parti, & qu'on fe bornait à chercher la vérité. Quelques gens de lettres furent exclus auffi, parce que les places étaient prifes. Ce furent autant d'ennemis qui tous fe réunirent contre l'Encyclopédie dès que le premier tome parut. Les auteurs furent traités comme l'avaient été à Paris les inventeurs de l'art admirable de l'imprimerie, lorfqu'ils vinrent y débiter quelques-uns de leurs effais ; on les prit pour des forciers, on faifit juridiquement leurs livres, on commença contre eux un procès criminel. Les encyclopédiftes furent accueillis précifément avec la même juftice & la même fageffe.

Un maître d'école connu alors dans Paris, (*) ou du moins dans la canaille de Paris, pour un très-ardent convulfionnaire, fe chargea au nom de fes confrères de déférer l'Encyclopédie comme un ouvrage contre les

(*) *Abraham Chaumeix.*

A 3

mœurs, la religion, & l'Etat. Cet homme avait joué quelque temps fur le théâtre des marionnettes de St Médard; & avait pouffé la friponnerie du fanatifme jufqu'à fe faire fufpendre en croix, & à paraître réellement crucifié avec une couronne d'épines fur la tête, le 2 mars 1749, dans la rue Saint-Denis, vis-à-vis St Leu & St Gilles, en préfence de cent convulfionnaires : ce fut cet homme qui fe porta pour délateur ; il fut à la fois l'organe des journaliftes de Trévoux, des bateleurs de St Médard, & d'un certain nombre d'hommes ennemis de toute nouveauté, & encore plus de tout mérite.

Il n'y avait point eu d'exemple d'un pareil procès. On accufait les auteurs non pas de ce qu'ils avaient dit, mais de ce qu'ils diraient un jour. *Voyez*, difait-on, *la malice : le premier tome eft plein de renvois aux derniers ; donc c'eft dans les derniers que fera tout le venin.* Nous n'exagérons point : cela fut dit mot à mot.

L'Encyclopédie fut fupprimée fur cette divination ; mais enfin la raifon l'emporte. Le deftin de cet ouvrage a été celui de toutes les entreprifes utiles, de prefque tous les bons livres, comme celui de *la Sageffe* de *Charon*, de la favante hiftoire compofée par le fage de *Thou*, de prefque toutes les vérités neuves, des expériences contre l'horreur du vide, de la rotation de la terre, de l'ufage de l'émétique, de la gravitation, de l'inoculation. Tout cela fut condamné d'abord, & reçu enfuite avec la reconnaiffance tardive du public.

Le délateur couvert de honte eft allé à Mofcou exercer fon métier de maître d'école ; & là il peut fe faire crucifier, s'il lui en prend envie ; mais il ne peut ni nuire à l'Encyclopédie, ni féduire des magiftrats.

Les autres ferpens qui mordaient la lime ont ufé leurs dents & ceffé de mordre.

Comme la plupart des favans & des hommes de génie qui ont contribué avec tant de zèle à cet important ouvrage, s'occupent à préfent du foin de le perfectionner & d'y ajouter même plufieurs volumes, & comme dans plus d'un pays on a déjà commencé des éditions; nous avons cru devoir préfenter aux amateurs de la littérature un effai de quelques articles omis dans le grand dictionnaire, ou qui peuvent fouffrir quelques additions, ou qui ayant été inférés par des mains étrangères, n'ont pas été traités felon les vues des directeurs de cette entreprife immenfe.

C'eft à eux que nous dédions notre effai, dont ils pourront prendre & corriger ou laiffer les articles, à leur gré, dans la grande édition que les libraires de Paris préparent. Ce font des plantes exotiques que nous leur offrons; elles ne mériteront d'entrer dans leur vafte collection qu'autant qu'elles feront cultivées par de telles mains; & c'eft alors qu'elles pourront recevoir la vie.

A 4

AVERTISSEMENT

DE LA COLLECTION INTITULÉE :

L'OPINION EN ALPHABET. (*)

Quos oportet redargui ; qui universas domos sub-vertunt, docentes quæ non oportet, turpis lucri gratiâ : il faut fermer la bouche à ceux qui renverſent toutes les familles, enſeignant, par un intérêt honteux, ce qu'on ne doit point enſeigner. (épître de S*t* *Paul* à *Tite*, chap. I, v. 11.)

Cet alphabet eſt extrait des ouvrages les plus eſtimés qui ne ſont pas communément à la portée du grand nombre ; & ſi l'auteur ne cite pas toujours les ſources où il a puiſé, comme étant aſſez connues des doctes, il ne doit pas être ſoupçonné de vouloir ſe faire honneur du travail d'autrui, puiſqu'il garde lui-même l'anonyme, ſuivant cette parole de l'évangile : Que votre main gauche ne ſache point ce que fait votre droite. (*a*)

(*) Voyez l'avertiſſement des Editeurs.
(*a*) *Saint Matthieu*, chap. VI, v. 3.

DICTIONNAIRE

PHILOSOPHIQUE.

A.

Nous aurons peu de queftions à faire fur cette première lettre de tous les alphabets. Cet article de l'Encyclopédie, plus néceffaire qu'on ne croirait, eft de *Céfar du Marfais*, qui n'était bon grammairien que parce qu'il avait dans l'efprit une dialectique très-profonde & très-nette. La vraie philofophie tient à tout, excepté à la fortune. Ce fage qui était pauvre, & dont l'éloge fe trouve à la tête du troifième volume de l'Encyclopédie, fut perfécuté par l'auteur de *Marie à la Coque* qui était riche; & fans les générofités du comte de *Lauraguais*, il ferait mort dans la plus extrême mifère. Saififfons cette occafion de dire que jamais la nation françaife ne s'eft plus honorée que de nos jours par ces actions de véritable grandeur faites fans oftentation. Nous avons vu plus d'un miniftre d'Etat encourager les talens dans l'indigence, & demander le fecret. *Colbert* les récompenfait, mais avec l'argent de l'Etat; *Fouquet* avec celui de la déprédation. Ceux dont je parle (*) ont donné leur propre bien; & par-là ils font au-deffus de *Fouquet*, autant que par leur naiffance, leurs dignités & leur génie. Comme nous ne les nommons point, ils ne doivent pas fe fâcher. Que le lecteur pardonne cette digreffion qui commence notre ouvrage. Elle vaut mieux que ce que nous dirons fur la lettre *A*

(*) M. le duc de *Choifeul.*

qui a été fi bien traitée par feu M. *du Marfais*, & par ceux qui ont joint leur travail au fien. Nous ne parlerons point des autres lettres, & nous renvoyons à l'Encyclopédie, qui dit tout ce qu'il faut fur cette matière.

On commence à fubftituer la lettre *a* à la lettre *o* dans *français*, *françaife*, *anglais*, *anglaife*, & dans tous les imparfaits, comme *il employait*, *il octroyait*, *il ploye-rait* &c.; la raifon n'en eft-elle pas évidente? ne faut-il pas écrire comme on parle autant qu'on le peut? n'eft-ce pas une contradiction d'écrire *oi* & de prononcer *ai*? Nous difions autrefois *je croyois*, *j'octroyois*, *j'employois*, *je ployois*: lorfqu'enfin on adoucit ces fons barbares, on ne fongea point à réformer les caractères, & le langage démentit continuellement l'écriture.

Mais quand il fallut faire rimer en vers les *ois* qu'on prononçait *ais*, avec les *ois* qu'on prononçait *ois*, les auteurs furent bien embarraffés. Tout le monde, par exemple, difait *français* dans la converfation & dans les difcours publics: mais comme la coutume vicieufe de rimer pour les yeux & non pas pour les oreilles s'était introduite parmi nous, les poëtes fe crurent obligés de faire rimer *françois* à *lois*, *rois*, *exploits;* & alors les mêmes académiciens qui venaient de prononcer *français* dans un difcours oratoire, prononçaient *françois* dans les vers. On trouve dans une pièce de vers de *Pierre Corneille*, fur le paffage du Rhin, affez peu connue:

> Quel fpectacle d'effroi! grand Dieu, fi toutefois
> Quelque chofe pouvoit effrayer les *François*.

Le lecteur peut remarquer quel effet produiraient aujourd'hui ces vers, fi l'on prononçait comme fous

A.

François premier, *pouvoit* par un *o* ; quelle cacophonie feraient *effroi*, *toutefois*, *pouvoit*, *françois*.

Dans le temps que notre langue fe perfectionnait le plus, *Boileau* difait :

> Qu'il s'en prenne à fa mufe allemande en *françois* ;
> Mais laiffons Chapelain pour la dernière *fois*.

Aujourd'hui que tout le monde dit *français*, ce vers de *Boileau* lui-même paraîtrait un peu allemand.

Nous nous fommes enfin défaits de cette mauvaife habitude d'écrire le mot *français* comme on écrit *St François*. Il faut du temps pour réformer la manière d'écrire tous ces autres mots dans lefquels les yeux trompent toujours les oreilles. Vous écrivez encore *je croyois* ; & fi vous prononciez *je croyois*, en fefant fentir les deux *o*, perfonne ne pourrait vous fupporter. Pourquoi donc en ménageant nos oreilles ne ménagez-vous pas auffi nos yeux ? pourquoi n'écrivez-vous pas *je croyais*, puifque *je croyois* eft abfolument barbare ?

Vous enfeignez la langue françaife à un étranger, il eft d'abord furpris que vous prononciez *je croyais*, *j'octroyais*, *j'employais* ; il vous demande pourquoi vous adouciffez la prononciation de la dernière fyllabe, & pourquoi vous n'adouciffez pas la précédente ; pourquoi dans la converfation vous ne dites pas *je crayais*, *j'emplayais* &c.

Vous lui répondez, & vous devez lui répondre, qu'il y a plus de grâce & de variété à faire fuccéder une diphthongue à une autre. La dernière fyllabe, lui dites-vous, dont le fon refte dans l'oreille, doit être plus agréable & plus mélodieufe que les autres ; & c'eft la variété dans la prononciation de ces fyllabes qui fait le charme de la profodie.

L'étranger vous répliquera : Vous deviez m'en avertir par l'écriture comme vous m'en avertiffez dans la
converfation. Ne voyez-vous pas que vous m'embar-
raffez beaucoup lorfque vous orthographiez d'une
façon, & que vous prononcez d'une autre?

Les plus belles langues, fans contredit, font celles
où les mêmes fyllabes portent toujours une prononciation uniforme : telle eft la langue italienne. Elle n'eft
point hériffée de lettres qu'on eft obligé de fupprimer ;
c'eft le grand vice de l'anglais & du français. Qui
croirait, par exemple, que ce mot anglais *handkerchief*
fe prononce *ánkicher*? & quel étranger imaginera que
paon, *Laon*, fe prononcent en français *pan* & *Lan*? Les
Italiens fe font défaits de la lettre *h* & de la lettre *x*,
parce qu'ils ne la prononcent plus ; que ne les imitons-
nous? avons-nous oublié que l'écriture eft la peinture
de la voix?

Vous dites *anglais*, *portugais*, *français*, mais vous
dites *danois*, *fuédois ;* comment devinerai-je cette différence, fi je n'apprends votre langue que dans vos
livres? Et pourquoi en prononçant *anglais* & *portugais*,
mettez-vous un *o* à l'un & un *a* à l'autre? pourquoi
n'avez-vous pas la mauvaife habitude d'écrire *portugois*,
comme vous avez la mauvaife habitude d'écrire *anglois*?
En un mot ne paraît-il pas évident que la meilleure
méthode eft d'écrire toujours par *a* ce qu'on prononce
par *a*?

A.

A, troifième perfonne au préfent de l'indicatif du
verbe *avoir*. C'eft un défaut fans doute qu'un verbe ne
foit qu'une feule lettre, & qu'on exprime *il a raifon*,
il a de l'efprit, comme on exprime *il eft à Paris*, *il eft
à Lyon*.

Hodièque manent vestigia ruris.

Il a eu choquerait horriblement l'oreille, si on n'y était pas accoutumé : plusieurs écrivains se servent souvent de cette phrase, *la différence qu'il y a; la distance qu'il y a entr'eux;* est-il rien de plus languissant à la fois & de plus rude ? n'est-il pas aisé d'éviter cette imperfection du langage, en disant simplement *la distance, la différence, entr'eux* ? à quoi bon, ce *qu'il* & cet *y a* qui rendent le discours sec & diffus, & qui réunissent ainsi les plus grands défauts ?

Ne faut-il pas surtout éviter le concours de deux *a* ? *il va à Paris, il a Antoine en aversion.* Trois & quatre *a* font insupportables; *il va à Amiens, & de-là à Arques.*

La poësie françaife proscrit ce heurtement de voyelles.

> Gardez qu'une voyelle, à courir trop hâtée,
> Ne soit d'une voyelle en son chemin heurtée.

Les Italiens ont été obligés de se permettre cet achopement de sons qui détruisent l'harmonie naturelle, ces hiatus, ces bâillemens que les Latins étaient soigneux d'éviter. *Pétrarque* ne fait nulle difficulté de dire :

> *Muove si il vecchiarel canuto e bianco,*
> *Dal dolcè luogo ove ha sua eta fornita.*

L'*Ariosle* a dit :

> *Non sa quel che sia Amor :*
> *Doveva fortuna alla christiana fede.*
> *Tanto girà che venne a una riviera*
> *Altra aventura al buon Rinaldo accade.*

Cette malheureufe cacophonie eft néceffaire en italien, parce que la plus grande partie des mots de cette langue fe termine en *a, e, i, o, u*. Le latin qui poffède une infinité de terminaifons ne pouvait guère admettre un pareil heurtement de voyelles, & la langue françaife eft encore en cela plus circonfpecte & plus févère que la latin. Vous voyez très-rarement dans *Virgile* une voyëlle fuivie d'un mot commençant par une voyelle ; ce n'eft que dans un petit nombre d'occafions où il faut exprimer quelque défordre de l'efprit,

Arma amens capio ,

ou lorfque deux fpondées peignent un lieu vafte & défert ,

In Neptuno Aegeo.

Homère , il eft vrai, ne s'affujettit pas à cette règle de l'harmonie qui rejette le concours des voyelles, & furtout des A ; les fineffes de l'art n'étaient pas encore connues de fon temps, & *Homère* était au-deffus de ces fineffes : mais fes vers les plus harmonieux font ceux qui font compofés d'un affemblage heureux de voyelles & de confonnes. C'eft ce que *Boileau* recommande dès le premier chant de l'*Art poëtique.*

La lettre A chez prefque toutes les nations devint une lettre facrée, parce qu'elle était la première : les Egyptiens joignirent cette fuperftition à tant d'autres : de-là vient que les Grecs d'Alexandrie l'appelaient *hier'alpha* ; & comme *oméga* était la dernière lettre, ces mots *alpha* & *oméga* fignifièrent le complément de toutes chofes. Ce fut l'origine de la cabale & de plus d'une myftérieufe démence.

Les lettres servaient de chiffres & de notes de musique ; jugez quelle foule de connaissances secrètes cela produisit : *a, b, c, d, e, f, g*, étaient les sept cieux. L'harmonie des sphères célestes était composée des sept premières lettres, & un acrostiche rendait raison de tout dans la vénérable antiquité.

A B C, O U A L P H A B E T.

SI M. *du Marsais* vivait encore, nous lui demanderions le nom de l'alphabet. Prions les savans hommes qui travaillent à l'Encyclopédie de nous dire pourquoi l'alphabet n'a point de nom dans aucune langue de l'Europe. *Alphabet* ne signifie autre chose que *A B*, & *A B* ne signifie rien, ou tout au plus il indique deux sons ; & ces deux sons n'ont aucun rapport l'un avec l'autre. *Beth* n'est point formé d'*Alpha ;* l'un est le premier, l'autre le second ; & on ne sait pas pourquoi.

Or, comment s'est-il pu faire qu'on manque de termes pour exprimer la porte de toutes les sciences ? La connaissance des nombres, l'art de compter, ne s'appelle point *un-deux* ; & le rudiment de l'art d'exprimer ses pensées, n'a dans l'Europe aucune expression propre qui le désigne.

L'alphabet est la première partie de la grammaire ; ceux qui possèdent la langue arabe, dont je n'ai pas la plus légère notion, pourront m'apprendre si cette langue qui a, dit-on, quatre-vingts mots pour signifier un cheval, en aurait un pour signifier l'alphabet.

Je proteste que je ne sais pas plus le chinois que l'arabe ; cependant j'ai lu dans un petit vocabulaire chinois, (*a*) que cette nation s'est toujours donnée

(*a*) I. vol. de l'hist. de la Chine de *Duhalde.*

deux mots pour exprimer le catalogue, la lifte des
caractères de fa langue ; l'un eft *ho-tou*, l'autre *haïpien*:
nous n'avons ni *ho-tou* ni *haïpien* dans nos langues
occidentales. Les Grecs n'avaient pas été plus adroits
que nous, ils difaient *alphabet. Sénèque le philofophe*
fe fert de la phrafe grecque pour exprimer un vieillard
comme moi qui fait des queftions fur la grammaire ;
il l'appelle *Skedon analphabetos*. Or cet alphabet, les
Grecs le tenaient des Phéniciens, de cette nation
nommée *le peuple lettré* par les Hébreux mêmes, lorfque
ces Hébreux vinrent s'établir fi tard auprès de leur
pays.

Il eft à croire que les Phéniciens, en communiquant
leurs caractères aux Grecs, leur rendirent un grand
fervice en les délivrant de l'embarras de l'écriture
égyptiaque que *Cécrops* leur avait apportée d'Egypte :
les Phéniciens, en qualité de négocians, rendaient
tout aifé ; & les Egyptiens, en qualité d'interprètes
des dieux, rendaient tout difficile.

Je m'imagine entendre un marchand phénicien
abordé dans l'Achaïe, dire à un grec fon correfpondant : Non-feulement mes caractères font aifés à écrire,
& rendent la penfée ainfi que les fons de la voix ;
mais ils expriment nos dettes actives & paffives. Mon
aleph, que vous voulez prononcer *alpha*, vaut une once
d'argent ; *betha* en vaut deux ; *ro* en vaut cent ; *figma*
en vaut deux cents. Je vous dois deux cents onces :
je vous paye un *ro*, refte un *ro* que je vous dois
encore, nous aurons bientôt fait nos comptes.

Les marchands furent probablement ceux qui
établirent la fociété entre les hommes, en fourniffant
à leurs befoins ; & pour négocier, il faut s'entendre.

Les

Les Egyptiens ne commercèrent que très-tard ; ils avaient la mer en horreur ; c'était leur *Typhon*. Les Tyriens furent navigateurs de temps immémorial ; ils lièrent enfemble les peuples que la nature avait féparés, & ils réparèrent les malheurs où les révolutions de ce globe avaient plongé fouvent une grande partie du genre-humain. Les Grecs à leur tour allèrent porter leur commerce & leur alphabet commode chez d'autres peuples qui le changèrent un peu , comme les Grecs avaient changé celui des Tyriens. Lorfque leurs marchands, dont on fit depuis des demi-dieux, allèrent établir à Colchos un commerce de pelleterie qu'on appela *la toifon d'òr* , ils donnèrent leurs lettres aux peuples de ces contrées , qui les ont confervées & altérées. Ils n'ont point pris l'alphabet des Turcs auxquels ils font foumis, & dont j'efpère qu'ils fecoueront le joug , grâce à l'impératrice de Ruffie.

Il eft très-vraifemblable (je ne dis pas très-vrai, DIEU m'en garde) que ni Tyr , ni l'Egypte, ni aucun Afiatique habitant vers la Méditerranée , ne communiqua fon alphabet aux peuples de l'Afie orientale. Si les Tyriens , ou même les Chaldéens qui habitaient vers l'Euphrate, avaient, par exemple , communiqué leur méthode aux Chinois , il en refterait quelques traces ; ils auraient les fignes des vingt-deux, vingt-trois, ou vingt-quatre lettres. Ils ont tout au contraire des fignes de tous les mots qui compofent leur langue ; & ils en ont , nous dit-on , quatre-vingts mille : cette méthode n'a rien de commun avec celle de Tyr. Elle eft foixante & dix-neuf mille neuf cents foixante & feize fois plus favante, & plus embarraffée que la nôtre. Joignez à cette prodigieufe différence , qu'ils écrivent

Dictionn. philofoph. Tome I. B

de haut en bas, & que les Tyriens & les Chaldéens écrivaient de droite & de gauche ; les Grecs & nous de gauche à droite.

Examinez les caractères tartares, indiens, siamois, japonais, vous n'y voyez pas la moindre analogie avec l'alphabet grec & phénicien.

Cependant tous ces peuples, en y joignant même les Hottentots & les Cafres, prononcent à peu près les voyelles & les confonnes comme nous, parce qu'ils ont le larynx fait de même pour l'essentiel, ainsi qu'un payfan grifon a le gofier fait comme la première chanteufe de l'opéra de Naples. La différence qui fait de ce manant une basse-taille rude, difcordante, insupportable, & de cette chanteufe un dessus de roffignol, est si imperceptible qu'aucun anatomiste ne peut l'apercevoir. C'est la cervelle d'un fot qui reffemble comme deux gouttes d'eau à la cervelle d'un grand génie.

Quand nous avons dit que les marchands de Tyr enfeignèrent leur *A B C* aux Grecs, nous n'avons pas prétendu qu'ils euffent appris aux Grecs à parler. Les Athéniens probablement s'exprimaient déjà mieux que les peuples de la baffe Syrie ; ils avaient un gofier plus flexible ; leurs paroles étaient un plus heureux affemblage de voyelles, de confonnes & de diphthongues. Le langage des peuples de la Phénicie au contraire était rude, groffier ; c'étaient des *Shafiroth*, des *Aftaroth*, des *Shabaoth*, des *Chammaim*, des *Chotihet*, des *Thopheth* ; il y aurait là de quoi faire enfuir notre chanteufe de l'opéra de Naples. Figurez-vous les Romains d'aujourd'hui qui auraient retenu l'ancien alphabet étrurien, & à qui des marchands hollandais viendraient apporter celui dont ils fe fervent à préfent. Tous les Romains feraient fort bien de recevoir leurs caractères ; mais ils fe garderaient bien de parler la langue batave. C'eſt préciſément ainſi que le peuple d'Athènes en uſa avec les matelots de Caphthor, venant de Tyr ou de Bérith : les Grecs prirent leur alphabet qui valait mieux que celui du Miſraim qui eſt l'Egypte , & rebutèrent leur patois.

Philoſophiquement parlant, & abſtraction reſpec-tueuſe faite de toutes les inductions qu'on pourrait tirer des livres ſacrés , dont il ne s'agit certainement pas ici , la langue primitive n'eſt-elle pas une plaiſante chimère ?

Que diriéz-vous d'un homme qui voudrait recher-cher quel a été le cri primitif de tous les animaux , & comment il eſt arrivé que dans une multitude de ſiècles les moutons ſe ſoient mis à bêler , les chats à miauler , les pigeons à roucouler , les linottes à ſiffler ? Ils s'entendent tous parfaitement dans leurs idiomes , & beaucoup mieux que nous. Le chat ne manque pas d'accourir aux miaulemens très-articulés & très-variés de la chatte ; c'eſt une merveilleuſe choſe de voir dans le Mirebalais une cavale dreſſer ſes oreilles , frapper du pied , s'agiter aux braiemens intelligibles d'un âne. Chaque eſpèce a ſa langue. Celle des Eſquimaux & des Algonquins ne fut point celle du Pérou. Il n'y a pas eu plus de langue primitive , & d'alphabet primitif, que de chênes primitifs & que d'herbe primitive.

Pluſieurs rabbins prétendent que la langue mère était le ſamaritain ; quelques autres ont aſſuré que c'était le bas-breton : dans cette incertitude , on peut

B 2

fort bien , fans offenfer les habitans de Kimper & de Samarie , n'admettre aucune langue mère.

Ne peut-on pas, fans offenfer perfonne, fuppofer que l'alphabet a commencé par des cris & des exclamations ? Les petits enfans difent d'eux-mêmes , *ha he* quand ils voient un objet qui les frappe ; *hi hi* quand ils pleurent ; *hu hu* , *hou hou* quand ils fe moquent ; *aie* quand on les frappe ; & il ne faut pas les frapper.

A l'égard des deux petits garçons que le roi d'Egypte *Pfammeticus* (qui n'eft pas un mot égyptien) fit élever pour favoir quelle était la langue primitive , il n'eft guère poffible qu'ils fe foient tous deux mis à crier *bec bec* pour avoir à déjeûner.

Des exclamations formées par des voyelles, auffi naturelles aux enfans que le croaffement l'eft aux grenouilles , il n'y a pas fi loin qu'on croirait à un alphabet complet. Il faut bien qu'une mère dife à fon enfant l'équivalent de *viens* , *tiens* , *prends* , *tais-toi* , *approche* , *va-t-en* : ces mots ne font repréfentatifs de rien , ils ne peignent rien ; mais ils fe font entendre avec un gefte.

De ces rudimens informes , il y a un chemin immenfe pour arriver à la fyntaxe. Je fuis effrayé quand je fonge que de ce feul mot *viens* , il faut parvenir un jour à dire : *je ferais venu , ma mère , avec grand plaifir , & j'aurais obéi à vos ordres qui me feront toujours chers , fi en accourant vers vous je n'étais pas tombé à la renverfe ; & fi une épine de votre jardin ne m'était pas entrée dans la jambe gauche.*

Il femble à mon imagination étonnée qu'il a fallu des fiècles pour ajufter cette phrafe ; & bien d'autres fiècles pour la peindre. Ce ferait ici le lieu de dire , ou de tâcher de dire, comment on exprime & comment on prononce dans toutes les langues du monde *père*, *mère*, *jour*, *nuit*, *terre*, *eau*, *boire*, *manger* &c. ; mais il faut éviter le ridicule autant qu'il eſt poſſible.

Les caractères alphabétiques préſentant à la fois les noms des choſes, leur nombre, les dates des événemens, les idées des hommes, devinrent bientôt des myſtères aux yeux même de ceux qui avaient inventé ces ſignes. Les Chaldéens, les Syriens, les Egyptiens, attribuèrent quelque choſe de divin à la combinaiſon des lettres & à la manière de les prononcer. Ils crurent que les noms ſignifiaient par eux-mêmes, & qu'ils avaient en eux une force, une vertu ſecrète. Ils allaient juſqu'à prétendre que le nom qui ſignifiait *puiſſance* était puiſſant de ſa nature ; que celui qui exprimait *ange* était angélique ; que celui qui donnait l'idée de DIEU, était divin. Cette ſcience des caractères entra néceſſairement dans la magie : point d'opération magique ſans les lettres de l'alphabet.

Cette porte de toutes les ſciences devint celle de toutes les erreurs ; les mages de tous les pays s'en ſervirent pour ſe conduire dans le labyrinthe qu'ils s'étaient conſtruit, & où il n'était pas permis aux autres hommes d'entrer. La manière de prononcer des conſonnes & des voyelles devint le plus profond des myſtères, & ſouvent le plus terrible. Il y eut une manière de prononcer *Jéova*, nom de DIEU chez les Syriens & les Egyptiens, par laquelle on feſait tomber un homme roide mort.

St Clément d'Alexandrie rapporte (*b*) que *Moïſe* fit mourir ſur le champ le roi d'Egypte *Nechephre*, en lui

(*b*) Stromates ou tapiſſeries, liv. I.

B 3

foufflant ce nom dans l'oreille ; & qu'enfuite il le reffufcita en prononçant le même mot. St *Clément* d'Alexandrie eft exact , il cite fon auteur , c'eft le favant *Artapan ;* qui pourra récufer le témoignage d'*Artapan* ?

Rien ne retarda plus les progrès de l'efprit humain que cette profonde fcience de l'erreur, née chez les Afiatiques avec l'origine des vérités. L'univers fut abruti par l'art même qui devait l'éclairer.

Vous en voyez un grand exemple dans *Origène,* dans *Clément* d'Alexandrie , dans *Tertullien* &c. &c. *Origène* dit furtout expreffément : (c) ,, Si en invoquant
,, DIEU, ou en jurant par lui, on le nomme le Dieu
,, d'*Abraham* , d'*Ifaac* , & de *Jacob*, on fera par ces noms,
,, des chofes dont la nature & la force font telles, que
,, les démons fe foumettent à ceux qui les prononcent;
,, mais fi on le nomme d'un autre nom, comme *Dieu*
,, *de la mer bruyante*, *Dieu fupplantateur*, ces noms
,, feront fans vertu : le nom d'*Ifraël* traduit en grec
,, ne pourra rien opérer ; mais prononcez-le en hébreu ,
,, avec les autres mots requis , vous opèrerez la
,, conjuration. ,,

Le même *Origène* dit ces paroles remarquables :
,, Il y a des noms qui ont naturellement de la vertu,
,, tels que font ceux dont fe fervent les fages parmi
,, les Egyptiens , les mages en Perfe , les brachmanes
,, dans l'Inde. Ce qu'on nomme *magie* n'eft pas un
,, art vain & chimérique , ainfi que le prétendent les
,, ftoïciens & les épicuriens : le nom de *Sabaoth*, celui
,, d'*Adonaï* , n'ont pas été faits pour des êtres créés ;
,, mais ils appartiennent à une théologie myftérieufe

(c) *Orig.* contre *Celfe*, n° 202.

„ qui fe rapporte au Créateur ; de-là vient la vertu
„ de ces noms quand on les arrange & qu'on les pro-
„ nonce felon les règles &c. „

C'était en prononçant des lettres felon la méthode
magique qu'on forçait la lune de defcendre fur la terre.
Il faut pardonner à *Virgile* d'avoir cru ces inepties ,
& d'en avoir parlé férieufement dans fa huitième
églogue.

> *Carmina de cœlo poffunt deducere lunam.*
>
> On fait avec des mots tomber la lune en terre.

Enfin l'alphabet fut l'origine de toutes les connaiffances de l'homme & de toutes fes fottifes.

A B B A Y E.

SECTION I.

C'EST une communauté religieufe gouvernée par
un abbé ou une abbeffe.

Ce nom d'abbé, *abbas* en latin & en grec, *abba* en
fyrien & en chaldéen, vient de l'hébreu *ab* qui veut
dire père. Les docteurs juifs prenaient ce titre par
orgueil ; c'eft pourquoi JESUS difait à fes difciples :
(*a*) N'appelez perfonne fur la terre votre père , car
vous n'avez qu'un père qui eft dans les cieux.

Quoique St *Jérôme* fe foit fort emporté contre les
moines de fon temps (*b*) qui, malgré la défenfe du
Seigneur, donnaient ou recevaient le titre d'abbé, le
fixième concile de Paris (*c*) décide que, fi les abbés
font des pères fpirituels , & s'ils engendrent au Seigneur

(*a*) *Matth.* ch. 23 , v. 9.   (*c*) Liv. I, ch. 37.
(*b*) Liv. II fur l'Epît. aux Galat.

B 4

des fils fpirituels , c'eft avec raifon qu'on les appelle
abbés.

D'après ce décret , fi quelqu'un a mérité le titre
d'abbé, c'eft aſſurément S* *Benoit* qui, l'an 529, fonda
fur le mont Caſſin , dans le royaume de Naples, fa
règle fi éminente en fageſſe & en difcrétion, & fi grave,
fi claire à l'égard du difcours & du ftyle. Ce font les
propres termes du pape S* *Grégoire*, (*d*) qui ne manque
pas de faire mention du privilége fingulier dont DIEU
daigna gratifier ce faint fondateur ; c'eft que tous les
bénédictins qui meurent au mont Caſſin font fauvés.
L'on ne doit donc pas être furpris que ces moines
comptent feize mille faints canonifés de leur ordre.
Les bénédictines prétendent même qu'elles font aver-
ties de l'approche de leur mort par quelque bruit
nocturne qu'elles appellent *les coups de S* Benoit*.

On peut bien croire que ce faint abbé ne s'était pas
oublié lui-même en demandant à DIEU le falut de fes
difciples. En conféquence, le famedi 21 mars 543,
veille du dimanche de la paſſion qui fut le jour de fa
mort, deux moines, dont l'un était dans le monaftère,
l'autre en était éloigné , eurent la même vifion. Ils
virent un chemin couvert de tapis, & éclairé d'une
infinité de flambeaux , qui s'étendait vers l'Orient
depuis le monaftère jufqu'au ciel. Un perfonnage
vénérable y paraiſſait , qui leur demanda pour qui
était ce chemin? Ils dirent qu'ils n'en favaient rien.
C'eft, ajouta-t-il, par où *Benoit*, le bien-aimé de
DIEU , eft monté au ciel.

Un ordre dans lequel le falut était fi aſſuré s'étendit
bientôt dans d'autres Etats, dont les fouverains fe

(*d*) Dialog. liv. II, ch. 8.

laiſſaient perſuader (e) qu'il ne s'agiſſait, pour être ſûr d'une place en paradis, que de s'y faire un bon ami ; & qu'on pouvait racheter les injuſtices les plus criantes, les crimes les plus énormes, par des donations en faveur des égliſes. Pour ne parler ici que de la France , on lit dans les *Geſtes du roi Dagobert,* fondateur de l'abbaye de Saint-Denis près Paris, (f) que ce prince étant mort fut condamné au jugement de DIEU , & qu'un ſaint ermite nommé *Jean* , qui demeurait ſur les côtes de la mer d'Italie, vit ſon ame enchaînée dans une barque, & des diables qui la rouaient de coups en la condui- ſant vers la Sicile où ils devaient la précipiter dans les gouffres du mont Etna ; que *St Denis* avait tout à coup paru dans un globe lumineux, précédé des éclairs & de la foudre , & qu'ayant mis en fuite ces malins eſprits, & arraché cette pauvre ame des griffes du plus acharné, il l'avait portée au ciel en triomphe.

Charles Martel au contraire fut damné en corps & en ame, pour avoir donné des abbayes en récompenſe à ſes capitaines qui, quoique laïques, portèrent le titre d'abbés , comme des femmes mariées eurent depuis celui d'abbeſſes, & poſſédèrent des abbayes de filles. Un ſaint évêque de Lyon, nommé *Eucher,* étant en oraiſon, fut ravi en eſprit, & mené par un ange en enfer où il vit *Charles Martel,* & apprit de l'ange que les ſaints dont ce prince avait dépouillé les égliſes, l'avaient condamné à brûler éternellement en corps & en ame. *St Eucher* écrivit cette révélation à *Boniface* évêque de Mayence, & à *Fulrad* archichapelain de *Pepin le bref,* en les priant d'ouvrir le tombeau de *Charles Martel,* & de voir ſi ſon corps y était. Le tom- beau fut ouvert ; le fond en était tout brûlé, & on n'y

(e) Mezerai, tome I , pag. 225. (f) Ch. 47.

trouva qu'un gros ferpent qui en fortit avec une fumée puante.

Boniface (*g*) eut l'attention d'écrire à *Pepin le bref* & à *Carloman* toutes ces circonftances de la damnation de leur père ; & *Louis* de Germanie s'étant emparé, en 858, de quelques biens eccléfiaftiques, les évêques de l'affemblée de Créci lui rappelèrent dans une lettre toutes les particularités de cette terrible hiftoire, en ajoutant qu'ils les tenaient de vieillards dignes de foi, & qui en avaient été témoins oculaires.

St Bernard, premier abbé de Clairvaux en 1115, avait pareillement eu révélation que tous ceux qui recevraient l'habit de fa main feraient fauvés. Cependant le pape *Urbain II*, dans une bulle de l'an 1092, ayant donné à l'abbaye du mont Caffin le titre de chef de tous les monaftères, parce que de ce lieu même la vénérable religion de l'ordre monaftique s'eft répandue du fein de *Benoit* comme d'une fource de paradis, l'empereur *Lothaire* lui confirma cette prérogative par une chartre de l'an 1137, qui donne au monaftère du mont Caffin la prééminence de pouvoir & de gloire fur tous les monaftères qui font ou qui feront fondés dans tout l'univers, & veut que les abbés & les moines de toute la chrétienté lui portent honneur & révérence.

Pafcal II dans une bulle de l'an 1113, adreffée à l'abbé du mont Caffin, s'exprime en ces termes : Nous décernons que vous, ainfi que tous vos fucceffeurs, comme fupérieur à tous les abbés, vous ayez féance dans toute affemblée d'évêques ou de princes, & que dans les jugemens vous donniez votre avis avant tous ceux de votre ordre. Auffi l'abbé de Cluni ayant ofé

(*g*) *Mezerai*, tome I, pag. 331.

fe qualifier *abbé des abbés*, dans un concile tenu à Rome l'an 1116, le chancelier du pape décida que cette diftinction appartenait à l'abbé du mont Caffin ; celui de Cluni fe contenta du titre d'*abbé cardinal* qu'il obtint depuis de *Calixte II*, & que l'abbé de la Trinité de Vendôme & quelques autres fe font enfuite arrogé.

Le pape *Jean XX*, en 1326, accorda même à l'abbé du mont Caffin le titre d'évêque dont il fit les fonctions jufqu'en 1367 ; mais *Urbain V* ayant alors jugé à propos de lui retrancher cette dignité, il s'intitule fimplement dans les actes : *Patriarche de la fainte religion, abbé du faint monaftère de Caffin, chancelier & grand-chapelain de l'empire romain, abbé des abbés, chef de la hiérarchie bénédictine, chancelier collatéral du royaume de Sicile, comte & gouverneur de la Campanie, de la terre de Labour, & de la province maritime, prince de la paix.*

Il habite avec une partie de fes officiers à San-Germano, petite ville au pied du mont Caffin dans une maifon fpacieufe où tous les paffans, depuis le pape jufqu'au dernier mendiant, font reçus, logés, nourris & traités fuivant leur état. L'abbé rend chaque jour vifite à tous fes hôtes qui font quelquefois au nombre de trois cents. S*t Ignace*, en 1538, y reçut l'hofpita-lité ; mais il fut logé fur le mont Caffin, dans une maifon nommée l'albanette, à fix cents pas de l'abbaye vers l'Occident. Ce fut là qu'il compofa fon célèbre inftitut ; ce qui fait dire à un dominicain, dans un ouvrage latin intitulé *la tourterelle de l'ame*, qu'*Ignace* habita quelques mois cette montagne de contempla-tion, & que comme un autre *Moïfe* & un autre légifla-teur, il y fabriqua les fecondes tables des lois religieufes qui ne le cèdent en rien aux premières.

A la vérité ce fondateur des jéfuites ne trouva pas dans les bénédictins la même complaifance que *St Benoit*, à fon arrivée au mont Caffin, avait éprouvée de la part de *St Martin* ermite, qui lui céda la place dont il était en poffeffion, & fe retira au mont Marfique proche de Carniole ; au contraire, le bénédictin *Ambroife Cajetan*, dans un gros ouvrage fait exprès, a prétendu revendiquer les jéfuites à l'ordre de *St Benoit*.

Le relâchement qui a toujours régné dans le monde, même parmi le clergé, avait déjà fait imaginer à *St Bafile*, dès le quatrième fiècle, de raffembler fous une règle les folitaires qui s'étaient difperfés dans les déferts pour y fuivre la loi ; mais, comme nous le verrons à l'article *Quête*, les réguliers ne l'ont pas toujours été : quant au clergé féculier, voici comment en parlait *St Cyprien* dès le troifième fiècle. (*h*) Plufieurs évêques, au lieu d'exhorter les autres & de leur montrer l'exemple, négligeant les affaires de DIEU, fe ; chargeaient d'affaires temporelles, quittaient leur chaire, abandonnaient leur peuple, & fe promenaient dans d'autres provinces pour fréquenter les foires, & s'enrichir par le trafic. Ils ne fecouraient point les frères qui mouraient de faim ; ils voulaient avoir de l'argent en abondance, ufurper des terres par de mauvais artifices, tirer de grands profits par des ufures.

Charlemagne, dans un écrit où il rédige ce qu'il voulait propofer au parlement de 811, s'exprime ainfi : (*i*) Nous voulons connaître les devoirs des eccléfiaftiques, afin de ne leur demander que ce qui leur eft permis, & qu'ils ne nous demandent que ce

(*h*) *De lapfis.*
(*i*) *Capit. interrog.* pag 478, tome VII, *conc.* pag. 1184.

que nous devons accorder. Nous les prions de nous
expliquer nettement ce qu'ils appellent quitter le
monde, & en quoi l'on peut diftinguer ceux qui le
quittent de ceux qui y demeurent ; fi c'eft feulement
en ce qu'ils ne portent point les armes & ne font pas
mariés publiquement. Si celui-là a quitté le monde,
qui ne ceffe tous les jours d'augmenter fes biens par
toutes fortes de moyens, en promettant le paradis &
menaçant de l'enfer, & employant le nom de DIEU
ou de quelque faint pour perfuader aux fimples de fe
dépouiller de leurs biens, & en priver leurs héritiers
légitimes, qui par-là, réduits à la pauvreté, fe croient
enfuite les crimes permis, comme le larcin & le pillage.
Si c'eft avoir quitté le monde que de fuivre la paffion
d'acquérir jufqu'à corrompre par argent de faux
témoins pour avoir le bien d'autrui, & de chercher
des avoués & des prévôts cruels, intéreffés, & fans
crainte de DIEU ?

Enfin l'on peut juger des mœurs des réguliers par
une harangue de l'an 1493, où l'abbé *Tritême* dit à
fes confrères : Vous, Meffieurs les abbés, qui êtes des
ignorans & ennemis de la fcience du falut ; qui paffez
les journées entières dans les plaifirs impudiques,
dans l'ivrognerie, & dans le jeu ; qui vous attachez aux
biens de la terre, que répondrez-vous à DIEU &
à votre fondateur S* *Benoit* ?

Le même abbé ne laiffe pas de prétendre que de
droit (k) la troifième partie de tous les biens des
chrétiens appartient à l'ordre de S* *Benoit*, & que s'il
ne l'a pas, c'eft qu'on la lui a volée. Il eft fi pauvre,
ajoute-t-il, pour le préfent, qu'il n'a plus que cent

{ k } *Fra-Paolo*, Traité des bénéfices, pag. 31.

millions d'or de revenu. *Tritême* ne dit point à qui appartiennent les deux autres parts ; mais comme il ne comptait de son temps que quinze mille abbayes de bénédictins, outre les petits couvens du même ordre, & que dans le dix-septième siècle il y en avait déjà trente-sept mille, il est clair par la règle de proportion que ce saint ordre devrait posséder aujourd'hui les deux tiers & demi du bien de la chrétienté, sans les funestes progrès de l'hérésie des derniers siècles.

Pour surcroît de douleurs, depuis le concordat fait l'an 1515 entre *Léon X* & *François I*, le roi de France nommant à presque toutes les abbayes de son royaume, le plus grand nombre est donné en commende à des séculiers tonsurés. Cet usage peu connu en Angleterre fit dire plaisamment, en 1694, au docteur *Grégori* qui prenait l'abbé *Gallois* pour un bénédictin : (*l*) Le bon père s'imagine que nous sommes revenus à ces temps fabuleux où il était permis à un moine de dire ce qu'il voulait.

SECTION II.

CEUX qui fuient le monde sont sages : ceux qui se consacrent à DIEU sont respectables. Peut-être le temps a-t-il corrompu une si sainte institution.

Aux thérapeutes juifs succédèrent les moines en Egypte, *idiotoi, monoi*. *Idiot* ne signifiait alors que *solitaire :* ils firent bientôt corps ; ce qui est le contraire de solitaire, & qui n'est pas idiot dans l'acception ordinaire de ce terme. Chaque société de moines élut son supérieur : car tout se fesait à la pluralité des voix dans les premiers temps de l'Eglise. On cherchait à

(*l*) Transactions philosophiques.

rentrer dans la liberté primitive de la nature humaine, en échappant par piété au tumulte & à l'efclavage inféparables des grands empires. Chaque fociété de moines choifit fon père, fon abba, fon abbé; quoiqu'il foit dit dans l'évangile : *N'appelez perfonne votre père.*

Ni les abbés, ni les moines ne furent prêtres dans les premiers fiècles. Ils allaient par troupes entendre la meffe au prochain village. Ces troupes devinrent confidérables; il y eut plus de cinquante mille moines, dit-on, dans l'Egypte.

St Bafile d'abord moine, puis évêque de Céfarée en Capadoce, fit un code pour tous les moines au quatrième fiècle. Cette règle de *St Bafile* fut reçue en Orient & en Occident. On ne connut plus que les moines de *St Bafile;* ils furent par-tout riches; ils fe mêlèrent de toutes les affaires; ils contribuèrent aux révolutions de l'empire.

On ne connaiffait guère que cet ordre, lorfqu'au fixième fiècle *St Benoit* établit une puiffance nouvelle au mont Caffin. *St Grégoire le grand* affure dans fes dialogues (*m*) que D I E U lui accorda un privilége fpécial, par lequel tous les benédiftins qui mourraient au mont Caffin feraient fauvés. En conféquence le pape *Urbain II*, par une bulle de 1092, déclara l'abbé du mont Caffin chef de tous les monaftères du monde. *Pafcal II* lui donna le titre d'*abbé des abbés.* Il s'intitule *patriarche de la fainte religion, chancelier colla- téral du royaume de Sicile, comte & gouverneur de la Campanie, prince de la paix* &c. &c. &c. &c. &c.

Tous ces titres feraient peu de chofe, s'ils n'étaient foutenus par des richeffes immenfes.

(*m*) Liv. II, chap. 8.

Je reçus il n'y a pas long-temps, une lettre d'un de mes correspondans d'Allemagne; la lettre commence par ces mots : ,, Les abbés princes de Kemptem, ,, Elvangen, Eudertl, Murbach, Berglefgaden, Vif- ,, fembourg, Prum, Stablo, Corvey, & les autres ,, abbés qui ne font pas princes, jouiffent enfemble ,, d'environ neuf cents mille florins de revenu, qui ,, font deux millions cinquante mille livres de votre ,, France au cours de ce jour. De-là je conclus que ,, JESUS-CHRIST n'était pas fi à fon aife qu'eux. ,,

Je lui répondis : ,, Monfieur, vous m'avouerez que ,, les Français font plus pieux que les Allemands dans ,, la proportion de quatre & feize quarante-unièmes ,, à l'unité; car nos feuls bénéfices confiftoriaux de ,, moines, c'eft-à-dire ceux qui payent des annates au ,, pape, fe montent à neuf millions de rente, à qua- ,, rante-neuf livres dix fous le marc avec le remède; ,, & neuf millions font à deux millions cinquante mille ,, livres comme un eft à quatre & feize quarante- ,, unièmes. De-là je conclus qu'ils ne font pas affez ,, riches, & qu'il faudrait qu'ils en euffent dix fois ,, davantage. J'ai l'honneur d'être &c. ,,

Il me répliqua par cette courte lettre : ,, Mon cher ,, monfieur, je ne vous entends point; vous trouvez ,, fans doute avec moi que neuf millions de votre ,, monnaie font un peu trop pour ceux qui font vœu ,, de pauvreté; & vous fouhaitez qu'ils en aient ,, quatre-vingt-dix! je vous fupplie de vouloir bien ,, m'expliquer cette énigme. ,,

J'eus l'honneur de lui répondre fur le champ : ,, Mon cher monfieur, il y avait autrefois un jeune ,, homme à qui on propofait d'époufer une femme de

,, foixante

,, foixante ans , qui lui donnerait tout fon bien par
,, teftament : il répondit qu'elle n'était pas affez
,, vieille. ,, L'allemand entendit mon énigme.

Il faut favoir qu'en 1575 (*n*) on propofa dans
le confeil de *Henri III* roi de France , de faire ériger
en commendes féculières toutes les abbayes de
moines , & de donner les commendes aux officiers
de fa cour & de fon armée : mais comme il fut depuis
excommunié & affaffiné, ce projet n'eut pas lieu.

Le comte d'*Argenfon* , miniftre de la guerre , voulut
en 1750 établir des penfions fur les bénéfices en
faveur des chevaliers de l'ordre militaire de S$_t$ Louis ;
rien n'était plus fimple , plus jufte , plus utile : il n'en
put venir à bout. Cependant fous *Louis XIV* , la
princeffe de *Conti* avait poffédé l'abbaye de St Denis.
Avant fon règne , les féculiers poffédaient des bénéfices , le duc de *Sulli* huguenot avait une abbaye.

Le père de *Hugues-Capet* n'était riche que par fes
abbayes , & on l'appelait *Hugues l'abbé*. On donnait
des abbayes aux reines pour leurs menus plaifirs.
Ogine , mère de *Louis d'Outremer* , quitta fon fils parce
qu'il lui avait ôté l'abbaye de Sainte-Marie de Laon
pour la donner à fa femme *Gerberge*. Il y a des
exemples de tout. Chacun tâche de faire fervir les
ufages, les innovations, les lois anciennes abrogées ,
renouvelées , mitigées , les chartres ou vraies ou fup-
pofées, le paffé, le préfent, l'avenir, à s'emparer des
biens de ce monde ; mais c'eft toujours à la plus
grande gloire de D I E U. Confultez l'*Apocalypfe* de
Méliton par l'évêque du *Bellai*.

(*n*) *Chopin , de facrâ politiâ* , lib. **VI.**

Dictionn. philofoph. Tome I.   C

A B B É.

OU allez-vous, monfieur l'abbé? &c. Savez-vous bien qu'abbé fignifie père ? Si vous le devenez, vous rendez fervice à l'Etat ; vous faites la meilleure œuvre fans doute que puiffe faire un homme ; il naîtra de vous un être penfant. Il y a dans cette action quelque chofe de divin.

Mais fi vous n'êtes monfiéur l'abbé que pour avoir été tonfuré, pour porter un petit collet, un manteau court, & pour attendre un bénéfice fimple, vous ne méritez pas le nom d'abbé.

Les anciens moines donnèrent ce nom au fupérieur qu'ils élifaient. L'abbé était leur père fpirituel. Que les mêmes noms fignifient avec le temps des chofes différentes ! L'abbé fpirituel était un pauvre à la tête de plufieurs autres pauvres : mais les pauvres pères fpirituels ont eu depuis deux cents, quatre cents mille livres de rente ; & il y a aujourd'hui des pauvres pères fpirituels en Allemagne qui ont un régiment des gardes.

Un pauvre qui a fait ferment d'être pauvre, & qui en conféquence eft fouverain ! on l'a déjà dit ; il faut le redire mille fois, cela eft intolérable. Les lois réclament contre cet abus, la religion s'en indigne, & les véritables pauvres fans vêtement & fans nourriture pouffent des cris au ciel à la porte de monfieur l'abbé.

Mais j'entends meffieurs les abbés d'Italie, d'Allemagne, de Flandre, de Bourgogne qui difent : Pourquoi n'accumulerons-nous pas des biens & des honneurs ? pourquoi ne ferons-nous pas princes ?

les évêques le font bien. Ils étaient originairement pauvres comme nous, ils fe font enrichis, ils fe font élevés ; l'un d'eux eft devenu fupérieur aux rois : aiffez-nous les imiter autant que nous pourrons.

Vous avez raifon, Meffieurs, envahiffez la terre ; elle appartient au fort ou à l'habile qui s'en empare ; vous avez profité des temps d'ignorance, de fuperfti-tion, de démence pour nous dépouiller de nos héritages, & pour nous fouler à vos pieds, pour vous engraiffer de la fubftance des malheureux : tremblez que le jour de la raifon n'arrive.

A B E I L L E S.

L ES abeilles peuvent paraître fupérieures à la race humaine, en ce qu'elles produifent de leur fubftance une fubftance utile, & que de toutes nos fecrétions il n'y en a pas une feule qui foit bonne à rien, pas une feule même qui ne rende le genre-humain défagréable.

Ce qui m'a charmé dans les effaims qui fortent de la ruche, c'eft qu'ils font beaucoup plus doux que nos enfans qui fortent du collége. Les jeunes abeilles alors ne piquent perfonne, du moins rarement & dans des cas extraordinaires. Elles fe laiffent prendre, on les porte la main nue paifiblement dans la ruche qui leur eft deftinée ; mais dès qu'elles ont appris dans leur nouvelle maifon à connaître leurs intérêts, elles deviennent femblables à nous, elles font la guerre. J'ai vu des abeilles très-tranquilles aller pen-dant fix mois travailler dans un pré voifin couvert de fleurs qui leur convenaient. On vint faucher le pré, elles fortirent en fureur de la ruche, fondirent fur les faucheurs qui leur volaient leur bien, & les mirent en fuite.

Je ne fais pas qui a dit le premier que les abeilles avaient un roi. Ce n'eft pas probablement un républicain à qui cette idée vint dans la tête. Je ne fais pas qui leur donna enfuite une reine au lieu d'un roi, ni qui fuppofa le premier que cette reine était une *Meffaline* qui avait un férail prodigieux, qui paffait fa vie à faire l'amour & à faire fes couches, qui pondait & logeait environ quarante mille œufs par an. On a été plus loin; on a prétendu qu'elle pondait trois efpèces différentes, des reines, des efclaves nommés *bourdons*, & des fervantes nommées *ouvrières;* ce qui n'eft pas trop d'accord avec les lois ordinaires de la nature.

On a cru qu'un phyficien, d'ailleurs grand obfervateur, inventa il y a quelques années les fours à poulets, inventés depuis environ quatre mille ans par les Egyptiens, ne confidérant pas l'extrême différence de notre climat & de celui d'Egypte; on a dit encore que ce phyficien inventa de même le royaume des abeilles fous une reine, mère de trois efpèces.

Plufieurs naturaliftes avaient déjà répété ces inventions; il eft venu un homme qui, étant poffeffeur de fix cents ruches, a cru mieux examiner fon bien que ceux qui n'ayant point d'abeilles ont copié des volumes fur cette république induftrieufe qu'on ne connaît guère mieux que celle des fourmis. Cet homme eft M. *Simon* qui ne fe pique de rien, qui écrit très-fimplement, mais qui recueille comme moi du miel & de la cire. Il a de meilleurs yeux que moi, il en fait plus

que monfieur le prieur de *Jonval* & que monfieur
le comte du *Spectacle de la nature;* il a examiné. fes
abeilles pendant vingt années ; il nous affure qu'on
s'eft moqué de nous , & qu'il n'y a pas un mot de
vrai dans tout ce qu'on a répété dans tant de livres.

Il prétend qu'en effet il y a dans chaque ruche
une efpèce de roi & de reine qui perpétuent cette
race royale, & qui préfident aux ouvrages ; il les a
vus, il les a deffinés , & il renvoie aux *Mille & une*
nuits & à l'*Hiftoire de la reine d'Achem* la prétendue
reine abeille avec fon férail.

Il y a enfuite la race des bourdons qui n'a aucune
relation avec la première, & enfin la grande famille
des abeilles ouvrières qui font mâles & femelles , &
qui forment le corps de la république. (1) Les abeilles
femelles dépofent leurs œufs dans les cellules qu'elles
ont formées.

Comment en effet la reine feule pourrait-elle pondre
& loger quarante ou cinquante mille œufs l'un après
l'autre? Le fyftème le plus fimple eft prefque toujours
le véritable. Cependant j'ai fouvent cherché ce roi &
cette reine, & je n'ai jamais eu le bonheur de les voir.
Quelques obfervateurs m'ont affuré qu'ils ont vu la
reine entourée de fa cour ; l'un d'eux l'a portée, elle
& fes fuivantes fur fon bras nu. Je n'ai point fait
cette expérience ; mais j'ai porté dans ma main les

_____

(1) Les ouvrières ne font point mâles & femelles. Les abeilles appelées
reines font les feules qui pondent. Des naturaliftes ont dit avoir obfervé
que les bourdons ne fécondaient les œufs que l'un après l'autre lorfqu'ils
font dans les alvéoles, ce qui expliquerait pourquoi les ouvrières fouffrent
dans la ruche ce grand nombre de bourdons. Voyez les *Singularités de la*
nature où l'on retrouve une partie de cet article. (Volume de phyfique)

abeilles d'un effaim qui fortait de la mère ruche,
fans qu'elles me piquaffent. Il y a des gens qui n'ont
pas de foi à la réputation qu'ont les abeilles d'être
méchantes, & qui en portent des effaims entiers
fur leur poitrine & fur leur vifage.

Virgile n'a chanté fur les abeilles que les erreurs de
fon temps. Il fe pourrait bien que ce roi & cette
reine ne fuffent autre chofe qu'une ou deux abeilles
qui volent par hafard à la tête des autres. Il faut
bien que lorfqu'elles vont butiner les fleurs, il y en
ait quelques-unes de plus diligentes; mais qu'il y
ait une vraie royauté, une cour, une police, c'eft
ce qui me paraît plus que douteux.

Plufieurs efpèces d'animaux s'attroupent & vivent
enfemble. On a comparé les béliers, les taureaux à
des rois, parce qu'il y a fouvent un de ces animaux
qui marche le premier: cette prééminence a frappé
les yeux. On a oublié que très-fouvent auffi le bélier
& les taureaux marchent les derniers.

S'il eft quelque apparence d'une royauté & d'une
cour, c'eft dans un coq; il appelle fes poules, il
laiffe tomber pour elles le grain qu'il a dans fon bec;
il les défend, il les conduit; il ne fouffre pas qu'un
autre roi partage fon petit Etat; il ne s'éloigne jamais
de fon férail. Voilà une image de la vraie royauté;
elle eft plus évidente dans une baffe-cour que dans
une ruche.

On trouve dans les *Proverbes* attribués à *Salomon*,
qu'il y a quatre chofes qui font les plus petites de la terre &
qui font plus fages que les fages; les fourmis, petit peuple
qui fe prépare une nourriture pendant la moiffon; le lièvre
peuple faible qui couche fur des pierres; la fauterelle qui

n'ayant pas de rois , voyage par troupes ; le lézard qui travaille de ses mains , & qui demeure dans les palais des rois. J'ignore pourquoi *Salomon* a oublié les abeilles qui paraissent avoir un instinct bien supérieur à celui des lièvres qui ne couchent point sur la pierre ; & des lézards dont j'ignore le génie. Au surplus je préférerai toujours une abeille à une sauterelle.

On nous mande qu'une société de physiciens pratiques dans la Lusace vient de faire éclore un couvain d'abeilles dans une ruche, où il est transporté lorsqu'il est en forme de vermisseau. Il croît, il se développe dans ce nouveau berceau qui devient sa patrie ; il n'en sort que pour aller sucer des fleurs : on ne craint point de le perdre , comme on perd souvent des essaims lorsqu'ils sont chassés de la mère ruche. Si cette méthode peut devenir d'une exécution aisée elle sera très-utile : mais dans le gouvernement des animaux domestiques comme dans la culture des fruits , il y a mille inventions plus ingénieuses que profitables. Toute méthode doit être facile pour être d'un usage commun.

De tout temps les abeilles ont fourni des descriptions , des comparaisons , des allégories , des fables , à la poësie. La fameuse fable des abeilles de *Mandeville* fit un grand bruit en Angleterre ; en voici un petit précis.

> Les abeilles autrefois
> Parurent bien gouvernées;
> Et leurs travaux & leurs rois
> Les rendirent fortunées.
> Quelques avides bourdons
> Dans les ruches se glissèrent:

C 4

Ces bourdons ne travaillèrent ;
Mais ils firent des fermons.
Ils dirent dans leur langage :
Nous vous promettons le ciel ;
Accordez-nous en partage
Votre cire & votre miel.
Les abeilles qui le crurent,
Sentirent bientôt la faim ;
Les plus fottes en moururent.
Le roi d'un nouvel effaim
Les fecourut à la fin.
Tous les efprits s'éclairèrent ;
Ils font tous défabufés ;
Les bourdons font écrafés,
Et les abeilles profpèrent.

Mandeville va bien plus loin ; il prétend que les abeilles ne peuvent vivre à l'aife dans une grande & puiffante ruche fans beaucoup de vices. Nul royaume, nul Etat, dit-il, ne peuvent fleurir fans vices. Otez la vanité aux grandes dames, plus de belles manufactures de foie, plus d'ouvriers ni d'ouvrières en mille genres ; une grande partie de la nation eft réduite à la mendicité. Otez aux négocians l'avarice, les flottes anglaifes feront anéanties. Dépouillez les artiftes de l'envie, l'émulation ceffe ; on retombe dans l'ignorance & dans la groffiéreté.

Il s'emporte jufqu'à dire que les crimes même font utiles, en ce qu'ils fervent à établir une bonne légiflation. Un voleur de grand chemin fait gagner beaucoup d'argent à celui qui le dénonce, à ceux qui l'arrêtent, au geolier qui le garde, au juge qui le condamne & au bourreau qui l'exécute. Enfin, s'il n'y avait pas de voleurs, les ferruriers mourraient de faim.

Il eft très-vrai que la fociété bien gouvernée tire parti de tous les vices ; mais il n'eft pas vrai que ces vices foient néceffaires au bonheur du monde. On fait de très-bons remèdes avec des poifons, mais ce ne font pas les poifons qui nous font vivre. En réduifant ainfi la fable des abeilles à fa jufte valeur, elle pourrait devenir un ouvrage de morale utile.

A B R A H A M.

S E C T I O N I.

Nous ne devons rien dire de ce qui eft divin dans *Abraham*, puifque l'Ecriture a tout dit. Nous ne devons même toucher que d'une main refpectueufe à ce qui appartient au profane, à ce qui tient à la géographie, à l'ordre des temps, aux mœurs, aux ufages ; car ces ufages, ces mœurs étant liés à l'hiftoire facrée, ce font des ruiffeaux qui femblent conferver quelque chofe de la divinité de leur fource.

Abraham, quoique né vers l'Euphrate, fait une grande époque pour les Occidentaux, & n'en fait point une pour les Orientaux, chez lefquels il eft pourtant auffi refpecté que parmi nous. Les maho-métans n'ont de chronologie certaine que depuis leur hégire.

La fcience des temps, abfolument perdue dans les lieux où les grands événemens font arrivés, eft venue enfin dans nos climats où ces faits étaient ignorés. Nous difputons fur tout ce qui s'eft paffé vers l'Euphrate, le Jourdain, & le Nil ; & ceux qui font aujourd'hui les maîtres du Nil, du Jourdain, & de l'Euphrate, jouiffent fans difputer.

Notre grande époque étant celle d'*Abraham*, nous différons de foixante années fur fa naiffance. Voici le compte d'après les regiftres.

(*a*) „ *Tharé* vécut foixante & dix ans, & engendra „ *Abraham*, *Nacor*, & *Aran*.

(*b*) „ Et *Tharé* ayant vécu deux cents cinq ans „ mourut à Haran.

Le Seigneur dit à *Abraham* : (*c*) „ Sortez de votre „ pays, de votre famille, de la maifon de votre père, „ & venez dans la terre que je vous montrerai ; & „ je vous rendrai père d'un grand peuple. „

Il paraît d'abord évident par le texte que *Tharé* ayant eu *Abraham* à foixante & dix ans, étant mort à deux cents cinq ; & *Abraham* étant forti de la Chaldée immédiatement après la mort de fon père, il avait jufte cent trente-cinq ans lorfqu'il quitta fon pays. Et c'eft à peu près le fentiment de *St Etienne* (*d*) dans fon difcours aux Juifs ; mais la Genèfe dit auffi :

(*e*) „ *Abraham* avait foixante & quinze ans lorf- „ qu'il fortit de Haran. „

C'eft le fujet de la principale difpute fur l'âge d'*Abraham;* car il y en a beaucoup d'autres. Comment *Abraham* était-il à la fois âgé de cent trente-cinq années & feulement de foixante & quinze ? *S Jerôme* & *S Auguftin* difent que cette difficulté eft inexpli- cable. Dom *Calmet*, qui avoue que ces deux faints

(*a*) Genèfe, ch. XI, v. 26.
(*b*) *Ibid.* v. 32.
(*c*) *Ibid.* chap. XII, verf. 1.
(*d*) Aêtes des apôtres, chap. VII.
(*e*) Genèfe, chap. XII, verf. 4

n'ont pu réfoudre ce problème, croit dénouer aifément le nœud en difant qu'*Abraham* était le cadet
des enfans de *Tharé*, quoique la Genèfe le nomme
le premier & par conféquent l'aîné.

La Genèfe fait naître *Abraham* dans la foixante &
dixième année de fon père ; & *Calmet* le fait naître
dans la cent trentième. Une telle conciliation a été
un nouveau fujet de querelle.

Dans l'incertitude où le texte & le commentaire
nous laiffent, le meilleur parti eft d'adorer fans
difputer.

Il n'y a point d'époques dans ces anciens temps
qui n'ait produit une multitude d'opinions différentes. Nous avions, fuivant *Moréri*, foixante & dix
fyftèmes de chronologie fur l'hiftoire dictée par DIEU
même. Depuis *Moréri* il s'eft élevé cinq nouvelles
manières de concilier les textes de l'Ecriture ; ainfi
voilà autant de difputes fur *Abraham* qu'on lui attribue
d'années dans le texte quand il fortit de Haran. Et
de ces foixante & quinze fyftèmes, il n'y en a pas un
qui nous apprenne au jufte ce que c'eft que cette
ville ou ce village de Haran, ni en quel endroit elle
était. Quel eft le fil qui nous conduira dans ce
labyrinthe de querelles depuis le premier verfet
jufqu'au dernier ? la réfignation.

L'Efprit faint n'a voulu nous apprendre ni la
chronologie, ni la phyfique, ni la logique ; il a
voulu faire de nous des hommes craignant DIEU.
Ne pouvant rien comprendre, nous ne pouvons
être que foumis.

Il eft également difficile de bien expliquer
comment *Sara*, femme d'*Abraham*, était auffi fa fœur.

Abraham dit pofitivement au roi de Gérar *Abimelec*, par qui *Sara* avait été enlevée pour fa grande beauté à l'âge de quatre-vingt-dix ans, étant groffe d'*Ifaac* : *Elle eft véritablement ma fœur, étant fille de mon père, mais non pas de ma mère; & j'en ai fait ma femme.*

L'ancien teftament ne nous apprend point comment *Sara* était fœur de fon mari. Dom *Calmet*, dont le jugement & la fagacité font connus de tout le monde, dit qu'elle pouvait bien être fa nièce.

Ce n'était point probablement un incefte chez les Chaldéens, non plus que chez les Perfes leurs voifins. Les mœurs changent felon les temps & felon les lieux. On peut fuppofer qu'*Abraham* fils de *Tharé* idolâtre, était encore idolâtre quand il époufa *Sara*, foit qu'elle fût fa fœur, foit qu'elle fût fa nièce.

Plufieurs pères de l'Eglife excufent moins *Abraham* d'avoir dit en Egypte à *Sara* : *Auffitôt que les Egyptiens vous auront vue ils me tueront & vous prendront : dites donc, je vous prie, que vous êtes ma fœur, afin que mon ame vive par votre grâce.* Elle n'avait alors que foixante & cinq ans. Ainfi puifque vingt-cinq ans après elle eut un roi de Gérar pour amant, elle avait pu avec vingt-cinq ans de moins infpirer quelque paffion au pharaon d'Egypte. En effet ce pharaon l'enleva, de même qu'elle fut enlevée depuis par *Abimelec*, roi de Gérar dans le défert.

Abraham avait reçu en préfent, à la cour de *Pharaon*, *beaucoup de bœufs, de brebis, d'ânes & d'âneffes, de chameaux, de chevaux, de ferviteurs & fervantes.* Ces préfens, qui font confidérables, prouvent que les *Pharaons* étaient déjà d'affez grands rois. Le pays de l'Egypte était donc déjà très-peuplé. Mais pour rendre la contrée

habitable, pour y bâtir des villes, il avait fallu des
travaux immenfes, faire écouler dans une multitude
de canaux les eaux du Nil, qui inondaient l'Egypte
tous les ans, pendant quatre ou cinq mois, & qui
croupiffaient enfuite fur la terre ; il avait fallu élever
ces villes vingt pieds au moins au deffus de ces
canaux. Des travaux fi confidérables femblaient
demander quelques milliers de fiècles.

Il n'y a guère que quatre cents ans entre le déluge
& le temps où nous plaçons le voyage d'*Abraham* chez
les Egyptiens. Ce peuple devait être bien ingénieux
& d'un travail bien infatigable pour avoir, en fi peu
de temps, inventé les arts & toutes les fciences,
dompté le Nil & changé toute la face du pays.
Probablement même plufieurs grandes pyramides
étaient déjà bâties, puifqu'on voit, quelque temps
après, que l'art d'embaumer les morts était perfectionné ; & les pyramides n'étaient que les tombeaux
où l'on dépofait les corps des princes avec les plus
augufles cérémonies.

L'opinion de cette grande ancienneté des pyramides eft d'autant plus vraifemblable que trois cents
ans auparavant, c'eft-à-dire cent années après
l'époque hébraïque du déluge de *Noé*, les Afiatiques
avaient bâti, dans les plaines de Sennaar, une tour
qui devait aller jufqu'aux cieux. St *Jérôme*, dans fon
commentaire fur *Ifaïe*, dit que cette tour avait déjà
quatre mille pas de hauteur lorfque DIEU defcendit
pour détruire cet ouvrage.

Suppofons que ces pas foient feulement de deux
pieds & demi de roi, cela fait dix mille pieds ; par
conféquent la tour de Babel était vingt fois plus

haute que les pyramides d'Egypte, qui n'ont qu'environ cinq cents pieds. Or, quelle prodigieuse quantité
d'inſtrumens n'avait pas été néceſſaire pour élever
un tel édifice ! tous les arts devaient y avoir concouru
en foule. Les commentateurs en concluent que les
hommes de ce temps-là étaient incomparablement
plus grands, plus forts, plus induſtrieux, que nos
nations modernes.

C'eſt-là ce que l'on peut remarquer à propos
d'*Abraham* touchant les arts & les ſciences.

A l'égard de ſa perſonne, il eſt vraiſemblable
qu'il fut un homme conſidérable. Les Perſans, les
Chaldéens, le revendiquaient. L'ancienne religion des
mages s'appelait de temps immémorial *Kish-Ibrahim*,
Milat-Ibrahim : & l'on convient que le mot *Ibrahim*
eſt préciſément celui d'*Abraham ;* rien n'étant plus
ordinaire aux Aſiatiques, qui écrivaient rarement les
voyélles, que de changer l'*i* en *a*, & l'*a* en *i* dans
la prononciation.

On a prétendu même qu'*Abraham* était le *Brama*
des Indiens, dont la notion était parvenue aux
peuples de l'Euphrate qui commerçaient de temps
immémorial dans l'Inde.

Les Arabes le regardaient comme le fondateur de
la Mecque. *Mahomet* dans ſon *Koran* voit toujours
en lui le plus reſpeƈtable de ſes prédeceſſeurs. Voici
comme il en parle au troiſième ſura ou chapitre :
*Abraham n'était ni juif ni chrétien ; il était un muſulman
orthodoxe ; il n'était point du nombre de ceux qui donnent
des compagnons à* DIEU.

La témérité de l'eſprit humain a été pouſſée juſqu'à
imaginer que les Juifs ne ſe dirent deſcendans

d'*Abraham* que dans des temps très-poftérieurs, lorfqu'ils eurent enfin un établiffement fixe dans la Paleftine. Ils étaient étrangers, haïs & méprifés de leurs voifins. Ils voulurent, dit-on, fe donner quelque relief en fe fefant paffer pour defcendans d'*Abraham* révéré dans une grande partie de l'Afie. La foi que nous devons aux livres facrés des Juifs tranche toutes ces difficultés.

Des critiques non moins hardis font d'autres objections fur le commerce immédiat qu'*Abraham* eut avec DIEU, fur fes combats, & fur fes victoires.

Le Seigneur lui apparut après fa fortie d'Egypte, & lui dit : *Jetez les yeux vers l'aquilon, l'orient, le midi, & l'occident ; je vous donne pour toujours à vous & à votre poftérité jufqu'à la fin des fiècles*, in fempiternum, *à tout jamais, tout le pays que vous voyez.* (*f*)

Le Seigneur, par un fecond ferment, lui promit enfuite *tout ce qui eft depuis le Nil jufqu'à l'Euphrate.* (*g*)

Ces critiques demandent comment DIEU a pu promettre ce pays immenfe que les Juifs n'ont jamais poffédé, & comment DIEU a pu leur donner *à tout jamais* la petite partie de la Paleftine dont ils font chaffés depuis fi long-temps ?

Le Seigneur ajoute encore à ces promeffes, que la poftérité d'*Abraham* fera auffi nombreufe que la pouffière de la terre. *Si l'on peut compter la pouffière de la terre, on pourra compter auffi vos defcendans.* (*h*)

Nos critiques infiftent, & difent qu'il n'y a pas aujourd'hui fur la furface de la terre quatre cents mille juifs, quoiqu'ils aient toujours regardé le mariage

(*f*) Génèfe, ch. XIII, verf. 14 & 15.
(*g*) *Ibid.* ch. XV, verf. 18.   (*h*) *Ibid.*

comme un devoir facré, & que leur plus grand objet
ait été la population.

On répond à ces difficultés que l'Eglife fubftituée
à la fynagogue eft la véritable race d'*Abraham*, &
qu'en effet elle eft très-nombreufe.

Il eft vrai qu'elle ne poffède pas la Paleftine, mais
elle peut la poffèder un jour, comme elle l'a déjà
conquife du temps du pape *Urbain II*, dans la première
croifade. En un mot, quand on regarde avec les
yeux de la foi l'ancien teftament comme une figure
du nouveau, tout eft accompli ou le fera, & la
faible raifon doit fe taire.

On fait encore des difficultés fur la victoire d'*Abraham*
auprès de Sodome; on dit qu'il n'eft pas concevable
qu'un étranger, qui venait faire paître fes troupeaux
vers Sodome, ait battu, avec trois cents dix-huit
gardeurs de bœufs & de moutons, *un roi de Perfe*, *un
roi de Pont*, *le roi de Babylone*, & *le roi des nations*; &
qu'il les ait pourfuivis jufqu'à Damas qui eft à plus
de cent milles de Sodome.

Cependant une telle victoire n'eft point impoffible;
on en voit des exemples dans ces temps héroïques;
le bras de DIEU n'était point raccourci. Voyez *Gédéon*
qui, avec trois cents hommes armés de trois cents
cruches & de trois cents lampes, défait une armée
entière. Voyez *Samfon* qui tue feul mille philiftins à
coups de mâchoire d'âne.

Les hiftoires profanes fourniffent même de pareils
exemples. Trois cents fpartiates arrêtèrent un moment
l'armée de *Xerxès* au pas des Thermopiles. Il eft vrai
qu'à l'exception d'un feul qui s'enfuit, ils y furent tous
tués avec leur roi *Léonidas*, que *Xerxès* eut la lâcheté de

faire

faire pendre , au lieu de lui ériger une ftatue qu'il méritait. Il eft vrai encore que ces trois cents lacédé-moniens , qui gardaient un paffage efcarpé où deux hommes pouvaient à peine gravir à la fois, étaient foutenus par une armée de dix mille grecs diftribués dans des poftes avantageux , au milieu des rochers d'Offa & de Pélion ; & il faut encore bien remarquer qu'il y en avait quatre mille aux Thermopiles mêmes.

Ces quatre mille périrent après avoir long-temps combattu. On peut dire qu'étant dans un endroit moins inexpugnable que celui des trois cents fpartiates, ils y acquirent encore plus de gloire , en fe défendant plus à découvert contre l'armée perfane qui les tailla tous en pièces. Auffi dans le monument érigé depuis fur le champ de bataille, on fit mention de ces quatre mille victimes ; & l'on ne parle aujourd'hui que des trois cents.

Une action plus mémorable encore, & bien moins célébrée, eft celle de cinquante fuiffes qui mirent en déroute (i) à Morgate toute l'armée de l'archiduc *Léopold d'Autriche*, compofée de vingt mille hommes. Ils renverfèrent feuls la cavalerie à coups de pierres du haut d'un rocher , & donnèrent le temps à quatorze cents helvétiens de trois petits cantons de venir ache-ver la défaite de l'armée.

Cette journée de Morgate eft plus belle que celle des Thermopiles, puifqu'il eft plus beau de vaincre que d'être vaincu. Les Grecs étaient au nombre de dix mille bien armés , & il était impoffible qu'ils euffent à faire à cent mille perfes dans un pays montagneux. Il eft plus que probable qu'il n'y eut pas trente mille

(i) En 1315.

Dictionn. philofoph. Tome I.   D

perfes qui combattirent : mais ici quatorze cents fuiffes
défont une armée de vingt mille hommes. La proportion du petit nombre au grand augmente encore
la proportion de la gloire . . . . . . Où nous a conduits
Abraham ?

Ces digreffions amufent celui qui les fait, & quelquefois celui qui les lit. Tout le monde d'ailleurs eft
charmé de voir que les gros bataillons foient battus
par les petits.

S E C T I O N   I I.

A B R A H A M eft un de ces noms célébres dans l'Afie
mineure & dans l'Arabie, comme *Thaut* chez les Egyptiens, le premier *Zoroaftre* dans la Perfe, *Hercule* en
Grèce, *Orphée* dans la Thrace, *Odin* chez les nations
feptentrionales, & tant d'autres plus connus par leur
célébrité que par une hiftoire bien avérée. Je ne parle
ici que de l'hiftoire profane ; car pour celle des Juifs
nos maîtres & nos ennemis, que nous croyons & que
nous déteftons, comme l'hiftoire de ce peuple a été
vifiblement écrite par le St Efprit, nous avons pour
elle les fentimens que nous devons avoir. Nous ne nous
adreffons ici qu'aux Arabes ; ils fe vantent de defcendre
d'*Abraham* par *Ifmaël ;* ils croient que ce patriarche
bâtit la Mecque & qu'il mourut dans cette ville. Le
fait eft que la race d'*Ifmaël* a été infiniment plus
favorifée de DIEU que la race de *Jacob*. L'une &
l'autre race a produit à la vérité des voleurs ; mais
les voleurs arabes ont été prodigieufement fupérieurs
aux voleurs juifs. Les defcendans de *Jacob* ne conquirent qu'un très-petit pays qu'ils ont perdu ; & les
defcendans d'*Ifmaël* ont conquis une partie de l'Afie,

de l'Europe, & de l'Afrique, ont établi un empire plus vaste que celui des Romains, & ont chassé les Juifs de leurs cavernes, qu'ils appelaient la terre de promission.

A ne juger des choses que par les exemples de nos histoires modernes, il serait assez difficile qu'*Abraham* eût été le père de deux nations si différentes; on nous dit qu'il était né en Chaldée, & qu'il était fils d'un pauvre potier, qui gagnait sa vie à faire de petites idoles de terre. Il n'est guère vraisemblable que le fils de ce potier soit allé fonder la Mecque à quatre cents lieues de là sous le tropique, en passant par des déserts impraticables. S'il fut un conquérant, il s'adressa sans doute au beau pays de l'Assyrie; & s'il ne fut qu'un pauvre homme, comme on nous le dépeint, il n'a pas fondé des royaumes hors de chez lui.

La Genèse rapporte qu'il avait soixante & quinze ans lorsqu'il sortit du pays d'Haran après la mort de son père *Tharé* le potier : mais la même Genèse dit aussi que *Tharé* ayant engendré *Abraham* à soixante & dix ans, ce *Tharé* vécut jusqu'à deux cents cinq ans, & ensuite qu'*Abraham* partit d'Haran; ce qui semble dire que ce fut après la mort de son père.

Ou l'auteur fait bien mal disposer une narration, ou il est clair par la Genèse même qu'*Abraham* était âgé de cent trente-cinq ans quand il quitta la Mésopotamie. Il alla d'un pays qu'on nomme idolâtre dans un autre pays idolâtre nommé Sichem en Palestine. Pourquoi y alla-t-il? pourquoi quitta-t-il les bords fertiles de l'Euphrate pour une contrée aussi éloignée, aussi stérile, aussi pierreuse que celle de Sichem? La langue chaldéenne devait être fort différente de celle de Sichem, ce n'était point un lieu de commerce; Sichem est éloigné de la

Chaldée de plus de cent lieues; il faut paffer des déferts
pour y arriver: mais DIEU voulait qu'il fît ce voyage,
il voulait lui montrer la terre que devaient occuper fes
defcendans plufieurs fiècles après lui. L'efprit humain
comprend avec peine les raifons d'un tel voyage.

A peine eft-il arrivé dans le petit pays montagneux
de Sichem que la famine l'en fait fortir. Il va en
Egypte avec fa femme chercher de quoi vivre. Il y a
deux cents lieues de Sichem à Memphis; eft-il naturel
qu'on aille demander du blé fi loin & dans un pays dont
on n'entend point la langue? voilà d'étranges voyages
entrepris à l'âge de près de cent quarante années.

Il amène à Memphis fa femme *Sara*, qui était
extrêmement jeune, & prefque enfant en comparaifon
de lui, car elle n'avait que foixante-cinq ans. Comme
elle était très-belle, il réfolut de tirer parti de fa
beauté: Feignez que vous êtes ma fœur, lui dit-il,
afin qu'on me faffe du bien à caufe de vous. Il devait
bien plutôt lui dire: Feignez que vous êtes ma fille.
Le roi devint amoureux de la jeune *Sara*, & donna
au prétendu frère beaucoup de brebis, de bœufs,
d'ânes, d'âneffes, de chameaux, de ferviteurs, de
fervantes: ce qui prouve que l'Egypte dès-lors était un
royaume très-puiffant & très-policé, par conféquent
très-ancien, & qu'on récompenfait magnifiquement
les frères qui venaient offrir leurs fœurs aux rois de
Memphis.

La jeune *Sara* avait quatre-vingt-dix ans quand
DIEU lui promit qu'*Abraham*, qui en avait alors cent
foixante, lui ferait un enfant dans l'année.

Abraham, qui aimait à voyager, alla dans le défert
horrible de Cadès avec fa femme groffe, toujours

jeune & toujours jolie. Un roi de ce défert ne manqua pas d'être amoureux de *Sara* comme le roi d'Egypte l'avait été. Le père des croyans fit le même menfonge qu'en Egypte : il donna fa femme pour fa fœur , & eut encore de cette affaire des brebis , des bœufs , des ferviteurs, & des fervantes. On peut dire que cet *Abraham* devint fort riche du chef de fa femme. Les commentateurs ont fait un nombre prodigieux de volumes pour juftifier la conduite d'*Abraham*, & pour concilier la chronologie. Il faut donc renvoyer le lecteur à ces commentaires. Ils font tous compofés par des efprits fins & délicats , excellens métaphyficiens, gens fans préjugés , & point du tout pédans.

Au refte ce nom *Bram*, *Abram* était fameux dans l'Inde & dans la Perfe : plufieurs doctes prétendent même que c'était le même légiflateur que les Grecs appelèrent *Zoroaftre.* D'autres difent que c'était le *Brama* des Indiens : ce qui n'eft pas démontré.

Mais ce qui paraît fort raifonnable à beaucoup de favans, c'eft que cet *Abraham* était chaldéen ou perfan : les Juifs dans la fuite des temps fe vantèrent d'en être defcendus, comme les Francs defcendent d'*Hector* , & les Bretons de *Tubal.* Il eft conftant que la nation juive était une horde très-moderne ; qu'elle ne s'établit vers la Phénicie que très-tard ; qu'elle était entourée de peuples anciens ; qu'elle adopta leur langue ; qu'elle prit d'eux jufqu'au nom d'Ifraël, lequel eft chaldéen, fuivant le témoignage même du juif *Flavien Jofephe.* On fait qu'elle prit jufqu'aux noms des anges chez les Babyloniens ; qu'enfin elle n'appela Dieu du nom d'Eloï, ou Eloa , d'Adonaï, de Jehova ou Hiao que d'après les Phéniciens.

D 3

Elle ne connut probablement le nom d'*Abraham* ou d'*Ibrahim* que par les Babyloniens ; car l'ancienne religion de toutes les contrées, depuis l'Euphrate jufqu'à l'Oxus, était appelée *Kish Ibrahim*, *Milat Ibrahim*. C'eft ce que toutes les recherches faites fur les lieux par le favant *Hyde* nous confirment.

Les Juifs firent donc de l'hiftoire & de la fable ancienne, ce que leurs fripiers font de leurs vieux habits, il les retournent & les vendent comme neufs le plus chèrement qu'ils peuvent.

C'eft un fingulier exemple de la ftupidité humaine que nous ayons fi long-temps regardé les Juifs comme une nation qui avait tout enfeigné aux autres, tandis que leur hiftorien *Jofephe* avoue lui-même le contraire.

Il eft difficile de percer dans les ténèbres de l'antiquité ; mais il eft évident que tous les royaumes de l'Afie étaient très-floriffans avant que la horde vagabonde des Arabes appelés Juifs, poffédât un petit coin de terre en propre, avant qu'elle eût une ville, des lois & une religion fixe. Lors donc qu'on voit un ancien rite, une ancienne opinion établie en Egypte ou en Afie, & chez les Juifs, il eft bien naturel de penfer que le petit peuple nouveau, ignorant, groffier, toujours privé des arts, a copié, comme il a pu, la nation antique, floriffante, & induftrieufe.

C'eft fur ce principe qu'il faut juger la Judée, la Bifcaye, Cornouailles, Bergame le pays d'*Arlequin*, &c. : certainement la triomphante Rome n'imita rien de la Bifcaye, de Cornouailles, ni de Bergame ; & il faut être ou un grand ignorant, ou un grand fripon, pour dire que les Juifs enfeignèrent les Grecs.

(*Article tiré de* M. *Fréret.*)

SECTION III.

IL ne faut pas croire qu'*Abraham* ait été feulement connu des Juifs ; il eft révéré dans toute l'Afie & jufqu'au fond des Indes. Ce nom qui fignifie *père d'un peuple* dans plus d'une langue orientale, fut donné à un habitant de la Chaldée, de qui plufieurs nations fe font vantées de defcendre. Le foin que prirent les Arabes & les Juifs d'établir leur defcendance de ce patriarche, ne permet pas aux plus grands pyrrhoniens de douter qu'il y ait eu un *Abraham*.

Les livres hébreux le font fils de *Tharé*, & les Arabes difent que ce *Tharé* était fon aïeul, & qu'*Azar* était fon père ; en quoi ils ont été fuivis par plufieurs chrétiens. Il y a parmi les interprètes quarante deux opinions fur l'année dans laquelle *Abraham* vint au monde, & je n'en hafarderai pas une quarante-troifième ; il paraît même par les dates qu'*Abraham* a vécu foixante ans plus que le texte ne lui en donne : mais des mécomptes de chronologie ne ruinent point la vérité d'un fait, & quand le livre qui parle d'*Abraham* ne ferait pas facré comme l'était la loi, ce patriarche n'en exifterait pas moins ; les Juifs diftinguaient entre des livres écrits par des hommes d'ailleurs infpirés & des livres infpirés en particulier. Leur hiftoire, quoique liée à leur loi, n'était pas cette loi même. Quel moyen de croire en effet que DIEU eût diété de fauffes dates ?

Philon le Juif & *Suidas* rapportent que *Tharé*, père ou grand-père d'*Abraham*, qui demeurait à Ur en Chaldée, était un pauvre homme qui gagnait fa vie à faire de petites idoles, & qui était lui-même idolâtre.

D 4

S'il eſt ainſi, cette antique religion des Sabéens qui n'avaient point d'idoles, & qui vénéraient le ciel, n'était pas encore peut-être établie en Chaldée; ou ſi elle régnait dans une partie de ce pays, l'idolâtrie pouvait fort bien en même temps dominer dans l'autre. Il ſemble que dans ce temps-là chaque petite peuplade avait ſa religion. Toutes étaient permiſes, & toutes étaient paiſiblement confondues de la même manière que chaque famille avait dans l'intérieur ſes uſages particuliers. *Laban*, le beau-père de *Jacob*, avait des idoles. Chaque peuplade trouvait bon que la peuplade voiſine eût ſes dieux, & ſe bornait à croire que le ſien était le plus puiſſant.

L'Ecriture dit que le dieu des Juifs qui leur deſtinait le pays de Canaan, ordonna à *Abraham* de quitter le pays fertile de la Chaldée pour aller vers la Paleſtine, & lui promit qu'en ſa ſemence toutes les nations de la terre ſeraient bénites. C'eſt aux théologiens qu'il appartient d'expliquer, par l'allégorie & par le ſens myſtique, comment toutes les nations pouvaient être bénites dans une ſemence dont elles ne deſcendaient pas; & ce ſens myſtique reſpectable n'eſt pas l'objet d'une recherche purement critique. Quelque temps après ces promeſſes, la famille d'*Abraham* fut affligée de la famine, & alla en Egypte pour avoir du blé: c'eſt une deſtinée ſingulière que les Hébreux n'aient jamais été en Egypte que preſſés par la faim; car *Jacob* y envoya depuis ſes enfans pour la même cauſe.

Abraham, qui était fort vieux, fit donc ce voyage avec *Saraï* ſa femme, âgée de ſoixante & cinq ans; elle était très-belle, & *Abraham* craignait que les

Egyptiens, frappés de fes charmes, ne le tuaffent pour
jouir de cette rare beauté: il lui propofa de paffer
feulement pour fa fœur &c. Il faut qu'alors la nature
humaine eût une vigueur que le temps & la molleffe
ont affaiblie depuis; c'eft le fentiment de tous les
anciens: on a prétendu même qu'*Hélène* avait foixante
& dix ans quand elle fut enlevée par *Pâris*. Ce que
Abraham avait prévu arriva; la jeuneffe égyptienne
trouva fa femme charmante malgré les foixante &
cinq ans; le roi lui-même en fut amoureux & la
mit dans fon férail, quoiqu'il y eût probablement
des filles plus jeunes ; mais le Seigneur frappa le
roi & tout fon férail de très-grandes plaies. Le texte
ne dit pas comment le roi fut que cette beauté dangereufe était la femme d'*Abraham*; mais enfin il le fut
& la lui rendit.

Il fallait que la beauté de *Saraï* fût inaltérable; car
vingt-cinq ans après, étant groffe à quatre-vingt-dix
ans, & voyageant avec fon mari chez un roi de
Phénicie nommé *Abimélec*, *Abraham*, qui ne s'était pas
corrigé, la fit encore paffer pour fa fœur. Le roi
phénicien fut auffi fenfible que le roi d'Egypte: DIEU
apparut en fonge à cet *Abimélec*, & le menaça de mort
s'il touchait à fa nouvelle maîtreffe. Il faut avouer
que la conduite de *Saraï* était auffi étrange que la
durée de fes charmes.

La fingularité de ces aventures était probablement
la raifon qui empêchait les Juifs d'avoir la même
efpèce de foi à leurs hiftoires qu'à leur Lévitique. Il n'y
avait pas un feul ïota de leur loi qu'ils ne cruffent ;
mais l'hiftorique n'exigeait pas le même refpect. Ils
étaient pour ces anciens livres dans le cas des Anglais

qui admettaient les lois de *St Edouard*, & qui ne croyaient pas tous abfolument que *St Edouard* guérît des écrouelles ; ils étaient dans le cas des Romains, qui en obéiffant à leurs premières lois, n'étaient pas obligés de croire aux miracles du crible rempli d'eau, du vaiffeau tiré au rivage par la ceinture d'une veftale, de la pierre coupée par un rafoir &c. Voilà pourquoi *Jofephe* l'hiftorien, très-attaché à fon culte, laiffe à fes lecteurs la liberté de croire ce qu'ils voudront des anciens prodiges qu'il rapporte ; voilà pourquoi il était très-permis aux faducéens de ne pas croire aux anges, quoiqu'il foit fi fouvent parlé des anges dans l'ancien teftament ; mais il n'était pas permis à ces faducéens de négliger les fêtes, les cérémonies, & les abftinences prefcrites.

Cette partie de l'hiftoire d'*Abraham*, c'eft-à-dire fes voyages chez les rois d'Egypte & de Phénicie, prouve qu'il y avait de grands royaumes déjà établis quand la nation juive exiftait dans une feule famille ; qu'il y avait déjà des lois, puifque fans elles un grand royaume ne peut fubfifter ; que par conféquent la loi de *Moïfe* qui eft poftérieure ne peut être la première. Il n'eft pas néceffaire qu'une loi foit la plus ancienne de toutes pour être divine, & DIEU eft fans doute le maître des temps. Il eft vrai qu'il paraîtrait plus conforme aux faibles lumières de notre raifon que DIEU ayant une loi à donner lui-même, l'eût donnée d'abord à tout le genre-humain ; mais s'il eft prouvé qu'il fe foit conduit autrement, ce n'eft pas à nous à l'interroger.

Le refte de l'hiftoire d'*Abraham* eft fujet à de grandes difficultés. DIEU qui lui apparaît fouvent, & qui fait

avec lui plufieurs traités, lui envoie un jour trois anges
dans la vallée de Mambré ; le patriarche leur donne
à manger du pain, un veau, du beurre, & du lait.
Les trois efprits dînent, & après le dîner on fait venir
Sara qui avait cuit le pain. L'un de ces anges que le
texte appelle le *Seigneur*, l'*Eternel*, promet à *Sara*
que dans un an elle aura un fils. *Sara* qui avait alors
quatre-vingt-quatorze ans, & dont le mari était âgé
de près de cent années, fe mit à rire de la promeffe ;
preuve qu'elle avouait fa décrépitude, preuve que felon
l'Ecriture même la nature humaine n'était pas alors
fort différente de ce qu'elle eft aujourd'hui. Cependant
cette même décrépite, devenue groffe, charme l'année
fuivante le roi *Abimélec* comme nous l'avons vu. Certes,
fi on regarde ces hiftoires comme naturelles, il faut
avoir une efpèce d'entendement tout contraire à celui
que nous avons, ou bien il faut regarder prefque
chaque trait de la vie d'*Abraham* comme un miracle,
ou il faut croire que tout cela n'eft qu'une allégorie :
quelque parti qu'on prenne, on fera encore très-
embarraffé. Par exemple, quel tour pourrons-nous
donner à la promeffe que DIEU fait à *Abraham* de
l'inveftir lui & fa poftérité de toute la terre de Canaan
que jamais ce chaldéen ne poffédà: c'eft-là une de
ces difficultés qu'il eft impoffible de réfoudre.

Il paraît étonnant que DIEU ayant fait naître *Ifaac*
d'une femme de quatre-vingt-quinze ans & d'un père
centénaire, il ait enfuite ordonné au père d'égorger
ce même enfant qu'il lui avait donné contre toute
attente. Cet ordre étrange de DIEU femble faire voir
que dans le temps où cette hiftoire fut écrite, les facrifices de victimes humaines étaient en ufage chez les

Juifs comme ils le devinrent chez d'autres nations, témoin le vœu de *Jephté*. Mais on peut dire que l'obéiſſance d'*Abraham*, prêt de ſacrifier ſon fils au Dieu qui le lui avait donné, eſt une allégorie de la réſignation que l'homme doit aux ordres de l'Etre ſuprême.

Il y a ſurtout une remarque bien importante à faire ſur l'hiſtoire de ce patriarche, regardé comme le père des Juifs & des Arabes. Ses principaux enfans ſont *Iſaac*, né de ſa femme par une faveur miraculeuſe de la Providence, & *Iſmaël* né de ſa ſervante. C'eſt dans *Iſaac* qu'eſt bénie la race du patriarche, & cependant *Iſaac* n'eſt le père que d'une nation malheureuſe & mépriſable, long-temps eſclave & plus long-temps diſperſée. *Iſmaël* au contraire eſt le père des Arabes, qui ont enfin fondé l'empire des Califes, un des plus puiſſans & des plus étendus de l'univers.

Les muſulmans ont une grande vénération pour *Abraham* qu'ils appellent *Ibrahim*. Ceux qui le croient enterré à Hébron y vont en pélerinage; ceux qui penſent que ſon tombeau eſt à la Mecque, l'y révèrent.

Quelques anciens perſans ont cru qu'*Abraham* était le même que *Zoroaſtre*. Il lui eſt arrivé la même choſe qu'à la plupart des fondateurs des nations orientales, auxquels on attribuait différens noms & différentes aventures; mais par le texte de l'Ecriture il paraît qu'il était un de ces arabes vagabonds qui n'avaient pas de demeure fixe.

On le voit naître à Ur en Chaldée, aller à Haran, puis en Paleſtine, en Egypte, en Phénicie, & enfin être obligé d'acheter un ſépulcre à Hébron.

Une des plus remarquables circonftances de fa vie, c'eft qu'à l'âge de quatre-vingt-dix-neuf ans , n'ayant point encore engendré *Ifaac*, il fe fit circoncire lui & fon fils *Ifmaël* & tous fes ferviteurs. Il avait apparemment pris cette idée chez les Egyptiens. Il eft difficile de démêler l'origine d'une pareille opération. Ce qui paraît le plus probable, c'eft qu'elle fut inventée pour prévenir les abus de la puberté. Mais pourquoi couper fon prépuce à cent ans?

On prétend d'un autre côté que les prêtres feuls d'Egypte étaient anciennement diftingués par cette coutume. C'était un ufage très-ancien en Afrique & dans une partie de l'Afie , que les plus faints perfonnages préfentaffent leur membre viril à baifer aux femmes qu'ils rencontraient. On portait en proceffion en Egypte le phallum qui était un gros Priape. Les organes de la génération étaient regardés comme quelque chofe de noble & de facré , comme un fymbole de la puiffance divine; on jurait par elles, & lorfque l'on fefait un ferment à quelqu'un , on mettait la main à fes *teflicules* ; c'eft peut-être même de cette ancienne coutume qu'ils tirèrent enfuite leur nom, qui fignifie *témoins*, parce qu'autrefois ils fervaient ainfi de témoignage & de gage. Quand *Abraham* envoya fon ferviteur demander *Rebecca* pour fon fils *Ifaac*, le ferviteur mit la main aux parties génitales d'*Abraham* , ce qu'on a traduit par le mot *cuiffe*.

On voit par-là combien les mœurs de cette haute antiquité différaient en tout des nôtres. Il n'eft pas plus étonnant aux yeux d'un philofophe qu'on ait juré autrefois par cette partie que par la tête, & il n'eft pas étonnant que ceux qui voulaient fe diftinguer des autres hommes, miffent un figne à cette partie révérée.

La Genèfe dit que la circoncifion fut un pacte entre DIEU & *Abraham*, & elle ajoute expreffément qu'on fera mourir quiconque ne fera pas circoncis dans la maifon. Cependant on ne dit point qu'*Ifaac* l'ait été, & il n'eft plus parlé de circoncifion jufqu'au temps de *Moïfe*.

On finira cet article par une autre obfervation, c'eft qu'*Abraham* ayant eu de *Sara* & d'*Agar* deux fils qui furent chacun le père d'une grande nation, il eut fix fils de *Céthura* qui s'établirent dans l'Arabie, mais leur poftérité n'a point été célébre.

A B U S.

VICE attaché à tous les ufages, à toutes les lois, à toutes les inftitutions des hommes ; le détail n'en pourrait être contenu dans aucune bibliothèque.

Les abus gouvernent les Etats. *Maximus ille eft qui minimis urgetur.* On peut dire aux Chinois, aux Japonais, aux Anglais : Votre gouvernement fourmille d'abus que vous ne corrigez point. Les Chinois répondront : Nous fubfiftons en corps de peuple depuis cinq mille ans, & nous fommes aujourd'hui peut-être la nation de la terre la moins infortunée, parce que nous fommes la plus tranquille. Le Japonais en dira à peu près autant. L'Anglais dira : Nous fommes puiffans fur mer & affez à notre aife fur terre. Peut-être dans dix mille ans perfectionnerons-nous nos ufages. Le grand fecret eft d'être encore mieux que les autres avec des abus énormes.

Nous ne parlerons ici que de *l'appel comme d'abus.*

C'eſt une erreur de penſer que maître *Pierre de Cugnières*, chevalier ès lois, avocat du roi au parlement de Paris, ait appelé comme d'abus en 1330, ſous *Philippe de Valois*. La formule d'appel comme d'abus ne fut introduite que ſur la fin du règne de *Louis XII. Pierre Cugnières* fit ce qu'il put pour réformer l'abus des uſurpations eccléſiaſtiques dont les parlemens, tous les juges ſéculiers & tous les ſeigneurs haut-juſticiers ſe plaignaient; mais il n'y réuſſit pas.

Le clergé n'avait pas moins à ſe plaindre des ſeigneurs qui n'étaient après tout que des tyrans ignorans, qui avaient corrompu toute juſtice; & ils regardaient les eccléſiaſtiques comme des tyrans qui ſavaient lire & écrire.

Enfin le roi convoqua les deux parties dans ſon palais, & non pas dans ſa cour du parlement comme le dit *Paſquier;* le roi s'aſſit ſur ſon trône, entouré des pairs, des hauts-barons, & des grands-officiers qui compoſaient ſon conſeil.

Vingt évêques comparurent; les ſeigneurs complaignans apportèrent leurs mémoires. L'archevêque de Sens & l'évêque d'Autun parlèrent pour le clergé. Il n'eſt point dit quel fut l'orateur du parlement & des ſeigneurs. Il paraît vraiſemblable que le diſcours de l'avocat du roi fut un réſumé des allégations des deux partics. Il ſe peut auſſi qu'il eût parlé pour le parlement & pour les ſeigneurs, & que ce fût le chancelier qui réſuma les raiſons alléguées de part & d'autre. Quoi qu'il en ſoit, voici les plaintes des barons & du parlement rédigées par *Pierre Cugnières.*

Iº. Lorfqu'un laïque ajournait devant le juge royal ou feigneurial un clerc qui n'était pas même tonfuré, mais feulement gradué, l'official fignifiait aux juges de ne point paffer outre, fous peine d'excommunication & d'amende.

IIº. La jurifdiction eccléfiaftique forçait les laïques de comparaître devant elle dans toutes leurs conteftations avec les clercs pour fucceffion, prêt d'argent, & en toute matière civile.

IIIº. Les évêques & abbés établiffaient des notaires dans les terres mêmes des laïques.

IVº. Ils excommuniaient ceux qui ne payaient pas leurs dettes aux clercs; & fi le juge laïque ne les contraignait pas de payer, ils excommuniaient le juge.

Vº. Lorfque le juge féculier avait faifi un voleur, il fallait qu'il remît au juge eccléfiaftique les effets volés ; finon il était excommunié.

VIº. Un excommunié ne pouvait obtenir fon abfolution fans payer une amende arbitraire.

VIIº. Les officiaux dénonçaient à tout laboureur & manœuvre qu'il ferait damné & privé de la fépulture, s'il travaillait pour un excommunié.

VIIIº. Les mêmes officiaux s'arrogeaient de faire les inventaires dans les domaines mêmes du roi, fous prétexte qu'ils favaient écrire.

IXº. Ils fe fefaient payer pour accorder à un nouveau marié la liberté de coucher avec fa femme.

Xº. Ils s'emparaient de tous les teftamens.

XIº. Ils déclaraient damné tout mort qui n'avait point fait de teftament, parce qu'en ce cas il n'avait rien laiffé à l'Eglife; & pour lui laiffer du moins les
.honneurs

honneurs de l'enterrement, ils fefaient en fon nom un teftament plein de legs pieux.

Il y avait foixante-fix griefs à peu près femblables.

Pierre Roger, archevêque de Sens, prit favamment la parole ; c'était un homme qui paffait pour un vafte génie, & qui fut depuis pape fous le nom de *Clément VI.* Il protefta d'abord qu'il ne parlait point pour être jugé, mais pour juger fes adverfaires, & pour inftruire le roi de fon devoir.

Il dit que JESUS-CHRIST étant Dieu & homme avait eu le pouvoir temporel & fpirituel ; & que par conféquent les miniftres de l'Eglife, qui lui avaient fuccédé, étaient les juges-nés de tous les hommes fans exception. Voici comme il s'exprima :

> Sers Dieu dévotement,
> Baille-lui largement,
> Révère fa gent duement,
> Rends-lui le fien entièrement.

Ces rimes firent un très-bel effet. (Voyez *Libellus Bertrandi cardinalis*, tome **I** des Libertés de l'Eglife gallicane.)

Pierre Bertrandi, évêque d'Autun, entra dans de plus grands détails. Il affura que l'excommunication n'étant jamais lancée que pour un péché mortel, le coupable devait faire pénitence, & que la meilleure pénitence était de donner de l'argent à l'Eglife. Il repréfenta que les juges eccléfiaftiques étaient plus capables que les juges royaux ou feigneuriaux de rendre juftice, parce qu'ils avaient étudié les décrétales que les autres ignoraient.

Dictionn. philofoph. Tome I.   E

Mais on pouvait lui répondre qu'il fallait obliger les baillis & les prévôts du royaume à lire les décrétales pour ne jamais les suivre.

Cette grande affemblée ne fervit à rien ; le roi croyait avoir befoin alors de ménager le pape né dans fon royaume, fiégeant dans Avignon, & ennemi mortel de l'empereur *Louis de Bavière*. La politique dans tous les temps conferva les abus dont fe plaignait la juftice. Il refta feulement dans le parlement une mémoire ineffaçable du difcours de *Pierre Cugnières*. Ce tribunal s'affermit dans l'ufage où il était déjà de s'oppofer aux prétentions cléricales ; on appela toujours des fentences des officiaux au parlement , & peu à peu cette procédure fut appelée *Appel comme d'abus*.

Enfin tous les parlemens du royaume fe font accordés à laiffer à l'Eglife fa difcipline , & à juger tous les hommes indiftinctement fuivant les lois de l'Etat , en confervant les formalités prefcrites par les ordonnances.

A B U S   D E S   M O T S.

Les livres, comme les converfations, nous donnent rarement des idées précifes. Rien n'eft fi commun que de lire & de converfer inutilement.

Il faut répéter ici ce que *Locke* a tant recommandé, *définiffez les termes*.

Une dame a trop mangé & n'a point fait d'exercice, elle eft malade ; fon médecin lui apprend qu'il y a dans elle une humeur peccante, des impuretés , des obftructions, des vapeurs, & lui prefcrit une drogue qui purifiera fon fang. Quelle idée nette peuvent donner tous ces mots? la malade & les parens qui écoutent ne les comprennent pas plus que le médecin. Autrefois on ordonnait une décoction de plantes chaudes ou froides au fecond, au troifième degré.

Un jurifconfulte dans fon inftitut criminel annonce que l'inobfervation des fêtes & dimanches eft un crime de lèfe-majefté divine au fecond chef. *Majefté divine* donne d'abord l'idée du plus énorme des crimes & du châtiment le plus affreux ; de quoi s'agit-il? d'avoir manqué vêpres, ce qui peut arriver au plus honnête homme du monde.

Dans toutes les difputes fur la liberté un argumentant entend prefque toujours une chofe, & fon adverfaire une autre. Un troifième furvient qui n'entend ni le premier, ni le fecond, & qui n'en eft pas entendu.

Dans les difputes fur la liberté, l'un a dans la tête la puiffance d'agir, l'autre la puiffance de vouloir, le dernier le défir d'exécuter ; ils courent tous trois, chacun dans fon cercle, & ne fe rencontrent jamais.

Il en eft de même dans les querelles fur la grâce. Qui peut comprendre fa nature, fes opérations, & la fuffifante qui ne fuffit pas, & l'efficace à laquelle on réfifte ?

On a prononcé deux mille ans les mots de *forme fubftantielle* fans en avoir la moindre notion. On y a fubftitué les natures plaftiques fans y rien gagner.

Un voyageur eft arrêté par un torrent; il demande le gué à un villageois qu'il voit de loin vis-à-vis de lui : Prenez à droite, lui crie le payfan ; il prend la droite & fe noie; l'autre court à lui : Hé malheureux ! je ne vous avais pas dit d'avancer à votre droite, mais à la mienne.

Le monde eſt plein de ces mal-entendus. Comment un norvégien en liſant cette formule, *ſerviteur des ſerviteurs de* DIEU, découvrira-t-il que c'eſt l'évêque des évêques & le roi des rois qui parle ?

Dans le temps que les fragmens de *Pétrone* feſaient grand bruit dans la littérature, *Meibomius*, grand ſavant de Lubeck, lit dans une lettre imprimée d'un autre ſavant de Bologne : Nous avons ici un *Pétrone* entier ; je l'ai vu de mes yeux & avec admiration ; *habemus hîc Petronium integrum, quem vidi meis oculis, non fine admiratione.* Auſſitôt il part pour l'Italie, court à Bologne, va trouver le bibliothécaire *Capponi*, lui demande s'il eſt vrai qu'on ait à Bologne le *Pétrone* entier. *Capponi* lui répond que c'eſt une choſe dès long-temps publique. Puis-je voir ce *Pétrone* ? ayez la bonté de me le montrer. Rien n'eſt plus aiſé, dit *Capponi*. Il le mène à l'égliſe où repoſe le corps de *St Pétrone. Meibomius* prend la poſte & s'enfuit.

Si le jéſuite *Daniel* a pris un abbé guerrier, *martialem abbatem*, pour l'abbé *Martial*, cent hiſtoriens ſont tombés dans de plus grandes mépriſes. Le jéſuite d'*Orléans*, dans ſes *Révolutions d'Angleterre*, mettait indifféremment *Northampton* & *Southampton*, ne ſe trompant que du nord au ſud.

Des termes métaphoriques, pris au ſens propre, ont décidé quelquefois de l'opinion de vingt nations. On connaît la métaphore d'*Iſaïe* : *Comment es-tu tombée du ciel, étoile de lumière qui te levais le matin ?* On s'imagina que ce diſcours s'adreſſait au diable. Et comme le mot hébreux qui répond à l'étoile de *Vénus* a été traduit par le mot *Lucifer* en latin, le diable depuis ce temps-là s'eſt toujours appelé *Lucifer*. (*)

(*) Voyez *Beker* & *Diable*.

On s'eft fort moqué de la carte du tendre de made-moifelle *Scudéri*. Les amans s'embarquent fur le fleuve de tendre, on dîne à tendre fur eftime, on foupe à tendre fur inclination, on couche à tendre fur défir; le lendemain on fe trouve à tendre fur paffion, & enfin à tendre fur tendre. Ces idées peuvent être ridicules, furtout quand ce font des *Clélies*, des *Horatius Coclès*, & des romains auftères & agreftes qui voyagent; mais cette carte géographique montre au moins que l'amour a beaucoup de logemens différens. Cette idée fait voir que le même mot ne fignifie pas la même chofe, que la différence eft prodigieufe entre l'amour de *Tarquin* & celui de *Céladon*, entre l'amour de *David* pour *Jonathas*, qui était plus fort que celui des femmes, & l'amour de l'abbé *Desfontaines* pour de petits ramoneurs de cheminée.

Le plus fingulier exemple de cet abus des mots, de ces équivoques volontaires, de ces mal entendus qui ont caufé tant de querelles, eft le *King-tien* de la Chine. Des miffionnaires d'Europe difputent entre eux violemment fur la fignification de ce mot. La cour de Rome envoie un français nommé *Maigrot*, qu'elle fait évêque imaginaire d'une province de la Chine pour juger de ce différend. Ce *Maigrot* ne fait pas un mot de chinois; l'empereur daigne lui faire dire ce qu'il entend par *King-tien*; *Maigrot* ne veut pas l'en croire, & fait condamner à Rome l'empereur de la Chine.

On ne tarit point fur cet abus des mots. En hif-toire, en morale, en jurifprudence, en médecine, mais furtout en théologie, gardez-vous des équi-voques.

E 3

Boileau n'avait pas tort quand il fit la fatire qui porte ce nom ; il eût pu la mieux faire ; mais il y a des vers dignes de lui que l'on cite tous les jours :

> Lorque chez tes fujets l'un contre l'autre armés,
> Et fur un Dieu fait homme au combat animés,
> Tu fis dans une guerre & fi vive & fi longue
> Périr tant de chrétiens martyrs d'une diphthongue.

A C A D E M I E.

LES académies font aux univerfités ce que l'âge mûr eft à l'enfance, ce que l'art de bien parler eft à la grammaire, ce que la politeffe eft aux premières leçons de la civilité. Les académies n'étant point mercenaires doivent être abfolument libres. Telles ont été les académies d'Italie, telle eft l'académie françaife & furtout la fociété royale de Londres.

L'académie françaife, qui s'eft formée elle-même, reçut à la vérité des lettres-patentes de *Louis XIII*, mais fans aucun falaire, & par conféquent fans aucune fujétion. C'eft ce qui engagea les premiers hommes du royaume, & jufqu'à des princes, à demander d'être admis dans cet illuftre corps. La fociété de Londres a eu le même avantage.

Le célébre *Colbert*, étant membre de l'académie françaife, employa quelques-uns de fes confrères à compofer les infcriptions & les devifes pour les bâtimens publics. Cette petite affemblée, dont furent enfuite *Racine* & *Boileau*, devint bientôt une académie à part. On peut dater même de l'année 1 6 6 3 l'établiffement de cette académie des infcriptions, nommée aujourd'hui *des belles-lettres*, & celle de l'académie des fciences de 1666. Ce font deux établiffemens qu'on doit au même miniftre qui contribua en tant de genres à la fplendeur du fiècle de *Louis XIV*.

Lorfqu'après la mort de *Jean-Baptifte Colbert* & celle du marquis de *Louvois*, le comte de *Pontchartrain* fecré-taire d'Etat eut le département de Paris, il chargea l'abbé *Bignon* fon neveu de gouverner les nouvelles académies. On imagina des places d'honoraires qui n'exigeaient nulle fcience, & qui étaient fans rétribu-tion ; des places de penfionnaires qui demandaient du travail, défagréablement diftinguées de celle des honoraires ; des places d'affociés fans penfion, & des places d'élèves, titre encore plus défagréable & fupprimé depuis.

L'académie des belles-lettres fut mife fur le même pied. Toutes deux fe foumirent à la dépendance immé-diate du fecrétaire d'Etat, & à la diftinction révoltante des honorés, des penfionnés & des élèves.

L'abbé *Bignon* ofa propofer le même règlement à l'académie françaife dont il était membre. Il fut reçu avec une indignation unanime. Les moins opulens de l'académie furent les premiers à rejeter fes offres, & à préférer la liberté & l'honneur à des penfions.

L'abbé *Bignon* qui, avec l'intention louable de faire du bien, n'avait pas affez ménagé la nobleffe des fentimens de fes confrères, ne remit plus le pied à l'académie françaife ; il régna dans les autres tant que le comte de *Pontchartrain* fut en place. Il réfumait même les mémoires lus aux féances publiques, quoiqu'il faille l'érudition la plus profonde & la plus étendue pour rendre compte fur le champ d'une differtation fur des

E 4

points épineux de phyſique & de mathématique ; & il paſſa pour un *Mécène*. Cet uſage de réſumer les diſcours a ceſſé, mais la dépendance eſt demeurée.

Ce mot d'académie devint ſi célébre que lorſque *Lulli*, qui était une eſpèce de favori, eut obtenu l'établiſſement de ſon opéra en 1672, il eut le crédit de faire inférer dans les patentes, que c'était une *académie royale de muſique, & que les gentilshommes & les demoiſelles pourraient y chanter ſans déroger*. Il ne fit pas le même honneur aux danſeurs & aux danſeuſes ; cependant le public a toujours conſervé l'habitude d'aller à l'opéra, & jamais à l'académie de muſique.

On ſait que ce mot *académie* emprunté des Grecs ſignifiait originairement une ſociété, une école de philoſophie d'Athènes, qui s'aſſemblait dans un jardin légué par *Academus*.

Les Italiens furent les premiers qui inſtituèrent de telles ſociétés après la renaiſſance des lettres. L'académie de *la Cruſca* eſt du ſeizième ſiècle. Il y en eut enſuite dans toutes les villes où les ſciences étaient cultivées.

Ce titre a été tellement prodigué en France, qu'on l'a donné pendant quelques années à des aſſemblées de joueurs qu'on appelait autrefois *des tripots*. On diſait *académies de jeu*. On appela les jeunes gens qui apprenaient l'équitation & l'eſcrime dans des écoles deſtinées à ces arts, *académiſtes*, & non pas *académiciens*.

Le titre d'*académicien* n'a été attaché par l'uſage qu'aux gens de lettres des trois académies, la françaiſe, celle des ſciences, celle des inſcriptions.

L'académie françaiſe a rendu de grands ſervices à la langue.

Celle des fciences a été très-utile en ce qu'elle n'adopte aucun fyſtème, & qu'elle publie les découvertes & les tentatives nouvelles.

Celle des infcriptions s'eſt occupée des recherches fur les monumens de l'antiquité, & depuis quelques années il en eſt forti des mémoires très-inſtructifs.

C'eſt un devoir établi par l'honnêteté publique que les membres de ces trois académies fe refpectent les uns les autres dans les recueils que ces fociétés impriment. L'oubli de cette politeſſe néceſſaire eſt très-rare. Cette groſſièreté n'a guère été reprochée de nos jours qu'à l'abbé *Foucher* de l'académie des infcriptions, qui s'étant trompé dans un mémoire fur *Zoroaſtre*, voulut appuyer fa méprife par des expreſſions qui autrefois étaient trop en ufage dans les écoles, & que le favoir-vivre a profcrites ; mais le corps n'eſt pas refponfable des fautes des membres.

La fociété de Londres n'a jamais pris le titre d'*académie*.

Les académies dans les provinces ont produit des avantages fignalés. Elles ont fait naître l'émulation, forcé au travail, accoutumé les jeunes gens à de bonnes lectures, diſſipé l'ignorance & les préjugés de quelques villes, infpiré la politeſſe, & chaſſé autant qu'on le peut le pédantifme.

On n'a guère écrit contre l'académie françaife que des plaifanteries frivoles & infipides. La comédie des *Académiciens* de St *Evremont* eut quelque réputation en fon temps ; mais une preuve de fon peu de mérite, c'eſt qu'on ne s'en fouvient plus, au lieu que les bonnes fatires de *Boileau* font immortelles. Je ne fais pourquoi *Péliſſon* dit que la comédie des *Académiciens* tient de la farce. Il me femble que c'eft un fimple dialogue fans intrigue & fans fel, auffi fade que le *Sir Politik* & que la comédie des *Opéra*, & que prefque tous les ouvrages de *St Evremont* qui ne font, à quatre ou cinq pièces près, que des futilités en ftyle pincé & en antithèfes. (*a*)

A D A M.

SECTION I.

ON a tant parlé, tant écrit d'*Adam*, de fa femme, des préadamites &c... les rabbins ont débité fur *Adam* tant de rêveries, & il eft fi plat de répéter ce que les autres ont dit, qu'on hafarde ici fur *Adam* une idée affez neuve, du moins elle ne fe trouve dans aucun ancien auteur, dans aucun père de l'Eglife, ni dans aucun prédicateur ou théologien, ou critique, ou fcoliafte de ma connaiffance. C'eft le profond fecret qui a été gardé fur *Adam* dans toute la terre habitable, excepté en Paleftine, jufqu'au temps où les livres juifs commencèrent à être connus dans Alexandrie, lorfqu'ils furent traduits en grec fous un des *Ptolomées*. Encore furent-ils très-peu connus ; les gros livres étaient très-rares & très-chers ; & de plus les juifs de Jérufalem furent fi en colère contre ceux d'Alexandrie, leur firent tant de reproches d'avoir traduit leur Bible en langue profane, leur dirent tant d'injures, & crièrent fi haut au Seigneur, que les juifs alexandrins cachèrent leur traduction autant qu'ils le purent. Elle fut fi fecrète qu'aucun auteur grec ou romain n'en parle jufqu'au temps de l'empereur *Aurélien*.

(*a*) Voyez le Mercure de France, juin pag. 151 ; juillet deuxième volume pag. 144, & août pag. 122, année 1769.

Or l'hiftorien *Jofephe* avoue dans fa réponfe à *Appion* que les Juifs n'avaient eu long-temps aucun commerce avec les autres nations. *Nous habitons*, dit-il, *un pays éloigné de la mer ; nous ne nous appliquons point au commerce ; nous ne communiquons point avec les autres peuples . . . Y a-t-il fujet de s'étonner que notre nation habitant fi loin de la mer, & affectant de ne rien écrire, ait été fi peu connue ?* (a)

On demandera ici comment *Jofephe* pouvait dire que fa nation affectait de ne rien écrire lorfqu'elle avait vingt-deux livres canoniques, fans compter le *Targum d'Onkelos*. Mais il faut confidérer que vingt-deux volumes très-petits étaient fort peu de chofe en comparaifon de la multitude des livres confervés dans la bibliothèque d'Alexandrie, dont la moitié fut brûlée dans la guerre de *Céfar*.

Il eft conftant que les Juifs avaient très-peu écrit, très-peu lu ; qu'ils étaient profondément ignorans en aftronomie, en géométrie, en géographie, en phyfique ; qu'ils ne favaient rien de l'hiftoire des autres peuples, & qu'ils ne commencèrent enfin à s'inftruire que dans Alexandrie. Leur langue était un mélange barbare d'ancien phénicien & de chaldéen corrompu. Elle était fi pauvre qu'il leur manquait plufieurs modes dans la conjugaifon de leurs verbes.

De plus ne communiquant à aucun étranger leurs livres ni leurs titres, perfonne fur la terre, excepté eux,

---

(a) Les Juifs étaient très-connus des Perfes, puifqu'ils furent difperfés dans leur empire, enfuite des Egyptiens, puifqu'ils firent tout le commerce d'Alexandrie ; des Romains, puifqu'ils avaient des fynagogues à Rome. Mais étant au milieu des nations, ils en furent toujours féparés par leur inftitution. Ils ne mangeaient point avec les étrangers, & ne communiquèrent leurs livres que très-tard.

n'avait jamais entendu parler ni d'*Adam*, ni d'*Eve*, ni d'*Abel*, ni de *Caïn*, ni de *Noé*. Le seul *Abraham* fut connu des peuples orientaux dans la suite des temps : mais nul peuple ancien ne convenait que cet *Abraham* ou cet *Ibrahim* fût la tige du peuple juif.

Tels sont les secrets de la Providence que le père & la mère du genre humain furent toujours entièrement ignorés du genre-humain, au point que les noms d'*Adam* & d'*Eve* ne se trouvent dans aucun ancien auteur, ni de la Grèce, ni de Rome, ni de la Perse, ni de la Syrie, ni chez les Arabes même jusque vers le temps de *Mahomet*. DIEU daigna permettre que les titres de la grande famille du monde ne fussent conservés que chez la plus petite & la plus malheureuse partie de la famille.

Comment se peut-il faire qu'*Adam* & *Eve* aient été inconnus à tous leurs enfans ? Comment ne se trouvat-il ni en Egypte ni à Babylone aucune trace, aucune tradition de nos premiers pères ? Pourquoi ni *Orphée*, ni *Linus*, ni *Thamiris*, n'en parlèrent-ils point ? car s'ils en avaient dit un mot, ce mot aurait été relevé sans doute par *Hésiode* & surtout par *Homère* qui parlent de tout, excepté des auteurs de la race humaine.

Clément d'Alexandrie, qui rapporte tant de témoignages de l'antiquité, n'aurait pas manqué de citer un passage dans lequel il aurait été fait mention d'*Adam* & d'*Eve*.

Eusèbe, dans son Histoire universelle a recherché jusqu'aux témoignages les plus suspects ; il aurait bien fait valoir le moindre trait, la moindre vraisemblance en faveur de nos premiers parens.

Il est donc avéré qu'ils furent toujours entièrement ignorés des nations.

On trouve à la vérité chez les brachmanes , dans le livre intitulé l'Ezourveidam , le nom d'*Adimo* & celui de *Procriti* fa femme. Si *Adimo* reffemble un peu à notre *Adam* , les Indiens répondent : ,, Nous fommes ,, un grand peuple établi vers l'Indus & vers le Gange ,, plufieurs fiècles avant que la horde hébraïque fe fût ,, portée vers le Jourdain. Les Egyptiens, les Perfans, ,, les Arabes venaient chercher dans notre pays la ,, fageffe & les épiceries, quand les Juifs étaient incon- ,, nus au refte des hommes. Nous ne pouvons avoir ,, pris notre *Adimo* de leur *Adam*. Notre *Procriti* ne ,, reffemble point du tout à *Eve*, & d'ailleurs leur ,, hiftoire eft entièrement différente.

,, De plus.le Veidam, dont l'Ezourveidam eft le ,, commentaire , paffe chez nous pour être d'une ,, antiquité plus reculée que celle des livres juifs ; & ,, ce Veidam eft encore une nouvelle loi donnée aux ,, brachmanes quinze cents ans après leur première ,, loi appelée Shafta ou Shafta-bad. ,,

Telles font à peu près les réponfes que les brames d'aujourd'hui ont fouvent faites aux aumôniers des vaiffeaux marchands qui venaient leur parler d'*Adam* & d'*Eve*, d'*Abel* & de *Caïn*, tandis que les négocians de l'Europe venaient à main armée acheter des épi-ceries chez eux & défoler leur pays.

Le phénicien *Sanchoniathon*, qui vivait certainement avant le temps où nous plaçons *Moïfe*, (*b*) & qui eft

(*b*) Ce qui fait penfer à plufieurs favans que *Sanchoniathon* eft antérieur au temps où l'on place *Moïfe* , c'eft qu'il n'en parle point. Il écrivait dans Bérithe. Cette ville était voifine du pays où les Juifs s'établirent. Si *Sanchoniathon* avait été poftérieur ou contemporain , il n'aurait pas omis les prodiges épouvantables dont *Moïfe* inonda l'Egypte; il aurait furement fait mention du peuple juif qui mettait fa patrie à feu & à fang. *Eusèbe*, *Jule Africain* , *faint Ephrem* , tous les pères grecs & fyriaques auraient cité

cité par *Eusèbe* comme un auteur authentique, donne dix générations à la race humaine comme fait *Moïse* jufqu'au temps de *Noë* ; & il ne parle dans ces dix générations ni d'*Adam*, ni d'*Eve*, ni d'aucun de leurs defcendans, ni de *Noë* même.

Voici les noms des premiers hommes, fuivant la traduction grecque faite par *Philon* de Biblos. *Æon*, *Genos*, *Phox*, *Liban*, *Ufou*, *Halieus*, *Chrifor*, *Tecnites*, *Agrove*, *Amine*. Ce font-là les dix premières générations.

Vous ne voyez le nom de *Noë* ni d'*Adam* dans aucune des antiques dynafties d'Egypte ; ils ne fe trouvent point chez les Chaldéens : en un mot, la terre entière a gardé fur eux le filence.

Il faut avouer qu'une telle réticence eft fans exemple. Tous les peuples fe font attribué des origines imaginaires ; & aucun n'a touché à la véritable. On ne peut comprendre comment le père de toutes les nations a été ignoré fi long-temps ; fon nom devait avoir volé de bouche en bouche d'un bout du monde à l'autre, félon le cours naturel des chofes humaines.

Humilions-nous fous les décrets de la Providence qui a permis cet oubli fi étonnant. Tout a été myftérieux & caché dans la nation conduite par DIEU même, qui a préparé la voie au chriftianifme, & qui a été l'olivier fauvage fur lequel eft enté l'olivier franc. Les noms des auteurs du genre-humain, ignorés du genre-humain, font au rang des plus grands myftères.

J'ofe affirmer qu'il a fallu un miracle pour boucher ainfi les yeux & les oreilles de toutes les nations, pour

un auteur profane qui rendait témoignage au légiflateur hébreu. *Eusèbe* furtout qui reconnaît l'authenticité de *Sanchoniathon*, & qui en a traduit des fragmens, aurait traduit tout ce qui eût regardé *Moïse*.

détruire chez elles tout monument, tout reffouvenir de leur premier père. Qu'auraient penfé, qu'auraient dit *Céfar*, *Antoine*, *Craffus*, *Pompée*, *Cicéron*, *Marcellus*, *Métellus*, fi un pauvre juif, en leur vendant du baume, leur avait dit : Nous defcendons tous d'un même père nommé *Adam* ? Tout le fénat romain aurait crié : Montrez-nous notre arbre généalogique. Alors le juif aurait déployé fes dix générations jufqu'à *Noë*, jufqu'au fecret de l'inondation de tout le globe. Le fénat lui aurait demandé combien il y avait de perfonnes dans l'arche pour nourrir tous les animaux pendant dix mois entiers, & pendant l'année fuivante qui ne put fournir aucune nourriture. Le rogneur d'efpèces aurait dit : Nous étions huit, *Noë* & fa femme, leurs trois fils *Sem*, *Cam* & *Japhet*, & leurs époufes. Toute cette famille defcendait d'*Adam* en droite ligne.

Cicéron fe ferait informé fans doute des grands monumens, des témoignages inconteftables que *Noë* & fes enfans auraient laiffés de notre commun père : toute la terre après le déluge aurait retenti à jamais des noms d'*Adam* & de *Noë*, l'un père, l'autre reftaurateur de toutes les races. Leurs noms auraient été dans toutes les bouches dès qu'on aurait parlé, fur tous les parchemins dès qu'on aurait fu écrire, fur la porte de chaque maifon fitôt qu'on aurait bâti, fur tous les temples, fur toutes les ftatues. Quoi ! vous faviez un fi grand fecret, & vous nous l'avez caché ! C'eft que nous fommes purs, & que vous êtes impurs, aurait répondu le juif. Le fénat romain aurait ri, ou l'aurait fait fuftiger : tant les hommes font attachés à leurs préjugés !

SECTION II.

LA pieufe madame de *Bourignon* était fure qu'*Adam* avait été hermaphrodite, comme les premiers hommes du divin *Platon*. DIEU lui avait révélé ce grand fecret ; mais comme je n'ai pas eu les mêmes révélations, je n'en parlerai point. Les rabbins juifs ont lu les livres d'*Adam* ; ils favent le nom de fon précepteur & de fa feconde femme : mais comme je n'ai point lu ces livres de notre premier père, je n'en dirai mot. Quelques efprits creux, très-favans, font tout étonnés, quand ils lifent le Veidam des anciens brachmanes, de trouver que le premier homme fut créé aux Indes &c. qu'il s'appelait *Adimo* qui fignifie l'engendreur, & que fa femme s'appelait *Procriti* qui fignifie la vie. Ils difent que la fecte des brachmanes eft inconteftablement plus ancienne que celle des Juifs, que les Juifs ne purent écrire que très-tard dans la langue cananéenne, puif-qu'ils ne s'établirent que très-tard dans le petit pays de Canaan ; ils difent que les Indiens furent toujours inventeurs, & les Juifs toujours imitateurs ; les Indiens toujours ingénieux, & les Juifs toujours groffiers ; ils difent qu'il eft bien difficile qu'*Adam*, qui était roux, & qui avait des cheveux, foit le père des Nègres qui font noirs comme de l'encre, & qui ont de la laine noire fur la tête. Que ne difent-ils point ? pour moi, je ne dis mot ; j'abandonne ces recherches au révé-rend père *Berruyer* de la fociété de JESUS, c'eft le plus grand innocent que j'aie jamais connu. On a brûlé fon livre comme celui d'un homme qui voulait tourner la Bible en ridicule : mais je puis affurer qu'il n'y entendait pas fineffe.

(*Tiré d'une lettre du chevalier de* R***.)

SECTION

SECTION III.

Nous ne vivons plus dans un fiècle où l'on examine férieufement fi *Adam* a eu la fcience infufe ou non ; ceux qui ont fi long-temps agité cette queftion n'avaient la fcience ni infufe ni acquife.

Il eft auffi difficile de favoir en quel temps fut écrit le livre de la Genèfe où il eft parlé d'*Adam*, que de favoir la date du Veidam, du Hanfcrit, & des autres anciens livres afiatiques. Il eft important de remarquer qu'il n'était pas permis aux Juifs de lire le premier chapitre de la Genèfe avant l'âge de vingt-cinq ans. Beaucoup de rabbins ont regardé la formation d'*Adam* & d'*Eve* & leur aventure comme une allégorie. Toutes les anciennes nations célèbres en ont imaginé de pareilles; & par un concours fingulier qui marque la faibleffe de notre nature, toutes ont voulu expliquer l'origine du mal moral & du mal phyfique par des idées à peu près femblables. Les Chaldéens, les Indiens, les Perfes, les Egyptiens, ont également rendu compte de ce mélange de bien & de mal qui femble être l'apanage de notre globe. Les Juifs fortis d'Egypte y avaient entendu parler, tout groffiers qu'ils étaient, de la philofophie allégorique des Egyptiens. Ils mêlèrent depuis à ces faibles connaiffances celles qu'ils puifèrent chez les Phéniciens & les Babyloniens dans un très-long efclavage; mais comme il eft naturel & très-ordinaire qu'un peuple groffier imite groffièrement les imaginations d'un peuple poli, il n'eft pas furprenant que les Juifs aient imaginé une femme formée de la côte d'un homme; l'efprit de vie foufflé de la bouche de DIEU au vifage d'*Adam;* le Tigre, l'Euphrate, le

Dictionn. philofoph. Tome I. F

Nil & l'Oxus ayant la même source dans un jardin ; & la défense de manger d'un fruit, défense qui a produit la mort aussi-bien que le mal physique & moral. Pleins de l'idée répandue chez les anciens, que le serpent est un animal très-subtil, ils n'ont pas fait difficulté de lui accorder l'intelligence & la parole.

Ce peuple qui n'était alors répandu que dans un petit coin de la terre, & qui la croyait longue, étroite & plate, n'eut pas de peine à croire que tous les hommes venaient d'*Adam*, & ne pouvait pas savoir que les Nègres, dont la conformation est différente de la nôtre, habitaient de vastes contrées. Il était bien loin de deviner l'Amérique. (*)

Au reste il est assez étrange qu'il fût permis au peuple juif de lire l'Exode, où il y a tant de miracles qui épouvantent la raison, & qu'il ne fût pas permis de lire avant vingt-cinq ans le premier chapitre de la Genèse, où tout doit être nécessairement miracle, puisqu'il s'agit de la création. C'est peut-être à cause de la manière singulière dont l'auteur s'exprime dès le premier verset, *au commencement les dieux firent le ciel & la terre ;* on put craindre que les jeunes Juifs n'en prissent occasion d'adorer plusieurs dieux. C'est peut-être parce que Dieu ayant créé l'homme & la femme au premier chapitre, les refait encore au sixième, & qu'on ne voulut pas mettre cette apparence de contradiction sous les yeux de la jeunesse. C'est peut-être parce qu'il est dit que *les dieux firent l'homme à leur image*, & que ces expressions présentaient aux Juifs un Dieu trop corporel. C'est peut-être parce qu'il est dit que Dieu ôta une côte à *Adam* pour en

(*) Voyez *Amérique.*

former la femme, & que les jeunes gens inconfidérés qui fe feraient tâté les côtes, voyant qu'il ne leur en manquait point, auraient pu foupçonner l'auteur de quelque infidélité. C'eft peut-être parce que DIEU, qui fe promenait toujours à midi dans le jardin d'Eden, fe moque d'*Adam* après fa chute , & que ce ton railleur aurait trop infpiré à la jeuneffe le goût de la plaifanterie. Enfin chaque ligne de ce chapitre fournit des raifons très-plaufibles d'en interdire la lecture; mais fur ce pied-là, on ne voit pas trop comment les autres chapitres étaient permis. C'eft encore une chofe furprenante que les Juifs ne duffent lire ce chapitre qu'à vingt-cinq ans. Il femble qu'il devait être propofé d'abord à l'enfance, qui reçoit tout fans examen, plutôt qu'à la jeuneffe qui fe pique déjà de juger & de rire. Il fe peut faire auffi que les Juifs de vingt-cinq ans étant déjà préparés & affermis, en recevaient mieux ce chapitre dont la lecture aurait pu révolter des ames toutes neuves.

On ne parlera pas ici de la feconde femme d'*Adam* nommée *Lillith*, que les anciens rabbins lui ont donnée; il faut convenir qu'on fait très-peu d'anecdotes de fa famille.

A D O R E R.

Culte de latrie. Chanfon attribuée à JESUS-CHRIST.
Danfe facrée. Cérémonies.

N'EST-CE pas un grand défaut dans quelques langues modernes qu'on fe ferve du même mot envers l'Etre fuprême & une fille ? On fort quelquefois d'un fermon

où le prédicateur n'a parlé que d'adorer D I E U en
efprit & en vérité. De là on court à l'opéra où il n'eſt
queſtion que *du charmant objet que j'adore , & des aimables
traits dont ce héros adore les attraits.*

Du moins les Grecs & les Romains ne tombèrent
point dans cette profanation extravagante. *Horace* ne
dit point qu'il adore *Lalagé. Tibulle* n'adore point *Délie.*
Ce terme même d'adoration n'eſt pas dans *Pétrone.*

Si quelque choſe peut excuſer notre indécence,
c'eſt que dans nos opéra & dans nos chanſons il eſt
ſouvent parlé des dieux de la fable. Les poëtes ont dit
que leurs *Philis* étaient plus adorables que ces fauſſes
divinités , & perſonne ne pouvait les en blâmer. Peu
à peu on s'eſt accoutumé à cette expreſſion, au point
qu'on a traité de même le Dieu de tout l'univers &
une chanteuſe de l'opéra comique, ſans qu'on s'aper-
çût de ce ridicule.

Détournons-en les yeux, & ne les arrêtons que ſur
l'importance de notre ſujet.

Il n'y a point de nation civiliſée qui ne rende un
culte public d'adoration à DIEU. Il eſt vrai qu'on ne
force perſonne ni en Aſie ni en Afrique d'aller à la
moſquée ou au temple du lieu ; on y va de ſon bon
gré. Cette affluence aurait pu même ſervir à réunir
les eſprits des hommes , & à les rendre plus doux
dans la ſociété. Cependant on les a vus quelquefois
s'acharner les uns contre les autres dans l'aſile même
conſacré à la paix. Les zélés inondèrent de ſang le
temple de Jéruſalem , dans lequel ils égorgèrent leurs
frères. Nous avons quelquefois ſouillé nos égliſes de
carnage.

A l'article de la *Chine*, on verra que l'empereur eft le premier pontife, & combien le culte eft augufte & fimple. Ailleurs il eft fimple fans avoir rièn de majeftueux; comme chez les réformés de notre Europe & dans l'Amérique anglaife.

Dans d'autres pays il faut à midi allumer des flambeaux de cire qu'on avait en abomination dans les premiers temps. Un couvent de religieufes, à qui on voudrait retrancher les cierges, crierait que la lumière de la foi eft éteinte & que le monde va finir.

L'Eglife anglicane tient le milieu entre les pompeufes cérémonies romaines & la féchereffe des calviniftes.

Les chants, la danfe & les flambeaux étaient des cérémonies effentielles aux fêtes facrées de tout l'Orient. Quiconque a lu fait que les anciens Egyptiens fefaient le tour de leurs temples en chantant & en danfant. Point d'inftitution facerdotale chez les Grecs fans des chants & des danfes. Les Hébreux prirent cette coutume de leurs voifins; *David* chantait & danfait devant l'arche.

St *Matthieu* parle d'un cantique chanté par JESUS-CHRIST même & par les apôtres après leurs pâques. (*a*) Ce cantique, qui eft parvenu jufqu'à nous, n'eft point mis dans le canon des livres facrés; mais on en retrouve les fragmens dans la 237me lettre de St *Auguftin* à l'évêque *Cérétius*..... St *Auguftin* ne dit pas que cette hymne ne fut point chantée; il n'en réprouve pas les paroles: il ne condamne les prifcillianiftes qui admettaient cette hymne dans leur évangile, que fur l'interprétation erronée qu'ils en donnaient

(*a*) *Hymno dicto*. Saint Matthieu, ch. XXVI, v. 39.

F 3

& qu'il trouve impie. Voici le cantique tel qu'on le trouve par parcelles dans *Augustin* même.

Je veux délier, & je veux être délié.
Je veux sauver, & je veux être sauvé.
Je veux engendrer, & je veux être engendré.
Je veux chanter; *dansez tous de joie.*
Je veux pleurer; frappez-vous tous de douleur.
Je veux orner, & je veux être orné.
Je suis la lampe pour vous qui me voyez.
Je suis la porte pour vous qui y frappez.
Vous qui voyez ce que je fais, ne dites point ce que je fais.
J'ai joué tout cela dans ce discours, & je n'ai point du tout été joué.

Mais quelque dispute qui se soit élevée au sujet de ce cantique, il est certain que le chant était employé dans toutes les cérémonies religieuses. *Mahomet* avait trouvé ce culte établi chez les Arabes; il l'est dans les Indes. Il ne paraît pas qu'il soit en usage chez les lettrés de la Chine. Les cérémonies ont par-tout quelque ressemblance & quelque différence; mais on adore Dieu par toute la terre. Malheur sans doute à ceux qui ne l'adorent pas comme nous, & qui sont dans l'erreur, soit par le dogme, soit pour les rites; ils sont assis à l'ombre de la mort: mais plus leur malheur est grand, plus il faut les plaindre & les supporter.

C'est même une grande consolation pour nous que tous les Mahométans, les Indiens, les Chinois, les Tartares adorent un Dieu unique; en cela ils sont nos frères. Leur fatale ignorance de nos mystères sacrés ne peut que nous inspirer une tendre compassion pour nos frères qui s'égarent. Loin de nous tout efprit de perfécution qui ne fervirait qu'à les rendre irréconciliables.

Un Dieu unique étant adoré fur toute la terre connue, faut-il que ceux qui le reconnaiffent pour leur père, lui donnent toujours le fpectacle de fes enfans qui fe déteftent, qui s'anathématifent, qui fe pourfuivent, qui fe maffacrent pour des argumens ?

Il n'eft pas aifé d'expliquer au jufte ce que les Grecs & les Romains entendaient par adorer ; fi l'on adorait les faunes, les fylvains, les dryades, les naïades, comme on adorait les douze grands dieux. Il n'eft pas vraifemblable qu'*Antinoüs*, le mignon d'*Adrien*, fût adoré par les nouveaux Egyptiens du même culte que *Sérapis;* & il eft affez prouvé que les anciens Egyptiens n'adoraient pas les oignons & les crocodiles de la même façon qu'*Ifis* & *Ofiris*. On trouve l'équivoque par-tout, elle confond tout. Il faut à chaque mot dire : Qu'entendez-vous ? Il faut toujours répéter : *Définiffez les termes.* (*)

Eft-il bien vrai que *Simon* qu'on appelle *le magicien,* fut adoré chez les Romains? il eft bien plus vrai qu'il y fut abfolument ignoré.

St *Juftin*, dans fon *Apologie* auffi inconnue à Rome que ce *Simon*, dit que ce dieu avait une ftatue élevée fur le Tibre, ou plutôt près du Tibre, entre les deux ponts, avec cette infcription : *Simoni deo fancto.* St *Irénée*, *Tertullien*, atteftent la même chofe : mais à qui l'atteftent-ils? à des gens qui n'avaient jamais vu Rome ; à des Africains, à des Allobroges, à des Syriens, à quelques habitans de Sichem. Ils n'avaient

(*) Voyez *Alexandre.*

F 4

certainement pas vu cette ſtatue, dont l'inſcription eſt :
Semo ſanco deo fidio, & non pas *Simoni ſanƈto deo.*

Ils devaient au moins conſulter *Denys* d'Halycar-
naſſe, qui dans ſon quatrième livre rapporte cette
inſcription. *Semo ſanco* était un ancien mot ſabin qui
ſignifie demi-homme & demi-dieu. Vous trouvez dans
Tite-Live : *Bona Semoni ſanco cenſuerunt conſecranda.*
Ce dieu était un des plus anciens qui fuſſent révérés
à Rome ; il fut conſacré par *Tarquin le ſuperbe*, &
regardé comme le dieu des alliances & de la bonne-
foi. On lui ſacrifiait un bœuf, & on écrivait ſur la
peau de ce bœuf le traité fait avec les peuples voiſins.
Il avait un temple auprès de celui de *Quirinus*. Tantôt on lui préſentait des offrandes ſous le nom du père
Semo, tantôt ſous le nom de *Sancus fidius.* C'eſt pourquoi *Ovide* dit dans ſes Faſtes :

> *Quærebam nonas ſanco, fidiove referrem,*
> *An tibi, Semo pater.*

Voilà la divinité romaine qu'on a priſe pendant
tant de ſiècles pour *Simon le magicien. St Cyrille* de
Jéruſalem n'en doutait pas ; & *St Auguſtin*, dans ſon
premier livre *des héréſies*, dit que *Simon le magicien* lui-
même ſe fit élever cette ſtatue avec celle de ſon *Hélène*
par ordre de l'empereur & du ſénat.

Cette étrange fable, dont la fauſſeté était ſi aiſée à
reconnaître, fut continuellement liée avec cette autre
fable, que *St Pierre* & ce *Simon* avaient tous deux
comparu devant *Néron* ; qu'ils s'étaient défiés à qui
reſſuſciterait le plus promptement un mort proche
parent de *Néron* même, & à qui s'éleverait le plus
haut dans les airs ; que *Simon* ſe fit enlever par des

diables dans un chariot de feu ; que *St Pierre* & *St Paul*
le firent tomber des airs par leurs prières, qu'il fe
caffa les jambes, qu'il en mourut, & que *Néron* irrité
fit mourir *St Paul* & *St Pierre.* (*)

Abdias, *Marcel*, *Hégéfippe* ont rapporté ce conte avec
des détails un peu différens. *Arnobe*, *St Cyrille* de Jérufalem, *Sévère-Sulpice*, *Philaflre*, *St Epiphane*, *Ifidore* de
Damiette, *Maxime* de Turin, plufieurs autres auteurs
ont donné cours fucceffivement à cette erreur. Elle a
été généralement adoptée, jufqu'à ce qu'enfin on ait
retrouvé dans Rome une flatue de *Semo fancus deus
fidius*, & que le favant père *Mabillon* ait déterré un de
ces anciens monumens avec cette infcription : *Semoni
fanco deo fidio.*

Cependant il eft certain qu'il y eut un *Simon* que
les Juifs crurent magicien, comme il eft certain qu'il
y a eu un *Apollonios* de Thyane. Il eft vrai encore que
ce *Simon*, né dans le petit pays de Samarie, ramaffa
quelques gueux auxquels il perfuada qu'il était envoyé
de DIEU, & la vertu de DIEU même. Il baptifait
ainfi que les apôtres baptifaient, & il élevait autel
contre autel.

Les Juifs de Samarie, toujours ennemis des Juifs de
Jérufalem, ofèrent oppofer ce *Simon* à JESUS-CHRIST
reconnu par les apôtres, par les difciples qui tous
étaient de la tribu de *Benjamin* ou de celle de *Juda*.
Il baptifait comme eux ; mais il ajoutait le feu au
baptême d'eau, & fe difait prédit par *St Jean-Baptifle*
felon ces paroles : (*b*) *Celui qui doit venir après moi eft
plus puiffant que moi, il vous baptifera dans le St Efprit
& dans le feu.*

(*) Voyez *Saint Pierre.*   (*b*) *Matth.* ch. III, v. 11.

Simon allumait par deffus le bain baptifmal une flamme légère avec du naphte du lac Afphaltide. Son parti fut affez grand; mais il eft fort douteux que fes difciples l'aient adoré: S*ᵗ Juftin* eft le feul qui le croie.

Ménandre fe difait, comme *Simon*, envoyé de D I E U & fauveur des hommes. Tous les faux meffies, & furtout *Barcochebas*, prenaient le titre d'envoyés de D I E U; mais *Barcochebas* lui-même n'exigea point d'adoration. On ne divinife guère les hommes de leur vivant, à moins que ces hommes ne foient des *Alexandres* ou des empereurs romains qui l'ordonnent expreffément à des efclaves : encore n'eft-ce pas une adoration proprement dite ; c'eft une vénération extraordinaire, une apothéofe anticipée, une flatterie auffi ridicule que celles qui font prodiguées à *Octave* par *Virgile* & par *Horace*.

A D U L T E R E.

N o u s ne devons point cette expreffion aux Grecs. Ils appelaient l'adultère *moicheia* dont les Latins ont fait leur *mæchus*, que nous n'avons point francifé. Nous ne la devons ni à la langue fyriaque ni à l'hébraïque, jargon du fyriaque, qui nommait l'adultère *niuph*. Adultère fignifiait en latin, *altération, adultération, une chofe mife pour une autre, un crime de faux, fauffes-clefs, faux contrats, faux feing*; adulteratio. De-là celui qui fe met dans le lit d'un autre fut nommé *adulter*, comme une fauffe-clef qui fouille dans la ferrure d'autrui.

C'eſt ainſi qu'ils nommèrent par antiphraſe *coccyx*, coucou, le pauvre mari chez qui un étranger venait pondre. *Pline le naturaliſte* dit : (*a*) *Coccyx ova ſubdit in nidis alienis ; ita plerique alienas uxores faciunt matres.* Le coucou dépoſe ſes œufs dans le nid des autres oiſeaux ; ainſi force Romains rendent mères les femmes de leurs amis. La comparaiſon n'eſt pas trop juſte. *Coccyx* ſignifiant un coucou, nous en avons fait *cocu*. Que de choſes on doit aux Romains ! mais comme on altère le ſens de tous les mots ! le cocu, ſuivant la bonne grammaire, devrait être le galant ; & c'eſt le mari. Voyez la chanſon de *Scaron.* (*b*)

Quelques doctes ont prétendu que c'eſt aux Grecs que nous ſommes redevables de l'emblème des cornes, & qu'ils déſignaient par le titre de bouc, *aix*, (*) l'époux d'une femme laſcive comme une chèvre. En effet ils appelaient *fils de chèvre* les bâtards que notre canaille appelle *fils de putain.* Mais ceux qui veulent s'inſtruire à fond doivent ſavoir que nos cornes viennent des cornettes des dames. Un mari qui ſe laiſſait tromper & gouverner par ſon inſolente femme, était réputé porteur de cornes, cornu, cornard, par les bons bourgeois. C'eſt par cette raiſon que *cocu*, *cornard*, & *ſot*, étaient ſynonymes. Dans une de nos comédies on trouve ce vers :

Elle ? elle n'en fera qu'un ſot, je vous aſſure.

(*a*) L. X , ch. IX.
(*b*) Tous les jours une chaiſe
     Me coûte un écu,
     Pour porter à l'aiſe
     Votre chien de cu ;
     A moi pauvre cocu.

(*) Voyez *Bouc.*

Cela veut dire ; elle n'en fera qu'un cocu. Et dans l'Ecole des femmes ,

Epoufer une fotte eft pour n'être point fot.

Bautru, qui avait beaucoup d'efprit , difait : Les *Bautrus* font cocus, mais ils ne font pas des fots.

La bonne compagnie ne fe fert plus de tous ces vilains termes , & ne prononce même jamais le mot d'*adultère*. On ne dit point , madame la ducheffe eft en adultère avec monfieur le chevalier. Madame la marquife a un mauvais commerce avec monfieur l'abbé. On dit, monfieur l'abbé eft cette femaine l'amant de madame la marquife. Quand les dames parlent à leurs amies de leurs adultères , elles difent : J'avoue que j'ai du goût pour *lui*. Elles avouaient autrefois qu'elles fentaient quelque eftime ; mais depuis qu'une bourgeoife s'accufa à fon confeffeur d'avoir de l'eftime pour un confeiller , & que le confeffeur lui dit : Madame, combien de fois vous a-t-il eftimée ? les dames de qualité n'ont plus eftimé perfonne , & ne vont plus guère à confeffe.

Les femmes de Lacédémone ne connaiffaient, dit-on, ni la confeffion ni l'adultère. Il eft bien vrai que *Ménélas* avait éprouvé ce qu'*Hélène* favait faire. Mais *Lycurgue* y mit bon ordre en rendant les femmes communes quand les maris voulaient bien les prêter, & que les femmes y confentaient. Chacun peut dif-pofer de fon bien. Un mari en ce cas n'avait point à craindre de nourrir dans fa maifon un enfant étranger. Tous les enfans appartenaient à la république, & non à une maifon particulière ; ainfi on ne fefait tort à perfonne. L'adultère n'eft un mal qu'autant qu'il eft

un vol: mais on ne vole point ce qu'on vous donne.
Un mari priait fouvent un jeune homme beau, bien
fait & vigoureux, de vouloir bien faire un enfant à fa
femme. *Plutarque* nous a confervé dans fon vieux ftyle
la chanfon que chantaient les Lacédémoniens quand
Acrotatus allait fe coucher avec la femme de fon ami.

Allez, gentil Acrotatus, befognez bien Kélidonide,
Donnez de braves citoyens à Sparte.

Les Lacédémoniens avaient donc raifon de dire que
l'adultère était impoffible parmi eux.

Il n'en eft pas ainfi chez nos nations dont toutes
les lois font fondées fur le tien & le mien.

Un des grands défagrémens de l'adultère chez
nous, c'eft que la dame fe moque quelquefois de fon
mari avec fon amant; le mari s'en doute; & on n'aime
point à être tourné en ridicule. Il eft arrivé dans la
bourgeoifie que fouvent la femme a volé fon mari
pour donner à fon amant; les querelles de ménage
font pouffées à des excès cruels: elles font heureufement
peu connues dans la bonne compagnie.

Le plus grand tort, le plus grand mal eft de donner
à un pauvre homme des enfans qui ne font pas à lui,
& de le charger d'un fardeau qu'il ne doit pas porter.
On a vu par-là des races de héros entièrement abâtar-
dies. Les femmes des *Aftolphes* & des *Jocondes*, par un
goût dépravé, par la faibleffe du moment, on fait
des enfans avec un nain contrefait, avec un petit valet
fans cœur & fans efprit. Les corps & les ames s'en font
reffenties. De petits finges ont été les héritiers des plus
grands noms dans quelques pays de l'Europe. Ils ont
dans leur première falle les portraits de leurs prétendus

aïeux, hauts de fix pieds, beaux, bien faits, armés d'un eftramaçon que la race d'aujourd'hui pourrait à peine foulever. Un emploi important eft poffédé par un homme qui n'y a nul droit, & dont le cœur, la tête & les bras n'en peuvent foutenir le faix.

Il y a quelques provinces en Europe où les filles font volontiers l'amour, & deviennent enfuite des époufes affez fages. C'eft tout le contraire en France; on enferme les filles dans des couvens, où jufqu'à préfent on leur a donné une éducation ridicule. Leurs mères, pour les confoler, leur font efpérer qu'elles feront libres quand elles feront mariées. A peine ont-elles vécu un an avec leur époux, qu'on s'empreffe de favoir tout le fecret de leurs appas. Une jeune femme ne vit, ne foupe, ne fe promène, ne va au fpectacle qu'avec des femmes qui ont chacune leur affaire réglée; fi elle n'a point fon amant comme les autres, elle eft ce qu'on appelle *dépareillée*; elle en eft honteufe; elle n'ofe fe montrer.

Les Orientaux s'y prennent au rebours de nous. On leur amène des filles qu'on leur garantit pucelles fur la foi d'un circáffien. Ils les époufent, & ils les enferment par précaution, comme nous enfermons nos filles. Point de plaifanteries dans ces pays-là fur les dames & fur les maris; point de chanfons; rien qui reffemble à nos froids quolibets de cornes & de cocuage. Nous plaignons les grandes dames de Turquie, de Perfe, des Indes; mais elles font cent fois plus heureufes dans leurs férails que nos filles dans leurs couvens.

Il arrive quelquefois chez nous qu'un mari mécontent, ne voulant point faire un procès criminel à fa femme pour caufe d'adultère, (ce qui ferait crier à la barbarie) fe contente de fe faire féparer de corps & de biens.

C'eft ici le lieu d'inférer le précis d'un mémoire compofé par un honnête homme qui fe trouve dans cette fituation ; voici fes plaintes : font-elles juftes ?

Mémoire d'un magiftrat, écrit vers l'an 1 7 6 4.

UN principal magiftrat d'une ville de France, a le malheur d'avoir une femme qui a été débauchée par un prêtre avant fon mariage, & qui depuis s'eft couverte d'opprobre par des fcandales publics : il a eu la modération de fe féparer d'elle fans éclat. Cet homme âgé de quarante ans, vigoureux, & d'une figure agréable, a befoin d'une femme ; il eft trop fcrupuleux pour chercher à féduire l'époufe d'un autre, il craint même le commerce d'une fille, ou d'une veuve qui lui fervirait de concubine. Dans cet état inquiétant & douloureux, voici le précis des plaintes qu'il adreffe à fon Eglife.

Mon époufe eft criminelle, & c'eft moi qu'on punit. Une autre femme eft néceffaire à la confolation de ma vie, à ma vertu même ; & la fecte dont je fuis me la refufe ; elle me défend de me marier avec une fille honnête. Les lois civiles d'aujourd'hui, malheureufement fondées fur le droit canon, me privent des droits de l'humanité. L'Eglife me réduit à chercher ou des plaifirs qu'elle réprouve, ou des dédommagemens honteux qu'elle condamne ; elle veut me forcer d'être criminel.

Je jette les yeux fur tous les peuples de la terre, il n'y en a pas un feul, excepté le peuple catholique romain, chez qui le divorce & un nouveau mariage ne foient de droit naturel.

Quel renverfement de l'ordre a donc fait chez les catholiques une vertu de fouffrir l'adultère, & un devoir de manquer de femme quand on a été indignement outragé par la fienne?

Pourquoi un lien pourri eft-il indiffoluble malgré la grande loi adoptée par le code, *quidquid ligatur diffolubile eft?* On me permet la féparation de corps & de biens, & on ne me permet pas le divorce. La loi peut m'ôter ma femme, & elle me laiffe un nom qu'on appelle *facrement!* je ne jouis plus du mariage, & je fuis marié. Quelle contradiction! quel efclavage! & fous quelles lois avons-nous reçu la naiffance!

Ce qui eft bien plus étrange, c'eft que cette loi de mon Eglife eft directement contraire aux paroles que cette Eglife elle-même croit avoir été prononcées par JESUS-CHRIST : (d) *Quiconque a renvoyé fa femme (excepté pour adultère) péche s'il en prend une autre.*

Je n'examine point fi les pontifes de Rome ont été en droit de violer à leur plaifir la loi de celui qu'ils regardent comme leur maître, fi lorfqu'un Etat a befoin d'un héritier, il eft permis de répudier celle qui ne peut en donner. Je ne recherche point fi une femme turbulente, attaquée de démence, ou homicide, ou empoifonneufe, ne doit pas être répudiée auffi-bien qu'une adultère : je m'en tiens au trifte état qui me concerne: DIEU me permet de me remarier, & l'évêque de Rome ne me le permet pas!

Le divorce a été en ufage chez les catholiques fous tous les empereurs; il l'a été dans tous les Etats

(d) *Matth.* ch. XIX.

démembrés

démembrés de l'empire romain. Les rois de France, qu'on appelle *de la première race*, ont presque tous répudié leurs femmes pour en prendre de nouvelles. Enfin il vint un *Grégoire IX*, ennemi des empereurs & des rois, qui par un décret fit du mariage un joug infecouable ; fa décrétale devint la loi de l'Europe. Quand les rois voulurent répudier une femme adultère felon la loi de JESUS-CHRIST, ils ne purent en venir à bout ; il fallut chercher des prétextes ridicules. *Louis le jeune* fut obligé, pour faire fon malheureux divorce avec *Eléonor de Guienne*, d'alléguer une parenté qui n'exiftait pas. Le roi *Henri IV*, pour répudier *Marguerite de Valois*, prétexta une caufe encore plus fauffe, un défaut de confentement. Il fallut mentir pour faire un divorce légitimement.

Quoi, un fouverain peut abdiquer fa couronne, & fans la permiffion du pape il ne pourra abdiquer fa femme ! Eft-il poffible que des hommes d'ailleurs éclairés aient croupi fi long-temps dans cette abfurde fervitude !

Que nos prêtres, que nos moines renoncent aux femmes, j'y confens ; c'eft un attentat contre la population, c'eft un malheur pour eux, mais ils méritent ce malheur qu'ils fe font fait eux-mêmes. Ils ont été les victimes des papes qui ont voulu avoir en eux des efclaves, des foldats fans familles & fans patrie, vivant uniquement pour l'Eglife : mais moi magiftrat, qui fers l'Etat toute la journée, j'ai befoin le foir d'une femme ; & l'Eglife n'a pas le droit de me priver d'un bien que DIEU m'accorde. Les apôtres étaient mariés, *Jofeph* était marié, & je veux l'être. Si moi alfacien je dépends d'un prêtre qui demeure à Rome, fi ce prêtre a la barbare puiffance de me priver d'une femme, qu'il me faffe eunuque pour chanter des *miferere* dans fa chapelle.

Mémoire pour les femmes.

L'E Q U I T É demande qu'après avoir rapporté ce mémoire en faveur des maris, nous mettions auffi fous les yeux du public le plaidoyer en faveur des mariées, préfenté à la junte du Portugal par une comteffe d'*Arcira*. En voici la fubftance :

L'évangile a défendu l'adultère à mon mari tout comme à moi ; il fera damné comme moi, rien n'eft plus avéré. Lorfqu'il m'a fait vingt infidélités, qu'il a donné mon collier à une de mes rivales, & mes boucles d'oreilles à une autre, je n'ai point demandé aux juges qu'on le fît rafer, qu'on l'enfermât chez des moines & qu'on me donnât fon bien. Et moi pour l'avoir imité une fois, pour avoir fait avec le plus beau jeune homme de Lisbonne ce qu'il fait tous les jours impunément avec les plus fottes guenons de la cour & de la ville, il faut que je réponde fur la fellette devant des licenciés, dont chacun ferait à mes pieds fi nous étions tête à tête dans mon cabinet ; il faut que l'huiffier me coupe à l'audience mes cheveux qui font les plus beaux du monde ; qu'on m'enferme chez des religieufes qui n'ont pas le fens commun ; qu'on me prive de ma dot & de mes conventions matrimoniales, qu'on donne tout mon bien à mon fat de mari pour l'aider à féduire d'autres femmes & à commettre de nouveaux adultères.

Je demande fi la chofe eft jufte, & s'il n'eft pas évident que ce font les cocus qui ont fait les lois.

On répond à mes plaintes que je fuis trop heureufe de n'être pas lapidée à la porte de la ville par
les chanoines, les habitués de paroiffe & tout le peuple.
C'eft ainfi qu'on en ufait chez la première nation de
la terre, la nation choifie, la nation chérie, la feule
qui eût raifon quand toutes les autres avaient tort.

Je réponds à ces barbares que lorfque la pauvre
femme adultère fut préfentée par fes accufateurs au
maître de l'ancienne & de la nouvelle loi, il ne la fit
point lapider, qu'au contraire il leur reprocha leur
injuftice, qu'il fe moqua d'eux en écrivant fur la
terre avec le doigt, qu'il leur cita l'ancien proverbe
hébraïque, *que celui de vous qui eft fans péché jette la
première pierre ;* qu'alors ils fe retirèrent tous, les plus
vieux fuyant les premiers, parce que plus ils avaient
d'âge, plus ils avaient commis d'adultères.

Les docteurs en droit canon me repliquent que
cette hiftoire de la femme adultère n'eft racontée que
dans l'évangile de *St Jean*, qu'elle n'y a été inférée
qu'après coup. *Léontius*, *Maldonat*, affurent qu'elle ne
fe trouve que dans un feul ancien exemplaire grec ;
qu'aucun des vingt-trois premiers commentateurs
n'en a parlé. *Origène*, *St Jérôme*, *St Jean Chryfoftome*,
Théophilacte, *Nonnus*, ne la connaiffent point. Elle ne
fe trouve point dans la bible fyriaque, elle n'eft point
dans la verfion d'*Ulphilas*.

Voilà ce que difent les avocats de mon mari, qui
voudraient non-feulement me faire rafer, mais me
faire lapider.

Mais les avocats qui ont plaidé pour moi difent
qu'*Ammonius*, auteur du troifième fiècle, a reconnu
cette hiftoire pour véritable, & que fi *St Jérôme* la

rejette dans quelques endroits il l'adopte dans d'autres ; qu'en un mot elle eft authentique aujourd'hui. Je pars de là, & je dis à mon mari : Si vous êtes fans péché, rafez-moi, enfermez-moi, prenez mon bien ; mais fi vous avez fait plus de péchés que moi, c'eft à moi de vous rafer, de vous faire enfermer, & de m'emparer de votre fortune. En fait de juftice les chofes doivent être égales.

Mon mari réplique qu'il eft mon fupérieur & mon chef, qu'il eft plus haut que moi de plus d'un pouce, qu'il eft velu comme un ours ; que par conféquent je lui dois tout & qu'il ne me doit rien.

Mais je demande fi la reine *Anne* d'Angleterre n'eft pas le chef de fon mari ? fi fon mari le prince de Danemarck, qui eft fon grand-amiral, ne lui doit pas une obéiffance entière ; & fi elle ne le ferait pas condamner à la cour des pairs en cas d'infidéiité de la part du petit homme ? Il eft donc clair que fi les femmes ne font pas punir les hommes, c'eft quand elles ne font pas les plus fortes.

Suite du chapitre fur l'adultère.

POUR juger valablement un procès d'adultère, il faudrait que douze hommes & douze femmes fuffent les juges, avec un hermaphrodite qui eût la voix prépondérante en cas de partage.

Mais il eft des cas finguliers fur lefquels la raillerie ne peut avoir de prife, & dont il ne nous appartient pas de juger. Telle eft l'aventure que rapporte *St Auguftin* dans fon fermon de la prédication de JESUS-CHRIST fur la montagne.

Septimius Acyndinus, proconful de Syrie, fait emprifonner dans Antioche un chrétien qui n'avait pu
payer au fifc une livre d'or, à laquelle il était taxé, &
le menace de la mort s'il ne paye. Un homme riche
promet les deux marcs à la femme de ce malheureux
fi elle veut confentir à fes défirs. La femme court en
inftruire fon mari ; il la fupplie de lui fauver la vie
aux dépens des droits qu'il a fur elle & qu'il lui abandonne. Elle obéit, mais l'homme qui lui doit deux
marcs d'or la trompe en lui donnant un fac plein de
terre. Le mari, qui ne peut payer le fifc, va être
conduit à la mort. Le proconful apprend cette infamie ;
il paye lui-même la livre d'or au fifc de fes propres
deniers, & il donne aux deux époux chrétiens le
domaine dont a été tirée la terre qui a rempli le fac
de la femme.

Il eft certain que loin d'outrager fon mari, elle a
été docile à fes volontés ; non-feulement elle a obéi,
mais elle lui a fauvé la vie. S* *Auguflin* n'ofe décider
fi elle eft coupable ou vertueufe, il craint de la
condamner.

Ce qui eft, à mon avis, affez fingulier, c'eft que
Bayle prétend être plus févère que S* *Auguflin*. (e)
Il condamne hardiment cette pauvre femme. Cela
ferait inconcevable fi on ne favait à quel point prefque
tous les écrivains ont permis à leur plume de démentir
leur cœur, avec quelle facilité on facrifie fon propre
fentiment à la crainte d'effaroucher quelque pédant
qui peut nuire, combien on eft peu d'accord avec
foi-même.

(e) Dictionnaire de *Bayle*, article *Acyndinus*.

Le matin rigorifte, & le foir libertin,
L'écrivain qui d'Ephèfe excufa la matrone,
Renchérit tantôt fur Pétrone,
Et tantôt fur faint Auguftin.

Réflexion d'un père de famille.

N'AJOUTONS qu'un petit mot fur l'éducation contradictoire que nous donnons à nos filles. Nous les élevons dans le défir immodéré de plaire, nous leur en dictons des leçons : la nature y travaillait bien fans nous ; mais on y ajoute tous les rafinemens de l'art. Quand elles font parfaitement ftylées, nous les puniffons fi elles mettent en pratique l'art que nous avons cru leur enfeigner. Que diriez-vous d'un maître à danfer qui aurait appris fon métier à un écolier pendant dix ans, & qui voudrait lui caffer les jambes parce qu'il l'a trouvé danfant avec un autre ?

Ne pourrait-on pas ajouter cet article à celui des contradictions ?

AFFIRMATION PAR SERMENT.

NOUS ne dirons rien ici fur l'affirmation avec laquelle les favans s'expriment fi fouvent. Il n'eft permis d'affirmer, de décider qu'en géométrie. Partout ailleurs imitons le docteur *Métaphrafte* de *Molière*. Il fe pourrait——la chofe eft fefable——cela n'eft pas impoffible——il faut voir. ——Adoptons le *peut-être* de *Rabelais*, le *que fais-je* de *Montagne*, le *non liquet* des Romains, le *doute* de l'académie d'Athènes, dans les chofes profanes s'entend : car pour le facré on fait bien qu'il n'eft pas permis de douter.

Il eſt dit à cet article, dans le Dictionnaire ency-clopédique, que les primitifs, nommés *quakers* en Angleterre, font foi en juſtice ſur leur ſeule affirma-tion, ſans être obligés de prêter ſerment.

Mais les pairs du royaume ont le même privilége, les pairs féculiers affirment ſur leur honneur, & les pairs eccléſiaſtiques en mettant la main ſur leur cœur; les quakers obtinrent la même prérogative ſous le règne de *Charles II :* c'eſt la ſeule ſecte qui ait cet honneur en Europe.

Le chancelier *Cowper* voulut obliger les quakers à jurer comme les autres citoyens ; celui qui était à leur tête lui dit gravement : ,, L'ami chancelier, tu dois ,, ſavoir que notre Seigneur JESUS-CHRIST notre ,, ſauveur nous a défendu d'affirmer autrement que ,, par *ya ya, no no.* Il a dit expreſſément : *Je vous* ,, *défends de jurer ni par le ciel, parce que c'eſt le trône* ,, *de* DIEU *; ni par la terre, parce que c'eſt l'eſcabeau de ſes* ,, *pieds ; ni par Jéruſalem, parce que c'eſt la ville du* ,, *grand roi ; ni par la tête, parce que tu n'en peux rendre* ,, *un ſeul cheveu ni blanc ni noir.* Cela eſt poſitif, notre ,, ami; & nous n'irons pas déſobéir à DIEU pour ,, complaire à toi & à ton parlement.

,, On ne peut mieux parler, *répondit le chancelier* : ,, mais il faut que vous ſachiez qu'un jour *Jupiter* ,, ordonna que toutes les bêtes de ſomme ſe fiſſent ,, ferrer ; les chevaux, les mulets, les chameaux même ,, obéirent incontinent, les ânes ſeuls réſiſtèrent, ils ,, repréſentèrent tant de raiſons, ils ſe mirent à braire ,, ſi long-temps que *Jupiter*, qui était bon, leur dit ,, enfin : *Meſſieurs les ânes, je me rends à votre prière ;*

G 4

„ *vous ne ferez point ferrés : mais le premier faux-pas que*
„ *vous ferez, vous aurez cent coups de bâton.* „

Il faut avouer que les quakers n'ont jamais jufqu'ici
fait de faux pas.

A G A R.

QUAND on renvoie fon amie, fa concubine, fa
maîtreffe, il faut lui faire un fort au moins tolérable,
ou bien l'on paffe parmi nous pour un mal-honnête
homme.

On nous dit qu'*Abraham* était fort riche dans le
défert de Gérar, quoiqu'il n'eût pas un pouce de terre
en propre. Nous favons de fcience certaine qu'il défit
les armées de quatre grands rois avec trois cents dix-
huit gardeurs de moutons.

Il devait donc au moins donner un petit troupeau
à fa maîtreffe *Agar* quand il la renvoya dans le défert.
Je parle ici feulement felon le monde, & je révère
toujours les voies incompréhenfibles qui ne font pas
nos voies.

J'aurais donc donné quelques moutons, quelques
chèvres, un beau bouc à mon ancienne amie *Agar*,
quelques paires d'habits pour elle & pour notre fils
Ifmaël, une bonne âneffe pour la mère, un joli ânon
pour l'enfant, un chameau pour porter leurs hardes,
& au moins deux domeftiques pour les accompagner
& pour les empêcher d'être mangés des loups.

Mais le père des croyans ne donna qu'une cruche
d'eau & un pain à fa pauvre maîtreffe & à fon enfant,
quand il les expofa dans le défert.

Quelques impies ont prétendu qu'*Abraham* n'était pas un père fort tendre, qu'il voulut faire mourir fon bâtard de faim, & couper le cou à fon fils légitime.

Mais, encore un coup, ces voies ne font pas nos voies; il eft dit que la pauvre *Agar* s'en alla dans le défert de Berfabé. Il n'y avait point de défert de Berfabé. Ce nom ne fut connu que long-temps après; mais c'eft une bagatelle, le fond de l'hiftoire n'en eft pas moins authentique.

Il eft vrai que la poftérité d'*Ifmaël* fils d'*Agar* fe vengea bien de la poftérité d'*Ifaac* fils de *Sara*, en faveur duquel il fut chaffé. Les Sarazins defcendans en droite ligne d'*Ifmaël* fe font emparés de Jérufalem appartenante par droit de conquête à la poftérité d'*Ifaac*. J'aurais voulu qu'on eût fait defcendre les Sarazins de *Sara*, l'étymologie aurait été plus nette; c'était une généalogie à mettre dans notre *Moréri*. On prétend que le mot farazin vient de *Sarac*, voleur. Je ne crois pas qu'aucun peuple fe foit jamais appelé voleur; ils l'ont prefque tous été, mais on prend cette qualité rarement. Sarazin defcendant de *Sara* me paraît plus doux à l'oreille.

A G E.

N ous n'avons nulle envie de parler des âges du monde; ils font fi connus & fi uniformes! Gardonsnous auffi de parler de l'âge des premiers rois ou dieux d'Egypte, c'eft la même chofe. Ils vivaient des douze cents années; cela ne nous regarde pas: mais ce qui nous intéreffe fort, c'eft la durée ordinaire de la vie humaine. Cette théorie eft parfaitement bien traitée dans le Dictionnaire encyclopédique à l'article *Vie*, d'après les *Halley*, les *Kerfeboum*, & les de *Parcieux*.

En 1741 M. de *Kerfeboum* me communiqua fes calculs fur la ville d'Amfterdam ; en voici le réfultat.

Sur cent mille perfonnes, il y en avait de

mariés.	34500
d'hommes veufs, feulement.	1500
de veuves.	4500

Cela ne prouverait pas que les femmes vivent plus que les hommes dans la proportion de quarante-cinq à quinze, & qu'il y eût trois fois plus de femmes que d'hommes ; mais cela prouverait qu'il y avait trois fois plus de Hollandais qui étaient allés mourir à Batavia, ou à la pêche de la baleine que de femmes, lefquelles reftent d'ordinaire chez elles ; & ce calcul eft encore prodigieux.

Célibataires, jeuneffe & enfance des deux fexes.	45000
domeftiques.	10000
voyageurs.	4000
fomme totale. . . .	99500

Par fon calcul, il devait fe trouver fur un million d'habitans des deux fexes, depuis feize ans jufqu'à cinquante, environ vingt mille hommes pour fervir de foldats, fans déranger les autres profeffions. Mais voyez les calculs de MM. de *Parcieux*, de *St Maur*, & de *Buffon*, ils font encore plus précis & plus inftructifs à quelques égards.

Cette arithmétique n'eft pas favorable à la manie de lever de grandes armées. Tout prince qui lève trop de foldats peut ruiner fes voifins, mais il ruine furement fon Etat.

Ce calcul dément encore beaucoup le compte, ou plutôt le conte d'*Hérodote* qui fait arriver *Xerxès* en Europe fuivi d'environ deux millions d'hommes. Car fi un million d'habitans donne vingt mille foldats, il en réfulte que *Xerxès* avait cent millions de fujets ; ce qui n'eft guère croyable. On le dit pourtant de la Chine, mais elle n'a pas un million de foldats : ainfi l'empereur de la Chine eft du double plus fage que *Xerxès*.

La Thèbes aux cent portes, qui laiffait fortir dix mille foldats par chaque porte, aurait eu, fuivant la fupputation hollandaife, cinq millions tant de citoyens que de citoyennes. Nous fefons un calcul plus modefte à l'article *Dénombrement*.

L'âge du fervice de guerre étant depuis vingt ans jufqu'à cinquante, il faut mettre une prodigieufe différence entre porter les armes hors de fon pays, & refter foldat dans fa patrie. *Xerxès* dut perdre les deux tiers de fon armée dans fon voyage en Grèce. *Céfar* dit que les Suiffes étant fortis de leur pays au nombre de trois cents quatre-vingt-huit mille individus, pour aller dans quelque province des Gaules tuer ou dépouiller les habitans, il les mena fi bon train qu'il n'en refta que cent dix mille. Il a fallu dix fiècles pour repeupler la Suiffe : car on fait à préfent que les enfans ne fe font ni à coups de pierre comme du temps de *Deucalion* & de *Pirrha*, ni à coups de plume comme le jéfuite *Pétau* qui fait naître fept cents milliars d'hommes d'un feul des enfans du père *Noé*, en moins de trois cents ans.

Charles XII leva le cinquième homme en Suède pour aller faire la guerre en pays étranger , & il a dépeuplé fa patrie.

Continuons à parcourir les idées & les chiffres du calculateur hollandais , fans répondre de rien , parce qu'il eft dangereux d'être comptable.

Calcul de la vie.

Selon lui , dans une grande ville , de vingt-fix mariages, il ne refte environ que huit enfans. Sur mille légitimes il compte foixante & cinq bâtards.

De fept cents enfans , il en refte au bout d'un

an environ.	560
au bout de dix ans.	445
au bout de vingt ans.	405
à quarante ans.	300
à foixante ans.	190
au bout de quatre-vingts ans.	50
à quatre-vingt-dix ans.	5
à cent ans , perfonne.	0

Par-là on voit que de fept cents enfans nés dans la même année, il n'y a que cinq chances pour arriver à quatre-vingt-dix ans. Sur cent quarante, il n'y a qu'une feule chance ; & fur un moindre nombre il n'y en a point.

Ce n'eft donc que fur un très-grand nombre d'exiftences qu'on peut efpérer de poufer la fienne jufqu'à quatre-vingt-dix ans ; & fur un bien plus grand nombre encore que l'on peut efpérer de vivre un fiècle.

Ce font de gros lots à la loterie fur lefquels il ne faut pas compter, & même qui ne font pas à défirer autant qu'on les défire ; ce n'eft qu'une longue mort.

Combien trouve-t-on de ces vieillards qu'on appelle *heureux*, dont le bonheur confifte à ne pouvoir jouir d'aucun plaifir de la vie, à n'en faire qu'avec peine deux ou trois fonctions dégoûtantes, à ne diftinguer ni les fons ni les couleurs, à ne connaître ni jouiffance ni efpérance, & dont toute la félicité eft de favoir confufément qu'ils font un fardeau de la terre, baptifés ou circoncis depuis cent années.

Il y en a un fur cent mille tout au plus dans nos climats.

Voyez les liftes des morts de chaque année à Paris & à Londres ; ces villes, à ce qu'on dit, ont environ fept cents mille habitans. Il eft très-rare d'y trouver à la fois fept centénaires, & fouvent il n'y en a pas un feul.

En général, l'âge commun auquel l'efpèce humaine eft rendue à la terre, dont elle fort, eft de vingt-deux à vingt-trois ans tout au plus, felon les meilleurs obfervateurs.

De mille enfans nés dans une même année, les uns meurent à fix mois, les autres à quinze ; celui-ci à dix-huit ans, cet autre à trente-fix, quelques-uns à foixante ; trois ou quatre octogénaires, fans dents & fans yeux, meurent après avoir fouffert quatre-vingts ans. Prenez un nombre moyen, chacun a porté fon fardeau vingt-deux ou vingt-trois années.

Sur ce principe qui n'eft que trop vrai, il eft avantageux à un Etat bien adminiftré, & qui a des fonds en réferve, de conftituer beaucoup de rentes viagères. Des princes économes qui veulent enrichir leur famille y gagnent confidérablement ; chaque année la fomme qu'ils ont à payer diminue.

Il n'en eft pas de même dans un Etat obéré. Comme il paye un intérêt plus fort que l'intérêt ordinaire, il fe trouve bientôt court ; il eft obligé de faire de nouveaux emprunts, c'eft un cercle perpétuel de dettes & d'inquiétudes.

Les tontines, invention d'un ufurier nommé *Tontino*, font bien plus ruineufes. Nul foulagement pendant quatre-vingts ans au moins. Vous payez toutes les rentes au dernier furvivant.

A la dernière tontine qu'on fit en France en 1759, une fociété de calculateurs prit une claffe à elle feule ; elle choifit celle de quarante ans, parce qu'on donnait un denier plus fort pour cet âge que pour les âges depuis un an jufqu'à quarante, & qu'il y a prefque autant de chances pour parvenir de quarante à quatre-vingts ans, que du berceau à quarante.

On donnait dix pour cent aux pontes âgés de quarante années, & le dernier vivant héritait de tous les morts. C'eft un des plus mauvais marchés que l'Etat puiffe faire. (1)

(1) Il y avait des tontines en France, l'abbé *Terrai* en fupprima les accroiffemens ; la crainte qu'il n'ait des imitateurs empêchera fans doute à l'avenir de fe fier à cette efpèce d'emprunt ; & fon injuftice aura du moins délivré la France d'une opération de finance fi onéreufe.

Les emprunts en rentes viagères ont de grands inconvéniens.

1°. Ce font des annuités dont le terme eft incertain ; l'Etat joue contre des particuliers ; mais ils favent mieux conduire leur jeu, ils choififfent des enfans mâles dans un pays où la vie moyenne eft longue, les font inoculer, les attachent à leur patrie, & à des métiers fains & non périlleux par une petite penfion, & diftribuent leurs fonds fur un certain nombre de ces têtes.

2°. Comme il y a du rifque à courir, les joueurs veulent jouer avec avantage, & par conféquent fi l'intérêt commun d'une rente perpétuelle eft cinq pour cent, il faut que celui qui repréfente la rente viagère foit au-deffus de cinq pour cent. En calculant à la rigueur la plupart des emprunts de ce genre faits depuis vingt ans, ce qui n'a encore été

On croit avoir remarqué que les rentiers viagers vivent un peu plus long-temps que les autres hommes ; de quoi les payeurs font affez fâchés. La raifon en eft peut-être que ces rentiers font pour la plupart des gens de bon fens, qui fe fentent bien conftitués, des bénéficiers, des célibataires uniquement occupés d'eux-mêmes, vivant en gens qui veulent vivre long-temps. Ils difent : Si je mange trop, fi je fais un excès, le roi fera mon héritier : l'emprunteur qui me paye ma rente viagère, & qui fe dit mon ami, rira en me voyant enterrer. Cela les arrête : ils fe mettent au régime ; ils végètent quelques minutes de plus que les autres hommes.

Pour confoler les débiteurs, il faut leur dire qu'à quelque âge qu'on leur donne un capital pour des rentes viagères, fût-ce fur la tête d'un enfant qu'on baptife, ils font toujours un très-bon marché. Il n'y a qu'une tontine qui foit onéreufe ; auffi les moines n'en ont jamais fait. Mais pour de l'argent en rentes

exécuté par perfonne, on ferait étonné de la différence entre le taux de ces emprunts, & le taux commun de l'intérêt de l'argent.

3°. On eft toujours le maître de changer par des rembourfemens réglés un emprunt en rentes perpétuelles à annuités à terme fixe ; & l'on ne peut, fans injuftice, rien changer aux rentes viagères une fois établies.

4°. Les contrats de rentes perpétuelles, & furtout les annuités à terme fixe, font une propriété toujours difponible qui fe convertit en argent avec plus ou moins de perte fuivant le crédit du créancier. Les rentes viagères, à caufe de leur incertitude, ne peuvent fe vendre qu'à un prix beaucoup plus bas. C'eft un défavantage qu'il faut compenfer par une augmentation d'intérêts.

Nous ne parlons point ici des effets que ces emprunts peuvent produire fur les mœurs, ils font trop bien connus : mais nous obferverons qu'ils ne peuvent, lorfqu'ils font confidérables, être remplis qu'en fuppofant que les capitaliftes y placent des fonds que, fans cela, ils auraient placés dans un commerce utile. Ce font donc autant de capitaux perdus pour l'induftrie. Nouveau mal que produit cette manière d'emprunter.

viagères, ils en prenaient à toute main jufqu'au temps
où ce jeu leur fut défendu. En effet on eſt débarraſſé
du fardeau de payer au bout de trente ou quarante
ans ; & on paye une rente foncière pendant toute
l'éternité. Il leur a été auſſi défendu de prendre des
capitaux en rentes perpétuelles ; & la raifon, c'eſt
qu'on n'a pas voulu les trop détourner de leurs
occupations fpirituelles.

AGRICULTURE.

IL n'eſt pas concevable comment les anciens, qui
cultivaient la terre auſſi bien que nous, pouvaient
imaginer que tous les grains qu'ils femaient en terre,
devaient néceſſairement mourir & pourrir avant de
lever & produire. Il ne tenait qu'à eux de tirer un
grain de la terre au bout de deux ou trois jours, ils
l'auraient vu très-fain, un peu enflé, la racine en bas,
la tête en haut. Ils auraient diftingué au bout de
quelque temps le germe, les petits filets blancs des
racines, la matière laiteufe dont fe formera la farine,
fes deux enveloppes, fes feuilles. Cependant c'était
affez que quelque philofophe grec ou barbare eût
enfeigné que toute génération vient de corruption,
pour que perfonne n'en doutât : & cette erreur, la
plus grande & la plus fotte de toutes les erreurs,
parce qu'elle eſt la plus contraire à la nature, fe
trouvait dans des livres écrits pour l'inftruction du
genre-humain.

Auffi les philofophes modernes, trop hardis parce
qu'ils font plus éclairés, ont abufé de leurs lumières
mêmes pour reprocher durement à JESUS notre
fauveur

fauveur, & à *St Paul* fon perfécuteur, qui devint fon apôtre, d'avoir dit qu'il fallait que le grain pourrît en terre pour germer, qu'il mourût pour renaître : ils ont dit que c'était le comble de l'abfurdité de vouloir prouver le nouveau dogme de la réfurrection par une comparaifon fi fauffe & fi ridicule. On a ofé dire dans l'hiftoire critique de JESUS-CHRIST que de fi grands ignorans n'étaient pas faits pour enfeigner les hommes, & que ces livres fi long-temps inconnus n'étaient bons que pour la plus vile populace.

Les auteurs de ces blafphèmes n'ont pas fongé que JESUS-CHRIST & *St Paul* daignaient parler le langage reçu, que pouvant enfeigner les vérités de la phyfique, ils n'enfeignaient que celles de la morale, qu'ils fuivaient l'exemple du refpectable auteur de la Genèfe. (*) En effet dans la Genèfe, l'Efprit faint fe conforme dans chaque ligne aux idées les plus groffières du peuple le plus groffier; la fageffe éternelle ne defcendit point fur la terre pour inftituer des académies des fciences. C'eft ce que nous répondons toujours à ceux qui reprochent tant d'erreurs phyfiques à tous les prophètes & à tout ce qui fut écrit chez les Juifs. On fait bien que religion n'eft pas philofophie.

Au refte les trois quarts de la terre fe paffent de notre froment, fans lequel nous prétendons qu'on ne peut vivre. Si les habitans voluptueux des villes favaient ce qu'il en coûte de travaux pour leur procurer du pain, ils en feraient effrayés.

(*) Voyez *Genèfe.*

Dictionn. philofoph. Tome I. **H**

Des livres pseudonymes sur l'économie générale.

Il serait difficile d'ajouter à ce qui est dit d'utile dans l'Encyclopédie aux articles *Agriculture*, *Grain*, *Ferme* &c. Je remarquerai seulement qu'à l'article *Grain*, on suppose toujours que le maréchal de *Vauban* est l'auteur de la Dixme royale. C'est une erreur dans laquelle sont tombés presque tous ceux qui ont écrit sur l'économie. Nous sommes donc forcés de remettre ici sous les yeux ce que nous avons déjà dit ailleurs.

,, *Bois-Guilbert* s'avisa d'abord d'imprimer la Dixme ,, royale sous le nom de *Testament politique du maréchal* ,, *de Vauban*. Ce *Bois-Guilbert*, auteur du Détail de la ,, France en deux volumes, n'était pas sans mérite, il ,, avait une grande connaissance des finances du ,, royaume ; mais la passion de critiquer toutes les ,, opérations du grand *Colbert*, l'emporta trop loin ; ,, on jugea que c'était un homme fort instruit qui ,, s'égarait toujours, un feseur de projets qui exagérait ,, les maux du royaume, & qui proposait de mauvais ,, remèdes. Le peu de succès de ce livre auprès du ,, ministère, lui fit prendre le parti de mettre sa Dixme ,, royale à l'abri d'un nom respecté. Il prit celui du ,, maréchal de *Vauban*, & ne pouvait mieux choisir. ,, Presque toute la France croit encore que le projet ,, de la Dixme royale est de ce maréchal si zélé pour le ,, bien public; mais la tromperie est aisée à connaître.

,, Les louanges que *Bois-Guilbert* se donne à lui- ,, même dans la préface le trahissent; il y loue trop ,, son livre du Détail de la France ; il n'était pas vrai- ,, semblable que le maréchal eût donné tant d'éloges ,, à un livre rempli de tant d'erreurs : on voit dans

,, cette préface un père qui loue fon fils, pour faire ,, recevoir un de fes bâtards. ,,

Le nombre de ceux qui ont mis fous des noms refpectés leurs idées de gouvernement, d'économie, de finance, de tactique &c. n'eft que trop confidérable. L'abbé de St Pierre, qui pouvait n'avoir pas befoin de cette fupercherie, ne laiffa pas d'attribuer la chimère de fa Paix perpétuelle au duc de Bourgogne.

L'auteur du Financier citoyen cite toujours le prétendu Teftament politique de *Colbert*, ouvrage de tout point impertinent, fabriqué par *Gatien de Courtilz*. Quelques ignorans (*) citent encore les Teftamens politiques du roi d'Efpagne *Philippe II*, du cardinal de *Richelieu*, de *Colbert*, de *Louvois*, du duc de Lorraine, du cardinal *Albéroni*, du maréchal de *Belle-Ifle*. On a fabriqué jufqu'à celui de *Mandrin*.

L'Encyclopédie, à l'article *Grain*, rapporte ces paroles d'un livre intitulé, *Avantages & défavantages de la Grande-Bretagne;* ouvrage bien fupérieur à tous ceux que nous venons de citer.

,, Si l'on parcourt quelques-unes des provinces de ,, la France, on trouve que non-feulement plufieurs ,, de fes terres reftent en friche, qui pourraient pro ,, duire des blés & nourrir des beftiaux; mais que les ,, terres cultivées ne rendent pas à beaucoup près à ,, proportion de leur bonté, parce que le laboureur ,, manque de moyens pour les mettre en valeur.

,, Ce n'eft pas fans une joie fenfible que j'ai remar ,, qué dans le gouvernement de France un vice dont les ,, conféquences font fi étendues, & j'en ai félicité ma ,, patrie; mais je n'ai pu m'empêcher de fentir en

_____

(*) Voyez *Ana*, *Anecdotes*.

,, même temps combien formidable ferait devenue
,, cette puiffance, fi elle eût profité des avantages que
,, fes poffeffions & fes hommes lui offraient. *O fua fi*
,, *bona nôrint!* ,,

J'ignore fi ce livre n'eft pas d'un français qui, en
fefant parler un anglais, a cru lui devoir faire bénir
DIEU de ce que les Français lui paraiffent pauvres;
mais qui en même temps fe trahit lui-même en fouhai-
tant qu'ils foient riches, & en s'écriant avec *Virgile* :
O s'ils connaiffaient leurs biens ! Mais foit français, foit
anglais, il eft faux que les terres en France ne rendent
pas à proportion de leur bonté. On s'accoutume trop
à conclure du particulier au général. Si on en croyait
beaucoup de nos livres nouveaux, la France ne ferait
pas plus fertile que la Sardaigne & les petits cantons
fuiffes.

De l'exportation des grains.

LE même article *Grain* porte encore cette réflexion :
,, Les Anglais effuyaient fouvent de grandes chertés
,, dont nous profitions par la liberté du commerce
,, de nos grains, fous le règne de *Henri IV* & de
,, *Louis XIII*, & dans les premiers temps du règne
,, de *Louis XIV.* ,,

Mais malheureufement la fortie des grains fut défendue en 1598, fous *Henri IV.* La défenfe continua
fous *Louis XIII* & pendant tout le temps du règne
de *Louis XIV.* On ne put vendre fon blé hors du
royaume que fur une requête préfentée au confeil,
qui jugeait de l'utilité ou du danger de la vente, ou
plutôt qui s'en rapportait à l'intendant de la province.
Ce n'eft qu'en 1764 que le confeil de *Louis XV* plus

éclairé a rendu le commerce des blés libre, avec les reftrictions convenables dans les mauvaifes années.

De la grande & petite culture.

A l'article *Ferme*, qui eft un des meilleurs de ce grand ouvrage, on diftingue la grande & la petite culture. La grande fe fait par les chevaux, la petite par les bœufs ; & cette petite, qui s'étend fur la plus grande partie des terres de France, eft regardée comme un travail prefque ftérile, & comme un vain effort de l'indigence.

Cette idée en général ne me paraît pas vraie. La culture par les chevaux n'eft guère meilleure que celle par les bœufs. Il y a des compenfations entre ces deux méthodes, qui les rendent parfaitement égales. Il me femble que les anciens n'employèrent jamais les chevaux à labourer la terre, du moins il n'eft queftion que de bœufs dans *Héfiode*, dans *Xénophon*, dans *Virgile*, dans *Columelle*. La culture avec des bœufs n'eft chétive & pauvre que lorfque des propriétaires mal-aifés fourniffent de mauvais bœufs, mal nourris, à des métayers fans reffource qui cultivent mal. Ce métayer, ne rifquant rien, parce qu'il n'a rien fourni, ne donne jamais à la terre ni les engrais ni les façons dont elle a befoin ; il ne s'enrichit point, & il appauvrit fon maître : c'eft malheureufement le cas où fe trouvent plufieurs pères de famille. (1)

(1) M. de *Voltaire* indique ici la véritable différence entre la grande & la petite culture. L'une & l'autre peuvent employer des bœufs ou des chevaux. Mais la grande culture eft celle qui fe fait par les propriétaires eux-mêmes ou par des fermiers ; la petite culture eft celle qui fe fait par un métayer à qui le propriétaire fournit les avances foncières de la culture , à condition de partager les fruits avec lui.

H 3

Le fervice des bœufs eft auffi profitable que celui
des chevaux, parce que s'ils labourent moins vîte,
on les fait travailler plus de journées fans les excéder ;
ils coûtent beaucoup moins à nourrir ; on ne les ferre
point, leurs harnais font moins difpendieux, on les
revend, ou bien on les engraiffe pour la boucherie :
ainfi leur vie & leur mort procurent de l'avantage ;
ce qu'on ne peut pas dire des chevaux.

Enfin on ne peut employer les chevaux que dans
les pays où l'avoine eft à très-bon marché, & c'eft
pourquoi il y a toujours quatre à cinq fois moins
de culture par les chevaux que par les bœufs.

Des défrichemens.

A l'article *Défrichement*, on ne compte pour défrichement que les herbes inutiles & voraces que l'on
arrache d'un champ pour le mettre en état d'être
enfemencé.

L'art de défricher ne fe borne pas à cette méthode
ufitée & toujours néceffaire. Il confifte à rendre fertiles
des terres ingrates qui n'ont jamais rien porté. Il y
en a beaucoup de cette nature, comme des terrains
marécageux ou de pure terre à brique, à foulon, fur
laquelle il eft auffi inutile de femer que fur des
rochers. Pour les terres marécageufes, ce n'eft que
la pareffe & l'extrême pauvreté qu'il faut accufer fi
on ne les fertilife pas.

Les fols purement glaifeux ou de craie, ou fimplement de fable, font rebelles à toute culture. Il n'y
a qu'un feul fecret, c'eft celui d'y porter de la bonne
terre pendant des années entières. C'eft une entreprife qui ne convient qu'à des hommes très-riches ;

le profit n'en peut égaler la dépenfe qu'après un
très-long temps, fi même elle peut jamais en approcher.
Il faut, quand on y a porté de la terre meuble, la
mêler avec la mauvaife, la fumer beaucoup, y
reporter encore de la terre, & furtout y femer des
graines qui loin de dévorer le fol lui communiquent
une nouvelle vie.

Quelques particuliers ont fait de tels effais ; mais
il n'appartiendrait qu'à un fouverain de changer ainfi
la nature d'un vafte terrain en y fefant camper de la
cavalerie, laquelle y confommerait les fourrages
tirés des environs. Il y faudrait des régimens entiers.
Cette dépenfe fe fefant dans le royaume, il n'y aurait
pas un denier de perdu, & on aurait à la longue
un grand terrain de plus qu'on aurait conquis fur
la nature. L'auteur de cet article a fait cet effai en
petit, & a réuffi.

Il en eft d'une telle entreprife comme de celle des
canaux & des mines. Quand la dépenfe d'un canal ne
ferait pas compenfée par les droits qu'il rapporterait,
ce ferait toujours pour l'Etat un prodigieux avantage.

Que la dépenfe de l'exploitation d'une mine d'argent,
de cuivre, de plomb ou d'étain, & même de charbon
de terre, excède le produit, l'exploitation eft toujours
très-utile : car l'argent dépenfé fait vivre les ouvriers,
circule dans le royaume, & le métal ou minéral qu'on
en a tiré eft une richeffe nouvelle & permanente.
Quoi qu'on faffe il faudra toujours revenir à la fable
du bon vieillard, qui fit accroire à fes enfans qu'il y
avait un tréfor dans leur champ ; ils remuèrent tout
leur héritage pour le chercher, & ils s'aperçurent *que*
le travail eft un tréfor.

H 4

La pierre philofophale de l'agriculture ferait de femer peu & de recueillir beaucoup. Le *grand Albert*, le *petit Albert*, la *Maifon ruftique*, enfeignent douze fecrets d'opérer la multiplication du blé, qu'il faut tous mettre avec la méthode de faire naître des abeilles du cuir d'un taureau , & avec les œufs de coq dont il vient des bafilics. La chimère de l'agriculture eft de croire obliger la nature à faire plus qu'elle ne peut. Autant vaudrait donner le fecret de faire porter à une femme dix enfans, quand elle ne peut en donner que deux. Tout ce qu'on doit faire eft d'avoir bien foin d'elle dans fa groffeffe.

La méthode la plus fure pour recueillir un peu plus de grain qu'à l'ordinaire, eft de fe fervir du femoir. Cette manœuvre par laquelle on fème à la fois, on herfe , & on recouvre, prévient le ravage du vent qui quelquefois diffipe le grain , & celui des oifeaux qui le dévorent. C'eft un avantage qui certainement n'eft pas à négliger.

De plus la femence eft plus régulièrement verfée & efpacée dans la terre; elle a plus de liberté de s'étendre; elle peut produire des tiges plus fortes & un peu plus d'épis. Mais le femoir ne convient ni à toutes fortes de terrains ni à tous les laboureurs. Il faut que le fol foit uni & fans cailloux, & il faut que le laboureur foit aifé. Un femoir coûte ; & il en coûte encore pour le r'habillement quand il eft détraqué. Il exige deux hommes & un cheval; plufieurs laboureurs n'ont que des bœufs. Cette machine utile doit être employée par les riches cultivateurs & prêtée aux pauvres.

De la grande protection due à l'agriculture.

PAR quelle fatalité l'agriculture n'eſt-elle véritablement honorée qu'à la Chine ? Tout miniſtre d'Etat
en Europe doit lire avec attention le mémoire ſuivant,
quoiqu'il ſoit d'un jéſuite. Il n'a jamais été contredit
par aucun autre miſſionnaire, malgré la jalouſie de
métier qui a toujours éclaté entr'eux. Il eſt entièrement conforme à toutes les relations que nous avons
de ce vaſte empire.

» Au commencement du printemps chinois, c'eſt-à-
» dire dans le mois de février, le tribunal des mathé-
» matiques ayant eu ordre d'examiner quel était le
» jour convenable à la cérémonie du labourage, déter-
» mina le 24 de la onzième lune, & ce fut par le
» tribunal des rites que ce jour fut annoncé à l'em-
» pereur dans un mémorial, où le même tribunal des
» rites marquait ce que ſa majeſté devait faire pour
» ſe préparer à cette fête.

» Selon ce mémorial, 1°. l'empereur doit nommer
» les douze perſonnes illuſtres qui doivent l'accompa-
» gner & labourer après lui ; ſavoir, trois princes &
» neuf préſidens des cours ſouveraines. Si quelques-
» uns des préſidens étaient trop vieux ou infirmes ,
» l'empereur nomme ſes aſſeſſeurs pour tenir leur
» place.

» 2°. Cette cérémonie ne conſiſte pas ſeulement
» à labourer la terre, pour exciter l'émulation par
» ſon exemple ; mais elle renferme encore un ſacrifice
» que l'empereur comme grand - pontife offre au
» Chang-ti, pour lui demander l'abondance en faveur
» de ſon peuple. Or pour ſe préparer à ce ſacrifice,

,, il doit jeûner & garder la continence les trois jours
,, précédens. (a) La même précaution doit être
,, obfervée par tous ceux qui font nommés pour
,, accompagner fa majefté, foit princes, foit autres, foit
,, mandarins de lettres, foit mandarins de guerre.

,, 3°. La veille de cette cérémonie, fa majefté
,, choifit quelques feigneurs de la première qualité,
,, & les envoie à la falle de fes ancêtres, fe profterner
,, devant la tablette, & les avertir, comme ils feraient
,, s'ils étaient encore en vie, (b) que le jour fuivant
,, il offrira le grand facrifice.

,, Voilà en peu de mots ce que le mémorial du
,, tribunal des rites marquait pour la perfonne de
,, l'empereur. Il déclarait auffi les préparatifs que les
,, différens tribunaux étaient chargés de faire. L'un
,, doit préparer ce qui fert aux facrifices. Un autre
,, doit compofer les paroles que l'empereur récite
,, en fefant le facrifice. Un troifième doit faire porter
,, & dreffer les tentes fous lefquelles l'empereur
,, dînera, s'il a ordonné d'y porter un repas. Un
,, quatrième doit affembler quarante ou cinquante
,, vénérables vieillards, laboureurs de profeffion, qui
,, foient préfens lorfque l'empereur laboure la terre.
,, On fait venir auffi une quarantaine de laboureurs
,, plus jeunes pour difpofer la charrue, atteler les
,, bœufs, & préparer les grains qui doivent être femés.
,, L'empereur fème cinq fortes de grains, qui font
,, cenfés les plus néceffaires à la Chine, & fous lefquels
,, font compris tous les autres ; le froment, le riz, le

(a) Cela feul ne fuffit-il pas pour détruire la folle calomnie établie
dans notre Occident que le gouvernement chinois eft athée?

(b) Le proverbe dit : *Comportez-vous à l'égard des morts comme s'ils
étaient encore en vie.*

,, millet, la fève, & une autre efpèce de mill, qu'on
,, appelle *cac-leang*.

,, Ce furent-là les préparatifs : le vingt-quatrième
,, jour de la lune, fa majefté fe rendit avec toute la
,, cour en habit de cérémonie au lieu deftiné à offrir
,, au *Chang-ti* le facrifice du printemps , par lequel on
,, le prie de faire croître & de conferver les biens de
,, la terre. C'eft pour cela qu'il l'offre avant que de
,, mettre la main à la charrue.....

,, L'empereur facrifia, & après le facrifice il def-
,, cendit avec les trois princes & les neuf préfidens
,, qui devaient labourer avec lui. Plufieurs grands
,, feigneurs portaient eux-mêmes les coffres précieux
,, qui renfermaient les grains qu'on devait femer.
,, Toute la cour y affifta en grand filence. L'empereur
,, prit la charrue, & fit en labourant plufieurs allées
,, & venues: lorfqu'il quitta la charrue, un prince
,, du fang la conduifit & laboura à fon tour. Ainfi
,, du refte.

,, Après avoir labouré en différens endroits, l'em-
,, pereur fema les différens grains. On ne laboure
,, pas alors tout le champ entier, mais les jours fui-
,, vans les laboureurs de profeffion achèvent de le
,, labourer.

,, Il y avait cette année-là quarante-quatre anciens
,, laboureurs, & quarante-deux plus jeunes. La céré-
,, monie fe termina par une récompenfe que l'empereur
,, leur fit donner. ,,

A cette relation d'une cérémonie qui eft la plus belle
de toutes, puifqu'elle eft la plus utile , il faut joindre
un édit du même empereur *Yontchin*. Il accorde des
récompenfes&des honneurs à quiconque défrichera des

terrains incultes depuis quinze arpens jufqu'à quatre-vingts, vers la Tartarie; car il n'y en a point d'incultes dans la Chine proprement dite; & celui qui en défriche quatre-vingts devient mandarin du huitième ordre.

Que doivent faire nos fouverains d'Europe en apprenant de tels exemples? ADMIRER ET ROUGIR; MAIS SURTOUT IMITER.

P. S. J'ai lu depuis peu un petit livre fur les arts & métiers, dans lequel j'ai remarqué autant de chofes utiles qu'agréables; mais ce qu'il dit de l'agriculture reffemble affez à la manière dont en parlent plufieurs parifiens qui n'ont jamais vu de charrue. L'auteur parle d'un heureux agriculteur qui, dans la contrée la plus délicieufe & la plus fertile de la terre, cultivait une campagne *qui lui rendait cent pour cent.*

Il ne favait pas qu'un terrain qui ne rendrait que cent pour cent, non-feulement ne payerait pas un feul des frais de la culture, mais ruinerait pour jamais le laboureur. Il faut, pour qu'un domaine puiffe donner un léger profit, qu'il rapporte au moins cinq cents pour cent. Heureux Parifiens, jouiffez de nos travaux, & jugez de l'opéra comique! (*)

A I R.

SECTION I.

ON compte quatre élémens, quatre efpèces de matière fans avoir une notion complète de la matière. Mais que font les élémens de ces élémens? L'air fe change-t-il en feu, en eau, en terre? Y a-t-il de l'air?

_____

(*) Voyez *Bled* ou *Blé.*

Quelques philofophes en doutent encore; peut-on raifonnablement en douter avec eux ? On n'a jamais été incertain fi on marche fur la terre, fi on boit de l'eau, fi le feu nous éclaire, nous échauffe, nous brûle. Nos fens nous en avertiffent affez ; mais ils ne nous difent rien fur l'air. Nous ne favons point par eux fi nous refpirons les vapeurs du globe ou une fubftance différente de ces vapeurs. Les Grecs appelèrent l'enveloppe qui nous environne *atmofphère*, la fphère des exhalaifons; & nous avons adopté ce mot. Y a-t-il parmi ces exhalaifons continuelles une autre efpèce de matière qui ait des propriétés différentes ?

Les philofophes qui ont nié l'exiftence de l'air, difent qu'il eft inutile d'admettre un être qu'on ne voit jamais, & dont tous les effets s'expliquent fi aifément par les vapeurs qui fortent du fein de la terre.

Newton a démontré que le corps le plus dur a moins de matière que de pores. Des exhalaifons continuelles s'échappent en foule de toutes les parties de notre globe. Un cheval jeune & vigoureux, ramené tout en fueur dans fon écurie en temps d'hiver, eft entouré d'une atmofphère mille fois moins confidérable que notre globe n'eft pénétré & environné de la matière de fa propre tranfpiration.

Cette tranfpiration, ces exhalaifons, ces vapeurs innombrables s'échappent fans ceffe par des pores innombrables, & ont elles-mêmes des pores. C'eft ce mouvement continu en tout fens qui forme & qui détruit fans ceffe végétaux, minéraux, métaux, animaux.

C'eft ce qui a fait penfer à plufieurs que le mouvement eft effentiel à la matière; puifqu'il n'y a pas une particule dans laquelle il n'y ait un mouvement continu. Et fi la puiffance formatrice éternelle, qui préfide à tous les globes, eft l'auteur de tout mouvement, elle a voulu du moins que ce mouvement ne pérît jamais. Or ce qui eft toujours indeftructible a pú paraître effentiel, comme l'étendue & la folidité ont paru effentielles. Si cette idée eft une erreur, elle eft pardonnable; car il n'y a que l'erreur malicieufe & de mauvaife foi qui ne mérite pas d'indulgence.

Mais qu'on regarde le mouvement comme effentiel ou non, il eft indubitable que les exhalaifons de notre globe s'élèvent & retombent fans aucun relâche à un mille, à deux milles, à trois milles au-deffus de nos têtes. Du mont Atlas à l'extrémité du Taurus tout homme peut voir tous les jours les nuages fe former fous fes pieds. Il eft arrivé mille fois à des voyageurs d'être au-deffus de l'arc-en-ciel, des éclairs & du tonnerre.

Le feu répandu dans l'intérieur du globe, ce feu caché dans l'eau & dans la glace même, eft probablement la fource impériffable de ces exhalaifons, de ces vapeurs dont nous fommes continuellement environnés. Elles forment un ciel bleu dans un temps ferein, quand elles font affez hautes & affez atténuées pour ne nous envoyer que des rayons bleus; comme les feuilles de l'or amincies expofées aux rayons du foleil, dans la chambre obfcure. Ces vapeurs imprégnées de foufre forment les tonnerres & les éclairs. Comprimées & enfuite dilatées par cette compreffion dans les entrailles de la terre, elles s'échappent en volcans, forment & détruifent de petites montagnes, renverfent des villes, ébranlent quelquefois une grande partie du globe.

Cette mer de vapeurs dans laquelle nous nageons, qui nous menace fans ceffe, & fans laquelle nous ne pourrions vivre, comprime de tous côtés notre globe & fes habitans avec la même force que fi nous avions fur notre tête un océan de trente-deux pieds de hauteur; & chaque homme en porte environ vingt mille livres.

Raifons de ceux qui nient l'air.

Tout ceci pofé, les philofophes qui nient l'air difent : Pourquoi attribuerons-nous à un élément inconnu & invifible des effets que l'on voit continuellement produits par ces exhalaifons vifibles & palpables?

L'air eft élaftique, nous dit-on: mais les vapeurs de l'eau feule le font fouvent bien davantage. Ce que vous appelez l'*élément de l'air*, preffé dans une canne à vent, ne porte une balle qu'à une très-petite diftance; mais dans la pompe à feu des bâtimens d'Yorck à Londres, les vapeurs font un effet cent fois plus violent.

On ne dit rien de l'air, continuent-ils, qu'on ne puiffe dire de même des vapeurs du globe; elles pèfent comme lui, s'infinuent comme lui, allument le feu par leur fouffle, fe dilatent, fe condenfent de même.

La plus grande objection que l'on faffe contre le fyftème des exhalaifons du globe, eft qu'elles perdent leur élafticité dans la pompe à feu quand elles font refroidies, au lieu que l'air eft, dit-on, toujours élaftique. Mais premièrement il n'eft pas vrai que l'élafticité de l'air agiffe toujours; fon élafticité eft nulle quand on le fuppofe en équilibre, & fans cela il n'y

a point de végétaux & d'animaux qui ne crevaſſent &
n'éclataſſent en cent morceaux, ſi cet air qu'on ſup-
poſe être dans eux conſervait ſon élaſticité. Les vapeurs
n'agiſſent point quand elles ſont en équilibre ; c'eſt
leur dilatation qui fait leurs grands effets. En un mot,
tout ce qu'on attribue à l'air, ſemble appartenir ſenſi-
blement, ſelon ces philoſophes, aux exhalaiſons de
notre globe.

Si on leur fait voir que le feu s'éteint quand il n'eſt
pas entretenu par l'air, ils répondent qu'on ſe méprend,
qu'il faut à un flambeau des vapeurs ſèches & élaſ-
tiques pour nourrir ſa flamme, qu'elle s'éteint ſans
leur ſecours, ou quand ces vapeurs ſont trop graſſes,
trop ſulfureuſes, trop groſſières, & ſans reſſort. Si on
leur objecte que l'air eſt quelquefois peſtilentiel, c'eſt
bien plutôt des exhalaiſons qu'on doit le dire. Elles
portent avec elles des parties de ſoufre, de vitriol,
d'arſenic, & de toutes les plantes nuiſibles. On dit:
L'air eſt pur dans ce canton, cela ſignifie : *Ce canton n'eſt*
point marécageux; il n'a ni plantes, ni minières perni-
cieuſes dont les parties s'exhalent continuellement
dans les corps des animaux. Ce n'eſt point l'élément
prétendu de l'air qui rend la campagne de Rome ſi
mal ſaine, ce ſont les eaux croupiſſantes, ce ſont les
anciens canaux qui, creuſés ſous terre de tous côtés,
ſont devenus le réceptacle de toutes les bêtes veni-
meuſes. C'eſt de là que s'exhale continuellement un
poiſon mortel. Allez à Freſcati, ce n'eſt plus le même
terrain, ce ne ſont plus les mêmes exhalaiſons.

Mais pourquoi l'élément ſuppoſé de l'air change-
rait-il de nature à Freſcati? Il ſe chargera, dit-on,
dans la campagne de Rome de ces exhalaiſons funeſtes,

&

& n'en trouvant pas à Frefcati il deviendra plus falutaire. Mais, encore une fois, puifque ces exhalaifons
exiftent, puifqu'on les voit s'élever le foir en nuages,
quelle néceffité de les attribuer à une autre caufe? Elles
montent dans l'atmofphère, elles s'y diffipent, elles
changent de forme; le vent, dont elles font la première
caufe, les emporte, les fépare; elles s'atténuent, elles
deviennent falutaires de mortelles qu'elles étaient.

Une autre objection, c'eft que ces vapeurs, ces
exhalaifons renfermées dans un vafe de verre, s'attachent
aux parois & tombent, ce qui n'arrive jamais à l'air.
Mais qui vous a dit que fi les exhalaifons humides
tombent au fond de ce criftal, il n'y a pas incomparablement plus de vapeurs fèches & élaftiques qui fe
foutiennent dans l'intérieur de ce vafe? L'air, dites-
vous, eft purifié après une pluie. Mais nous fommes
en droit de vous foutenir que ce font les exhalaifons
terreftres qui fe font purifiées, que les plus groffières,
les plus aqueufes rendues à la terre laiffent les plus
fèches & les plus fines au-deffus de nos têtes, & que
c'eft cette afcenfion & cette defcente alternative qui
entretient le jeu continuel de la nature.

Voilà une partie des raifons qu'on peut alléguer en
faveur de l'opinion que l'élément de l'air n'exifte pas.
Il y en a de très-fpécieufes, & qui peuvent au moins
faire naître des doutes; mais ces doutes céderont toujours à l'opinion commune. On n'a déjà pas trop de
quatre élémens. Si on nous réduifait à trois, nous
nous croirions trop pauvres. On dira toujours l'*élément
de l'air*. Les oifeaux voleront toujours dans les airs, &
jamais dans les vapeurs. On dira toujours : *L'air eft*

doux, l'air est serein, & jamais les vapeurs sont douces, sont sereines.

Vapeurs , exhalaisons.

JE suis comme certains hérétiques ; ils commencent par proposer modestement quelques difficultés , ils finissent par nier hardiment de grands dogmes.

J'ai d'abord rapporté avec candeur les scrupules de ceux qui doutent que l'air existe. Je m'enhardis aujourd'hui, j'ose regarder l'existence de l'air comme une chose peu probable.

1°. Depuis que je rendis compte de l'opinion qui n'admet que des vapeurs, j'ai fait ce que j'ai pu pour voir de l'air, & je n'ai jamais vu que des vapeurs grises, blanchâtres, bleues, noirâtres, qui couvrent tout mon horizon ; jamais on ne m'a montré d'air pur. J'ai toujours demandé pourquoi on admettait une matière invisible, impalpable, dont on n'avait aucune connaissance ?

2°. On m'a toujours répondu que l'air est élastique. Mais qu'est-ce que l'élasticité ? c'est la propriété d'un corps fibreux de se remettre dans l'état dont vous l'avez tiré avec force. Vous avez courbé cette branche d'arbre, elle se relève ; ce ressort d'acier que vous avez roulé se détend de lui-même : propriété aussi commune que l'attraction & la direction de l'aimant, & aussi inconnue. Mais votre élément de l'air est élastique, selon vous, d'une toute autre façon. Il occupe un espace prodigieusement plus grand que celui dans lequel vous l'enfermiez, dont il s'échappe. Des physiciens ont prétendu que l'air peut se dilater dans la proportion d'un à quatre mille ; (a) d'autres ont voulu qu'une bulle d'air pût s'étendre quarante-six milliars de fois.

Je demanderais alors ce qu'il deviendrait ? à quoi il ferait bon ? quelle force aurait cette particule d'air au milieu des milliars de particules de vapeurs qui s'exhalent de la terre, & des milliars d'intervalles qui les séparent ?

3º. S'il existe de l'air, il faut qu'il nage dans la mer immense des vapeurs qui nous environne, & que nous touchons au doigt & à l'œil. Or les parties d'un air ainsi interceptées, ainsi plongées & errantes dans cette atmosphère, pourraient-elles avoir le moindre effet, le moindre usage ?

4º. Vous entendez une musique dans un sallon éclairé de cent bougies, il n'y a pas un point de cet espace qui ne soit rempli de ces atomes de cire, de lumière & de fumée légère. Brûlez-y des parfums, il n'y aura pas encore un point de cet espace où les atomes de ces parfums ne pénètrent. Les exhalaisons continuelles du corps des spectateurs & des musiciens, & du parquet, & des fenêtres, des plafonds, occupent encore ce sallon : que restera-t-il pour votre prétendu élément de l'air ?

5º. Comment cet air prétendu, dispersé dans ce sallon, pourra-t-il vous faire entendre & distinguer à la fois les différens sons ? faudra-t-il que la tierce, la quinte, l'octave &c. aillent frapper des parties d'air qui soient elles-mêmes à la tierce, à la quinte, à l'octave ? chaque note exprimée par les voies & par les instrumens trouve-t-elle des parties d'air notées qui les

(a) Voyez *Muschembroeck*, chapitre de *l'air*.

renvoient à votre oreille? C'eſt la ſeule manière d'expliquer la mécanique de l'ouïe par le moyen de l'air.
Mais quelle ſuppoſition ! de bonne foi , doit-on croire
que l'air contienne une infinité d'ut , re , mi , fa , ſol ,
là, ſi , ut, & nous les envoie ſans ſe tromper : en ce cas
ne faudrait-il pas que chaque particule d'air, frappée
à la fois par tous les ſons , ne fût propre qu'à répéter
un ſeul ſon , & à le renvoyer à l'oreille ? mais où ren-
verrait-elle tous les autres qui l'auraient également
frappée ?

Il n'y a donc pas moyen d'attribuer à l'air la
mécanique qui opère les ſons ; il faut donc chercher
quelqu'autre cauſe , & on peut parier qu'on ne la
trouvera jamais.

6°. A quoi fut réduit *Newton* ? il ſuppoſa, à la fin
de ſon optique , *que les particules d'une ſubſtance denſe ,*
compacte & fixe , adhérentes par attraction , raréfiées diffi-
cilement par une extrême chaleur , ſe transforment en un air
élaſtique.

De telles hypothèſes , qu'il ſemblait ſe permettre pour
ſe délaſſer , ne valaient pas ſes calculs & ſes expériences.
Comment des ſubſtances dures ſe changent-elles en
un élément ? comment du fer eſt-il changé en air ?
Avouons notre ignorance ſur les principes des choſes.

7°. De toutes les preuves qu'on apporte en faveur
de l'air , c'eſt que ſi on vous l'ôte vous mourez ; mais
cette preuve n'eſt autre choſe qu'une ſuppoſition de ce
qui eſt en queſtion. Vous dites qu'on meurt quand on
eſt privé d'air , & nous diſons qu'on meurt par la
privation des vapeurs ſalutaires de la terre & des eaux.
Vous calculez la peſanteur de l'air , & nous la peſanteur
des vapeurs. Vous donnez de l'élaſticité à un être que

vous ne voyez pas , & nous à des vapeurs que nous voyons diftinctement dans la pompe à feu. Vous rafraî-chiffez vos poumons avec de l'air , & nous avec des exhalaifons des corps qui nous environnent &c. &c.

Permettez-nous donc de croire aux vapeurs ; nous trouvons fort bon que vous foyez du parti de l'air, & nous ne demandons que la tolérance. (1)

Que l'air ou la région des vapeurs n'apporte point la pefte.

J'AJOUTERAI encore une petite réflexion ; c'eft que ni l'air , s'il y en a , ni les vapeurs ne font le véhi-cule de la pefte. Nos vapeurs , nos exhalaifons nous donnent affez de maladies. Le gouvernement s'occupe peu du defféchement des marais , il y perd plus qu'il ne penfe ; cette négligence répand la mort fur des cantons confidérables. Mais pour la pefte proprement dite , la pefte native d'Egypte , la pefte à charbon , la pefte qui fit périr à Marfeille & dans les environs foixante & dix mille hommes en 1 7 2 0 , cette véritable pefte n'eft jamais apportée par les vapeurs ou par ce qu'on nomme air ; cela eft fi vrai qu'on l'arrête avec un feul foffé : on lui trace par des lignes une limite qu'elle ne franchit jamais.

(1) Voyez le volume de *Phyfique*. Nous remarquerons feulement qu'il s'échappe des corps 1°. des fubftances expanfibles ou élaftiques, & que ces fubftances font les mêmes que celles qui compofent l'atmofphère ; aucun froid connu ne les réduit en liqueur: 2°. d'autres exhalaifons qui fe diffolvent dans les premières fans leur ôter ni leur tranfparence ni leur expanfibilité. Le froid & d'autres caufes les précipitent enfuite fous la forme de pluie ou de brouillards. M, de *Voltaire* , en écrivant cet article, femble avoir deviné en partie ce que MM. *Prieftley*, *Lavoifier*, *Volta &c.* ont découvert quelques années après fur la compofition de l'atmofphère.

Si l'air ou les exhalaifons la tranfmettaient, un vent du fud-eft l'aurait bien vîte fait voler de Marfeille à Paris. C'eft dans les habits, dans les meubles que la pefte fe conferve ; c'eft de là qu'elle attaque les hommes. C'eft dans une balle de coton qu'elle fut apportée de Seide l'ancienne Sidon à Marfeille. Le confeil d'Etat défendit aux Marfeillois de fortir de l'enceinte qu'on leur traça, fous peine de mort, & la pefte ne fe communiqua point au dehors. *Non procedes ampliùs.*

Les autres maladies contagieufes, produites par les vapeurs, font innombrables. Vous en êtes les victimes, malheureux Welches habitans de Paris. Je parle au pauvre peuple qui loge auprès des cimetières. Les exhalaifons des morts rempliffent continuellement l'hôtel-dieu, & cet hôtel-dieu devenu l'hôtel de la mort infecte le bras de la rivière fur lequel il eft fitué. O Welches! vous n'y faites nulle attention, & la dixième partie du petit peuple eft facrifiée chaque année ; & cette barbarie fubfifte dans la ville des janféniftes, des financiers, des fpectacles, des bals, des brochures & des filles de joie.

De la puiffance des vapeurs.

CE font ces vapeurs qui font les éruptions des volcans, les tremblemens de terre, qui élèvent le Monte-nuovo, qui font fortir l'île de Santorin du fond de la mer Egée, qui nourriffent nos plantes, & qui les détruifent. Terres, mers, fleuves, montagnes, animaux, tout eft percé à jour ; ce globe eft le tonneau des *Danaïdes*, à travers lequel tout entre, tout paffe & tout fort fans interruption.

On nous parle d'un éther, d'un fluide fecret, mais je n'en ai que faire ; je ne l'ai vu ni manié ; je n'en ai jamais fenti, je le renvoie à la matière fubtile de *René*, & à l'efprit recteur de *Paracelfe*.

Mon efprit recteur eft le doute, & je fuis de l'avis de S*Thomas Didyme* qui voulait mettre le doigt deffus & dedans.

ALCHIMISTE.

C E T *al* emphatique met l'alchimifte autant au-deffus du chimifte ordinaire que l'or qu'il compofe eft au-deffus des autres métaux. L'Allemagne eft encore pleine de gens qui cherchent la pierre philofophale, comme on a cherché l'eau d'immortalité à la Chine, & la fontaine de Jouvence en Europe. On a connu quelques perfonnes en France qui fe font ruinées dans cette pourfuite.

Le nombre de ceux qui ont cru aux tranfmutations eft prodigieux ; celui des fripons fut proportionné à celui des crédules. Nous avons vu à Paris le feigneur *Dammi*, marquis de Conventiglio, qui tira quelques centaines de louis de plufieurs grands feigneurs pour leur faire la valeur de deux ou trois écus en or.

Le meilleur tour qu'on ait jamais fait en alchimie fut celui d'un *Rofe-croix* qui alla trouver *Henri I*, duc de Bouillon, de la maifon de *Turenne*, prince fouverain de Sédan, vers l'an 1620. ,, Vous n'avez pas, lui ,, dit-il, une fouveraineté proportionnée à votre grand ,, courage ; je veux vous rendre plus riche que l'empe- ,, reur. Je ne puis refter que deux jours dans vos Etats ;

,, il faut que j'aille tenir à Venife la grande affemblée
,, des frères : gardez feulement le fecret. Envoyez
,, chercher de la litharge chez le premier apothicaire
,, de votre ville ; jetez-y un grain feul de la poudre
,, rouge que je vous donne ; mettez le tout dans un
,, creufet, & en moins d'un quart-d'heure vous aurez
,, de l'or. ,,

Le prince fit l'opération, & la réitéra trois fois en
préfence du virtuofe. Cet homme avait fait acheter
auparavant toute la litharge qui était chez les apothi-
caires de Sédan, & l'avait fait enfuite revendre chargée
de quelques onces d'or. L'adepte en partant fit préfent
de toute fa poudre tranfmutante au duc de *Bouillon*.

Le prince ne douta point qu'ayant fait trois onces
d'or avec trois grains, il n'en fît trois cents mille onces
avec trois cents mille grains, & que par conféquent il
ne fût bientôt poffeffeur dans la femaine de trente-fept
mille cinq cents marcs, fans compter ce qu'il ferait
dans la fuite. Il fallait trois mois au moins pour faire
cette poudre. Le philofophe était preffé de partir; il ne
lui reftait plus rien, il avait tout donné au prince; il
lui fallait de la monnaie courante pour tenir à Venife
les états de la philofophie hermétique. C'était un
homme très-modéré dans fes défirs & dans fa dépenfe;
il ne demanda que vingt mille écus pour fon voyage.
Le duc de *Bouillon*, honteux du peu, lui en donna
quarante mille. Quand il eut épuifé toute la litharge de
Sédan, il ne fit plus d'or; il ne revit plus fon philofophe,
& en fut pour fes quarante mille écus.

Toutes les prétendues tranfmutations alchimiques
ont été faites à peu près de cette manière. Changer
une production de la nature en une autre, eft une

opération un peu difficile, comme, par exemple, du fer en argent; car elle demande deux chofes qui ne font guère en notre pouvoir, c'eft d'anéantir le fer, & de créer l'argent.

Il y a encore des philofophes qui croient aux tranf-mutations, parce qu'ils ont vu de l'eau devenir pierre. Il n'ont pas voulu voir que l'eau s'étant évaporée, a dépofé le fable dont elle était chargée, & que ce fable rapprochant fes parties eft devenu une petite pierre friable, qui n'eft précifément que le fable qui était dans l'eau.

On doit fe défier de l'expérience même. Nous ne pouvons en donner un exemple plus récent & plus frappant que l'aventure qui s'eft paffée de nos jours, & qui eft racontée par un témoin oculaire. Voici l'ex-trait du compte qu'il en a rendu. ,, Il faut avoir ,, toujours devant les yeux ce proverbe efpagnol : ,, De *las Cafas* &c. (*)

On ne doit cependant pas rebuter tous les hommes à fecrets, & toutes les inventions nouvelles. Il en eft de ces virtuofes comme des pièces de théâtre ; fur mille il peut s'en trouver une de bonne.

A L C O R A N ,
OU PLUTOT LE KORAN.

SECTION PREMIERE.

CE livre gouverne defpotiquement toute l'Afrique feptentrionale, du mont Atlas au défert de Barca, toute l'Egypte, les côtes de l'océan éthiopien dans

(*) Voyez les *Singularités de la nature*, volume de *Phyfique*.

l'efpace de fix cents lieues , la Syrie , l'Afie mineure ,
tous les pays qui entourent la mer Noire & la mer
Cafpienne, excepté le royaume d'Aftracan, tout l'empire de l'Indouftan, toute la Perfe, une grande partie
de la Tartarie , & dans notre Europe la Thrace , la
Macédoine, la Bulgarie, la Servie, la Bófnie, toute
la Grèce , l'Epire , & prefque toutes les îles jufqu'au
petit détroit d'Otrante où finiffent toutes ces immenfes
poffeffions.

Dans cette prodigieufe étendue de pays il n'y a
pas un feul mahométan qui ait le bonheur de lire nos
livres facrés ; & très-peu de littérateurs parmi nous
connaiffent le Koran. Nous nous en fefons prefque
toujours une idée ridicule, malgré les recherches de
nos véritables favans.

Voici les premières lignes de ce livre :

» Louanges à D I E U , le fouverain de tous les
» mondes , au Dieu de miféricorde , au fouverain du
» jour de la juftice ; c'eft toi que nous adorons, c'eft
» de toi feul que nous attendons la protection. Con-
» duis-nous dans les voies droites , dans les voies de
» ceux que tu as comblés de tes grâces , non dans les
» voies des objets de ta colère , & de ceux qui fe font
» égarés. »

Telle eft l'introduction ; après quoi l'on voit trois
lettres , *A* , *L* , *M* , qui, felon le favant *Sale*, ne
s'entendent point, puifque chaque commentateur les
explique à fa manière ; mais felon la plus commune
opinion elles fignifient , *Alla* , *Latif* , *Magid* , DIEU ,
la grâce , la gloire.

Mahomet continue , & c'eft DIEU lui-même qui lui
parle. Voici fes propres mots :

,, Ce livre n'admet point le doute , il eft la direc-
,, tion des juftes qui croient aux profondeurs de la
,, foi , qui obfervent les temps de la prière , qui
,, répandent en aumônes ce que nous avons daigné
,, leur donner, qui font convaincus de la révélation
,, defcendue jufqu'à toi , & envoyée aux prophètes
,, avant toi. Que les fidelles aient une ferme affurance
,, dans la vie à venir : qu'ils foient dirigés par leur
,, feigneur , & ils feront heureux.

,, A l'égard des incrédules, il eft égal pour eux que
,, tu les avertiffes ou non ; ils ne croient pas ; le fceau
,, de l'infidélité eft fur leur cœur & fur leurs oreilles ;
,, les ténèbres couvrent leurs yeux ; la punition ter-
,, rible les attend.

,, Quelques-uns difent : Nous croyons en DIEU ,
,, & au dernier jour ; mais au fond ils ne font pas
,, croyans. Ils imaginent tromper l'Eternel ; ils fe
,, trompent eux-mêmes fans le favoir ; l'infirmité eft
,, dans le cœur, & DIEU même augmente cette
,, infirmité &c. ,,

On prétend que ces paroles ont cent fois plus
d'énergie en arabe. En effet l'Alcoran paffe encore
aujourd'hui pour le livre le plus élégant & le plus
fublime qui ait encore été écrit dans cette langue.

Nous avons imputé à l'Alcoran une infinité de
fottifes qui n'y furent jamais. (*)

Ce fut principalement contre les Turcs devenus
mahométans que nos moines écrivirent tant de livres,
lorfqu'on ne pouvait guère répondre autrement aux
conquérans de Conftantinople. Nos auteurs, qui font
en beaucoup plus grand nombre que les janiffaires ,

(*) Voyez l'article *Arot* & *Marot*.

n'eurent pas beaucoup de peine à mettre nos femmes
dans leur parti : ils leur perfuadèrent que *Mahomet* ne
les regardait pas comme des animaux intelligens ;
qu'elles étaient toutes efclaves par les lois de l'Alcoran ; qu'elles ne poffédaient aucun bien dans ce monde,
& que dans l'autre elles n'avaient aucune part au
paradis. Tout cela eft d'une fauffeté évidente ; & tout
cela a été cru fermement.

Il fuffifait pourtant de lire le fecond & le quatrième
fura (*a*) ou chapitre de l'Alcoran pour être détrompé ;
on y trouverait les lois fuivantes ; elles font traduites
également par du *Ryer* qui demeura long-temps à
Conftantinople, par *Maracci* qui n'y alla jamais, &
par *Sale* qui vécut vingt-cinq ans parmi les Arabes.

Réglemens de Mahomet fur les femmes.

I.

„ N'ÉPOUSEZ de femmes idolâtres que quand elles
„ feront croyantes. Une fervante mufulmane vaut
„ mieux que la plus grande dame idolâtre.

I I.

CEUX qui font vœu de chafteté ayant des femmes,
„ attendront quatre mois pour fe déterminer.

„ Les femmes fe comporteront envers leurs maris
„ comme leurs maris envers elles.

I I I.

„ VOUS pouvez faire un divorce deux fois avec
„ votre femme ; mais à la troifième, fi vous la ren-
„ voyez, c'eft pour jamais ; ou vous la retiendrez avec
„ humanité, ou vous la renverrez avec bonté. Il ne

(*a*) En comptant l'introduction pour un chapitre.

,, vous eſt pas permis de rien retenir de ce que vous
,, lui avez donné.

I V.

,, Les honnêtes femmes ſont obéiſſantes & atten-
,, tives, même pendant l'abſence de leurs maris. Si
,, elles ſont ſages, gardez-vous de leur faire la moindre
,, querelle ; s'il en arrive une, prenez un arbitre de
,, votre famille & un de la ſienne.

V.

,, Prenez une femme, ou deux, ou trois, ou quatre,
,, & jamais davantage. Mais dans la crainte de ne
,, pouvoir agir équitablement envers pluſieurs, n'en
,, prenez qu'une. Donnez-leur un douaire convenable;
,, ayez ſoin d'elles, ne leur parlez jamais qu'avec
,, amitié.

V I.

,, Il ne vous eſt pas permis d'hériter de vos femmes
,, contre leur gré, ni de les empêcher de ſe marier à
,, d'autres après le divorce, pour vous emparer de leur
,, douaire, à moins qu'elles n'aient été déclarées cou-
,, pables de quelque crime.

,, Si vous voulez quitter votre femme pour en
,, prendre une autre, quand vous lui auriez donné la
,, valeur d'un talent en mariage, ne prenez rien
,, d'elle.

V I I.

,, Il vous eſt permis d'épouſer des eſclaves, mais il
,, eſt mieux de vous en abſtenir.

V I I I.

,, Une femme renvoyée eſt obligée d'allaiter ſon
,, enfant pendant deux ans, & le père eſt obligé pen-
,, dant ce temps-là de donner un entretien honnête

,, felon fa condition. Si on fèvre l'enfant avant deux
,, ans, il faut le confentement du père & de la mère.
,, Si vous êtes obligé de le confier à une nourrice
,, étrangère, vous la payerez raifonnablement.,,

En voilà fuffifamment pour réconcilier les femmes
avec *Mahomet*, qui ne les a pas traitées fi durement
qu'on le dit. Nous ne prétendons point le juftifier ni
fur fon ignorance, ni fur fon impofture; mais nous
ne pouvons le condamner fur fa doctrine d'un feul
Dieu. Ces feules paroles du fura 122, DIEU *eft unique,
éternel, il n'engendre point, il n'eft point engendré, rien
n'eft femblable à lui*; ces paroles, dis-je, lui ont foumis
l'Orient encore plus que fon épée.

Au refte cet Alcoran dont nous parlons eft un
recueil de révélations ridicules & de prédications
vagues & incohérentes, mais de lois très-bonnes pour
le pays où il vivait, & qui font toutes encore fuivies
fans avoir jamais été affaiblies ou changées par des
interprètes mahométans, ni par des décrets nouveaux.

Mahomet eut pour ennemis non-feulement les poëtes
de la Mecque, mais furtout les docteurs. Ceux-ci
foulevèrent contre lui les magiftrats qui donnèrent
décret de prife de corps contre lui, comme dûment
atteint & convaincu d'avoir dit qu'il fallait adorer
DIEU & non pas les étoiles. Ce fut, comme on fait,
la fource de fa grandeur. Quand on vit qu'on ne
pouvait le perdre, & que fes écrits prenaient faveur,
on débita dans la ville qu'il n'en était pas l'auteur,
ou que du moins il fe fefait aider dans la compofition
de fes feuilles tantôt par un favant juif, tantôt par

un favant chrétien ; fuppofé qu'il y eût alors des favans.

C'eft ainfi que parmi nous on a reproché à plus d'un prélat d'avoir fait compofer leurs fermons & leurs oraifons funèbres par des moines. Il y avait un père *Hercule* qui fefait les fermons d'un certain évêque ; & quand on allait à fes fermons , on difait : *Allons entendre les travaux d'Hercule.*

Mahomet répond à cette imputation dans fon cha-pitre 16 , à l'occafion d'une groffe fottife qu'il avait dite en chaire, & qu'on avait vivement relevée. Voici comme il fe tire d'affaire.

,, Quand tu liras le Koran , adreffe-toi à DIEU , ,, afin qu'il te préferve de *Satan*.... il n'a de pouvoir ,, que fur ceux qui l'ont pris pour maître , & qui ,, donnent des compagnons à DIEU.

,, Quand je fubftitue dans le Koran un verfet à un ,, autre (& DIEU fait la raifon de ces changemens) ,, quelques infidelles difent : *Tu as forgé ces verfets ;* ,, mais ils ne favent pas diftinguer le vrai d'avec ,, le faux : dites plutôt que l'Efprit faint m'a apporté ,, ces verfets de la part de DIEU avec la vérité..... ,, D'autres difent plus malignement : Il y a un cer-,, tain homme qui travaille avec lui à compofer le ,, Koran ; mais comment cet homme à qui ils attri-,, buent mes ouvrages pourrait-il m'enfeigner, puif-,, qu'il parle une langue étrangère, & que celle dans ,, laquelle le Koran eft écrit, eft l'arabe le plus ,, pur ? ,,

Celui qu'on prétendait travailler (*b*) avec *Mahomet* était un juif nommé *Benfalen* ou *Benfalon.* Il n'eft

(*b*) Voyez l'Alcoran de *Sale* , pag. 223.

guère vraifemblable qu'un juif eût aidé *Mahomet* à écrire contre les juifs ; mais la chofe n'eft pas impoffible. Nous avons dit depuis que c'était un moine qui travaillait à l'Alcoran avec *Mahomet*. Les uns le nommaient *Bohaïra*, les autres *Sergius*. Il eft plaifant que ce moine ait eu un nom latin & un nom arabe.

Quant aux belles difputes théologiques qui fe font élevées entre les mufulmans, je ne m'en mêle pas, c'eft au muphti à décider.

C'eft une grande queftion fi l'Alcoran eft éternel ou s'il a été créé ; les mufulmans rigides le croient éternel.

On a imprimé à la fuite de l'hiftoire de Calcondile *le Triomphe de la croix* ; & dans ce Triomphe il eft dit que l'Alcoran eft arien, fabellien, carpocratien, cerdonicien, manichéen, donatifte, origénien, macédonien, ébionite. *Mahomet* n'était pourtant rien de tout cela ; il était plutôt janfénifte ; car le fond de fa doctrine eft le décret abfolu de la prédeftination gratuite.

SECTION II.

C'ETAIT un fublime & hardi charlatan que ce *Mahomet*, fils d'*Abdalla*. Il dit dans fon dixième chapitre : *Quel autre que* DIEU *peut avoir compofé l'Alcoran ?* On crie : *C'eft Mahomet qui a forgé ce livre. Hé bien, tâchez d'écrire un chapitre qui lui reffemble, & appelez à votre aide qui vous voudrez.* Au dix-feptième il s'écrie : *Louange à celui qui a tranfporté pendant la nuit fon ferviteur du facré temple de la Mecque à celui de Jérufalem !*

C'eft

C'eſt un aſſez beau voyage ; mais il n'approche pas de celui qu'il fit cette nuit même de planète en planète, & des belles choſes qu'il y vit.

Il prétendait qu'il y avait cinq cents années de chemin d'une planète à une autre, & qu'il fendit la lune en deux. Ses diſciples, qui raſſemblèrent ſolemnellement des verſets de ſon Koran après ſa mort, retranchèrent ce voyage du ciel. Ils craignirent les railleurs & les philoſophes. C'était avoir trop de délicateſſe. Ils pouvaient s'en fier aux commentateurs qui auraient bien ſu expliquer l'itinéraire. Les amis de *Mahomet* devaient ſavoir par expérience que le merveilleux eſt la raiſon du peuple. Les ſages contrediſent en ſecret, & le peuple les fait taire. Mais en retranchant l'itinéraire des planètes, on laiſſa quelques petits mots ſur l'aventure de la lune ; on ne peut pas prendre garde à tout.

Le Koran eſt une rapſodie ſans liaiſon, ſans ordre, ſans art ; on dit pourtant que ce livre ennuyeux eſt un fort beau livre ; je m'en rapporte aux Arabes, qui prétendent qu'il eſt écrit avec une élégance & une pureté dont perſonne n'a approché depuis. C'eſt un poëme, ou une eſpèce de proſe rimée, qui contient ſix mille vers. Il n'y a point de poëte dont la perſonne & l'ouvrage aient fait une telle fortune. On agita chez les muſulmans ſi l'Alcoran était éternel, ou ſi DIEU l'avait créé pour le dicter à *Mahomet*. Les docteurs décidèrent qu'il était éternel ; ils avaient raiſon, cette éternité eſt bien plus belle que l'autre opinion. Il faut toujours avec le vulgaire prendre le parti le plus incroyable.

Les moines qui ſe ſont déchaînés contre *Mahomet*,

Dictionn. philoſoph. Tome I.   K

& qui ont dit tant de fottifes fur fon compte, ont prétendu qu'il ne favait pas écrire. Mais comment imaginer qu'un homme qui avait été négociant, poëte, légiflateur & fouverain, ne fût pas figner fon nom ? Si fon livre eft mauvais pour notre temps & pour nous, il était fort bon pour fes contemporains, & fa religion encore meilleure. Il faut avouer qu'il retira prefque toute l'Afie de l'idolâtrie. Il enfeigna l'unité de DIEU; il déclamait avec force contre ceux qui lui donnent des affociés. Chez lui l'ufure avec les étrangers eft défendue, l'aumône ordonnée. La prière eft d'une néceffité abfolue; la réfignation aux décrets éternels eft le grand mobile de tout. Il était bien difficile qu'une religion fi fimple & fi fage, enfeignée par un homme toujours victorieux, ne fubjuguât pas une partie de la terre. En effet les mufulmans ont fait autant de profélytes par la parole que par l'épée. Ils ont converti à leur religion les Indiens & jufqu'aux Nègres. Les Turcs même leurs vainqueurs fe font foumis à l'iflamifme.

Mahomet laiffa dans fa loi beaucoup de chofes qu'il trouva établies chez les Arabes; la circoncifion, le jeûne, le voyage de la Mecque qui était en ufage quatre mille ans avant lui, des ablutions fi néceffaires à la fanté & à la propreté dans un pays brûlant où le linge était inconnu; enfin l'idée d'un jugement dernier que les mages avaient toujours établie, & qui était parvenue jufqu'aux Arabes. Il eft dit que comme il annonçait qu'on reffufciterait tout nu, *Aishca* fa femme trouva la chofe immodefte & dangereufe : *Allez, ma bonne*, lui dit-il, *on n'aura pas alors envie de rire.* Un ange, felon le Koran, doit pefer les hommes & les femmes dans une grande balance. Cette idée eſt encore priſe des mages. Il leur a volé auſſi leur pont aigu, ſur lequel il faut paſſer après la mort, & leur jannat, où les élus muſulmans trouveront des bains, des appartemens bien meublés, de bons lits, & des houris avec de grands yeux noirs. Il eſt vrai auſſi qu'il dit que tous ces plaiſirs des ſens, ſi néceſ-ſaires à tous ceux qui reſſuſciteront avec des ſens, n'approcheront pas du plaiſir de la contemplation de l'Etre ſuprême. Il a l'humilité d'avouer dans ſon Koran que lui même n'ira point en paradis par ſon propre mérite, mais par la pure volonté de DIEU. C'eſt auſſi par cette pure volonté divine qu'il ordonne que la cinquième partie des dépouilles ſera toujours pour le prophète.

Il n'eſt pas vrai qu'il exclue du paradis les femmes. Il n'y a pas d'apparence qu'un homme auſſi habile ait voulu ſe brouiller avec cette moitié du genre-humain qui conduit l'autre. *Abulfeda* rapporte qu'une vieille l'importunant un jour, en lui demandant ce qu'il fallait faire pour aller en paradis : M'amie, lui dit-il, le paradis n'eſt pas pour les vieilles. La bonne femme ſe mit à pleurer, & le prophète pour la conſoler lui dit : Il n'y aura point de vieilles, parce qu'elles rajeu-niront. Cette doctrine conſolante eſt confirmée dans le cinquante-quatrième chapitre du Koran.

Il défendit le vin, parce qu'un jour quelques-uns de ſes ſectateurs arrivèrent à la prière étant ivres. Il permit la pluralité des femmes, ſe conformant en ce point à l'uſage immémorial des Orientaux.

En un mot, ſes lois civiles ſont bonnes ; ſon dogme eſt admirable en ce qu'il a de conforme avec le nôtre :

mais les moyens font affreux ; c'eft la fourberie & le meurtre.

On l'excufe fur la fourberie, parce que, dit-on, les Arabes comptaient avant lui cent vingt-quatre mille prophètes, & qu'il n'y avait pas grand mal qu'il en parût un de plus. Les hommes, ajoute-t-on, ont befoin d'être trompés. Mais comment juftifier un homme qui vous dit : *Crois que j'ai parlé à l'ange Gabriel, ou paye-moi un tribut* ?

Combien eft préférable un *Confucius*, le premier des mortels qui n'ont point eu de révélation ! il n'emploie que la raifon, & non le menfonge & l'épée. Vice-roi d'une grande province, il y fait fleurir la morale & les lois : difgracié & pauvre, il les enfeigne ; il les pratique dans la grandeur & dans l'abaiffement ; il rend la vertu aimable ; il a pour difciple le plus ancien & le plus fage des peuples.

Le comte de *Boulainvilliers*, qui avait du goût pour *Mahomet*, a beau me vanter les Arabes, il ne peut empêcher que ce ne fût un peuple de brigands ; ils volaient avant *Mahomet* en adorant les étoiles ; ils volaient fous *Mahomet* au nom de DIEU. Ils avaient, dit-on, la fimplicité des temps héroïques : mais qu'eft-ce que les fiècles héroïques ? c'était le temps où l'on s'égorgeait pour un puits, & pour une citerne, comme on fait aujourd'hui pour une province.

Les premiers mufulmans furent animés par *Mahomet* de la rage de l'enthoufiafme. Rien n'eft plus terrible qu'un peuple qui, n'ayant rien à perdre, combat à la fois par efprit de rapine & de religion.

Il eft vrai qu'il n'y avait pas beaucoup de fineffe dans leurs procédés. Le contrat du premier mariage

de *Mahomet* porte qu'attendu que *Cadisha* eft amoureufe de lui, & lui pareillement amoureux d'elle, on
a trouvé bon de les conjoindre. Mais y a-t-il tant de
fimplicité à lui avoir compofé une généalogie, dans
laquelle on le fait defcendre d'*Adam* en droite ligne,
comme on en a fait defcendre depuis quelques maifons
d'Efpagne & d'Ecoffe. L'Arabie avait fon *Moréri* &
fon *Mercure galant*.

Le grand prophète effuya la difgrace commune à
tant de maris ; il n'y a perfonne après cela qui puiffe
fe plaindre. On connaît le nom de celui qui eut les
faveurs de fa feconde femme, la belle *Aishca*; il s'appelait *Affan*. *Mahomet* fe comporta avec plus de hauteur que *Céfar*, qui répudia fa femme, difant qu'il
ne fallait pas que la femme de *Céfar* fût foupçonnée.
Le prophète ne voulut pas même foupçonner la fienne;
il fit defcendre du ciel un chapitre du Koran, pour
affirmer que fa femme était fidelle. Ce chapitre était
écrit de toute éternité, auffi-bien que tous les autres.

On l'admire pour s'être fait, de marchand de chameaux, pontife, légiflateur & monarque, pour avoir
foumis l'Arabie qui ne l'avait jamais été avant lui,
pour avoir donné les premières fecouffes à l'empire
romain d'Orient & à celui des Perfes. Je l'admire
encore pour avoir entretenu la paix dans fa maifon
parmi fes femmes. Il a changé la face d'une partie de
l'Europe, de la moitié de l'Afie, de prefque toute
l'Afrique; & il s'en eft bien peu fallu que fa religion
n'ait fubjugué l'univers.

A quoi tiennent les révolutions ? un coup de pierre
un peu plus fort que celui qu'il reçut dans fon premier
combat, donnait une autre deftinée au monde.

Son gendre *Aly* prétendit que quand il fallut inhumer le prophète, on le trouva dans un état qui n'eft pas trop ordinaire aux morts, & que fa veuve *Aishca* s'écria : Si j'avais fu que D I E U eût fait cette grâce au défunt, j'y ferais accourue à l'inftant. On pouvait dire de lui : *Decet imperatorem ftantem mori.*

Jamais la vie d'un homme ne fut écrite dans un plus grand détail que la fienne. Les moindres particularités en étaient facrées ; on fait le compte & le nom de tout ce qui lui appartenait, neuf épées, trois lances, trois arcs, fept cuiraffes, trois boucliers, douze femmes ; un coq blanc, fept chevaux, deux mules, quatre chameaux, fans compter la jument *Borac* fur laquelle il monta au ciel. Mais il ne l'avait que par emprunt, elle appartenait en propre à l'ange *Gabriel.*

Toutes fes paroles ont été recueillies. Il difait que *la jouiffance des femmes le rendait plus fervent à la prière.* En effet pourquoi ne pas dire *benedicite* & grâces au lit comme à table ? une belle femme vaut bien un foupé. On prétend encore qu'il était un grand médecin ; ainfi il ne lui manqua rien pour tromper les hommes.

ALEXANDRE.

IL n'eft plus permis de parler d'*Alexandre* que pour dire des chofes neuves, & pour détruire les fables hiftoriques, phyfiques, & morales, dont on a défiguré l'hiftoire du feul grand-homme qu'on ait jamais vu parmi les conquérans de l'Afie.

Quand on a un peu réfléchi fur *Alexandre* qui, dans l'âge fougueux des plaifirs & dans l'ivreffe des conquêtes,

a bâti plus de villes que tous les autres vainqueurs de
l'Afie n'en ont détruit ; quand on fonge que c'eſt un
jeune homme qui a changé le commerce du monde ,
on trouve affez étrange que *Boileau* le traite de fou ,
de voleur de grand chemin , & qu'il propoſe au lieutenant de police *la Reinie* tantôt de le faire enfermer ,
& tantôt de le faire pendre :

Heureux ſi de ſon temps, pour de bonnes raiſons,
La Macédoine eût eu des petites maiſons.

. . . .

Qu'on livre ſon pareil en France à la Reinie,
Dans trois jours nous verrons le phénix des guerriers
Laiſſer ſur l'échafaud ſa tête & ſes lauriers.

Cette requête, préſentée dans la cour du palais au
lieutenant de police , ne devait être admiſe, ni ſelon la
coutume de Paris ni ſelon le droit des gens. *Alexandre*
aurait *excipé* qu'ayant été élu à Corinthe capitaine-
général de la Grèce, & étant chargé en cette qualité
de venger la patrie de toutes les invaſions des Perſes ,
il n'avait fait que ſon devoir en détruiſant leur empire ;
& qu'ayant toujours joint la magnanimité au plus grand
courage , ayant reſpecté la femme & les filles de *Darius*
ſes priſonnières , il ne méritait en aucune façon ni
d'être interdit ni d'être pendu , & qu'en tout cas il
appelait de la ſentence du ſieur de *la Reinie* au tribunal
du monde entier.

Rollin prétend qu'*Alexandre* ne prit la fameuſe ville
de Tyr qu'en faveur des Juifs qui n'aimaient pas les
Tyriens. Il eſt pourtant vraiſemblable qu'*Alexandre* eut
encore d'autres raiſons , & qu'il était d'un très-ſage

capitaine de ne point laiffer Tyr maîtreffe de la mer lorfqu'il allait attaquer l'Egypte.

Alexandre aimait & refpectait beaucoup Jérufalem fans doute ; mais il femble qu'il ne fallait pas dire que *les Juifs donnèrent un rare exemple de fidélité, & digne de l'unique peuple qui connût pour lors le vrai Dieu, en refufant des vivres à Alexandre, parce qu'ils avaient prêté ferment de fidélité à Darius.* On fait affez que les Juifs s'étaient toujours révoltés contre leurs fouverains dans toutes les occafions ; car un juif ne devait fervir fous aucun roi profane.

S'ils refufèrent imprudemment des contributions au vainqueur, ce n'était pas pour fe montrer efclaves fidelles de *Darius* ; il leur était expreffément ordonné par leur loi d'avoir en horreur toutes les nations idolâtres : leurs livres ne font remplis que d'exécrations contre elles, & de tentatives réitérées de fecouer le joug. S'ils refufèrent d'abord les contributions, c'eft que les Samaritains leurs rivaux les avaient payées fans difficulté, & qu'ils crurent que *Darius*, quoique vaincu, était encore affez puiffant pour foutenir Jérufalem contre Samarie.

Il eft très-faux que les Juifs fuffent alors *le feul peuple qui connût le vrai Dieu,* comme le dit *Rollin.* Les Samaritains adoraient le même Dieu, mais dans un autre temple ; ils avaient le même Pentateuque que les Juifs, & même en caractères hébraïques, c'eft-à-dire tyriens, que les Juifs avaient perdus. Le fchifme entre Samarie & Jérufalem était en petit ce que le fchifme entre les Grecs & les Latins eft en grand. La haine était égale des deux côtés, ayant le même fond de religion.

Alexandre, après s'être emparé de Tyr par le moyen de cette fameuse digue qui fait encore l'admiration de tous les guerriers, alla punir Jérusalem qui n'était pas loin de sa route. Les Juifs conduits par leur grand-prêtre vinrent s'humilier devant lui, & donner de l'argent ; car on n'apaise qu'avec de l'argent les conquérans irrités. *Alexandre* s'apaisa ; ils demeurèrent sujets d'*Alexandre* ainsi que de ses successeurs. Voilà l'histoire vraie & vraisemblable.

Rollin répète un étrange conte rapporté environ quatre cents ans après l'expédition d'*Alexandre* par l'historien romancier, exagérateur, *Flavien Josephe*, à qui l'on peut pardonner de faire valoir dans toutes les occasions sa malheureuse patrie. *Rollin* dit donc, après *Josephe*, que le grand-prêtre *Jaddus* s'étant prosterné devant *Alexandre*, ce prince ayant vu le nom de *Jehova* gravé sur une lame d'or attachée au bonnet de *Jaddus*, & entendant parfaitement l'hébreu, se prosterne à son tour & adore *Jaddus*. Cet excès de civilité ayant étonné *Parménion*, *Alexandre* lui dit qu'il connaissait *Jaddus* depuis long-temps, qu'il lui était apparu il y avait dix années, avec le même habit & le même bonnet, pendant qu'il rêvait à la conquête de l'Asie, conquête à laquelle il ne pensait point alors ; que ce même *Jaddus* l'avait exhorté à passer l'Hellespont, l'avait assuré que son Dieu marcherait à la tête des Grecs, & que ce serait le Dieu des Juifs qui le rendrait victorieux des Perses.

Ce conte de vieille ferait bon dans l'histoire des *quatre fils Aymon* & de *Robert le diable*, mais il figure mal dans celle d'*Alexandre*.

C'était une entreprise très-utile à la jeunesse qu'une

hiftoire ancienne bien rédigée ; il eût été à fouhaiter qu'on ne l'eût point gâtée quelquefois par de telles abfurdités. Le conte de *Jaddus* ferait refpeƈable, il ferait hors de toute atteinte, s'il s'en trouvait au moins quelque ombre dans les livres facrés ; mais comme ils n'en font pas la plus légère mention, il eƈ très-permis d'en faire fentir le ridicule.

On ne peut douter qu'*Alexandre* n'ait foumis la partie des Indes qui eƈ en-deçà du Gange, & qui était tributaire des Perfes. M. *Holwell* qui a demeuré trente ans chez les brames de Bénarès & des pays voifins, & qui avait appris non-feulement leur langue moderne, mais leur ancienne langue facrée, nous affure que leurs annales atteƈent l'invafion d'*Alexandre* qu'ils appellent *Mahadukoit Kounha*, grand brigand, grand meurtrier. Ces peuples pacifiques ne pouvaient l'appeler autrement, & il eƈ à croire qu'ils ne donnèrent pas d'autres furnoms aux rois de Perfe. Ces mêmes annales difent qu'*Alexandre* entra chez eux par la province qui eƈ aujourd'hui le Candahar, & il eƈ probable qu'il y eut toujours quelques forterefles fur cette frontière.

Enfuite *Alexandre* defcendit le fleuve Zombodipo que les Grecs appelèrent *Sind*. On ne trouve pas dans l'hiƈoire d'*Alexandre* un feul nom indien. Les Grecs n'ont jamais appelé de leur propre nom une feule ville, un feul prince afiatique. Ils en ont ufé de même avec les Egyptiens. Ils auraient cru déshonorer la langue grecque, s'ils l'avaient affujettie à une prononciation qui leur femblait barbare, & s'ils n'avaient pas nommé Memphis la ville de *Moph*.

M. *Holwell* dit que les Indiens n'ont jamais connu

ni de *Porus* ni de *Taxile;* en effet ce ne font pas là des noms indiens. Cependant , fi nous en croyons nos miffionnaires, il y a encore des feigneurs patanes qui prétendent defcendre de *Porus.* Il fe peut que ces miffionnaires les aient flattés de cette origine , & que ces feigneurs l'aient adoptée. Il n'y a point de pays en Europe où la baffeffe n'ait inventé , & où la vanité n'ait reçu des généalogies plus chimériques.

Si *Flavien Jofephe* a raconté une fable ridicule concernant *Alexandre* & un pontife juif , *Plutarque* , qui écrivit long-temps après *Jofephe*, paraît ne pas avoir épargné les fables fur ce héros. Il a renchéri encore fur *Quinte-Curce;* l'un & l'autre prétendent qu'*Alexandre*, en marchant vers l'Inde, voulut fe faire adorer, non-feulement par les Perfes, mais auffi par les Grecs. Il ne s'agit que de favoir ce qu'*Alexandre*, les Perfes, les Grecs, *Quinte-Curce*, *Plutarque*, entendaient par *adorer.*

Ne perdons jamais de vue la grande règle de définir les termes.

Si vous entendez par *adorer* invoquer un homme comme une divinité , lui offrir de l'encens & des facrifices , lui élever des autels & des temples , il eft clair qu'*Alexandre* ne demanda rien de tout cela. S'il voulait qu'étant le vainqueur & le maître des Perfes, on le faluât à la perfane, qu'on fe profternât devant lui dans certaines occafions , qu'on le traitât enfin comme un roi de Perfe tel qu'il l'était, il n'y a rien là que de très-raifonnable & de très-commun.

Les membres des parlemens de France parlent à genoux au roi dans leurs lits de juftice; le tiers-état parle à genoux dans les états-généraux. On fert à genoux un verre de vin au roi d'Angleterre. Plufieurs rois de l'Europe font fervis à genoux à leur facre. On ne parle qu'à genoux au grand-mogol, à l'empereur de la Chine, à l'empereur du Japon. Les colaos de la Chine d'un ordre inférieur fléchiffent les genoux devant les colaos d'un ordre fupérieur; on adore le pape, on lui baife le pied droit. Aucune de ces cérémonies n'a jamais été regardée comme une adoration dans le fens rigoureux, comme un culte de latrie.

Ainfi tout ce qu'on a dit de la prétendue adoration qu'exigeait *Alexandre*, n'eft fondé que fur une équivoque. (*)

C'eft *Octave*, furnommé *Augufte*, qui fe fit réellement adorer, dans le fens le plus étroit. On lui éleva des temples & des autels; il y eut des prêtres d'*Augufte*. *Horace* lui dit pofitivement:

Jurandafque tuum per nomen ponimus aras.

Voilà un véritable facrilége d'adoration; & il n'eft point dit qu'on en murmura. (*a*)

Les contradictions fur le caractère d'*Alexandre* paraîtraient plus difficiles à concilier, fi on ne favait que les hommes, & furtout ceux qu'on appelle héros, font fouvent très-différens d'eux-mêmes; & que la vie & la mort des meilleurs citoyens, le fort d'une province, ont dépendu plus d'une fois de la bonne ou de la mauvaife digeftion d'un fouverain, bien ou mal confeillé.

Mais comment concilier des faits improbables rapportés d'une manière contradictoire ? Les uns difent

---

(*) Voyez *Abus des mots*.

(*a*) Remarquez bien qu'*Augufte* n'était point adoré d'un culte de latrie, mais de dulie. C'était un faint; *divus Auguftus*. Les provinciaux l'adoraient comme *Priape*, non comme *Jupiter*.

que *Callisthène* fut exécuté à mort, & mis en croix par ordre d'*Alexandre*, pour n'avoir pas voulu le reconnaître en qualité de fils de *Jupiter*. Mais la croix n'était point un supplice en usage chez les Grecs. D'autres disent qu'il mourut long-temps après de trop d'embonpoint. *Athénée* prétend qu'on le portait dans une cage de fer comme un oiseau, & qu'il y fut mangé de vermine. Démêlez dans tous ces récits la vérité, si vous pouvez.

Il y a des aventures que *Quinte-Curce* suppose être arrivées dans une ville, & *Plutarque* dans une autre; & ces deux villes se trouvent éloignées de cinq cents lieues. *Alexandre* saute tout armé & tout seul du haut d'une muraille dans une ville qu'il assiégeait; elle était auprès du Candahar selon *Quinte-Curce*, & près de l'embouchure de l'Indus suivant *Plutarque*.

Quand il est arrivé sur les côtes du Malabar, ou vers le Gange, (il n'importe, il n'y a qu'environ neuf cents milles d'un endroit à l'autre) il fait saisir dix philosophes indiens, que les Grecs appelaient *gymno-sophistes*, & qui étaient nus comme des singes. Il leur propose des questions dignes du *Mercure galant* de *Visé*, leur promettant bien sérieusement que celui qui aurait le plus mal répondu, serait pendu le premier, après quoi les autres suivraient en leur rang.

Cela ressemble à *Nabuchodonosor* qui voulait absolument tuer ses mages, s'ils ne devinaient pas un de ses songes qu'il avait oublié; ou bien au calife des *Mille & une nuits*, qui devait étrangler sa femme dès qu'elle aurait fini son conte. Mais c'est *Plutarque* qui rapporte cette sottise, il faut la respecter; il était grec.

On peut placer ce conte avec celui de l'empoifonnement d'*Alexandre* par *Ariſtote ;* car *Plutarque* nous dit qu'on avait entendu dire à un certain *Agnotémis*, qu'il avait entendu dire au roi *Antigone* qu'*Ariſtote* avait envoyé une bouteille d'eau de Nonacris ville d'Arcadie ; que cette eau était ſi froide qu'elle tuait ſur le champ ceux qui en buvaient ; qu'*Antipâtre* envoya cette eau dans une corne de pied de mulet ; qu'elle arriva toute fraîche à Babylone ; qu'*Alexandre* en but, & qu'il en mourut au bout de ſix jours d'une fièvre continue.

Il eſt vrai que *Plutarque* doute de cette anecdote. Tout ce qu'on peut recueillir de bien certain, c'eſt qu'*Alexandre* à l'âge de vingt-quatre ans avait conquis la Perſe par trois batailles ; qu'il eut autant de génie que de valeur ; qu'il changea la face de l'Aſie, de la Grèce, de l'Egypte, & celle du commerce du monde; & qu'enfin *Boileau* ne devait pas tant ſe moquer de lui, attendu qu'il n'y a pas d'apparence que *Boileau* en eût fait autant en ſi peu d'années. (*)

A L E X A N D R I E.

P LUS de vingt villes portent le nom d'Alexandrie, toutes bâties par *Alexandre* & par ſes capitaines qui devinrent autant de rois. Ces villes ſont autant de monumens de gloire, bien ſupérieurs aux ſtatues que la ſervitude érigea depuis au pouvoir ; mais la ſeule de ces villes qui ait attiré l'attention de tout l'hémiſphère par ſa grandeur & ſes richeſſes, eſt celle qui

(*) Voyez *Hiſtoire.*

devint la capitale de l'Egypte. Ce n'eſt plus qu'un monceau de ruines. On ſait aſſez que la moitié de cette ville a été rétablie dans un autre endroit vers la mer. La tour du phare, qui était une des merveilles du monde, n'exiſte plus.

La ville fut toujours très-floriſſante ſous les *Ptolomées* & ſous les Romains. Elle ne dégénéra point ſous les Arabes : les Mammelucs & les Turcs, qui la conquirent tour-à-tour avec le reſte de l'Egypte, ne la laiſſèrent point dépérir. Les Turcs même lui conſervèrent un reſte de grandeur ; elle ne tomba que lorſque le paſſage du cap de Bonne-Eſpérance ouvrit à l'Europe le chemin de l'Inde, & changea le commerce du monde qu'*Alexandre* avait changé, & qui avait changé pluſieurs fois avant *Alexandre*.

Ce qui eſt à remarquer dans les Alexandrins ſous toutes les dominations, c'eſt leur induſtrie jointe à la légéreté ; leur amour des nouveautés avec l'application au commerce & à tous les travaux qui le font fleurir ; leur eſprit contentieux & querelleur avec peu de courage ; leur ſuperſtition, leur débauche, tout cela n'a jamais changé.

La ville fut peuplée d'Egyptiens, de Grecs, & de Juifs, qui tous, de pauvres qu'ils étaient auparavant, devinrent riches par le commerce. L'opulence y introduiſit les beaux arts, le goût de la littérature, & par conſéquent celui de la diſpute.

Les Juifs y bâtirent un temple magnifique, ainſi qu'ils en avaient un autre à Bubaſte ; ils y traduiſirent leurs livres en grec qui était devenu la langue du pays. Les chrétiens y eurent de grandes écoles. Les animoſités furent ſi vives entre les Egyptiens naturels, les Grecs, les Juifs, & les chrétiens, qu'ils s'accufaient continuellement les uns les autres auprès du gouverneur; & ces querelles n'étaient pas fon moindre revenu. Les féditions mêmes furent fréquentes & fanglantes. Il y en eut une fous l'empire de *Caligula*, dans laquelle les Juifs, qui exagèrent tout, prétendent que la jaloufie de religion & de commerce leur coûta cinquante mille hommes que les Alexandrins égorgèrent.

Le chriftianifme que les *Panthène*, les *Origène*, les *Clément* avaient établi, & qu'ils avaient fait admirer par leurs mœurs, y dégénéra au point qu'il ne fut plus qu'un efprit de parti. Les chrétiens prirent les mœurs des Egyptiens. L'avidité du gain l'emporta fur la religion; & tous les habitans divifés entre eux n'étaient d'accord que dans l'amour de l'argent.

C'eft le fujet de cette fameufe lettre de l'empereur *Adrien* au conful *Servianus*, rapportée par *Vopifcus*. (a)

,, J'ai vu cette Egypte que vous me vantiez tant,
,, mon cher *Servien*; je la fais toute entière par cœur.
,, Cette nation eft légère, incertaine, elle vole au chan-
,, gement. Les adorateurs de *Sérapis* fe font chrétiens;
,, ceux qui font à la tête de la religion du CHRIST
,, fe font dévots à *Sérapis*. Il n'y a point d'archirabbin
,, juif, point de famaritain, point de prêtre chré-
,, tien qui ne foit aftrologue, ou devin, ou baigneur,
,, (c'eft-à-dire entremetteur.) Quand le patriarche
,, grec (b) vient en Egypte, les uns s'empreffent auprès

(a) Tome II, page 406.

(b) On traduit ici *patriarcha*, terme grec, par ces mots *patriarche grec*; parce qu'il ne peut convenir qu'à l'hiérophante des principaux myftères grecs. Les chrétiens ne commencèrent à connaître le mot de *patriarche* qu'au cinquième fiècle. Les Romains, les Egyptiens, les Juifs ne connaiffaient point ce titre.

,, de

» de lui pour lui faire adorer *Sérapis*, les autres le
» CHRIST. Ils font tous très-féditieux, très-vains,
» très-querelleurs. La ville eft commerçante, opulente,
» peuplée; perfonne n'y eft oifif; les uns y foufflent
» le verre; les autres fabriquent le papier. Ils femblent
» être de tout métier, & en font en effet. La goutte
» aux pieds & aux mains même ne les peut réduire
» à l'oifiveté. Les aveugles y travaillent; l'argent eft
» un dieu que les chrétiens, les Juifs, & tous les
» hommes fervent également. »

  Voici le texte latin de cette lettre.

FLAVII VOPISCI SYRACUSII SATURNINUS.

Tomi fecundi, pag. 406.

ADRIANI EPISTOLA, EX LIBRIS PHLEGONTIS LIBERTI
EJUS PRODITA.

Adrianus Auguftus Serviano Cos. V°.

ÆGYPTUM, quam mihi laudabas, Serviane cariffime,
totam didici, levem, pendulam, & ad omnia famæ
monumenta volitantem. Illi qui Serapin colunt
chriftiani funt, & devoti funt Scrapi qui fe CHRISTI
epifcopos dicunt. Nemo illic archifynagogus Judæo-
rum, nemo famarites, nemo chriftianorum presbyter,
non mathematicus, non arufpex, non aliptes. Ipfe
ille patriarcha, quum Ægyptum venerit, ab aliis Sera-
pidem adorare, ab aliis cogitur CHRISTUM. Genus
hominis feditiofiffimum, vaniffimum, injuriofiffimum.
Civitas opulenta, dives, fœcunda, in quâ nemo vivat
otiofus. Alii vitrum conflant; ab aliis charta confici-
tur; omnes certè lympiones cujufcumque artis &
videntur & habentur. Podagrofi quod agant habent;

Dictionn. philofoph. Tome I.   L

cœci quod agant habent, cœci quod faciant; ne chiragri quidem apud eos otiofi vivunt. Unus illis deus eft, hunc chriftiani, hunc Judæi, hunc omnes venerantur & gentes.

Cette lettre d'un empereur auffi connu par fon efprit que par fa valeur, fait voir en effet que les chrétiens, ainfi que les autres, s'étaient corrompus dans cette ville du luxe & de la difpute : mais les mœurs des premiers chrétiens n'avaient pas dégénéré par-tout; & quoiqu'ils euffent le malheur d'être dès long-temps partagés en différentes fectes qui fe détef-taient & s'accufaient mutuellement, les plus violens ennemis du chriftianifme étaient forcés d'avouer qu'on trouvait dans fon fein les ames les plus pures & les plus grandes ; il en eft même encore aujourd'hui dans des villes plus effrénées & plus folles qu'Alexandrie.

A L G E R.

LA philofophie eft le principal objet de ce diction-naire. Ce n'eft pas en géographes que nous parlerons d'Alger, mais pour faire remarquer que le premier deffein de *Louis XIV*, lorfqu'il prit les rènes de l'Etat, fut de délivrer l'Europe chrétienne des courfes conti-nuelles des corfaires de Barbarie. (*a*) Ce projet annon-çait une grande ame. Il voulait aller à la gloire par toutes les routes. On peut même s'étonner qu'avec l'efprit d'ordre qu'il mit dans fa cour, dans les finances, & dans les affaires, il eût je ne fais quel goût d'ancienne chevalerie, qui le portait à des actions généreufes &

(*a*) Voyez l'expédition de *Gigeri* par *Péliffon*.

éclatantes qui tenaient même un peu du romanefque. Il eft très-certain que *Louis XIV* tenait de fa mère beaucoup de cette galanterie efpagnole noble & délicate, & beaucoup de cette grandeur, de cette paffion pour la gloire, de cette fierté qu'on voit dans les anciens romans. Il parlait de fe battre avec l'empereur *Léopold* comme les chevaliers qui cherchaient les aventures. Sa pyramide érigée à Rome, la préféance qu'il fe fit céder, l'idée d'avoir un port auprès d'Alger pour brider fes pirateries, étaient encore de ce genre. Il y était encore excité par le pape *Alexandre VII*; & le cardinal *Mazarin* avant fa mort lui avait infpiré ce deffein. Il avait même long-temps balancé s'il irait à cette expédition en perfonne, à l'exemple de *Charles-Quint*; mais il n'avait pas affez de vaiffeaux pour exécuter une fi grande entreprife, foit par lui-même, foit par fes généraux. Elle fut infructueufe & devait l'être. Du moins elle aguerrit fa marine, & fit attendre de lui quelques-unes de ces actions nobles & héroïques auxquelles la politique ordinaire n'était point accoutumée, telles que les fecours défintéreffés donnés aux Vénitiens affiégés dans Candie, & aux Allemands preffés par les armes ottomanes à Saint-Gothard.

Les détails de cette expédition d'Afrique fe perdent dans la foule des guerres heureufes ou malheureufes faites avec politique ou avec imprudence, avec équité ou avec injuftice. Rapportons feulement cette lettre écrite il y a quelques années à l'occafion des pirateries d'Alger.

,, Il eft trifte, Monfieur, qu'on n'ait point écouté ,, les propofitions de l'ordre de Malthe, qui offrait, ,, moyennant un fubfide médiocre de chaque Etat

,, chrétien, de délivrer les mers des pirates d'Alger,
,, de Maroc, & de Tunis. Les chevaliers de Malthe
,, feraient alors véritablement les défenseurs de la
,, chrétienté. Les Algériens n'ont actuellement que
,, deux vaiffeaux de cinquante canons, & cinq d'en-
,, viron quarante, quatre de trente; le refte ne doit
,, pas être compté.

,, Il eft honteux qu'on voie tous les jours leurs
,, petites barques enlever nos vaiffeaux marchands
,, dans toute la Méditerranée. Ils croifent même
,, jufqu'aux Canaries, & jufqu'aux Açores.

,, Leurs milices compofées d'un ramas de nations,
,, anciens Mauritaniens, anciens Numides, Arabes,
,, Turcs, Nègres même, s'embarquent prefque fans
,, équipage fur des chebecs de dix-huit à vingt pièces
,, de canon : ils infeftent toutes nos mers comme des
,, vautours qui attendent une proie. S'ils voient un
,, vaiffeau de guerre ils s'enfuient; s'ils voient un
,, vaiffeau marchand ils s'en emparent; nos amis,
,, nos parens, hommes & femmes deviennent efclaves,
,, & il faut aller fupplier humblement les barbares
,, de daigner recevoir notre argent pour nous rendre
,, leurs captifs.

,, Quelques Etats chrétiens ont eu la honteufe
,, prudence de traiter avec eux, & de leur fournir
,, des armes avec lefquelles ils nous dépouillent. On
,, négocie avec eux en marchands, & ils négocient
,, en guerriers.

,, Rien ne ferait plus aifé que de réprimer leurs
,, brigandages; on ne le fait pas. Mais que de chofes
,, feraient utiles & aifées qui font négligées abfolú-
,, ment! La néceffité de réduire ces pirates eft

,, reconnue dans les conseils de tous les princes , &
,, personne ne l'entreprend. Quand les ministres de
,, plusieurs cours en parlent par hasard ensemble ,
,, c'est le conseil tenu contre les chats.

  ,, Les religieux de la rédemption des captifs font
,, la plus belle institution monastique; mais elle est
,, bien honteuse pour nous. Les royaumes de Fez ,
,, Alger , Tunis, n'ont point de *marabous de la rédemption*
,, *des captifs*. C'est qu'ils nous prennent beaucoup de
,, chrétiens , & nous ne leur prenons guère de musul-
,, mans.

  ,, Ils font cependant plus attachés à leur religion
,, que nous à la nôtre ; car jamais aucun turc, aucun
,, arabe ne se fait chrétien , & ils ont chez eux mille
,, renégats qui même les servent dans leurs expédi-
,, tions. Un italien nommé *Pelegini* était en 1712
,, général des galères d'Alger. Le miramolin , le bey ,
,, le dey ont des chrétiennes dans leurs sérails; &
,, nous n'avons eu que deux filles turques qui aient
,, eu des amans à Paris.

  ,, La milice d'Alger ne consiste qu'en douze mille
,, hommes de troupes réglées ; mais tout le reste est
,, soldat , & c'est ce qui rend la conquête de ce pays
,, si difficile. Cependant les Vandales les subjuguèrent
,, aisément , & nous n'osons les attaquer ! &c. ,,

A L L E G O R I E S.

U N jour *Jupiter*, *Neptune*, & *Mercure*, voyageant en
Thrace , entrèrent chez un certain roi nommé *Hyrieus*,
qui leur fit fort bonne chère. Les trois dieux , après
avoir bien dîné, lui demandèrent s'ils pouvaient lui

être bons à quelque chofe? Le bon-homme, qui ne pouvait plus avoir d'enfans, leur dit qu'il leur ferait bien obligé s'ils voulaient lui faire un garçon. Les trois dieux fe mirent à piffer fur le cuir d'un bœuf tout frais écorché ; de-là naquit *Orion* dont on fit une conftellation connue dans la plus haute antiquité. Cette conftellation était nommée du nom d'*Orion* par les anciens Chaldéens ; le livre de *Job* en parle : mais après tout on ne voit pas comment l'urine de trois dieux a pu produire un garçon. Il eft difficile que les *Dacier* & les *Saumaife* trouvent dans cette belle hiftoire une allégorie raifonnable, à moins qu'ils n'en infèrent que rien n'eft impoffible aux dieux, puifqu'ils font des enfans en piffant.

Il y avait en Grèce deux jeunes garnemens à qui un oracle dit qu'ils fe gardaffent du *mélampyge :* un jour *Hercule* les prit, les attacha par les pieds au bout de fa maffue, fufpendus tous deux le long de fon dos, la tête en bas comme une paire de lapins. Ils virent le derrière d'*Hercule*. *Mélampyge* fignifie *cul noir*. Ah! dirent-ils, l'oracle eft accompli, voici *cul noir*. *Hercule* fe mit à rire & les laiffa aller. Les *Saumaife* & les *Dacier*, encore une fois, auront beau faire, ils ne pourront guère réuffir à tirer un fens moral de ces fables.

Parmi les pères de la mythologie il y eut des gens qui n'eurent que de l'imagination ; mais la plupart mêlèrent à cette imagination beaucoup d'efprit. Toutes nos académies, & tous nos fefeurs de devifes, ceux même qui compofent les légendes pour les jetons du tréfor royal, ne trouveront jamais d'allégories plus vraies, plus agréables, plus ingénieufes que celles des neuf Mufes, de Vénus, des Grâces, de l'Amour, & de tant d'autres qui feront les délices & l'inftruction de tous les fiècles, ainfi qu'on l'a déjà remarqué ailleurs.

Il faut avouer que l'antiquité s'expliqua prefque toujours en allégories. Les premiers pères de l'Eglife, qui pour la plupart étaient platoniciens, imitèrent cette méthode de *Platon*. Il eft vrai qu'on leur reproche d'avoir pouffé quelquefois un peu trop loin ce goût des allégories & des allufions.

St *Juftin* dit, dans fon apologétique, que le figne de la croix eft marqué fur les membres de l'homme; que quand il étend les bras, c'eft une croix parfaite, & que le nez forme une croix fur le vifage.

Selon *Origène*, dans fon explication du Lévitique, la graiffe des victimes fignifie l'Eglife, & la queue eft le fymbole de la perféverance.

St *Auguftin*, dans fon fermon fur la différence & l'accord des deux généalogies, explique à fes auditeurs pourquoi St *Matthieu*, en comptant quarante-deux quartiers, n'en rapporte cependant que quarante & un. C'eft, dit-il, qu'il faut compter *Jéchonias* deux fois, parce que *Jéchonias* alla de Jérufalem à Babylone. Or ce voyage eft la pierre angulaire; & fi la pierre angulaire eft la première du côté d'un mur, elle eft auffi la première du côté de l'autre mur : on peut compter deux fois cette pierre; ainfi on peut compter deux fois *Jéchonias*. Il ajoute qu'il ne faut s'arrêter qu'au nombre de quarante, dans les quarante-deux générations, parce que ce nombre de quarante fignifie la vie. *Dix* figure la béatitude, & *dix* multiplié par *quatre*, qui repréfente les quatre élémens & les quatre faifons, produit quarante.

L 4

Les dimenſions de la matière ont, dans ſon cinquante-troiſième ſermon, d'étonnantes propriétés. La largeur eſt la dilatation du cœur ; la longueur, la longanimité ; la hauteur, l'eſpérance ; la profondeur, la foi. Ainſi outre cette allégorie, on compte quatre dimenſions de la matière au lieu de trois.

Il eſt clair & indubitable, dit-il dans ſon ſermon ſur le pſeaume VI, que le nombre de quatre figure le corps humain, à cauſe des quatre élémens & des quatre qualités, du chaud, du froid, du ſec, & de l'humide ; & comme quatre ſe rapportent au corps, trois ſe rapportent à l'ame, parce qu'il faut aimer DIEU d'un triple amour, de tout notre cœur, de toute notre ame, & de tout notre eſprit. *Quatre* ont rapport au vieux teſtament, & *trois* au nouveau. Quatre & trois font le nombre de ſept jours, & le huitième eſt celui du jugement.

On ne peut diſſimuler qu'il règne dans ces allégories une affectation peu convenable à la véritable élo-quence. Les pères qui emploient quelquefois ces figures, écrivaient dans un temps & dans des pays où preſque tous les arts dégénéraient : leur beau génie & leur érudition ſe pliaient aux imperfections de leur ſiècle ; & S*t Auguſtin* n'en eſt pas moins reſpectable pour avoir payé ce tribut au mauvais goût de l'Afrique & du quatrième ſiècle.

Ces défauts ne défigurent point aujourd'hui les diſcours de nos prédicateurs. Ce n'eſt pas qu'on oſe les préférer aux pères ; mais le ſiècle préſent eſt préférable aux ſiècles dans leſquels les pères écrivaient. L'élo-quence qui ſe corrompit de plus en plus, & qui ne s'eſt rétablie que dans nos derniers temps, tomba après eux dans de bien plus grands excès; on ne parla que ridiculement chez tous les peuples barbares jufqu'au fiècle de *Louis XIV*. Voyez tous les anciens fermonaires ; ils font fort au-deffous des pièces dramatiques de la paffion qu'on jouait à l'hôtel de Bourgogne. Mais dans ces fermons barbares , vous retrouvez toujours le goût de l'allégorie, qui ne s'eft jamais perdu. Le fameux *Menot*, qui vivait fous *François I*, a fait le plus d'honneur au ftyle allégorique. Meffieurs de la juftice, dit-il, font comme un chat à qui on aurait commis la garde d'un fromage de peur qu'il ne foit rongé des fouris ; un feul coup de dent du chat fera plus de tort au fromage que vingt fouris ne pourraient en faire.

Voici un autre endroit affez curieux. Les bûcherons dans une forêt coupent de groffes & de petites branches & en font des fagots ; ainfi nos eccléfiaftiques , avec des difpenfes de Rome, entaffent gros & petits bénéfices. Le chapeau de cardinal eft lardé d'évêchés , les évêchés lardés d'abbayes & de prieurés , & le tout lardé de diables. Il faut que tous ces biens de l'Eglife paffent par les trois cordelières de l'*Ave Maria*. Car le *benedicta tu* font groffes abbayes de bénédiétins , *in mulieribus* c'eft monfieur & madame , & *fruétus ventris* ce font banquets & goinfreries.

Les fermons de *Barlet* & de *Maillard* font tous faits fur ce modèle : ils étaient prononcés moitié en mauvais latin, moitié en mauvais français ; les fermons en Italie étaient dans le même goût. C'était encore pis en Allemagne. De ce mélange monftrueux naquit le ftyle macaronique, c'eft le chef-d'œuvre de la barbarie. Cette efpèce d'éloquence, digne des Hurons & des Iroquois, s'eft maintenue jufque fous *Louis XIII.* Le jéfuite *Garaffe*, un des hommes les plus fignalés parmi les ennemis du fens commun , ne prêcha jamais autre-ment. Il comparait le célébre *Théophile* à un veau, parce que *Viaud* était le nom de famille de *Théophile;* mais d'un veau , dit-il, la chair eft bonne à rôtir & à bouillir , & la tienne n'eft bonne qu'à brûler.

Il y a loin de toutes ces allégories employées par nos barbares, à celles d'*Homère*, de *Virgile*, & d'*Ovide;* & tout cela prouve que s'il refte encore quelques Goths & quelques Vandales qui méprifent les fables anciennes, ils n'ont pas abfolument raifon.

A L M A N A C H.

IL eft peu important de favoir fi *almanach* vient des anciens Saxons qui ne favaient pas lire , ou des Arabes qui étaient en effet aftronomes, & qui con-naiffaient un peu le cours des aftres , tandis que les peuples d'Occident étaient plongés dans une ignorance égale à leur barbarie. Je me borne ici à une petite obfervation.

Qu'un philofophe indien embarqué à Méliapour vienne à Baïonne; je fuppofe que ce philofophe a du bon fens, ce qui eft rare, dit-on, chez les favans de l'Inde; je fuppofe qu'il eft défait des préjugés de l'école, ce qui était rare par-tout il y a quelques années, & qu'il ne croit point aux influences des aftres; je fuppofe qu'il rencontre un fot dans nos climats, ce qui ne ferait pas fi rare.

Notre fot, pour le mettre au fait de nos arts & de nos fciences, lui fait préfent d'un almanach de Liége compofé par *Matthieu Lansberge*, & du meffager boiteux d'*Antoine Souci*, aftrologue & hiftorien, imprimé tous les ans à Bafle, & dont il fe débite vingt mille exemplaires en huit jours. Vous y voyez une belle figure d'homme entourée des fignes du zodiaque, avec des indications certaines qui vous démontrent que la balance préfide aux feffes, le bélier à la tête, les poiffons aux pieds, ainfi du refte.

Chaque jour de la lune vous enfeigne quand il faut prendre du baume de vie du fieur *le Lièvre*, ou des pilules du fieur *Keyfer*, ou vous pendre au col un fachet de l'apothicaire *Arnoud*, vous faire faigner, vous faire couper les ongles, fevrer vos enfans, planter, femer, aller en voyage, ou chauffer des fouliers neufs. L'Indien, en écoutant ces leçons, fera bien de dire à fon conducteur qu'il ne prendra pas de fes almanachs.

Pour peu que l'imbécille qui dirige notre Indien, lui faffe voir quelques-unes de nos cérémonies réprouvées de tous les fages, & tolérées en faveur de la populace par mépris pour elle, le voyageur qui verra ces moméries, fuivies d'une danfe de tambourin, ne manquera pas d'avoir pitié de nous : il nous prendra pour des fous qui font affez plaifans, & qui ne font pas abfolument cruels. Il mandera au préfident du grand collége de Bénarès, que nous n'avons pas le fens commun ; mais que fi fa paternité veut envoyer chez nous des perfonnes éclairées & difcrètes, on pourra faire quelque chofe de nous moyennant la grâce de Dieu.

C'eft ainfi précifément que nos premiers miffionnaires, & furtout *S François-Xavier*, en ufèrent avec

les peuples de la prefqu'île de l'Inde. Ils fe trompèrent
encore plus lourdement fur les ufages des Indiens,
fur leurs fciences, leurs opinions, leurs mœurs & leur
culte. C'eft une chofe très-curieufe de lire les relations
qu'ils écrivirent. Toute ftatue eft pour eux le diable,
toute affemblée eft un fabbat, toute figure fymbolique
eft un talifman, tout brachmane eft un forcier; & là-
deffus il font des lamentations qui ne finiffent point.
Ils efpèrent que la *moiffon fera abondante*. Ils ajoutent,
par une métaphore peu congrue, *qu'ils travailleront
efficacement à la vigne du Seigneur*, dans un pays où
l'on n'a jamais connu le vin. C'eft ainfi à-peu-près
que chaque nation a jugé non-feulement des peuples
éloignés, mais de fes voifins.

Les Chinois paffent pour les plus anciens fefeurs
d'almanachs. Le plus beau droit de l'empereur de la
Chine eft d'envoyer fon calendrier à fes vaffaux & à
fes voifins. S'ils ne l'acceptaient pas, ce ferait une
bravade pour laquelle on ne manquerait pas de leur
faire la guerre, comme on la fefait en Europe aux
feigneurs qui refufaient l'hommage.

Si nous n'avons que douze conftellations, les
Chinois en ont vingt-huit, & leurs noms n'ont pas le
moindre rapport aux nôtres; preuve évidente qu'ils
n'ont rien pris du zodiaque chaldéen que nous avons
adopté : mais s'ils ont une aftronomie toute entière
depuis plus de quatre mille ans, ils reffemblent à
Matthieu Lansberge & à *Antoine Souci*, par les belles
prédictions, & par les fecrets pour la fanté, dont ils
farciffent leur almanach impérial. Ils divifent le jour
en dix mille minutes, & favent à point nommé quelle
minute eft favorable ou funefte. Lorfque l'empereur

Cam-hi voulut charger les miffionnaires jéfuites de faire l'almanach, ils s'en excuſèrent d'abord, dit-on, fur les fuperſtitions extravagantes dont il faut le remplir. (*a*) *Je crois beaucoup moins que vous aux fuperſ-titions*, leur dit l'empereur; *faites-moi feulement un bon calendrier, & laiſſez mes favans y mettre toutes leurs fadaiſes.*

L'ingénieux auteur de la Pluralité des mondes fe moque des Chinois, qui voient, dit-il, des mille étoiles tomber à la fois dans la mer. Il eſt très-vraiſem-blable que l'empereur *Cam-hi* s'en moquait tout autant que *Fontenelle.* Quelque meſſager boiteux de la Chine s'était égayé apparemment à parler de ces feux folets comme le peuple, & à les prendre pour des étoiles. Chaque pays a fes fottiſes. Toute l'antiquité a fait coucher le foleil dans la mer; nous y avons envoyé les étoiles fort long-temps. Nous avons cru que les nuées touchaient au firmament, que le firmament était fort dur, & qu'il portait un réfervoir d'eau. Il n'y a pas bien long-temps qu'on fait dans les villes que le fil de la vierge, qu'on trouve fouvent dans la campagne, eſt un fil de toile d'araignée. Ne nous moquons de perfonne. Songeons que les Chinois avaient des aſtrolabes & des fphères avant que nous fuſſions lire; & que s'ils n'ont pas pouſſé fort loin leur aſtronomie, c'eſt par le même refpeêt pour les anciens que nous avons eu pour *Ariſtote.*

Il eſt confolant de favoir que le peuple romain, *populus latè rex,* fut en ce point fort au-deſſous de *Matthieu Lansberge,* & du meſſager boiteux, & des aſtrologues de la Chine, juſqu'au temps où *Jules-Céſar* réforma l'année romaine que nous tenons de lui, &

(*a*) Voyez du *Halde* & *Parennin.*

que nous appelons encore de fon nom *Kalendrier Julien*, quoique nous n'ayons pas de kalendes, & quoiqu'il ait été obligé de le réformer lui-même.

Les premiers Romains avaient d'abord une année de dix mois, fefant trois cents quatre jours; cela n'était ni folaire, ni lunaire; cela n'était que barbare. On fit enfuite l'année romaine de trois cents cinquante-cinq jours, autre mécompte que l'on corrigea fi mal, que du temps de *Céfar* les fêtes d'été fe célébraient en hiver. Les généraux romains triomphaient toujours; mais ils ne favaient pas quel jour ils triomphaient.

Céfar réforma tout, il fembla gouverner le ciel & la terre.

Je ne fais par quelle condefcendance pour les coutumes romaines il commença l'année au temps où elle ne commence point, huit jours après le folftice d'hiver. Toutes les nations de l'empire romain fe foumirent à cette innovation. Les Egyptiens, qui étaient en poffeffion de donner la loi en fait d'almanachs, la reçurent; mais tous ces différens peuples ne changèrent rien à la diftribution de leurs fêtes. Les Juifs, comme les autres, célébrèrent leurs nouvelles lunes, leur *phafé* ou *pafcha*, le quatorzième jour de la lune de mars, qu'on appelle la *lune roufse*; & cette époque arrivait fouvent en avril; leur pentecôte cinquante jours après le *phafé*; la fête des cornets ou trompettes le premier jour de juillet; celle des tabernacles au quinze du même mois; & celle du grand fabbat fept jours après.

Les premiers chrétiens fuivirent le comput de l'empire; ils comptèrent par kalendes, nones, & ides avec leurs maîtres; ils reçurent l'année biffextile que nous avons encore , qu'il a fallu corriger dans le feizième fiècle de notre ère vulgaire , & qu'il faudra corriger un jour ; mais ils fe conformèrent aux Juifs pour la célébration de leurs grandes fêtes.

Ils déterminèrent d'abord leur pâque au quatorze de la lune rouffe, jufqu'au temps où le concile de Nicée la fixa au dimanche qui fuivait. Ceux qui la célébraient le quatorze furent déclarés hérétiques, & les deux partis fe trompèrent dans leur calcul.

Les fêtes de la fainte Vierge furent fubftituées, autant qu'on le put, aux nouvelles lunes ou néoménies ; l'auteur du Calendrier romain dit , (*) que la raifon en eft prife du verfet des Cantiques *pulchra ut luna ,* belle comme la lune. Mais par cette raifon fes fêtes devaient arriver le dimanche ; car il y a dans le même verfet *electa ut fol*, choifie comme le foleil.

Les chrétiens gardèrent auffi la pentecôte. Elle fut fixée comme celle des Juifs, précifément cinquante jours après pâque. Le même auteur prétend que les fêtes de patrons remplacèrent celle des tabernacles.

Il ajoute que la Saint-Jean n'a été portée au 24 de juin , que parce que les jours commencent alors à diminuer , & que St *Jean* avait dit , en parlant de JESUS-CHRIST , il faut qu'il croiffe & que je diminue. *Oportet illum crefcere , me autem minui.*

Ce qui eft très-fingulier , & ce qui a été remarqué ailleurs ; c'eft cette ancienne cérémonie d'allumer un grand feu le jour de la Saint-Jean , qui eft le temps le plus chaud de l'année. On a prétendu que c'était une très-vieille coutume pour faire fouvenir de l'ancien embrafement de la terre qui en attendait un fecond.

(*) Voyez *Calendrier romain.*

Le même auteur du calendrier affure que la fête de l'affomption eft placée au 15 du mois d'augufte nommé par nous *août*, parce que le foleil eft alors dans le figne de la Vierge.

Il certifie auffi que *St Mathias* n'eft fêté au mois de février, que parce qu'il fut intercalé parmi les douze apôtres, comme on intercale un jour en février dans les années biffextiles.

Il y aurait peut-être dans ces imaginations aftronomiques, de quoi faire rire l'Indien dont nous venons de parler; cependant l'auteur était le maître de mathématiques du dauphin fils de *Louis XIV*, & d'ailleurs un ingénieur & un officier très-eftimable.

Le pis de nos calendriers eft de placer toujours les équinoxes & les folftices où ils ne font point; de dire, le foleil entre dans le bélier, quand il n'y entre point; de fuivre l'ancienne routine erronée.

Un almanach de l'année paffée nous trompe l'année préfente, & tous nos calendriers font les almanachs des fiècles paffés.

Pourquoi dire que le foleil eft dans le bélier quand il eft dans les poiffons? pourquoi ne pas faire au moins comme on fait dans les fphères céleftes, où l'on diftingue les fignes véritables des anciens fignes devenus faux?

Il eût été très-convenable, non-feulement de commencer l'année au point précis du folftice d'hiver ou de l'équinoxe du printemps, mais encore de mettre tous les fignes à leur véritable place. Car étant démontré que le foleil répond à la conftellation des poiffons quand on le dit dans le bélier, & qu'il fera enfuite dans le verfeau, & fucceffivement dans toutes

les

les conftellations fuivantes au temps de l'équinoxe du printemps , il faudrait faire dès-à-préfent ce qu'on fera obligé de faire un jour, lorfque l'erreur devenue plus grande fera plus ridicule. Il en eft ainfi de cent erreurs fenfibles. Nos enfans les corrigeront, dit-on ; mais vos pères en difaient autant de vous. Pourquoi donc ne vous corrigez-vous pas ? Voyez dans la grande Encyclopédie, *Année*, *Kalendrier*, *Préceſſion des équinoxes*, & tous les articles concernant ces calculs. Ils font de main de maître.

A L O U E T T E.

CE mot peut être de quelque utilité dans la con-naiſſance des étymologies, & faire voir que les peuples les plus barbares peuvent fournir des expreſſions aux peuples les plus polis , quand ces nations font voifines.

Alouette , anciennement *alou*, (*a*) était un terme gaulois , dont les Latins firent *alauda*. *Suétone* & *Pline* en conviennent. *Céſar* compofa une légion de Gaulois, à laquelle il donna le nom d'alouette : *Vocabulo quoque gallico alauda appellabatur*. Elle le fervit très-bien dans les guerres civiles ; & *Céfar* pour récompenfe donna le droit de citoyen romain à chaque légionnaire.

On peut feulement demander comment les Romains appelaient une *alouette* avant de lui avoir donné un nom gaulois ; ils l'appelaient *galerita*. Une légion de *Céfar* fit bientôt oublier ce nom.

(*a*) Voyez le Dictionnaire de *Ménage* , au mot *Alauda*.

Dictionn. philofoph. Tome I.   M

De telles étymologies ainſi avérées doivent être admiſes : mais quand un profeſſeur arabe veut abſolument qu'*aloyau* vienne de l'arabe, il eſt difficile de le croire. C'eſt une maladie chez pluſieurs étymologiſtes, de vouloir perſuader que la plupart des mots gaulois ſont pris de l'hébreu ; il n'y a guère d'apparence que les voiſins de la Loire & de la Seine voyageaſſent beaucoup dans les anciens temps chez les habitans de Sichem & de Galgala, qui n'aimaient pas les étrangers ; ni que les Juifs ſe fuſſent habitués dans l'Auvergne & dans le Limouſin, à moins qu'on ne prétende que les dix tribus diſperſées & perdues ne ſoient venues nous enſeigner leur langue.

Quelle énorme perte de temps, & quel excès de ridicule, de trouver l'origine de nos termes les plus communs & les plus néceſſaires, dans le phénicien & le chaldéen ! Un homme s'imagine que notre mot *dome* vient du ſamaritain *doma*, qui ſignifie, dit-on, *meilleur*. Un autre rêveur aſſure que le mot *badin* eſt pris d'un terme hébreu qui ſignifie *aſtrologue* ; & le dictionnaire de Trévoux ne manque pas de faire honneur de cette découverte à ſon auteur.

N'eſt-il pas plaiſant de prétendre que le mot *habitation* vient du mot *beth* hébreu ? Que *kir* en bas-breton ſignifiait autrefois *ville* ? que le même *kir* en hébreu voulait dire un *mur* ; & que par conſéquent les Hébreux ont donné le nom de *ville* aux premiers hameaux des Bas-Bretons ? Ce ſerait un plaiſir de voir les étymologiſtes aller fouiller dans les ruines de la tour de Babel, pour y trouver l'ancien langage celtique, gaulois, & toſcan, ſi la perte d'un temps conſumé ſi miſérablement n'inſpirait pas la pitié.

A M A Z O N E S.

ON a vu fouvent des femmes vigoureufes & hardies combattre comme les hommes ; l'hiftoire en fait mention ; car fans compter une *Sémiramis*, une *Tomiris*, une *Pentézilée*, qui font peut-être fabuleufes, il eft certain qu'il y avait beaucoup de femmes dans les armées des premiers califes.

C'était furtout dans la tribu des Homérites une efpèce de loi dictée par l'amour & par le courage, que les époufes fecourufsent & vengeaffent leurs maris, & les mères leurs enfans dans les batàilles.

Lorfque le célèbre capitaine *Dérar* combattait en Syrie contre les généraux de l'empereur *Héraclius*, du temps du calife *Abubéker* fucceffeur de *Mahomet*, *Pierre* qui commandait dans Damas avait pris dans fes courfes plufieurs mufulmanes avec quelque butin, il les con-duifait à Damas ; parmi ces captives était la fœur de *Dérar* lui-même. L'hiftoire arabe d'*Alvakedi*, traduite par *Okley*, dit qu'elle était parfaitement belle, & que *Pierre* en devint épris ; il la ménageait dans la route, & épargnait de trop longues traites à fes prifonnières. Elles campaient dans une vafte plaine fous des tentes gardées par des troupes un peu éloignées. *Caulah* (c'était le nom de cette fœur de *Dérar*) propofe à une de fes compagnes nommée *Oferra* de fe fouftraire à la captivité ; elle lui perfuade de mourir plutôt que d'être les victimes de la lubricité des chrétiens ; le même enthoufiafme mufulman faifit toutes ces femmes ; elles s'arment des piquets ferrés de leurs tentes, de leurs couteaux, efpèces de poignards qu'elles portent à la

M 2

ceinture ; & forment un cercle comme les vaches fe
ferrent en rond les unes contre les autres , & préfentent
leurs cornes aux loups qui les attaquent. *Pierre* ne fit
d'abord qu'en rire ; il avance vers ces femmes ; il eft
reçu à grands coups de bâtons ferrés ; il balance
long-temps à ufer de la force ; enfin il s'y réfout, &
les fabres étaient déjà tirés , lorfque *Dérar* arrive ,
met les Grecs en fuite , délivre fa fœur & toutes les
captives.

Rien ne reffemble plus à ces temps qu'on nomme
héroïques, chantés par *Homère ;* ce font les mêmes
combats finguliers à la tête des armées , les combattans fe parlent fouvent affez long-temps avant que
d'en venir aux mains ; & c'eft ce qui juftifie *Homère*
fans doute.

Thomas gouverneur de Syrie , gendre d'*Héraclius*,
attaque *Sergiabil* dans une fortie de Damas ; il fait
d'abord une prière à JESUS-CHRIST : „ Injufte
„ aggreffeur, dit-il enfuite à *Sergiabil*, tu ne réfifteras
„ pas à JESUS mon Dieu, qui combattra pour les
„ vengeurs de fa religion. „

„ Tu profères un menfonge impie , lui répond
„ *Sergiabil ;* „ JESUS n'eft pas plus grand devant
„ DIEU qu'*Adam* : DIEU l'a tiré de la pouffière : il lui
„ a donné la vie comme à un autre homme : &
„ après l'avoir laiffé quelque temps fur la terre, il l'a
„ enlevé au ciel. „(*a*)

Après de tels difcours le combat commence ;
Thomas tire une flèche qui va bleffer le jeune *Aban* fils

(*a*) C'eft la croyance des mahométans. La doctrine des chrétiens
bafilidiens avait depuis long-temps cours en Arabie. Les bafilidiens
difaient que JESUS-CHRIST n'avait pas été crucifié.

de *Saïb* à côté du vaillant *Sergiabil* ; *Aban* tombe & expire, la nouvelle en vole à fa jeune époufe qui n'était unie à lui que depuis quelques jours. Elle ne pleure point, elle ne jette point de cris ; mais elle court fur le champ de bataille, le carquois fur l'épaule & deux flèches dans les mains ; de la première qu'elle tire, elle jette par terre le porte-étendard des chrétiens ; les Arabes s'en faififfent en criant *allah achar* ; de la feconde elle perce un œil de *Thomas* qui fe retire tout fanglant dans la ville.

L'hiftoire arabe eft pleine de ces exemples ; mais elle ne dit point que ces femmes guerrières fe brûlaffent le teton droit pour mieux tirer de l'arc, encore moins qu'elles vécuffent fans hommes ; au contraire elles s'expofaient dans les combats pour leurs maris ou pour leurs amans, & de cela même on doit conclure que loin de faire des reproches à l'*Ariofte* & au *Taffe* d'avoir introduit tant d'amantes guerrières dans leurs poëmes, on doit les louer d'avoir peint des mœurs vraies & intéreffantes.

Il y eut en effet, du temps de la folie des croifades, des femmes chrétiennes qui partagèrent avec leurs maris les fatigues & les dangers : cet enthoufiafme fut porté au point que les Génoifes entreprirent de fe croifer, & d'aller former en Paleftine des bataillons de juppes & de cornettes ; elles en firent un vœu dont elles furent relevées par un pape plus fage qu'elles.

Marguerite d'Anjou, femme de l'infortuné *Henri VI* roi d'Angleterre, donna dans une guerre plus jufte des marques d'une valeur héroïque ; elle combattit elle-même dans dix batailles pour délivrer fon mari.

M 3

L'hiftoire n'a point d'exemple avéré d'un courage plus grand & plus conftant dans une femme.

Elle avait été précédée par la célèbre comteffe de *Montfort* en Bretagne. „ Cette princeffe, dit d'*Argentré*, „ était vertueufe outre tout le naturel de fon fexe ; „ vaillante de fa perfonne autant que nul homme : „ elle montait à cheval, elle le maniait mieux que „ nul écuyer ; elle combattait à la main ; elle courait, „ donnait parmi une troupe d'hommes d'armes „ comme le plus vaillant capitaine ; elle combattait „ par mer & par terre tout de même affurance &c. „

On la voyait parcourir, l'épée à la main, fes Etats envahis par fon compétiteur *Charles de Blois*. Non-feulement elle foutint deux affauts fur la brèche d'Hennebon armée de pied en cap, mais elle fondit fur le camp des ennemis fuivie de cinq cents hommes, y mit le feu, & le réduifit en cendres.

Les exploits de *Jeanne d'Arc*, fi connue fous le nom de *la Pucelle d'Orléans*, font moins étonnans que ceux de *Marguerite d'Anjou* & de la comteffe de *Monfort*. Ces deux princeffes ayant été élevées dans la molleffe des cours, & *Jeanne d'Arc* dans le rude exercice des travaux de la campagne, il était plus fingulier & plus beau de quitter fa cour que fa chaumière pour les combats.

L'héroïne qui défendit Beauvais eft peut-être fupérieure à celle qui fit lever le fiége d'Orléans ; elle combattit tout auffi-bien, & ne fe vanta ni d'être pucelle ni d'être infpirée. Ce fut en 1472, quand l'armée bourguignone affiégeait Beauvais, que *Jeanne Hachette* à la tête de plufieurs femmes foutint long-temps un affaut, arracha l'étendard qu'un officier des

ennemis allait arborer fur la brèche , jeta le porte-
étendard dans le foffé, & donna le temps aux troupes
du roi d'arriver pour fecourir la ville. Ses defcendans
ont été exemptés de la taille ; faible & honteufe récompenfe. Les femmes & les filles de Beauvais font plus
flattées d'avoir le pas fur les hommes à la proceffion
le jour de l'anniverfaire. Toute marque publique
d'honneur encourage le mérite , & l'exemption de la
taille n'eft qu'une preuve qu'on doit être affujetti à
cette fervitude par le malheur de fa naiffance.

Mlle de *la Charfe*, de la maifon de *la Tour du Pin-
Gouvernet* , fe mit en 1693 à la tête des communes
en Dauphiné, & repouffa les Barbets qui fefaient une
irruption. Le roi lui donna une penfion comme à un
brave officier. L'ordre militaire de Saint-Louis n'était
pas encore inftitué.

Il n'eft prefque point de nation qui ne fe glorifie
d'avoir de pareilles héroïnes ; le nombre n'en eft pas
grand ; la nature femble avoir donné aux femmes une
autre deftination. On a vu , mais rarement, des femmes
s'enrôler parmi les foldats. En un mot, chaque peuple
a eu des guerrières : mais le royaume des Amazones
fur les bords du Thermodon n'eft qu'une fiction
poëtique, comme prefque tout ce que l'antiquité
raconte.

A M E.

SECTION PREMIERE.

C'EST un terme vague, indéterminé, qui exprime
un principe inconnu d'effets connus que nous fentons
en nous. Ce mot *ame* répond à l'*anima* des Latins ,

M 4

au πνεῦμα des Grecs, au terme dont se font servi toutes les nations pour exprimer ce qu'elles n'entendaient pas mieux que nous.

Dans le sens propre & littéral du latin & des langues qui en sont dérivées il signifie *ce qui anime*. Ainsi on a dit, l'ame des hommes, des animaux, quelquefois des plantes, pour signifier leur principe de végétation & de vie. On n'a jamais eu, en prononçant ce mot, qu'une idée confuse, comme lorsqu'il est dit dans la Genèse : DIEU *souffla au visage de l'homme un souffle de vie, & il devint ame vivante; & l'ame des animaux est dans le sang; & ne tuez point mon ame* &c.

Ainsi l'ame était prise en général pour l'origine & la cause de la vie, pour la vie même. C'est pourquoi toutes les nations connues imaginèrent long-temps que tout mourait avec le corps. Si on peut démêler quelque chose dans le chaos des histoires anciennes, il semble qu'au moins les Egyptiens furent les premiers qui distinguèrent l'intelligence & l'ame ; & les Grecs apprirent d'eux à distinguer aussi leurs *noüs* & leur *pneuma*. Les Latins, à leur exemple, distinguèrent *animus* & *anima ;* & nous enfin, nous avons aussi eu notre *ame* & notre *entendement*. Mais ce qui est le principe de notre vie, ce qui est le principe de nos pensées, sont-ce deux choses différentes ? est-ce le même être ? Ce qui nous fait digérer & ce qui nous donne des sensations & de la mémoire, ressemble-t-il à ce qui est dans les animaux la cause de la digestion & la cause de leurs sensations & de leur mémoire ?

Voilà l'éternel objet des disputes des hommes ; je dis l'éternel objet ; car n'ayant point de notion primitive dont nous puissions descendre dans cet examen,

nous ne pouvons que refter à jamais dans un labyrinthe de doutes & de faibles conjectures.

Nous n'avons pas le-moindre degré où nous
puiffions pofer le pied pour arriver à la plus légère
connaiffance de ce qui nous fait vivre & de ce qui nous
fait penfer. Comment en aurions-nous ? il faudrait
avoir vu la vie & la penfée entrer dans un corps. Un
père fait-il comment il a produit fon fils ? une mère
fait-elle comment elle l'a conçu ? Quelqu'un a-t-il
jamais pu deviner comment il agit, comment il veille,
& comment il dort ? Quelqu'un fait-il comment fes
membres obéiffent à fa volonté ? a-t-il découvert par
quel art des idées fe tracent dans fon cerveau & en
fortent à fon commandement ? Faibles automates mus
par la main invifible qui nous dirige fur cette fcène
du monde, qui de nous a pu apercevoir le fil qui
nous conduit ?

Nous ofons mettre en queftion fi l'ame intelligente
eft *efprit* ou *matière ;* fi elle eft créée avant nous, fi
elle fort du néant dans notre naiffance, fi après nous
avoir animés un jour fur la terre, elle vit après nous
dans l'éternité. Ces queftions paraiffent fublimes : que
font-elles ? des queftions d'aveugles qui difent à
d'autres aveugles : Qu'eft-ce que la lumière ?

Quand nous voulons connaître groffièrement un
morceau de métal, nous le mettons au feu dans un
creufet. Mais avons-nous un creufet pour y mettre
l'ame ? Elle eft *efprit*, dit l'un. Mais qu'eft-ce qu'efprit ? perfonne affurément n'en fait rien ; c'eft un mot
fi vide de fens qu'on eft obligé de dire ce que l'efprit
n'eft pas, ne pouvant dire ce qu'il eft. L'ame eft *matière*,
dit l'autre. Mais qu'eft-ce que matière ? nous n'en

connaiſſons que quelques apparences & quelques propriétés ; &· nulle de ces propriétés , nulle de ces apparences ne paraît avoir le moindre rapport avec la penſée.

C'eſt quelque choſe de diſtinct de la matière, dites-vous. Mais quelle preuve en avez-vous ? Eſt-ce parce que la matière eſt diviſible & figurable , & que la penſée ne l'eſt pas ? Mais qui vous a dit que les premiers principes de la matière ſont diviſibles & figurables ? Il eſt très-vraiſemblable qu'ils ne le ſont point ; des ſectes entières de philoſophes prétendent que les élémens de la matière n'ont ni figure , ni étendue. Vous criez d'un air triomphant : La penſée n'eſt ni du bois , ni de la pierre , ni du ſable , ni du métal , donc la penſée n'appartient pas à la matière. Faibles & hardis rai-ſonneurs ! la gravitation n'eſt ni bois , ni ſable , ni métal , ni pierre ; le mouvement , la végétation , la vie ne ſont rien non plus de tout cela ; & cependant la vie , la végétation , le mouvement , la gravitation, ſont donnés à la matière. Dire que DIEU ne peut rendre la matière penſante , c'eſt dire la choſe la plus inſolemment abſurde que jamais on ait oſé proférer dans les écoles privilégiées de la démence. Nous ne ſommes pas aſſurés que DIEU en ait uſé ainſi ; nous ſommes ſeulement aſſurés qu'il le peut. Mais qu'im-porte tout ce qu'on a dit & tout ce qu'on dira ſur l'ame ; qu'importe qu'on l'ait appelée entéléchie, quinteſſence, flamme , éther , qu'on l'ait crue univerſelle , incréée , tranſmigrante ? &c.

Qu'importent, dans ces queſtions inacceſſibles à la raiſon , ces romans de nos imaginations incertaines ? Qu'importe que les pères des quatre premiers ſiècles

aient cru l'ame corporelle? Qu'importe que *Tertullien*,
par une contradiction qui lui eft familière, ait décidé
qu'elle eft à la fois corporelle, figurée, & fimple? Nous
avons mille témoignages d'ignorance, & pas un qui
nous donne une lueur de vraifemblance.

Comment donc fommes-nous affez hardis pour
affirmer ce que c'eft que l'ame? Nous favons certainement que nous exiftons, que nous fentons, que
nous penfons. Voulons-nous faire un pas au-delà?
nous tombons dans un abyme de ténèbres; & dans
cet abyme nous avons encore la folle témérité de difputer fi cette ame, dont nous n'avons pas la moindre
idée, eft faite avant nous ou avec nous, & fi elle eft
périffable ou immortelle?

L'article *Ame*, & tous les articles qui tiennent à la
métaphyfique, doivent commencer par une foumif-
fion fincère aux dogmes indubitables de l'Eglife. La
révélation vaut mieux fans doute que toute la philofophie. Les fyftèmes exercent l'efprit; mais la foi
l'éclaire & le guide.

Ne prononce-t-on pas fouvent des mots dont nous
n'avons qu'une idée très-confufe, ou même dont
nous n'en avons aucune? Le mot d'*ame* n'eft-il pas dans
ce cas? Lorfque la languette ou la foupape d'un foufflet eft dérangée, & que l'air qui eft entré dans la
capacité du foufflet en fort par quelque ouverture
furvenue à cette foupape, qu'il n'eft plus comprimé
contre les deux palettes, & qu'il n'eft pas pouffé avec
violence vers le foyer qu'il doit allumer, les fervantes
difent: *L'ame du foufflet eft crevée*. Elles n'en favent pas
davantage; & cette queftion ne trouble point leur
tranquillité.

Le jardinier prononce le mot d'*ame des plantes*, & les cultive très-bien fans favoir ce qu'il entend par ce terme.

Le luthier pofe, avance ou recule l'*ame d'un violon* fous le chevalet, dans l'intérieur des deux tables de l'inftrument ; un chétif morceau de bois de plus ou de moins lui donne ou lui ôte une ame harmonieufe.

Nous avons plufieurs manufactures dans lefquelles les ouvriers donnent la qualification d'*ame* à leurs machines. Jamais on ne les entend difputer fur ce mot ; il n'en eft pas ainfi des philofophes.

Le mot d'*ame* parmi nous fignifie en général ce qui anime. Nos dévanciers les Celtes donnaient à leur ame le nom de *feel*, dont les Anglais ont fait le mot *foul*, les Allemands *feel* ; & probablement les anciens Teutons & les anciens Bretons n'eurent point de querelles dans les univerfités pour cette expreffion.

Les Grecs diftinguaient trois fortes d'ames ; *Pfyché* qui fignifiait *l'ame fenfitive*, *l'ame des fens* ; & voilà pourquoi l'*Amour*, enfant d'*Aphrodite*, eut tant de paffion pour *Pfyché*, & que *Pfyché* l'aima fi tendrement: *Pneuma*, le fouffle qui donnait la vie & le mouvement à toute la machine, & que nous avons traduit par *fpiritus*, efprit ; mot vague auquel on a donné mille acceptions différentes : & enfin *noüs*, *l'intelligence*.

Nous poffédions donc trois ames, fans avoir la plus légère notion d'aucune. *S.t Thomas d'Aquin* (*b*) admet ces trois ames en qualité de péripatéticien ; & diftingue chacune de ces trois ames en trois parties.

Pfyché était dans la poitrine ; *Pneuma* fe répandait dans tout le corps, & *Noüs* était dans la tête. Il n'y

(*b*) Somme de *faint Thomas*, édition de Lyon 1738.

a point eu d'autre philofophie dans nos écoles jufqu'à nos jours ; & malheur à tout homme qui aurait
pris une de ces ames pour l'autre.

Dans ce chaos d'idées il y avait pourtant un fondement. Les hommes s'étaient bien aperçu que dans
leurs paffions d'amour, de colère, de crainte, il
s'excitait des mouvemens dans leurs entrailles. Le
foie & le cœur furent le fiége des paffions. Lorfqu'on
penfe profondément, on fent une contention dans
les organes de la tête ; donc l'ame intellectuelle eft
dans le cerveau. Sans refpiration point de végétation,
point de vie ; donc l'ame végétative eft dans la poitrine qui reçoit le fouffle de l'air.

Lorfque les hommes virent en fonge leurs parens
ou leurs amis morts, il fallut bien chercher ce qui
leur était apparu. Ce n'était pas le corps, qui avait
été confumé fur un bûcher, ou englouti dans la mer
& mangé des poiffons. C'était pourtant quelque chofe,
à ce qu'ils prétendaient ; car ils l'avaient vu ; le mort
avait parlé ; le fongeur l'avait interrogé. Etait-ce
pfyché, était-ce *pneuma*, était-ce *noüs*, avec qui on avait
converfé en fonge ? On imagina un fantôme, une
figure légère : c'était *skia*, c'était *daimonos*, une ombre
des manes, une petite *ame* d'air & de feu extrêmement
déliée qui errait je ne fais où.

Dans la fuite des temps, quand on voulut approfondir la chofe, il demeura pour conftant que cette
ame était corporelle ; & toute l'antiquité n'en eut point
d'autre idée. Enfin *Platon* vint qui fubtilifa tellement
cette ame, qu'on douta s'il ne la féparait pas entièrement de la matière ; mais ce fut un problème qui ne

fut jamais réſolu juſqu'à ce que la foi vînt nous éclairer.

En vain les matérialiſtes allèguent quelques pères de l'Egliſe qui ne s'exprimaient point avec exactitude. S*t* *Irénée* dit (*c*) que l'ame n'eſt que le ſouffle de la vie ; qu'elle n'eſt incorporelle que par comparaiſon avec le corps mortel , & qu'elle conſerve la figure de l'homme afin qu'on la reconnaiſſe.

En vain *Tertullien* s'exprime ainſi : La corporalité de l'ame éclate dans l'Evangile ; (*d*) *corporalitas animæ in ipſo Evangelio reluceſſit.* Car ſi l'ame n'avait pas un corps , l'image de l'ame n'aurait pas l'image du corps.

En vain même rapporte-t-il la viſion d'une ſainte femme qui avait vu une ame très-brillante , & de la couleur de l'air.

En vain *Tatien* dit expreſſément : (*e*) *Pſeukai men oun ei ton anthropon polumêres eſti* ; l'ame de l'homme eſt compoſée de pluſieurs parties.

En vain allègue-t-on S*t* *Hilaire* qui dit dans des temps poſtérieurs : (*f*) *Il n'eſt rien de créé qui ne ſoit corporel , ni dans le ciel , ni ſur la terre , ni parmi les viſibles , ni parmi les inviſibles : tout eſt formé d'élémens ; & les ames , ſoit qu'elles habitent un corps , ſoit qu'elles en ſortent , ont toujours une ſubſtance corporelle.*

En vain S*t* *Ambroiſe* , au ſixième ſiècle , dit : (*g*) *Nous ne connaiſſons rien que de matériel , excepté la ſeule vénérable Trinité.*

(*c*) Livre V , chap. VII.
(*d*) *De animâ* , cap. VII.
(*e*) Oraiſon contre les Grecs.
(*f*) *Saint Hilaire* ſur *ſaint Matth.* page 633.
(*g*) Sur *Abraham* , liv. II , chap. VIII.

Le corps de l'Eglife entière a décidé que l'ame eſt immatérielle. Ces ſaints étaient tombés dans une erreur alors univerſelle ; ils étaient hommes ; mais ils ne ſe trompèrent pas ſur l'immortalité, parce qu'elle eſt évidemment annoncée dans les évangiles.

Nous avons un beſoin ſi évident de la déciſion de l'Eglife infaillible ſur ces points de philoſophie, que nous n'avons en effet par nous-mêmes aucune notion ſuffiſante de ce qu'on appelle *eſprit pur*, & de ce qu'on nomme *matière*. L'eſprit pur eſt un mot qui ne nous donne aucune idée ; & nous ne connaiſſons la matière que par quelques phénomènes. Nous la connaiſſons ſi peu que nous l'appelons *ſubſtance* ; or le mot *ſubſtance* veut dire *ce qui eſt deſſous* ; mais ce deſſous nous ſera éternellement caché. Ce *deſſous* eſt le ſecret du Créateur ; & ce ſecret du Créateur eſt partout. Nous ne ſavons ni comment nous recevons la vie, ni comment nous la donnons, ni comment nous croiſſons, ni comment nous digérons, ni comment nous dormons, ni comment nous penſons, ni comment nous ſentons.

La grande difficulté eſt de comprendre comment un être, quel qu'il ſoit, a des penſées.

SECTION II.

Des doutes de Locke ſur l'ame.

L'AUTEUR de l'article *ame* dans l'Encyclopédie a ſuivi ſcrupuleuſement *Jaquelot* ; mais *Jaquelot* ne nous apprend rien. Il s'élève auſſi contre *Locke* ; parce que

le modefte *Locke* a dit : (*h*) ,, Nous ne ferons peut-
,, être jamais capables de connaître fi un être maté-
,, riel penfe ou non, par la raifon qu'il nous eft
,, impoffible de découvrir par la contemplation de
,, nos propres idées, *fans révélation*, fi D I E U n'a
,, point donné à quelque amas de matière, difpofée
,, comme il le trouve à propos, la puiffance d'aper-
,, cevoir & de penfer ; ou s'il a joint & uni à la
,, matière ainfi difpofée une fubftance immatérielle
,, qui penfe. Car par rapport à nos notions, il ne
,, nous eft pas plus mal-aifé de concevoir que D I E U
,, peut, s'il lui plaît, ajouter à notre idée de la
,, matière la faculté de penfer, que de comprendre
,, qu'il y joigne une autre fubftance avec la faculté
,, de penfer ; puifque nous ignorons en quoi confifte
,, la penfée, & à quelle efpèce de fubftance cet être
,, tout-puiffant a trouvé à propos d'accorder cette
,, puiffance qui ne faurait être créée qu'en vertu du
,, bon plaifir & de la bonté du Créateur. Je ne vois
,, pas quelle contradiction il y a que D I E U, cet être
,, penfant, éternel, & tout-puiffant, donne, s'il veut,
,, quelques degrés de fentiment, de perception, &
,, de penfée, à certains amas de matière créée & infen-
,, fible qu'il joint enfemble comme il le trouve à
,, propos. ,,

C'était parler en homme profond, religieux &
modefte. (*i*)

(*h*) Traduction de *Cofte*.

(*i*) Voyez le difcours préliminaire de M. d'*Alembert*.
,, On peut dire qu'il créa la métaphyfique à-peu-près comme *Newton*
,, avait créé la phyfique. . . . pour connaître notre ame, fes idées & fes
,, affections, il n'étudia point les livres, parce qu'ils l'auraient mal
,, inftruit ; il fe contenta de defcendre profondément en lui-même ; &

On

On fait quelles querelles il eut à effuyer fur cette opinion qui parut hafardée, mais qui en effet n'était en lui qu'une fuite de la conviction où il était de la toute-puiffance de DIEU & de la faibleffe de l'homme. Il ne difait pas que la matière penfât ; mais il difait que nous n'en favons pas affez pour démontrer qu'il eft impoffible à DIEU d'ajouter le don de la penfée à l'être inconnu nommé *matière*, après lui avoir accordé le don de la gravitation & celui du mouvement, qui font également incompréhenfibles.

Locke n'était pas affurément le feul qui eût avancé cette opinion ; c'était celle de toute l'antiquité, qui, en regardant l'ame comme une matière très-déliée, affurait par conféquent que la matière pouvait fentir & penfer.

C'était le fentiment de *Gaffendi*, comme on le voit dans fes objections à *Defcartes*. ,, Il eft vrai, dit ,, *Gaffendi*, que vous connaiffez que vous penfez ; ,, mais vous ignorez quelle efpèce de fubftance vous ,, êtes, vous qui penfez. Ainfi quoique l'opération de ,, la penfée vous foit connue, le principal de votre ,, effence vous eft caché ; & vous ne favez point ,, quelle eft la nature de cette fubftance dont l'une ,, des opérations eft de penfer. Vous reffemblez à un ,, aveugle qui, fentant la chaleur du foleil & étant ,, averti qu'elle eft caufée par le foleil, croirait avoir ,, une idée claire & diftincte de cet aftre ; parce que fi ,, on lui demandait ce que c'eft que le foleil, il pourrait ,, répondre que c'eft une chofe qui échauffe. &c.

,, après s'être, pour ainfi dire, contemplé long-temps, il ne fit dans ,, fon traité de l'*Entendement humain* que préfenter aux hommes le miroir ,, dans lequel il s'était vu. En un mot, il réduifit la métaphyfique à ,, ce qu'elle doit être en effet, la phyfique expérimentale de l'ame. ,,

Dictionn. philofoph. Tome I.   N

Le même *Gassendi*, dans sa *Philosophie d'Epicure*, répète plusieurs fois qu'il n'y a aucune évidence mathématique de la pure spiritualité de l'ame.

Descartes, dans une de ses lettres à la princesse palatine *Elisabeth*, lui dit : „Je confesse que par la „ seule raison naturelle nous pouvons faire beaucoup „ de conjectures sur l'ame, & avoir de flatteuses „ espérances, mais non pas aucune assurance.„Et en cela *Descartes* combat dans ses lettres ce qu'il avance dans ses livres; contradiction trop ordinaire.

Enfin nous avons vu que tous les pères des premiers siècles de l'Eglise, en croyant l'ame immortelle, la croyaient en même temps matérielle. Ils pensaient qu'il est aussi aisé à D I E U de conserver que de créer. Ils disaient : D I E U la fit pensante, il la conservera pensante.

Mallebranche a prouvé très-bien que nous n'avons aucune idée par nous-mêmes, & que les objets sont incapables de nous en donner : de-là il conclut que nous voyons tout en D I E U. C'est au fond la même chose que de faire D I E U l'auteur de toutes nos idées; car avec quoi verrions-nous dans lui, si nous n'avions pas des instrumens pour voir? & ces instrumens, c'est lui seul qui les tient & qui les dirige. Ce système est un labyrinthe, dont une allée vous mènerait au spinosisme, une autre au stoïcisme, & une autre au chaos.

Quand on a bien disputé sur l'esprit, sur la matière, on finit toujours par ne se point entendre. Aucun philosophe n'a pu lever par ses propres forces ce voile que la nature a étendu sur tous les premiers principes des choses; ils disputent, & la nature agit.

SECTION III.

De l'ame des bêtes, & de quelques idées creuses.

AVANT l'étrange fyftème qui fuppofe les animaux de pures machines fans aucune fenfation, les hommes n'avaient jamais imaginé dans les bêtes une ame immatérielle ; & perfonne n'avait pouffé la témérité jufqu'à dire qu'une huître poffède une ame fpirituelle. Tout le monde s'accordait paifiblement à convenir que les bêtes avaient reçu de DIEU du fentiment, de la mémoire, des idées, & non pas un efprit pur. Perfonne n'avait abufé du don de raifonner au point de dire que la nature a donné aux bêtes tous les organes du fentiment pour qu'elles n'euffent point de fenti-ment. Perfonne n'avait dit qu'elles crient quand on les bleffe, & qu'elles fuient quand on les pourfuit, fans éprouver ni douleur ni crainte.

On ne niait point alors la toute-puiffance de DIEU ; il avait pu communiquer à la matière organifée des animaux le plaifir, la douleur, le reffouvenir, la combinaifon de quelques idées ; il avait pu donner à plufieurs d'entre eux, comme au finge, à l'éléphant, au chien de chaffe, le talent de fe perfectionner dans les arts qu'on leur apprend ; non-feulement il avait pu douer prefque tous les animaux carnaffiers du talent de mieux faire la guerre dans leur vieilleffe expérimentée, que dans leur jeuneffe trop confiante ; non-feulement, dis-je, il l'avait pu, mais il l'avait fait ; l'univers en était témoin.

Pereira & *Defcartes* foutinrent à l'univers qu'il fe trompait, que DIEU avait joué des gobelets, qu'il

avait donné tous les inftrumens de la vie & de la fenfation aux animaux, afin qu'ils n'euffent ni fenfation,
ni vie proprement dite. Mais je ne fais quels prétendus
philofophes, pour répondre à la chimère de *Defcartes*,
fe jetèrent dans la chimère oppofée; ils donnèrent libé-
ralement de l'efprit pur aux crapauds & aux infectes;
in vitium ducit culpæ fuga.

Entre ces deux folies, l'une qui ôte le fentiment
aux organes du fentiment, l'autre qui loge un pur
efprit dans une punaife, on imagina un milieu; c'eft
l'inftinct; & qu'eft-ce que l'inftinct? Oh, oh! c'eft
une forme fubftantielle; c'eft une forme plaftique;
c'eft un je ne fais quoi; c'eft de l'inftinct. Je ferai de
votre avis, tant que vous appellerez la plupart des
chofes *je ne fais quoi;* tant que votre philofophie
commencera & finira par *je ne fais;* mais quand vous
affirmerez, je vous dirai avec *Prior* dans fon poëme
fur la vanité du monde :

Ofez-vous affigner, pédans infupportables,
Une caufe diverfe à des effets femblables?
Avez-vous mefuré cette mince cloifon
Qui femble féparer l'inftinct de la raifon ?
Vous êtes mal pourvus & de l'un & de l'autre.
Aveugles infenfés, quelle audace eft la vôtre?
L'orgueil eft votre inftinct. Conduirez-vous nos pas
Dans ces chemins gliffans que vous ne voyez pas?

L'auteur de l'article *Ame* dans l'Encyclopédie s'explique ainfi : ,, Je me repréfente l'ame des bêtes comme
,, une fubftance immatérielle & intelligente, mais de
,, quelle efpèce? Ce doit être, ce me femble, un

,, principe actif qui a des fenfations, & qui n'a que
,, cela...... Si nous réfléchiffons fur la nature de
,, l'ame des bêtes, elle ne nous fournit rien de fon
,, fonds qui nous porte à croire que fa fpiritualité la
,, fauvera de l'anéantiffement. ,,

Je n'entends pas comment on fe repréfente une
fubftance immatérielle. Se repréfenter quelque chofe,
c'eft s'en faire une image; & jufqu'à préfent perfonne
n'a pu peindre l'efprit. Je veux que, par le mot *repréfente*, l'auteur entende, *je conçois;* pour moi, j'avoue
que je ne le conçois pas. Je conçois encore moins
qu'une ame fpirituelle foit anéantie, parce que je ne
conçois ni la création ni le néant; parce que je n'ai
jamais affifté au confeil de DIEU; parce que je ne
fais rien du tout du principe des chofes.

Si je veux prouver que l'ame eft un être réel, on
m'arrête en me difant que c'eft une faculté. Si j'affirme
que c'eft une faculté, & que j'ai celle de penfer, on
me répond que je me trompe; que DIEU, le maître
éternel de toute la nature, fait tout en moi, & dirige
toutes mes actions & toutes mes penfées ; que fi je
produifais mes penfées, je faurais celles que j'aurai
dans une minute; que je ne le fais jamais; que je ne
fuis qu'un automate à fenfations & à idées, néceffairement dépendant, & entre les mains de l'Etre
fuprême, infiniment plus foumis à lui que l'argile
ne l'eft au potier.

J'avoue donc mon ignorance; j'avoue que quatre
mille tomes de métaphyfique ne nous enfeigneront
pas ce que c'eft que notre ame.

Un philofophe orthodoxe difait à un philofophe
hétérodoxe : Comment avez-vous pu parvenir à

imaginer que l'ame est mortelle de sa nature, & qu'elle n'est éternelle que par la pure volonté de D I E U ? Par mon expérience, dit l'autre. — Comment! est-ce que vous êtes mort ? — Oui ; fort souvent. Je tombais en épilepsie dans ma jeunesse, & je vous assure que j'étais parfaitement mort pendant plusieurs heures. Nulle sensation, nul souvenir même du moment où j'étais tombé. Il m'arrive à présent la même chose presque toutes les nuits. Je ne sens jamais précisément le moment où je m'endors ; mon sommeil est absolument sans rêves. Je ne peux imaginer que par conjectures combien de temps j'ai dormi. Je suis mort régulièrement six heures en vingt-quatre. C'est le quart de ma vie.

L'orthodoxe alors lui soutint qu'il pensait toujours pendant son sommeil sans qu'il en fût rien. L'hétérodoxe lui répondit : Je crois par la révélation que je penserai toujours dans l'autre vie ; mais je vous assure que je pense rarement dans celle-ci.

L'orthodoxe ne se trompait pas en assurant l'immortalité de l'ame, puisque la foi & la raison démontrent cette vérité ; mais il pouvait se tromper en assurant qu'un homme endormi pense toujours.

Locke avouait franchement qu'il ne pensait pas toujours quand il dormait : un autre philosophe a dit : *Le propre de l'homme est de penser ; mais ce n'est pas son essence.*

Laissons à chaque homme la liberté & la consolation de se chercher soi-même, & de se perdre dans ses idées.

Cependant il est bon de savoir qu'en 1730 un philosophe (*) essuya une persécution assez forte pour avoir

(*) M. de *Voltaire*.

avoué, avec *Locke*, que fon entendement n'était pas
exercé tous les momens du jour & de la nuit, de même
qu'il ne fe fervait pas à tout moment de fes bras & de
fes jambes. Non-feulement l'ignorance de cour le
perfécuta, mais l'ignorance maligne de quelques prétendus littérateurs fe déchaîna contre le perfécuté. Ce
qui n'avait produit en Angleterre que quelques difputes philofophiques, produifit en France les plus
lâches atrocités; un Français fut la victime de *Locke*.

Il y a eu toujours dans la fange de notre littérature
plus d'un de ces miférables qui ont vendu leur plume,
& cabalé contre leurs bienfaiteurs même. Cette remarque eft bien étrangère à l'article *Ame;* mais faudrait-il
perdre une occafion d'effrayer ceux qui fe rendent
indignes du nom d'homme de lettres, qui proftituent
le peu d'efprit & de confcience qu'ils ont à un vil
intérêt, à une politique chimérique, qui trahiffent
leurs amis pour flatter des fots, qui broient en fecret
la ciguë dont l'ignorant puiffant & méchant veut
abreuver des citoyens utiles?

Arriva-t-il jamais dans la véritable Rome qu'on
dénonçât aux confuls un *Lucrèce* pour avoir mis en
vers le fyftème d'*Epicure*? un *Cicéron* pour avoir écrit
plufieurs fois qu'après la mort on ne reffent aucune
douleur? qu'on accufât un *Pline*, un *Varron*, d'avoir
eu des idées particulières fur la Divinité? La liberté
de penfer fut illimitée chez les Romains. Les efprits
durs, jaloux, & rétrécis, qui fe font efforcés d'écrafer
parmi nous cette liberté, mère de nos connaiffances,
& premier reffort de l'entendement humain, ont pré-
texté des dangers chimériques. Ils n'ont pas fongé
que les Romains, qui pouffaient cette liberté beaucoup

N 4

plus loin que nous, n'en ont pas moins été nos vainqueurs, nos légiflateurs, & que les difputes de l'école
n'ont pas plus de rapport au gouvernement que le tonneau de *Diogène* n'en eut avec les victoires d'*Alexandre*.

Cette leçon vaut bien une leçon fur l'ame; nous
aurons peut-être plus d'une occafion d'y revenir.

Enfin, en adorant DIEU de toute notre ame, confef-
fons toujours notre profonde ignorance fur cette ame,
fur cette faculté de fentir & de penfer que nous tenons
de fa bonté infinie. Avouons que nos faibles raifonnemens ne peuvent rien ôter, rien ajouter à la révélation & à la foi. Concluons enfin que nous devons
employer cette intelligence, dont la nature eft inconnue, à perfectionner les fciences qui font l'objet de
l'Encyclopédie, comme les horlogers emploient des
refforts dans leurs montres, fans favoir ce que c'eft que
le reffort.

SECTION IV.

Sur l'ame, & fur nos ignorances.

IL eft dit dans la Genèfe : DIEU *fouffla au vifage de
l'homme un fouffle de vie, & il devint ame vivante; & l'ame des
animaux eft dans le fang; & ne tuez point mon ame &c.*

Ainfi l'ame était prife en général pour l'origine &
la caufe de la vie, pour la vie même. C'eft pourquoi
certaines nations croyaient, fans raifonner, que quand
la vie fe diffipait, l'ame fe diffipait de même.

Si l'on peut démêler quelque chofe dans le chaos
des hiftoires anciennes, il femble qu'au moins les
Egyptiens furent les premiers qui eurent la fagacité
de diftinguer l'intelligence & l'ame; & les Grecs

apprirent d'eux à diftinguer auffi leur *noüs*, leur *pneuma*, leur *skia*.

Les Latins, à leur exemple, diftinguèrent *animus* & *anima*, & nous enfin nous avons eu auffi notre ame & notre entendement. Mais ce qui eft le principe de notre vie, ce qui eft le principe de nos penfées, font-ce deux chofes différentes? eft-ce le même être? Ce qui nous fait digérer, & ce qui nous donne des fenfations & de la mémoire, reffemble-t-il à ce qui eft dans les animaux la caufe de leurs fenfations & de leur mémoire?

C'eft-là l'éternel objet des difputes des hommes; je dis l'éternel objet, car n'ayant point de notions primitives dont nous puiffions defcendre dans cet examen, nous ne pouvons que nager & nous débattre dans une mer de doutes. Faibles & malheureufes machines à qui DIEU daigne communiquer le mouvement pendant les deux momens de notre exiftence, qui de nous a pu apercevoir la main qui nous foutient fur ces abymes?

Sur la foi de nos connaiffances acquifes, nous avons ofé mettre en queftion fi l'ame eft créée avant nous, fi elle arrive du néant dans notre corps? à quel âge elle eft venue fe placer entre une veffie & les inteftins *cæcum* & *rectum*? fi elle y a reçu ou apporté quelques idées, & quelles font ces idées? fi après nous avoir animés quelques momens, fon effence eft de vivre après nous dans l'éternité fans l'intervention de DIEU même? fi étant efprit, & DIEU étant efprit, ils font l'un & l'autre d'une nature femblable? (*k*)

(*k*) Ce n'était pas fans doute l'opinion de *faint Auguftin* qui, dans le liv. VIII de *la Cité de* DIEU, s'exprime ainfi : *Que ceux-là fe taifent qui n'ont pas ofé, à la vérité, dire que* DIEU *eft un corps, mais qui ont cru*

Ces queftions paraiffent fublimes ; que font-elles ?
des queftions d'aveugles-nés fur la lumière.

Quand nous voulons connaître groffièrement un
morceau de métal, nous le mettons au feu dans un
creufet ; mais avons-nous un creufet pour y mettre
l'ame ?

Que nous ont appris tous les philofophes anciens
& modernes ? un enfant eft plus fage qu'eux ; il ne
penfe pas à ce qu'il ne peut concevoir.

Qu'il eft trifte, direz-vous, pour notre infatiable
curiofité, pour notre foif intariffable du bien-être, de
nous ignorer ainfi ! j'en conviens, & il y a des chofes
encore plus triftes ; mais je vous répondrai :

Sors tua mortalis, non eft mortale quod optas.
Tes deftins font d'un homme, & tes vœux font d'un Dieu.

Il paraît, encore une fois, que la nature de tout
principe des chofes eft le fecret du Créateur. Comment
les airs portent-ils des fons ? comment fe forment les
animaux ? comment quelques-uns de nos membres
obéiffent-ils conftamment à nos volontés ? quelle main
place des idées dans notre mémoire, les y garde comme
dans un regiftre, & les en tire tantôt à notre gré &
tantôt malgré nous ? Notre nature, celle de l'univers,
celle de la moindre plante, tout eft plongé pour nous
dans un gouffre de ténèbres.

L'homme eft un être agiffant, fentant & penfant :
voilà tout ce que nous en favons : il ne nous eft donné

que nos ames font de même nature que lui. Ils n'ont pas été frappés de l'extrême
mutabilité de notre ame qu'il n'eft pas permis d'attribuer à D I E U.

  » Cedant & illi quos quidem puduit dicere D E U M corpus effe,
» verumtamen ejufdem naturæ, cujus ille eft, animos noftros effe
» putaverunt ; ita non eos movet tanta mutabilitas animæ, quam D E I
» naturæ tribuere nefas eft. »

de connaître ni ce qui nous rend fentans & penfans,
ni ce qui nous fait agir, ni ce qui nous fait être. La
faculté agiffante eft auffi incompréhenfible pour nous
que la faculté penfante. La difficulté eft moins de
concevoir comment ce corps de fange a des fentimens
& des idées, que de concevoir comment un être, quel
qu'il foit, a des idées & des fentimens.

Voilà d'un côté l'ame d'*Archimède*, de l'autre celle
d'un imbécille; font-elles de même nature? Si leur
effence eft de penfer, elles penfent toujours, & indépendamment du corps qui ne peut agir fans elles. Si
elles penfent par leur propre nature, l'efpèce d'une
ame qui ne peut faire une règle d'arithmétique fera-t-
elle la même que celle qui a mefuré les cieux? Si ce
font les organes du corps qui ont fait penfer *Archimède*,
pourquoi mon idiot mieux conftitué qu'*Archimède*,
plus vigoureux, digérant mieux, fefant mieux toutes fes
fonctions, ne penfe-t-il point? C'eft, dites-vous, que
fa cervelle n'eft pas fi bonne. Mais vous le fuppofez;
vous n'en favez rien. On n'a jamais trouvé de différences
entre les cervelles faines qu'on a difféquées; il eft même
très-vraifemblable que le cervelet d'un fot fera en
meilleur état que celui d'*Archimède* qui a fatigué prodi-
gieufement, & qui pourrait être ufé & raccourci.

Concluons donc ce que nous avons déjà conclu,
que nous fommes des ignorans fur tous les premiers
principes. A l'égard des ignorans qui font les fuffifans,
ils font fort au-deffous des finges.

Difputez maintenant, colériques argumentans;
préfentez des requêtes les uns contre les autres; dites
des injures, prononcez vos fentences, vous qui ne
favez pas un mot de là queftion.

SECTION V.

Du paradoxe de Warburton sur l'immortalité de l'ame.

W*ARBURTON* éditeur & commentateur de *Shakespeare*, & évêque de Glocester, usant de la liberté anglaise, & abusant de la coutume de dire des injures à ses adversaires, a composé quatre volumes pour prouver que l'immortalité de l'ame n'a jamais été annoncée dans le Pentateuque, & pour conclure de cette preuve même que la mission de *Moïse*, qu'il appelle *légation*, est divine. Voici le précis de son livre qu'il donne lui-même, pages 7 & 8 du premier tome.

1°. *La doctrine d'une vie à venir, des récompenses & des châtimens après la mort, est nécessaire à toute société civile.*

2°. *Tout le genre-humain,* (& c'est en quoi il se trompe) *& spécialement les plus sages & les plus savantes nations de l'antiquité, se sont accordés à croire & à enseigner cette doctrine.*

3°. *Elle ne peut se trouver en aucun endroit de la loi de Moïse ; donc la loi de Moïse est d'un original divin ; ce que je vais prouver par les deux syllogismes suivans.*

PREMIER SYLLOGISME.

Toute religion, toute société qui n'a pas l'immortalité de l'ame pour son principe, ne peut être soutenue que par une providence extraordinaire ; la religion juive n'avait pas l'immortalité de l'ame pour principe ; donc la religion juive était soutenue par une providence extraordinaire.

SECOND SYLLOGISME.

Les anciens légiflateurs ont tous dit qu'une religion qui n'enfeignerait pas l'immortalité de l'ame, ne pouvait être foutenue que par une providence extraordinaire ; Moïfe a inftitué une religion qui n'eft pas fondée fur l'immortalité de l'ame ; donc Moïfe croyait fa religion maintenue par une providence extraordinaire.

Ce qui eft bien plus extraordinaire, c'eft cette affertion de *Warburton*, qu'il a mife en gros caractère à la tête de fon livre. On lui a reproché fouvent l'extrême témérité & la mauvaife foi avec laquelle il ofe dire que tous les anciens légiflateurs ont cru qu'une religion qui n'eft pas fondée fur les peines & les récompenfes après la mort, ne peut être foutenue que par une providence extraordinaire ; il n'y en a pas un feul qui l'ait jamais dit. Il n'entreprend pas même d'en apporter aucun exemple dans fon énorme livre farci d'une immenfe quantité de citations , qui toutes font étrangères à fon fujet. Il s'eft enterré fous un amas d'auteurs grecs & latins, anciens & modernes, de peur qu'on ne pénétrât jufqu'à lui à travers une multitude horrible d'enveloppes. Lorfqu'enfin la critique a fouillé jufqu'au fond, il eft reffufcité d'entre tous ces morts pour charger d'outrages tous fes adverfaires.

Il eft vrai que vers la fin de fon quatrième volume, après avoir marché par cent labyrinthes , & s'être battu avec tous ceux qu'il a rencontrés en chemin, il vient enfin à fa grande queftion qu'il avait laiffée là. Il s'en prend au livre de *Job* qui paffe chez les favans pour l'ouvrage d'un Arabe, & il veut prouver que *Job* ne croyait point l'immortalité de l'ame. Enfuite il explique à fa façon tous les textes de l'Ecriture par lefquels on a voulu combattre fon fentiment.

Tout ce qu'on en doit dire, c'eſt que, s'il avait raifon, ce n'était pas à un évêque d'avoir ainfi raifon. Il devait fentir qu'on en pouvait tirer des conféquences trop dangereufes; (*l*) mais il n'y a qu'heur & malheur dans ce monde. Cet homme, qui eſt devenu délateur & perfécuteur, n'a été fait évêque par la protection d'un miniſtre d'Etat, qu'immédiatement après avoir fait fon livre.

A Salamanque, à Coimbre, à Rome, il aurait été obligé de fe rétracter & de demander pardon. En Angle-terre il eſt devenu pair du royaume avec cent mille livres de rente; c'était de quoi adoucir fes mœurs.

SECTION VI.

Du befoin de la révélation.

LE plus grand bienfait dont nous foyons redevables au nouveau téſtament, c'eſt de nous avoir révélé l'im-mortalité de l'ame. C'eſt donc bien vainement que ce *Warburton* a voulu jeter des nuages fur cette importante

(*l*) On les a tirées en effet ces dangereufes conféquences. On lui a dit : La créance de l'ame immortelle eſt néceſſaire ou non. Si elle n'eſt pas néceſſaire, pourquoi JESUS-CHRIST l'a-t-il annoncée? Si elle eſt néceſſaire, pourquoi *Moïfe* n'en a-t-il pas fait la bafe de fa religion? Ou *Moïfe* était inſtruit de ce dogme, ou il ne l'était pas. S'il l'ignorait, il était indigne de donner des lois. S'il la favait & la cachait, quel nom voulez-vous qu'on lui donne? De quelque côté que vous vous tourniez, vous tombez dans un abyme qu'un évêque ne devait pas ouvrir. Votre dédicace aux francs-penfans, vos fades plaifanteries avec eux, & vos baſſeſſes auprès de milord *Hardwicke* ne vous fauveront pas de l'opprobre dont vos contradictions continuelles vous ont couvert; & vous apprendrez que, quand on dit des chofes hardies, il faut les dire modeſtement.

vérité, en repréfentant continuellement dans fa légation de *Moïfe, que les anciens Juifs n'avaient aucune
connaiffance de ce dogme néceffaire, & que les faducéens ne
l'admettaient pas du temps de notre Seigneur* JESUS.

Il interprète à fa manière les propres mots qu'on
fait prononcer à JESUS-CHRIST. (m) *N'avez-vous
pas lu ces paroles que* DIEU *vous a dites : Je fuis le Dieu
d'Abraham, le Dieu d'Ifaac, & le Dieu de Jacob; or* DIEU
n'eft pas le Dieu des morts, mais des vivans. Il donne à la
parabole du mauvais riche un fens contraire à celui
de toutes les Egiifes. *Sherlok* évêque de Londres, &
vingt autres favans l'ont réfuté. Les philofophes anglais
même lui ont reproché combien il eft fcandaleux
dans un évêque anglican de manifefter une opinion
fi contraire à l'Eglife anglicane; & cet homme après
cela s'avife de traiter les gens d'impies : femblable au
perfonnage d'*Arlequin,* dans la comédie du *Dévalifeur
de maifons,* qui, après avoir jeté les meubles par la
fenêtre, voyant un homme qui en emportait quelques-
uns, cria de toutes fes forces : Au voleur.

Il faut d'autant plus bénir la révélation de l'immortalité de l'ame, & des peines & des récompenfes après
la mort, que la vaine philofophie des hommes en a
toujours douté. Le grand *Céfar* n'en croyait rien; il
s'en expliqua clairement en plein fénat lorfque, pour
empêcher qu'on fît mourir *Catilina,* il repréfenta que
la mort ne laiffait à l'homme aucun fentiment, que
tout mourait avec lui; & perfonne ne réfuta cette
opinion.

L'empire romain était partagé entre deux grandes
feétes principales; celle d'*Epicure* qui affirmait que la

(m) *Saint Matthieu,* chap. XXII, v. 31 & 32.

Divinité était inutile au monde, & que l'ame périt avec le corps; & celle des ftoïciens qui regardaient l'ame comme une portion de la Divinité, laquelle après la mort fe réuniffait à fon origine, au grand tout dont elle était émanée. Ainfi, foit que l'on crût l'ame mortelle, foit qu'on la crût immortelle, toutes les fectes fe réuniffaient à fe moquer des peines & des récompenfes après la mort.

Il nous refte encore cent monumens de cette croyance des Romains. C'eft en vertu de ce fentiment profondément gravé dans tous les cœurs, que tant de héros & tant de fimples citoyens romains fe donnèrent la mort fans le moindre fcrupule; ils n'attendaient point qu'un tyran les livrât à des bourreaux.

Les hommes les plus vertueux même, & les plus perfuadés de l'exiftence d'un Dieu, n'efpéraient alors aucune récompenfe, & ne craignaient aucune peine. Nous verrons à l'article *Apocryphe* que *Clément*, qui fut depuis pape & faint, commença par douter lui-même de ce que les premiers chrétiens difaient d'une autre vie, & qu'il confulta S*t Pierre* à Céfarée. Nous fommes bien loin de croire que S*t Clément* ait écrit cette hiftoire qu'on lui attribue; mais elle fait voir quel befoin avait le genre-humain d'une révélation précife. Tout ce qui peut nous furprendre, c'eft qu'un dogme fi réprimant & fi falutaire ait laiffé en proie à tant d'horribles crimes des hommes qui ont fi peu de temps à vivre, & qui fe voient preffés entre deux éternités.

SECTION

SECTION VII.

Ames des fots & des monftres.

UN enfant mal conformé naît abfolument imbécille, n'a point d'idées, vit fans idées ; & on en a vu de cette efpèce. Comment définira-t-on cet animal ? des docteurs ont dit que c'eft quelque chofe entre l'homme & la bête ; d'autres ont dit qu'il avait une ame fenfitive, mais non pas une ame intellectuelle. Il mange, il boit, il dort, il veille, il a des fenfations ; mais il ne penfe pas.

Y a-t-il pour lui une autre vie, n'y en a-t-il point ? le cas a été propofé, & n'a pas encore été entièrement réfolu.

Quelques-uns ont dit que cette créature devait avoir une ame, parce que fon père & fa mère en avaient une. Mais par ce raifonnement on prouverait que fi elle était venue au monde fans nez, elle ferait réputée en avoir un, parce que fon père & fa mère en avaient.

Une femme accouche, fon enfant n'a point de menton, fon front eft écrafé & un peu noir, fon nez eft éfilé & pointu, fes yeux font ronds, fa mine ne reffemble pas mal à celle d'une hirondelle ; cependant il a le refte du corps fait comme nous. Les parens le font baptifer à la pluralité des voix. Il eft décidé homme & poffeffeur d'une ame immortelle. Mais fi cette petite figure ridicule a des ongles pointus, la bouche faite en bec, il eft déclaré monftre, il n'a point d'ame, on ne le baptife pas.

On fait qu'il y eut à Londres en 1726 une femme qui accouchait tous les huit jours d'un lapereau. On ne

Diɛlionn. philofoph. Tome I.　　　　O

fefait nulle difficulté de refufer le baptême à cet enfant, malgré la folie épidémique qu'on eut pendant trois femaines à Londres de croire qu'en effet cette pauvre friponne fefait des lapins de garenne. Le chirurgien qui l'accouchait, nommé *St André*, jurait que rien n'était plus vrai, & on le croyait. Mais quelle raifon avaient les crédules pour refufer une ame aux enfans de cette femme ? elle avait une ame, fes enfans devaient en être pourvus auffi ; foit qu'ils euffent des mains, foit qu'ils euffent des pattes, foit qu'ils fuffent nés avec un petit mufeau ou avec un vifage : l'Etre fuprême ne peut-il pas accorder le don de la penfée & de la fenfation à un petit je ne fais quoi, né d'une femme, figuré en lapin, auffi-bien qu'à un petit je ne fais quoi, figuré en homme ? L'ame qui était prête à fe loger dans le fœtus de cette femme, s'en retournera-t-elle à vide ?

Locke obferve très-bien, à l'égard des monftres, qu'il ne faut pas attribuer l'immortalité à l'extérieur d'un corps; que la figure n'y fait rien. Cette immortalité, dit-il, n'eft pas plus attachée à la forme de fon vifage ou de fa poitrine, qu'à la manière dont fa barbe eft faite, ou dont fon habit eft taillé.

Il demande quelle eft la jufte mefure de difformité à laquelle vous pouvez reconnaître qu'un enfant a une ame ou n'en a point ? quel eft le degré précis auquel il doit être déclaré monftre & privé d'ame ?

On demande encore ce que ferait une ame qui n'aurait jamais que des idées chimériques ? il y en a quelques-unes qui ne s'en éloignent pas. Méritent-elles ? déméritent-elles ? que faire de leur efprit pur ?

Que penfer d'un enfant à deux têtes, d'ailleurs très-bien conformé ? Les uns difent qu'il a deux ames puifqu'il eft muni de deux glandes pinéales, de deux corps calleux, de deux *fenforium commune*. Les autres répondent qu'on ne peut avoir deux ames quand on n'a qu'une poitrine & un nombril. (1)

Enfin, on a fait tant de queftions fur cette pauvre ame humaine, que s'il fallait les déduire toutes, cet examen de fa propre perfonne lui cauferait le plus infupportable ennui. Il lui arriverait ce qui arriva au cardinal de *Polignac* dans un conclave. Son inten-dant, laffé de n'avoir jamais pu lui faire arrêter fes comptes, fit le voyage de Rome, & vint à la petite fenêtre de fa cellule chargé d'une immenfe liaffe de papiers. Il lut près de deux heures. Enfin, voyant qu'on ne lui répondait rien, il avança la tête. Il y avait près de deux heures que le cardinal était parti. Nos ames partiront avant que leurs intendans les aient mifes au fait : mais foyons juftes devant DIEU, quelque ignorans que nous foyons, nous & nos intendans.

Voyez dans les lettres de *Memmius* ce que l'on dit de l'ame. (*)

SECTION VIII.

IL faut que je l'avoue, lorfque j'ai examiné l'infail-lible *Ariftote*, le docteur évangélique, le divin *Platon*,

(1) M. le chevalier d'*Angos*, favant aftronome, a obfervé avec foin pendant plufieurs jours un lézard à deux têtes ; & il s'eft affuré que le lézard avait *deux volontés* indépendantes, dont chacune avait un pouvoir prefque égal fur le corps qui était unique. Quand on préfentait au lézard un morceau de pain, de manière qu'il ne pût le voir que d'une tête, cette tête voulait aller chercher le pain, & l'autre voulait que le corps reftât en repos.

(*) *Oeuvres philofophiques*, tome I.

j'ai pris toutes ces épithètes pour des fobriquets. Je n'ai vu dans tous les philofophes qui ont parlé de l'ame humaine , que des aveugles pleins de témérité & de babil , qui s'efforcent de perfuader qu'ils ont une vue d'aigle , & d'autres curieux & fous qui les croient fur leur parole , & qui s'imaginent auffi de voir quelque chofe.

Je ne feindrai point de mettre au rang de ces maîtres d'erreurs , *Defcartes* & *Mallebranche*. Le premier nous affure que l'ame de l'homme eft une fubftance dont l'effence eft de penfer ; qui penfe toujours , & qui s'occupe, dans le ventre de la mère , de belles idées métaphyfiques & de beaux axiomes généraux qu'elle oublie enfuite.

Pour le père *Mallebranche* , il eft bien perfuadé que nous voyons tout en DIEU ; il a trouvé des partifans, parce que les fables les plus hardies font celles qui font le mieux reçues de la faible imagination des hommes. Plufieurs philofophes ont donc fait le roman de l'ame ; enfin c'eft un fage qui en a écrit modefte- ment l'hiftoire. Je vais faire l'abrégé de cette hiftoire, felon que je l'ai conçue. Je fais fort bien que tout le monde ne conviendra pas des idées de *Locke* : il fe pourrait bien faire que *Locke* eût raifon contre *Defcartes* & *Mallebranche* , & qu'il eût tort contre la forbonne ; je parle felon les lumières de la philofophie, non felon les révélations de la foi.

Il ne m'appartient que de penfer humainement ; les théologiens décident divinement , c'eft tout autre chofe : la raifon & la foi font de nature contraire. En un mot , voici un petit précis de *Locke* que je cenfurerais fi j'étais théologien , & que j'adopte pour un moment comme hypothèfe, comme conjecture de fimple philofophie. Humainement parlant, il s'agit de favoir ce que c'eft que l'ame.

1°. Le mot d'ame eft de ces mots que chacun prononce fans l'entendre : nous n'entendons que les chofes dont nous avons une idée; nous n'avons point d'idée d'ame, d'efprit; donc nous ne l'entendons point.

2°. Il nous a donc plu d'appeler ame cette faculté de fentir & de penfer, comme nous appelons vie la faculté de vivre, & volonté la faculté de vouloir.

Des raifonneurs font venus enfuite, & ont dit : L'homme eft compofé de matière & d'efprit ; la matière eft étendue & divifible; l'efprit n'eft ni étendu ni divifible; donc il eft, difent-ils, d'une autre nature. C'eft un affemblage d'êtres qui ne font point faits l'un pour l'autre, & que D I E U unit malgré leur nature. Nous voyons peu le corps, nous ne voyons point l'ame; elle n'a point de parties, donc elle eft éternelle : elle a des idées pures & fpirituelles; donc elle ne les reçoit point de la matière : elle ne les reçoit point non plus d'elle-même; donc D I E U les lui donne; donc elle apporte en naiffant les idées de D I E U, de l'infini, & toutes les idées générales.

Toujours humainement parlant, je réponds à ces meffieurs qu'ils font bien favans. Ils nous difent d'abord qu'il y a une ame, & puis ce que ce doit être. Ils prononcent le nom de matière, & décident enfuite nettement ce qu'elle eft. Et moi je leur dis : Vous ne connaiffez ni l'efprit ni la matière. Par l'efprit, vous ne pouvez imaginer que la faculté de penfer; par la matière, vous ne pouvez entendre qu'un certain affemblage de qualités, de couleurs, d'étendues, de

O 3

folidités ; & il vous a plu d'appeler cela matière , & vous avez affigné les limites de la matière & de l'ame , avant d'être fûrs feulement de l'exiftence de l'une & de l'autre.

Quant à la matière , vous enfeignez gravement qu'il n'y a en elle que l'étendue & la folidité ; & moi je vous dis modeftement qu'elle eft capable de mille propriétés que ni vous ni moi ne connaiffons pas. Vous dites que l'ame eft indivifible , éternelle ; & vous fuppofez ce qui eft en queftion. Vous êtes à-peu-près comme un régent de collége , qui , n'ayant vu d'horloge de fa vie , aurait tout-d'un-coup entre fes mains une montre d'Angleterre à répétition. Cet homme bon péripatéticien eft frappé de la jufteffe avec laquelle les aiguilles divifent & marquent les temps , & encore plus étonné qu'un bouton pouffé par le doigt , fonne précifément l'heure que l'aiguille marque. Mon phi-lofophe ne manque pas de prouver qu'il y a dans cette machine une ame qui la gouverne & qui en mene les refforts. Il démontre favamment fon opinion par la comparaifon des anges qui font aller les fphères céleftes , & il fait foutenir dans la claffe de belles thèfes fur l'ame des montres. Un de fes écoliers ouvre la montre ; on n'y voit que des refforts , & cependant on foutient toujours le fyftème de l'ame des montres , qui paffe pour démontré. Je fuis cet écolier ouvrant la montre que l'on appelle homme , & qui , au lieu de définir hardiment ce que nous n'entendons point , tâche d'examiner par degrés ce que nous voulons connaître.

Prenons un enfant à l'inftant de fa naiffance , & fuivons pas à pas les progrès de fon entendement.

Vous me faites l'honneur de m'apprendre que D1EU
a pris la peine de créer une ame pour aller loger dans
ce corps lorfqu'il a environ fix femaines; que cette
ame à fon arrivée eft pourvue des idées métaphyfiques;
connaiffant donc l'efprit, les idées abftraites, l'infini
fort clairement; étant, en un mot, une très-favante
perfonne. Mais malheureufement elle fort de l'uterus
avec une ignorance craffe; elle a paffé dix-huit mois
à ne connaître que le teton de fa nourrice; & lorfqu'à l'âge de vingt ans on veut faire reffouvenir cette
ame de toutes les idées fcientifiques qu'elle avait quand
elle s'eft unie à fon corps, elle eft fouvent fi bouchée
qu'elle n'en peut concevoir aucune. Il y a des peuples
entiers qui n'ont jamais eu une feule de ces idées.
En vérité, à quoi penfait l'ame de *Defcartes* & de
Mallebranche, quand elle imagina de telles rêveries?
Suivons donc l'idée du petit enfant, fans nous arrêter
aux imaginations des philofophes.

Le jour que fa mère eft accouchée de lui & de fon
ame, il eft né dans la maifon un chien, un chat, &
un ferin. Au bout de dix-huit mois je fais du chien
un excellent chaffeur; à un an le ferin fiffle un air;
le chat, au bout de fix femaines, fait déjà tous
fes tours; & l'enfant, au bout de quatre ans, ne
fait rien. Moi, homme groffier, témoin de cette
prodigieufe différence, & qui n'ai jamais vu d'enfant,
je crois d'abord que le chat, le chien, & le ferin, font
des créatures très-intelligentes, & que le petit enfant
eft un automate. Cependant petit-à-petit je m'aperçois
que cet enfant a des idées, de la mémoire; qu'il a les
mêmes paffions que ces animaux; & alors j'avoue qu'il
eft comme eux une créature raifonnable. Il me

communique différentes idées par quelques paroles qu'il a apprifes, de même que mon chien par des cris diver-fifiés me fait exactement connaître fes divers befoins. J'aperçois qu'à l'âge de fix ou fept ans l'enfant combine dans fon petit cerveau prefqu'autant d'idées que mon chien de chaffe dans le fien ; enfin, il atteint avec l'âge un nombre infini de connaiffances. Alors que dois-je penfer de lui? irai-je croire qu'il eft d'une nature tout-à-fait différente? Non, fans doute ; car vous voyez d'un côté un imbécille, & de l'autre un *Newton* : vous prétendez qu'ils font pourtant d'une même nature, & qu'il n'y a de la différence que du plus au moins. Pour mieux m'affurer de la vraifemblance de mon opinion probable, j'examine mon chien & mon enfant pen-dant leur veille & leur fommeil. Je les fais faigner l'un & l'autre outre mefure ; alors leurs idées femblent s'écouler avec le fang. Dans cet état je les appelle, ils ne me répondent plus ; & fi je leur tire encore quelques palettes, mes deux machines, qui avaient aupara-vant des idées en très-grand nombre, & des paffions de toute efpèce, n'ont plus aucun fentiment. J'examine enfuite mes deux animaux pendant qu'ils dorment ; je m'aperçois que le chien, après avoir trop mangé, a des rêves ; il chaffe, il crie après la proie. Mon jeune enfant étant dans le même état, parle à fa maîtreffe, & fait l'amour en fonge. Si l'un & l'autre ont mangé modérément, ni l'un ni l'autre ne rêve ; enfin, je vois que leur faculté de fentir, d'apercevoir, d'exprimer leurs idées, s'eft développée en eux petit-à-petit, & s'affaiblit auffi par degrés. J'aperçois en eux plus de rapports cent fois que je n'en trouve entre tel homme d'efprit & tel homme abfolument imbécille. Quelle eft

donc l'opinion que j'aurai de leur nature ? celle que
tous les peuples ont imaginée d'abord avant que la
politique égyptienne imaginât la fpiritualité, l'immortalité de l'ame. Je foupçonnerai même, avec bien de
l'apparence, qu'*Archimede* & une taupe font de la même
efpèce, quoique d'un genre différent ; de même qu'un
chêne & un grain de moutarde font formés pas les
mêmes principes, quoique l'un foit un grand arbre,
& l'autre une petite plante. Je penferai que D I E U a
donné des portions d'intelligence à des portions de
matière organifée pour penfer : je croirai que la matière
a des fenfations à proportion de la fineffe de fes fens ;
que ce font eux qui les proportionnent à la mefure de
nos idées : je croirai que l'huître à l'écaille a moins de
fenfations & de fens, parce qu'ayant l'ame attachée
à fon écaille, cinq fens lui feraient inutiles. Il y a
beaucoup d'animaux qui n'ont que deux fens ; nous en
avons cinq, ce qui eft bien peu de chofe. Il eft à croire
qu'il eft dans d'autres mondes d'autres animaux qui
jouiffent de vingt ou trente fens, & que d'autres efpeces
encore plus parfaites ont des fens à l'infini.

Il me paraît que voilà la manière la plus naturelle
d'en raifonner, c'eft-à-dire de deviner & de foupçonner certainement. Il s'eft paffé bien du temps avant
que les hommes aient été affez ingénieux pour imaginer un être inconnu qui eft nous, qui fait tout en
nous, qui n'eft pas tout-à-fait nous, & qui vit après
nous. Auffi n'eft-on venu que par degrés à concevoir
une idée fi hardie. D'abord ce mot *ame* a fignifié la
vie, & a été commun pour nous & pour les autres
animaux : enfuite notre orgueil nous a fait une ame à
part, & nous a fait imaginer une forme fubftantielle

pour les autres créatures. Cet orgueil humain demande ce que c'eſt donc que ce pouvoir d'apercevoir & de ſentir, qu'il appelle *ame* dans l'homme , & *inſtinĉt* dans la brute. Je ſatisferai à cette queſtion quand les phyſiciens m'auront appris ce que c'eſt que le *ſon*, la *lumière*, l'*eſpace*, le *corps*, le *temps*. Je dirai, dans l'eſprit du ſage *Locke* : La philoſophie conſiſte à s'arrêter quand le flambeau de la phyſique nous manque. J'obſerve les effets de la nature; mais je vous avoue que je ne conçois pas plus que vous les premiers principes. Tout ce que je ſais, c'eſt que je ne dois pas attribuer à pluſieurs cauſes, furtout à des cauſes inconnues, ce que je puis attribuer à une cauſe connue : or, je puis attribuer à mon corps la faculté de penſer & de ſentir; donc je ne dois pas chercher cette faculté de penſer & de ſentir dans une autre ſubſtance appelée *ame* ou *eſprit*, dont je ne puis avoir la moindre idée. Vous vous récriez à cette pro-poſition : vous trouvez donc de l'irréligion à oſer dire que le corps peut penſer ? Mais que diriez-vous, répon-drait *Locke*, ſi c'eſt vous-même qui êtes ici coupable d'irréligion , vous qui oſez borner la puiſſance de DIEU ? Quel eſt l'homme fur la terre qui peut aſſurer, fans une impiété abſurde, qu'il eſt impoſſible à DIEU de donner à la matière le ſentiment & le penſer ? Faibles & hardis que vous êtes, vous avancez que la matière ne penſe point, parce que vous ne concevez pas qu'une matière, quelle qu'elle ſoit, penſe.

Grands philoſophes , qui décidez du pouvoir de DIEU , & qui dites que DIEU peut d'une pierre faire un ange , ne voyez-vous pas que, ſelon vous-mêmes, DIEU ne ferait en ce cas que donner à une pierre la puiſſance de penſer ? car ſi la matière de la pierre ne reſtait pas, ce ne ſerait plus une pierre, ce ſerait une pierre anéantie & un ange créé. De quelque côté que vous vous tourniez, vous êtes forcés d'avouer deux choſes, votre ignorance & la puiſſance immenſe du Créateur ; votre ignorance qui ſe révolte contre la matière penſante, & la puiſſance du Créateur à qui certes cela n'eſt pas impoſſible.

Vous qui ſavez que la matière ne périt pas, vous conteſterez à DIEU le pouvoir de conſerver dans cette matière la plus belle qualité dont il l'avait ornée ! L'étendue ſubſiſte bien ſans corps par lui, puiſqu'il y a des philoſophes qui croient le vide ; les accidens ſubſiſtent bien ſans la ſubſtance parmi les chrétiens qui croient la tranſſubſtantiation. DIEU, dites-vous, ne peut pas faire ce qui implique contradiction. Il faudrait en ſavoir plus que vous n'en ſavez : vous avez beau faire, vous ne ſaurez jamais autre choſe, ſinon que vous êtes corps, & que vous penſez. Bien des gens qui ont appris dans l'école à ne douter de rien, qui prennent leurs ſyllogiſmes pour des oracles, & leurs ſuperſtitions pour la religion, regardent *Locke* comme un impie dangereux. Ces ſuperſtitieux ſont dans la ſociété ce que les poltrons ſont dans une armée : ils ont & donnent des terreurs paniques. Il faut avoir la pitié de diſſiper leur crainte ; il faut qu'ils ſachent que ce ne ſeront pas les ſentimens des philoſophes qui feront jamais tort à la religion. Il eſt aſſuré que la lumière vient du ſoleil, & que les planetes tournent autour de cet aſtre : on ne lit pas avec moins d'édification dans la Bible, que la lumière a été faite avant le ſoleil, & que le ſoleil s'eſt arrêté ſur le village de Gabaon. Il eſt démontré que l'arc-en-ciel eſt formé

néceffairement par la pluie : on n'en refpecte pas moins
le texte facré , qui dit que DIEU pofa fon arc dans les
nues , après le déluge , en figne qu'il n'y aurait plus
d'inondation.

Le myftère de la Trinité & celui de l'Eucharistie
ont beau être contradictoires. aux démonftrations
connues, ils n'en font pas moins révérés chez les philofophes catholiques , qui favent que les chofes de la
raifon & de la foi font de différente nature. La nation
des Antipodes a été condamnée par les papes & les
conciles ; & les papes ont découvert les Antipodes, &
y ont porté cette même religion chrétienne dont on
croyait la deftruction fûre , en cas qu'on pût trouver
un homme qui , comme on parlait alors , aurait la
tête en-bas & les pieds en-haut par rapport à nous, &
qui, comme dit le très - peu philofophe *St Auguftin*,
ferait tombé du ciel.

Au refte , je vous répète encore qu'en écrivant avec
liberté , je ne me rends garant d'aucune opinion ; je
ne fuis refponfable de rien. Il y a peut-être parmi ces
fonges des raifonnemens & même quélques rêveries
auxquelles je donnerais la préférence ; mais il n'y en a
aucune que je ne facrifiaffe tout-d'un-coup à la religion
& à la patrie. (*)

S E C T I O N   I X.

JE fuppofe une douzaine de bons philofophes dans
une île, où ils n'ont jamais vu que des végétaux.

(*) Cette fection eft tirée prefqu'en entier de ces *Lettres philofophiques*,
ou *Lettres fur les Anglais* , qui ont été la caufe de la longue guerre entre
M. de *Voltaire* & les théologiens.

Cette île, & furtout douze bons philofophes, font fort
difficiles à trouver; mais enfin cette fiction eft permife.
Ils admirent cette vie qui circule dans les fibres des
plantes, qui femble fe perdre & enfuite fe renouveler :
& ne fachant pas trop comment les plantes naiffent,
comment elles prennent leur nourriture & leur accroif-
fement, ils appellent cela *une ame végétative.* Qu'entendez-vous par ame végétative ? leur dit-on. C'eft un
mot, répondent-ils, qui fert à exprimer le reffort
inconnu par lequel tout cela s'opère. Mais ne voyez-
vous pas, leur dit un mécanicien, que tout cela fe fait
naturellement par des poids, des leviers, des roues,
des poulies ? Non, diront nos philofophes : il y a dans
cette végétation autre chofe que des mouvemens ordinaires ; il y a un pouvoir fecret qu'ont toutes les plantes
d'attirer à elles ce fuc qui les nourrit ; & ce pouvoir,
qui n'eft explicable par aucune mécanique, eft un don
que Dieu a fait à la matière, & dont ni vous ni moi
ne comprenons la nature.

Ayant ainfi bien difputé, nos raifonneurs découvrent
enfin des animaux. Oh, oh, difent-ils après un long
examen, voilà des êtres organifés comme nous ! Ils
ont inconteftablement de la mémoire, & fouvent plus
que nous. Ils ont nos paffions ; ils ont de la connaiffance ; ils font entendre tous leurs befoins ; ils perpétuent comme nous leur efpèce. Nos philofophes
diffèquent quelques-uns de ces êtres ; ils y trouvent
un cœur, une cervelle. Quoi ! difent-ils, l'auteur de
ces machines, qui ne fait rien en vain, leur aurait-il
donné tous les organes du fentiment, afin qu'ils
n'euffent point de fentiment ? Il ferait abfurde de le
penfer. Il y a certainement en eux quelque chofe que

nous appelons auffi *ame*, faute de mieux ; quelque chofe qui éprouve des fenfations, & qui a une certaine mefure d'idées. Mais ce principe, quel eft-il ? eft-ce quelque chofe d'abfolument différent de la matière ? eft-ce un efprit pur ? eft-ce un être mitoyen entre la matière que nous ne connaiffons guère, & l'efprit pur que nous ne connaiffons pas ? eft-ce une propriété donnée de DIEU à la matière organifée ?

Ils font alors des expériences fur des infectes, fur des vers de terre ; ils les coupent en plufieurs parties, & ils font étonnés de voir qu'au bout de quelque temps il vient des têtes à toutes ces parties coupées ; le même animal fe reproduit, & tire de fa deftruction même de quoi fe multiplier. A-t-il plufieurs ames qui attendent, pour animer ces parties reproduites, qu'on ait coupé la tête au premier tronc ? Ils reffemblent aux arbres, qui repouffent des branches & qui fe reproduifent de bouture ; ces arbres ont-ils plufieurs ames ? Il n'y a pas d'apparence ; donc il eft très-probable que l'ame de ces bêtes eft d'une autre efpèce que ce que nous appelions *ame végétative* dans les plantes ; que c'eft une faculté d'un ordre fupérieur, que DIEU a daigné donner à certaines portions de matière : c'eft une nouvelle preuve de fa puiffance ; c'eft un nouveau fujet de l'adorer.

Un homme violent, & mauvais raifonneur, entend ce difcours, & leur dit : Vous êtes des fcélérats, dont il faudrait brûler les corps pour le bien de vos ames ; car vous niez l'immortalité de l'ame de l'homme. Nos philofophes fe regardent tout étonnés ; l'un d'eux lui répond avec douceur : Pourquoi nous brûler fi vîte ? Sur quoi avez-vous pu penfer que nous ayons l'idée que votre cruelle ame eſt mortelle ? Sur ce que vous croyez, reprend l'autre, que DIEU a donné aux brutes, qui ſont organiſées comme nous, la faculté d'avoir des ſentimens & des idées. Or cette ame des bêtes périt avec elles, donc vous croyez que l'ame des hommes périt auſſi.

Le philoſophe répond : Nous ne ſommes point du tout ſûrs que ce que nous appelons *ame* dans les animaux périſſe avec eux ; nous ſavons très-bien que la matière ne périt pas, & nous croyons qu'il ſe peut faire que DIEU ait mis dans les animaux quelque choſe qui conſervera toujours, ſi DIEU le veut, la faculté d'avoir des idées. Nous n'aſſurons pas, à beaucoup près, que la choſe ſoit ainſi ; car il n'appartient guère aux hommes d'être ſi confians ; mais nous n'oſons borner la puiſſance de DIEU. Nous diſons qu'il eſt très-probable que les bêtes, qui ſont matière, ont reçu de lui un peu d'intelligence. Nous découvrons tous les jours des propriétés de la matière, c'eſt-à-dire des préſens de DIEU, dont auparavant nous n'avions pas d'idées. Nous avions d'abord défini la matière une ſubſtance étendue ; enſuite nous avons reconnu qu'il fallait lui ajouter la ſolidité ; quelque temps après il a fallu admettre que cette matière a une force qu'on nomme *force d'inertie ;* après cela nous avons tous été étonnés d'être obligés d'avouer que la matière gravite.

Quand nous avons voulu pouſſer plus loin nos recherches, nous avons été forcés de reconnaître des êtres qui reſſemblent à la matière en quelque choſe, & qui n'ont pas cependant les autres attributs dont la matière eſt douée. Le feu élémentaire, par exemple, agit ſur nos ſens comme les autres corps : mais il ne tend point à un centre comme eux ; il s'échappe, au contraire, du centre en lignes droites de tous côtés. Il ne semble pas obéir aux lois de l'attraction, de la gravitation, comme les autres corps. L'optique a des myftères dont on ne pourrait guère rendre raifon, qu'en ofant fuppofer que les traits de lumière fe pénètrent les uns les autres. Il y a certainement quelque chofe dans la lumière qui la diftingue de la matière connue; il femble que la lumière foit un être mitoyen entre les corps & d'autres efpeces d'êtres que nous ignorons. Il eft très-vraifemblable que ces autres efpeces font elles-mêmes un milieu qui conduit à d'autres créatures, & qu'il y a ainfi une chaîne de fubftances qui s'élèvent à l'infini.

Ufque adeo quod tanget idem eft, tamen ultima diftant!

Cette idée nous paraît digne de la grandeur de DIEU, fi quelque chofe en eft digne. Parmi ces fubftances, il a pu fans doute en choifir une qu'il a logée dans nos corps, & qu'on appelle *ame humaine ;* les livres faints que nous avons lus nous apprennent que cette ame eft immortelle. La raifon eft d'accord avec la révélation ; car comment une fubftance quelconque périrait-elle? tout mode fe détruit, l'être refte. Nous ne pouvons concevoir la création d'une fubftance, nous ne pouvons concevoir fon anéantiffement; mais nous n'ofons affirmer que le maître abfolu de tous les êtres ne puiffe donner auffi des fentimens & des perceptions à l'être qu'on appelle *matière.* Vous êtes bien fûr que l'effence de votre ame eft de penfer, & nous n'en fommes pas fi furs : car lorfque nous examinons un fœtus, nous avons de la peine à croire que

fon

fon ame ait eu beaucoup d'idées dans fa coiffe ; & nous doutons fort que dans un fommeil plein & profond, dans une léthargie complète, on ait jamais fait des méditations. Ainfi il nous paraît que la penfée pourrait bien être, non pas l'effence de l'être penfant, mais un préfent que le Créateur a fait à ces êtres que nous nommons *penfans*; & tout cela nous a fait naître le foupçon que, s'il le voulait, il pourrait faire ce préfent-là à un atome, conferver à jamais cet atome & fon préfent, ou le détruire à fon gré. La difficulté confifte moins à deviner comment la matière pourrait penfer, qu'à deviner comment une fubftance quelconque penfe. Vous n'avez des idées que parce que DIEU a bien voulu vous en donner; pourquoi voulezvous l'empêcher d'en donner à d'autres efpèces? Seriezvous bien affez intrépides pour ofer croire que votre ame eft précifément du même genre que les fubftances qui approchent le plus près de la Divinité ? Il y a grande apparence qu'elles font d'un ordre bien fupérieur, & qu'en conféquence DIEU a daigné leur donner une façon de penfer infiniment plus belle; de même qu'il a accordé une mefure d'idées très-médiocre aux animaux, qui font d'un ordre inférieur à vous. J'ignore comment je vis, comment je donne la vie ; & vous voulez que je fache comment j'ai des idées : l'ame eft une horloge que DIEU nous a donnée à gouverner; mais il ne nous a point dit de quoi le reffort de cette horloge eft compofé.

Y a-t-il rien dans tout cela dont on puiffe inférer que nos ames font mortelles? Encore une fois, nous penfons comme vous fur l'immortalité que la foi nous annonce; mais nous croyons que nous fommes trop ignorans pour affirmer que DIEU n'ait pas le pouvoir

Dictionn. philofoph. Tome I.　　　　　P

d'accorder la pensée à tel être qu'il voudra. Vous bornez la puissance du Créateur, qui est sans bornes, & nous l'étendons aussi loin que s'étend son existence. Pardonnez-nous de le croire tout-puissant, comme nous vous pardonnons de restreindre son pouvoir. Vous savez sans doute tout ce qu'il peut faire, & nous n'en savons rien. Vivons en frères, adorons en paix notre père commun; vous avec vos ames savantes & hardies, nous avec nos ames ignorantes & timides. Nous avons un jour à vivre : passons-le doucement sans nous quereller pour des difficultés qui seront éclaircies dans la vie immortelle qui commencera demain.

Le brutal n'ayant rien de bon à répliquer, parla long-temps & se fâcha beaucoup. Nos pauvres philosophes se mirent pendant quelques semaines à lire l'histoire; & après avoir bien lu, voici ce qu'ils dirent à ce barbare, qui était si indigne d'avoir une ame immortelle.

Mon ami, nous avons lu que dans toute l'antiquité les choses allaient aussi bien que dans notre temps; qu'il y avait même de plus grandes vertus, & qu'on ne persécutait point les philosophes pour les opinions qu'ils avaient : pourquoi donc voudriez-vous nous faire du mal pour des opinions que nous n'avons pas ? Nous lisons que toute l'antiquité croyait la matière éternelle. Ceux qui ont vu qu'elle était créée ont laissé les autres en repos. *Pythagore* avait été coq, ses parens cochons, personne n'y trouva à redire; sa secte fut chérie & révérée de tout le monde, excepté des rôtisseurs & de ceux qui avaient des fèves à vendre.

Les stoïciens reconnaissaient un Dieu, à-peu-près tel que celui qui a été si témérairement admis depuis par les spinosistes; le stoïcisme cependant fut la secte la plus féconde en vertus héroïques & la plus accréditée.

Les épicuriens fefaient leurs dieux reffemblans à nos chanoines, dont l'indolent embonpoint foutient leur divinité, & qui prennent en paix leur nectar & leur ambrofie en ne fe mêlant de rien. Ces épicuriens enfeignaient hardiment la matérialité & la mortalité de l'ame. Ils n'en furent pas moins confidérés : on les admettait dans tous les emplois, & leurs atomes crochus ne firent jamais aucun mal au monde.

Les platoniciens, à l'exemple des gymnofophiftes, ne nous fefaient pas l'honneur de penfer que DIEU eût daigné nous former lui-même. Il avait, felon eux, laiffé ce foin à fes officiers, à des génies qui firent dans leur befogne beaucoup de balourdifes. Le Dieu des platoniciens était un ouvrier excellent, qui employa ici-bas des élèves affez médiocres. Les hommes n'en révérèrent pas moins l'école de *Platon*.

En un mot chez les Grecs & chez les Romains, autant de fectes autant de manières de penfer fur DIEU, fur l'ame, fur le paffé, & fur l'avenir : aucune de ces fectes ne fut perfécutante. Toutes fe trompaient, & nous en fommes bien fâchés ; mais toutes étaient paifibles, & c'eft ce qui nous confond ; c'eft ce qui nous condamne; c'eft ce qui nous fait voir que la plupart des raifonneurs d'aujourd'hui font des monftres, & que ceux de l'antiquité étaient des hommes. On chantait publiquement fur le théâtre de Rome : *Poft mortem nihil eft ; ipfaque mors nihil.* ,, Rien n'eft après ,, la mort ; la mort même n'eft rien. ,, Ces fentimens ne rendaient les hommes ni meilleurs ni pires ; tout fe gouvernait, tout allait à l'ordinaire ; & les *Titus*, les *Trajans*, les *Marc-Aurèles* gouvernèrent la terre en dieux bienfefans.

Si nous paffons des Grecs & des Romains aux

nations barbares, arrêtons-nous feulement aux Juifs.
Tout fuperftitieux, tout cruel, & tout ignorant qu'était
ce miférable peuple, il honorait cependant les pharifiens qui admettaient la fatalité de la deftinée & la
métempfycofe ; il portait auffi refpect aux faducéens
qui niaient abfolument l'immortalité de l'ame &
l'exiftence des efprits , & qui fe fondaient fur la loi
de *Moïfe*, laquelle n'avait jamais parlé de peine ni de
récompenfe après la mort. Les efféniens qui croyaient
auffi la fatalité, & qui ne facrifiaient jamais de victimes
dans le temple, étaient encore plus révérés que les
pharifiens & les faducéens. Aucune de leurs opinions
ne troubla jamais le gouvernement. Il y avait pourtant
là de quoi s'égorger, fe brûler, s'exterminer réciproquement fi on l'avait voulu. O miférables hommes !
profitez de ces exemples. Penfez, & laiffez penfer. C'eft
la confolation de nos faibles efprits dans cette courte
vie. Quoi ! vous recevrez avec politeffe un turc qui croit
que *Mahomet* a voyagé dans la lune ; vous vous garderez
bien de déplaire au bacha *Bonneval*, & vous voudrez
mettre en quartiers votre frère, parce qu'il croit que
Dieu pourrait donner l'intelligence à toute créature ?

　　C'eft ainfi que parla un des philofophes ; un autre
ajouta : Croyez-moi, il ne faut jamais craindre qu'aucun
fentiment philofophique puiffe nuire à la religion d'un
pays. Nos myftères ont beau être contraires à nos
démonftrations, ils n'en font pas moins révérés par
nos philofophes chrétiens, qui favent que les objets
de la raifon & de la foi font de différente nature.
Jamais les philofophes ne feront une fecte de religion ;
pourquoi ? c'eft qu'ils font fans enthoufiafme. Divifez
le genre-humain en vingt parties ; il y en a dix-neuf
compofées de ceux qui travaillent de leurs mains,

& qui ne fauront jamais s'il y a eu un *Locke* au monde. Dans la vingtième partie qui refte, combien trouve-t-on peu d'hommes qui lifent? & parmi ceux qui lifent, il y en a vingt qui lifent des romans, contre un qui étudie la philofophie. Le nombre de ceux qui penfent eft exceffivement petit, & ceux-là ne s'avifent pas de troubler le monde.

Qui font ceux qui ont porté le flambeau de la difcorde dans leur patrie? Eft-ce *Pomponace*, *Montagne*, *le Vayer*, *Defcartes*, *Gaffendi*, *Bayle*, *Spinofa*, *Hobbes*, le lord *Shaftesbury*, le comte de *Boulainvilliers*, le conful *Maillet*, *Toland*, *Collins*, *Fludd*, *Wolfton*, *Becker*, l'auteur déguifé fous le nom de *Jacques Macé*, celui de l'*efpion turc*, celui des *lettres perfanes*, des *lettres juives*, des *penfées philofophiques*, &c? Non : ce font, pour la plupart, des théologiens qui, ayant eu d'abord l'ambition d'être chefs de fecte, ont bientôt eu celle d'être chefs de parti. Que dis-je? tous les livres de philofophie moderne, mis enfemble, ne feront jamais dans le monde autant de bruit feulement qu'en a fait autrefois la difpute des cordeliers fur la forme de leurs manches & de leurs capuchons.

SECTION X.

De l'antiquité du dogme de l'immortalité de l'ame.

F R A G M E N T.

LE dogme de l'immortalité de l'ame eft l'idée la plus confolante, & en même temps la plus réprimante que l'efprit humain ait pu recevoir. Cette belle philofophie était, chez les Egyptiens, auffi ancienne que leurs pyramides : elle était avant eux connue chez les Perfes. J'ai déjà rapporté ailleurs cette allégorie

P 3

du premier *Zoroaſtre*, citée dans le *Sadder*, dans laquelle DIEU fit voir à *Zoroaſtre* un lieu de châti-mens, tel que le *Dardarot* ou le *Keron* des Egyptiens, l'*Hadès* & le *Tartare* des Grecs, que nous n'avons traduit qu'imparfaitement dans nos langues modernes par le mot *enfer*, *ſouterrain*. DIEU montre à *Zoroaſtre*, dans ce lieu des châtimens, tous les mauvais rois. Il y en avait un auquel il manquait un pied : *Zoroaſtre* en demanda la raiſon ; DIEU lui répondit que ce roi n'avait fait qu'une bonne action en ſa vie, en appro-chant d'un coup de pied une auge qui n'était pas aſſez près d'un pauvre âne mourant de faim. DIEU avait mis le pied de ce méchant homme dans le ciel ; le reſte du corps était en enfer.

Cette fable, qu'on ne peut trop répéter, fait voir de quelle antiquité était l'opinion d'une autre vie. Les Indiens en étaient perſuadés, leur métempſycoſe en eſt la preuve. Les Chinois révéraient les ames de leurs ancêtres. Tous ces peuples avaient fondé de puiſſans empires long-temps avant les Egyptiens. C'eſt une vérité très-importante, que je crois avoir déjà prouvée par la nature même du ſol de l'Egypte. Les terrains les plus favorables ont dû être cultivés les premiers ; le terrain d'Egypte était le moins pra-ticable de tous, puiſqu'il eſt ſubmergé quatre mois de l'année : ce ne fut qu'après des travaux immenſes, & par conſéquent après un eſpace de temps prodigieux, qu'on vint à bout d'élever des villes que le Nil ne pût inonder.

Cet empire ſi ancien l'était donc bien moins que les empires de l'Aſie ; & dans les uns & dans les autres on croyait que l'ame ſubſiſtait après la mort. Il eſt vrai que tous ces peuples, ſans exception, regardaient l'ame comme une forme éthérée, légère, une image du corps; le mot grec qui fignifie *fouffle*, ne fut long-temps après inventé que par les Grecs. Mais enfin, on ne peut douter qu'une partie de nous-mêmes ne fût regardée comme immortelle. Les châtimens & les récompenfes dans une autre vie étaient le grand fondement de l'ancienne théologie.

Phérécide fut le premier chez les Grecs qui crut que les ames exiftaient de toute éternité, & non le premier, comme on l'a cru, qui ait dit que les ames furvivaient aux corps. *Ulyffe*, long-temps avant *Phérécide*, avait vu les ames des héros dans les enfers; mais que les ames fuffent auffi anciennes que le monde, c'était un fyftème né dans l'Orient, apporté dans l'Occident par *Phérécide*. Je ne crois pas que nous ayons parmi nous un feul fyftème qu'on ne retrouve chez les anciens; ce n'eft qu'avec les décombres de l'antiquité que nous avons élevé tous nos édifices modernes.

S E C T I O N   X I.

CE ferait une belle chofe de voir fon ame. *Connais-toi toi-même* eft un excellent précepte, mais il n'appartient qu'à DIEU de le mettre en pratique : quel autre que lui peut connaître fon effence?

Nous appelons ame ce qui anime. Nous n'en favons guère davantage, grâce aux bornes de notre intelligence. Les trois quarts du genre-humain ne vont pas plus loin, & ne s'embarraffent pas de l'être penfant; l'autre quart cherche; perfonne n'a trouvé ni ne trouvera.

Pauvre pédant, tu vois une plante qui végète, & tu dis *végétation*, ou même *ame végétative*. Tu remarques que les corps ont & donnent du mouvement , & tu dis *force;* tu vois ton chien de chaffe apprendre fous toi fon métier, & tu cries *inftinct* , *ame fenfitive ;* tu as des idées combinées, & tu dis *efprit.*

Mais, de grâce, qu'entends-tu par ces mots : Cette fleur végète ? mais y a-t-il un être réel qui s'appelle *végétation* ? ce corps en pouffe un autre, mais poffède-t-il en foi un être diftinct qui s'appelle *force* ? ce chien te rapporte une perdrix , mais y a-t-il un être qui s'appelle *inftinct* ? Ne rirais-tu pas d'un raifonneur (eût - il été précepteur d'*Alexandre*) qui te dirait : Tous les animaux vivent, donc il y a en eux un être, une forme fubftantielle qui eft la vie ?

Si une tulipe pouvait parler, & qu'elle te dît : Ma végétation & moi , nous fommes deux êtres joints évidemment enfemble ; ne te moquerais-tu pas de la tulipe ?

Voyons d'abord ce que tu fais , & de quoi tu es certain ; que tu marches avec tes pieds ; que tu digères par ton eftomac ; que tu fens par tout ton corps ; & que tu penfes par ta tête. Voyons fi ta feule raifon a pu te donner affez de lumières pour conclure fans un fecours furnaturel que tu as une ame.

Les premiers philofophes , foit chaldéens , foit égyptiens , dirent : Il faut qu'il y ait en nous quelque chofe qui produife nos penfées ; ce quelque chofe doit être très-fubtil, c'eft un fouffle, c'eft du feu, c'eft de l'éther, c'eft une quinteffence, c'eft un fimulacre léger, c'eft une entéléchie , c'eft un nombre , c'eft une harmonie. Enfin, felon le divin *Platon* , c'eft un compofé du *même* & de l'*autre.* Ce font des atomes qui penfent en nous, a dit *Epicure* après *Démocrite.* Mais , mon ami , comment un atome penfe-t-il ? avoue que tu n'en fais rien.

L'opinion à laquelle on doit s'attacher fans doute, c'eft que l'ame eft un être immatériel ; mais certainement vous ne concevez pas ce que c'eft que cet être immatériel ? Nòn, répondent les favans ; mais nous favons que fa nature eft de penfer. Et d'où le favez-vous ? Nous le favons, parce qu'il penfe. O favans ! j'ai bien peur que vous ne foyez auffi ignorans qu'*Epicure* ; la nature d'une pierre eft de tomber, parce qu'elle tombe ; mais je vous demande qui la fait tomber ?

Nous favons, pourfuivent-ils, qu'une pierre n'a point d'ame. D'accord, je le crois comme vous. Nous favons qu'une négation & une affirmation ne font point divifibles, ne font point des parties de la matière. Je fuis de votre avis. Mais la matière, à nous d'ailleurs inconnue, poffède des qualités qui ne font pas matétielles, qui ne font pas divifibles ; elle a la gravitation vers un centre, que DIEU lui a donnée. Or cette gravitation n'a point de parties, n'eft point divifible. La force motrice des corps n'eft pas un être compofé de parties. La végétation des corps organifés, leur vie, leur inftinct, ne font pas non plus des êtres à part, des êtres divifibles ; vous ne pouvez pas plus couper en deux la végétation d'une rofe, la vie d'un cheval, l'inftinct d'un chien, que vous ne pourrez couper en deux une fenfation, une négation, une affirmation. Votre bel argument, tiré de l'indivifibilité de la penfée, ne prouve donc rien du tout.

Qu'appelez-vous donc votre ame ? quelle idée en avez-vous ? Vous ne pouvez par vous-même, fans révélation, admettre autre chofe en vous qu'un pouvoir à vous inconnu de fentir, de penfer.

A préfent, dites-moi de bonne foi, ce pouvoir de fentir & de penfer eft-il le même que celui qui vous fait digérer & marcher ; vous m'avouez que non, car votre entendement aurait beau dire à votre eftomac *digère*, il n'en fera rien s'il eft malade ; en vain votre être immatériel ordonnerait à vos pieds de marcher, ils refteront là s'ils ont la goutte.

Les Grecs ont bien fenti que la penfée n'avait fouvent rien à faire avec le jeu de nos organes ; ils ont admis pour ces organes une ame animale, & pour les penfées une ame plus fine, plus fubtile, un *noüs*.

Mais voilà cette ame de la penfée, qui en mille occafions a l'intendance fur l'ame animale. L'ame penfante commande à fes mains de prendre, & elles prennent. Elle ne dit point à fon cœur de battre, à fon fang de couler, à fon chyle de fe former ; tout cela fe fait fans elle : voilà deux ames bien embarraffées & bien peu maîtreffes à la maifon.

Or, cette première ame animale n'exifte certainement point, elle n'eft autre chofe que le mouvement de vos organes. Prends garde, ô homme ! que tu n'as pas plus de preuve par ta faible raifon que l'autre ame exifte. Tu ne peux le favoir que par la foi. Tu es né, tu agis, tu penfes, tu veilles, tu dors, fans favoir comment. DIEU t'a donné la faculté de penfer, comme il t'a donné tout le refte ; & s'il n'était pas venu t'apprendre dans les temps marqués par fa providence que tu as une ame immatérielle & immortelle, tu n'en aurais aucune preuve.

Voyons les beaux fyftèmes que ta philofophie a fabriqués fur ces ames.

L'un dit que l'ame de l'homme eft partie de la fubftance de DIEU même ; l'autre, qu'elle eft partie du

grand tout ; un troifième, qu'elle eft créée de toute
éternité ; un quatrième, qu'elle eft faite & non créée ;
d'autres affurent que Dieu les forme à mefure qu'on
en a befoin, & qu'elles arrivent à l'inftant de la copu-
lation ; elles fe logent dans les animalcules féminaux ,
crie celui-ci ; non, dit celui-là , elles vont habiter dans
les trompes de fallope. Vous avez tous tort , dit un
furvenant ; l'ame attend fix femaines que le fœtus foit
formé , & alors elle prend poffeffion de la glande
pinéale : mais fi elle trouve un faux germe , elle s'en
retourne , en attendant une meilleure occafion. La
dernière opinion eft que fa demeure eft dans le corps
calleux, c'eft le pofte que lui affigne *la Peironie;* il
fallait être premier chirurgien du roi de France pour
difpofer ainfi du logement de l'ame. Cependant fon
corps calleux n'a pas fait la même fortune que ce
chirurgien avait faite.

St Thomas, dans fa queftion 75e & fuivantes, dit
que l'ame eft une forme *fubfiftante*, *per fe*, qu'elle eft
toute en tout, que fon effence diffère de fa puiffance,
qu'il y a trois ames *végétatives*, favoir la *nutritive*,
l'*augmentative*, la *générative;* que la mémoire des chofes
fpirituelles eft fpirituelle, & la mémoire des corporelles
eft corporelle ; que l'ame raifonnable eft une forme
immatérielle quant aux opérations , & *matérielle quant à
l'être*. *St Thomas* a écrit deux mille pages de cette force
& de cette clarté ; auffi eft-il l'ange de l'école.

On n'a pas fait moins de fyftèmes fur la manière
dont cette ame fentira quand elle aura quitté fon corps
avec lequel elle fentait, comment elle entendra fans
oreilles, flairera fans nez, & touchera fans mains ; quel
corps enfuite elle reprendra, fi c'eft celui qu'elle
avait à deux ans ou à quatre-vingt ; comment le *moi,*

l'identité de la même perfonne fubfiftera; comment
l'ame d'un homme devenu imbécille à l'âge de quinze
ans, & mort imbécille à l'âge de foixante & dix,
reprendra le fil des idées qu'elle avait dans fon âge
de puberté; par quel tour d'adreffe une ame dont la
jambe aura été coupée en Europe, & qui aura perdu

bras, lefquels ayant été transformés en légumes,
auront paffé dans le fang de quelqu'autre animal. On
ne finirait point fi on voulait rendre compte de toutes
les extravagances que cette pauvre ame humaine a
imaginées fur elle-même.

Ce qui eft très-fingulier, c'eft que dans les lois du
peuple de DIEU, il n'eft pas dit un mot de la fpiritualité & de l'immortalité de l'ame, rien dans le
Décalogue, rien dans le Lévitique ni dans le Deutéronome.

Il eft très-certain, il eft indubitable que *Moïfe* en
aucun endroit ne propofe aux Juifs des récompenfes
& des peines dans une autre vie, qu'il ne leur parle
jamais de l'immortalité de leurs ames, qu'il ne leur
fait point efpérer le ciel, qu'il ne les menace point
des enfers; tout eft temporel.

Il leur dit avant de mourir, dans fon Deutéronome:
,, Si, après avoir eu des enfans & des petits-enfans,
,, vous prévariquez, vous ferez exterminés du pays,
,, & réduits à un petit nombre dans les nations.

,, Je fuis un Dieu jaloux, qui punis l'iniquité des
,, pères jufqu'à la troifième & quatrième génération.

,, Honorez père & mère afin que vous viviez
,, long-temps.

,, Vous aurez de quoi manger fans en manquer
,, jamais.

,, Si vous fuivez des dieux étrangers, vous ferez
,, détruits......

,, Si vous obéiffez, vous aurez de la pluie au prin-
,, temps & en automne, du froment, de l'huile, du
,, vin, du foin pour vos bêtes, afin que vous man-
,, giez & que vous foyez foûls.

,, Mettez ces paroles dans vos cœurs, dans vos
,, mains, entre vos yeux, écrivez-les fur vos portes,
,, afin que vos jours fe multiplient.

,, Faites ce que je vous ordonne, fans y rien ajou-
,, ter ni retrancher.

,, S'il s'élève un prophète qui prédife des chofes
,, prodigieufes, fi fa prédiction eft véritable, & fi ce
,, qu'il a dit arrive, & s'il vous dit : Allons, fuivons
,, des dieux étrangers...... tuez-le auffitôt, & que
,, tout le peuple frappe après vous.

,, Lorfque le Seigneur vous aura livré les nations,
,, égorgez tout fans épargner un feul homme, &
,, n'ayez aucune pitié de perfonne.

Ne mangez point des oifeaux impurs, comme
,, l'aigle, le griffon, l'ixion, &c.

,, Ne mangez point des animaux qui ruminent &
,, dont l'ongle n'eft point fendu, comme chameau,
,, lièvre, porc-épic, &c.

,, En obfervant toutes les ordonnances, vous ferez
,, bénis dans la ville & dans les champs ; les fruits
,, de votre ventre, de votre terre, de vos beftiaux,
,, feront bénis......

,, Si vous ne gardez pas toutes les ordonnances &
,, toutes les cérémonies, vous ferez maudits dans la
,, ville & dans les champs...... vous éprouverez la
,, famine, la pauvreté ; vous mourrez de mifère, de
,, froid, de pauvreté, de fièvre ; vous aurez la rogne,

,, la gale , la fistule.......... vous aurez des ulcères
,, dans les genoux & dans les gras des jambes.

    ,, L'étranger vous prêtera à usure , & vous ne lui
,, prêterez point à usure.... parce que vous n'aurez
,, pas servi le Seigneur.

    ,, Et vous mangerez le fruit de votre ventre , & la
,, chair de vos fils & de vos filles &c. ,,

Il est évident que dans toutes ces promesses & dans
toutes ces menaces il n'y a rien que de temporel, &
qu'on ne trouve pas un mot sur l'immortalité de l'ame
& sur la vie future.

Plusieurs commentateurs illustres ont cru que *Moïse*
était parfaitement instruit de ces deux grands dogmes ;
& ils le prouvent par les paroles de *Jacob* qui , croyant
que son fils avait été dévoré par les bêtes , disait dans
sa douleur : *Je descendrai avec mon fils dans la fosse*, in
infernum , *dans l'enfer ;* c'est-à-dire je mourrai, puisque
mon fils est mort.

Ils le prouvent encore par des passages d'*Isaïe* &
d'*Ezéchiel ;* mais les Hébreux auxquels parlait *Moïse*,
ne pouvaient avoir lu ni *Ezéchiel* ni *Isaïe* qui ne vinrent
que plusieurs siècles après.

Il est très-inutile de disputer sur les sentimens secrets
de *Moïse*. Le fait est que dans les lois publiques il n'a
jamais parlé d'une vie à venir , qu'il borne tous les
châtimens & toutes les récompenses au temps présent.
S'il connaissait la vie future , pourquoi n'a-t-il pas
expressément étalé ce dogme ? & s'il ne l'a pas connu ,
quel était l'objet & l'étendue de sa mission ? C'est une
question que font plusieurs grands personnages ; ils
répondent que le maître de *Moïse* & de tous les hommes
se réservait le droit d'expliquer dans son temps aux
Juifs une doctrine qu'ils n'étaient pas en état d'entendre lorsqu'ils étaient dans le désert.

Si *Moïse* avait annoncé le dogme de l'immortalité de l'ame , une grande école des Juifs ne l'aurait pas toujours combattue. Cette grande école des faducéens n'aurait pas été autorifée dans l'Etat : les faducéens n'auraient pas occupé les premières charges , on n'aurait pas tiré de grands-pontifes de leur corps.

Il paraît que ce ne fut qu'après la fondation d'Alexandrie que les Juifs fe partagèrent en trois feĉtes ; les pharifiens , les faducéens, & les efféniens. L'hiftorien *Jofephe*, qui était pharifien, nous apprend, au livre treize de fes Antiquités, que les pharifiens croyaient la métempfycofe : les faducéens croyaient que l'ame périffait avec le corps : les efféniens , dit encore *Jofephe* , tenaient les ames immortelles ; les ames , felon eux, defcendaient en forme aérienne dans les corps, de la plus haute région de l'air ; elles y font reportées par un attrait violent, & après la mort celles qui ont appartenu à des gens de bien demeurent au-delà de l'Océan, dans un pays où il n'y a ni chaud ni froid , ni vent, ni pluie. Les ames des méchans vont dans un climat tout contraire. Telle était la théologie des Juifs.

Celui qui feul devait inftruire tous les hommes , vint condamner ces trois feĉtes ; mais fans lui nous n'aurions jamais pu rien connaître de notre ame , puifque les philofophes n'en ont jamais eu aucune idée déterminée, & que *Moïse*, feul vrai légiflateur du monde avant le nôtre, *Moïse* qui parlait à DIEU face à face, a laiffé les hommes dans une ignorance profonde fur ce grand article. Ce n'eft donc que depuis dix-fept cents ans qu'on eft certain de l'exiftence de l'ame & de fon immortalité.

Cicéron n'avait que des doutes ; fon petit - fils & fa petite - fille purent apprendre la vérité des premiers Galiléens qui vinrent à Rome.

Mais avant ce temps-là , & depuis dans tout le reste de la terre où les apôtres ne pénétrèrent pas, chacun devait dire à fon ame : Qui es-tu ? d'où viens-tu ? que fais-tu ? où vas-tu ? Tu es je ne fais quoi, penfant & fentant , & quand tu fentirais & penferais cent mille millions d'années , tu n'en fauras jamais davantage par tes propres lumières , fans le fecours d'un Dieu.

O homme ! ce Dieu t'a donné l'entendement pour te bien conduire , & non pour pénétrer dans l'effence des chofes qu'il a créées.

C'eft ainfi qu'a penfé *Locke*, & avant *Locke*, *Gaffendi*, & avant *Gaffendi* une foule de fages ; mais nous avons des bacheliers qui favent tout ce que ces grands-hommes ignoraient.

De cruels ennemis de la raifon ont ofé s'élever contre ces vérités reconnues par tous les fages. Ils ont porté la mauvaife foi & l'impudence jufqu'à imputer aux auteurs de cet ouvrage , (*) d'avoir affuré que l'ame eft matière. Vous favez bien , perfécuteurs de l'innocence , que nous avons dit tout le contraire. Vous avez dû lire ces propres mots contre *Epicure* , *Démocrite* , & *Lucrèce* : *Mon ami , comment un atome penfe-t-il ? avoue que tu n'en fais rien.* Vous êtes donc évidemment des calomniateurs.

Perfonne ne fait ce que c'eft que l'être appelé *efprit*, auquel même vous donnez ce nom matériel d'efprit qui fignifie *vent.* Tous les premiers pères de l'Eglife ont cru l'ame corporelle. Il eft impoffible à nous autres êtres bornés de favoir fi notre intelligence

(*) Le *Dictionnaire philofophique.*

eft

eſt ſubſtance ou faculté : nous ne pouvons connaître à fond ni l'être étendu, ni l'être penſant, ou le méca-niſme de la penſée.

On vous crie, avec les reſpectables *Gaſſendi* & *Locke*, que nous ne ſavons rien par nous-mêmes des ſecrets du Créateur. Etes - vous donc des dieux qui ſavez tout? On vous répète que nous ne pouvons connaître la nature & la deſtination de l'ame que par la révé-lation. Quoi! cette révélation ne vous ſuffit-elle pas? Il faut bien que vous ſoyez ennemi de cette révélation que nous réclamons, puiſque vous perſécutez ceux qui attendent tout d'elle, & qui ne croient qu'en elle.

Nous nous en rapportons, diſons-nous, à la parole de DIEU ; & vous, ennemis de la raiſon & de DIEU, vous qui blaſphémez l'un & l'autre ; vous traitez l'humble doute & l'humble ſoumiſſion du philoſophe, comme le loup traita l'agneau dans les fables d'*Eſope ;* vous lui dites : Tu médis de moi l'an paſſé, il faut que je ſuce ton ſang. La philoſophie ne ſe venge point; elle rit en paix de vos vains efforts; elle éclaire doucement les hommes, que vous voulez abrutir pour les rendre ſemblables à vous.

A M E R I Q U E.

Puisqu'on ne ſe laſſe point de faire des ſyſtèmes ſur la manière dont l'Amérique a pu ſe peupler, ne nous laſſons point de dire que celui qui fit naître des mouches dans ces climats, y fit naître des hommes. Quelque envie qu'on ait de diſputer, on ne peut nier que l'Etre ſuprême, qui vit dans toute la nature, n'ait fait naître, vers le quarante-huitième degré, des animaux à deux pieds ſans plumes, dont la peau eſt

Dictionn. philoſoph. Tome I.   Q

mêlée de blanc & d'incarnat, avec de longues barbes tirant fur le roux; des nègres fans barbe vers la ligne, en Afrique & dans les îles; d'autres nègres avec barbe fous la même latitude, les uns portant de la laine fur la tête, les autres des crins; & au milieu d'eux des animaux tout blancs, n'ayant ni crin ni laine, mais portant de la foie blanche.

On ne voit pas trop ce qui pourrait avoir empêché Dieu de placer dans un autre continent une efpèce d'animaux du même genre, laquelle eft couleur de cuivre, dans la même latitude où ces animaux font noirs en Afrique & en Afie, & qui eft abfolument imberbe & fans poil, dans cette même latitude où les autres font barbus.

Jufqu'où nous emporte la fureur des fyftèmes, jointe à la tyrannie du préjugé! On voit ces animaux; on convient que Dieu a pu les mettre où ils font, & l'on ne veut pas convenir qu'il les y ait mis. Les mêmes gens qui ne font nulle difficulté d'avouer que les caftors font originaires du Canada, prétendent que les hommes ne peuvent y être venus que par bateau, & que le Mexique n'a pu être peuplé que par quelques defcendans de *Magog*. Autant vaudrait-il dire que s'il y a des hommes dans la lune, ils ne peuvent y avoir été menés que par *Aftolphe* qui les y porta fur fon hippogriffe, lorfqu'il alla chercher le bon fens de *Roland* renfermé dans une bouteille.

Si de fon temps l'Amérique eût été découverte, & que dans notre Europe il y eût eu des hommes affez fyftématiques pour avancer, avec le jéfuite *Lafitau*, que les Caraïbes defcendent des habitans de Carie, & que les Hurons viennent des Juifs, il aurait bien fait de rapporter à ces raisonneurs la bouteille de leur bon fens, qui fans doute était dans la lune avec celle de l'amant d'*Angelique*.

La première chofe qu'on fait quand on découvre une île peuplée dans l'Océan indien, ou dans la mer du Sud, c'eft de dire : D'où ces gens-là font-ils venus? mais pour les arbres & les tortues du pays, on ne balance pas à les croire originaires; comme s'il était plus difficile à la nature de faire des hommes que des tortues. Ce qui peut fervir d'excufe à ce fyftème, c'eft qu'il n'y a prefque point d'île dans les mers d'Amérique & d'Afie où l'on n'ait trouvé des jongleurs, des joueurs de gibecière, des charlatans, des fripons, & des imbécilles. C'eft probablement ce qui a fait penfer que ces animaux étaient de la même race que nous.

A M I T I É.

ON a parlé depuis long-temps du temple de l'amitié, & l'on fait qu'il a été peu fréquenté.

En vieux langage on voit fur la façade
Les noms facrés d'Orefte & de Pilade,
Le médaillon du bon Pyritoüs,
Du fage Acathe, & du tendre Nifus,
Tous grands héros, tous amis véritables :
Ces noms font beaux; mais ils font dans les fables.

On fait que l'amitié ne fe commande pas plus que l'amour & l'eftime. *Aime ton prochain* fignifie *fecoure ton prochain;* mais non pas *jouis avec plaifir de fa converfation s'il eft ennuyeux, confie-lui tes fecrets s'il eft un babillard, prête-lui ton argent s'il eft un diffipateur.*

L'amitié eſt le mariage de l'ame ; & ce mariage eſt ſujet au divorce. C'eſt un contrat tacite entre deux perſonnes ſenſibles & vertueuſes. Je dis *ſenſibles*, car un moine, un ſolitaire peut n'être point méchant & vivre ſans connaître l'amitié. Je dis *vertueuſes*, car les méchans n'ont que des complices ; les voluptueux ont des compagnons de débauche ; les intéreſſés ont des aſſociés ; les politiques aſſemblent des factieux ; le commun des hommes oiſifs a des liaiſons ; les princes ont des courtiſans : les hommes vertueux ont ſeuls des amis.

Céthégus était le complice de *Catilina*, & *Mécène* le courtiſan d'*Octave ;* mais *Cicéron* était l'ami d'*Atticus*.

Que porte ce contrat entre deux ames tendres & honnêtes ? les obligations en ſont plus fortes ou plus faibles, ſelon les degrés de ſenſibilité & le nombre des ſervices rendus &c.

L'enthouſiaſme de l'amitié a été plus fort chez les Grecs & chez les Arabes que chez nous. (*) Les contes que ces peuples ont imaginés ſur l'amitié ſont admirables ; nous n'en avons point de pareils. Nous ſommes un peu ſecs en tout. Je ne vois nul grand trait d'amitié dans nos romans, dans nos hiſtoires, ſur notre théâtre.

Il n'eſt parlé d'amitié chez les Juifs qu'entre *Jonathas* & *David*. Il eſt dit que *David* l'aimait d'un amour plus fort que celui des femmes : mais auſſi il eſt dit que *David*, après la mort de ſon ami, dépouilla *Miphiboſeth* ſon fils, &le fit mourir.

L'amitié était un point de religion & de légiſlation chez les Grecs. Les Thébains avaient le régiment des

(*) Voyez *Arabes*.

amans : beau régiment ! quelques-uns l'ont pris pour
un régiment de non-conformiftes, ils fe trompent ;
c'eft prendre un acceffoire honteux pour le principal
honnête. L'amitié chez les Grecs était prefcrite par la
loi & la religion. La pédéraftie était malheureufement
tolérée par les mœurs ; il ne faut pas imputer à la loi
des abus indignes. (*)

A M O U R.

Il y a tant de fortes d'amour qu'on ne fait à qui
s'adreffer pour le définir. On nomme hardiment
amour un caprice de quelques jours, une liaifon fans
attachement, un fentiment fans eftime, des fimagrées
de *Sigisbé*, une froide habitude, une fantaifie romanefque, un goût fuivi d'un prompt dégoût : on donne
ce nom à mille chimères.

Si quelques philofophes veulent examiner à fond
cette matière peu philofophique, qu'ils méditent le
banquet de *Platon*, dans lequel *Socrate*, amant honnête d'*Alcibiade* & d'*Agathon*, converfe avec eux fur la
métaphyfique de l'amour.

Lucrèce en parle plus en phyficien : *Virgile* fuit les
pas de *Lucrèce; amor omnibus idem.*

C'eft l'étoffe de la nature que l'imagination a
brodée. Veux-tu avoir une idée de l'amour ? vois les
moineaux de ton jardin ; vois tes pigeons, contemple
le taureau qu'on amène à la geniffe ; regarde ce fier
cheval que deux de tes valets conduifent à la cavale
paifible qui l'attend, & qui détourne fa queue pour le
recevoir ; vois comme fes yeux étincèlent ; entend ces
henniffemens ; contemple ces fauts, ces courbettes,

(*) Voyez *Amour focratique.*

Q 3

ces oreilles dreffées , cette bouche qui s'ouvre avec de
petites convulfions , ces narines qui s'enflent , ce
fouffle enflammé qui en fort , ces crins qui fe relèvent
& qui flottent , ce mouvement impétueux dont il
s'élance fur l'objet que la nature lui a deftiné ; mais
n'en fois point jaloux , & fonge aux avantages de
l'efpèce humaine ; ils compenfent en amour tous ceux
que la nature a donnés aux animaux , force , beauté ,
légéreté , rapidité.

Il y a même des animaux qui ne connaiffent point
la jouiffance. Les poiffons écaillés font privés de cette
douceur : la femelle jette fur la vafe des millions
d'œufs ; le mâle qui les rencontre paffe fur eux , & les
féconde par fa femence , fans fe mettre en peine à
quelle femelle ils appartiennent.

La plupart des animaux qui s'accouplent, ne goûtent
de plaifir que par un feul fens , & dès que cet appétit
eft fatisfait , tout eft éteint. Aucun animal , hors toi,
ne connaît les embraffemens ; tout ton corps eft fenfible ; tes lèvres furtout jouiffent d'une volupté que
rien ne laffe ; & ce plaifir n'appartient qu'à ton efpèce :
enfin tu peux dans tous les temps te livrer à l'amour ,
& les animaux n'ont qu'un temps marqué. Si tu
réfléchis fur ces prééminences, tu diras avec le comte
de *Rochefter* ; L'amour dans un pays d'athées ferait
adorer la Divinité.

Comme les hommes ont reçu le don de perfectionner
tout ce que la nature leur accorde , ils ont perfectionné
l'amour. La propreté , le foin de foi-même , en rendant
la peau plus délicate, augmente le plaifir du tact ; &
l'attention fur fa fanté rend les organes de la volupté
plus fenfibles. Tous les autres fentimens entrent

enfuite dans celui de l'amour, comme des métaux qui s'amalgament avec l'or : l'amitié, l'eftime viennent au fecours ; les talens du corps & de l'efprit font encore de nouvelles chaînes.

Nam facit ipfa fuis interdum fœmina factis,
Morigerifque modis & mundo corpore cultu,
Ut facilè infuefcat fecum vir degere vitam.

LUCRECE. *liv. V.*

On peut, fans être belle, être long-temps aimable.
L'attention, le goût, les foins, la propreté,
Un efprit naturel, un air toujours affable,
Donnent à la laideur les traits de la beauté.

L'amour-propre furtout refferre tous ces liens. On s'applaudit de fon choix, & les illufions en foule font les ornemens de cet ouvrage dont la nature a pofé les fondemens.

Voilà ce que tu as au-deffus des animaux ; mais fi tu goûtes tant de plaifirs qu'ils ignorent, que de chagrins auffi dont les bêtes n'ont point d'idée ! Ce qu'il y a d'affreux pour toi, c'eft que la nature a empoifonné dans les trois quarts de la terre les plaifirs de l'amour & les fources de la vie, par une maladie épouvantable à laquelle l'homme feul eft fujet, & qui n'infecte que chez lui les organes de la génération.

Il n'en eft point de cette pefte comme de tant d'autres maladies qui font la fuite de nos excès. Ce n'eft point la débauche qui l'a introduite dans le monde. Les *Phryné*, les *Laïs*, les *Flora*, les *Meffaline*, n'en furent point attaquées ; elle eft née dans des îles où les hommes vivaient dans l'innocence, & de là elle s'eft répandue dans l'ancien monde.

Q 4

Si jamais on a pu accufer la nature de méprifer fon ouvrage, de contredire fon plan, d'agir contre fes vues; c'eft dans ce fléau déteftable qui a fouillé la terre d'horreur & de turpitude. Eft-ce là le meilleur des mondes poffibles? Hé quoi! fi *Céfar*, *Antoine*, *Octave*, n'ont point eu cette maladie, n'était-il pas poffible qu'elle ne fît point mourir *François I?* Non, dit-on, les chofes étaient ainfi ordonnées pour le mieux : je le veux croire; mais cela eft trifte pour ceux à qui *Rabelais* a dédié fon livre.

Les philofophes érotiques ont fouvent agité la queftion, fi *Héloïfe* put encore aimer véritablement *Abélard* quand il fut moine & châtré? L'une de ces qualités fefait très-grand tort à l'autre.

Mais confolez-vous, *Abélard*, vous fûtes aimé; la racine de l'arbre coupé conferve encore un refte de fève; l'imagination aide le cœur. On fe plaît encore à table quoiqu'on n'y mange plus. Eft-ce de l'amour? eft-ce un fimple fouvenir? eft-ce de l'amitié? C'eft un je ne fais quoi compofé de tout cela. C'eft un fentiment confus qui reffemble aux paffions fantaftiques que les morts confervaient dans les champs Elyfées. Les héros qui pendant leur vie avaient brillé dans la courfe des chars, conduifaient après leur mort des chars imaginaires. *Héloïfe* vivait avec vous d'illufions & de fupplémens. Elle vous careffait quelquefois, & avec d'autant plus de plaifir qu'ayant fait vœu au Para-clet de ne vous plus aimer, fes careffes en devenaient plus précieufes comme plus coupables. Une femme ne peut guère fe prendre de paffion pour un eunuque; mais elle peut conferver fa paffion pour fon amant devenu eunuque, pourvu qu'il foit encore aimable,

Il n'en eft pas de même, Mefdames, pour un amant qui a vieilli dans le fervice; l'extérieur ne fubfifte plus; les rides effrayent; les fourcils blanchis rebutent ; les dents perdues dégoûtent; les infirmités éloignent: tout ce qu'on peut faire, c'eft d'avoir la vertu d'être garde-malade, & de fupporter ce qu'on a aimé. C'eft enfevelir un mort.

AMOUR DE DIEU.

L es difputes fur l'amour de DIEU ont allumé autant de haines qu'aucune querelle théologique. Les jéfuites & les janféniftes fe font battus pendant cent ans, à qui aimerait DIEU d'une façon plus convenable, & à qui défolerait plus fon prochain.

Dès que l'auteur du *Télémaque*, qui commençait à jouir d'un grand crédit à la cour de *Louis XIV*, voulut qu'on aimât DIEU d'une manière qui n'était pas celle de l'auteur des Oraifons funèbres; celui-ci, qui était un grand ferrailleur, lui déclara la guerre, & le fit condamner dans l'ancienne ville de *Romulus*, où DIEU était ce qu'on aimait le mieux après la domination, les richeffes, l'oifiveté, le plaifir, & l'argent.

Si madame *Guyon* avait fu le conte de la bonne vieille qui apportait un réchaud pour brûler le paradis, & une cruche d'eau pour éteindre l'enfer, afin qu'on n'aimât DIEU que pour lui-même, elle n'aurait peut-être pas tant écrit. Elle eût dû fentir qu'elle ne pouvait rien dire de mieux. Mais elle aimait DIEU & le gali-matias fi cordialement qu'elle fut quatre fois en prifon pour fa tendreffe : traitement rigoureux & injufte. Pourquoi punir comme une criminelle une femme qui n'avait d'autre crime que celui de faire des vers dans le ſtyle de l'abbé *Cotin*, &. de la proſe dans le goût de *Polichinelle*? Il eſt étrange que l'auteur du *Télémaque* & des froides amours d'*Eucharis* ait dit dans ſes Maximes des ſaints, d'après le bienheureux *François de Sales* : *Je n'ai preſque point de déſirs ; mais ſi j'étais à renaître je n'en aurais point du tout. Si* DIEU *venait à moi, j'irais auſſi à lui ; s'il ne voulait pas venir à moi, je me tiendrais là & n'irais pas à lui.*

C'eſt ſur cette propoſition que roule tout ſon livre; on ne condamna point *St François de Sales;* mais on condamna *Fénélon.* Pourquoi? c'eſt que *François de Sales* n'avait point un violent ennemi à la cour de Turin, & que *Fénélon* en avait un à Verſailles.

Ce qu'on a écrit de plus ſenſé ſur cette controverſe myſtique, ſe trouve peut-être dans la ſatire de *Boileau* ſur l'*amour* de DIEU, quoique ce ne ſoit pas aſſurément ſon meilleur ouvrage.

> Qui fait exactement ce que ma loi commande,
> A pour moi, dit ce DIEU, l'amour que je demande.

S'il faut paſſer des épines de la théologie à celles de la philoſophie, qui ſont moins longues & moins piquantes, il paraît clair qu'on peut aimer un objet ſans aucun retour ſur ſoi-même, ſans aucun mélange d'amour-propre intéreſſé. Nous ne pouvons comparer les choſes divines aux terreſtres, l'amour de DIEU à un autre amour. Il manque préciſément un infini d'échelons pour nous élever de nos inclinations humaines à cet amour ſublime. Cependant, puiſqu'il n'y a pour nous d'autre point d'appui que la terre, tirons nos comparaiſons de la terre. Nous voyons un chef-d'œuvre de l'art en peinture, en ſculpture, en architecture, en poëfie, en éloquence; nous entendons une mufique qui enchante nos oreilles & notre ame, nous l'admirons, nous l'aimons fans qu'il nous en revienne le plus léger avantage ; c'eft un fentiment pur; nous allons même jufqu'à fentir quelquefois de la vénération, de l'amitié pour l'auteur; & s'il était là nous l'embrafferions.

C'eft à-peu-près la feule manière dont nous puiffions expliquer notre profonde admiration & les élans de notre cœur envers l'éternel architecte du monde. Nous voyons l'ouvrage avec un étonnement de refpect & d'anéantiffement, & notre cœur s'élève autant qu'il le peut vers l'ouvrier.

Mais quel eft ce fentiment? je ne fais quoi de vafte & d'interminé, un faififfement qui ne tient rien de nos affections ordinaires ; une ame plus fenfible qu'une autre, plus défoccupée, peut être fi touchée du fpectacle de la nature qu'elle voudrait s'élancer jufqu'au maître éternel qui l'a formée. Une telle affection de l'efprit, un fi puiffant attrait peut-il encourir la cenfure? A-t-on pu condamner le tendre archevêque de Cambrai? Malgré les expreffions de *St François de Sales* que nous avons rapportées, il s'en tenait à cette affertion, qu'on peut aimer l'auteur uniquement pour la beauté de fes ouvrages. Quelle héréfie avait-on à lui reprocher? les extravagances du ftyle d'une dame de Montargis, & quelques expreffions peu mefurées de fa part lui nuifirent.

Où était le mal? on n'en fait plus rien aujourd'hui. Cette querelle eft anéantie comme tant d'autres. Si chaque ergoteur voulait bien fe dire à foi-même: Dans quelques années perfonne ne fe fouciera de mes

ergotifmes, on ergoterait beaucoup moins. Ah !
Louis XIV ! Louis XIV ! il fallait laiffer deux hommes
de génie fortir de la fphère de leurs talens, au point
d'écrire ce qu'on a jamais écrit de plus obfcur & de
plus ennuyeux dans votre royaume.

> Pour finir tous ces débats-là,
> Tu n'avais qu'à les laiffer faire.

Remarquons à tous les articles de morale & d'hiftoire, par quelle chaîne invifible, par quels refforts
inconnus toutes les idées qui troublent nos têtes, &
tous les événemens qui empoifonnent nos jours, font
liés enfemble, fe heurtent, & forment nos deftinées.
Fénélon meurt dans l'exil pour avoir eu deux ou trois
converfations myftiques avec une femme un peu
extravagante. Le cardinal de *Bouillon*, le neveu du
grand *Turenne*, eft perfécuté pour n'avoir pas lui-
même perfécuté à Rome l'archevêque de Cambrai
fon ami : il eft contraint de fortir de France, & il perd
toute fa fortune.

C'eft par ce même enchaînement que le fils d'un
procureur de Vire trouve, dans une douzaine de
phrafes obfcures d'un livre imprimé dans Amfterdam,
de quoi remplir de victimes tous les cachots de la
France ; & à la fin il fort de ces cachots mêmes un cri,
dont le retentiffement fait tomber par terre toute une
fociété habile & tyrannique fondée par un fou ignorant.

AMOUR-PROPRE.

*N*ICOLE, dans fes Effais de morale, faits après
deux ou trois mille volumes de morale, (dans fon
Traité de la charité, chap. II) dit *que par le moyen des*

gibets & des roues qu'on a établis en commun, on réprime
les penfées & les deffeins tyranniques de l'amour-propre de
chaque particulier.

Je n'examinerai point fi on a des gibets en commun,
comme on a des prés & des bois en commun, & une
bourfe commune, & fi on réprime des penfées avec
des roues ; mais il me femble fort étrange que *Nicole*
ait pris le vol de grand chemin & l'affaffinat pour de
l'amour-propre. Il faut diftinguer un peu mieux les
nuances. Celui qui dirait que *Néron* a fait affaffiner fa
mère par amour-propre, que *Cartouche* avait beaucoup
d'amour-propre, ne s'exprimerait pas fort correcte-
ment. L'amour-propre n'eft point une fcélérateffe, c'eft
un fentiment naturel à tous les hommes ; il eft beaucoup plus voifin de la vanité que du crime.

Un gueux des environs de Madrid demandait noble-
ment l'aumône ; un paffant lui dit : N'êtes-vous pas
honteux de faire ce métier infame quand vous pouvez
travailler ? Monfieur, répondit le mendiant, je vous
demande de l'argent & non pas des confeils ; puis il lui
tourna le dos en confervant toute la dignité caftillane.
C'était un fier gueux que ce feigneur, fa vanité était
bleffée pour peu de chofe. Il demandait l'aumône par
amour de foi-même, & ne fouffrait pas la réprimande
par un autre amour de foi-même.

Un miffionnaire voyageant dans l'Inde rencontra
un faquir chargé de chaînes, nu comme un finge,
couché fur le ventre, & fe fefant fouetter pour les
péchés de fes compatriotes les Indiens, qui lui donnaient quelques liards du pays. Quel renoncement à
foi-même, difait un des fpectateurs ! Renoncement à
moi-même ! reprit le faquir ; apprenez que je ne me

fais feſſer dans ce monde que pour vous le rendre dans l'autre, quand vous ferez chevaux & moi cavalier.

Ceux qui ont dit que l'amour de nous-mêmes eſt la baſe de tous nos ſentimens & de toutes nos actions, ont donc eu grande raiſon dans l'Inde, en Eſpagne, & dans toute la terre habitable : & comme on n'écrit point pour prouver aux hommes qu'ils ont un viſage, il n'ont pas beſoin de leur prouver qu'ils ont de l'amour-propre. Cet amour-propre eſt l'inſtrument de notre conſervation ; il reſſemble à l'inſtrument de la perpé-tuité de l'eſpèce : il eſt néceſſaire, il nous eſt cher, il nous fait plaiſir, & il faut le cacher.

AMOUR SOCRATIQUE.

SI l'amour qu'on a nommé *ſocratique* & *platonique* n'était qu'un ſentiment honnête, il faut y applaudir: ſi c'était une débauche, il faut en rougir pour la Grèce.

Comment s'eſt-il pu faire qu'un vice deſtructeur du genre-humain, s'il était général, qu'un attentat infame contre la nature, ſoit pourtant ſi naturel? Il paraît être le dernier degré de la corruption réfléchie; & cependant il eſt le partage ordinaire de ceux qui n'ont pas encore eu le temps d'être corrompus. Il eſt entré dans des cœurs tout neufs, qui n'ont connu encore ni l'ambition, ni la fraude, ni la ſoif des richeſſes. C'eſt la jeuneſſe aveugle qui, par un inſtinct mal démêlé, ſe précipite dans ce déſordre au ſortir de l'enfance, ainſi que dans l'onaniſme. (*)

Le penchant des deux ſexes l'un pour l'autre ſe déclare de bonne heure ; mais quoi qu'on ait dit des

_____

(*) Voyez *Onaniſme.*

Africaines & des femmes de l'Afie méridionale, ce penchant eft généralement beaucoup plus fort dans l'homme que dans la femme; c'eft une loi que la nature a établie pour tous les animaux, c'eft toujours le mâle qui attaque la femelle.

Les jeunes mâles de notre efpèce, élevés enfemble, fentant cette force que la nature commence à déployer en eux, & ne trouvant point l'objet naturel de leur inftinct, fe rejettent fur ce qui lui reffemble. Souvent un jeune garçon, par la fraîcheur de fon teint, par l'éclat de fes couleurs, & par la douceur de fes yeux, reffemble pendant deux ou trois ans à une belle fille; fi on l'aime, c'eft parce que la nature fe méprend; on rend hommage au fexe, en s'attachant à ce qui en a les beautés; & quand l'âge fait évanouir cette reffemblance, la méprife ceffe.

Citraque juventam
Ætatis breve ver & primos carpere flores.

On n'ignore pas que cette méprife de la nature eft beaucoup plus commune dans les climats doux que dans les glaces du Septentrion, parce que le fang y eft plus allumé, & l'occafion plus fréquente; auffi ce qui ne paraît qu'une faibleffe dans le jeune *Alcibiade*, eft une abomination dégoûtante dans un matelot hollandais, & dans un vivandier mofcovite.

Je ne puis fouffrir qu'on prétende que les Grecs ont autorifé cette licence. On cite le légiflateur *Solon*, parce qu'il a dit en deux mauvais vers :

Tu chériras un beau garçon,
Tant qu'il n'aura barbe au menton. (*a*)

(*a*) Un écrivain moderne nommé *Larcher*, répétiteur de collége, dans un libelle rempli d'erreurs en tout genre, & de la critique la plus groffière,

Mais en bonne foi, (*b*) *Solon* était-il législateur quand il fit ces deux vers ridicules? Il était jeune alors, & quand le débauché fut devenu sage, il ne mit point une telle infamie parmi les lois de sa république. Accusera-t-on *Théodore de Bèze* d'avoir prêché la pédérastie dans son église, parce que dans sa jeunesse il fit des vers pour le jeune *Candide*? & qu'il dit:

Amplector hunc & illam.
Je suis pour lui, je suis pour elle.

Il faudra dire qu'ayant chanté des amours honteux dans son jeune âge, il eut dans l'âge mûr l'ambition d'être chef de parti, de prêcher la réforme, de se faire un nom. *Hic vir & ille puer.*

On abuse du texte de *Plutarque*, qui dans ses bavarderies, au Dialogue de l'amour, fait dire à un interlocuteur, que les femmes ne sont pas *dignes du véritable amour;* (*c*) mais un autre interlocuteur soutient le parti des femmes comme il le doit. On a pris l'objection pour la décision.

Il est certain, autant que la science de l'antiquité peut l'être, que l'amour socratique n'était point un amour infame : c'est ce nom *d'amour* qui a trompé. Ce qu'on appelait *les amans d'un jeune-homme* étaient précisément ce que font parmi nous les menins de nos princes; ce qu'étaient les enfans d'honneur des

___

ose citer je ne sais quel bouquin dans lequel on appelle Socrate *sanctus-pederastes*, Socrate saint b... Il n'a pas été suivi dans ces horreurs par l'abbé *Foucher;* mais cet abbé, non moins grossier, s'est trompé encore lourdement sur *Zoroastre* & sur les anciens Persans. Il en a été vivement repris par un homme savant dans les langues orientales.

(*b*) Traduction d'*Amiot* grand-aumônier de France.

(*c*) Voyez *Femme*.

jeunes

jeunes gens attachés à l'éducation d'un enfant diftingué, partageant les mêmes études, les mêmes travaux
militaires ; inftitution guerrière & fainte dont on abufa
comme des fêtes noĉturnes & des orgies.

La troupe des amans inftitués par *Laïus*, était une
troupe invincible de jeunes guerriers engagés par
ferment à donner leur vie les uns pour les autres, &
c'eft ce que la difcipline antique a jamais eu de plus
beau.

Sextus Empiricus & d'autres ont beau dire que ce
vice était recommandé par les lois de la Perfe. Qu'ils
citent le texte de la loi ; qu'ils montrent le code des
Perfans : & fi cette abomination s'y trouvait, je ne la
croirais pas ; je dirais que la chofe n'eft pas vraie,
par la raifon qu'elle eft impoffible. Non, il n'eft pas
dans la nature humaine de faire une loi qui contredit
& qui outrage la nature, une loi qui anéantirait le
genre-humain fi elle était obfervée à la lettre. Mais
moi je vous montrerai l'ancienne loi des Perfans
rédigée dans le *Sadder*. Il eft dit à l'article ou porte 9,
qu'il n'y a point de plus grand péché. C'eft en vain
qu'un écrivain moderne a voulu juftifier *Sextus
Empiricus* & la pédéraftie ; les lois de *Zoroaftre*, qu'il
ne connaiffait pas, font un témoignage irrépro-
chable que ce vice ne fut jamais recommandé par les
Perfes. C'eft comme fi on difait qu'il eft recommandé
par les Turcs. Ils le commettent hardiment ; mais
les lois le puniffent.

Que de gens ont pris des ufages honteux & tolérés
dans un pays pour les lois du pays ! *Sextus Empiricus*,
qui doutait de tout, devait bien douter de cette
jurifprudence. S'il eût vécu de nos jours, & qu'il eût

Dictionn. philofoph. Tome I.   R

vu deux ou trois jeunes jéfuites abufer de quelques écoliers , aurait-il eu droit de dire que ce jeu leur eft permis par les conftitutions d'*Ignace de Loyola* ?

Il me fera permis de parler ici de l'amour focratique du révérend père *Polycarpe*, carme chauffé de la petite ville de Gex, lequel en 1771 enfeignait la religion & le latin à une douzaine de petits écoliers. Il était à la fois leur confeffeur & leur régent ; & il fe donna auprès d'eux tous un nouvel emploi. On ne pouvait guère avoir plus d'occupations fpirituelles & temporelles. Tout fut découvert : il fe retira en Suiffe, pays fort éloigné de la Grèce.

Ces amufemens ont été affez communs entre les précepteurs & les écoliers. (*) Les moines chargés d'élever la jeuneffe ont été toujours un peu adonnés à la pédéraftie. C'eft la fuite néceffaire du célibat auquel ces pauvres gens font condamnés.

Les feigneurs turcs & perfans font, à ce qu'on nous dit, élever leurs enfans par des eunuques ; étrange alternative pour un pédagogue d'être châtré ou fodomite.

L'amour des garçons était fi commun à Rome, qu'on ne s'avifait pas de punir cette turpitude dans laquelle prefque tout le monde donnait tête baiffée. *Octave-Augufte*, ce meurtrier débauché & poltron, qui ofa exiler *Ovide*, trouva très-bon que *Virgile* chantât *Alexis; Horace* fon autre favori fefait de petites odes pour *Ligurinus. Horace*, qui louait *Augufte* d'avoir réformé les mœurs, propofait également dans fes fatires un garçon & une fille; (*e*) mais l'ancienne loi

(*) Voyez *Pétrone.*
(*e*) . . . . *Præfto puer impetus in quem Continuò fiat.*

Scantinia, qui défend la pédéraftie, fubfifta toujours : l'empereur *Philippe* la remit en vigueur, & chaffa de Rome les petits garçons qui fefaient le métier. S'il y eut des écoliers fpirituels & licencieux comme *Pétrone*, Rome eut des profeffeurs tels que *Quintilien*. Voyez quelles précautions il apporte dans le chapitre du *Précepteur* pour conferver la pureté de la première jeuneffe : *Cavendum non folùm crimine turpitudinis, fed etiam fufpicione.* Enfin je ne crois pas qu'il y ait jamais eu aucune nation policée qui ait fait des lois (*f*) contre les mœurs. (1)

(*f*) On devrait condamner meffieurs les non-conformiftes à préfenter tous les ans à la police un enfant de leur façon. L'ex-jéfuite *Desfontaines* fut fur le point d'être brûlé en place de Grève, pour avoir abufé de quelques petits favoyards qui ramonaient fa cheminée ; des protecteurs le fauvèrent. Il fallait une victime : on brûla *des Chaufours* à fa place. Cela eft bien fort ; *eft modus in rebus :* on doit proportionner les peines aux délits. Qu'auraient dit *Céfar*, *Alcibiade*, le roi de Bythinie *Nicomède*, le roi de France *Henri III*, & tant d'autres rois ?

Quand on brûla *des Chaufours*, on fe fonda fur les *établiffemens de faint Louis*, mis en nouveau français au quinzième fiècle. *Si aucun eft foupçonné de b..... doit être mené à l'évêque ; & fe il en était prouvé, l'en le doit ardoir & tuit li mueble font au baron*, &c. *Saint Louis* ne dit pas ce qu'il faut faire au baron fi le baron eft foupçonné, & fe il en eft prouvé. Il faut obferver que par le mot de *b....* faint *Louis* entend les hérétiques qu'on n'appelait point alors d'un autre nom. Une équivoque fit brûler à Paris *des Chaufours* gentilhomme lorrain. *Defpréaux* eut bien raifon de faire une fatire contre l'équivoque ; elle a caufé bien plus de mal qu'on ne croit.

(1) On nous permettra de faire ici quelques réflexions fur un fujet odieux & dégoûtant, mais qui malheureufement fait partie de l'hiftoire des opinions & des mœurs.

Cette turpitude remonte aux premières époques de la civilifation : l'hiftoire grecque, l'hiftoire romaine ne permettent point d'en douter. Elle était commune chez ces peuples avant qu'ils euffent formé une fociété régulière, dirigée par des lois écrites.

Cela fuffit pour expliquer par quelle raifon ces lois ont paru la traiter avec trop d'indulgence. On ne propofe point à un peuple libre des lois févères contre une action, quelle qu'elle foit, qui y eft devenue habituelle.

Plufieurs des nations germaniques eurent long-temps des lois écrites qui admettaient la compofition pour le meurtre. *Solon* fe contenta donc de défendre cette turpitude entre les citoyens & les efclaves ; les Athéniens pouvaient fentir les motifs politiques de cette défenfe, & s'y foumettre : c'était d'ailleurs contre les efclaves feuls, & pour les empêcher de corrompre les jeunes gens libres, que cette loi avait été faite ; & les pères de famille, quelles que fuffent leurs mœurs, n'avaient aucun intérêt de s'y oppofer.

La févérité des mœurs des femmes dans la Grèce, l'ufage des bains publics, la fureur pour les jeux où les hommes paraiffaient nus, confervèrent cette turpitude de mœurs, malgré les progrès de la fociété & de la morale. *Lycurgue*, en laiffant plus de liberté aux femmes, & par quelques autres de fes inftitutions, parvint à rendre ce vice moins commun à Sparte que dans les autres villes de la Grèce.

Quand les mœurs d'un peuple deviennent moins agreftes, qu'il connaît les arts, le luxe, les richeffes, s'il conferve fes vices, il cherche du moins à les voiler. La morale chrétienne, en attachant de la honte aux liaifons entre les perfonnes libres, en rendant le mariage indiffoluble, en pourfuivant le concubinage par des cenfures, avait rendu l'adultère commun : comme toute efpèce de volupté était également un péché, il fallait bien préférer celui dont les fuites ne peuvent être publiques ; & par un renverfement fingulier, on vit de véritables crimes devenir plus communs, plus tolérés, & moins honteux dans l'opinion que de fimples faibleffes. Quand les Occidentaux commencèrent à fe policer, ils imaginèrent de cacher l'adultère fous le voile de ce qu'on appelle galanterie ; les hommes avouaient hautement un amour qu'il était convenu que les femmes ne partageraient point ; les amans n'ofaient rien demander, & c'était tout au plus après dix ans d'amour pur, de combats, de victoires remportées dans les jeux &c., qu'un chevalier pouvait efpérer de trouver un moment de faibleffe. Il nous refte affez de monumens de ce temps, pour nous montrer quelles étaient les mœurs que couvrait cette efpèce d'hypocrifie. Il en fut de même à-peu-près chez les Grecs devenus polis ; les liaifons intimes entre des hommes n'avaient plus rien de honteux ; les jeunes gens s'uniffaient par des fermens, mais c'était ceux de vivre & de mourir pour la patrie ; on s'attachait à un jeune homme, au fortir de l'enfance, pour le former, pour l'inftruire, pour le guider ; la paffion qui fe mêlait à ces amitiés, était une forte d'amour, mais d'amour pur. C'était feulement fous ce voile, dont la décence publique couvrait les vices, qu'ils étaient tolérés par l'opinion.

Enfin, de même que l'on a fouvent entendu chez les peuples modernes faire l'éloge de la galanterie chevalerefque, comme d'une inftitution propre à élever l'ame, à infpirer le courage, on fit auffi chez les Grecs l'éloge de cet amour qui uniffait les citoyens entre eux.

AMPLIFICATION.

ON prétend que c'est une belle figure de rhétorique ; peut-être aurait-on plus raison si on l'appelait *un défaut*. Quand on dit tout ce qu'on doit dire, ou n'amplifie pas ; & quand on l'a dit, si on amplifie,

Platon dit que les Thébains firent une chose utile de le prescrire, parce qu'ils avaient besoin de polir leurs mœurs, de donner plus d'activité à leur ame, à leur esprit, engourdis par la nature de leur climat & de leur sol. On voit qu'il ne s'agit ici que d'amitié pure. C'est ainsi que, lorsqu'un prince chrétien fesait publier un tournois où chacun devait paraître avec les couleurs de sa dame, il avait l'intention louable d'exciter l'émulation de ses chevaliers, & d'adoucir leurs mœurs ; ce n'était point l'adultère, mais seulement la galanterie qu'il voulait encourager dans ses Etats. Dans Athènes, suivant *Platon*, on devait se borner à la tolérance. Dans les Etats monarchiques, il était utile d'empêcher ces liaisons entre les hommes ; mais elles étaient dans les républiques un obstacle à l'établissement durable de la tyrannie. Un tyran, en immolant un citoyen, ne pouvait savoir quels vengeurs il allait armer contre lui ; il était exposé sans cesse à voir dégénérer en conspirations, les associations que cet amour formait entre les hommes.

Cependant, malgré ces idées si éloignées de nos opinions & de nos mœurs, ce vice était regardé chez les Grecs comme une débauche honteuse, toutes les fois qu'il se montrait à découvert, & sans l'excuse de l'amitié ou des liaisons politiques. Lorsque *Philippe* vit sur le champ de bataille de Chéronée, tous les soldats qui composaient le *bataillon sacré*, le *bataillon des amis* à Thèbes, tués dans le rang où ils avaient combattu : *Je ne croirai jamais*, s'écria-t-il, *que de si braves gens aient pu faire ou souffrir rien de honteux*. Ce mot d'un homme souillé lui-même de cette infamie, est une preuve certaine de l'opinion générale des Grecs.

A Rome cette opinion était plus forte encore : plusieurs héros grecs, regardés comme des hommes vertueux, ont passé pour s'être livrés à ce vice, & chez les Romains on ne le voit attribué à aucun de ceux dont on nous a vanté les vertus ; seulement il paraît que chez ces deux nations on n'y attachait ni l'idée de crime, ni même celle de déshonneur, à moins de ces excès qui rendent le goût même des femmes une passion avilissante. Ce vice est très-rare parmi nous, & il y serait presqu'inconnu sans les défauts de l'éducation publique.

Montesquieu prétend qu'il est commun chez quelques nations mahométanes, à cause de la facilité d'avoir des femmes ; nous croyons que c'est *difficulté* qu'il faut lire.

on dit trop. Préfenter aux juges une bonne ou mauvaife action fous toutes fes faces, ce n'eſt point ampli-
fier ; mais ajouter, c'eſt exagérer , & ennuyer.

J'ai vu autrefois dans les colléges donner des prix
d'amplification. C'étaitréellement enſeigner l'art d'être
diffus. Il eût mieux valu peut-être donner des prix à
celui qui auraitreſſerré ſes penſées , & qui par-là aurait
appris à parler avec plus d'énergie & de force : mais en
évitant l'amplification , craignez la ſéchereſſe.

J'ai entendu des profeſſeurs enſeigner que certains
vers de *Virgile* ſont une amplification, par exemple
ceux-ci :

> *Nox erat, & placidum carpebant feſſa ſoporem*
> *Corpora per terras , ſilvæque & ſæva quierant*
> *Æquora; quum medio volvuntur ſidera lapſu;*
> *Quum tacet omnis ager , pecudes , pictæque volucres;*
> *Quæque lacus latè liquidos , quæque aſpera dumis*
> *Rura tenent, ſomno poſitæ ſub nocte ſilenti*
> *Lenibant curas , & corda oblita laborum :*
> *At non infelix animi Phæniſſa.*

Voici une traduction libre de ces vers de *Virgile*
qui ont tous été ſi difficiles à traduire par les poëtes
français, excepté par M. *Delille*.

> Les aſtres de la nuit roulaient dans le ſilence ;
> Eole a ſuſpendu les haleines des vents ;
> Tout ſe tait ſur les eaux, dans les bois, dans les champs ;
> Fatigué des travaux qui vont bientôt renaître,
> Le tranquille taureau s'endort avec ſon maître ;
> Les malheureux humains ont oublié leurs maux ;
> Tout dort, tout s'abandonne aux charmes du repos ;
> Phéniſſe veille & pleure.

Si la longue defcription du règne du fommeil dans toute la nature ne fefait pas un contrafte admirable avec la cruelle inquiétude de *Didon*, ce morceau ne ferait qu'une amplification puérile ; c'eft le mot, *at non infelix animi Phœniffa*, qui en fait le charme.

La belle ode de *Sapho*, qui peint tous les fymptômes de l'amour, & qui a été traduite heureufement dans toutes les langues cultivées, ne ferait pas fans doute fi touchante, fi *Sapho* avait parlé d'une autre que d'elle-même : cette ode pourrait être alors regardée comme une amplification,

La defcription de la tempête au premier livre de l'Enéide n'eft point une amplification ; c'eft une image vraie de tout ce qui arrive dans une tempête ; il n'y a aucune idée répétée, & la répétition eft le vice de tout ce qui n'eft qu'amplification.

Le plus beau rôle qu'on ait jamais mis fur le théâtre dans aucune langue, eft celui de *Phèdre*. Prefque tout ce qu'elle dit ferait une amplification fatiguante, fi c'était une autre qui parlât de la paffion de *Phèdre*.

Athènes me montra mon fuperbe ennemi.
Je le vis, je rougis, je pâlis à fa vue.
Un trouble s'éleva dans mon ame éperdue.
Mes yeux ne voyaient plus, je ne pouvais parler ;
Je fentis tout mon corps & tranfir & brûler ;
Je reconnus Vénus & fes traits redoutables,
D'un fang qu'elle pourfuit, tourmens inévitables.

Il eft bien clair que puifqu'Athènes lui montra fon fuperbe ennemi *Hippolyte*, elle vit *Hippolyte*. Si elle rougit & pâlit à fa vue, elle fut fans doute troublée. Ce ferait un pléonafme, une redondance oifeufe dans

R 4

une étrangère qui raconterait les amours de *Phèdre ;*
mais c'eſt *Phèdre* amoureuſe & honteuſe de ſa paſſion ;
ſon cœur eſt plein , tout lui échappe.

> *Ut vidi, ut perii, ut me malus abſtulit error.*
> Je le vis, je rougis, je pâlis à ſa vue.

Peut-on mieux imiter *Virgile* ?

> Je ſentis tout mon corps & tranſir & brûler ;
> Mes yeux ne voyaient plus, je ne pouvais parler.

Peut-on mieux imiter *Sapho* ? ces vers quoiqu'imités
coulent de ſource ; chaque mot trouble les ames ſenſibles & les pénètre ; ce n'eſt point une amplification ,
c'eſt le chef-d'œuvre de la nature & de l'art.

Voici , à mon avis , un exemple d'une amplification
dans une tragédie moderne , qui d'ailleurs a de grandes
beautés.

Tidée eſt à la cour d'Argos ; il eſt amoureux d'une
ſœur d'*Electre ;* il regrette ſon ami *Oreſte* & ſon père ;
il eſt partagé entre ſa paſſion pour *Electre* , & le deſſein
de punir le tyran. Au milieu de tant de ſoins &
d'inquiétudes , il fait à ſon confident une longue
deſcription d'une tempête qu'il a eſſuyée il y a long-
temps.

> Tu ſais ce qu'en ces lieux nous venions entreprendre ;
> Tu ſais que Palamède , avant que de s'y rendre ,
> Ne voulut point tenter ſon retour dans Argos
> Qu'il n'eût interrogé l'oracle de Délos.
> A de ſi juſtes ſoins on ſouſcrivit ſans peine :
> Nous partîmes comblés des bienfaits de Thyrrène ;
> Tout nous favoriſait ; nous voguâmes long-temps
> Au gré de nos déſirs, bien plus qu'au gré des vents ;

Mais fignalant bientôt toute fon inconftance,
La mer en un moment fe mutine & s'élance;
L'air mugit, le jour fuit, une épaiffe vapeur
Couvre d'un voile affreux les vagues en fureur;
La foudre éclairant feule une nuit fi profonde,
A fillons redoublés ouvre le ciel & l'onde;
Et comme un tourbillon, embraffant nos vaiffeaux,
Semble en fources de feu bouillonner fur les eaux.
Les vagues quelquefois, nous portant fur leurs cimes,
Nous font rouler après fous de vaftes abymes,
Où les éclairs preffés, pénétrant avec nous,
Dans des gouffres de feu femblaient nous plonger tous;
Le pilote effrayé, que la flamme environne,
Aux rochers qu'il fuyait lui-même s'abandonne.
A travers les écueils, notre vaiffeau pouffé,
Se brife & nage enfin fur les eaux difperfé.

On voit peut-être dans cette defcription le poëte qui veut furprendre les auditeurs par le récit d'un naufrage, & non le perfonnage qui veut venger fon père & fon ami, tuer le tyran d'Argos, & qui eft partagé entre l'amour & la vengeance.

Lorfqu'un perfonnage s'oublie, & qu'il veut abfolument être poëte, il doit alors embellir ce défaut par les vers les plus correfts & les plus élégans.

Ne voulut point tenter fon retour dans Argos
Qu'il n'eût interrogé l'oracle de Délos.

Ce tour familier femble ne devoir entrer que rarement dans la poëfie noble. *Je ne voulus point aller à Orléans que je n'euffe vu Paris.* Cette phrafe n'eft admife, ce me femble, que dans la liberté de la converfation.

A de fi juftes foins on foufcrivit fans peine.

On foufcrit à des volontés, à des ordres, à des défirs ; je ne crois pas qu'on foufcrive *à des foins*.

Nous voguâmes long-temps
Au gré de nos défirs bien plus qu'au gré des vents.

Outre l'affectation & une forte de jeu de mots du *gré des défirs*, & du *gré des vents*, il y a là une contradiction évidente. Tout l'équipage *foufcrivit* fans peine *aux juftes foins* d'interroger l'oracle de Délos. Les défirs des navigateurs étaient donc d'aller à Délos ; ils ne voguaient donc pas au gré de leurs défirs, puifque le gré des vents les écartait de Délos, à ce que dit *Tidée*.

Si l'auteur a voulu dire au contraire que *Tidée* voguait au gré de fes défirs auffi bien, & encore plus qu'au gré des vents, il s'eft mal exprimé. *Bien plus qu'au gré des vents*, fignifie que les vents ne fecondaient pas fes défirs & l'écartaient de fa route. *J'ai été favorifé dans cette affaire par la moitié du confeil bien plus que par l'autre*, fignifie, par tous pays, la moitié du confeil a été pour moi, & l'autre contre. Mais fi je dis, *la moitié du confeil a opiné au gré de mes défirs, & l'autre encore davantage*, cela veut dire que j'ai été fecondé par tout le confeil, & qu'une partie m'a encore plus favorifé que l'autre.

J'ai réuffi auprés du parterre bien plus qu'au gré des connaiffeurs, veut dire, les connaiffeurs m'ont condamné.

Il faut que la diction foit pure & fans équivoque. Le confident de *Tidée* pouvait lui dire : Je ne vous entends pas : fi le vent vous a mené à Délos & à Epidaure qui eft dans l'Argolide, c'était précifément

votre route , & vous n'avez pas dû *voguer long-temps.*
On va de Samos à Epidaure en moins de trois jours
avec un bon vent d'eſt. Si vous avez eſſuyé une tempête , vous n'avez pas vogué au gré de vos déſirs;
d'ailleurs vous deviez inſtruire plutôt le public que
vous veniez de Samos. Les ſpectateurs veulent ſavoir
d'où vous venez & ce que vous voulez. La longue
deſcription recherchée d'une tempête me détourne de
ces objets. C'eſt une amplification qui paraît oiſeuſe ,
quoiqu'elle préſente de grandes images.

La mer ſignala bientôt toute ſon inconſtance.

Toute l'inconſtance que la mer ſignale ne ſemble
pas une expreſſion convenable à un héros , qui doit
peu s'amuſer à ces recherches. Cette mer qui ſe *mutine
& qui s'élance en un moment* , après avoir ſignalé *toute ſon
inconſtance* , intéreſſe-t-elle aſſez à la ſituation préſente
de *Tidée* occupé de la guerre? Eſt-ce à lui de s'amuſer
à dire que la mer eſt inconſtante, à débiter des lieux-
communs ?

L'air mugit, le jour fuit; une épaiſſe vapeur
Couvre d'un voile affreux les vagues en fureur.

Les vents diſſipent les vapeurs & ne les épaiſſiſſent
pas , mais quand même il ſerait vrai qu'une épaiſſe
vapeur eût couvert les vagues en fureur d'un *voile
affreux* , ce héros, plein de ſes malheurs préſens , ne
doit pas s'appeſantir ſur ce prélude de tempête , ſur
ces circonſtances qui n'appartiennent qu'au poëte.

Non erat his locus.

La foudre éclairant ſeule une nuit ſi profonde ,
A ſillons redoublés ouvre le ciel & l'onde ;
Et comme un tourbillon, embraſſant nos vaiſſeaux ,
Semble en ſources de feu bouillonner ſur les eaux.

. N'eft-ce pas là une véritable amplification un peu trop ampoulée? Un tonnerre qui ouvre l'eau & le ciel par des fillons; qui en même temps eft un tourbillon de feu, lequel embrafe un vaiffeau & qui bouillonne, n'a-t-il pas quelque chofe de trop peu naturel, de trop peu vrai, furtout dans la bouche d'un homme qui doit s'exprimer avec une fimplicité noble & touchante, furtout après plufieurs mois que le péril eft paffé?

Des cimes de vagues, qui font rouler fous des abymes des éclairs preffés & des gouffres de feu, femblent des expreffions un peu bourfouflées qui feraient foufertes dans une ode, & qu'*Horace* réprouvait avec tant de raifon dans la tragédie.

> Projicit ampullas & fefquipedalia verba.
> *Le pilote effrayé, que la flamme environne,*
> *Aux rochers qu'il fuyait lui-même s'abandonne.*

On peut s'abandonner aux vents; mais il me femble qu'on ne s'abandonne pas aux rochers.

> *Notre vaiffeau pouffé, nage difperfé.*

Un vaiffeau ne nage point difperfé; *Virgile* a dit, non en parlant d'un vaiffeau, mais des hommes, qui ont fait naufrage:

> *Apparent rari nantes in gurgite vafto.*

Voilà où le mot *nager* eft à fa place. Les débris d'un vaiffeau flottent & ne nagent pas. *Desfontaines* a traduit ainfi ce beau vers de l'Enéide: *A peine un petit nombre de ceux qui montaient le vaiffeau, purent fe fauver à la nage.*

C'eft traduire *Virgile* en ftyle de gazette. Où eft ce vafte gouffre que peint le poëte, *gurgite vafto*? où

eft l'*apparent rari nantes* ? Ce n'eft pas avec cette féchereffe qu'on doit traduire l'Enéide. Il faut rendre image
pour image, beauté pour beauté. Nous fefons cette
remarque en faveur des commençans. On doit les
avertir que *Desfontaines* n'a fait que le fquelette informe
de *Virgile*, comme il faut leur dire que la defcription
de la tempête par *Tidée* eft fautive & déplacée. *Tidée*
devait s'étendre avec attendriffement fur la mort de fon
ami, & non fur la vaine defcription d'une tempête.

On ne préfente ces réflexions que pour l'intérêt
de l'art, & non pour attaquer l'artifte.

> *Ubi plura nitent in carmine, non ego paucis*
> *Offendor maculis.*

En faveur des beautés on pardonne aux défauts.

Quand j'ai fait ces critiques, j'ai tâché de rendre
raifon de chaque mot que je critiquais. Les fatiriques
fe contentent d'une plaifanterie, d'un bon mot, d'un
trait piquant; mais celui qui veut s'inftruire & éclairer
les autres, eft obligé de tout difcuter avec le plus
grand fcrupule.

Plufieurs hommes de goût, & entr'autres l'auteur
du *Télémaque*, ont regardé comme une amplification
le récit de la mort d'*Hippolyte* dans *Racine*. Les longs
récits étaient à la mode alors. La vanité d'un acteur
veut fe faire écouter. On avait pour eux cette complaifance; elle a été fort blâmée. L'archevêque de
Cambrai prétend que *Théramène* ne devait pas, après
la cataftrophe d'*Hippolyte*, avoir la force de parler fi
long-temps; qu'il fe plaît trop à décrire *les cornes mena-*
çantes du monftre, & *fes écailles jauniffantes*, & *fa croupe*
qui fe recourbe; qu'il devait dire d'un voix entre-coupée:
Hippolyte eft mort : un monftre l'a fait périr ; je l'ai vu.

Je ne prétends point défendre les écailles jauniſ-
ſantes & la croupe qui ſe recourbe ; mais en général
cette critique ſouvent répétée me paraît injuſte. On
veut que *Théramène* diſe ſeulement : *Hippolyte eſt mort.*
Je l'ai vu , c'en eſt fait.

C'eſt préciſément ce qu'il dit & en moins de mots
encore......... *Hippolyte n'eſt plus.* Le père s'écrie ;
Théramène ne reprend ſes ſens que pour dire :

J'ai vu des mortels périr le plus aimable ;

& il ajoute ce vers ſi néceſſaire, ſi touchant , ſi déſeſ-
pérant pour *Théſée :*

Et j'oſe dire encor, Seigneur, le moins coupable.

La gradation eſt pleinement obſervée , les nuances
ſe font ſentir l'une après l'autre.

Le père attendri demande *quel Dieu lui a ravi ſon*
fils, quelle foudre foudaine.... ? Et il n'a pas le courage
d'achever ; il reſte muet dans ſa douleur ; il attend
ce récit fatal ; le public l'attend de même. *Théramène*
doit répondre ; on lui demande des détails , il doit en
donner.

Etait-ce à celui qui fait diſcourir *Mentor* & tous ſes
perſonnages ſi long-temps , & quelquefois juſqu'à la
ſatiété , de fermer la bouche à *Théramène* ? Quel eſt
le ſpectateur qui voudrait ne le pas entendre , ne pas
jouir du plaiſir douloureux d'écouter les circonſtances
de la mort d'*Hippolyte* ? qui voudrait même qu'on en
retranchât quatre vers ? Ce n'eſt pas là une vaine
deſcription d'une tempête inutile à la pièce ; ce n'eſt
pas là une amplification mal écrite ; c'eſt la diction la
plus pure & la plus touchante ; enfin c'eſt *Racine.*

On lui reproche *le héros expiré*. Quelle miférable vétille de grammaire! Pourquoi ne pas dire, *ce héros expiré*, comme on dit, *il eſt expiré*, *il a expiré*? il faut remercier *Racine* d'avoir enrichi la langue à laquelle il a donné tant de charmes, en ne diſant jamais que ce qu'il doit, lorſque les autres diſent tout ce qu'ils peuvent.

Boileau fut le premier qui fit remarquer l'amplifi-cation vicieuſe de la première ſcène de *Pompée*.

> Quand les dieux étonnés ſemblaient ſe partager,
> Pharſale a décidé ce qu'ils n'oſaient juger.
> Ces fleuves teints de ſang, & rendus plus rapides
> Par le débordement de tant de parricides;
> Cet horrible débris, d'aigles, d'armes, de chars,
> Sur ces champs empeſtés confuſément épars;
> Ces montagnes de morts, privés d'honneurs ſuprêmes,
> Que la nature force à ſe venger eux-mêmes,
> Et dont les troncs pourris exhalent dans les vents
> De quoi faire la guerre au reſte des vivans &c.

Ces vers bourſouflés ſont ſonores : ils ſurprirent long-temps la multitude, qui, ſortant à peine de la groſſiéreté, & qui plus eſt de l'inſipidité où elle avait été plongée tant de ſiècles, était étonnée & ravie d'entendre des vers harmonieux ornés de grandes images. On n'en ſavait pas aſſez pour ſentir l'extrême ridicule d'un roi d'Egypte qui parle comme un éco-lier de rhétorique, d'une bataille livrée au-delà de la mer Méditerranée, dans une province qu'il ne connaît pas, entre des étrangers qu'il doit également haïr. Que veulent dire des dieux qui n'ont oſé juger entre le gendre & le beau-père, & qui cependant ont jugé par l'événement, ſeule manière dont ils étaient cenſés juger ? *Ptolomée* parle de fleuves près d'un champ de bataille où il n'y avait point de fleuves. Il peint ces prétendus fleuves rendus rapides par des débordemens de parricides ; un horrible débris de perches qui portaient des figures d'aigles, des char-rettes caſſées, (car on ne connaiſſait plus alors les chars de guerre) enfin des troncs pourris qui ſe vengent, & qui font la guerre aux vivans. Voilà le galimatias le plus complet qu'on pût jamais étaler ſur un théâtre. Il fallait cependant pluſieurs années pour deſſiller les yeux du public, & pour lui faire ſentir qu'il n'y a qu'à retrancher ces vers pour faire une ouverture de ſcène parfaite.

L'amplification, la déclamation, l'exagération, furent de tout temps les défauts des Grecs, excepté de *Démoſthènes* & d'*Ariſtote*.

Le temps même a mis le ſceau de l'approbation preſque univerſelle à des morceaux de poëſie abſurdes, parce qu'ils étaient mêlés à des traits éblouiſſans qui répandaient leur éclat ſur eux ; parce que les poëtes qui vinrent après ne firent pas mieux ; parce que les commencemens informes de tout art ont toujours plus de réputation que l'art perfectionné ; parce que celui qui joua le premier du violon fut regardé comme un demi-dieu, & que *Rameau* n'a eu que des ennemis ; parce qu'en général les hommes jugent rarement par eux-mêmes, qu'ils ſuivent le torrent, & que le goût épuré eſt preſque auſſi rare que les talens.

Parmi nous aujourd'hui la plupart des ſermons, des oraiſons funèbres, des diſcours d'appareil, des harangues dans de certaines cérémonies, font des amplifications ennuyeuſes, des lieux-communs cent

&

& cent fois répétés. Il faudrait que tous ces discours fussent très-rares pour être un peu supportables. Pourquoi parler quand on n'a rien à dire de nouveau? Il est temps de mettre un frein à cette extrême intempérance, & par conséquent de finir cet article.

ANA, ANECDOTES.

SI on pouvait confronter *Suétone* avec les valets de chambre des douze *Céfars*, pense-t-on qu'ils feraient toujours d'accord avec lui? & en cas de dispute, quel est l'homme qui ne parierait pas pour les valets de chambre contre l'hiftorien?

Parmi nous combien de livres ne font fondés que fur des bruits de ville, ainfi que la phyfique ne fut fondée que fur des chimères répétées de fiècle en fiècle jufqu'à notre temps!

Ceux qui fe plaifent à tranfcrire le foir dans leur cabinet ce qu'ils ont entendu dans le jour, devraient, comme *St Auguftin*, faire un livre de rétractations au bout de l'année.

Quelqu'un raconte au grand-audiencier *l'Etoile* que *Henri IV*, chaffant vers Creteil, entra feul dans un cabaret où quelques gens de loi de Paris dînaient dans une chambre haute. Le roi qui ne fe fait pas connaître, & qui cependant devait être très-connu, leur fait demander par l'hôteffe s'ils veulent l'ad-mettre à leur table, ou lui céder une partie de leur rôti pour fon argent. Les Parifiens répondent qu'ils ont des affaires particulières à traiter enfemble, que leur dîner eft court, & qu'ils prient l'inconnu de les excufer.

Dictionn. philofoph. Tome I. S

Henri IV appelle ſes gardes, & fait fouetter outra-geuſement les convives, *pour leur apprendre*, dit l'Etoile, *une autre fois à être plus courtois à l'endroit des gentilshommes.*

Quelques auteurs, qui de nos jours ſe font mêlés d'écrire la vie de *Henri IV*, copient *l'Etoile* ſans examen, rapportent cette anecdote ; & ce qu'il y a de pis, ils ne manquent pas de la louer comme une belle action de *Henri IV.*

Cependant le fait n'eſt ni vrai, ni vraiſemblable ; & loin de mériter des éloges, c'eût été à la fois dans *Henri IV*, l'action la plus ridicule, la plus lâche, la plus tyrannique, & la plus imprudente.

Premièrement il n'eſt pas vraiſemblable qu'en 1602 *Henri IV*, dont la phyſionomie était ſi remar-quable, & qui ſe montrait à tout le monde avec tant d'affabilité, fût inconnu dans Creteil auprès de Paris.

Secondement *l'Etoile*, loin de conſtater ce conte impertinent, dit qu'il le tient d'un homme qui le tenait de M. de *Vitri.* Ce n'eſt donc qu'un bruit de ville.

Troiſièmement, il ſerait bien lâche & bien odieux de punir d'une manière infamante des citoyens aſſem-blés pour traiter d'affaires, qui certainement n'avaient commis aucune faute en refuſant de partager leur dîner avec un inconnu très-indiſcret, qui pouvait fort aiſément trouver à manger dans le même cabàret.

Quatrièmement, cette action ſi tyrannique, ſi indigne d'un roi, & même de tout honnête-homme, ſi puniſſable par les lois dans tout pays, aurait été auſſi imprudente que ridicule & criminelle ; elle eût rendu *Henri IV* exécrable à toute la bourgeoiſie de Paris, qu'il avait tant d'intérêt de ménager.

Il ne fallait donc pas fouiller l'hiftoire d'un conte fi plat, il ne fallait pas déshonorer *Henri IV* par une fi impertinente anecdote.

Dans un livre intitulé *Anecdotes littéraires*, imprimé chez *Durand* en 1752 avec privilége, voici ce qu'on trouve, tome III, page 183 : ,, Les amours de ,, *Louis XIV* ayant été jouées en Angleterre, ce prince ,, voulut auffi faire jouer celles du roi *Guillaume*. ,, L'abbé *Brueys* fut chargé par M. de *Torci* de faire ,, la pièce : mais quoiqu'applaudie, elle ne fut pas ,, jouée, par ce que celui qui en était l'objet mourut ,, fur ces entrefaites. ,,

Il y a autant de menfonges abfurdes que de mots dans ce peu de lignes. Jamais on ne joua les amours de *Louis XIV* fur le théâtre de Londres. Jamais *Louis XIV* ne fut affez petit pour ordonner qu'on fît une comédie fur les amours du roi *Guillaume*. Jamais le roi *Guillaume* n'eut de maîtreffe ; ce n'était pas d'une telle faibleffe qu'on l'accufait. Jamais le marquis de *Torci* ne parla à l'abbé *Brueys*. Jamais il ne put faire ni à lui ni à perfonne une propofition fi indifcrète & fi puérile. Jamais l'abbé *Brueys* ne fit la comédie dont il eft queftion. Fiez-vous après cela aux anecdotes.

Il eft dit dans le même livre *que Louis XIV fut fi content de l'opéra d'Ifis, qu'il fit rendre un arrêt du confeil par lequel il eft permis à un homme de condition de chanter à l'opéra, & d'en retirer des gages fans déroger. Cet arrêt a été enregiftré au parlement de Paris.*

Jamais il n'y eut une telle déclaration enregiftrée au parlement de Paris. Ce qui eft vrai, c'eft que *Lulli* obtint en 1672, long-temps avant l'opéra d'Ifis, des lettres portant permiffion d'établir fon opéra, & fit inférer dans ces lettres que *les gentilshommes & les demoifelles pourraient chanter fur ce théâtre fans déroger.* Mais il n'y eut point de déclaration enregiftrée. (*)

Je lis dans l'*Hiftoire philofophique & politique du commerce dans les deux Indes*, tome IV, pag. 66, qu'on eft fondé à croire que *Louis XIV n'eut de vaiffeaux que pour fixer fur lui l'admiration, pour châtier Gênes & Alger.* C'eft écrire, c'eft juger au hafard ; c'eft contredire la vérité avec ignorance ; c'eft infulter *Louis XIV* fans raifon : ce monarque avait cent vaiffeaux de guerre & foixante mille matelots dès l'an 1678 ; & le bombardement de Gênes eft de 1684.

De tous les *ana* celui qui mérite le plus d'être mis au rang des menfonges imprimés, & furtout des menfonges infipides, eft le *Segraifiana.* Il fut compilé par un copifte de *Ségrais*, fon domeftique, & imprimé long-temps après la mort du maître.

Le *Ménagiana*, revu par *la Monnoye*, eft le feul dans lequel on trouve des chofes inftructives.

Rien n'eft plus commun dans la plupart de nos petits livres nouveaux que de voir de vieux bons mots attribués à nos contemporains ; des infcriptions, des épigrammes faites pour certains princes, appliquées à d'autres.

Il eft dit dans cette même *Hiftoire philofophique &c.* tom. I, page 63, que les Hollandais ayant chaffé les Portugais de Malaca, le capitaine hollandais demanda au commandant portugais quand il reviendrait : à quoi le vaincu répondit : *Quand vos péchés feront plus grands que les nôtres.* Cette réponfe avait déjà été attribuée à un anglais du temps du roi de France

(*) Voyez *Opéra.*

Charles VII, & auparavant à un émir farrazin en Sicile : au refte cette réponfe eft plus d'un capucin que d'un politique. Ce n'eft pas parce que les Français étaient plus grands pécheurs que les Anglais, que ceux-ci leur ont pris le Canada.

L'auteur de cette même *Hiftoire philofophique &c.* rapporte férieufement, tome V, page 197, un petit conte inventé par *Steele* & inféré dans le *Speétateur*, & il veut faire paffer ce conte pour une des caufes réelles des guerres entre les Anglais & les Sauvages. Voici l'hiftoriette que *Steele* oppofe à l'hiftoriette beaucoup plus plaifante de la matrone d'Ephèfe. Il s'agit de prouver que les hommes ne font pas plus conftans que les femmes. Mais dans *Pétrone* la matrone d'Ephèfe n'a qu'une faibleffe amufante & pardonnable ; & le marchand *Inkle*, dans le *Speétateur*, eft coupable de l'ingratitude la plus affreufe.

Ce jeune voyageur *Inkle* eft fur le point d'être pris par les Caraïbes dans le continent de l'Amérique, fans qu'on dife ni en quel endroit ni à quelle occafion. La jeune *Jarika*, jolie caraïbe, lui fauve la vie, & enfin s'enfuit avec lui à la Barbade. Dès qu'ils y font arrivés, *Inkle* va vendre fa bienfaitrice au marché. Ah, ingrat ! ah, barbare, lui dit *Jarika !* tu veux me vendre, & je fuis groffe de toi. Tu es groffe, répondit le marchand anglais ; tant mieux, je te vendrai plus cher.

Voilà ce qu'on nous donne pour une hiftoire véritable, pour l'origine d'une longue guerre. Le difcours d'une fille de Bofthon à fes juges qui la condamnaient à la correétion pour la cinquième fois, parce qu'elle était accouchée d'un cinquième enfant, eft une plaifanterie, un pamphlet de l'illuftre *Franklin*, &

S 3

il eft rapporté dans le même ouvrage comme une pièce authentique. Que de contes ont orné & défiguré toutes les hiftoires !

Dans un livre qui a fait beaucoup de bruit, (*) & où l'on trouve des réflexions auffi vraies que profondes, il eft dit que le père *Mallebranche* eft l'auteur de la *Prémotion phyfique.* Cette inadvertance embarraffe plus d'un lecteur qui voudrait avoir la prémotion phyfique du père *Mallebranche*, & qui la chercherait très-vainement.

Il eft dit dans ce livre que *Galilée* trouva la raifon pour laquelle les pompes ne pouvaient élever les eaux au-deffus de trente-deux pieds. C'eft précifément ce que *Galilée* ne trouva pas. Il vit bien que la pefanteur de l'air fefait élever l'eau ; mais il ne put favoir pourquoi cet air n'agiffait plus au-deffus de trente-deux pieds. Ce fut *Toricelli* qui devina qu'une colonne d'air équivalait à trente-deux pieds d'eau & à vingt-fept pouces de mercure ou environ.

Le même auteur, plus occupé de penfer que de citer jufte, prétend qu'on fit pour *Cromwell* cette épitaphe :

Ci gît le deftructeur d'un pouvoir légitime,
Jufqu'à fon dernier jour favorifé des cieux,
  Dont les vertus méritaient mieux
  Que le fceptre acquis par un crime.
Par quel deftin faut-il, par quelle étrange loi,
Qu'à tous ceux qui font nés pour porter la couronne,
  Ce foit l'ufurpateur qui donne
L'exemple des vertus que doit avoir un roi ?

Ces vers ne furent jamais faits pour *Cromwell*, mais pour le roi *Guillaume*. Ce n'eft point une épitaphe, ce

(*) Le livre *de l'Efprit.*

font des vers pour mettre au bas du portrait de ce monarque. Il n'y a point *Ci gît* ; il y a : *Tel fut le destructeur d'un pouvoir légitime.* Jamais personne en France ne fut assez sot pour dire que *Cromwell* avait donné l'exemple de toutes les vertus. On pouvait lui accorder de la valeur & du génie ; mais le nom de *vertueux* n'était pas fait pour lui.

Dans un mercure de France du mois de septembre 1769, on attribue à *Pope* une épigramme faite en impromptu sur la mort d'un fameux usurier. Cette épigramme est reconnue depuis deux cents ans en Angleterre pour être de *Shakespeare.* Elle fut faite en effet sur le champ par ce célébre poëte. Un agent de change nommé *Jean Dacombe*, qu'on appelait vulgairement *dix pour cent*, lui demandait en plaisantant quelle épitaphe il lui ferait s'il venait à mourir. *Shakespeare* lui répondit :

> Ci gît un financier puissant,
> Que nous appelons dix pour cent ;
> Je gagerais cent contre dix
> Qu'il n'est pas dans le paradis.
> Lorsque Belzébuth arriva
> Pour s'emparer de cette tombe,
> On lui dit, qu'emportez-vous là ?
> Eh ! c'est notre ami Jean Dacombe.

On vient de renouveler encore cette ancienne plaisanterie.

> Je sais bien qu'un homme d'église,
> Qu'on redoutait fort en ce lieu,
> Vient de rendre son ame à Dieu ;
> Mais je ne sais si Dieu l'a prise.

Il y a cent facéties, cent contes qui font le tour du monde depuis trente fiècles. On farcit les livres de maximes qu'on donne comme neuves, & qui fe retrouvent dans *Plutarque*, dans *Athénée*, dans *Sénèque*, dans *Plaute*, dans toute l'antiquité.

Ce ne font-là que des méprifes auffi innocentes que communes; mais pour les fauffetés volontaires, pour les menfonges hiftoriques qui portent des atteintes à la gloire des princes & à la réputation des particuliers, ce font des délits férieux.

De tous les livres groffis de fauffes anecdotes, celui dans lequel les menfonges les plus abfurdes font entaffés avec le plus d'impudence, c'eft la compilation des prétendus *Mémoires de madame de Maintenon*. Le fond en était vrai; l'auteur avait eu quelques lettres de cette dame, qu'une perfonne élevée à Saint-Cyr lui avait communiquées. Ce peu de vérités a été noyé dans un roman de fept tomes.

C'eft là que l'auteur peint *Louis XIV* fupplanté par un de fes valets de chambre; c'eft là qu'il fuppofe des lettres de mademoifelle *Mancini*, depuis connétable *Colonne*, à *Louis XIV*. C'eft là qu'il fait dire à cette nièce du cardinal *Mazarin*, dans une lettre au roi : *Vous obéiffez à un prêtre, vous n'êtes pas digne de moi fi vous aimez à fervir. Je vous aime comme mes yeux, mais j'aime encore mieux votre gloire.* Certainement l'auteur n'avait pas l'original de cette lettre.

,, Mademoifelle de *la Vallière* (dit-il dans un autre
,, endroit) s'était jetée fur un fauteuil dans un désha-
,, billé léger; là elle penfait à loifir à fon amant.
,, Souvent le jour la retrouvait affife dans une chaife,
,, accoudée fur une table, l'œil fixe, l'ame attachée au
,, même objet dans l'extafe de l'amour. Uniquement

,, occupée du roi, peut-être fe plaignait-elle en ce
,, moment de la vigilance des efpions d'*Henriette*, &
,, de la févérité de la reine-mère. Un bruit léger la
,, retire de fa rêverie ; elle recule de furprife & d'ef-
,, froi. *Louis* tombe à fes genoux. Elle veut s'enfuir,
,, il l'arrête : elle menace, il l'apaife : elle pleure, il
,, effuie fes larmes. ,,

Une telle defcription ne ferait pas même reçue aujourd'hui dans le plus fade de ces romans qui font faits à peine pour les femmes de chambre.

Après la révocation de l'édit de Nantes on trouve un chapitre intitulé *Etat du cœur*. Mais à ces ridicules fuccèdent les calomnies les plus groffières contre le roi, contre fon fils, fon petit-fils, le duc d'*Orléans* fon neveu, tous les princes du fang, les miniftres & les généraux. C'eft ainfi que la hardieffe, animée par la faim, produit des monftres. (*)

On ne peut trop précautionner les lecteurs contre cette foule de libelles atroces qui ont inondé fi long-temps l'Europe.

Anecdote hafardée de du Haillan.

Du Haillan prétend, dans un de fes opufcules, que *Charles VIII* n'était pas fils de *Louis XI*. C'eft peut-être la raifon fecrète pour laquelle *Louis XI* négligea fon éducation, & le tint toujours éloigné de lui. *Charles VIII* ne reffemblait à *Louis XI* ni par l'efprit ni par le corps. Enfin la tradition pouvait fervir d'excufe à *du Haillan* ; mais cette tradition était fort incertaine, comme prefque toutes le font.

La diffemblance entre les pères & les enfans eft encore moins une preuve d'illégitimité, que la

(*) Voyez *Hiftoire*.

reffemblance n'eft une preuve du contraire. Que *Louis XI* ait haï *Charles VIII*, cela ne conclut rien. Un fi mauvais fils pouvait aifément être un mauvais père.

Quand même douze *du Haillan* m'auraient affuré que *Charles VIII* était né d'un autre que de *Louis XI*, je ne devrais pas les encroire aveuglément. Un lecteur fage doit, ce me femble, prononcer comme les juges; *pater eft is quem nuptiæ demonftrant.*

Anecdote fur Charles-Quint.

Charles-Quint avait-il couché avec fa fœur *Marguerite* gouvernante des Pays-Bas? en avait-il eu dom *Juan d'Autriche* frère intrépide du prudent *Philippe II* ? nous n'avons pas plus de preuve que nous n'en avons des fecrets du lit de *Charlemagne* qui coucha, dit-on, avec toutes fes filles. Pourquoi donc l'affirmer? Si la fainte écriture ne m'affurait pas que les filles de *Loth* eurent des enfans de leur propre père, & *Thamar* de fon beau-père, j'héfiterais beaucoup à les en accufer. Il faut être difcret.

Autre anecdote plus hafardée.

On a écrit que la ducheffe de *Montpenfier* avait accordé fes faveurs au moine *Jacques Clément*, pour l'encourager à affaffiner fon roi. Il eût été plus habile de les promettre que de les donner. Mais ce n'eft pas ainfi qu'on excite un prêtre fanatique au parricide; on lui montre le ciel & non une femme. Son prieur *Bourgoin* était bien plus capable de le déterminer que la plus grande beauté de la terre. Il n'avait point de lettres d'amour dans fa poche quand il tua le roi, mais bien les hiftoires de *Judith* & d'*Aod*, toutes déchirées, toutes graffes à force d'avoir été lues.

Anecdote sur Henri IV.

Jean Châtel ni *Ravaillac* n'eurent aucuns complices ; leur crime avait été celui du temps, le cri de la religion fut leur seul complice. On a souvent imprimé que *Ravaillac* avait fait le voyage de Naples ; & que le jésuite *Alagona* avait prédit dans Naples la mort du roi, comme le répète encore je ne sais quel *Chiniac*. Les jésuites n'ont jamais été prophètes ; s'ils l'avaient été, ils auraient prédit leur destruction ; mais au contraire, ces pauvres gens ont toujours assuré qu'ils dureraient jusqu'à la fin des siècles. Il ne faut jamais jurer de rien.

De l'abjuration de Henri IV.

Le jésuite *Daniel* a beau me dire, dans sa très-sèche & très-fautive histoire de France, que *Henri IV*, avant d'abjurer, était depuis long-temps catholique. J'en croirai plus *Henri IV* lui-même que le jésuite *Daniel*. Sa lettre à la belle *Gabrielle*, *c'est demain que je fais le saut périlleux*, prouve au moins qu'il avait encore dans le cœur autre chose que le catholicisme. Si son grand *cœur* avait été depuis long-temps si pénétré de la grâce efficace, il aurait peut-être dit à sa maîtresse : *Ces évêques m'édifient* ; mais il lui dit : *Ces gens-là m'ennuient*. Ces paroles sont-elles d'un bon catéchumène ?

Ce n'est pas un sujet de pyrrhonisme que les lettres de ce grand-homme à *Corisande d'Andouin* comtesse de Grammont ; elles existent encore en original. L'auteur de l'*Essai sur les mœurs & l'esprit des nations* rapporte plusieurs de ces lettres intéressantes. En voici des morceaux curieux.

Tous ces empoisonneurs sont tous papistes. — J'ai décou-
vert un tueur pour moi. — Les prêcheurs romains prêchent
tout-haut qu'il n'y a plus qu'une mort à voir ; ils admonestent
tout bon catholique de prendre exemple (sur l'empoisonne-
ment du prince de *Condé* ;) *— & vous êtes de cette*
religion ! — Si je n'étais huguenot, je me ferais turc.

Il est difficile, après ces témoignages de la main de
Henri IV, d'être fermement persuadé qu'il fût catholique dans le cœur.

Autre bévue sur Henri IV.

Un autre historien moderne de *Henri IV* accuse du
meurtre de ce héros le duc de *Lerme* ; *c'est*, dit-il,
l'opinion la mieux établie. Il est évident que c'est l'opinion la plus mal établie. Jamais on n'en a parlé en
Espagne, & il n'y eut en France que le continuateur
du président de *Thou* qui donna quelque crédit à ces
soupçons vagues & ridicules. Si le duc de *Lerme* premier
ministre employa *Ravaillac*, il le paya bien mal. Ce
malheureux était presque sans argent quand il fut saisi.
Si le duc de *Lerme* l'avait séduit ou fait séduire, sous
la promesse d'une récompense proportionnée à son
attentat, assurément *Ravaillac* l'aurait nommé lui & ses
émissaires, quand ce n'eût été que pour se venger. Il
nomma bien le jésuite d'*Aubigni*, auquel il n'avait fait
que montrer un couteau ; pourquoi aurait-il épargné
le duc de *Lerme* ? c'est une obstination bien étrange
que celle de n'en pas croire *Ravaillac* dans son interrogatoire & dans les tortures ? Faut-il insulter une
grande maison espagnole sans la moindre apparence
de preuves ?

Et voilà justement comme on écrit l'histoire.

La nation espagnole n'a guère recours à des crimes honteux ; & les grands d'Espagne ont eu dans tous les temps une fierté généreuse qui ne leur a pas permis de s'avilir jusque-là.

Si *Philippe II* mit à prix la tête du prince d'*Orange*, il eut du moins le prétexte de punir un sujet rebelle, comme le parlement de Paris mit à cinquante mille écus la tête de l'amiral *Coligni* ; & depuis, celle du cardinal *Mazarin*. Ces proscriptions publiques tenaient de l'horreur des guerres civiles. Mais comment le duc de *Lerme* se ferait-il adressé secrètement à un misérable tel que *Ravaillac* !

Bévue sur le maréchal d'Ancre.

Le même auteur dit *que le maréchal d'Ancre & sa femme furent écrasés, pour ainsi dire, par la foudre.* L'un ne fut à la vérité écrasé qu'à coups de pistolet, & l'autre fut brûlée en qualité de sorcière. Un assassinat & un arrêt de mort rendu contre une maréchale de France, dame d'atour de la reine réputée magicienne, ne font honneur ni à la chevalerie ni à la jurisprudence de ce temps-là. Mais je ne sais pourquoi l'historien s'exprime en ces mots : *Si ces deux misérables n'étaient pas complices de la mort du roi, ils méritaient du moins les plus rigoureux châtimens. Il est certain que du vivant même du roi, Concini & sa femme avaient avec l'Espagne des liaisons contraires aux desseins du roi.*

C'est ce qui n'est point du tout certain ; cela n'est pas même vraisemblable. Ils étaient florentins ; le grand duc de Florence avait le premier reconnu *Henri IV*. Il ne craignait rien tant que le pouvoir de l'Espagne en Italie. *Concini* & sa femme n'avaient point de crédit du temps de *Henri IV*. S'ils avaient ourdi quelque trame avec le conseil de Madrid, ce ne pouvait être que par la reine : c'est donc accuser la reine d'avoir trahi son mari. Et, encore une fois, il n'est point permis d'inventer de telles accusations sans preuve. Quoi ! un écrivain dans son grenier pourra prononcer une diffamation que les juges les plus éclairés du royaume trembleraient d'écouter sur leur tribunal !

Pourquoi appeler un maréchal de France & sa femme, dame d'atour de la reine, *ces deux misérables ?* Le maréchal d'*Ancre*, qui avait levé une armée à ses frais contre les rebelles, mérite-t-il une épithète qui n'est convenable qu'à *Ravaillac* , à *Cartouche* , aux voleurs publics, aux calomniateurs publics ?

Il n'est que trop vrai qu'il suffit d'un fanatique pour commettre un parricide sans aucun complice. *Damiens* n'en avait point. Il a répété quatre fois dans son interrogatoire, qu'il n'a commis son crime que par *principe de religion*. Je puis dire qu'ayant été autrefois à portée de connaître les convulsionnaires, j'en ai vu plus de vingt capables d'une pareille horreur, tant leur démence était atroce. La religion mal entendue est une fièvre que la moindre occasion fait tourner en rage. Le propre du fanatisme est d'échauffer les têtes. Quand le feu qui fait bouillir ces têtes superstitieuses a fait tomber quelques flammèches dans une ame insensée & atroce ; quand un ignorant furieux croit imiter saintement *Phinée*, *Aod*, *Judith*, & leurs semblables, cet ignorant a plus de complices qu'il ne pense. Bien des gens l'ont excité au parricide sans le savoir. Quelques personnes profèrent des paroles indiscrètes & violentes ; un domestique les répète, il les amplifie, il les *enfuneste* encore, comme difent les Italiens ; un *Châtel*, un *Ravaillac*, un *Damiens* les recueille ; ceux qui les ont prononcées ne fe doutent pas du mal qu'ils ont fait. Ils font complices involontaires ; mais il n'y a eu ni complot ni inftigation. En un mot, on connaît bien mal l'efprit humain, fi l'on ignore que le fanatifme rend la populace capable de tout.

Anecdote fur l'homme au mafque de fer.

L'AUTEUR du *Siècle de Louis XIV* eft le premier qui ait parlé de l'homme au mafque de fer dans une hiftoire avérée. C'eft qu'il était très-inftruit de cette anecdote qui étonne le fiècle préfent, qui étonnera la poftérité, & qui n'eft que trop véritable. On l'avait trompé fur la date de la mort de cet inconnu fi fingulièrement infortuné. Il fut enterré à Saint-Paul le 3 mars 1703, & non en 1704.

Il avait été d'abord enfermé à Pignerol avant de l'être aux îles de Sainte-Marguerite, & enfuite à la baftille ; toujours fous la garde du même homme, de ce *St Mars* qui le vit mourir. Le père *Grifet* jéfuite a communiqué au public le journal de la baftille, qui fait foi des dates. Il a eu aifément ce journal, puifqu'il avait l'emploi délicat de confeffeur des prifonniers renfermés à la baftille.

L'homme au mafque de fer eft une énigme dont chacun veut deviner le mot. Les uns ont dit que c'était le duc de *Beaufort* : mais le duc de *Beaufort* fut tué par les Turcs à la défenfe de Candie, en 1669 ; & l'homme au mafque de fer était à Pignerol, en 1662. D'ailleurs, comment aurait-on arrêté le duc de *Beaufort* au milieu de son armée? comment l'aurait-on transféré en France sans que personne en sût rien? & pourquoi l'eût-on mis en prison, & pourquoi ce masque ?

Les autres ont rêvé le comte de *Vermandois*, fils naturel de *Louis XIV*, mort publiquement de la petite vérole, en 1683, à l'armée, & enterré dans la ville d'Arras. (*a*)

On a ensuite imaginé que le duc de *Montmouth*, à qui le roi *Jacques* fit couper la tête publiquement dans Londres en 1685, était l'homme au masque de fer. Il aurait fallu qu'il eût ressuscité, & qu'ensuite il eût changé l'ordre des temps, qu'il eût mis l'année 1662 à la place de 1685 ; que le roi *Jacques* qui ne pardonna jamais à personne, & qui par-là mérita tous ses malheurs, eût pardonné au duc de *Montmouth*, & eût fait mourir au lieu de lui un homme qui lui ressemblait parfaitement. Il aurait fallu trouver ce *Sosie* qui aurait eu la bonté de se faire couper le cou en public pour sauver le duc de *Montmouth*. Il aurait fallu que toute l'Angleterre s'y fût méprise ; qu'ensuite le roi *Jacques* eût prié instamment *Louis XIV* de vouloir bien lui servir de sergent & de geolier. Ensuite *Louis XIV* ayant fait ce petit plaisir au roi *Jacques*, n'aurait pas manqué d'avoir les mêmes égards pour le roi *Guillaume* & pour la reine *Anne*, avec lesquels il fut en guerre ;

(*a*) Dans les premières éditions de cet ouvrage, on avait dit que le duc de *Vermandois* fut enterré dans la ville d'Aire. On s'était trompé.

Mais que ce soit dans Arras ou dans Aire, il est toujours constant qu'il mourut de la petite vérole, & qu'on lui fit des obsèques magnifiques. Il faut être fou pour imaginer qu'on enterra une bûche à sa place, que *Louis XIV* fit faire un service solemnel à cette bûche, & que pour achever la convalescence de son propre fils, il l'envoya prendre l'air à la bastille pour le reste de sa vie avec un masque de fer sur le visage.

&

& il aurait foigneufement confervé auprès de ces deux monarques fa dignité de geolier, dont le roi *Jacques* l'avait honoré.

Toutes ces illufions étant diffipées, il refte à favoir qui était ce prifonnier toujours mafqué, à quel âge il mourut, & fous quel nom il fut enterré. Il eft clair que fi on ne le laiffait paffer dans la cour de la baftille, fi on ne lui permettait de parler à fon médecin, que couvert d'un mafque, c'était de peur qu'on ne reconnût dans fes traits quelque reffemblance trop frappante. Il pouvait montrer fa langue, & jamais fon vifage. Pour fon âge, il dit lui-même à l'apothicaire de la baftille, peu de jours avant fa mort, qu'il croyait avoir environ foixante ans; & le fieur *Marfolan*, chirurgien du maréchal de *Richelieu* & enfuite du duc d'*Orléans* régent, gendre de cet apothicaire, me l'a redit plus d'une fois.

Enfin, pourquoi lui donner un nom italien? on le nomma toujours *Marchiali !* Celui qui écrit cet article en fait peut-être plus que le père *Grifet*, & n'en dira pas davantage.

Anecdote fur *Nicolas Fouquet* furintendant des finances.

IL eft vrai que ce miniftre eut beaucoup d'amis dans fa difgrace, & qu'ils perfévérèrent jufqu'à fon jugement. Il eft vrai que le chancelier qui préfidait à ce jugement traita cet illuftre captif avec trop de dureté. Mais ce n'était pas *Michel le Tellier*, comme on l'a imprimé dans quelques-unes des éditions du *Siècle de Louis XIV*, c'était *Pierre Seguier*. Cette inadvertance d'avoir pris l'un pour l'autre eft une faute qu'il faut corriger.

Dictionn. philofoph. Tome I.   T

Ce qui eſt très-remarquable, c'eſt qu'on ne ſait où mourut ce célébre ſurintendant : non qu'il importe de le ſavoir, car ſa mort n'ayant pas cauſé le moindre événement, elle eſt au rang de toutes les choſes indifférentes ; mais ce fait prouve à quel point il était oublié ſur la fin de ſa vie, combien la conſidération qu'on recherche avec tant de ſoins eſt peu de choſe ; qu'heureux ſont ceux qui veulent vivre & mourir inconnus. Cette ſcience ferait plus utile que celle des dates.

Petite anecdote.

Il importe fort peu que le *Pierre Brouſſel*, pour lequel on fit les barricades, ait été conſeiller-clerc. Le fait eſt qu'il avait acheté une charge de conſeillerclerc, parce qu'il n'était pas riche, & que ces offices coûtaient moins que les autres. Il avait des enfans, & n'était clerc en aucun ſens. Je ne ſais rien de ſi inutile que de ſavoir ces minuties.

Anecdote ſur le teſtament attribué au cardinal de Richelieu.

Le père *Grifet* veut à toute force que le cardinal de *Richelieu* ait fait un mauvais livre : à la bonne heure ; tant d'hommes d'Etat en ont fait ! Mais c'eſt une belle paſſion de combattre ſi long-temps pour tâcher de prouver que, ſelon le cardinal de *Richelieu*, les *Eſpagnols* nos alliés, gouvernés ſi heureuſement par un Bourbon, *ſont tributaires de l'enfer*, & *rendent les Indes tributaires de l'enfer*. — Le teſtament du cardinal de *Richelieu* n'était pas d'un homme poli.

*Que la France avait plus de bons ports fur la Méditer-
ranée que toute la monarchie efpagnole.* — Ce teftament
était exagérateur.

*Que pour avoir cinquante mille foldats il en faut lever
cent mille par ménage.* — Ce teftament jette l'argent par
les fenêtres.

*Que lorfqu'on établit un nouvel impôt, on augmente la
paye des foldats.* — Ce qui n'eft jamais arrivé ni en
France ni ailleurs.

*Qu'il faut faire payer la taille aux parlemens & aux
autres cours fupérieures.* — Moyen infaillible pour
gagner leurs cœurs, & pour rendre la magiftrature
refpectable.

*Qu'il faut forcer la nobleffe de fervir, & l'enrôler dans la
cavalerie.* — Pour mieux conferver tous fes priviléges.

*Que de trente millions à fupprimer il y en a près de fept
dont le rembourfement ne devant être fait* qu'au denier
cinq, *la fuppreffion fe fera en fept années & demie de
jouiffance.* — De façon que, fuivant ce calcul, cinq
pour cent en fept ans & demi feraient cent francs,
au lieu qu'ils ne font que trente fept & demi : & fi
on entend par le denier cinq la cinquième partie du
capital, les cent francs feront rembourfés en cinq
années jufte. Le compte n'y eft pas ; le teftateur calcule
affez mal.

Que Gênes était la plus riche ville d'Italie. — Ce que
je lui fouhaite.

Qu'il faut être bien chafte. — Le teftateur reffemblait
à certains prédicateurs. Faites ce qu'ils difent, & non
ce qu'ils font.

Qu'il faut donner une abbaye à la fainte Chapelle de

Paris. — Chofe importante dans la crife où l'Europe était alors, & dont il ne parle pas.

Que le pape Benoît XI embarraffa beaucoup les cordeliers, piqués fur le fujet de la pauvreté, favoir des revenus de St François, qui s'animèrent à tel point, qu'ils lui firent la guerre par livres. —— Chofe plus importante encore, & plus favante, furtout quand on prend *Jean XXII* pour *Benoît XI*, & quand dans un teftament politique on ne parle ni de la manière dont il faut conduire la guerre contre l'Empire & l'Efpagne, ni des moyens de faire la paix, ni des dangers préfens, ni des reffources, ni des alliances, ni des généraux, ni des miniftres qu'il faut employer, ni même du dauphin, dont l'éducation importait tant à l'Etat; enfin d'aucun objet du miniftère.

Je confens de tout mon cœur qu'on charge, puifqu'on le veut, la mémoire du cardinal de *Richelieu*, de ce malheureux ouvrage rempli d'anachronifmes, d'ignorances, de calculs ridicules, de fauffetés reconnues; dont tout commis un peu intelligent aurait été incapable; qu'on s'efforce de perfuader que le plus grand miniftre a été le plus ignorant & le plus ennuyeux, comme le plus extravagant de tous les écrivains. Cela peut faire quelque plaifir à tous ceux qui déteftent fa tyrannie.

Il eft bon même, pour l'hiftoire de l'efprit humain, qu'on fache que ce déteftable ouvrage fut loué pendant plus de trente ans, tandis qu'on le croyait d'un grand miniftre.

Mais il ne faut pas trahir la vérité, pour faire croire que le livre eft du cardinal de *Richelieu*. Il ne faut pas dire *qu'on a trouvé une fuite du premier chapitre* du *Teſtament politique*, *corrigée en pluſieurs endroits de la main du cardinal de Richelieu*, parce que cela n'eſt pas vrai. On a trouvé au bout de cent ans un manuſcrit intitulé : Narration ſuccinâe ; cette narration ſuccinâe n'a aucun rapport au Teſtament politique. Cependant on a eu l'artifice de la faire imprimer comme un premier chapitre du Teſtament avec des notes.

A l'égard des notes, on ne ſait de quelles mains elles ſont.

Ce qui eſt très-vrai, c'eſt que le teſtament prétendu ne fit du bruit dans le monde que trente-huit ans après la mort du cardinal ; qu'il ne fut imprimé que quarante-deux ans après cette mort ; qu'on n'en a jamais vu l'original ſigné de lui ; que le livre eſt très-mauvais ; & qu'il ne mérite guère qu'on en parle.

Autres anecdotes.

Charles I, cet infortuné roi d'Angleterre, eſt-il l'auteur du fameux livre *Eikôn baſiliké* ? ce roi aurait-il mis un titre grec à ſon livre ?

Le comte de *Moret*, fils de *Henri IV*, bleſſé à la petite eſcarmouche de Caſtelnaudari, vécut-il juſqu'en 1693 ſous le nom de l'ermite frère *Jean-Baptiſte* ? quelle preuve a-t-on que cet ermite était fils de *Henri IV* ? Aucune.

Jeanne d'Albret de Navarre, mère de *Henri IV*, épouſa-t-elle après la mort d'*Antoine* un gentilhomme nommé *Goyon*, tué à la Saint-Barthelemi ? en eut-elle un fils prédicant à Bordeaux ? ce fait ſe trouve très-détaillé dans les Remarques ſur les réponſes de Bayle aux queſtions d'un provincial, *in-folio*, pag. 689.

Marguerite de Valois, époufe de *Henri IV*, accoucha-t-elle de deux enfans fecrétement pendant fon mariage? On remplirait des volumes de ces fingularités.

C'eft bien la peine de faire tant de recherches pour découvrir des chofes fi inutiles au genre-humain! Cherchons comment nous pourrons guérir les écrouelles, la goutte, la pierre, la gravelle, & mille maladies chroniques ou aiguës. Cherchons des remèdes contre les maladies de l'ame, non moins funeftes & non moins mortelles; travaillons à perfectionner les arts, à diminuer les malheurs de l'efpèce humaine; & laiffons là les Ana, les Anecdotes, les Hiftoires curieufes de notre temps; le Nouveau choix de vers fi mal choifis, cité à tout moment dans le Dictionnaire de Trévoux; & les Recueils des prétendus bons mots &c.; & les Lettres d'un ami à un ami; & les Lettres anonymes; & les Réflexions fur la tragédie nouvelle, &c. &c. &c.

Je lis dans un livre nouveau, que *Louis XIV* exempta de tailles, pendant cinq ans, tous les nouveaux mariés. Je n'ai trouvé ce fait dans aucun recueil d'édits, dans aucun mémoire du temps.

Je lis dans le même livre, que le roi de Pruffe fait donner cinquante écus à toutes les filles groffes. On ne pourrait à la vérité mieux placer fon argent, & mieux encourager la propagation; mais je ne crois pas que cette profufion royale foit vraie; du moins je ne l'ai pas vu.

Anecdote ridicule fur Théodoric.

Voici une anecdote plus ancienne qui me tombe fous la main, & qui me femble fort étrange. Il eft dit dans une Hiftoire chronologique d'Italie que le grand

Théodoric arien, cet homme qu'on nous peint fi fage, *avait parmi fes miniftres un catholique qu'il aimait beaucoup, & qu'il trouvait digne de toute fa confiance. Ce miniftre croit s'affurer de plus en plus la faveur de fon maître en embraffant l'arianifme; & Théodoric lui fait auffitôt couper la tête,* en difant: *Si cet homme n'a pas été fidelle à* DIEU, *comment le fera-t-il envers moi qui ne fuis qu'un homme?*

Le compilateur ne manque pas de dire, *que ce trait fait beaucoup d'honneur à la manière de penfer de Théodoric à l'égard de la religion.*

Je me pique de penfer, à l'égard de la religion, mieux que l'oftrogoth *Théodoric*, affaffin de *Symmaque* & de *Boèce*, puifque je fuis bon catholique, & que *Théodoric* était arien. Mais je déclarerais ce roi digne d'être lié comme enragé, s'il avait eu la bêtife atroce dont on le loue. Quoi! il aurait fait couper la tête fur le champ à fon miniftre favori, parce que ce miniftre aurait été à la fin de fon avis! comment un adorateur de DIEU, qui paffe de l'opinion d'*Athanafe* à l'opinion d'*Arius* & d'*Eufèbe*, eft-il infidelle à DIEU? il était tout au plus infidelle à *Athanafe*, & à ceux de fon parti, dans un temps où le monde était partagé entre les athanafiens & les eufébiens. Mais *Théodoric* ne devait pas le regarder comme un homme infidelle à DIEU, pour avoir rejeté le terme de *confubftantiel* après l'avoir admis. Faire couper la tête à fon favori fur une pareille raifon, c'eft certainement l'action du plus méchant fou & du plus barbare fot qui ait jamais exifté.

Que diriez-vous de *Louis XIV* s'il eût fait couper fur le champ la tête au duc de *la Force*, parce que le duc de *la Force* avait quitté le calvinifme pour la religion de *Louis XIV*?

T 4

Anecdote sur le maréchal de Luxembourg.

J'OUVRE dans ce moment une histoire de Hollande, & je trouve que le maréchal de *Luxembourg*, en 1672, fit cette harangue à ses troupes : *Allez, mes enfans, pillez, volez, tuez, violez ; & s'il y a quelque chose de plus abominable ne manquez pas de le faire, afin que je voie que je ne me suis pas trompé en vous choisissant comme les plus braves des hommes.*

Voilà certainement une jolie harangue : elle n'est pas plus vraie que celles de *Tite-Live ;* mais elle n'est pas dans son goût. Pour achever de déshonorer la typographie ; cette belle pièce se retrouve dans des dictionnaires nouveaux, qui ne font que des impostures par ordre alphabétique.

Anecdote sur Louis XIV.

C'EST une petite erreur dans l'Abrégé chronologique de l'histoire de France, de supposer que *Louis XIV*, après la paix d'Utrecht dont il était redevable à l'Angleterre, après neuf années de malheurs, après les grandes victoires que les Anglais avaient remportées, ait dit à l'ambassadeur d'Angleterre : *J'ai toujours été le maître chez moi, quelquefois chez les autres ; ne m'en faites pas souvenir.* J'ai dit ailleurs que ce discours aurait été très-déplacé, très-faux à l'égard des Anglais, & aurait exposé le roi à une réponse accablante. L'auteur même m'avoua que le marquis de *Torci*, qui fut toujours présent à toutes les audiences du comte de *Stairs*, ambassadeur d'Angleterre, avait toujours démenti cette anecdote. Elle n'est assurément ni vraie, ni vraisemblable, & n'est restée dans les dernières éditions de ce livre que parce qu'elle avait été mife dans la première. Cette erreur ne dépare point du tout un ouvrage d'ailleurs très-utile, où tous les grands événemens, rangés dans l'ordre le plus commode, font d'une vérité reconnue.

Tous ces petits contes dont on a voulu orner l'hiftoire la déshonorent ; & malheureufement prefque toutes les anciennes hiftoires ne font guère que des contes. *Mallebranche* à cet égard avait raifon de dire, qu'il ne fefait pas plus de cas de l'hiftoire que des nouvelles de fon quartier.

Lettre de M. de Voltaire fur plufieurs anecdotes.

Nous croyons devoir terminer cet article des *Anecdotes* par une lettre de M. de *Voltaire* à M. *Damilaville*, philofophe intrépide, & qui feconda plus que perfonne fon ami M. de *Voltaire* dans la cataftrophe mémorable des *Calas* & des *Sirven*. Nous prenons cette occafion de célébrer autant qu'il eft en nous la mémoire de ce citoyen, qui dans une vie obfcure a montré des vertus qu'on ne rencontre guère dans le grand monde. Il fefait le bien pour le bien même, fuyant les hommes brillans, & fervant les malheureux avec le zèle de l'enthoufiafme. Jamais homme n'eut plus de courage dans l'adverfité & à la mort. Il était l'ami intime de M. de *Voltaire* & de M. *Diderot*. Voici la lettre en queftion.

Au château de Ferney, 7 *mai* 1762.

,, Par quel hafard s'eft-il pu faire, mon cher ami, que
,, vous ayez lu quelques feuilles de l'Année littéraire
,, de maître *Aliboron*? chez qui avez-vous trouvé ces
,, rapfodies? il me femble que vous ne voyez pas
,, d'ordinaire mauvaife compagnie. Le monde eft

» inondé des fottifes des folliculaires qui mordent
» parce qu'ils ont faim, & qui gagnent leur pain à
» dire de plates injures.

» Ce pauvre *Fréron*, (*b*) à ce que j'ai ouï dire,
» eft comme les gueufes des rues de Paris, qu'on
» tolère quelque temps pour le fervice des jeunes gens
» défœuvrés, qu'on renferme à l'hôpital trois ou
» quatre fois par an, & qui en fortent pour reprendre
» leur premier métier.

» J'ai lu les feuilles que vous m'avez envoyées. Je
» ne fuis pas étonné que maître *Aliboron* crie un peu
» fous les coups de fouet que je lui ai donnés. Depuis
» que je me fuis amufé à immoler ce poliffon à la
» rifée publique fur tous les théâtres de l'Europe, il
» eft jufte qu'il fe plaigne un peu. Je ne l'ai jamais
» vu, Dieu merci. Il m'écrivit une grande lettre il y
» a environ vingt ans. J'avais entendu parler de fes

(*b*) Le folliculaire dont on parle eft celui-là même qui, ayant été
chaffé des jéfuites, a compofé des libelles pour vivre, & qui a rempli fes
libelles d'anecdotes prétendues littéraires. En voici une fur fon compte.

*Lettre du fieur Royou, avocat au parlement de Bretagne, beau-frère du
nommé Fréron. Mardi matin 6 mars 1770.*

» *Fréron* époufa ma fœur il y a trois ans en Bretagne : mon père
» donna vingt mille livres de dot. Il les diffipa avec des filles, & donna
» du mal à ma fœur. Après quoi il la fit partir pour Paris, dans le
» panier du coche, & la fit coucher en chemin fur la paille. Je courus
» demander raifon à ce malheureux. Il feignit de fe repentir. Mais comme
» il fefait le métier d'efpion, & qu'il fut qu'en qualité d'avocat j'avais
» pris parti dans les troubles de Bretagne, il m'accufa auprès de M. de...
» & obtint une lettre de cachet pour me faire enfermer. Il vint lui-même
» avec des archers dans la rue des Noyers, un lundi à dix heures du
» matin, me fit charger de chaînes, fe mit à côté de moi dans un fiacre,
» & tenait lui-même le bout de la chaîne.... &c.

Nous ne jugeons point ici entre les deux beaux-frères. Nous avons la lettre
originale. On dit que ce *Fréron* n'a pas laiffé de parler de religion & de
vertu dans fes feuilles. Adreffez-vous à fon marchand de vin.

,, mœurs, & par conféquent je ne lui fis point de
,, réponfe. Voilà l'origine de toutes les calomnies
,, qu'on dit qu'il débita contre moi dans fes feuilles.
,, Il faut le laiffer faire, les gens condamnés par leurs
,, juges ont permiffion de leur dire des injures.

,, Je ne fais ce que c'eft qu'une comédie italienne
,, qu'il m'impute, intitulée : *Quand me mariera-t-on ?*
,, voilà la première fois que j'en ai entendu parler.
,, C'eft un menfonge abfurde. DIEU a voulu que j'aie
,, fait des pièces de théâtre pour mes péchés; mais je
,, n'ai jamais fait de farce italienne. Rayez cela de
,, vos anecdotes.

,, Je ne fais comment une lettre que j'écrivis à
,, milord *Littleton* & fa réponfe font tombées entre
,, les mains de ce *Fréron;* mais je puis vous affurer
,, qu'elles font toutes deux entièrement falfifiées.
,, Jugez-en; je vous envoie les originaux.

,, Ces meffieurs les folliculaires reffemblent affez
,, aux chiffonniers, qui vont ramaffant des ordures
,, pour faire du papier.

,, Ne voilà-t-il pas encore une belle anecdote, &
,, bien digne du public, qu'une lettre de moi au
,, profeffeur *Haller*, & une lettre du profeffeur *Haller*
,, à moi ! & de quoi s'avifa M. *Haller* de faire courir
,, mes lettres & les fiennes ? & de quoi s'avife un folli-
,, culaire de les imprimer & de les falfifier pour gagner
,, cinq fous ? Il me la fait figner du château de Tour-
,, nex, où je n'ai jamais démeuré.

,, Ces impertinences amufent un moment des
,, jeunes gens oififs, & tombent le moment d'après
,, dans l'éternel oubli où tous les riens de ce temps-ci
,, tombent en foule.

,, L'anecdote du cardinal de *Fleuri* fur le *Quemad-*
,, *modum* que *Louis XIV* n'entendait pas eſt très-vraie.
,, Je ne l'ai rapportée dans le *Siècle de Louis XIV* que
,, parce que j'en étais fûr, & je n'ai point rapporté
,, celle du *Nyćlicorax* parce que je n'en étais pas fûr.
,, C'eſt un vieux conte qu'on me feſait dans mon
,, enfance au collège des jéſuites, pour me faire ſentir
,, la fupériorité du père de *la Chaiſe* fur le grand-
,, aumônier de France. On prétendait que le grand-
,, aumônier, interrogé fur la ſignification de *nićlicorax*,
,, dit que c'était un capitaine du roi *David*, & que
,, le révérend père *la Chaiſe* aſſura que c'était un hibou;
,, peu m'importe. Et très-peu m'importe encore qu'on
,, fredonne pendant un quart-d'heure dans un latin
,, ridicule un *Nyćlicorax* groſſièrement mis en muſique.

,, Je n'ai point prétendu blâmer *Louis XIV* d'ignorer
,, le latin; il favait gouverner, il favait faire fleurir
,, tous les arts, cela vaut mieux que d'entendre *Cicéron*.
,, D'ailleurs cette ignorance du latin ne venait pas de
,, ſa faute, puiſque dans ſa jeuneſſe il apprit de lui-
,, même l'italien & l'eſpagnol.

,, Je ne fais pas pourquoi l'homme que le follicu-
,, laire fait parler, me reproche de citer le cardinal
,, de *Fleuri*, & s'égaie à dire *que j'aime à citer de grands*
,, *noms*. Vous favez, mon cher ami, que mes grands
,, noms font ceux de *Newton*, de *Locke*, de *Corneille*,
,, de *Racine*, de *la Fontaine*, de *Boileau*. Si le nom de
,, *Fleuri* était grand pour moi, ce ferait le nom de
,, l'abbé *Fleu i*, auteur des diſcours patriotiques &
,, favans, qui ont fauvé de l'oubli ſon hiſtoire ecclé-
,, ſiaſtique; & non pas le cardinal de *Fleuri* que j'ai fort
,, connu avant qu'il fût miniſtre, & qui quand il le fut,

,, fit exiler un des plus refpectables hommes de France,
,, l'abbé *Pucelle*, & empêcha bénignement pendant
,, tout fon miniſtère qu'on ne foutîntles quatre fameufes
,, propofitions fur lefquelles eſt fondée la liberté
,, françaife dans les chofes eccléfiaſtiques.

 ,, Je ne connais de grands-hommes que ceux qui
,, ont rendu de grands fervices au genre-humain.

 ,, Quand j'amaffai des matériaux pour écrire le
,, *Siècle de Louis XIV*, il fallut bien confulter des géné-
,, raux, des miniſtres, des aumôniers, des dames, &
,, des valets de chambre. Le cardinal de *Fleuri* avait
,, été aumônier, & il m'apprit fort peu de chofe.
,, M. le maréchal de *Villars* m'apprit beaucoup pen-
,, dant quatre ou cinq années de temps, comme vous
,, le favez ; & je n'ai pas dit tout ce qu'il voulut bien
,, m'apprendre.

 ,, M. le duc d'*Antin* me fit part de plufieurs anec-
,, dotes, que je n'ai données que pour ce qu'elles
,, valaient.

 ,, M. de *Torci* fut le premier qui m'apprit, par
,, une feule ligne en marge de mes queſtions, que
,, *Louis XIV* n'eut jamais de part à ce fameux teſta-
,, ment du roi d'Efpagne *Charles II*, qui changea la
,, face de l'Europe.

 ,, Il n'eſt pas permis d'écrire une hiſtoire contem-
,, poraine, autrement qu'en confultant avec affiduité
,, & en confrontant tous les témoignages. Il y a des
,, faits que j'ai vus par mes yeux, & d'autres par des
,, yeux meilleurs. J'ai dit la plus exacte vérité fur les
,, chofes effentielles.

 ,, Le roi régnant m'a rendu publiquement cette
,, juſtice : je crois ne m'être guère trompé fur les

,, petites anecdotes, dont je fais très-peu de cas ; elles
,, ne font qu'un vain amufement. Les grands événe-
,, mens inftruifent.

,, Le roi *Staniflas*, duc de Lorraine, m'a rendu le
,, témoignage authentique que j'avais parlé de toutes
,, les chofes importantes arrivées fous le règne de
,, *Charles XII*, ce héros imprudent, comme fi j'en
,, avais été le témoin oculaire.

,, A l'égard des petites circonftances, je les aban-
,, donne à qui voudra ; je ne m'en foucie pas plus que
,, de l'hiftoire des quatre fils *Aymon*.

,, J'eftime bien autant celui qui ne fait pas une
,, anecdote inutile que celui qui la fait.

,, Puifque vous voulez être inftruit des bagatelles
,, & des ridicules, je vous dirai que votre malheureux
,, folliculaire fe trompe, quand il prétend qu'il a été
,, joué fur le théâtre de Londres, avant d'avoir été
,, berné fur celui de Paris par *Jérôme Carré*. La tra-
,, duction, ou plutôt l'imitation de la comédie de
,, l'Ecoffaife & de *Fréron*, faite par M. *George Colman*,
,, n'a été jouée fur le théâtre de Londres qu'en 1766,
,, & n'a été imprimée qu'en 1767, chez *Beket* & de
,, *Hondt*. Elle a eu autant de fuccès à Londres qu'à
,, Paris, parce que par tout pays on aime la vertu des
,, *Lindanes* & des *Freeport*, & qu'on détefte les folli-
,, culaires qui barbouillent du papier, & mentent pour
,, de l'argent. Ce fut l'illuftre *Garrick* qui compofa
,, l'épilogue. M. *George Colman* m'a fait l'honneur de
,, m'envoyer fa pièce ; elle eft intitulée *The English*
,, *Merchant*.

,, C'eft une chofe affez plaifante, qu'à Londres, à
,, Pétersbourg, à Vienne, à Gènes, à Parme, &

,, jufqu'en Suiffe, on fe foit également moqué de ce
,, *Fréron*. Ce n'eſt pas à ſa perſonne qu'on en voulait ;
,, il prétend que l'Ecoſſaiſe ne réuſſit à Paris que
,, parce qu'il y eſt déteſté. Mais la pièce a réuſſi à
,, Londres, à Vienne, où il eſt inconnu. Perſonne
,, n'en voulait à *Pourceaugnac*, quand *Pourceaugnac* fit
,, rire l'Europe.

,, Ce font-là des anecdotes littéraires aſſez bien
,, conſtatées ; mais ce font, ſur ma parole, les vérités
,, les plus inutiles qu'on ait jamais dites. Mon ami,
,, un chapitre de *Cicéron*, *de Officiis*, & *de Naturâ*
,, *deorum*, un chapitre de *Locke*, une lettre provin-
,, ciale, une bonne fable de *la Fontaine*, des vers de
,, *Boileau* & de *Racine*, voilà ce qui doit occuper un
,, vrai littérateur.

,, Je voudrais bien ſavoir quelle utilité le public
,, retirera de l'examen que fait le folliculaire, ſi je
,, demeure dans un château ou dans une maiſon de
,, campagne. J'ai lu dans une des quatre cents brochures
,, faites contre moi par mes confrères de la plume,
,, que Mme la ducheſſe de *Richelieu* m'avait fait pré-
,, ſent un jour d'un carroſſe fort joli & de deux chevaux
,, gris pommelés, que cela déplut fort à M. le duc de
,, *Richelieu*. Et là-deſſus on bâtit une longue hiſtoire.
,, Le bon de l'affaire, c'eſt que dans ce temps-là
,, M. le duc de *Richelieu* n'avait point de femme.

,, D'autres impriment mon Porte-feuille retrouvé ;
,, d'autres mes Lettres à M. *B.* & à madame *D.*, à
,, qui je n'ai jamais écrit ; & dans ces lettres, toujours
,, des anecdotes.

,, Ne vient-on pas d'imprimer les Lettres prétendues
,, de la reine *Chriſtine*, de *Ninon Lenclos* ? &c. &c.

» Des curieux mettent ces fottifes dans leurs biblio-
» thèques, & un jour quelque érudit aux gages d'un
» libraire les fera valoir comme des monumens pré-
» cieux de l'hiftoire. Quel fatras! quelle pitié! quel
» opprobre de la littérature! quelle perte de temps!»

On ferait bien aifément un très-gros volume fur ces
anecdotes; mais en général on peut affurer qu'elles
reffemblent aux vieilles chartes des moines. Sur mille
il y en a huit cents de fauffes. Mais, & vieilles chartes
en parchemin, & nouvelles anecdotes imprimées
chez *Pierre Marteau*, tout cela eft fait pour gagner
de l'argent.

Anecdote fingulière fur le père Fouquet, ci-devant jéfuite.

(*Ce morceau eft inféré en partie dans les Lettres juives.*)

EN 1723 le père *Fouquet* jéfuite revint en France,
de la Chine où il avait paffé vingt-cinq ans. Des difputes de religion l'avaient brouillé avec fes confrères.
Il avait porté à la Chine un évangile différent du
leur, & rapportait en Europe des mémoires contre
eux. Deux lettrés de la Chine avaient fait le voyage
avec lui. L'un de ces lettrés était mort fur le vaiffeau;
l'autre vint à Paris avec le père *Fouquet*. Ce jéfuite
devait emmener fon lettré à Rome, comme un témoin
de la conduite de ces bons pères à la Chine. La chofe
était fecrète.

Fouquet & fon lettré logeaient à la maifon profeffe,
rue Saint-Antoine à Paris. Les révérends pères furent
avertis des intentions de leur confrère. Le père *Fouquet*

fut

fut auffi incontinent les deffeins des révérends pères ;
il ne perdit pas un moment, & partit la nuit en pofte
pour Rome.

Les révérends pères eurent le crédit de faire courir
après lui. On n'attrapa que le lettré. Ce pauvre garçon
ne favait pas un mot de français. Les bons pères
allèrent trouver le cardinal *Dubois*, qui alors avait
befoin d'eux. Ils dirent au cardinal qu'ils avaient
parmi eux un jeune homme qui était devenu fou , &
qu'il fallait l'enfermer.

Le cardinal qui , par intérêt , eût dû le protéger
fur cette feule accufation , donna fur le champ une
lettre de cachet, la chofe du monde dont un miniftre
eft quelquefois le plus libéral.

Le lieutenant de police vint prendre ce fou qu'on
lui indiqua ; il trouva un homme qui fefait des révé-
rences autrement qu'à la françaife, qui parlait comme
en chantant , & qui avait l'air tout étonné. Il le
plaignit beaucoup d'être tombé en démence , le fit
lier, & l'envoya à Charenton où il fut fouetté , comme
l'abbé *Desfontaines*, deux fois par femaine.

Le lettré chinois ne comprenait rien à cette manière
de recevoir les étrangers. Il n'avait paffé que deux ou
trois jours à Paris ; il trouvait les mœurs des Français
affez étranges ; il vécut deux ans au pain & à l'eau
entre des fous & des pères correcteurs. Il crut que la
nation françaife était compofée de ces deux efpèces ,
dont l'une danfait, tandis que l'autre fouettait l'efpèce
danfante.

Enfin au bout de deux ans le miniftère changea ;
on nomma un nouveau lieutenant de police. Ce
magiftrat commença fon adminiftration par aller

Dictionn. philofoph. Tome I.   V

vifiter les prifons. Il vit les fous de Charenton. Après qu'il fe fut entretenu avec eux, il demanda s'il ne reftait plus perfonne à voir. On lui dit qu'il y avait encore un pauvre malheureux, mais qu'il parlait une langue que perfonne n'entendait.

Un jéfuite qui accompagnait le magiftrat, dit que c'était la folie de cet homme de ne jamais répondre en français, qu'on n'en tirerait rien, & qu'il confeillait qu'on ne fe donnât pas la peine de le faire venir.

Le miniftre infifta. Le malheureux fut amené ; il fe jeta aux genoux du lieutenant de police. Il envoya chercher les interprètes du roi ; on lui parla efpagnol, latin, grec, anglais, il difait toujours *Kanton, Kanton.* Le jéfuite affura qu'il était poffédé.

Le magiftrat, qui avait entendu dire autrefois qu'il y a une province de la Chine appelée *Kanton*, s'imagina que cet homme en était peut-être. On fit venir un interprète des miffions étrangères, qui écorchait le chinois ; tout fut reconnu ; le magiftrat ne fut que faire, & le jéfuite que dire. M. le duc de *Bourbon* était alors premier miniftre ; on lui conta la chofe ; il fit donner de l'argent & des habits au Chinois, & on le renvoya dans fon pays, d'où l'on ne croit pas que beaucoup de lettrés viennent jamais nous voir.

Il eût été plus politique de le garder & de le bien traiter, que de l'envoyer donner à la Chine la plus mauvaife opinion de la France.

Autre anecdote fur un jéfuite chinois.

LES jéfuites de France, miffionnaires fecrets à la Chine, dérobèrent il y a environ trente ans un enfant de Kanton à fes parens, le menèrent à Paris, &

l'élevèrent dans leur couvent de la rue Saint-Antoine. Cet enfant se fit jésuite à l'âge de quinze ans, & resta encore dix ans en France. Il sait parfaitement le français & le chinois, & il est assez savant. M. *Bertin*, contrôleur-général & depuis secrétaire d'Etat, le renvoya à la Chine en 1763, après l'abolissement des jésuites.

Il s'appelle *Ko*; il signe *Ko*, jésuite.

Il y avait en 1772 quatorze jésuites français à Pékin, parmi lesquels était le frère *Ko*, qui demeure encore dans leur maison.

L'empereur *Kien-Long* a conservé auprès de lui ces moines d'Europe en qualité de peintres, de graveurs, d'horlogers, de mécaniciens, avec défense expresse de disputer jamais sur la religion, & de causer le moindre trouble dans l'empire,

Le jésuite *Ko* a envoyé de Pékin à Paris des manuscrits de sa composition intitulés : *Mémoires concernant l'histoire, les sciences & les arts des Chinois, par les missionnaires de Pékin*. Ce livre est imprimé, & se débite actuellement à Paris chez le libraire *Nyon*.

L'auteur se déchaîne contre tous les philosophes de l'Europe, à la page 271. Il donne le nom d'illustre martyr de JESUS-CHRIST à un prince du sang tartare que les jésuites avaient séduit, & que le feu empereur *Yont-Chin* avait exilé.

Ce *Ko* se vante de faire beaucoup de néophytes; c'est un esprit ardent, capable de troubler plus la Chine, que les jésuites n'ont autrefois troublé le Japon.

On prétend qu'un seigneur russe, indigné de cette insolence jésuitique, qui s'étend au bout du monde, même après l'extinction de cette société, veut faire parvenir à Pékin, au préfident du tribunal des rites, un extrait en chinois de ce mémoire, qui puiffe faire connaître le nommé *Ko* & les autres jéfuites qui travaillent avec lui.

ANATOMIE.

L'ANATOMIE ancienne eft à la moderne ce qu'étaient les cartes géographiques groffières du feizième fiècle, qui ne repréfentaient que les lieux principaux, & encore infidellement tracés, en comparaifon des cartes topographiques de nos jours, où l'on trouve jufqu'au moindre buiffon mis à fa place.

Depuis *Véfale* jufqu'à *Bertin* on a fait de nouvelles découvertes dans le corps humain; on peut fe flatter d'avoir pénétré jufqu'à la ligne qui fépare à jamais les tentatives des hommes & les fecrets impénétrables de la nature.

Interrogez *Borelli* fur la force exercée par le cœur dans fa dilatation, dans fa diaftole; il vous affure qu'elle eft égale à un poids de quatre-vingts mille livres dont il rabat enfuite quelques milliers. Adreffez-vous à *Keil*, il vous certifie que cette force n'eft que de cinq onces. *Jurin* vient qui décide qu'ils fe font trompés; & il fait un nouveau calcul : mais un quatrième furvenant prétend que *Jurin* s'eft trompé auffi. La nature fe moque d'eux tous; & pendant qu'ils difputent, elle a foin de notre vie; elle fait contracter & dilater le cœur par des voies que l'efprit humain ne peut découvrir.

On difpute depuis *Hippocrate* fur la manière dont fe fait la digeftion; les uns accordent à l'eftomac des fucs digeftifs; d'autres les lui refufent. Les chimiftes font de l'eftomac un laboratoire. *Hecquet* en fait un moulin. Heureufement la nature nous fait digérer fans qu'il foit néceffaire que nous fachions fon fecret. Elle nous donne des appétits, des goûts & des averfions pour certains alimens dont nous ne pourrons jamais favoir la caufe.

On dit que notre chyle fe trouve déjà tout formé dans les alimens mêmes, dans une perdrix rôtie. Mais que tous les chimiftes enfemble mettent des perdrix dans une cornue, ils n'en retireront rien qui reffemble ni à une perdrix ni au chyle. Il faut avouer que nous digérons ainfi que nous recevons la vie, que nous la donnons, que nous dormons, que nous fentons, que nous penfons, fans favoir comment. On ne peut trop le redire.

Nous avons des bibliothèques entières fur la génération; mais perfonne ne fait encore feulement quel reffort produit l'intumefcence dans la partie mafculine.

On parle d'un fuc nerveux qui donne la fenfibilité à nos nerfs; mais ce fuc n'a pu être découvert par aucun anatomifte.

Les efprits animaux, qui ont une fi grande réputation, font encore à découvrir.

Votre médecin vous fera prendre une médecine, & ne fait pas comment elle vous purge.

La manière dont fe forment nos cheveux & nos ongles nous eft auffi inconnue que la manière dont nous avons des idées. Le plus vil excrément confond tous les philofophes.

Winslow & *Lémeri* entaffent mémoire fur mémoire concernant la génération des mulets; les favans fe partagent; l'âne fier & tranquille, fans fe mêler de la difpute, fubjugue cependant fa cavale qui lui donne un beau mulet, fans que *Lémeri* & *Winslow* fe doutent par quel art ce mulet naît avec des oreilles d'âne & un corps de cheval.

Borelli dit que l'œil gauche eft beaucoup plus fort que l'œil droit. D'habiles phyficiens ont foutenu le parti de l'œil droit contre lui.

Voffius attribuait la couleur des Nègres à une maladie. *Ruyfch* a mieux rencontré en les difféquant, & en enlevant avec une adreffe fingulière le corps muqueux réticulaire qui eft noir ; & malgré cela il fe trouve encore des phyficiens qui croient les noirs originairement blancs. Mais qu'eft-ce qu'un fyftème que la nature défavoue ?

Boerhaave affure que le fang dans les véficules des poumons eft *preffé*, *chaffé*, *foulé*, *brifé*, *atténué*.

Le Cat prétend que rien de tout cela n'eft vrai. Il attribue la couleur rouge du fang à un fluide cauftique, & on lui nie fon cauftique.

Les uns font des nerfs un canal par lequel paffe un fluide invifible; les autres en font un violon dont les cordes font pincées par un archet qu'on ne voit pas davantage.

La plupart des médecins attribuent les règles des femmes à la pléthore du fang. *Terenzoni* & *Vieuffens* croient que la caufe de ces évacuations eft dans un efprit vital, dans le froiffement des nerfs, enfin dans le befoin d'aimer.

On a recherché jufqu'à la caufe de la fenfibilité, & on eft allé jufqu'à la trouver dans la trépidation des membres à demi animés. On a cru les membranes du fœtus irritables, & cette idée a été fortement combattue.

Celui-ci dit que la palpitation d'un membre coupé eſt le *ton* que le membre conſerve encore. Cet autre dit que c'eſt l'*élaſticité*; un troiſième l'appelle *irritabilité*. La cauſe, tous l'ignorent, tous ſont à la porte du dernier aſile où la nature ſe renferme; elle ne ſe montre jamais à eux, & ils devinent dans ſon antichambre.

Heureuſement ces queſtions ſont étrangères à la médecine utile, qui n'eſt fondée que ſur l'expérience, ſur la connaiſſance du tempérament d'un malade, ſur des remèdes très-ſimples donnés à propos; le reſte eſt pure curioſité, & ſouvent charlatanerie.

Si un homme à qui on ſert un plat d'écreviſſes qui étaient toutes griſes avant la cuiſſon, & qui ſont devenues toutes rouges dans la chaudière, croyait n'en devoir manger que lorſqu'il ſaurait bien préciſément comment elles ſont devenues rouges, il ne mangerait d'écreviſſes de ſa vie.

ANCIENS ET MODERNES.

LE grand procès des anciens & des modernes n'eſt pas encore vidé; il eſt ſur le bureau depuis l'âge d'argent qui ſuccéda à l'âge d'or. Les hommes ont toujours prétendu que le bon vieux temps valait beaucoup mieux que le temps préſent. *Neſtor* dans l'Iliade, en voulant s'inſinuer comme un ſage conciliateur dans l'eſprit d'*Achille* & d'*Agamemnon*, débute par leur dire... *J'ai vécu autrefois avec des hommes qui valaient mieux que vous; non je n'ai jamais vu & je ne verrai jamais de ſi*

grands perfonnages que Drias , Cénée , Exadius , Polyphème
égal aux dieux , &c.

La poftérité a bien vengé *Achille* du mauvais com-
pliment de *Neftor* , vainement loué par ceux qui ne
louent que l'antique. Perfonne ne connaît plus *Drias;*
on n'a guère entendu parler d'*Exadius*, ni de *Cénée;*
& pour *Polyphème* égal aux dieux , il n'a pas une trop
bonne réputation, à moins que ce ne foit tenir de la
Divinité que d'avoir un grand œil au front , & de
manger des hommes tout cruds.

Lucrèce ne balance pas à dire que la nature a
dégénéré.

> *Ipfa dedit dulces fœtus & pabula læta ,*
> *Quæ nunc vix noftro grandefcunt auEla labore ;*
> *Conterimufque boves , & vires agricolarum &c.*
> La nature languit ; la terre eft épuifée ;
> L'homme dégénéré, dont la force eft ufée ,
> Fatigue un fol ingrat par fes bœufs affaiblis.

L'antiquité eft pleine des éloges d'une autre antiquité plus reculée.

> Les hommes, en tout temps, ont penfé qu'autrefois
> De longs ruiffeaux de lait ferpentaient dans nos bois;
> La lune était plus grande, & la nuit moins obfcure ;
> L'hiver fe couronnait de fleurs & de verdure ;
> L'homme, ce roi du monde, & roi très-fainéant,
> Se contemplait à l'aife, admirait fon néant,
> Et formé pour agir, fe plaifait à rien faire &c.

Horace combat ce préjugé avec autant de fineffe
que de force dans fa belle épître à *Augufte.* (*a*)
,, Faut-il donc, dit-il, que nos poëmes foient comme

(*a*) *Epift. I, lib.* 2.

,, nos vins, dont les plus vieux font toujours pré-
,, férés ? ,, Il dit enfuite :

(b) *Indignor quidquam reprehendi, non quia craſſè*
Compoſitum illepidève putetur, ſed quia nuper;
Nec veniam antiquis, ſed honorem & præmia poſci.

. . . .

Ingeniis non ille favet, plauditque ſepultis :
Noſtra ſed impugnat ; nos noſtraque lividus odit &c.

J'ai vu ce paſſage imité ainſi en vers familiers :

Rendons toujours juſtice au beau.
Eſt-il laid pour être nouveau ?
Pourquoi donner la préférence
Aux méchans vers du temps jadis ?
C'eſt en vain qu'ils ſont applaudis ;
Ils n'ont droit qu'à notre indulgence.
Les vieux livres ſont des tréfors,
Dit la fotte & maligne envie.
Ce n'eſt pas qu'elle aime les morts :
Elle hait ceux qui font en vie.

Le ſavant & ingénieux *Fontenelle* s'exprime ainſi
fur ce fujet :

,, Toute la queſtion de la prééminence entre les
,, anciens & les modernes, étant une fois bien
,, entendue, fe réduit à favoir, fi les arbres qui étaient
,, autrefois dans nos campagnes étaient plus grands
,, que ceux d'aujourd'hui. En cas qu'ils l'aient été,
,, *Homère, Platon, Démoſthènes*, ne peuvent être égalés
,, dans ces derniers fiècles ; mais fi nos arbres font
,, auſſi grands que ceux d'autrefois, nous pouvons
,, égaler *Homère, Platon*, & *Démoſthènes.*

(b) *Ibid.*

,, Eclaircissons ce paradoxe. Si les anciens avaient
,, plus d'esprit que nous, c'est donc que les cerveaux
,, de ce temps-là étaient mieux disposés, formés de
,, fibres plus fermes ou plus délicates, remplis de
,, plus d'esprits animaux; mais en vertu de quoi les
,, cerveaux de ce temps-là auraient-ils été mieux
,, disposés? Les arbres auraient donc été aussi plus
,, grands & plus beaux; car si la nature était alors
,, plus jeune & plus vigoureuse, les arbres, aussi
,, bien que les cerveaux des hommes, auraient dû
,, se sentir de cette vigueur & de cette jeunesse. ,,
(Digression sur les anciens & les modernes, tome IV,
édition de 1742.)

Avec la permission de cet illustre académicien, ce
n'est point là du tout l'état de la question. Il ne s'agit
pas de savoir si la nature a pu produire de nos jours
d'aussi grands génies, & d'aussi bons ouvrages que
ceux de l'antiquité grecque & latine; mais de savoir
si nous en avons en effet. Il n'est pas impossible sans
doute qu'il y ait d'aussi grands chênes dans la forêt de
Chantilli que dans celle de Dodone : mais, supposé
que les chênes de Dodone eussent parlé, il serait très-
clair qu'ils auraient un grand avantage sur les nôtres,
qui probablement ne parleront jamais.

La Motte, homme d'esprit & de talens, qui a
mérité des applaudissemens dans plus d'un genre, a
soutenu, dans une ode remplie de vers heureux, le
parti des modernes. Voici une de ses stances :

Et pourquoi veut-on que j'encense
Ces prétendus dieux dont je sors?
En moi la même intelligence
Fait mouvoir les mêmes ressorts.

Croit-on la nature bizarre,
Pour nous aujourd'hui plus avare,
Que pour les Grecs & les Romains?
De nos aînés mère idolâtre,
N'est-elle plus que la marâtre
Du reste grossier des humains?

On pouvait lui répondre : Estimez vos aînés sans les adorer. Vous avez une intelligence & des ressorts comme *Virgile* & *Horace* en avaient ; mais ce n'est pas peut-être absolument la même intelligence. Peut-être avaient-ils un talent supérieur au vôtre, & ils l'exerçaient dans une langue plus riche & plus harmonieuse que les langues modernes, qui sont un mélange de l'horrible jargon des Celtes & d'un latin corrompu.

La nature n'est point bizarre ; mais il se pourrait qu'elle eût donné aux Athéniens un terrain & un ciel plus propre que la Vestphalie & que le Limousin à former certains génies. Il se pourrait bien encore que le gouvernement d'Athènes, en secondant le climat, eût mis dans la tête de *Démosthènes* quelque chose que l'air de Clamar & de la Grenouillière, & le gouvernement du cardinal de *Richelieu*, ne mirent point dans la tête d'*Omer Talon* & de *Jérôme Bignon*.

Quelqu'un répondit alors à *la Motte* par le petit couplet suivant :

Cher la Motte, imite & révère
Ces dieux dont tu ne descends pas.
Si tu crois qu'Horace est ton père,
Il a fait des enfans ingrats.
La nature n'est point bizarre ;
Pour Danchet elle est fort avare ;

Mais Racine en fut bien traité ;
Tibulle était guidé par elle ;
Mais pour notre ami la Chapelle, (c)
Hélas, quelle a peu de bonté !

Cette difpute eft donc une queftion de fait. L'antiquité a-t-elle été plus féconde en grands monumens
de tout genre, jufqu'au temps de *Plutarque*, que les
fiècles modernes ne l'ont été depuis le fiècle des
Médicis jufqu'à *Louis XIV* inclufivement ?

Les Chinois, plus de deux cents ans avant notre
ère vulgaire, conftruifirent cette grande muraille qui
n'a pû les fauver de l'invafion des Tartares. Les
Égyptiens, trois mille ans auparavant, avaient fur-
chargé la terre de leurs étonnantes pyramides, qui
avaient environ quatre-vingt-dix mille pieds quarrés
de bafe. Perfonne ne doute que fi on voulait entre-
prendre aujourd'hui ces inutiles ouvrages, on n'en
vînt aifément à bout en prodiguant beaucoup d'argent.
La grande muraille de la Chine eft un monument de
la crainte ; les pyramides font des monumens de la
vanité & de la fuperftition. Les unes & les autres
atteftent une grande patience dans les peuples, mais
aucun génie fupérieur. Ni les Chinois, ni les Égyptiens n'auraient pu faire feulement une ftatue telle
que nos fculpteurs en forment aujourd'hui,

Du chevalier Temple.

Le chevalier *Temple*, qui a pris à tâche de rabaiffer
tous les modernes, prétend qu'ils n'ont rien en

(c) Ce *la Chapelle* était un receveur-général des finances, qui traduifit
très-platement *Tibulle* ; mais ceux qui dînaient chez lui trouvaient fes
vers fort bons.

architecture de comparable aux temples de la Grèce & de Rome : mais tout anglais qu'il était, il devait convenir que l'églife de Saint - Pierre eft incompara-blement plus belle que n'était le capitole.

C'eft une chofe curieufe que l'affurance avec laquelle il prétend qu'il n'y a rien de neuf dans notre aftronomie , rien dans la connaiffance du corps humain , fi ce n'eft peut-être , dit-il , la circulation du fang. L'amour de fon opinion , fondé fur fon extrême amour-propre , lui fait oublier la découverte des fatellites de Jupiter , des cinq lunes & de l'anneau de Saturne , de la rotation du foleil fur fon axe , de la pofition calculée de trois mille étoiles , des lois données par *Képler* & par *Newton* aux orbes céleftes , des caufes de la précéffion des équinoxes , & de cent autres connaiffances dont les anciens ne foupçonnaient pas même la poffibilité.

Les découvertes dans l'anatomie font en auffi grand nombre. Un nouvel univers en petit , découvert avec le microfcope , était compté pour rien par le chevalier *Temple;* il fermait les yeux aux merveilles de fes contemporains , & ne les ouvrait que pour admirer l'ancienne ignorance.

Il va jufqu'à nous plaindre de n'avoir plus aucun refte de la magie des Indiens , des Chaldéens , des Egyptiens ; & par cette magie il entend une profonde connaiffance de la nature , par laquelle ils produi-faient des miracles fans qu'il en cite aucun , parce qu'en effet il n'y en a jamais eu. ,, Que font devenus , ,, dit-il , les charmes de cette mufique qui enchantait ,, fi fouvent les hommes & les bêtes , les poiffons , les ,, oifeaux , les ferpens , & changeait leur nature? ,,

Cet ennemi de fon fiècle croit bonnement à la
fable d'*Orphée*, & n'avait apparemment entendu ni la
belle mufique d'Italie, ni même celle de France, qui
à la vérité ne charment pas les ferpens, mais qui
charment les oreilles des connaiffeurs.

Ce qui eft encore plus étrange, c'eft qu'ayant toute
fa vie cultivé les belles-lettres , il ne raifonne pas
mieux fur nos bons auteurs que fur nos philofophes.
Il regarde *Rabelais* comme un grand-homme ; il cite les
Amours des Gaules comme un de nos meilleurs ouvrages.
C'était pourtant un homme favant, un homme de
cour , un homme de beaucoup d'efprit, un ambaffadeur, qui avait fait de profondes réflexions fur tout ce
qu'il avait vu. Il poffédait de grandes connaiffances :
un préjugé fuffit pour gâter tout ce mérite.

De Boileau , & de Racine.

Boileau & *Racine* , en écrivant en faveur des anciens
contre *Perrault*, furent plus. adroits que le chevalier
Temple. Ils fe gardèrent bien de parler d'aftronomie
& de phyfique. *Boileau* s'en tient à juftifier *Homère*
contre *Perrault* , mais en gliffant adroitement fur les
défauts du poëte grec, & fur le fommeil que lui
reproche *Horace*. Il ne s'étudie qu'à tourner *Perrault*,
l'ennemi d'*Homère* , en ridicule. *Perrault* entend-il mal
un paffage, ou traduit-il mal un paffage qu'il entend?
voilà *Boileau* qui faifit ce petit avantage, qui tombe
fur lui en ennemi redoutable, qui le traite d'ignorant,
de plat écrivain : mais il fe pouvait très-bien faire
que *Perrault* fe fût fouvent trompé, & que pourtant il
eût fouvent raifon fur les contradictions, les répétitions,
l'uniformité des combats, les longues harangues dans

la mêlée, les indécences, les inconféquences de la conduite des dieux dans le poëme, enfin fur toutes les fautes où il prétendait que ce grand poëte était tombé. En un mot, *Boileau* fe moqua de *Perrault* beaucoup plus qu'il ne juftifia *Homère*.

De l'injuftice & de la mauvaife foi de Racine dans la difpute contre Perrault au fujet d'Euripide, & des infidélités de Brumoy.

Racine ufa du même artifice; car il était tout auffi malin que *Boileau* pour le moins. Quoiqu'il n'eût pas fait comme lui fon capital de la fatire, il jouit du plaifir de confondre fes ennemis fur une petite méprife très-pardonnable où ils étaient tombés au fujet d'*Euripide*, & en même temps de fe fentir très-fupérieur à *Euripide* même. Il raille autant qu'il le peut ce même *Perrault* & fes partifans fur leur critique de l'Alcefte d'*Euripide;* parce que ces meffieurs malheureufement avaient été trompés par une édition fautive d'*Euripide*, & qu'ils avaient pris quelques repliques d'*Admète* pour celles d'*Alcefte :* mais cela n'empêche pas qu'*Euripide* n'eût grand tort dans tout pays, dans la manière dont il fait parler *Admète* à fon père. Il lui reproche violemment de n'être pas mort pour lui.

,, Quoi donc, lui répond le roi fon père, à qui ,, adreffez-vous, s'il vous plaît, un difcours fi hau-,, tain? Eft-ce à quelque efclave de Lydie ou de ,, Phrygie? ignorez-vous que je fuis né libre & ,, theffalien? ,, (Beau difcours pour un roi & pour un père!) ,, Vous m'outragez comme le dernier des ,, hommes. Où eft la loi qui dit que les pères doivent

,, mourir pour leurs enfans? chacun eſt ici-bas pour
,, ſoi. J'ai rempli mes obligations envers vous. Quel
,, tort vous fais-je? demandé-je que vous mouriez
,, pour moi? La lumière vous eſt précieuſe; me l'eſt-
,, elle moins?..... Vous m'accuſez de lâcheté.....
,, Lâche vous-même; vous n'avez pas rougi de preſſer
,, votre femme de vous faire vivre en mourant pour
,, vous..... Ne vous ſied-il pas bien après cela de
,, traiter de lâches ceux qui refuſent de faire pour
,, vous ce que vous n'avez pas le courage de faire
,, vous-même..... Croyez-moi, taiſez-vous..... Vous
,, aimez la vie; les autres ne l'aiment pas moins.....
,, Soyez ſûr que ſi vous m'injuriez encore, vous enten-
,, drez de moi des duretés qui ne feront pas des
,, menſonges. ,,

Le chœur prend alors la parole. ,, C'eſt aſſez &
,, déjà trop des deux côtés: ceſſez, vieillard, ceſſez
,, de maltraiter de paroles votre fils. ,,

Le chœur aurait dû plutôt, ce ſemble, faire une
forte réprimande au fils d'avoir très-brutalement parlé
à ſon propre père, & de lui avoir reproché ſi aigre-
ment de n'être pas mort.

Tout le reſte de la ſcène eſt dans ce goût.

PHERÈS *à ſon fils.*

Tu parles contre ton père, ſans en avoir reçu d'outrage.

ADMETE.

Oh! j'ai bien vu que vous aimez à vivre long-temps.

PHERÈS.

Et toi, ne portes-tu pas au tombeau celle qui eſt
morte pour toi?

ADMETE.

ADMETE.

Ah ! le plus infame des hommes , c'eſt la preuve de ta lâcheté.

PHERÈS.

Tu ne pourras pas au moins dire qu'elle eſt morte pour moi.

ADMETE.

Plût au ciel que tu fuſſes dans un état où tu euſſes beſoin de moi !

LE PERE.

Fais mieux, épouſe pluſieurs femmes, afin qu'elles meurent pour te faire vivre plus long-temps.

Après cette ſcène un domeſtique vient parler tout ſeul de l'arrivée d'*Hercule.* ,, C'eſt un étranger, dit-il,
,, qui a ouvert la porte lui-même, s'eſt d'abord mis
,, à table ; il ſe fâche de ce qu'on ne lui ſert pas aſſez
,, vîte à manger, il remplit de vin à tout moment ſa
,, coupe, boit à longs traits du rouge & du paillet ,
,, & ne ceſſe de boire & de chanter de mauvaiſes
,, chanſons qui reſſemblent à des hurlemens, ſans
,, ſe mettre en peine du roi & de ſa femme que nous
,, pleurons. C'eſt ſans doute quelque fripon adroit ,
,, un vagabond, un aſſaſſin. ,,

Il peut être aſſez étrange qu'on prenne *Hercule* pour un fripon adroit ; il ne l'eſt pas moins qu'*Hercule*, ami d'*Admète*, ſoit inconnu dans la maiſon. Il l'eſt encore plus qu'*Hercule* ignore la mort d'*Alceſte*, dans le temps même qu'on la porte au tombeau.

Il ne faut pas diſputer des goûts ; mais il eſt ſûr que de telles ſcènes ne ſeraient pas ſouffertes chez nous à la foire.

Dictionn. philoſoph. Tome I.   X

Brumoy qui nous a donné le *Théâtre des Grecs*, & qui n'a pas traduit *Euripide* avec une fidélité fcrupu-leufe, fait ce qu'il peut pour juftifier la fcène d'*Admète* & de fon père; on ne devinerait pas le tour qu'il prend.

Il dit d'abord que *les Grecs n'ont pas trouvé à redire à ces mêmes chofes qui font à notre égard des indécences, des horreurs; qu'ainfi il faut convenir qu'elles ne font pas tout-à-fait telles que nous les imaginons; en un mot, que les idées ont changé.*

On peut répondre que les idées des nations poli-cées n'ont jamais changé fur le refpect que les enfans doivent à leurs pères.

Qui peut douter, ajoute-t-il, *que les idées n'aient changé en différens fiècles fur des points de morale plus importans?*

On répond qu'il n'y en a guère de plus importans.

Un Français, continue-t-il, *eft infulté; le prétendu bon fens français veut qu'il coure les rifques du duel, & qu'il tue ou meure pour recouvrer fon honneur.*

On répond que ce n'eft pas le feul prétendu bon fens français, mais celui de toutes les nations de l'Europe fans exception.

On ne fent pas affez combien cette maxime paraîtra ridicule dans deux mille ans, & de quel air on l'aurait fifflée du temps d'Euripide.

Cette maxime eft cruelle & fatale, mais non pas ridicule; & on on ne l'eût fifflée d'aucun air du temps d'*Euripide*. Il y avait beaucoup d'exemples de duels chez les Afiatiques. On voit, dès le commencement du premier livre de l'Iliade, *Achille* tirant à moitié fon épée; & il était prêt à fe battre contre *Agamemnon*, fi

Minerve n'était venue le prendre par les cheveux, &
lui faire remettre fon épée dans le fourreau.

Plutarque rapporte qu'*Epheftion* & *Cratère* fe battirent
en duel, & qu'*Alexandre* les fépara. *Quinte-Curce*
raconte (*d*) que deux autres officiers d'*Alexandre* fe
battirent en duel en préfence d'*Alexandre*; l'un armé
de toutes pièces, l'autre qui était un athlète armé feulement d'un bâton, & que celui-ci vainquit fon adverfaire.

Et puis, quel rapport y a-t-il, je vous prie, entre
un duel & les reproches que fe font *Admète* & fon
père *Phérès* tour-à-tour d'aimer trop la vie, & d'être
des lâches ?

Je ne donnerai que cet exemple de l'aveuglement
des traducteurs & des commentateurs; puifque *Brumoy*,
le plus impartial de tous, s'eft égaré à ce point, que
ne doit-on pas attendre des autres? Mais fi les *Brumoys*
& les *Daciers* étaient là, je leur demanderais volontiers s'ils trouvent beaucoup de fel dans le difcours
que *Polyphême* tient dans Euripide : *Je ne crains point
le foudre de Jupiter. Je ne fais fi ce Jupiter eft un dieu
plus fier & plus fort que moi. Je me foucie très-peu de lui.
S'il fait tomber de la pluie, je me renferme dans ma
caverne; j'y mange un veau rôti, ou quelque bête fauvage;
après quoi je m'étends tout de mon long; j'avale un grand
pot de lait; je défais mon faion; & je fais entendre un
certain bruit qui vaut bien celui du tonnerre.*

Il faut que les fcoliaftes n'aient pas le nez bien
fin, s'ils ne font pas dégoûtés de ce bruit que fait
Polyphême quand il a bien mangé.

Ils difent que le parterre d'Athènes riait de cette
plaifanterie, & *que jamais les Athéniens n'ont ri d'une*

(*d*) *Quinte-Curce*, liv. IX.

X 2

fottife. Quoi ! toute la populace d'Athènes avait plus d'efprit que la cour de *Louis XIV*? Et la populace n'eft pas la même par-tout ?

Ce n'eft pas qu'Euripide n'ait des beautés, & Sophocle encore davantage ; mais ils ont de bien plus grands défauts. On ofe dire que les belles fcènes de *Corneille*, & les touchantes tragédies de *Racine*, l'emportent autant fur les tragédies de *Sophocle* & d'*Euripide* que ces deux Grecs l'emportent fur *Thefpis*. *Racine* fentait bien fon extrême fupériorité fur *Euripide* ; mais il louait ce poëte grec pour humilier *Perrault*.

Molière, dans fes bonnes pièces, eft auffi fupérieur au pur mais froid *Térence*, & au farceur *Ariftophane*, qu'au baladin *Dancourt*.

Il y a donc des genres dans lefquels les modernes font de beaucoup fupérieurs aux anciens, & d'autres en très-petit nombre dans lefquels nous leur fommes inférieurs. C'eft à quoi fe réduit toute la difpute.

De quelques comparaifons entre des ouvrages célèbres.

La raifon & le goût veulent, ce me femble, qu'on diftingue dans un ancien, comme dans un moderne, le bon & le mauvais, qui font très-fouvent à côté l'un de l'autre.

On doit fentir avec tranfport ce vers de *Corneille*, ce vers tel qu'on n'en trouve pas un feul ni dans *Homère*, ni dans *Sophocle*, ni dans *Euripide*, qui en approche :

Que vouliez-vous qu'il fît contre trois ? —Qu'il mourût.

& l'on doit avec la même fagacité & la même juftice réprouver les vers fuivans.

En admirant le fublime tableau de la dernière fcène de Rodogune, les contraftes frappans des perfonnages & la force du coloris , l'homme de goût verra par combien de fautes cette fituation terrible eft amenée, quelles invraifemblances l'ont préparée, à quel point il a fallu que *Rodogune* ait démenti fon caraêtère , & par quels chemins raboteux il a fallu paffer pour arriver à cette grande & tragique cataftrophe.

Ce même juge équitable ne fe laffera point de rendre juftice à l'artificieufe & fine contexture des tragédies de *Racine*, les feules peut-être qui aient été bien ourdies d'un bout à l'autre depuis *Efchile* juf-qu'au grand fiècle de *Louis XIV*. Il fera touché de cette élégance continue , de cette pureté de langage, de cette vérité dans les caraêtères qui ne fe trouve que chez lui ; de cette grandeur fans enflure qui feule eft grandeur ; de ce naturel qui ne s'égare jamais dans de vaines déclamations , dans des difputes de fophifte, dans des penfées auffi fauffes que recherchées, fouvent exprimées en folécifmes ; dans des plaidoyers de rhétorique plus faits pour les écoles de province que pour la tragédie.

Le même homme verra dans *Racine* de la faibleffe & de l'uniformité dans quelques caraêtères ; de la galanterie , & quelquefois de la coquetterie même ; des déclarations d'amour qui tiennent de l'idylle & de l'élégie plutôt que d'une grande paffion théâtrale. Il fe plaindra de ne trouver , dans plus d'un morceau très-bien écrit, qu'une élégance qui lui plaît , & non pas un torrent d'éloquence qui l'entraîne ; il fera fâché de n'éprouver qu'une faible émotion , & de fe conten-ter d'approuver quand il voudrait que fon efprit fût étonné & fon cœur déchiré.   X 3

C'eft ainfi qu'il jugera les anciens, non pas fur leurs noms, non pas fur le temps où ils vivaient, mais fur leurs ouvrages mêmes; ce n'eft pas trois mille ans qui doivent plaire, c'eft la chofe même. Si une darique à été mal frappée, que m'importe qu'elle repréfente le fils d'*Hyflafpe?* la monnaie de *Varin* eft plus récente, mais elle eft infiniment plus belle.

Si le peintre *Timante* venait aujourd'hui préfenter à côté des tableaux du palais-royal fon tableau du facrifice d'*Iphigénie*, peint de quatre couleurs; s'il nous difait : Des gens d'efprit m'ont affuré en Grèce que c'eft un artifice admirable d'avoir voilé le vifage d'*Agamemnon*, dans la crainte que fa douleur n'égalât pas celle de *Clitemneftre*, & que les larmes du père ne déshonoraffent la majefté du monarque; il fe trouverait des connaiffeurs qui lui répondraient : C'eft un trait d'efprit, & non pas un trait de peintre; un voile fur la tête de votre principal perfonnage fait un effet affreux dans un tableau : vous avez manqué votre art. Voyez le chef-d'œuvre de *Rubens*, qui a fu exprimer fur le vifage de *Marie de Médicis* la douleur de l'enfantement, l'abattement, la joie, le fourire, & la tendreffe, non pas avec quatre couleurs, mais avec toutes les teintes de la nature. Si vous vouliez qu'*Agamemnon* cachât un peu fon vifage, il fallait qu'il en cachât une partie avec fes mains pofées fur fon front & fur fes yeux, & non pas avec un voile que les hommes n'ont jamais porté, & qui eft auffi défagréable à la vue, auffi peu pittorefque qu'il eft oppofé au coftume : vous deviez alors laiffer voir des pleurs qui coulent, & que le héros veut cacher ; vous deviez exprimer dans fes mufcles les convulfions d'une douleur qu'il veut furmonter ; vous deviez peindre dans cette attitude la majefté & le défefpoir. Vous êtes grec , & *Rubens* eft belge ; mais le belge l'emporte.

D'un paffage d'Homère.

UN Florentin homme de lettres, d'un efprit jufte & d'un goût cultivé, fe trouva un jour dans la bibliothèque de milord *Chefterfield* , avec un profeffeur d'Oxford & un Ecoffais qui vantait le poëme de *Fingal*, compofé, difait-il , dans la langue du pays de Galles , laquelle eft encore en partie celle des Bas-Bretons. Que l'antiquité eft belle ! s'écriait-il ; le poëme de *Fingal* a paffé de bouche en bouche jufqu'à nous depuis près de deux mille ans, fans avoir été jamais altéré ; tant les beautés véritables ont de force fur l'efprit des hommes ! Alors il lut à l'affemblée ce commencement de *Fingal*.

,, *Cuchulin* était affis près de la muraille de Tura ,
,, fous l'arbre de la feuille agitée ; fa pique repofait
,, contre un rocher couvert de mouffe , fon bouclier
,, était à fes pieds fur l'herbe. Il occupait fa mémoire
,, du fouvenir du grand *Carbar* , héros tué par lui à
,, la guerre. *Moran*, né de *Fitilh* , *Moran* , fentinelle de
,, l'Océan, fe préfenta devant lui.

,, Lève-toi, lui dit-il, lève-toi, *Cuchulin* ; je vois
,, les vaiffeaux de *Suaran*, les ennemis font nombreux,
,, plus d'un héros s'avance fur les vagues noires de la
,, mer.

,, *Cuchulin* aux yeux bleus lui répliqua : *Moran* fils
,, de *Fitilh* , tu trembles toujours ; tes craintes multi-
,, plient le nombre des ennemis. Peut-être eft-ce le
,, roi des montagnes défertes qui vient à mon fecours
,, dans les plaines d'Ullin. Non, dit *Moran*, c'eft *Suaran*

X 4

» lui-même ; il eſt auſſi haut qu'un rocher de glace:
» j'ai vu ſa lance , elle eſt comme un haut ſapin
» ébranché par les vents ; ſon bouclier eſt comme la
» lune qui ſe lève ; il était aſſis au rivage ſur un
» rocher , il reſſemblait à un nuage qui couvre une
» montagne &c. »

Ah ! voilà le véritable ſtyle d'*Homère* , dit alors le
profeſſeur d'Oxford ; mais ce qui m'en plaît davantage,
c'eſt que j'y vois la ſublime éloquence hébraïque. Je
crois lire les paſſages de ces beaux cantiques.

(*e*) » Tu gouverneras toutes les nations que tu nous
» ſoumettras, avec une verge de fer ; tu les briſeras
» comme le potier fait un vaſe.

(*f*) » Tu briſeras les dents des pécheurs.

(*g*) » La terre a tremblé, les fondemens des mon-
» tagnes ſe ſont ébranlés, parce que le Seigneur s'eſt
» fâché contre les montagnes , & il a lancé la grêle &
» des charbons.

(*h*) » Il a logé dans le ſoleil, & il en eſt ſorti comme
» un mari ſort de ſon lit.

(*i*) » DIEU briſera leurs dents dans leur bouche,
» il mettra en poudre leurs dents mâchelières ; ils
» deviendront à rien comme de l'eau, car il a tendu
» ſon arc pour les abattre ; ils feront engloutis tout
» vivans dans ſa colère , avant d'attendre que les
» épines ſoient auſſi hautes qu'un prunier.

(*k*) » Les nations viendront vers le ſoir, affamées
» comme des chiens; & toi, Seigneur, tu te moque-
» ras d'elles , & tu les réduiras à rien.

(*e*) Pſeaume II.   (*g*) Pſeaume XVII.   (*i*) Pſeaume LVII.
(*f*) Pſeaume III.   (*h*) Pſeaume XIX.   (*k*) Pſeaume LVIII.

(*l*) ,, La montagne du Seigneur eſt une montagne ,, coagulée ; pourquoi regardez-vous les monts coa- ,, gulés ? Le Seigneur a dit : Je jetterai *Baſan;* je le ,, jetterai dans la mer , afin que ton pied ſoit teint ,, de ſang , & que la langue de tes chiens lèche leur ,, ſang.

(*m*) ,, Ouvre la bouche bien grande , & je la ,, remplirai.

(*n*) ,, Rends les nations comme une roue qui tourne ,, toujours , comme la paille devant la face du vent, ,, comme un feu qui brûle une forêt , comme une ,, flamme qui brûle des montagnes ; tu les pourſuis ,, dans ta tempête , & ta colère les troublera.

(*o*) ,, Il jugera dans les nations ; il les remplira ,, de ruines ; il caſſera les têtes dans la terre de plu- ,, ſieurs.

(*p*) ,, Bienheureux celui qui prendra tes petits ,, enfans , & qui les écraſera contre la pierre ! &c. ,, &c. &c. ,,

Le Florentin ayant écouté avec une grande atten- tion les verſets des cantiques récités par le docteur, & les premiers vers de *Fingal* beuglés par l'Ecoſſais , avoua qu'il n'était pas fort touché de toutes ces figures aſiatiques , & qu'il aimait beaucoup mieux le ſtyle ſimple & noble de *Virgile*.

L'Ecoſſais pâlit de colère à ce diſcours , le docteur d'Oxford leva les épaules de pitié ; mais milord *Cheſterfield* encouragea le Florentin par un ſourire d'approbation.

Le Florentin échauffé , & ſe ſentant appuyé, leur

(*l*) Pſeaume LXVII. (*n*) Pſeaume LXXXII. (*p*) Pſeaume CXXXVI.
(*m*) Pſeaume LXXX. (*o*) Pſeaume CXI.

dit : Meſſieurs , rien n'eſt plus aiſé que d'outrer la nature , rien n'eſt plus difficile que de l'imiter. Je ſuis un peu de ceux qu'on appelle en Italie *Improviſatori*, & je vous parlerais huit jours de ſuite en vers dans ce ſtyle oriental , ſans me donner la moindre peine, parce qu'il n'en faut aucune pour être ampoulé en vers négligés , chargés d'épithètes , qui ſont preſque toujours les mêmes ; pour entaſſer combats ſur combats , & pour peindre des chimères.

Qui ? vous ! lui dit le profeſſeur , vous feriez un poëme épique ſur le champ ? Non pas un poëme épique raiſonnable & en vers corrects comme *Virgile*, répliqua l'Italien ; mais un poëme dans lequel je m'abandonnerais à toutes mes idées , ſans me piquer d'y mettre de la régularité.

Je vous en défie , dirent l'Ecoſſais & l'Oxfordien. Hé bien , donnez-moi un ſujet , répliqua le Florentin. Milord *Cheſterfield* lui donna le ſujet du *Prince noir*, vainqueur à la journée de Poitiers , & donnant la paix après la victoire.

L'improviſateur ſe recueillit , & commença ainſi :

,, Muſe d'Albion , Génie qui préſidez aux héros,
,, chantez avec moi, non la colère oiſive d'un homme
,, implacable envers ſes amis & ſes ennemis ; non
,, des héros que les dieux favoriſent tour-à-tour ſans
,, avoir aucune raiſon de les favoriſer ; non le ſiége
,, d'une ville qui n'eſt point priſe ; non les exploits
,, extravagans du fabuleux *Fingal*, mais les victoires
,, véritables d'un héros auſſi modeſte que brave, qui
,, mit des rois dans ſes fers , & qui reſpecta ſes enne-
,, mis vaincus.

,, Déjà *George*, le *Mars* de l'Angleterre, était def-
,, cendu du haut de l'empyrée, monté fur le courfier
,, immortel devant qui les plus fiers chevaux du
,, Limoufin fuient, comme les brebis bêlantes & les
,, tendres agneaux fe précipitent en foule les uns fur
,, les autres pour fe cacher dans la bergerie à la vue
,, d'un loup terrible, qui fort du fond des forêts,
,, les yeux étincelans, le poil hériffé, la gueule écu-
,, mante, menaçant les troupeaux & le berger de la
,, fureur de fes dents avides de carnage.

,, *Martin*, le célèbre protecteur des habitans de la
,, fertile Touraine ; *Geneviève*, douce divinité des
,, peuples qui boivent les eaux de la Seine & de la
,, Marne ; *Denis* qui porta fa tête entre fes bras à
,, l'afpect des hommes & des immortels, tremblaient
,, en voyant le fuperbe *George* traverfer le vafte fein
,, des airs. Sa tête eft couverte d'un cafque d'or orné
,, des diamans qui pavaient autrefois les places
,, publiques de la Jérufalem célefte, quand elle
,, apparut aux mortels pendant quarante révolutions
,, journalières de l'aftre de la lumière, & de fa fœur
,, inconftante qui prête une douce clarté aux fombres
,, nuits.

,, Sa main porte la lance épouvantable & facrée
,, dont le demi-dieu *Michaël*, exécuteur des ven-
,, geances du Très-haut, terraffa dans les premiers
,, jours du monde l'éternel ennemi du monde & du
,, Créateur. Les plus belles plumes des anges qui
,, affiftent autour du trône, détachées de leurs dos
,, immortels, flottaient fur fon cafque, autour duquel
,, volent la terreur, la guerre homicide, la vengeance
,, impitoyable, & la mort qui termine toutes les

» calamités des malheureux mortels. Il reſſemblait
» à une comète qui dans ſa courſe rapide franchit
» les orbites des aſtres étonnés, laiſſant loin derrière
» elle des traits d'une lumière pâle & terrible, qui
» annoncent aux faibles humains la chute des rois
» & des nations.

» Il s'arrête ſur les rives de la Charente, & le bruit
» de ſes armes immortelles retentit juſqu'à la ſphère
» de *Jupiter* & de *Saturne*. Il fit deux pas, & il arriva
» juſqu'aux lieux où le fils du magnanime *Edouard*
» attendait le fils de l'intrépide *Philippe de Valois.* »

Le Florentin continua ſur ce ton pendant plus
d'un quart-d'heure. Les paroles ſortaient de ſa bouche,
comme dit *Homère*, plus ſerrées & plus abondantes
que les neiges qui tombent pendant l'hiver ; cependant ſes paroles n'étaient pas froides ; elles reſſem-
blaient plutôt aux rapides étincelles qui s'échappent
d'une forge enflammée, quand les cyclopes frappent
les foudres de *Jupiter* ſur l'enclume retentiſſante.

Ses deux antagoniſtes furent enfin obligés de le faire
taire, en lui avouant qu'il était plus aiſé qu'ils ne
l'avaient cru, de prodiguer les images gigantesques,
& d'appeler le ciel, la terre, & les enfers, à ſon ſecours ;
mais ils ſoutinrent que c'était le comble de l'art, de
mêler le tendre & le touchant au ſublime.

Y a-t-il rien, par exemple, dit l'Oxfordien, de
plus moral, & en même temps de plus voluptueux,
que de voir *Jupiter* qui couche avec ſa femme ſur le
mont Ida ?

Milord *Cheſterfield* prit alors la parole : Meſſieurs,
dit-il, je vous demande pardon de me mêler de la
querelle ; peut-être chez les Grecs c'était une choſe

très-intéreffante qu'un dieu qui couche avec fon époufe fur une montagne ; mais je ne vois pas ce qu'on peut trouver là de bien fin & de bien attachant. Je conviendrai avec vous que le fichu qu'il a plu aux commentateurs & aux imitateurs d'appeler *la ceinture de Vénus*, eft une image charmante ; mais je n'ai jamais compris que ce fût un foporatif, ni comment *Junon* imaginait de recevoir les careffes du maître des dieux pour le faire dormir. Voilà un plaifant dieu de s'endormir pour fi peu de chofe ! je vous jure que quand j'étais jeune, je ne m'affoupiffais pas fi aifé-ment. J'ignore s'il eft noble , agréable , intéreffant , fpirituel , & décent, de faire dire par *Junon* à *Jupiter :*
» Si vous voulez abfolument me careffer , allons-
» nous-en au ciel dans votre appartement , qui eft
» l'ouvrage de *Vulcain* , & dont la porte ferme fi bien
» qu'aucun des dieux n'y peut entrer. »

Je n'entends pas non plus comment le Sommeil , que *Junon* prie d'endormir *Jupiter* , peut être un dieu fi éveillé. Il arrive en un moment des îles de Lemnos & d'Imbros au mont Ida ; il eft beau de partir de deux îles à la fois : de là il monte fur un fapin , il court auffitôt aux vaiffeaux des Grecs ; il cherche *Neptune* ; il le trouve, il le conjure de donner la vic-toire ce jour-là à l'armée des Grecs ; & il retourne à Lemnos d'un vol rapide. Je n'ai rien vu de fi fretillant que ce Sommeil.

Enfin s'il faut abfolument coucher avec quelqu'un dans un poëme épique , j'avoue que j'aime cent fois mieux les rendez-vous d'*Alcine* avec *Roger* , & d'*Armide* avec *Renaud*.

Venez , mon cher Florentin , me lire ces deux chants admirables de l'*Ariofte* & du *Taffe*.

Le Florentin ne se fit pas prier. Milord *Chesterfield* fut enchanté. L'Ecossais pendant ce temps-là relisait *Fingal* ; le professeur d'Oxford relisait *Homère* ; & tout le monde était content.

On conclut enfin qu'heureux est celui qui, dégagé de tous les préjugés , est sensible au mérite des anciens & des modernes , apprécie leurs beautés , connaît leurs fautes , & les pardonne.

A N E.

AJOUTONS quelque chose à l'article *Ane* de l'Encyclopédie, concernant l'âne de *Lucien*, qui devint d'or entre les mains d'*Apulée*. Le plus plaisant de l'aventure est pourtant dans *Lucien ;* & ce plaisant est qu'une dame devint amoureuse de ce monsieur lorsqu'il était âne, & n'en voulut plus lorsqu'il ne fut qu'homme. Ces métamorphoses étaient fort communes dans toute l'antiquité. L'âne de *Silène* avait parlé , & les savans ont cru qu'il s'était expliqué en arabe : c'était probablement un homme changé en âne par le pouvoir de *Bacchus :* car on fait que *Bacchus* était arabe.

Virgile parle de la métamorphose de *Mœris* en loup comme d'une chose très-ordinaire.

> *Sæpe lupum fieri Mœrim , & se condere silvis.*
> Mœris devenu loup se cacha dans les bois.

Cette doctrine des métamorphoses était-elle dérivée des vieilles fables d'Egypte , qui débitèrent que les dieux s'étaient changés en animaux dans la guerre contre les géans ?

Les Grecs , grands imitateurs & grands enchérisseurs sur les fables orientales , métamorphosèrent presque tous les dieux en hommes ou en bêtes, pour les faire mieux réuffir dans leurs deffeins amoureux.

Si les dieux fe changeaient en taureaux, en chevaux, en cygnes, en colombes, pourquoi n'aurait-on pas trouvé le fecret de faire la même opération fur les hommes ?

Plufieurs commentateurs, en oubliant le refpeét qu'ils devaient aux faintes écritures, ont cité l'exemple de *Nabuchodonofor* changé en bœuf; mais c'était un miracle, une vengeance divine, une chofe entièrement hors de la fphère de la nature, qu'on ne devait pas examiner avec des yeux profanes, & qui ne peut être l'objet de nos recherches.

D'autres favans, non moins indifcrets peut-être, fe font prévalus de ce qui eft rapporté dans l'*Evangile de l'enfance*. Une jeune fille en Egypte étant entrée dans la chambre de quelques femmes, y vit un mulet couvert d'une houffe de foie, ayant à fon cou un pendant d'ébène. Ces femmes lui donnaient des baifers, & lui préfentaient à manger en répandant des larmes. Ce mulet était le propre frère de ces femmes. Des magiciennes lui avaient ôté la figure humaine; & le maître de la nature la lui rendit bientôt.

Quoique cet évangile foit apocryphe, la vénération pour le feul nom qu'il porte, nous empêche de détailler cette aventure. Elle doit fervir feulement à faire voir combien les métamorphofes étaient à la mode dans prefque toute la terre. Les chrétiens qui compofèrent cet évangile, étaient fans doute de bonne foi. Ils ne voulaient point compofer un roman. Ils rapportaient avec fimplicité ce qu'ils avaient entendu dire. L'Eglife, qui rejeta dans la fuite cet évangile avec quarante-neuf autres , n'accuſa pas les auteurs d'impiété & de prévarication ; ces auteurs obſcurs parlaient à la populace ſelon les préjugés de leur temps. La Chine était peut-être le ſeul pays exempt de ces ſuperſtitions.

L'aventure des compagnons d'*Ulyſſe* , changés en bêtes par *Circé* , était beaucoup plus ancienne que le dogme de la métempſycoſe annoncé en Grèce & en Italie par *Pythagore*.

Sur quoi ſe fondent les gens qui prétendent qu'il n'y a point d'erreur univerſelle qui ne ſoit l'abus de quelque vérité ? Ils diſent qu'on n'a vu des charla- tans que parce qu'on a vu de vrais médecins, & qu'on n'a cru aux faux prodiges qu'à cauſe des véritables. (*a*)

Mais avait-on des témoignages certains que des hommes étaient devenus loups, bœufs, ou chevaux, ou ânes ? Cette erreur univerſelle n'avait donc pour principe que l'amour du merveilleux , & l'inclination naturelle pour la ſuperſtition.

Il ſuffit d'une opinion erronée pour remplir l'uni- vers de fables. Un docteur indien voit que les bêtes ont du ſentiment & de la mémoire. Il conclut qu'elles ont une ame. Les hommes en ont une auſſi. Que devient l'ame de l'homme après ſa mort? que devient l'ame de la bête ? il faut bien qu'elles logent quelque part. Elles s'en vont dans le premier corps venu qui commence à ſe former. L'ame d'un brachmane loge dans le corps d'un éléphant , l'ame d'un âne ſe loge dans le corps d'un petit brachmane. Voilà le dogme de la métempſycoſe qui s'établit ſur un ſimple raiſon- nement.

(*a*) Voyez les remarques ſur les penſées de *Paſcal*, vol. de *Philoſophie*, tome I.

Mais

Mais il y a loin de là au dogme de la métamor-phofe. Ce n'eft plus une ame fans logis qui cherche un gîte ; c'eft un corps qui eft changé en un autre corps, fon ame demeurant toujours la même. Or, certainement nous n'avons dans la nature aucun exemple d'un pareil tour de gobelets.

Cherchons donc quelle peut être l'origine d'une opinion fi extravagante & fi générale. Sera-t-il arrivé qu'un père ayant dit à fon fils plongé dans de fales débauches & dans l'ignorance : *Tu es un cochon, un cheval, un âne ;* enfuite l'ayant mis en pénitence avec un bonnet d'âne fur la tête, une fervante du voifinage aura dit que ce jeune homme a été changé en âne en punition de fes fautes ? fes voifines l'auront redit à d'autres voifines, & de bouche en bouche ces hiftoires, accompagnées de mille circonftances, auront fait le tour du monde. Une équivoque aura trompé toute la terre.

Avouons donc encore ici, avec *Boileau*, que l'équi-voque a été la mère de la plupart de nos fottifes.

Joignez à cela le pouvoir de la magie, reconnu inconteftable chez toutes les nations ; & vous ne ferez plus étonné de rien. (*)

Encore un mot fur les ânes. On dit qu'ils font guerriers en Méfopotamie, & que *Mervan*, le vingt-unième calife, fut furnommé l'*âne* pour fa valeur.

Le patriarche *Photius* rapporte, dans l'Extrait de la vie d'*Ifidore*, qu'*Ammonius* avait un âne qui fe connaif-fait très-bien en poëfie, & qui abandonnait fon ratelier pour aller entendre des vers.

La fable de *Midas* vaut mieux que le conte de *Photius*.

(*) Voyez *Magie*.

Dictionn. philofoph. Tome I. Y

De l'âne d'or de Machiavel.

ON connaît peu l'âne de *Machiavel*. Les dictionnaires qui en parlent, difent que c'eft un ouvrage de
fa jeuneffe; il paraît pourtant qu'il était dans l'âge
mûr, puifqu'il parle des malheurs qu'il a effuyés
autrefois & très-long-temps. L'ouvrage eft une fatire
de fes contemporains. L'auteur voit beaucoup de
Florentins, dont l'un eft changé en chat, l'autre en
dragon, celui-ci en chien qui aboie à la lune, cet
autre en renard qui ne s'eft pas laiffé prendre. Chaque
caractère eft peint fous le nom d'un animal. Les
factions des *Médicis* & de leurs ennemis y font figurées
fans doute ; & qui aurait la clef de cette apocalypfe
comique, faurait l'hiftoire fecrète du pape *Léon X* &
des troubles de Florence. Ce poëme eft plein de morale
& de philofophie. Il finit par de très-bonnes réflexions
d'un gros cochon, qui parle à-peu-près ainfi à
l'homme :

Animaux à deux pieds, fans vêtemens, fans armes,
Point d'ongle, un mauvais cuir, ni plume, ni toifon,
Vous pleurez en naiffant, & vous avez raifon ;
Vous prévoyez vos maux ; ils méritent vos larmes.
Les perroquets & vous ont le don de parler.
La nature vous fit des mains induftrieufes ;
Mais vous fit-elle, hélas, des ames vertueufes !
Et quel homme en ce point nous pourrait égaler ?
L'homme eft plus vil que nous, plus méchant, plus fauvage :
Poltrons ou furieux, dans le crime plongés,
Vous éprouvez toujours ou la crainte ou la rage.
Vous tremblez de mourir, & vous vous égorgez.

Jamais de porc à porc on ne vit d'injuſtices.
Notre bauge eſt pour nous le temple de la paix.
Ami, que le bon DIEU me préſerve à jamais
De redevenir homme & d'avoir tous tes vices !

Ceci eſt l'original de la Satire de l'homme que fit
Boileau, & de la fable des compagnons d'*Ulyſſe*, écrite
par *la Fontaine*. Mais il eſt très-vraiſemblable que ni
la Fontaine, ni *Boileau* n'avaient entendu parler de
l'âne de *Machiavel*.

De l'âne de Vérone.

IL faut être vrai, & ne point tromper ſon lecteur.
Je ne ſais pas bien poſitivement ſi l'âne de Vérone
ſubſiſte encore dans toute ſa ſplendeur, parce que je
ne l'ai pas vu : mais les voyageurs qui l'ont vu, il y a
quarante ou cinquante ans, s'accordent à dire que
ſes reliques étaient renfermées dans le ventre d'un
âne artificiel fait exprès ; qu'il était ſous la garde de
quarante moines du couvent de Notre-Dame des
Orgues à Vérone, & qu'on le portait en proceſſion
deux fois l'an. C'était une des plus anciennes reliques
de la ville. La tradition diſait que cet âne, ayant
porté (*b*) notre Seigneur dans ſon entrée à Jéruſalem,
n'avait plus voulu vivre en cette ville ; qu'il avait
marché ſur la mer auſſi endurcie que ſa corne ; qu'il
avait pris ſon chemin par Chypre, Rhode, Candie,
Malthe, & la Sicile ; que de là il était venu ſéjourner
à Aquilée ; & qu'enfin il s'établit à Vérone, où il
vécut très-long-temps.

Ce qui donna lieu à cette fable, c'eſt que la plupart

(*b*) Voyez *Miſſon*, tome I, pages 101 & 102.

Y 2

des ânes ont une efpèce de croix noire fur le dos. Il
y eut apparemment quelque vieil âne aux environs
de Vérone, chez qui la populace remarqua une plus
belle croix qu'à fes confrères : une bonne femme ne
manqua pas de dire que c'était celui qui avait fervi
de monture à l'entrée dans Jérufalem; on fit de magnifiques funérailles à l'âne. La fête de Vérone s'établit;
elle paffa de Vérone dans les autres pays; elle fut furtout célébrée en France; on chanta la profe de l'âne
à la meffe.

> *Orientis partibus*
> *Adventabit afinus*
> *Pulcher & fortiffimus.*

Une fille repréfentant la fainte Vierge allant en
Egypte, montait fur un âne, & tenant un enfant
entre fes bras, conduifait une longue proceffion. Le
prêtre à la fin de la meffe, (c) au lieu de dire : *Ite,
miffa eft*, fe mettait à braire trois fois de toute fa force,
& le peuple répondait en chœur.

Nous avons des livres fur la fête de l'âne & fur
celle des fous; ils peuvent fervir à l'hiftoire univerfelle
de l'efprit humain.

A N G E.

S E C T I O N   P R E M I E R E.

Anges des Indiens, des Perfes, &c.

L'AUTEUR de l'article *Ange* dans l'Encyclopédie,
dit que *toutes les religions ont admis l'exiftence des anges,
quoique la raifon naturelle ne la démontre pas.*

(c) Voyez *du Cange*, & l'*Effai fur les mœurs & l'efprit des nations.*

Nous n'avons point d'autres raifons que la naturelle. Ce qui eft furnaturel eft au-deffus de la raifon. Il fallait dire (fi je ne me trompe) que plufieurs religions, & non pas *toutes*, ont reconnu des anges. Celle de *Numa*, celle du fabifme, celle des druides, celle de la Chine, celle des Scythes, celle des anciens Phéniciens & des anciens Egyptiens, n'admîrent point les anges.

Nous entendons par ce mot, des miniftres de DIEU, des députés, des êtres mitoyens entre DIEU & les hommes, envoyés pour nous fignifier fes ordres.

Aujourd'hui, en 1 7 7 2, il y a jufte quatre mille huit cents foixante & dix-huit ans que les brachmanes fe vantent d'avoir par écrit leur première loi facrée, intitulée le Shafta, quinze cents ans avant leur feconde loi, nommée Veidam, qui fignifie *la parole de* DIEU. Le Shafta contient cinq chapitres. Le premier, *de* DIEU *& de fes attributs* : le fecond, *de la création des anges* : le troifième, *de la chute des anges* : le quatrième, *de leur punition* : le cinquième, *de leur pardon, & de la création de l'homme.*

Il eft utile de remarquer d'abord la manière dont ce livre parle de DIEU.

Premier chapitre du Shafta.

,, DIEU eft un ; il a créé tout ; c'eft une fphère ,, parfaite fans commencement ni fin. DIEU conduit ,, toute la création par une providence générale réful- ,, tante d'un principe déterminé. Tu ne rechercheras ,, point à découvrir l'effence & la nature de l'Eternel, ,, ni par quelles lois il gouverne ; une telle entreprife ,, eft vaine & criminelle ; c'eft affez que jour & nuit

,, tu contemples dans ſes ouvrages, ſa ſageſſe, ſon
,, pouvoir, & ſa bonté. ,,

Après avoir payé à ce début du Shaſta le tribut
d'admiration que nous lui devons, voyons la création
des anges.

Second chapitre du Shaſta.

,, L'ETERNEL abſorbé dans la contemplation de
,, ſa propre exiſtençe, réſolut, dans la plénitude des
,, temps, de communiquer ſa gloire & ſon eſſence à
,, des êtres capables de ſentir & de partager ſa béa-
,, titude, comme de ſervir à ſa gloire. L'Eternel
,, voulut, & ils furent. Il les forma en partie de
,, ſon eſſence, capables de perfection & d'imperfection
,, ſelon leur volonté.

,, L'Eternel créa d'abord *Birma*, *Vitſnou*, & *Sib*;
,, enſuite *Mozazor*, & toute la multitude des anges.
,, L'Eternel donna la prééminence à *Birma*, à *Vitſnou*,
,, & à *Sib*. *Birma* fut le prince de l'armée angélique;
,, *Vitſnou* & *Sib* furent ſes coadjuteurs. L'Eternel diviſa
,, l'armée angélique en pluſieurs bandes, & leur
,, donna à chacune un chef. Ils adorèrent l'Eternel,
,, rangés autour de ſon trône, chacun dans le degré
,, aſſigné. L'harmonie fut dans les cieux. *Mozazor*,
,, chef de la première bande, entonna le cantique de
,, louange & d'adoration au Créateur, & la chanſon
,, d'obéiſſance à *Birma* ſa première créature; & l'Eternel
,, ſe réjouit dans ſa nouvelle création. ,,

Chapitre III. De la chute d'une partie des anges.

,, DEPUIS la création de l'armée céleſte, la joie
,, & l'harmonie environnèrent le trône de l'Eternel

» dans l'efpace de mille ans, multipliés par mille ans;
» & auraient duré jufqu'à ce que le temps ne fût
» plus, fi l'envie n'avait pas faifi *Mozazor* & d'autres
» princes des bandes angéliques. Parmi eux était
» *Raabon*, le premier en dignité après *Mozazor*. Immé-
» morans du bonheur de leur création & de leur
» devoir, ils rejetèrent le pouvoir de perfection, &
» exercèrent le pouvoir d'imperfection. Ils firent le
» mal à l'afpect de l'Eternel; ils lui défobéirent, &
» refufèrent de fe foumettre au lieutenant de DIEU,
» & à fes affociés *Vitfnou* & *Sib*; & ils dirent: Nous
» voulons gouverner; & fans craindre la puiffance
» & la colère de leur créateur, ils répandirent leurs
» principes féditieux dans l'armée célefte. Ils fédui-
» firent les anges, & entraînèrent une grande multi-
» tude dans la rebellion; & elle s'éloigna du trône
» de l'Eternel; & la trifteffe faifit les efprits angéliques
» fidelles, & la douleur fut connue pour la première
» fois dans le ciel. »

Chapitre IV. Châtiment des anges coupables.

» L'ETERNEL, dont la toute-fcience, la préfcience
» & l'influence s'étend fur toutes chofes, excepté fur
» l'action des êtres qu'il a créés libres, vit avec douleur
» & colère la défection de *Mozazor*, de *Raabon*, & des
» autres chefs des anges.

» Miféricordieux dans fon courroux, il envoya
» *Birma*, *Vitfnou*, & *Sib*, pour leur reprocher leur
» crime, & pour les porter à rentrer dans leur devoir;
» mais confirmés dans leur efprit d'indépendance,
» ils perfiftèrent dans la révolte. L'Eternel alors com-
» manda à *Sib* de marcher contre eux, armé de la

» toute-puiſſance, & de les précipiter du lieu *éminent*
» dans le lieu de *ténèbres*, dans l'*Ondera*, pour y être
» punis pendant mille ans, multipliés par mille
» ans. »

Précis du cinquième chapitre.

Au bout de mille ans, *Birma*, *Vitſnou*, & *Sib*, follicitèrent la clémence de l'Eternel en faveur des délinquans. L'Eternel daigna les délivrer de la priſon de l'*Ondera*, & les mettre dans un état de probation pendant un grand nombre de révolutions du ſoleil. Il y eut encore des rebellions contre Dieu dans ce temps de pénitence.

Ce fut dans un de ces périodes que Dieu créa la terre; les anges pénitens y ſubirent pluſieurs métempſycoſes; une des dernières fut leur changement en vaches. C'eſt de-là que les vaches devinrent ſacrées dans l'Inde. Et enfin ils furent métamorphoſés en hommes. De ſorte que le ſyſtème des Indiens ſur les anges eſt préciſément celui du jéſuite *Bougeant*, qui prétend que les corps des bêtes ſont habités par des anges pécheurs. Ce que les brachmanes avaient inventé ſérieuſement, *Bougeant* l'imagina plus de quatre mille ans après par plaiſanterie; ſi pourtant ce badinage n'était pas en lui un reſte de ſuperſtition mêlé avec l'eſprit ſyſtématique, ce qui eſt arrivé aſſez ſouvent.

Telle eſt l'hiſtoire des anges chez les anciens brachmanes, qu'ils enſeignent encore depuis environ cinquante ſiècles. Nos marchands qui ont trafiqué dans l'Inde n'en ont jamais été inſtruits; nos miſſionnaires ne l'ont pas été davantage; & les brames, qui n'ont jamais été édifiés, ni de leur fcience, ni de leurs mœurs, ne leur ont point communiqué leurs fecrets. Il a fallu qu'un anglais, nommé M. *Holwell*, ait habité trente ans à Bénarès fur le Gange, ancienne école des brachmanes ; qu'il ait appris l'ancienne langue facrée du *Hanfcrit*, & qu'il ait lu les anciens livres de la religion indienne, pour enrichir enfin notre Europe de ces connaiffances fingulières : comme M. *Sale* avait demeuré long-temps en Arabie pour nous donner une traduction fidelle de l'Alcoran, & des lumières fur l'ancien fabifme, auquel a fuccédé la religion mufulmane; de même encore que M. *Hyde* a recherché, pendant vingt années en Perfe, tout ce qui concerne la religion des mages.

Des anges des Perfes.

L e s Perfes avaient trente & un anges. Le premier de tous, & qui eft fervi par quatre autres anges, s'appelle *Bahaman ;* il a l'infpection de tous les animaux, excepté de l'homme, fur qui D i e u s'eft réfervé une jurifdiction immédiate.

D i e u préfide au jour où le foleil entre dans le bélier, & ce jour eft un jour de fabbat ; ce qui prouve que la fête du fabbat était obfervée chez les Perfes dans les temps les plus anciens.

Le fecond ange préfide au huitième jour, & s'appelle *Débadur.*

Le troifième eft *Kur*, dont on a fait depuis probablement *Cyrus ;* & c'eft l'ange du foleil.

Le quatrième s'appelle *Ma*, & il préfide à la lune.

Ainfi chaque ange a fon diftrict. C'eft chez les Perfes que la doctrine de l'ange-gardien & du mauvais ange fut d'abord reconnue. On croit que *Raphaël* était l'ange-gardien de l'empire perfan.

Des anges chez les Hébreux.

LES Hébreux ne connurent jamais la chute des anges jufqu'aux premiers temps de l'ère chrétienne. Il faut qu'alors cette doctrine fecrète des anciens brachmanes fût parvenue jufqu'à eux : car ce fut dans ce temps qu'on fabriqua le livre attribué à *Enoch*, touchant les anges pécheurs chaffés du ciel.

Enoch devait être un auteur fort ancien, puifqu'il vivait, felon les Juifs, dans la feptième génération avant le déluge : mais puifque *Seth*, plus ancien encore que lui, avait laiffé des livres aux Hébreux, ils pouvaient fe vanter d'en avoir auffi d'*Enoch*. Voici donc ce qu'*Enoch* écrivit felon eux.

,, Le nombre des hommes s'étant prodigieufement
,, accru, ils eurent de très-belles filles ; les anges, les
,, brillans, *Egregori*, en devinrent amoureux, &
,, furent entraînés dans beaucoup d'erreurs. Ils s'ani-
,, mèrent entre eux, ils fe dirent : Choififfons - nous
,, des femmes parmi les filles des hommes de la terre.
,, *Semiaxas* leur prince dit : Je crains que vous n'ofiez
,, pas accomplir un tel deffein, & que je ne demeure
,, feul chargé du crime. Tous répondirent : Fefons
,, ferment d'exécuter notre deffein, & dévouons-nous
,, à l'anathème fi nous y manquons. Ils s'unirent
,, donc par ferment, & firent des imprécations. Ils
,, étaient au nombre de deux cents. Ils partirent
,, enfemble du temps de *Jared*, & allèrent fur la
,, montagne appelée *Hermonim* à caufe de leur fer-
,, ment. Voici les noms des principaux ; *Semiaxas*,

,, *Atarculph*, *Araciel*, *Chobabiel*, *Hofampfich*, *Zaciel*,
,, *Parmar*, *Thaufaël*, *Samiel*, *Tiriel*, *Sumiel*.

  ,, Eux & les autres prirent des femmes l'an onze
,, cents foixante & dix de la création du monde. De
,, ce commerce naquirent trois genres d'hommes, les
,, géans, *Nephilim*, &c. ,,

L'auteur de ce fragment écrit de ce ftyle qui femble
appartenir aux premiers temps ; c'eft la même naïveté.
Il ne manque pas de nommer les perfonnages ; il
n'oublie pas les dates ; point de réflexions, point de
maximes : c'eft l'ancienne manière orientale.

On voit que cette hiftoire eft fondée fur le fixième
chapitre de la Genèfe ; ,, Or, en ce temps il y avait
,, des géans fur la terre ; car les enfans de DIEU ayant
,, eu commerce avec les filles des hommes, elles
,, enfantèrent les puiffances du fiècle. ,,

Le livre d'*Enoch* & la Genèfe font entièrement
d'accord fur l'accouplement des anges avec les filles
des hommes, & fur la race des geans qui en naquit :
mais ni cet *Enoch*, ni aucun livre de l'ancien Teftament ne parle de la guerre des anges contre DIEU,
ni de leur défaite, ni de leur chute dans l'enfer, ni
de leur haine contre le genre-humain.

Prefque tous les commentateurs de l'ancien Teftament, difent unanimement qu'avant la captivité de
Babylone les Juifs ne furent le nom d'aucun ange.
Celui qui apparut à *Manué*, père de *Samfon*, ne voulut
point dire le fien.

Lorfque les trois anges apparurent à *Abraham*, &
qu'il fit cuire un veau entier pour les régaler, ils ne
lui apprirent point leurs noms. L'un d'eux lui dit :

Je viendrai vous voir, fi DIEU *me donne vie, l'année prochaine, & Sara votre femme aura un fils.*

Dom *Calmet* trouve un très-grand rapport entre cette hiftoire & la fable qu'*Ovide* raconte dans fes *Faftes*, de *Jupiter*, de *Neptune*, & de *Mercure*, qui ayant foupé chez le vieillard *Irié*, & le voyant affligé de ne pouvoir faire des enfans, piffèrent fur le cuir du veau qu'*Irié* leur avait fervi, & ordonnèrent à *Irié* d'enfouir fous terre & d'y laiffer pendant neuf mois ce cuir arrofé de l'urine célefte. Au bout de neuf mois *Irié* découvrit fon cuir; il y trouva un enfant qu'on appela *Orion*, & qui eft actuellement dans le ciel. *Calmet* dit même que les termes dont fe fervirent les anges avec *Abraham*, peuvent fe traduire ainfi : *Il naîtra un fils de votre veau.*

Quoi qu'il en foit, les anges ne dirent point leur nom à *Abraham;* ils ne le dirent pas même à *Moïfe;* & nous ne voyons le nom de *Raphaël* que dans Tobie du temps de la captivité. Tous les autres noms d'anges font pris évidemment des Chaldéens & des Perfes. *Raphaël*, *Gabriel*, *Uriel*, &c. font perfans & babyloniens. Il n'y a pas jufqu'au nom d'*Ifraël* qui ne foit chaldéen. Le favant juif *Philon* le dit expreffément dans le récit de fa députation vers *Caligula.*

Nous ne répéterons point ici ce qu'on a dit ailleurs des anges.

Savoir fi les Grecs & les Romains admîrent des anges?

ILS avaient affez de dieux & de demi-dieux pour fe paffer d'autres êtres fubalternes. *Mercure* fefait les commiffions de *Jupiter, Iris* celles de *Junon;* cependant ils admîrent encore des génies, des démons.

La doctrine des anges-gardiens fut mise en vers par *Héfiode* contemporain d'*Homère*. Voici comme il s'explique dans le poëme *des travaux & des jours*.

Dans les temps bienheureux de Saturne & de Rhée,
Le mal fut inconnu. la fatigue ignorée;
Les dieux prodiguaient tout : les humains fatisfaits
Ne fe difputant rien , forcés de vivre en paix,
N'avaient point corrompu leurs mœurs inaltérables.
La mort, l'affreufe mort , fi terrible aux coupables,
N'était qu'un doux paffage, en ce féjour mortel,
Des plaifirs de la terre aux délices du ciel.
Les hommes de ces temps font nos heureux génies,
Nos démons fortunés , les foutiens de nos vies;
Ils veillent près de nous , ils voudraient de nos cœurs
Ecarter, s'il fe peut, le crime & les douleurs &c.

Plus on fouille dans l'antiquité, plus on voit combien les nations modernes ont puifé tour-à-tour dans ces mines aujourd'hui prefqu'abandonnées. Les Grecs, qui ont fi long-temps paffé pour inventeurs, avaient imité l'Egypte, qui avait copié les Chaldéens, qui devaient prefque tout aux Indiens. La doctrine des anges-gardiens, qu'*Héfiode* avait fi bien chantée, fut enfuite fophiftiquée dans les écoles; c'eft tout ce qu'elles purent faire. Chaque homme eut fon bon & fon mauvais génie, comme chacun eut fon étoile.

Eft genius natale comes qui temperat aftrum.

Socrate, comme on fait, avait un bon ange : mais il faut que ce foit le mauvais qui l'aît conduit. Ce ne peut être qu'un très-mauvais ange qui engage un philofophe à courir de maifon en maifon pour dire aux gens, par demande & par réponfe, que le père

& la mère, le précepteur & le petit garçon, font des ignorans & des imbécilles. L'ange-gardien a bien de la peine à garantir alors son protégé de la ciguë.

On ne connaît de *Marcus Brutus* que son mauvais ange qui lui apparut avant la bataille de Philippes.

SECTION II.

LA doctrine des anges est une des plus anciennes du monde, elle a précédé celle de l'immortalité de l'ame : cela n'est pas étrange. Il faut de la philosophie pour croire immortelle l'ame de l'homme mortel : il ne faut que de l'imagination & de la faiblesse pour inventer des êtres supérieurs à nous, qui nous protégent ou qui nous persécutent. Cependant il ne paraît pas que les anciens Egyptiens eussent aucune notion de ces êtres célestes, revêtus d'un corps éthéré, & ministres des ordres d'un Dieu. Les anciens Babyloniens furent les premiers qui admîrent cette théologie. Les livres hébreux emploient les anges dès le premier livre de la Genèse ; mais la Genèse ne fut écrite que lorsque les Chaldéens étaient une nation déjà puissante ; & ce ne fut même que dans la captivité à Babylone, plus de mille ans après *Moïse*, que les Juifs apprirent les noms de *Gabriel*, de *Raphaël*, *Michaël*, *Uriel*, &c. qu'on donnait aux anges. C'est une chose très-singulière, que les religions judaïque & chrétienne étant fondées sur la chute d'*Adam*, cette chute étant fondée sur la tentation du mauvais ange, du diable, cependant il ne soit pas dit un seul mot dans le Pentateuque de l'existence des mauvais anges, encore moins de leur punition & de leur demeure dans l'enfer.

La raifon de cette omiffion eft évidente ; c'eft que les mauvais anges ne leur furent connus que dans la captivité à Babylone ; c'eft alors qu'il commence à être queftion d'*Afmodée*, que *Raphaël* alla enchaîner dans la haute Egypte ; c'eft alors que les Juifs entendent parler de *Satan*. Ce mot *Satan* était chaldéen , & le livre de *Job*, habitant de Chaldée , eft le premier qui en faffe mention.

Les anciens Perfes difaient que *Satan* était un génie qui avait fait la guerre aux *Dives* & aux *Péris*, c'eft-à-dire aux fées.

Ainfi, felon les règles ordinaires de la probabilité, il ferait permis à ceux qui ne fe ferviraient que de leur raifon, de penfer que c'eft dans cette théologie qu'on a enfin pris l'idée chez les Juifs & les chrétiens, que les mauvais anges avaient été chaffés du ciel, & que leur prince avait tenté *Eve* fous la figure d'un ferpent.

On a prétendu qu'*Ifaïe*, (dans fon chapitre XIV) avait cette allégorie en vue quand il dit : *Quo modo cecidifti de cœlo , Lucifer , qui mane oriebaris ? Comment es-tu tombé du ciel , aftre de lumière , qui te levais au matin ?*

C'eft même ce verfet latin, traduit d'*Ifaïe*, qui a procuré au diable le nom de *Lucifer*. On n'a pas fongé que *Lucifer* fignifie celui qui répand la lumière. On a encore moins réfléchi aux paroles d'*Ifaïe*. Il parle du roi de Babylone détrôné , & par une figure commune, il lui dit : Comment es-tu tombé des cieux , aftre éclatant ?

Il n'y a pas d'apparence qu'*Ifaïe* ait voulu établir par ce trait de rhétorique la doctrine des anges précipités dans l'enfer : auffi ce ne fut guère que dans le temps de la primitive Eglife chrétienne, que les pères & les rabbins s'efforcèrent d'encourager cette doctrine, pour fauver ce qu'il y avait d'incroyable dans l'hiftoire d'un ferpent qui féduifit la mère des hommes, & qui, condamné pour cette mauvaife action à marcher fur le ventre, a depuis été l'ennemi de l'homme, qui tâche toujours de l'écrafer, tandis que celui-ci tâche toujours de le mordre. Des fubftances céleftes, précipitées dans l'abyme, qui en fortent pour perfécuter le genre-humain, ont paru quelque chofe de plus fublime.

On ne peut prouver par aucun raifonnement que ces puiffances céleftes & infernales exiftent; mais auffi on ne faurait prouver qu'elles n'exiftent pas. Il n'y a certainement aucune contradiction à reconnaître des fubftances bienfefantes & malignes, qui ne foient ni de la nature de DIEU ni de la nature des hommes; mais il ne fuffit pas qu'une chofe foit poffible pour la croire.

Les anges qui préfidaient aux nations chez les Babyloniens & chez les Juifs, font précifément ce qu'étaient les dieux d'*Homère*, des êtres céleftes fubordonnés à un être fuprême. L'imagination qui a produit les uns a probablement produit les autres. Le nombre des dieux inférieurs s'accrut avec la religion d'*Homère*. Le nombre des anges s'augmenta chez les chrétiens avec le temps.

Les auteurs connus fous le nom de *Denis l'aréopagite*, & de *Grégoire I*, fixèrent le nombre des anges à neuf chœurs dans trois hiérarchies; la première des *féraphins*, des *chérubins*, & des *trônes*; la feconde des *dominations*, des *vertus*, & des *puiffances*; la troifième des

principautés,

principautés, des *archanges*, & enfin des *anges*, qui donnent la dénomination à tout le reste. Il n'est guère permis qu'à un pape de régler ainsi les rangs dans le ciel.

SECTION III.

ANGE, en grec *envoyé*; on n'en sera guère plus inftruit quand on saura que les Perfes avaient des *Péris*, les Hébreux des *Malakim*, les Grecs leurs *Daimonoi*.

Mais ce qui nous instruira peut-être davantage, ce sera qu'une des premières idées des hommes a toujours été de placer des êtres intermédiaires entre la Divinité & nous ; ce font ces démons, ces génies que l'antiquité inventa ; l'homme fit toujours les dieux à fon image. On voyait les princes fignifier leurs ordres par des meffagers, donc la Divinité envoie auffi fes courriers; *Mercure*, *Iris*, étaient des courriers, des meffagers.

Les Hébreux, ce feul peuple conduit par la Divinité même, ne donnèrent point d'abord de noms aux anges que DIEU daignait enfin leur envoyer ; ils empruntèrent les noms que leur donnaient les Chaldéens, quand la nation juive fut captive dans la Babylonie ; *Michel* & *Gabriel* font nommés pour la première fois par *Daniel*, efclave chez ces peuples. Le juif *Tobie*, qui vivait à Ninive, connut l'ange *Raphaël* qui voyagea avec fon fils pour l'aider à retirer de l'argent que lui devait le juif *Gabaël*.

Dans les lois des Juifs, c'est-à-dire dans le Lévitique & le Deutéronome, il n'est pas fait la moindre mention de l'existence des anges, à plus forte raifon de leur culte ; auffi les faducéens ne croyaient-ils point aux anges.

Mais dans les hiftoires des Juifs il en eft beaucoup parlé. Ces anges étaient corporels ; ils avaient des ailes au dos, comme les gentils feignirent que *Mercure* en avait aux talons ; quelquefois ils cachaient leurs ailes fous leurs vêtemens. Comment n'auraient-ils pas eu de corps, puifqu'ils buvaient & mangeaient, & que les habitans de Sodome voulurent commettre le péché de la pédéraftie avec les anges qui allèrent chez *Loth* ?

L'ancienne tradition juive, felon *Ben Maimon*, admet dix degrés, dix ordres d'anges. 1. Les *chaios acodesh*, purs, faints. 2. Les *ofamin*, rapides. 3. Les *oralim*, les forts. 4. Les *chafmalim*, les flammes. 5. Les *féraphim*, étincelles. 6. Les *malakim*, anges, meffagers, députés. 7. Les *eloim*, les dieux ou juges. 8. Les *ben eloim*, enfans des dieux. 9. *Cherubim*, images. 10. *Ychim*, les animés.

L'hiftoire de la chute des anges ne fe trouve point dans les livres de *Moïfe* ; le premier témoignage qu'on en rapporte eft celui du prophète *Ifaïe*, qui apoftrophant le roi de Babylone, s'écrie : Qu'eft devenu l'exacteur des tributs ! les fapins & les cèdres fe réjouiffent de fa chute ; comment es-tu tombé du ciel, ô Hellel, étoile du matin ? On a traduit cet *Hellel* par le mot latin *Lucifer* ; & enfuite par un fens allégorique on a donné le nom de *Lucifer* au prince des anges qui firent la guerre dans le ciel ; & enfin ce nom qui fignifie *phofphore* & *aurore*, eft devenu le nom du diable.

La religion chrétienne eft fondée fur la chute des anges. Ceux qui fe révoltèrent furent précipités des fphères qu'ils habitaient dans l'enfer au centre de la terre, & devinrent diables. Un diable tenta *Eve* fous la figure d'un ferpent , & damna le genre-humain. JESUS vint racheter le genre-humain , & triompher du diable qui nous tente encore. Cependant cette tradition fondamentale ne fe trouve que dans le livre apocryphe d'*Enoch*, & encore y eft-elle d'une manière toute différente de la tradition reçue.

St Auguftin, dans fa cent neuvième lettre, ne fait nulle difficulté d'attribuer des corps déliés & agiles aux bons & aux mauvais anges. Le pape *Grégoire I* a réduit à neuf chœurs , à neuf hiérarchies ou ordres, les dix chœurs des anges reconnus par les Juifs.

Les Juifs avaient dans leur temple deux chérubins ayant chacun deux têtes , l'une de bœuf & l'autre d'aigle, avec fix ailes. Nous les peignons aujourd'hui fous l'image d'une tête volante, ayant deux petites ailes au-deffous des oreilles. Nous peignons les anges & les archanges fous la figure de jeunes gens, ayant deux ailes au dos. A l'égard des trônes & des dominations, on ne s'eft pas encore avifé de les peindre.

St Thomas, à la queftion CVIII, article 2, dit que les trônes font auffi près de D I E U que les chérubins & les féraphins , parce que c'eft fur eux que D I E U eft affis. *Scot* a compté mille millions d'anges. L'ancienne mythologie des bons & des mauvais génies ayant paffé de l'Orient en Grèce & à Rome , nous confacrâmes cette opinion, en admettant pour chaque homme un bon & un mauvais ange, dont l'un l'affifte, & l'autre lui nuit depuis fa naiffance jufqu'à fa mort : mais on ne fait pas encore fi ces bons & mauvais anges paffent continuellement de leur pofte à un autre, ou s'ils font relevés par d'autres. Confultez fur cet article la Somme de *St Thomas*.

On ne fait pas précifément où les anges fe tiennent, fi c'eft dans l'air, dans le vide, dans les planètes ; DIEU n'a pas voulu que nous en fuflions inftruits.

ANGLICANS.

De la religion anglicane.

L'ANGLETERRE eft le pays des fectes : *multæ funt manfiones in domo patris mei ;* un Anglais, comme un homme libre, va au ciel par le chemin qu'il lui plaît. Cependant quoique chacun puiffe ici fervir DIEU à fa mode, leur véritable religion, celle où l'on fait fortune, eft la fecte des épifcopaux, appelée l'*Eglife anglicane*, ou l'*Eglife par excellence*. On ne peut avoir d'emploi ni en Angleterre ni en Irlande, fans être du nombre des fidelles anglicans. Cette raifon, qui éft une excellente preuve, a converti tant de non-conformiftes, qu'aujourd'hui il n'y a pas la vingtième partie de la nation qui foit hors du giron de l'Eglife dominante.

Le clergé anglican a retenu beaucoup de cérémonies catholiques, & furtout celle de recevoir les dixmes avec une attention très-fcrupuleufe. Ils ont auffi la pieufe ambition d'être les maîtres ; car quel vicaire de village ne voudrait pas être pape ?

De plus ils fomentent, autant qu'ils peuvent, dans leurs ouailles un faint zèle contre les non-conformiftes. Ce zèle était affez vif fous le gouvernement des *Toris*, dans les dernières années de la reine *Anne* : mais il ne s'étendait pas plus loin qu'à caſſer quelquefois les vitres des chapelles hérétiques ; car la rage des ſectes a fini en Angleterre avec les guerres civiles , & ce n'était plus ſous la reine *Anne* que les bruits ſourds d'une mer encore agitée long-temps après la tempête. Quand les *Whigs* & les *Toris* déchirèrent leur pays , comme autrefois les *Guelfes* & les *Gibelins* déſolèrent l'Italie , il fallut bien que la religion entrât dans les partis ; les *Toris* étaient pour l'épiſcopat , les *Whigs* le voulaient abolir ; mais ils ſe ſont contentés de l'abaiſſer quand ils ont été les maîtres.

Du temps que le comte *Harlay* d'Oxford & milord *Bolingbroke* feſaient boire la ſanté des *Toris* , l'Egliſe anglicane les regardait comme les défenſeurs de ſes ſaints priviléges. L'aſſemblée du bas clergé , qui eſt une eſpèce de chambre des communes , compoſée d'eccléſiaſtiques , avait alors quelque crédit ; elle jouiſ-fait au moins de la liberté de s'aſſembler , de raiſonner de controverſe , & de faire brûler de temps en temps quelques livres impies , c'eſt-à-dire écrits contre elle. Le miniſtère , qui eſt *Whig* aujourd'hui , ne permet pas ſeulement à ces meſſieurs de tenir leur aſſemblée ; ils ſont réduits dans l'obſcurité de leur paroiſſe au triſte emploi de prier D I E U pour le gouvernement , qu'ils ne feraient pas fâchés de troubler.

Quant aux évêques , qui ſont vingt-ſix en tout , ils ont féance dans la chambre haute , en dépit des *Whigs* , parce que la coutume ou l'abus de les regar-der comme barons ſubſiſte encore. Il y a une clauſe dans le ſerment que l'on prête à l'Etat , laquelle exerce bien la patience chrétienne de ces meſſieurs;

on y promet d'être de l'Eglife comme elle eft établie par la loi. Il n'y a guère d'évêques, de doyens, d'archiprêtres qui ne penfent l'être de droit divin ; c'eft donc un grand fujet de mortification pour eux d'être obligés d'avouer qu'ils tiennent tout d'une miférable loi faite par de profanes laïques. Un favant religieux (le père *Courayer*) a écrit depuis peu un livre pour prouver la validité & la fucceffion des ordinations anglicanes. Cet ouvrage a été profcrit en France ; mais croyez-vous qu'il ait plu au miniftère d'Angleterre? Point du tout ; les maudits *Whigs* fe foucient très-peu que la fucceffion épifcopale ait été interrompue chez eux ou non, & que l'évêque *Parker* ait été confacré dans un cabaret (comme on le veut) ou dans une églife : ils aiment mieux même que les évêques tirent leur autorité du parlement que des apôtres. Le lord *B* .... dit que cette idée de droit divin ne fervirait qu'à faire des tyrans en camail & en rochet, mais que la loi fait des citoyens.

A l'égard des mœurs, le clergé anglican eft plus réglé que celui de France, & en voici la caufe. Tous les eccléfiaftiques font élevés dans l'univerfité d'Oxford ou dans celle de Cambridge, loin de la corruption de la capitale. Ils ne font appelés aux dignités de l'Eglife que très-tard, & dans un âge où les hommes n'ont d'autres paffions que l'avarice, lorfque leur ambition manque d'aliment. Les emplois font ici la récompenfe des longs fervices dans l'Eglife, auffi-bien que dans l'armée : on n'y voit pas des jeunes gens évêques ou colonels au fortir du collége ; de plus les prêtres font prefque tous mariés. La mauvaife grâce contractée dans l'univerfité, & le peu de commerce qu'on a ici avec les femmes, font que d'ordinaire un évêque eft forcé de fe contenter de la fienne. Les prêtres vont quelquefois au cabaret, parce que l'ufage le leur permet ; & s'ils s'enivrent, c'eft férieufement & fans fcandale.

Cet être indéfiniffable, qui n'eft ni eccléfiaftique ni féculier, en un mot, ce que l'on appelle un *abbé*, eft une efpèce inconnue en Angleterre; les eccléfiaftiques font tous ici réfervés, & prefque tous pédans. Quand ils apprennent qu'en France des jeunes gens connus par leurs débauches, & élevés à la prélature par des intrigues de femmes, font publiquement l'amour, s'égaient à compofer des chanfons tendres, donnent tous les jours des foupers délicats & longs, & de-là vont implorer les lumières du SAINT-ESPRIT, & fe nomment hardiment les fucceffeurs des apôtres, ils remercient D I E U d'être proteftans : mais ce font de vilains hérétiques à brûler à tous les diables, comme dit maître *François Rabelais*. C'eft pourquoi je ne me mêle point de leurs affaires.

A N N A L E S.

QUE de peuples ont fubfifté long-temps & fubfiftent encore fans annales ! Il n'y en avait dans l'Amérique entière, c'eft-à-dire dans la moitié de notre globe, qu'au Mexique & au Pérou, encore n'étaient-elles pas fort anciennes. Et des cordelettes nouées ne font pas des livres qui puiffent entrer dans de grands détails.

Les trois quarts de l'Afrique n'eurent jamais d'annales : & encore aujourd'hui chez les nations les plus

favantes, chez celles même qui ont le plus ufé &
abufé de l'art d'écrire, on peut compter toujours,
du moins jufqu'à préfent, quatre-vingt-dix-neuf parties du genre-humain fur cent qui ne favent pas ce
qui s'eft paffé chez elles au-delà de quatre générations, & qui à peine connaiffent le nom d'un
bifaïeul. Prefque tous les habitans des bourgs & des
villages font dans ce cas ; très-peu de familles ont
des titres de leurs poffeffions. Lorfqu'il s'élève des
procès fur les limites d'un champ ou d'un pré, le
juge décide fuivant le rapport des vieillards : le titre
eft la poffeffion. Quelques grands événemens fe tranf-
mettent des pères aux enfans, & s'altèrent entièrement
en paffant de bouche en bouche ; ils n'ont point
d'autres annales.

Voyez tous les villages de notre Europe fi policée,
fi éclairée, fi remplie de bibliothèques immenfes, &
qui femble gémir aujourd'hui fous l'amas énorme
des livres. Deux hommes tout au plus par village,
l'un portant l'autre, favent lire & écrire. La fociété
n'y perd rien. Tous les travaux s'exécutent, on bâtit,
on plante, on fème, on recueille, comme on fefait
dans les temps les plus reculés. Le laboureur n'a pas
feulement le loifir de regretter qu'on ne lui ait pas
appris à confumer quelques heures de la journée dans
la lecture. Cela prouve que le genre-humain n'avait
pas befoin de monumens hiftoriques pour cultiver les
arts véritablement néceffaires à la vie.

Il ne faut pas s'étonner que tant de peuplades
manquent d'annales, mais que trois ou quatre nations
en aient confervé qui remontent à cinq mille ans ou
environ, après tant de révolutions qui ont bouleverfé

la terre. Il ne reste pas une ligne des anciennes annales égyptiennes, chaldéennes, persanes, ni de celles des Latins & des Etrusques. Les seules annales un peu antiques sont les indiennes, les chinoises, les hébraïques. (*)

Nous ne pouvons appeler *annales* des morceaux d'histoire vagues & décousus, sans aucune date, sans suite, sans liaison, sans ordre; ce sont des énigmes proposées par l'antiquité à la postérité qui n'y entend rien.

Nous n'osons assurer que *Sanchoniathon*, qui vivait, dit-on, avant le temps où l'on place *Moïse*, (a) ait composé des annales. Il aura probablement borné ses recherches à sa cosmogonie, comme fit depuis *Hésiode* en Grèce. Nous ne proposons cette opinion que comme un doute, car nous n'écrivons que pour nous instruire, & non pour enseigner.

Mais ce qui mérite la plus grande attention, c'est que *Sanchoniathon* cite les livres de l'égyptien *Thot*, qui vivait, dit-il, huit cents ans avant lui. Or, *Sanchoniathon* écrivait probablement dans le siècle où l'on place l'aventure de *Joseph* en Egypte.

(*) Voyez *Histoire*.

(a) On a dit que si *Sanchoniathon* avait vécu du temps de *Moïse*, ou après lui, l'évêque de Césarée *Eusèbe*, qui cite plusieurs de ses fragmens, aurait indubitablement cité ceux où il eût été fait mention de *Moïse* & des prodiges épouvantables qui avaient étonné la nature. *Sanchoniathon* n'aurait pas manqué d'en parler. *Eusèbe* aurait fait valoir son témoignage; il aurait prouvé l'existence de *Moïse* par l'aveu authentique d'un savant contemporain, d'un homme qui écrivait dans un pays où les Juifs se signalaient tous les jours par des miracles. *Eusèbe* ne cite jamais *Sanchoniathon* sur les actions de *Moïse*. Donc *Sanchoniathon* avait écrit auparavant. On le présume, mais avec la défiance que tout homme doit avoir de son opinion, excepté quand il ose assurer que deux & deux font quatre.

Nous mettons communément l'époque de la promotion du juif *Jofeph* au premier miniftère d'Egypte à l'an 2300 de la création.

Si les livres de *Thot* furent écrits huit cents ans auparavant, ils furent donc écrits l'an 1500 de la création. Leur date était donc de cent cinquante-fix ans avant le déluge. Ils auraient donc été gravés fur la pierre, & fe feraient confervés dans l'inondation univerfelle.

Une autre difficulté, c'eft que *Sanchoniathon* ne parle point du déluge, & qu'on n'a jamais cité aucun auteur égyptien qui en eût parlé. Mais ces difficultés s'évanouiffent devant la Genèfe infpirée par l'Efprit faint.

Nous ne prétendons point nous enfoncer ici dans le chaos que quatre-vingts auteurs ont voulu débrouiller en inventant des chronologies différentes ; nous nous en tenons toujours à l'ancien Teftament. Nous demandons feulement fi du temps de *Thot* on écrivait en hiéroglyphes ou en caractères alphabétiques ?

Si on avait déjà quitté la pierre & la brique pour du vélin ou quelque autre matière.

Si *Thot* écrivit des annales ou feulement une cofmogonie ?

S'il y avait déjà quelques pyramides bâties du temps de *Thot* ?

Si la baffe Egypte était déjà habitée ?

Si on avait pratiqué des canaux pour recevoir les eaux du Nil ?

Si les Chaldéens avaient déjà enfeigné les arts aux Egyptiens, & fi les Chaldéens les avaient reçus des brachmanes ?

Il y a des gens qui ont réfolu toutes ces queſtions. Sur quoi un homme d'eſprit & de bon ſens diſait un jour d'un grave doĉteur : *Il faut que cet homme-là ſoit un grand ignorant , car il répond à tout ce qu'on lui demande.*

A N N A T E S.

A cet article du Diĉtionnaire encyclopédique, ſavamment traité , comme le font tous les objets de juriſprudence dans ce grand & important ouvrage, on peut ajouter que l'époque de l'établiſſement des annates étant incertaine, c'eſt une preuve que l'exaction des annates n'eſt qu'une uſurpation, une coutume tortionnaire. Tout ce qui n'eſt pas fondé ſur une loi authentique eſt un abus. Tout abus doit être réformé , à moins que la réforme ne ſoit plus dangereuſe que l'abus même. L'uſurpation commence par ſe mettre peu-à-peu en poſſeſſion : l'équité , l'intérêt public jettent des cris , & réclament. La politique vient, qui ajuſte comme elle peut l'uſurpation avec l'équité. Et l'abus reſte.

A l'exemple des papes , dans pluſieurs diocèſes, les évêques , les chapitres , & les archidiacres établirent des annates ſur les cures. Cette exaction ſe nomme *droit de déport* en Normandie. La politique n'ayant aucun intérêt à maintenir ce pillage , il fut aboli en pluſieurs endroits ; il ſubſiſte en d'autres , tant le culte de l'argent eſt le premier culte.

En 1409, au concile de Piſe , le pape *Alexandre V* renonça expreſſément aux annates ; *Charles VII* les condamna par un édit du mois d'avril 1418 ; le

concile de Bafle les déclara fimoniaques ; & la prag-
matique-fanction les abolit de nouveau.

François I, fuivant un traité particulier qu'il avait
fait avec *Léon X* , qui ne fut point inféré dans le
concordat, permit au pape de lever ce tribut, qui lui
produifit chaque année, fous le règne de ce prince,
cent mille écus de ce temps-là , fuivant le calcul
qu'en fit alors *Jacques Capelle* , avocat-général au
parlement de Paris.

Les parlemens, les univerfités, le clergé, la nation
entière, réclamaient contre cette exaction ; & *Henri II*,
cédant enfin aux cris de fon peuple, renouvela la loi
de *Charles VII*, par un édit du 3 feptembre 1551.

La défenfe de payer l'annate fut encore réitérée
par *Charles IX* aux états d'Orléans en 1560. *Par avis
de notre confeil , & fuivant les décrets des faints conciles ,
anciennes ordonnances de nos prédéceffeurs rois , & arrêts
de nos cours de parlement ; ordonnons que tout tranfport
d'or & d'argent hors de notre royaume , & payement de
deniers, fous couleur d'annates , vacant , & autrement,
cefferont , à peine de quadruple contre les contrevenans.*

Cette loi promulguée dans l'affemblée générale de
la nation femblait devoir être irrévocable : mais deux
ans après , le même prince, fubjugué par la cour de
Rome alors puiffante , rétablit ce que la nation entière
& lui-même avaient abrogé.

Henri IV, qui ne craignait aucun danger, mais qui
craignait Rome, confirma les annates par un édit du
22 janvier 1596.

Trois célébres jurifconfultes, *Dumoulin*, *Lannoy*, &
Duaren , ont fortement écrit contre les annates qu'ils
appellent *une véritable fimonie*. Si , à défaut de les payer,

le pape refufe des bulles , *Duaren* confeille à l'Eglife gallicane d'imiter celle d'Efpagne , qui, dans le douzième concile de Tolède, chargea l'archevêque de cette ville de donner , fur le refus du pape, des provifions aux prélats nommés par le roi.

C'eft une maxime des plus certaines du droit français , confacrée par l'article 14 de nos libertés, (*) que l'évêque de Rome n'a aucun droit fur le temporel des bénéfices, qu'il ne jouit des annates que par la permiffion du roi. Mais cette permiffion ne doit-elle pas avoir un terme? à quoi nous fervent nos lumières, fi nous confervons toujours nos abus?

Le calcul des fommes qu'on a payées & que l'on paye encore au pape eft effrayant. Le procureur-général *Jean de S.t Romain* a remarqué que du temps de *Pie II* , vingt-deux évêchés ayant vaqué en France pendant trois années , il fallut porter à Rome cent vingt mille écus ; que foixante & une abbayes ayant auffi vaqué, on avait payé pareille fomme à la cour de Rome ; que vers le même temps on avait encore payé à cette cour, pour les provifions des prieurés , doyennés , & des autres dignités fans croffe , cent mille écus ; que pour chaque curé il y avait eu au moins une grâce expectative qui était vendue vingt-cinq écus ; outre une infinité de difpenfes dont le calcul montait à deux millions d'écus. Le procureur-général de *S.t Romain* vivait du temps de *Louis XI*. Jugez à combien ces fommes monteraient aujourd'hui. Jugez combien les autres Etats ont donné. Jugez fi la république romaine , au temps de *Lucullus* , a plus

(*) Voyez *Libertés* ; mot très-impropre pour fignifier des droits naturels & imprefcriptibles.

tiré d'or & d'argent des nations vaincues par fon épée,
que les papes, les pères de ces mêmes nations, n'en
ont tiré par leur plume.

Suppofons que le procureur-général de *St Romain* fe
foit trompé de moitié, ce qui eft bien difficile, ne
refte-t-il pas encore une fomme affez confidérable
pour qu'on foit en droit de compter avec la chambre
apoftolique, & de lui demander une reftitution, attendu
que tant d'argent n'a rien d'apoftolique ?

ANNEAU DE SATURNE.

CE phénomène étonnant, mais pas plus étonnant
que les autres, ce corps folide & lumineux qui entoure
la planète de *Saturne*, qui l'éclaire & qui en eft éclairé,
foit par la faible réflexion des rayons folaires, foit par
quelque caufe inconnue, était autrefois une mer, à
ce que prétend un rêveur qui fe difait philofophe. (*a*)
Cette mer, felon lui, s'eft endurcie; elle eft devenue
terre ou rocher; elle gravitait jadis vers deux centres,
& ne gravite plus aujourd'hui que vers un feul.

Comme vous y allez, mon rêveur ! comme vous
métamorphofez l'eau en rocher ! *Ovide* n'était rien
auprès de vous. Quel merveilleux pouvoir vous avez
fur la nature ! cette imagination ne dément pas vos
autres idées. O démangeaifon de dire des chofes nouvelles ! ô fureur des fyftèmes ! ô folies de l'efprit
humain ! fi on a parlé dans le grand Dictionnaire
encyclopédique de cette rêverie, c'eft fans doute pour
en faire fentir l'énorme ridicule; fans quoi les autres
nations feraient en droit de dire : Voilà l'ufage que

(*a*) *Maupertuis.*

font les Français des découvertes des autres peuples. *Huyghens* découvrit l'anneau de *Saturne*, il en calcula les apparences. *Hook* & *Flamſtead* les ont calculées comme lui. Un Français a découvert que ce corps ſolide avait été un océan circulaire, & ce Français n'eſt pas *Cyrano de Bergerac*.

ANTI-LUCRECE.

LA leĉture de tout le poëme de feu M. le cardinal de *Polignac* m'a confirmé dans l'idée que j'en avais conçue, lorſqu'il m'en lut le premier chant. Je ſuis encore étonné qu'au milieu des diſſipations du monde, & des épines des affaires, il ait pu écrire un ſi long ouvrage en vers dans une langue étrangère, lui qui aurait à peine fait quatre bons vers dans ſa propre langue. Il me ſemble qu'il réunit ſouvent la force de *Lucrèce* à l'élégance de *Virgile*. Je l'admire ſurtout dans cette facilité avec laquelle il exprime toujours des choſes ſi difficiles.

Il eſt vrai que ſon Anti-Lucrèce eſt peut-être trop diffus, & trop peu varié; mais ce n'eſt pas en qualité de poëte que je l'examine ici, c'eſt comme philoſophe. Il me paraît qu'une auſſi belle ame que la ſienne devait rendre plus de juſtice aux mœurs d'*Epicure*, qui étant à la vérité un très-mauvais phyſicien, n'en était pas moins un très-honnête homme, & qui n'enſeigna jamais que la douceur, la tempérance, la modération, la juſtice, vertus que ſon exemple enſeignait encore mieux.

Voici comme ce grand-homme eſt apoſtrophé dans l'Anti-Lucrèce.

Si virtutis eras avidus, rectique bonique
Tam fitiens, quid relligio tibi fancta nocebat ?
Aspera quippe nimis visa eft. Asperrima certè
Gaudenti vitiis, fed non virtutis amanti.
Ergo perfugium culpæ, folifque benignus
Perjuris ac fœdifragis, Epicure, parabas.
Solam hominum fæcem poteras devotaque furcis
Corpora &c.

On peut rendre ainfi ce morceau en français, en lui prêtant, fi je l'ofe dire, un peu de force :

Ah! fi par toi le vice eût été combattu,
Si ton cœur pur & droit eût chéri la vertu !
Pourquoi donc rejeter au fein de l'innocence
Un DIEU qui nous la donne, & qui la récompenfe ?
Tu le craignais ce DIEU ; fon règne redouté
Mettait un frein trop dur à ton impiété.
Précepteur des méchans, & profeffeur du crime,
Ta main de l'injuftice ouvrit le vafte abyme,
Y fit tomber la terre, & le couvrit de fleurs.

Mais *Epicure* pouvait répondre au cardinal : Si j'avais eu le bonheur de connaître comme vous le vrai DIEU, d'être né comme vous dans une religion pure & fainte, je n'aurais pas certainement rejeté ce DIEU révélé, dont les dogmes étaient néceffairement inconnus à mon efprit, mais dont la morale était dans mon cœur. Je n'ai pu admettre des dieux tels qu'ils m'étaient annoncés dans le paganifme. J'étais trop raifonnable pour adorer des divinités qu'on fefait naître d'un père & d'une mère comme les mortels, & qui comme eux fe fefaient la guerre. J'étais trop ami de la vertu pour ne pas haïr une religion qui tantôt invitait au crime

par

par l'exemple de ces dieux mêmes, & tantôt vendait
à prix d'argent la rémiſſion des plus horribles forfaits.
D'un côté je voyais par-tout des hommes inſenſés,
ſouillés de vices, qui cherchaient à ſe rendre purs
devant des dieux impurs ; & de l'autre, des fourbes
qui ſe vantaient de juſtifier les plus pervers, ſoit en
les initiant à des myſtères, ſoit en feſant couler ſur
eux goutte à goutte le ſang des taureaux, ſoit en les
plongeant dans les eaux du Gange. Je voyais les
guerres les plus injuſtes entrepriſes ſaintement, dès
qu'on avait trouvé ſans tache le foie d'un bélier, ou
qu'une femme, les cheveux épars, & l'œil troublé, avait
prononcé des paroles dont ni elle ni perſonne ne
comprenait le ſens. Enfin je voyais toutes les contrées
de la terre ſouillées du ſang des victimes humaines
que des pontifes barbares ſacrifiaient à des dieux
barbares. Je me ſais bon gré d'avoir déteſté de telles
religions. La mienne eſt la vertu. J'ai invité mes
diſciples à ne ſe point mêler des affaires de ce monde,
parce qu'elles étaient horriblement gouvernées. Un
véritable épicurien était un homme doux, modéré,
juſte, aimable, duquel aucune ſociété n'avait à ſe
plaindre, & qui ne payait pas des bourreaux pour
affaſſiner en public ceux qui ne penſaient pas comme
lui. De ce terme à celui de la religion ſainte, qui
vous a nourris, il n'y a qu'un pas à faire. J'ai détruit
les faux dieux ; & ſi j'avais vécu avec vous, j'aurais
connu le véritable.

C'eſt ainſi qu'*Epicure* pourrait ſe juſtifier ſur ſon
erreur ; il pourrait même mériter ſa grâce ſur le dogme
de l'immortalité de l'ame, en diſant : Plaignez-moi
d'avoir combattu une vérité que D I E U a révélée

cinq cents ans après ma naiffance. J'ai penfé comme tous les premiers légiflateurs païens du monde, qui tous ignoraient cette vérité.

J'aurais donc voulu que le cardinal de *Polignac* eût plaint *Epicure* en le condamnant ; & ce tour n'en eût pas été moins favorable à la belle poëfie.

A l'égard de la phyfique, il me paraît que l'auteur a perdu beaucoup de temps, & beaucoup de vers à réfuter la déclinaifon des atomes, & les autres abfurdités dont le poëme de *Lucrèce* fourmille. C'eft employer de l'artillerie pour détruire une chaumière. Pourquoi encore vouloir mettre à la place des rêveries de *Lucrèce* les rêveries de *Defcartes* ?

Le cardinal de *Polignac* a inféré dans fon poëme de très-beaux vers fur les découvertes de *Newton* ; mais il y combat malheureufement pour lui des vérités démontrées. La philofophie de *Newton* ne fouffre guère qu'on la difcute en vers ; à peine peut-on la traiter en profe ; elle eft toute fondée fur la géométrie. Le génie poëtique ne trouve point là de prife. On peut orner de beaux vers l'écorce de ces vérités ; mais pour les approfondir il faut du calcul, & point de vers.

ANTIQUITÉ.

SECTION PREMIERE.

Avez-vous quelquefois vu dans un village *Pierre Aoudri*, & fa femme *Peronelle*, vouloir précéder leurs voifins à la proceffion ? *Nos grands-pères*, difent-ils, *fonnaient les cloches avant que ceux qui nous coudoyent aujourd'hui fuffent feulement propriétaires d'une étable.*

La vanité de *Pierre Aoudri*, de fa femme, & de fes voifins, n'en fait pas davantage. Les efprits s'échauffent. La querelle eft importante ; il s'agit de l'honneur. Il faut des preuves. Un favant qui chante au lutrin, découvre un vieux pot de fer rouillé, marqué d'un *A*, première lettre du nom du chaudronnier qui fit ce pot. *Pierre Aoudri* fe perfuade que c'était un cafque de fes ancêtres. Ainfi *Céfar* defcendait d'un héros, & de la déeffe *Vénus*. Telle eft l'hiftoire des nations ; telle eft à peu de chofe près la connaiffance de la première antiquité.

Les favans d'Arménie *démontrent* que le paradis terreftre était chez eux. De profonds fuédois *démontrent* qu'il était vers le lac Vener qui en eft vifiblement un refte. Des efpagnols *démontrent* auffi qu'il était en Caftille ; tandis que les Japonais, les Chinois, les Tartares, les Indiens, les Africains, les Américains, font affez malheureux pour ne favoir pas feulement qu'il y eut jadis un paradis terreftre à la fource du Phifon, du Gehon, du Tigre, & de l'Euphrate, ou bien à la fource du Guadalquivir, de la Guadiana, du Duero, & de l'Ebre ; car de *Phifon* on fait aifément Phætis ; & de *Phætis* on fait le Bætis qui eft le Guadalquivir. Le *Gehon* eft vifiblement la Guadiana, qui commence par un *G*. L'*Ebre*, qui eft en Catalogne, eft inconteftablement l'Euphrate, dont *E* eft la lettre initiale.

Mais un écoffais furvient qui *démontre* à fon tour que le jardin d'Eden était à Edimbourg, qui en a retenu le nom ; & il eft à croire que dans quelques fiècles cette opinion fera fortune.

Tout le globe a été brûlé autrefois, dit un homme versé dans l'histoire ancienne & moderne ; car j'ai lu dans un journal qu'on a trouvé en Allemagne des charbons tout noirs à cent pieds de profondeur, entre des montagnes couvertes de bois. Et on soupçonne même qu'il y avait des charbonniers en cet endroit.

L'aventure de *Phaéton* fait assez voir que tout a bouilli jusqu'au fond de la mer. Le soufre du mont Vésuve prouve invinciblement que les bords du Rhin, du Danube, du Gange, du Nil, & du grand fleuve Jaune, ne sont que du soufre, du nitre, & de l'huile de gaïac, qui n'attendent que le moment de l'explosion, pour réduire la terre en cendres, comme elle l'a déjà été. Le sable sur lequel nous marchons est une preuve évidente que l'univers a été vitrifié, & que notre globe n'est réellement qu'une boule de verre, ainsi que nos idées.

Mais si le feu a changé notre globe, l'eau a produit de plus belles révolutions. Car vous voyez bien que la mer, dont les marées montent jusqu'à huit pieds dans nos climats, (*) a produit les montagnes qui ont seize à dix-sept mille pieds de hauteur. Cela est si vrai que des savans qui n'ont jamais été en Suisse y ont trouvé un gros vaisseau avec tous ses agrès pétrifié, sur le mont Saint-Gothard, (*a*) ou au fond d'un précipice, on ne sait pas bien où ; mais il est certain qu'il était là. Donc originairement les hommes étaient poissons, *quod erat demonstrandum.*

Pour descendre à une antiquité moins antique, parlons des temps où la plupart des nations barbares

(*) Voyez les articles *Mer* & *Montagne.*
(*a*) Voyez *Telliamed* & tous les systèmes forgés sur cette belle découverte.

quittèrent leurs pays, pour en aller chercher d'autres
qui ne valaient guère mieux. Il eft vrai, s'il eft quelque
chofe de vrai dans l'hiftoire ancienne, qu'il y eut des
brigands gaulois qui allèrent piller Rome du temps
de *Camille*. D'autres brigands des Gaules avaient paffé,
dit-on, par l'Illirie, pour aller louer leurs fervices de
meurtriers à d'autres meurtriers, vers la Thrace ; ils
échangèrent leur fang contre du pain, & s'établirent
enfuite en Galatie. Mais quels étaient ces Gaulois?
était-ce des Bérichons & des Angevins ? Ce furent fans
doute des Gaulois que les Romains appelaient *Cifalpins*,
& que nous nommons *Tranfalpins*, des montagnards
affamés, voifins des Alpes & de l'Apennin. Les Gaulois
de la Seine & de la Marne ne favaient pas alors fi
Rome exiftait, & ne pouvaient s'avifer de paffer le
mont Cénis, comme fit depuis *Annibal*, pour aller
voler les garderobes des fénateurs romains, qui
avaient alors pour tous meubles une robe d'un mauvais
drap gris, ornée d'une bande couleur de fang de
bœuf; deux petits pommeaux d'ivoire, ou plutôt d'os
de chien, aux bras d'une chaife de bois ; & dans
leurs cuifines, un morceau de lard rance.

Les Gaulois qui mouraient de faim, ne trouvant
pas de quoi manger à Rome, s'en allèrent donc
chercher fortune plus loin, ainfi que les Romains en
uferent depuis, quand ils ravagèrent tant de pays l'un
après l'autre ; ainfi que firent enfuite les peuples du
Nord, quand ils détruifirent l'empire romain.

Et par qui encore eft-on très-faiblement inftruit
de ces émigrations ? c'eft par quelques lignes que les
Romains ont écrites au hafard ; car pour les Celtes,
Welches ou Gaulois, ces hommes qu'on veut faire

paffer pour éloquens ne favaient alors, eux, & leurs bardes, (*b*) ni lire, ni écrire.

Mais inférer de-là que les Gaulois ou Celtes conquis depuis par quelques légions de *Céfar*, & enfuite par une horde de Goths, & puis par une horde de Bourguignons, & enfin par une horde de Sicambres, fous un *Clodivic*, avaient auparavant fubjugué la terre entière, & donné leurs noms & leurs lois à l'Afie, cela me paraît bien fort; la chofe n'eft pas mathématiquement impoffible; & fi elle eft *démontrée*, je me rends; il ferait fort incivil de refufer aux Welches ce qu'on accorde aux Tartares.

SECTION II.

De l'antiquité des ufages.

Q U I étaient les plus fous & les plus anciennement fous, de nous ou des Egyptiens, ou des Syriens, ou des autres peuples? Que fignifiait notre gui de chêne? Qui le premier a confacré un chat? c'eft apparemment celui qui était le plus incommodé des fouris. Quelle nation a danfé la première fous des rameaux d'arbres à l'honneur des dieux? Qui la première a fait des proceffions, & mis des fous avec des grelots à la tête de ces proceffions? Qui promena un Priape par les rues, & en plaça aux portes en guife de marteaux? Quel arabe imagina de pendre le caleçon de fa femme à la fenêtre le lendemain de fes noces?

Toutes les nations ont danfé autrefois à la nouvelle lune: s'étaient-elles donné le mot? non, pas

---

(*b*) Bardes, bardi, *recitantes carmina bardi ;* c'étaient les poëtes, les philofophes des Welches.

plus que pour se réjouir à la naissance de son fils, &
pour pleurer, ou faire semblant de pleurer à la mort
de son père. Chaque homme est fort aise de revoir la
lune après l'avoir perdue pendant quelques nuits.
Il est cent usages qui sont si naturels à tous les
hommes, qu'on ne peut dire que ce sont les Basques
qui les ont enseignés aux Phrygiens, ni les Phrygiens
aux Basques.

On s'est servi de l'eau & du feu dans les temples,
cette coutume s'introduit d'elle-même. Un prêtre ne
veut pas toujours avoir les mains sales. Il faut du
feu pour cuire les viandes immolées, & pour brûler
quelques brins de bois résineux, quelques aromates
qui combattent l'odeur de la boucherie sacerdotale.

Mais les cérémonies mystérieuses dont il est si
difficile d'avoir l'intelligence, les usages que la nature
n'enseigne point, en quel lieu, quand, où, pourquoi
les a-t-on inventés ? qui les a communiqués aux
autres peuples ? Il n'est pas vraisemblable qu'il soit
tombé en même temps dans la tête d'un arabe & d'un
égyptien de couper à son fils un bout du prépuce,
ni qu'un chinois & un persan aient imaginé à la fois
de châtrer des petits garçons.

Deux pères n'auront pas eu en même temps, dans
différentes contrées, l'idée d'égorger leur fils pour
plaire à DIEU. Il faut certainement que des nations
aient communiqué à d'autres leurs folies sérieuses,
ou ridicules, ou barbares.

C'est dans cette antiquité qu'on aime à fouiller
pour découvrir, si on peut, le premier insensé & le
premier scélérat qui ont perverti le genre-humain.

A a 4

Mais comment favoir fi *Jéhud* en Phénicie fut l'inventeur des facrifices de fang humain, en immolant fon fils ?

Comment s'affurer que *Lycaon* mangea le premier de la chair humaine, quand on ne fait pas qui s'avifa le premier de manger des poules ?

On recherche l'origine des anciennes fêtes. La plus antique & la plus belle eft celle des empereurs de la Chine, qui labourent & qui fèment avec les premiers mandarins. (*) La feconde eft celle des thefmophories d'Athènes. Célébrer à la fois l'agriculture & la juftice, montrer aux hommes combien l'une & l'autre font néceffaires, joindre le frein des lois à l'art qui eft la fource de toutes les richeffes, rien n'eft plus fage, plus pieux, & plus utile.

Il y a de vieilles fêtes allégoriques qu'on retrouve par-tout, comme celles du renouvellement des faifons. Il n'eft pas néceffaire qu'une nation foit venue de loin enfeigner à une autre, qu'on peut donner des marques de joie & d'amitié à fes voifins le jour de l'an. Cette coutume était celle de tous les peuples. Les faturnales des Romains font plus connues que celles des Allobroges & des Piĉtes, parce qu'il nous eft refté beaucoup d'écrits & de monumens romains, & que nous n'en avons aucun des autres peuples de l'Europe occidentale.

La fête de *Saturne* était celle du temps ; il avait quatre ailes : le temps va vîte. Ses deux vifages figuraient évidemment l'année finie, & l'année commencée. Les Grecs difaient qu'il avait dévoré fon père, & qu'il dévorait fes enfans ; il n'y a point d'allégorie plus

(*) Voyez *Agriculture.*

fenfible ; le temps dévore le paffé & le préfent, &
dévorera l'avenir.

Pourquoi chercher de vaines & triftes explications
d'une fête fi univerfelle , fi gaie, & fi connue ? A bien
examiner l'antiquité, je ne vois pas une fête annuelle
trifte ; ou du moins fi elles commencent par des
lamentations , elles finiffent par danfer, rire, & boire.
Si on pleure *Adoni* ou *Adonaï* , que nous nommons
Adonis, il reffufcite bientôt, & on fe réjouit. Il en eft
de même aux fêtes d'*Ifis*, d'*Ofiris*, & d'*Horus*. Les Grecs
en font autant pour *Cérès* , & pour *Proferpine*. On
célébrait avec gaîté la mort du ferpent *Python*. Jour de
fête & jour de joie était la même chofe. Cette joie
n'était que trop emportée aux fêtes de *Bacchus*.

Je ne vois pas une feule commémoration générale
d'un événement malheureux. Les inftituteurs des
fêtes n'auraient pas eu le fens commun, s'ils avaient
établi dans Athènes la célébration de la bataille
perdue à Chéronée ; & à Rome celle de la bataille
de Cannes.

On perpétuait le fouvenir de ce qui pouvait encourager les hommes , & non de ce qui pouvait leur
infpirer la lâcheté du défefpoir. Cela eft fi vrai qu'on
imaginait des fables pour avoir le plaifir d'inftituer des
fêtes. *Caftor* & *Pollux* n'avaient pas combattu pour
les Romains auprès du lac Regile ; mais des prêtres
le difaient au bout de trois ou quatre cents ans , &
tout le peuple danfait. *Hercule* n'avait point délivré
la Grèce d'une hydre à fept têtes , mais on chantait
Hercule & fon hydre.

Fêtes infituées fur des chimères.

JE ne fais s'il y eut dans toute l'antiquité une feule fête fondée fur un fait avéré. On a remarqué ailleurs à quel point font ridicules les fcoliaftes qui vous difent magiftralement : Voilà une ancienne hymne à l'honneur d'*Apollon* qui vifita Claros ; donc *Apollon* eft venu à Claros. On a bâti une chapelle à *Perfée*; donc il a délivré *Andromède*. Pauvres gens ! dites plutôt : Donc il n'y a point eu d'*Andromède*.

Hé, que deviendra donc la favante antiquité qui a précédé les olympiades ? Elle deviendra ce qu'elle eft, un temps inconnu, un temps perdu, un temps d'allégories & de menfonges, un temps méprifé par les fages, & profondément difcuté par les fots qui fe plaifent à nager dans le *vide* comme les atomes d'*Epicure*.

Il y avait par-tout des jours de pénitence, des jours d'expiation dans les temples : mais ces jours ne s'appelèrent jamais d'un mot qui répondît à celui de fêtes. Toute fête était confacrée au divertiffement ; & cela eft fi vrai que les prêtres égyptiens jeûnaient la veille pour manger mieux le lendemain : coutume que nos moines ont confervée. Il y eut fans doute des cérémonies lugubres ; on ne danfait pas le *branle* des Grecs en enterrant ou en portant au bûcher fon fils & fa fille ; c'était une cérémonie publique, mais certainement ce n'était pas une fête.

SECTION IV.

De l'antiquité des fêtes qu'on prétend avoir toutes été lugubres.

Des gens ingénieux & profonds, des creuſeurs d'antiquités, qui ſauraient comment la terre était faite il y a cent mille ans, ſi le génie pouvait le ſavoir, ont prétendu que les hommes réduits à un très-petit nombre dans notre continent & dans l'autre, encore effrayés des révolutions innombrables que ce triſte globe avait eſſuyées, perpétuèrent le ſouvenir de leurs malheurs par des commémorations funeſtes & lugubres. *Toute fête*, diſent-ils, *fut un jour d'horreur, inſtitué pour faire ſouvenir les hommes que leurs pères avaient été détruits par les feux échappés des volcans, par des rochers tombés des montagnes, par l'irruption des mers, par les dents & les griffes des bêtes ſauvages, par la famine, la peſte, & les guerres.*

Nous ne ſommes donc pas faits comme les hommes l'étaient alors. On ne s'eſt jamais tant réjoui à Londres qu'après la peſte & l'incendie de la ville entière ſous *Charles II*. Nous fîmes des chanſons lorſque les maſſacres de la Saint-Barthelemi duraient encore. On a conſervé des paſquinades faites le lendemain de l'aſſaſſinat de *Coligni* ; on imprima dans Paris : *Paſſio domini noſtri Gaſpardi Colignii ſecundùm Bartholomæum.*

Il eſt arrivé mille fois que le ſultan qui règne à Conſtantinople, a fait danſer ſes châtrés & ſes odaliſques dans des ſallons teints du ſang de ſes frères & de ſes viſirs.

Que fait-on dans Paris le jour qu'on apprend la perte d'une bataille, & la mort de cent braves officiers ? on court à l'opéra & à la comédie.

Que fefait-on quand la maréchale d'*Ancre* était immolée dans la Grève à la barbarie de fes perfécuteurs ; quand le maréchal de *Marillac* était traîné au fupplice dans une charrette, en vertu d'un papier figné par des valets en robe dans l'antichambre du cardinal de *Richelieu* ; quand un lieutenant-général des armées, un étranger qui avait verfé fon fang pour l'Etat, condamné par les cris de fes ennemis acharnés, allait fur l'échafaud dans un tombereau d'ordures avec un bâillon à la bouche ; quand un jeune homme de dix-neuf ans, plein de candeur, de courage & de modeftie, mais très-imprudent, était conduit au plus affreux des fupplices ? on chantait des vaudevilles.

Tel eft l'homme, ou du moins l'homme des bords de la Seine. Tel il fut dans tous les temps, par la feule raifon que les lapins ont toujours eu du poil, & les alouettes des plumés.

S E C T I O N V.

De l'origine des arts.

Q u o i ! nous voudrions favoir quelle était précifément la théologie de *Thot*, de *Zerduft*, de *Sanchoniathon*, des premiers brachmanes ; & nous ignorons qui a inventé la navette ! Le premier tifferand, le premier maçon, le premier forgeron, ont été fans doute de grands génies ; mais on n'en a tenu aucun compte. Pourquoi ? c'eft qu'aucun d'eux n'inventa un art

perfectionné. Celui qui creufa un chêne pour traverfer un fleuve ne fit point de galères ; ceux qui
arrangèrent des pierres brutes avec des traverfes de
bois, n'imaginèrent point les pyramides : tout fe fait
par degrés, & la gloire n'eft à perfonne.

Tout fe fit à tâtons jufqu'à ce que des philofophes,
à l'aide de la géométrie, apprirent aux hommes à
procéder avec juftefſe & fureté.

Il fallut que *Pythagore*, au retour de fes voyages,
montrât aux ouvriers la manière de faire une équerre
qui fût parfaitement jufte. (*c*) Il prit trois règles, une
de trois pieds, une de quatre, une de cinq, & il en
fit un triangle rectangle. De plus, il fe trouvait que
le côté 5 fourniffait un quarré qui était jufte le double
des quarrés produits par les côtés 4 & 3 ; méthode
importante pour tous les ouvrages réguliers. C'eft ce
fameux théorème qu'il avait rapporté de l'Inde, &
que nous avons dit ailleurs (*d*) avoir été connu long-
temps auparavant à la Chine, fuivant le rapport de
l'empereur *Cam-hi*. Il y avait long-temps qu'avant
Platon les Grecs avaient fu doubler le quarré par cette
feule figure géométrique.

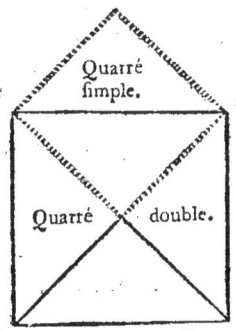

(*c*) Voyez *Vitruve*, liv . IX.   (*d*) *Eſſai ſur les mœurs &c.* tom. I.

Archytas & *Eratofthènes* inventèrent une méthode pour doubler un cube, ce qui était impraticable à la géométrie ordinaire, & ce qui aurait honoré *Archimède*.

Cet *Archimède* trouva la manière de fupputer au jufte combien on avait mêlé d'alliage à de l'or ; & on travaillait en or depuis des fiècles avant qu'on pût découvrir la fraude des ouvriers. La friponnerie exifta long-temps avant les mathématiques. Les pyramides conftruites d'équerre, & correfpondant jufte aux quatre points cardinaux, font voir affez que la géométrie était connue en Egypte de temps immémorial ; & cependant il eft prouvé que l'Egypte eft un pays tout nouveau.

Sans la philofophie nous ne ferions guère au-deffus des animaux qui fe creufent des habitations, qui en élèvent, & qui s'y préparent leur nourriture, qui prennent foin de leurs petits dans leurs demeures, & qui ont par-deffus nous le bonheur de naître vêtus.

Vitruve, qui avait voyagé en Gaule & en Efpagne, dit qu'encore de fon temps les maifons étaient bâties d'une efpèce de torchis, couvertes de chaume ou de bardeau de chêne, & que les peuples n'avaient pas l'ufage des tuiles. Quel était le temps de *Vitruve* ? celui d'*Augufte*. Les arts avaient pénétré à peine chez les Efpagnols qui avaient des mines d'or & d'argent, & chez les Gaulois qui avaient combattu dix ans contre *Céfar*.

Le même *Vitruve* nous apprend que dans l'opulente & ingénieufe Marfeille, qui commerçait avec tant de nations, les toits n'étaient que de terre graffe pétrie avec de la paille.

Il nous inftruit que les Phrygiens fe creufaient des habitations dans la terre. Ils fichaient des perches autour de la foffe, & les affemblaient en pointe ; puis ils élevaient de la terre tout autour. Les Hurons & les Algonquins font mieux logés. Cela ne donne pas une grande idée de cette Troye bâtie par les Dieux, & du magnifique palais de *Priam*.

> *Apparet domus intus, & atria longa patefcunt :*
> *Apparent Priami & veterum penetralia regum.*

Mais auffi le peuple n'eft pas logé comme les rois : on voit des huttes près du Vatican & de Verfailles.

De plus l'induftrie tombe & fe relève chez les peuples par mille révolutions.

> *Et campos ubi Troja fuit.*

Nous avons nos arts ; l'antiquité eut les fiens. Nous ne faurions faire aujourd'hui un trirême ; mais nous conftruifons des vaiffeaux de cent pièces de canon.

Nous ne pouvons élever des obélifques de cent pieds de haut d'une feule pièce ; mais nos méridiennes font plus juftes.

Le biffus nous eft inconnu ; les étoffes de Lyon valent bien le biffus.

Le capitole était admirable ; l'églife de St Pierre eft beaucoup plus grande & plus belle.

Le louvre eft un chef-d'œuvre en comparaifon du palais de Perfépolis , dont la fituation & les ruines n'atteftent qu'un vafte monument d'une riche barbarie.

La mufique de *Rameau* vaut probablement celle de *Timothée ;* & il n'eft point de tableau préfenté dans Paris, au fallon d'*Apollon* , qui ne l'emporte fur les peintures qu'on a déterrées dans Herculanum. (*)

(*) Voyez *Anciens & modernes.*

ANTI-TRINITAIRES.

CE font des hérétiques qui pourraient ne pas paffer pour chrétiens. Cependant ils reconnaiffent JESUS comme fauveur & médiateur ; mais ils ofent foutenir que rien n'eft plus contraire à la droite raifon que ce qu'on enfeigne parmi les chrétiens touchant la *trinité* des perfonnes dans une feule effence divine, dont la feconde eft engendrée par la première, & la troifième procède des deux autres.

Que cette doctrine inintelligible ne fe trouve dans aucun endroit de l'Ecriture.

Qu'on ne peut produire aucun paffage qui l'auto- rife, & auquel on ne puiffe, fans s'écarter en aucune façon de l'efprit du texte, donner un fens plus clair, plus naturel, plus conforme aux notions communes & aux vérités primitives & immuables.

Que foutenir, comme font leurs adverfaires, qu'il y a plufieurs *perfonnes* diftinctes dans l'effence divine, & que ce n'eft pas l'Eternel qui eft le feul vrai Dieu, mais qu'il y faut joindre le Fils & le St Efprit, c'eft introduire dans l'Eglife de JESUS-CHRIST l'erreur la plus groffière & la plus dangereufe, puifque c'eft favorifer ouvertement le polythéifme.

Qu'il implique contradiction de dire qu'il n'y a qu'un Dieu, & que néanmoins il y a trois *perfonnes*, chacune defquelles eft véritablement DIEU.

Que cette diftinction, un en effence, & trois en perfonnes, n'a jamais été dans l'Ecriture.

Qu'elle eft manifeftement fauffe, puifqu'il eft certain qu'il n'y a pas moins d'*effences* que de *perfonnes*, & de *perfonnes* que d'*effences*.

Que

Que les trois personnes de la Trinité sont ou trois substances différentes, ou des accidens de l'essence divine, ou cette essence même sans distinction.

Que dans le premier cas on fait trois dieux.

Que dans le second on fait DIEU composé d'accidens, on adore des accidens, & on métamorphose des accidens en des personnes.

Que dans le troisième, c'est inutilement & sans fondement qu'on divise un sujet indivisible & qu'on distingue en *trois* ce qui n'est point distingué en soi.

Que si on dit que les trois *personnalités* ne sont ni des substances différentes dans l'essence divine, ni des accidens de cette essence, on aura de la peine à se persuader qu'elles soient quelque chose.

Qu'il ne faut pas croire que les *trinitaires* les plus rigides & les plus décidés aient eux-mêmes quelque idée claire de la manière dont les trois *hypostases* subsistent en DIEU, sans diviser sa substance, & par conséquent sans la multiplier.

Que *St Augustin* lui-même, après avoir avancé sur ce sujet mille raisonnemens aussi faux que ténébreux, a été forcé d'avouer qu'on ne pouvait rien dire sur cela d'intelligible.

Ils rapportent ensuite le passage de ce père qui en effet est très-singulier. ,, Quand on demande, dit-il, ,, ce que c'est que les *trois*, le langage des hommes ,, se trouve court, & l'on manque de termes pour ,, les exprimer : on a pourtant dit *trois personnes*, ,, non pas pour dire quelque chose, mais parce qu'il ,, faut parler & ne pas demeurer muet. ,, *Dictum est tres personæ, non ut aliquid diceretur, sed ne taceretur.* de Trinit. *Luc* V, chap. IX.

Dictionn. philosoph. Tome I.   B b

Que les théologiens modernes n'ont pas mieux éclairci cette matière.

Que quand on leur demande ce qu'ils entendent par ce mot de *personne*, ils ne l'expliquent qu'en difant que c'eft une certaine diftinction incompréhenfible, qui fait que l'on diftingue dans une nature unique en nombre, un père, un fils, & un St Efprit.

Que l'explication qu'ils donnent des termes d'*engen-drer* & de *procéder* n'eft pas plus fatisfefante; puifque elle fe réduit à dire que ces termes marquent certaines relations incompréhenfibles qui font entre les trois perfonnes de la Trinité.

Que l'on peut recueillir de-là que l'état de la queftion entre les orthodoxes & eux, confifte à favoir s'il y a en DIEU trois diftinctions dont on n'a aucune idée, & entre lefquelles il y a certaines relations dont on n'a point d'idées non plus.

De tout cela ils concluent qu'il ferait plus fage de s'en tenir à l'autorité des apôtres qui n'ont jamais parlé de la Trinité, & de bannir à jamais de la religion tous les termes qui ne font pas dans l'Ecriture, comme ceux de *Trinité*, de *perfonne*, d'*effence*, d'*hypoftafe*, d'*union hypoftatique* & *perfonnelle*, d'*incarnation*, de *génération*, de *proceffion*, & tant d'autres femblables qui étant abfolument vides de fens, puifqu'ils n'ont dans la nature aucun être réel reprefentatif, ne peuvent exciter dans l'entendement que des notions fauffes, vagues, obfcures, & incomplètes.

(*Tiré en grande partie de l'article* Unitaires *de l'Encyclopédie.*)

Ajoutons à cet article ce que dit dom *Calmet* dans fa differtation fur le paffage de l'épître de Jean l'evan-

gélifte, *il y en a trois qui donnent témoignage en terre, l'efprit,
l'eau, & le fang; & ces trois font un. Il y en a trois qui
donnent témoignage au ciel, le père, le verbe, & l'efprit; &
ces trois font un.* Dom *Calmet* avoue que ces deux paffages
ne font dans aucune bible ancienne, & il ferait en effet
bien étrange que St *Jean* eût parlé de la Trinité dans
une lettre, & n'en eût pas dit un feul mot dans fon
évangile. On ne voit nulle trace de ce dogme
ni dans les évangiles canoniques, ni dans les apocryphes. Toutes ces raifons & beaucoup d'autres
pourraient excufer les anti-trinitaires, fi les conciles
n'avaient pas décidé. Mais comme les hérétiques ne
font nul cas des conciles, on ne fait plus comment
s'y prendre pour les confondre. Bornons-nous à croire
& à fouhaiter qu'ils croient. (*)

ANTHROPOMORPHITES.

C'EST, dit-on, une petite fecte du quatrième fiècle
de notre ère vulgaire, mais c'eft plutôt la fecte de
tous les peuples qui eurent des peintres & des fculpteurs. Dès qu'on fut un peu deffiner ou tailler une
figure, on fit l'image de la Divinité.

Si les Egyptiens confacraient des chats & des boucs,
ils fculptaient *Ifis* & *Ofiris;* on fculpta *Bel* à Babylone,
Hercule à Tyr, *Brama* dans l'Inde.

Les mufulmans ne peignirent point DIEU en
homme. Les Guèbres n'eurent point d'image du
grand être. Les Arabes fabéens ne donnèrent point la
figure humaine aux étoiles; les Juifs ne la donnèrent
point à DIEU dans leur temple. Aucun de ces peuples

(*) Voyez *Trinité.*

B b 2

ne cultivait l'art du deſſin ; & ſi *Salomon* mit des figures d'animaux dans ſon temple, il eſt vraiſem-blable qu'il les fit ſculpter à Tyr : mais tous les Juifs ont parlé de DIEU comme d'un homme.

Quoiqu'ils n'euſſent point de ſimulacres , ils ſemblèrent faire de DIEU un homme dans toutes les occaſions. Il deſcend dans le jardin , il s'y promène tous les jours à midi, il parle à ſes créatures, il parle au ſerpent, il ſe fait entendre à *Moïſe* dans le buiſſon , il ne ſe fait voir à lui que par derrière ſur la montagne; il lui parle pourtant face à face comme un ami à un ami.

Dans l'Alcoran même , DIEU eſt toujours regardé comme un roi. On lui donne au chapitre XII un trône qui eſt au-deſſus des eaux. Il a fait écrire ce Koran par un ſecrétaire, comme les rois font écrire leurs ordres. Il a envoyé ce Koran à *Mahomet* par l'ange *Gabriel* , comme les rois ſignifient leurs ordres par les grands-officiers de la couronne. En un mot , quoique DIEU ſoit déclaré dans l'Alcoran *non engen-dreur & non engendré* , il y a toujours un petit coin d'anthropomorphiſme.

On a toujours peint DIEU avec une grande barbe dans l'Egliſe grecque & dans la latine. (*)

ANTHROPOPHAGES.

SECTION I.

NOUS avons parlé de l'amour. (**) Il eſt dur de paſſer de gens qui ſe baiſent à gens qui ſe mangent.

(*) Voyez à l'article *Emblème* les vers d'*Orphée* & de *Xénophanes*.
(**) Voyez l'article *Amour*.

Il n'eſt que trop vrai qu'il y a eu des anthropophages ;
nous en avons trouvé en Amérique, il y en a peut-
être encore ; & les cyclopes n'étaient pas les ſeuls
dans l'antiquité qui ſe nourriſſaient quelquefois de
chair humaine. *Juvénal* rapporte que chez les Egyptiens, ce peuple ſi ſage , ſi renommé pour les lois ,
ce peuple ſi pieux qui adorait des crocodiles & des
oignons, les Tintirites mangèrent un de leurs ennemis
tombé entre leurs mains ; il ne fait pas ce conte ſur
un ouï-dire , ce crime fut commis preſque ſous ſes
yeux ; il était alors en Egypte , & à peu de diſtance
de Tintire. Il cite à cette occaſion les Gaſcons & les
Sagontins qui ſe nourrirent autrefois de la chair de
leurs compatriotes.

En 1725 on amena quatre ſauvages du Miſſiſſipi
à Fontainebleau , j'eus l'honneur de les entretenir ;
il y avait parmi eux une dame du pays , à qui je
demandai ſi elle avait mangé des hommes ; elle me
répondit très-naïvement qu'elle en avait mangé. Je
parus un peu ſcandaliſé ; elle s'excuſa en diſant qu'il
valait mieux manger ſon ennemi mort que de le laiſſer
dévorer aux bêtes , & que les vainqueurs méritaient
d'avoir la préférence. Nous tuons en bataille rangée
ou non rangée nos voiſins , & pour la plus vile
récompenſe nous travaillons à la cuiſine des corbeaux
& des vers. C'eſt-là qu'eſt l'horreur , c'eſt-là qu'eſt
le crime ; qu'importe quand on eſt tué d'être mangé
par un ſoldat , ou par un corbeau & un chien ?

Nous reſpectons plus les morts que les vivans. Il
aurait fallu reſpecter les uns & les autres. Les nations
qu'on nomme policées ont eu raiſon de ne pas mettre
leurs ennemis vaincus à la broche ; car s'il était

permis de manger fes voifins, on mangerait bientôt
fes compatriotes; ce qui ferait un grand inconvénient
pour les vertus fociales. Mais les nations policées ne
l'ont pas toujours été; toutes ont été long-temps
fauvages; & dans le nombre infini de révolutions que
ce globe a éprouvées, le genre-humain a été tantôt
nombreux, tantôt très-rare. Il eft arrivé aux hommes
ce qui arrive aujourd'hui aux éléphans, aux lions,
aux tigres, dont l'efpèce a beaucoup diminué. Dans
les temps où une contrée était peu peuplée d'hommes,
ils avaient peu d'arts, ils étaient chaffeurs. L'habitude
de fe nourrir de ce qu'ils avaient tué, fit aifément
qu'ils traitèrent leurs ennemis comme leurs cerfs &
leurs fangliers. C'eft la fuperftition qui a fait immoler
des victimes humaines, c'eft la néceffité qui les a fait
manger.

Quel eft le plus grand crime, ou de s'affembler
pieufement pour plonger un couteau dans le cœur
d'une jeune fille ornée de bandelettes, à l'honneur
de la Divinité, ou de manger un vilain homme
qu'on a tué à fon corps défendant?

Cependant nous avons beaucoup plus d'exemples
de filles & de garçons facrifiés, que de filles & de
garçons mangés; prefque toutes les nations connues
ont facrifié des garçons & des filles. Les Juifs en
immolaient. Cela s'appelait l'anathème; c'était un
véritable facrifice; & il eft ordonné, au vingt-unième
chapitre du Lévitique, de ne point épargner les ames
vivantes qu'on aura vouées; mais il ne leur eft prefcrit
en aucun endroit d'en manger, on les en menace
feulement; *Moïfe*, comme nous avons vu, dit aux
Juifs que s'ils n'obfervent pas fes cérémonies

non-feulement ils auront la gale , mais que les mères mangeront leurs enfans. Il eſt vrai que du temps d'*Ezéchiel* les Juifs devaient être dans l'uſage de manger de la chair humaine , car il leur prédit au chapitre XXXIX , (*a*) que DIEU leur fera manger non-feulement les chevaux de leurs ennemis, mais encore les cavaliers & les autres guerriers. Et en effet , pourquoi les Juifs n'auraient-ils pas été anthropophages ? Ç'eût été la feule choſe qui eût manqué au peuple de DIEU pour être le plus abominable peuple de la terre.

SECTION II.

ON lit dans l'*Eſſai ſur les mœurs & l'eſprit des nations* , tome III , ce paſſage ſingulier :

,, *Herrera* nous affure que les Mexicains mangeaient
,, les victimes humaines immolées. La plupart des
,, premiers voyageurs & des miffionnaires diſent tous
,, que les Braſiliens, les Caraïbes , les Iroquois , les
,, Hurons, & quelques autres peuplades, mangeaient
,, les captifs faits à la guerre ; & ils ne regardent pas
,, ce fait comme un uſage de quelques particuliers ,
,, mais comme un uſage de nation. Tant d'auteurs
,, anciens & modernes ont parlé d'anthropophages ,
,, qu'il eſt difficile de les nier.... Des peuples chaffeurs,
,, tels qu'étaient les Braſiliens & les Canadiens , des
,, inſulaires comme les Caraïbes, n'ayant pas toujours
,, une ſubſiſtance affurée , ont pu devenir quelquefois
,, anthropophages. La famine & la vengeance les ont
,, accoutumés à cette nourriture : & quand nous
,, voyons dans les ſiècles les plus civiliſés, le peuple

(*a*) Voyez la note (*b*) ſection II.

Bb 4

» de Paris dévorer les restes sanglans du maréchal
» d'*Ancre*, & le peuple de la Haye manger le cœur
» du grand-pensionnaire de *Witt*, nous ne devons
» pas être surpris qu'une horreur chez nous passagère,
» ait duré chez les sauvages. »

 » Les plus anciens livres que nous ayons, ne nous
» permettent pas de douter que la faim n'ait poussé les
» hommes à cet excès. Le prophète *Ezéchiel*, suivant
» quelques commentateurs, (*a*) promet aux Hébreux,
» de la part de DIEU, (*b*) que s'ils se défendent bien

(*a*) *Ezéchiel*, ch. XXXIX.

(*b*) Voici les raisons de ceux qui ont soutenu qu'*Ezéchiel*, en cet
endroit, s'adresse aux Hébreux de son temps, aussi-bien qu'aux autres
animaux carnassiers ; car assurément les Juifs d'aujourd'hui ne le font pas,
& c'est plutôt l'inquisition qui a été carnassière envers eux. Ils disent
qu'une partie de cette apostrophe regarde les bêtes sauvages, & que
l'autre est pour les Juifs. La première partie est ainsi conçue :
Dis à tout ce qui court, à tous les oiseaux, à toutes les bêtes des champs,
assemblez-vous, hâtez-vous, courez à la victime que je vous immole, afin que
vous mangiez la chair & que vous buviez le sang. Vous mangerez la chair des
forts, vous boirez le sang des princes de la terre, & des béliers, & des agneaux,
& des boucs, & des taureaux, & des volailles, & de tous les gras.
Ceci ne peut regarder que les oiseaux de proie & les bêtes féroces.
Mais la seconde partie a paru adressée aux Hébreux mêmes. *Vous vous*
rassasierez sur ma table du cheval & du fort cavalier, & de tous les guerriers,
dit le Seigneur, & je mettrai ma gloire dans les nations, &c.
Il est très-certain que les rois de Babylone avaient des Scythes dans
leurs armées. Ces Scythes buvaient du sang dans les crânes de leurs ennemis vaincus, & mangeaient leurs chevaux, & quelquefois de la chair
humaine. Il se peut très-bien que le prophète ait fait allusion à cette coutume barbare, & qu'il ait menacé les Scythes d'être traités comme ils
traitaient leurs ennemis.
Ce qui rend cette conjecture vraisemblable, c'est le mot de *table*. *Vous*
mangerez à ma table le cheval & le cavalier. Il n'y a pas d'apparence qu'on
ait adressé ce discours aux animaux ; & qu'on leur ait parlé de se mettre
à table. Ce serait le seul endroit de l'Ecriture, où l'on aurait employé
une figure si étonnante. Le sens commun nous apprend qu'on ne doit

» contre le roi de Perſe , ils auront à manger *de la*
» *chair de cheval & de la chair de cavalier.*

» *Marco Paolo* ou *Marc Paul* dit que de ſon temps ,
» dans une partie de la Tartarie, les magiciens ou les
» prêtres (c'était la même choſe) avaient le droit de
» manger la chair des criminels condamnés à mort.
» Tout cela ſoulève le cœur; mais le tableau du
» genre-humain doit ſouvent produire cet effet.

» Comment des peuples toujours ſéparés les uns des
» autres, ont-ils pu ſe réunir dans une ſi horrible cou-
» tume ? faut-il croire qu'elle n'eſt pas abſolument
» auſſi oppoſée à la nature humaine qu'elle le paraît ? Il
» eſt ſûr qu'elle eſt rare, mais il eſt ſûr qu'elle a exiſté.
» On ne voit pas que ni les Tartares ni les Juifs aient
» mangé ſouvent leurs ſemblables. La faim & le déſeſ-
» poir contraignirent aux ſiéges de Sancerre & de Paris,
» pendant nos guerres de religion , des mères à ſe
» nourrir de la chair de leurs enfans. Le charitable
» *las Caſas;* évêque de Chiapa, dit que cette horreur
» n'a été commiſe en Amérique que par quelques
» peuples chez leſquels il n'a pas voyagé. *Dampierre*
» aſſure qu'il n'a jamais rencontré d'anthropophages,
» & il n'y a peut-être pas aujourd'hui de peuplades
» où cette horrible coutume ſoit en uſage. »

Améric Veſpuce dit , dans une de ſes lettres , que
les Braſiliens furent fort étonnés quand il leur fit

point donner à un mot une acception qui ne lui a jamais été donnée dans
aucun livre. C'eſt une raiſon très-puiſſante pour juſtifier les écrivains qui
ont cru les animaux déſignés par les verſets 17 & 18 , & les Juifs déſignés
par les verſets 19 & 20. De plus , ces mots , *je mettrai ma gloire dans les
nations* , ne peuvent s'adreſſer qu'aux Juifs , & non pas aux oiſeaux ;
cela paraît déciſif. Nous ne portons point notre jugement ſur cette diſpute ;
mais nous remarquons avec douleur qu'il n'y a jamais eu de plus horribles
atrocités ſur la terre , que dans la Syrie , pendant douze cents années
preſque conſécutives.

entendre que les Européens ne mangeaient point leurs prifonniers de guerre depuis long-temps.

Les Gafcons & les Efpagnols avaient commis autre-fois cette barbarie, à ce que rapporte *Juvénal* dans fa quinzième fatire. Lui-même fut témoin en Egypte d'une pareille abomination fous le confulat de *Junius;* une querelle furvint entre les habitans de Tintire & ceux d'Ombo ; on fe battit; & un Ombien étant tombé entre les mains des Tintiriens, ils le firent cuire, & le mangèrent jufqu'aux os. Mais il ne dit pas que ce fût un ufage reçu ; au contraire, il en parle comme d'une fureur peu commune.

Le jéfuite *Charlevoix*, que j'ai fort connu, & qui était un homme très-véridique, fait affez entendre, dans fon *Hiftoire du Canada*, pays où il a vécu trente années, que tous les peuples de l'Amérique feptentrionale étaient anthropophages; puifqu'il remarque, comme une chofe fort extraordinaire, que les Acadiens ne mangeaient point d'hommes en 1711.

Le jéfuite *Brebeuf* raconte qu'en 1640, le premier iroquois qui fut converti, étant malheureufement ivre d'eau-de-vie, fut pris par les Hurons ennemis alors des Iroquois. Le prifonnier baptifé par le père *Brebeuf* fous le nom de *Jofeph*, fut condamné à la mort. On lui fit fouffrir mille tourmens, qu'il foutint toujours en chantant, felon la coutume du pays. On finit par lui couper un pied, une main & la tête, après quoi les Hurons mirent tous fes membres dans la chaudière, chacun en mangea, & on en offrit un morceau au père *Brebeuf*. (c)

(c) Voyez la lettre de *Brebeuf*, & l'hiftoire de *Charlevoix*, tome I, page 327 & fuivantes.

Charlevoix parle, dans un autre endroit, de vingt-deux hurons mangés par les Iroquois. On ne peut donc douter que la nature humaine ne foit parvenue dans plus d'un pays à ce dernier degré d'horreur ; & il faut bien que cette exécrable coutume foit de la plus haute antiquité , puifque nous voyons dans la fainte écriture , que les Juifs font menacés de manger leurs enfans s'ils n'obéiffent pas à leurs lois. Il eft dit aux Juifs : (*d*) ,, Que non-feulement ils ,, auront la gale , que leurs femmes s'abandonne- ,, ront à d'autres, mais qu'ils mangeront leurs filles ,, & leurs fils dans l'angoiffe & la dévaftation ; qu'ils ,, fe difputeront leurs enfans pour s'en nourrir ; que ,, le mari ne voudra pas donner à fa femme un ,, morceau de fon fils , parce qu'il dira qu'il n'en a ,, pas trop pour lui. ,,

Il eft vrai que de très-hardis critiques prétendent que le Deutéronome ne fut compofé qu'après le fiège mis devant Samarie par *Benadad ;* fiége pendant lequel il eft dit au quatrième livre des Rois , que les mères mangèrent leurs enfans. Mais ces critiques , en ne regardant le Deutéronome que comme un livre écrit après ce fiége de Samarie , ne font que confirmer cette épouvantable aventure. D'autres prétendent qu'elle ne peut être arrivée comme elle eft rapportée dans le quatrième livre des Rois. Il y eft dit (*e*) que le roi d'Ifraël, en paffant par le mur ou fur le mur de Sama-rie , une femme lui dit : *Sauvez-moi, feigneur roi* ; il lui répondit : *Ton Dieu ne te fauvera pas ; comment pourrais-je te fauver ? ferait-ce de l'aire ou du preffoir ?*

(*d*) Deutéronome , chap. XXVIII , v. 53.
(*e*) Chap. VI , v. 26 & fuivans.

Et le roi ajouta : *Que veux-tu ?* & elle répondit : *O roi, voici une femme qui m'a dit, donnez-moi votre fils, nous le mangerons aujourd'hui, & demain nous mangerons le mien. Nous avons donc fait cuire mon fils, & nous l'avons mangé ; je lui ai dit aujourd'hui, donnez-moi votre fils afin que nous le mangions, & elle a caché son fils.*

Ces censeurs prétendent qu'il n'est pas vraisemblable que le roi *Benadad* assiégeant Samarie, le roi *Joram* ait passé tranquillement par le mur ou sur le mur, pour y juger des causes entre des Samaritains. Il est encore moins vraisemblable que deux femmes ne se soient pas contentées d'un enfant pour deux jours. Il y avait là de quoi les nourrir quatre jours au moins : mais de quelque manière qu'ils raisonnent, on doit croire que les pères & les mères mangèrent leurs enfans au siége de Samarie, comme il est prédit expressément dans le Deutéronome.

La même chose arriva au siége de Jérusalem par *Nabuchodonosor* ; (*f*) elle est encore prédite par *Ezéchiel*. (*g*)

Jérémie s'écrie dans ses lamentations : (*h*) *Quoi donc, les femmes mangeront-elles leurs petits enfans qui ne sont pas plus grands que la main ?* Et dans un autre endroit : (*i*) *Les mères compatissantes ont cuit leurs enfans de leurs mains & les ont mangés.* On peut encore tirer ces paroles de Baruch ; *l'homme a mangé la chair de son fils & de sa fille.*

Cette horreur est répétée si souvent, qu'il faut bien qu'elle soit vraie ; (*k*) enfin on connaît l'histoire

(*f*) Liv. IV des Rois, ch. XXV, v. 3.   (*i*) Ch. IV, v. 10.
(*g*) *Ezéch.* ch. V, v. 10.   (*k*) Liv. VII, ch. VIII.
(*h*) Lament. ch. II, v. 20.

rapportée dans *Josephe*, de cette femme qui se nourrit
de la chair de son fils lorsque *Titus* affiégeait Jérusalem.

Le livre attribué à *Enoch*, cité par *St Jude*, dit
que les géans nés du commerce des anges & des filles
des hommes, furent les premiers anthropophages.

Dans la huitième homélie attribuée à *St Clément*,
St Pierre, qu'on fait parler, dit que les enfans de
ces mêmes géans s'abreuvèrent de sang humain, &
mangèrent la chair de leurs semblables. Il en résulta,
ajoute l'auteur, des maladies jusqu'alors inconnues;
des monstres de toute espèce naquirent sur la terre;
& ce fut alors que D I E U se résolut à noyer le
genre-humain. Tout cela fait voir combien l'opinion
régnante de l'existence des anthropophages était universelle.

Ce qu'on fait dire à *St Pierre*, dans l'homélie
de *St Clément*, a un rapport sensible à la fable de
Lycaon, qui est une des plus anciennes de la Grèce,
& qu'on retrouve dans le premier livre des *Métamorphoses* d'*Ovide*.

La *Relation des Indes & de la Chine*, faite au huitième siècle, par deux arabes, & traduite par l'abbé
Renaudot, n'est pas un livre qu'on doive croire sans
examen; il s'en faut beaucoup: mais il ne faut pas
rejeter tout ce que ces deux voyageurs disent, surtout
lorsque leur rapport est confirmé par d'autres auteurs
qui ont mérité quelque créance. Ils assurent que dans
la mer des Indes, il y a des îles peuplées de nègres
qui mangeaient des hommes. Ils appellent ces îles,
Ramni. Le géographe de Nubie les nomme *Rammi*,
ainsi que la *Bibliothèque orientale* d'*Herbelot*.

Marc Paul, qui n'avait point lu la relation de ces deux Arabes, dit la même chose quatre cents ans après eux. L'archevêque *Navarette*, qui a voyagé depuis dans ces mers, confirme ce témoignage : *Los europeos que cogen, es constante que vivos se los van comiendo.*

Texeira prétend que les Javans se nourrissaient de chair humaine, & qu'ils n'avaient quitté cette abominable coutume que deux cents ans avant lui. Il ajoute qu'ils n'avaient connu des mœurs plus douces qu'en embrassant le mahométisme.

On a dit la même chose de la nation du Pégu, des Cafres, & de plusieurs peuples de l'Afrique. *Marc Paul*, que nous venons déjà de citer, dit que chez quelques hordes tartares, quand un criminel avait été condamné à mort, on en fesait un repas : *Hanno cóstoro un bestiale e orribile costume, che quando alcuno è giudicato a morte, lo tolgono e cuocono e mangian' selo.*

Ce qui est plus extraordinaire & plus incroyable, c'est que les deux arabes attribuent aux Chinois mêmes ce que *Marc Paul* avance de quelques tartares, *qu'en général les Chinois mangent tous ceux qui ont été tués.* Cette horreur est si éloignée des mœurs chinoises qu'on ne peut la croire. Le père *Parennin* l'a réfutée en disant qu'elle ne mérite pas de réfutation.

Cependant il faut bien observer que le huitième siècle, temps auquel ces arabes écrivirent leur voyage, était un des siècles les plus funestes pour les Chinois. Deux cents mille Tartares passèrent la grande muraille, pillèrent Pékin, & répandirent par-tout la désolation la plus horrible. Il est très-vraisemblable qu'il y eut alors une grande famine. La Chine était aussi peuplée qu'aujourd'hui. Il fe peut que dans le petit peuple quelques miférables aient mangé des corps morts. Quel intérêt auraient eu ces Arabes à inventer une fable fi dégoûtante ? Ils auront pris peut-être, comme prefque tous les voyageurs, un exemple particulier pour une coutume du pays.

Sans aller chercher des exemples fi loin, en voici un dans notre patrie, dans la province même où j'écris. Il eft attefté par notre vainqueur, par notre maître *Jules-Céfar*. (*l*) Il affiégeait Alexie dans l'Auxois; les affiégés réfolus de fe défendre jufqu'à la dernière extrémité, & manquant de vivres, affemblèrent un grand confeil, où l'un des chefs, nommé *Critognat*, propofa de manger tous les enfans l'un après l'autre, pour foutenir les forces des combattans. Son avis paffa à la pluralité des voix. Ce n'eft pas tout; *Critognat*, dans fa harangue, dit que leurs ancêtres avaient déjà eu recours à une telle nourriture dans la guerre contre les Teutons & les Cimbres.

Finiffons par le témoignage de *Montagne*. Il parle de ce que lui ont dit les compagnons de *Villegagnon*, qui revenaient du Brefil, & de ce qu'il a vu en France. Il certifie que les Brafiliens mangeaient leurs ennemis tués à la guerre; mais lifez ce qu'il ajoute. (*m*) *Où eft plus de barbarie à manger un homme mort qu'à le faire rôtir par le menu, & le faire meurtrir aux chiens & pourceaux, comme nous avons vu de fraîche mémoire, non entre ennemis anciens, mais entre voifins & concitoyens; &, qui pis eft, fous prétexte de piété & de religion.* Quelles cérémonies pour un philofophe tel que *Montagne !* Si *Anacréon* & *Tibulle* étaient nés Iroquois, ils auraient donc mangé des hommes? ... Hélas !

(*l*) *Bell. Gall.* Liv. VII. (*m*) Liv. I, ch. XXX.

HÉ bien, voilà deux Anglais qui ont fait le voyage du monde. Ils ont découvert que la nouvelle Hollande eſt une île plus grande que l'Europe , & que les hommes s'y mangent encore les uns les autres , ainſi que dans la nouvelle Zélande. D'où provient cette race, ſuppoſé qu'elle exiſte ? deſcend-elle des anciens Egyptiens , des anciens peuples de l'Ethiopie, des Africains, des Indiens , ou des vautours , ou des loups ? Quelle diſtance des *Marc-Aurèles* , des *Epictetes*, aux anthropophages de la nouvelle Zélande ! cependant ce ſont les mêmes organes, les mêmes hommes. J'ai déjà parlé de cette propriété de la race humaine; il eſt bon d'en dire encore un mot.

Voici les propres paroles de St *Jérôme* dans une de ſes lettres : *Quid loquar de cæteris nationibus quum ipſe adoleſcentulus in Galliâ viderim Scotos gentem britannicam humanis veſci carnibus , & quum per ſilvas porcorum greges pecudumque reperiant , tamen paſtorum nates & fœminarum papillas ſolere abſcindere , & has ſolas ciborum delicias arbitrari !* ,, Que vous dirai-je des autres nations ,
,, puiſque moi-même, étant encore jeune, j'ai vu des
,, écoſſais dans la Gaule, qui, pouvant ſe nourrir de
,, porcs & d'autres animaux dans les forêts, aimaient
,, mieux couper les feſſes des jeunes garçons , & les
,, tetons des jeunes filles ! C'étaient pour eux les mets
,, les plus friands. ,,

Peloutier , qui a recherché tout ce qui pouvait faire le plus d'honneur aux Celtes , n'a pas manqué de contredire St *Jérôme* , & de lui ſoutenir qu'on s'était moqué de lui. Mais *Jérôme* parle très-ſérieuſement ; il

dit

dit qu'il a vu. On peut difputer avec refpect contre un père de l'Eglife fur ce qu'il a entendu dire ; mais fur ce qu'il a vu de fes yeux, cela eft bien fort. Quoi qu'il en foit, le plus fûr eft de fe défier de tout, & de ce qu'on a vu foi-même.

Encore un mot fur l'anthropophagerie. On trouve dans un livre qui a eu affez de fuccès chez les honnêtes gens, ces paroles ou à-peu-près :

Du temps de *Cromwell* une chandelière de Dublin vendait d'excellentes chandelles faites avec de la graiffe d'Anglais. Au bout de quelque temps un de fes cha-lans fe plaignit de ce que fa chandelle n'était plus fi bonne. Monfieur, lui dit-elle, c'eft que les Anglais nous ont manqué.

Je demande qui était le plus coupable, ou ceux qui affaffinaient des anglais, ou la pauvre femme qui fefait de la chandelle avec leur fuif ? Je demande encore quel eft le plus grand crime, ou de faire cuire un Anglais pour fon dîner, ou d'en faire des chandelles pour s'éclairer à foupér ? Le grand mal, ce me femble, eft qu'on nous tue. Il importe peu qu'après notre mort nous fervions de rôti ou de chandelle ; un honnête homme même n'eft pas fâché d'être utile après fa mort.

A   P   I   S. (*)

LE bœuf *Apis* était-il adoré à Memphis comme dieu, comme fymbole ou comme bœuf ? Il eft à croire que les fanatiques voyaient en lui un dieu, les fages un fimple fymbole, & que le fot peuple adorait le bœuf. *Cambyfe* fit-il bien quand il eut conquis l'Egypte, de

(*) Voyez *Bœuf.*

Dictionn. philofoph. Tome I.   C c

tuer ce bœuf de sa main? pourquoi non? il sesait voir aux imbécilles qu'on pouvait mettre leur Dieu à la broche, sans que la nature s'armât pour venger ce sacrilége. On a fort vanté les Egyptiens. Je ne connais guère de peuple plus misérable; il faut qu'il y ait toujours eu dans leur caractère & dans leur gouvernement un vice radical qui en a toujours fait de vils esclaves. Je consens que dans les temps presque inconnus ils aient conquis la terre; mais dans les temps de l'histoire ils ont été subjugués par tous ceux qui ont voulu s'en donner la peine, par les Assyriens, par les Grecs, par les Romains, par les Arabes, par les Mammelucs, par les Turcs, enfin par tout le monde, excepté par nos croisés, attendu que ceux-ci étaient plus mal-avisés que les Egyptiens n'étaient lâches. Ce fut la milice des Mammelucs qui battit les Français. Il n'y a peut-être que deux choses passables dans cette nation; la première, que ceux qui adoraient un bœuf ne voulurent jamais contraindre ceux qui adoraient un singe à changer de religion; la seconde, qu'ils ont fait toujours éclore des poulets dans des fours.

On vante leurs pyramides; mais ce sont des monumens d'un peuple esclave. Il faut bien qu'on y ait fait travailler toute la nation, sans quoi on n'aurait pu venir à bout d'élever ces vilaines masses. A quoi servaient-elles? à conserver dans une petite chambre la momie de quelque prince ou de quelque gouverneur, ou de quelque intendant que son ame devait ranimer au bout de mille ans. Mais s'ils espéraient cette résurrection des corps, pourquoi leur ôter la cervelle avant de les embaumer? les Egyptiens devaient-ils ressusciter sans cervelle?

A P O C A L Y P S E.

S E C T I O N   P R E M I E R E.

J USTIN le martyr, qui écrivait vers l'an 270 de notre ère, eft le premier qui ait parlé de l'Apocalypfe; il l'attribue à l'apôtre *Jean* l'évangélifte : dans fon dialogue avec *Triphon*, ce juif lui demande s'il ne croit pas que Jérufalem doit être rétablie un jour? *Juftin* lui répond qu'il le croit ainfi avec tous les chrétiens qui penfent jufte. *Il y a eu*, dit-il, *parmi nous un certain perfonnage nommé Jean*, *l'un des douze apôtres de* J E S U S; *il a prédit que les fidelles pafferont mille ans dans Jérufalem.*

Ce fut une opinion long-temps reçue parmi les chrétiens que ce règne de mille ans. Cette période était en grand crédit chez les Gentils. Les ames des Egyptiens reprenaient leurs corps au bout de mille années; les ames du purgatoire, chez *Virgile*, étaient exercées pendant ce même efpace de temps, *& mille per annos*. La nouvelle Jérufalem de mille années devait avoir douze portes, en mémoire des douze apôtres; fa forme devait être quarrée; fa longueur, fa largeur, & fa hauteur, devaient être de douze mille ftades, c'eft-à-dire cinq cents lieues, de façon que les maifons devaient avoir auffi cinq cents lieues de haut. Il eût été affez défagréable de demeurer au dernier étage; mais enfin c'eft ce que dit l'Apocalypfe au chapitre 21.

Si *Juftin* eft le premier qui attribua l'Apocalypfe à St *Jean*; quelques perfonnes ont récufé fon témoignage, attendu que dans ce même dialogue avec le juif *Triphon* il dit que, felon le récit des apôtres, JESUS-CHRIST, en defcendant dans le Jourdain, fit bouillir les eaux de ce fleuve, & les enflamma, ce qui pourtant ne fe trouve dans aucun écrit des apôtres.

Le même S*t* *Juflin* cite avec confiance les oracles des fibylles; de plus il prétend avoir vu les reftes des petites maifons où furent enfermés les foixante & douze interprètes dans le phare d'Egypte du temps d'*Hérode*. Le témoignage d'un homme qui a eu le malheur de voir ces petites maifons, femble indiquer que l'auteur devait y être renfermé.

S*t* *Irénée* qui vient après, & qui croyait auffi le règne de mille ans, dit qu'il a appris d'un vieillard que S*t* *Jean* avait fait l'Apocalypfe. Mais on a repro-ché à S*t* *Irénée* d'avoir écrit qu'il ne doit y avoir que quatre évangiles, parce qu'il n'y a que quatre parties du monde & quatre vents cardinaux, & qu'*Ezéchiel* n'a vu que quatre animaux. Il appelle ce raifonnement une démonftration. Il faut avouer que la manière dont *Irénée* démontre vaut bien celle dont *Juflin* a vu.

Clément d'Alexandrie ne parle dans fes *Elecla* que d'une Apocalypfe de S*t* *Pierre* dont on fefait très-grand cas. *Tertullien*, l'un des grands partifans du règne de mille ans, non-feulement affure que S*t* *Jean* a prédit cette réfurrection & ce règne de mille ans dans la ville de Jérufalem, mais il prétend que cette Jérufalem commençait déjà à fe former dans l'air, que tous les chrétiens de la Paleftine, & même les païens, l'avaient vue pendant quarante jours de fuite à la fin de la nuit; mais malheureufement la ville difparaffait dès qu'il était jour.

Origène, dans fa préface fur l'évangile de *Sᵗ Jean*, & dans fes homélies, cite les oracles de l'Apocalypfe, màis il cite également les oracles des fibylles. Cependant *Sᵗ Denys* d'Alexandrie, qui écrivait vers le milieu du troifième fiècle, dit dans un de fes fragmens, confervés par *Eusèbe*, que prefque tous les docteurs rejetaient l'Apocalypfe comme un livre deftitué de raifon ; que ce livre n'a point été compofé par *Sᵗ Jean*, mais par un nommé *Cérinthe*, lequel s'était fervi d'un grand nom, pour donner plus de poids à fes rêveries.

Le concile de Laodicée, tenu en 360, ne compta point l'Apocalypfe parmi les livres canoniques. Il était bien fingulier que Laodicée, qui était une Eglife à qui l'Apocalypfe était adreffée, rejetât un tréfor deftiné pour elle ; & que l'évêque d'Ephèfe, qui affiftait au concile, rejetât auffi ce livre de *Sᵗ Jean* enterré dans Ephèfe.

Il était vifible à tous les yeux que *Sᵗ Jean* fe remuait toujours dans fa foffe, & fefait continuellement hauffer & baiffer la terre. Cependant les mêmes perfonnages qui étaient furs que *Sᵗ Jean* n'était pas bien mort, étaient furs auffi qu'il n'avait pas fait l'Apocalypfe. Mais ceux qui tenaient pour le règne de mille ans, furent inébranlables dans leur opinion. *Sulpice-Sévère*, dans fon *Hiftoire facrée*, liv. 9, traite d'infenfés & d'impies ceux qui ne recevaient pas l'Apocalypfe. Enfin, après bien des oppofitions de concile à concile, l'opinion de *Sulpice-Sévère* a prévalu. La matière ayant été éclaircie, l'Eglife a décidé que l'Apocalypfe eft inconteftablement de *Sᵗ Jean* ; ainfi il n'y a pas d'appel.

Chaque communion chrétienne s'eft attribué les prophéties contenues dans ce livre ; les Anglais y ont

406 A P O C A L Y P S E.

trouvé les révolutions de la Grande-Bretagne ; les luthériens, les troubles d'Allemagne ; les réformés de France, le règne de *Charles IX* & la régence de *Catherine de Médicis :* ils ont tous également raison. *Boſſuet* & *Newton* ont commenté tous deux l'Apocalypſe ; mais à tout prendre, les déclamations éloquentes de l'un, & les ſublimes découvertes de l'autre, leur ont fait plus d'honneur que leurs commentaires.

S E C T I O N   I I.

AINSI deux grands-hommes, mais d'une grandeur fort différente, ont commenté l'Apocalypſe dans le dix-ſeptième ſiècle : *Newton*, à qui une pareille étude ne convenait guère ; *Boſſuet*, à qui cette entrepriſe convenait davantage. L'un & l'autre donnèrent beaucoup de priſe à leurs ennemis par leurs commentaires ; &, comme on l'a déjà dit, le premier conſola la race humaine de la ſupériorité qu'il avait ſur elle, & l'autre réjouit ſes ennemis.

Les catholiques & les proteſtans ont tous expliqué l'Apocalypſe en leur faveur ; & chacun y a trouvé tout juſte ce qui convenait à ſes intérêts. Ils ont ſurtout fait de merveilleux commentaires ſur la grande bête à ſept têtes & à dix cornes, ayant le poil d'un léopard, les pieds d'un ours, la gueule du lion, la force du dragon ; & il fallait, pour vendre & acheter, avoir le caractère & le nombre de la bête ; & ce nombre était 666.

Boſſuet trouve que cette bête était évidemment l'empereur *Dioclétien*, en feſant un acroſtiche de ſon nom ; *Grotius* croyait que c'était *Trajan*. Un curé de

Saint-Sulpice, nommé *la Chétardie*, connu par d'étranges aventures, prouve que la bête était *Julien*. *Jurieu* prouve que la bête eſt le pape. Un prédicant a démontré que c'eſt *Louis XIV*. Un bon catholique a démontré que c'eſt le roi d'Angleterre *Guillaume*. Il n'eſt pas aiſé de les accorder tous. (1)

Il y a eu de vives diſputes concernant les étoiles qui tombèrent du ciel ſur la terre, & touchant le ſoleil & la lune qui furent frappés à la fois de ténèbres dans leurs troiſièmes parties.

Il y a eu pluſieurs ſentimens ſur le livre que l'ange fit manger à l'auteur de l'Apocalypſe, lequel livre fut doux à la bouche & amer dans le ventre. *Jurieu* prétendait que les livres de ſes adverſaires étaient déſignés par-là; & on retorquait ſon argument contre lui.

On s'eſt querellé ſur ce verſet : *J'entendis une voix dans le ciel, comme la voix des grandes eaux, & comme la voix d'un grand tonnerre ; & cette voix que j'entendis était comme des harpeurs harpans ſur leurs harpes.* Il eſt clair qu'il valait mieux reſpeĉter l'Apocalypſe que la commenter.

Le Camus évêque du Belley fit imprimer au ſiècle précédent un gros livre contre les moines, qu'un moine défroqué abrégea ; il fut intitulé *Apocalypſe*, parce qu'il y révélait les défauts & les dangers de la

(1) Un ſavant moderne a prétendu prouver que cette bête de l'Apocalypſe n'eſt autre choſe que l'empereur *Caligula*. Le nombre 666 eſt la valeur numérale des lettres de ſon nom. Ce livre eſt, ſelon l'auteur, une prédiĉtion des déſordres du règne de *Caligula* faite après coup, & à laquelle on ajouta des prédiĉtions équivoques de la ruine de l'empire romain. Voilà par quelle raiſon les proteſtans qui ont voulu trouver dans l'Apocalypſe la puiſſance papale & ſa deſtruĉtion, ont rencontré quelques explicatious très-frappantes.

C c **4**

vie monacale ; *Apocalypfe de Méliton*, parce que *Méliton* évêque de Sardes au fecond fiècle avait paffé pour prophète. L'ouvrage de cet évêque n'a rien des obf-curités de l'Apocalypfe de *St Jean;* jamais on ne parla plus clairement. L'évêque reffemble à ce magif-trat qui difait à un procureur : *Vous êtes un fauffaire, un fripon. Je ne fais fi je m'explique.*

L'évêque du Belley fupute dans fon apocalypfe ou révélation, qu'il y avait de fon temps quatre-vingt-dix-huit ordres de moines rentés ou mendians, qui vivaient aux dépens des peuples fans rendre le moindre fervice, fans s'occuper du plus léger travail. Il comptait fix cents mille moines dans l'Europe. Le calcul eft un peu enflé : mais il eft certain que le nombre des moines était un peu trop grand.

Il affure que les moines font les ennemis des évêques, des curés, & des magiftrats.

Que parmi les priviléges accordés aux cordeliers, le fixième privilége eft la fureté d'être fauvé, quelque crime horrible qu'on ait commis, (*a*) pourvu qu'on aime l'ordre de St François.

Que les moines reffemblent aux finges : (*b*) plus ils montent haut, plus on voit leur cul.

(*c*) Que le nom de *moine* eft devenu fi infame & fi exécrable, qu'il eft regardé par les moines même comme une fale injure & comme le plus violent outrage qu'on leur puiffe faire.

Mon cher lecteur, qui que vous foyez, ou miniftre ou magiftrat, confidérez avec attention ce petit mor-ceau du livre de notre évêque.

a) Page 89.   (*b*) Page 105.   (*c*) Page 101.

(*d*) ,, Repréfentez-vous le couvent de l'Efcurial ,
,, ou du mont Caffin , où les cénobites ont toutes
,, fortes de commodités néceffaires, utiles, délectables,
,, fuperflues , furabondantes , puifqu'ils ont les cent
,, cinquante mille , les quatre cents mille , les cinq
,, cents mille écus de rente; & jugez fi monfieur l'abbé
,, a de quoi laiffer dormir la méridienne à ceux qui
,, voudront.

   ,, D'un autre côté repréfentez-vous un artifan , un
,, laboureur, qui n'a pour tout vaillant que fes bras ,
,, chargé d'une groffe famille, travaillant tous les jours
,, en toute faifon comme un efclave pour la nourrir
,, du pain de douleur & de l'eau des larmes; & puis,
,, faites comparaifon de la prééminence de l'une ou de
,: l'autre condition en fait de pauvreté. ,,

   Voilà un paffage de l'*Apocalypfe épifcopal* , qui n'a
pas befoin de commentaires : il n'y manque qu'un
ange qui vienne remplir fa coupe du vin des moines
pour défaltérer les agriculteurs qui labourent, fément,
& recueillent pour les monaftères.

   Mais ce prélat ne fit qu'une fatire au lieu de faire
un livre utile. Sa dignité lui ordonnait de dire le bien
comme le mal. Il fallait avouer que les bénédictins
ont donné beaucoup de bons ouvrages , que les jéfuites
ont rendu de grands fervices aux belles-lettres. Il
fallait bénir les frères de la charité, & ceux de la
rédemption des captifs. Le premier devoir eft d'être
jufte. *Le Camus* fe livrait trop à fon imagination.
St François de Sales lui confeilla de faire des romans
de morale ; mais il abufa de ce confeil.

  (*d*) Pages 160 & 161.

APOCRYPHES.

Du mot grec qui fignifie caché.

ON remarque très-bien, dans le Dictionnaire ency-clopédique , que les divines écritures pouvaient être à la fois facrées & apocryphes ; facrées , parce qu'elles font indubitablement dictées par DIEU même ; apo-cryphes , parce qu'elles étaient cachées aux nations, & même au peuple juif.

Qu'elles fuffent cachées aux nations avant la tra-duction grecque faite dans Alexandrie fous les *Ptolomées*, c'eft une vérité reconnue. *Jofephe* l'avoue (*a*) dans la réponfe qu'il fit à *Appion* , après la mort d'*Appion* ; & fon aveu n'en a pas moins de poids , quoiqu'il pré-tende le fortifier par une fable. Il dit dans fon hiftoire, (*b*) que les livres juifs étant tous divins, nul hiftorien, nul poëte étranger n'en avait jamais ofé parler. Et immédiatement après avoir affuré que jamais perfonne n'ofa s'exprimer fur les lois juives, il ajoute que l'hif-torien *Théopompe* ayant eu feulement le deffein d'en inférer quelque chofe dans fon hiftoire, DIEU le rendit fou pendant trente jours ; qu'enfuite ayant été averti dans un fonge qu'il n'était fou que pour avoir voulu connaître les chofes divines , & les faire connaître aux profanes, il en demanda pardon à DIEU, qui le remit dans fon bon fens.

Jofephe, au même endroit, rapporte encore qu'un poëte nommé *Théodecte* ayant dit un mot des Juifs , dans fes tragédies, devint aveugle, & que DIEU ne lui rendit la vue qu'après qu'il eut fait pénitence.

(*a*) Liv. I, chap. IV.   (*b*) Liv. XII , chap. II.

Quant au peuple juif, il eft certain qu'il y eut des temps où il ne put lire les divines écritures, puifqu'il eft dit dans le quatrième livre des rois, (*c*) & dans le deuxième des Paralipomènes, (*d*) que fous le roi *Jofias* on ne les connaiffait pas, & qu'on en trouva par hafard un feul exemplaire dans un coffre chez le grand-prêtre *Helcias* ou *Helkia*.

Les dix tribus qui furent difperfées par *Salmanazar*, n'ont jamais reparu; & leurs livres, fi elles en avaient, ont été perdus avec elles. Les deux tribus qui furent efclaves à Babylone, & qui revinrent au bout de foixante & dix ans, n'avaient plus leurs livres; ou du moins ils étaient très-rares & très-défectueux, puifque *Efdras* fut obligé de les rétablir. Mais quoique ces livres fuffent apocryphes pendant la captivité de Babylone, c'eft-à-dire cachés, inconnus au peuple, ils étaient toujours facrés; ils portaient le fceau de la divinité, ils étaient, comme tout le monde en convient, le feul monument de vérité qui fût fur la terre.

Nous appelons aujourd'hui *apocryphes* les livres qui ne méritent aucune créance, tant les langues font fujettes au changement. Les catholiques & les proteftans s'accordent à traiter d'apocryphes en ce fens, & à rejeter,

La prière de Manaffé roi de Juda, qui fe trouve dans le quatrième livre des rois;

Le troifième & le quatrième livre des Machabées;

Le quatrième livre d'Efdras; quoiqu'ils foient inconteftablement écrits par des Juifs; mais on nie que les auteurs aient été infpirés de D I E U, ainfi que les autres Juifs.

(*c*) Chap. XXII, v. 8.   Chap. XXXIV, v. 14.

Les autres livres juifs, rejetés par les feuls proteftans, & regardés par conféquent comme non infpirés
par DIEU même, font :

La Sageſſe, quoiqu'elle foit écrite du même ftyle
que les Proverbes.

L'Eccléſiaſtique, quoique ce foit encore le même ftyle.

Les deux premiers livres des Machabées, quoiqu'ils
foient écrits par un juif; mais ils ne croient pas que
ce juif ait été infpiré de DIEU.

Tobie, quoique le fond en foit édifiant. Le judicieux
& profond *Calmet* affirme qu'une partie de ce livre
fut écrite par *Tobie* père, & l'autre par *Tobie* fils , &
qu'un troifième auteur ajouta la conclufion du dernier
chapitre , laquelle dit que le jeune *Tobie* mourut à
l'âge de 99 ans , & que fes enfans l'*enterrèrent
gaiment.*

Le même *Calmet*, à la fin de fa préface, s'exprime
ainfi : (*e*) ,, Ni cette hiftoire en elle-même , ni la
,, manière dont elle eft racontée, ne portent en aucune
,, manière le caractère de fable ou de fiction. S'il fallait
,, rejeter toutes les hiftoires de l'Ecriture où il paraît
,, du merveilleux & de l'extraordinaire, (*f*) où ferait
,, le livre facré que l'on pourrait conferver ? ,,…

Judith, quoique *Luther* lui-même déclare que
,, ce livre eft beau , bon, faint , utile, & que c'eft le
,, difcours d'un faint poëte & d'un prophète animé
,, du Saint-Efprit qui nous inftruit &c. ,,

Il eft difficile à la vérité de favoir en quel temps fe
paffa l'aventure de *Judith*, & où était fituée la ville
de Béthulie. On a difputé auffi beaucoup fur le degré

(*e*) Préface de *Tobie*.
(*f*) *Luther* dans la préface allemande du livre de *Judith.*

de fainteté de l'action de *Judith*; mais le livre ayant été déclaré canonique au concile de Trente, il n'y a plus à difputer.

Baruch, quoiqu'il foit écrit du ftyle de tous les autres prophètes.

Efther. Les proteftans n'en rejettent que quelques additions après le chapitre dix ; mais ils admettent tout le refte du livre, encore que l'on ne fache pas qui était le roi *Affuérus*, perfonnage principal de cette hiftoire.

Daniel. Les proteftans en retranchent l'aventure de *Suzanne* & des petits enfans dans la fournaife ; mais ils confervent le fonge de *Nabuchodonofor* & fon habitation avec les bêtes.

De la vie de Moïfe, livre apocryphe de la plus haute antiquité.

L'ANCIEN livre qui contient la vie & la mort de *Moïfe*, paraît écrit du temps de la captivité de Baby-lone. Ce fut alors que les Juifs commencèrent à con-naître les noms que les Chaldéens & les Perfes don-naient aux anges. (*)

C'eft là qu'on voit les noms de *Zinguiel*, *Samaël*, *Tfakon*, *Lakah*, & beaucoup d'autres dont les Juifs n'avaient fait aucune mention.

Le livre de la mort de *Moïfe* paraît poftérieur. Il eft reconnu que les Juifs avaient plufieurs vies de *Moïfe* très-anciennes, & d'autres livres indépendamment du Pentateuque. Il y était appelé *Moni*, & non pas *Moïfe*; & on prétend que *mo* fignifiait de l'*eau*, & *ni*

(*) Voyez *Ange*.

la particule *de*. On le nomma auſſi du nom général *Melk*; on lui donna ceux de *Joakim*, *Adamoſi*, *Thetmoſi*, & ſurtout on a cru que c'était le même perſonnage que *Manethon* appelle *Ozarziph*.

Quelques-uns de ces vieux manuſcrits hébraïques furent tirés de la pouſſière des cabinets des Juifs vers l'an 1517. Le ſavant *Gilbert Gaumin*, qui poſſédait leur langue parfaitement, les traduiſit en latin vers l'an 1535. Ils furent imprimés enſuite & dédiés au cardinal de *Bérule*. Les exemplaires ſont devenus d'une rareté extrême.

Jamais le rabbiniſme, le goût du merveilleux, l'imagination orientale, ne ſe déployèrent avec plus d'excès.

Fragment de la vie de Moïſe.

CENT trente ans après l'établiſſement des Juifs en Egypte, & ſoixante ans après la mort du patriarche *Joſeph*, le pharaon eut un ſonge en dormant. Un vieillard tenait une balance; dans l'un des baſſins étaient tous les habitans de l'Egypte, dans l'autre était un petit enfant, & cet enfant peſait plus que tous les Egyptiens enſemble. Le pharaon appelle auſſitôt ſes ſhotim, ſes ſages. L'un des ſages lui dit : *Ô roi! cet enfant eſt un juif qui fera un jour bien du mal à votre royaume. Faites tuer tous les enfans des Juifs, vous ſauverez par-là votre empire, ſi pourtant on peut s'oppoſer aux ordres du deſtin.*

Ce conſeil plut à *Pharaon*, il fit venir les ſages-femmes, & leur ordonna d'étrangler tous les mâles dont lés Juives accoucheraient.... Il y avait en Egypte un homme nommé *Abraham* fils de *Keath*, mari de

Jocabed fœur de fon frère. Cette *Jocabed* lui donna une fille nommée *Marie*, qui fignifie *perfécutée*, parce que les Egyptiens defcendans de *Cham* perfécutaient les Ifraélites defcendans évidemment de *Sem*. *Jocabed* accoucha enfuite d'*Aaron*, qui fignifie *condamné à mort*, parce que le pharaon avait condamné à mort tous les enfans juifs. *Aaron* & *Marie* furent préfervés par les anges du Seigneur, qui les nourrirent aux champs, & qui les rendirent à leurs parens quands ils furent dans l'adolefcence.

Enfin *Jocabed* eut un troifième enfant : ce fut *Moïfe*, qui par conféquent avait quinze ans de moins que fon frère. Il fut expofé fur le Nil. La fille du pharaon le rencontra en fe baignant, le fit nourrir, & l'adopta pour fon fils, quoiqu'elle ne fût point mariée.

Trois ans après, fon père le pharaon prit une nouvelle femme ; il fit un grand feftin, fa femme était à fa droite, fa fille était à fa gauche avec le petit *Moïfe*. L'enfant en fe jouant lui prit fa couronne & la mit fur fa tête. *Balaam* le magicien, eunuque du roi, fe reffouvint alors du fonge de fa majefté. Voilà, dit-il, cet enfant qui doit un jour vous faire tant de mal ; l'efprit de D I E U eft en lui. Ce qu'il vient de faire eft une preuve qu'il a déjà un deffein formel de vous détrôner. Il faut le faire périr fur le champ. Cette idée plut beaucoup au pharaon.

On allait tuer le petit *Moïfe* lorfque D I E U envoya fur le champ fon ange *Gabriel* déguifé en officier du pharaon, & qui lui dit : Seigneur, il ne faut pas faire mourir un enfant innocent qui n'a pas encore l'âge de difcrétion ; il n'a mis votre couronne fur fa tête

que parce qu'il manque de jugement. Il n'y a qu'à lui
préfenter un rubis & un charbon ardent ; s'il choifit le
charbon, il eft clair que c'eft un imbécille qui ne fera
pas dangereux ; mais s'il prend le rubis, c'eft figne
qu'il y entend fineffe, & alors il faut le tuer.

Auffitôt on apporte un rubis & un charbon ; *Moïfe*
ne manque pas de prendre le rubis ; mais l'ange
Gabriel, par un *léger de main*, gliffe le charbon à la place
de la pierre précieufe. *Moïfe* mit le charbon dans fa
bouche, & fe brûla la langue fi horriblement qu'il en
refta bègue toute fa vie ; & c'eft la raifon pour laquelle
le légiflateur des Juifs ne put jamais articuler.

Moïfe avait quinze ans & était favori du pharaon.
Un hébreu vint fe plaindre à lui de ce qu'un égyptien
l'avait battu après avoir couché avec fa femme. *Moïfe*
tua l'égyptien. Le pharaon ordonna qu'on coupât la
tête à *Moïfe*. Le bourreau le frappa ; mais DIEU
changea fur le champ le cou de *Moïfe* en colonne
de marbre ; & envoya l'ange *Michel* qui en trois jours
de temps conduifit *Moïfe* hors des frontières.

Le jeune hébreu fe réfugia auprès de *Mécano* roi
d'Ethiopie, qui était en guerre avec les Arabes.
Mécano le fit fon général d'armée, & après la mort de
Mécano, *Moïfe* fut élu roi & époufa la veuve. Mais *Moïfe*
honteux d'époufer la femme de fon feigneur, n'ofa jouir
d'elle, & mit une épée dans le lit entre lui & la reine.
Il demeura quarante ans avec elle fans la toucher.
La reine irritée convoqua enfin les états du royaume
d'Ethiopie, fe plaignit de ce que *Moïfe* ne lui fefait
rien, & conclut à le chaffer, & à mettre fur le trône
le fils du feu roi.

Moïfe s'enfuit dans le pays de Madian chez le prêtre
Jéthro.

Jéthro. Ce prêtre crut que sa fortune était faite s'il remettait *Moïse* entre les mains du pharaon d'Egypte, & il commença par le faire mettre dans un cul de basse-fosse, où il fut réduit au pain & à l'eau. *Moïse* engraissa à vue d'œil dans son cachot. *Jéthro* en fut tout étonné. Il ne savait pas que sa fille *Séphora* était devenue amoureuse du prisonnier, & lui portait elle-même des perdrix & des cailles avec d'excellent vin. Il conclut que D I E U protégeait *Moïse*, & ne le livra point au pharaon.

Cependant le prêtre *Jéthro* voulut marier sa fille; il avait dans son jardin un arbre de saphir sur lequel était gravé le nom de *Jaho* ou *Jéhova*. Il fit publier dans tout le pays qu'il donnerait sa fille à celui qui pourrait arracher l'arbre de saphir. Les amans de *Séphora* se présentèrent, aucun d'eux ne put seulement faire pencher l'arbre. *Moïse*, qui n'avait que soixante & dix-sept ans, l'arracha tout d'un coup sans effort. Il épousa *Séphora* dont il eut bientôt un beau garçon nommé *Gerson*.

Un jour en se promenant il rencontra D I E U (qui se nommait auparavant *Sadaï*, & qui alors s'appelait *Jéhova*) dans un buisson, & D I E U lui ordonna d'aller faire des miracles à la cour du pharaon : il partit avec sa femme & son fils. Ils rencontrèrent chemin fesant un ange qu'on ne nomme pas, qui ordonna à *Séphora* de circoncire le petit *Gerson* avec un couteau de pierre. D I E U envoya *Aaron* sur la route; mais *Aaron* trouva fort mauvais que son frère eût épousé une madianite, il la traita de p.... & le petit *Gerson* de bâtard; il les renvoya dans leur pays par le plus court.

Aaron & *Moïse* s'en allèrent donc tout feuls dans le palais du pharaon. La porte du palais était gardée par deux lions d'une grandeur énorme. *Balaam* l'un des magiciens du roi, voyant venir les deux frères, lâcha fur eux les deux lions; mais *Moïse* les toucha de fa verge, & les deux lions humblement proſternés léchèrent les pieds d'*Aaron* & de *Moïse*. Le roi tout étonné fit venir les deux pélerins devant tous fes magiciens. Ce fut à qui ferait le plus de miracles.

L'auteur raconte ici les dix plaies d'Egypte à-peu-près comme elles font rapportées dans l'Exode. Il ajoute feulement que *Moïse* couvrit toute l'Egypte de poux jufqu'à la hauteur d'une coudée, & qu'il envoya chez tous les Egyptiens des lions, des loups, des ours, des tigres, qui entraient dans toutes les maiſons, quoique les portes fuſſent fermées aux verroux, & qui mangeaient tous les petits enfans.

Ce ne fut point, felon cet auteur, les Juifs qui s'enfuirent par la mer Rouge, ce fut le pharaon qui s'enfuit par ce chemin avec fon armée; les Juifs coururent après lui, les eaux fe féparèrent à droite & à gauche pour les voir combattre; tous les Egyptiens, excepté le roi, furent tués fur le fable. Alors ce roi voyant bien qu'il avait à faire à forte partie, demanda pardon à DIEU. *Michaël* & *Gabriel* furent envoyés vers lui; ils le tranfportèrent dans la ville de Ninive où il régna quatre cents ans.

De la mort de Moïse.

DIEU avait déclaré au peuple d'Ifraël, qu'il ne fortirait point de l'Egypte à moins qu'il n'eût retrouvé le tombeau de *Jofeph. Moïse* le retrouva, & le porta fur fes épaules en traverfant la mer Rouge. DIEU lui dit qu'il fe fouviendrait de cette bonne action, & qu'il l'affifterait à la mort.

Quand *Moïfe* eut paffé fix vingts ans, D I E U vint lui annoncer qu'il fallait mourir, & qu'il n'avait plus que trois heures à vivre. Le mauvais ange *Samaël* affiftait à la converfation. Dès que la première heure fut paffée, il fe mit à rire de ce qu'il allait bientôt s'emparer de l'ame de *Moïfe*, & *Michaël* fe mit à pleurer. Ne te réjouis pas tant, méchante bête, dit le bon ange au mauvais ; *Moïfe* va mourir, mais nous avons *Jofué* à fa place.

Quand les trois heures furent paffées, D I E U commanda à *Gabriel* de prendre l'ame du mourant. *Gabriel* s'en excufa, *Michaël* auffi. D I E U refufé par ces deux anges s'adreffe à *Zinguiel.* Celui-ci ne voulut pas plus obéir que les autres ; c'eft moi, dit-il, qui ai été autrefois fon précepteur, je ne tuerai pas mon difciple. Alors D I E U fe fâchant dit au mauvais ange *Samaël :* Hé bien, méchant, prends donc fon ame. *Samaël* plein de joie tire fon épée & court fur *Moïfe.* Le mourant fe lève en colère, les yeux étincelans : Comment, coquin, lui dit *Moïfe*, oferais-tu bien me tuer, moi qui étant enfant ai mis la couronne d'un pharaon fur ma tête ; qui ai fait des miracles à l'âge de quatrevingts ans ; qui ai conduit hors d'Egypte foixante millions d'hommes ; qui ai coupé la mer Rouge en deux, qui ai vaincu deux rois fi grands que du temps du déluge l'eau ne leur venait qu'à mi-jambe : va-t-en, maraud, fors de devant moi tout-à-l'heure.

Cette altercation dura encore quelques momens. *Gabriel* pendant ce temps-là prépara un brancard pour tranfporter l'ame de *Moïfe; Michaël* un manteau de pourpre; *Zinguiel* une foutane. DIEU lui mit les deux mains fur la poitrine & emporta fon ame.

C'eft à cette hiftoire que l'apôtre *St Jude* fait allufion dans fon épître, lorfqu'il dit que l'archange *Michaël* difputa le corps de *Moïfe* au diable. Comme ce fait ne fe trouve que dans le livre que je viens de citer, il eft évident que *St Jude* l'avait lu, & qu'il le regardait comme un livre canonique.

La feconde hiftoire de la mort de *Moïfe* eft encore une converfation avec DIEU. Elle n'eft pas moins plaifante & moins curieufe que l'autre. Voici quelques traits de ce dialogue.

Moïfe. Je vous prie, Seigneur, de me laiffer entrer dans la terre promife, au moins pour deux ou trois ans.

DIEU. Non, mon décret porte que tu n'y entreras pas.

Moïfe. Que du moins on m'y porte après ma mort.

DIEU. Non, ni mort ni vif.

Moïfe. Hélas! bon DIEU, vous êtes fi clément envers vos créatures, vous leur pardonnez deux ou trois fois, je n'ai fait qu'un péché, & vous ne me pardonnez pas!

DIEU. Tu ne fais ce que tu dis, tu as commis fix péchés... Je me fouviens d'avoir juré ta mort ou la perte d'Ifraël; il faut qu'un de ces deux fermens s'accompliffe. Si tu veux vivre, Ifraël périra.

Moïfe. Seigneur, il y a là trop d'adreffe, vous tenez la corde par les deux bouts. Que *Moïfe* périffe plutôt qu'une feule ame d'Ifraël.

Après plufieurs difcours de la forte, l'écho de la montagne dit à *Moïfe.* Tu n'as plus que cinq heures à vivre. Au bout des cinq heures DIEU envoya cher-cher *Gabriel*, *Zinguiel*, & *Samaël*. DIEU promit à *Moïse* de l'enterrer, & emporta son ame.

Quand on fait réflexion que presque toute la terre a été infatuée de pareils contes, & qu'ils ont fait l'éducation du genre-humain, on trouve les fables de *Pilpay*, de *Lokman*, d'*Esope*, bien raisonnables.

Livres apocryphes de la nouvelle loi.

CINQUANTE Evangiles, tous assez différens les uns des autres, dont il ne nous reste que quatre entiers, celui de *Jacques*, celui de *Nicodème*, celui de l'enfance de JESUS, & celui de la naissance de *Marie*. Nous n'avons des autres que des fragmens & de légères notices. (*)

Le voyageur *Tournefort*, envoyé par *Louis XIV* en Asie, nous apprend que les Géorgiens ont conservé l'*Evangile de l'enfance*, qui leur a été probablement communiqué par les Arméniens. (*Tournefort*, lettre XIX.)

Dans les commencemens plusieurs de ces Evangiles, aujourd'hui reconnus comme apocryphes, furent cités comme authentiques, & furent même les seuls cités. On trouve dans les Actes des apôtres ces mots que prononce St *Paul* : (h) *Il faut se souvenir des paroles du Seigneur* JESUS : *car lui-même a dit : il vaut mieux donner que recevoir.*

St *Barnabé*, ou plutôt St *Barnabas*, fait parler ainsi JESUS-CHRIST dans son epître catholique : (*i*)

(*) Voyez la *collection d'anciens évangiles*, volume II de *Philosophie.*
(h) Chap. XX, v. 25.   (*i*) N° 4 & 7.

Réfiſtons à toute iniquité, & ayons-la en haine.... Ceux qui veulent me voir & parvenir à mon royaume, doivent me ſuivre par les afflictions & par les peines.

Sᵗ *Clément*, dans ſa ſeconde épître aux Corinthiens, met dans la bouche de JESUS-CHRIST ces paroles : *Si vous êtes aſſemblés dans mon ſein, & que vous ne ſuiviez pas mes commandemens, (k) je vous rejetterai, & je vous dirai : Retirez-vous de moi, je ne vous connais pas ; retirez-vous de moi, artiſans d'iniquité.*

Il attribue enſuite ces paroles à JESUS-CHRIST : *Gardez votre chair chaſte & le cachet immaculé, afin que vous receviez la vie éternelle.* (l)

Dans les *Conſtitutions apoſtoliques*, qui ſont du ſecond ſiècle, on trouve ces mots : JESUS-CHRIST *a dit : Soyez des agens de change honnêtes.*

Il y a beaucoup de citations pareilles, dont aucune n'eſt tirée des quatre Evangiles reconnus dans l'Egliſe pour les ſeuls canoniques. Elles ſont pour la plupart tirées de l'évangile ſelon les Hébreux, évangile traduit par Sᵗ *Jérôme*, & qui eſt aujourd'hui regardé comme apocryphe.

Sᵗ *Clément* le romain dit, dans ſa ſeconde épître : *Le Seigneur étant interrogé quand viendrait ſon règne, répondit : Quand deux feront un, quand ce qui eſt dehors ſera dedans, quand le mâle ſera femelle, & quand il n'y aura ni femelle ni mâle.*

Ces paroles ſont tirées de l'évangile ſelon les Egyptiens, & le texte eſt rapporté tout entier par Sᵗ *Clément* d'Alexandrie. Mais à quoi penſait l'auteur de l'évangile égyptien, & Sᵗ *Clément* lui-même ? les paroles qu'il cite ſont injurieuſes à JESUS-CHRIST ; elles ſont

(k) Nᵒ 4. (l) Nᵒ 8.

entendre qu'il ne croyait pas que fon règne advînt. Dire qu'une chofe arrivera *quand deux féront un , quand le mâle fera femelle* , c'eft dire qu'elle n'arrivera jamais. C'eft comme nous difons , *la femaine des trois jeudis , les calendes grecques :* un tel paffage eft bien plus rabbinique qu'évangélique.

Il y eut auffi des *Actes des apôtres* apocryphes ; St *Epiphane* les cite. (*m*) C'eft dans ces actes qu'il eft rapporté que St *Paul* était fils d'un père & d'une mère idolâtres , & qu'il fe fit juif pour époufer la fille de *Gamaliel;* & qu'ayant été refufé, ou ne l'ayant pas trouvée vierge, il prit le parti des difciples de JESUS. C'eft un blafphème contre St *Paul.*

Des autres livres apocryphes du premier & du second fiécle.

I.

Livre d'Enoch, feptième homme aprés Adam , lequel fait mention de la guerre des anges rebelles fous leur capitaine *Semexia* contre les anges fidelles conduits par *Michaël.* L'objet de la guerre était de jouir des filles des hommes, comme il eft dit à l'article *Ange.* (*n*)

I I.

Les Actes de Ste Thècle & de St Paul , écrits par un difciple nommé *Jean,* attaché à St *Paul.* C'eft dans cette hiftoire que *Thècle* s'échappe des mains de fes perfécuteurs pour aller trouver St *Paul ,* déguifée en homme. C'eft là qu'elle baptife un lion ; mais cette

(*m*) Chap. XXX, paragraphe 16.

(*n*) Il y a encore un autre livre d'*Enoch* chez les chrétiens d'Ethiopie , que *Peirefc,* confeiller au parlement de Provence , fit venir à très - grands frais ; il eft d'un autre impofteur. Faut-il qu'il y en ait auffi en Ethiopie !

aventure fut retranchée depuis. C'est là qu'on trouve le portrait de *Paul*, *flaturâ brevi*, *calvaftrum*, *cruribus curvis*, *furofum*, *fuperciliis junÊiis*, *nafo aquilino*, *plenum gratiâ* DEI.

Quoique cette hiftoire ait été recommandée par S*t* Grégoire de Nazianze, par S*t* *Ambroife*, par S*t* *Jean Chryfoflome* &c., elle n'a eu aucune confidération chez les autres docteurs de l'Eglife.

I I I.

La *Prédication de Pierre*. Cet écrit eft auffi appelé *l'Evangile*, *la révélation de Pierre*. S*t* *Clément* d'Alexandrie en parle avec beaucoup d'éloge ; mais on s'aperçut bientôt qu'il était d'un fauffaire qui avait pris le nom de cet apôtre.

I V.

Les *Aétes de Pierre*, ouvrage non moins fuppofé.

V.

Le *Teftament des douze patriarches*. On doute fi ce livre eft d'un juif ou d'un chrétien. Il eft très-vraifemblable pourtant qu'il eft d'un chrétien des premiers temps ; car il eft dit, dans le *Teftament de Lévi*, qu'à la fin de la feptième femaine il viendra des prêtres adonnés à l'idolatrie, *bellatores*, *avari*, *fcribæ iniqui*, *impudici*, *puerorum corruptores & pecorum* ; qu'alors il y aura un nouveau facerdoce ; que les cieux s'ouvriront ; que la gloire du Très-haut, & l'efprit d'intelligence & de fanctification s'élevera fur ce nouveau prêtre. Ce qui femble prophétifer JESUS-CHRIST.

V I.

La *lettre d'Abgare*, prétendu roi d'Edeffe, *à* JESUS-CHRIST, & *la réponfe de* JESUS-CHRIST *au roi Abgare*.

On croit qu'en effet il y avait du temps de *Tibère* un Toparque d'Edeſſe ; qui avait paſſé du ſervice des Perſes à celui des Romains : mais ſon commerce épiſtolaire a été regardé par tous les bons critiques comme une chimère.

V I I.

Les actes de Pilate, les lettres de Pilate à Tibère ſur la mort de JESUS-CHRIST. *La vie de Procula femme de Pilate.*

V I I I.

Les Actes de Pierre & de Paul, où l'on voit l'hiſtoire de la querelle de *St Pierre* avec *Simon* le magicien : *Abdias, Marcel,* & *Egéſippe,* ont tous trois écrit cette hiſtoire. *St Pierre* diſpute d'abord avec *Simon* à qui reſſuſcitera un parent de l'empereur *Néron,* qui venait de mourir ; *Simon* le reſſuſcite à moitié, & *St Pierre* achève la réſurrection. *Simon* vole enſuite dans l'air, *St Pierre* le fait tomber ; & le magicien ſe caſſe les jambes. L'empereur *Néron,* irrité de la mort de ſon magicien, fait crucifier *St Pierre* la tête en bas, & fait couper la tête à *St Paul* qui était du parti de *St Pierre.*

I X.

Les Geſtes du bienheureux Paul apôtre & docteur des nations. Dans ce livre, on fait demeurer *St Paul* à Rome deux ans après la mort de *St Pierre.* L'auteur dit que quand on eut coupé la tête à *Paul,* il en ſortit du lait au lieu de ſang, & que *Lucina,* femme dévote, le fit enterrer à vingt milles de Rome, ſur le chemin d'Oſtie, dans ſa maiſon de campagne.

X.

Les Geſtes du bienheureux apôtre André. L'auteur raconte que *St André* alla prêcher dans la ville des

Mirmidons, & qu'il y baptifa tous les citoyens. Un
jeune homme, nommé *Soſtrate*, de la ville d'Amazée,
qui eſt du moins plus connue que celle des Mirmidons, vint dire au bienheureux *André* : ,, Je ſuis ſi
,, beau que ma mère a conçu pour moi de la paſſion ;
,, j'ai eu horreur pour ce crime exécrable, & j'ai pris
,, la fuite ; ma mère en fureur m'accuſe auprès du
,, proconſul de la province de l'avoir voulu violer.
,, Je ne puis rien répondre ; car j'aimerais mieux
,, mourir que d'accuſer ma mère. ,, Comme il parlait
ainſi, les gardes du proconſul vinrent ſe ſaiſir de lui.
St *André* accompagna l'enfant devant le juge, & plaida
ſa cauſe ; la mère ne ſe déconcerta point ; elle accuſa
St *André* lui-même d'avoir engagé l'enfant à ce crime.
Le proconſul auſſitôt ordonne qu'on jette St *André*
dans la rivière : mais l'apôtre ayant prié D I E U, il ſe
fit un grand tremblement de terre, & la mère mourut
d'un coup de tonnerre.

Après pluſieurs aventures de ce genre, l'auteur fait
crucifier St *André* à Patras.

X I.

Les Geſtes de St Jacques le majeur. L'auteur le fait
condamner à la mort par le pontife *Abiathar* à Jéruſalem, & il baptiſe le greffier avant d'être crucifié.

X I I.

Des Geſtes de St Jean l'évangéliſte. L'auteur raconte
qu'à Ephèſe, dont St *Jean* était évêque, *Druſilla*
convertie par lui ne voulut plus de la compagnie de ſon
mari *Andronic*, & ſe retira dans un tombeau. Un jeune
homme nommé *Callimaque*, amoureux d'elle, la preſſa
quelquefois dans ce tombeau même de condeſcendre

à fa paffion. *Drufilla*, preffée par fon mari & par fon amant, fouhaita la mort, & l'obtint. *Callimaque*, informé de fa perte, fut encore plus furieux d'amour; il gagna par argent un domeftique d'*Andronic*, qui avait les clefs du tombeau; il y court; il dépouille fa maîtreffe de fon linceuil, il s'écrie : ,, Ce que tu n'as pas voulu ,, m'accorder vivante, tu me l'accorderas morte. ,, Et dans l'excès horrible de fa démence, il affouvit fes défirs fur ce corps inanimé. Un ferpent fort à l'inftant du tombeau; le jeune homme tombe évanoui, le ferpent le tue; il en fait autant du domeftique complice, & fe roule fur fon corps. *St Jean* arrive avec le mari; ils font étonnés de trouver *Callimaque* en vie. *St Jean* ordonne au ferpent de s'en aller, le ferpent obéit. Il demande au jeune homme comment il eft reffufcité ? *Callimaque* répond qu'un ange lui était apparu & lui avait dit : ,, Il fallait que tu mouruffes ,, pour revivre chrétien. ,, Il demanda auffitôt le baptême, & pria *St Jean* de reffufciter *Drufilla*. L'apôtre ayant fur le champ opéré ce miracle, *Callimaque* & *Drufilla* le fupplièrent de vouloir bien auffi reffufciter le domeftique. Celui-ci, qui était un païen obftiné, ayant été rendu à la vie, déclara qu'il aimait mieux remourir que d'être chrétien; & en effet il remourut incontinent. Sur quoi *St Jean* dit qu'un mauvais arbre porte toujours de mauvais fruits.

Ariftodème grand-prêtre d'Ephèfe, quoique frappé d'un tel prodige, ne voulut pas fe convertir : il dit à *St Jean* : ,, Permettez que je vous empoifonne, & fi ,, vous n'en mourez pas, je me convertirai. ,, L'apôtre accepte la propofition : mais il voulut qu'auparavant *Ariftodème* empoifonnât deux éphéfiens condamnés à mort. *Ariftodème* auffitôt leur préfenta le poifon; ils expirèrent fur le champ. *St Jean* prit le même poifon, qui ne lui fit aucun mal. Il reffufcita les deux morts; & le grand-prêtre fe convertit.

St Jean ayant atteint l'âge de quatre-vingt-dix-fept ans, JESUS-CHRIST lui apparut, & lui dit : ,, Il eft ,, temps que tu viennes à mon feftin avec tes frères. ,, Et bientôt après l'apôtre s'endormit en paix.

X I I I.

L'Hiftoire des bienheureux Jacques le mineur, Simon & Jude frères. Ces apôtres vont en Perfe, y exécutent des chofes auffi incroyables que celles que l'auteur rapporte de *St André.*

X I V.

Les Geftes de St Matthieu apôtre & évangélifte. St Matthieu va en Ethiopie dans la grande ville de Nadaver : il y reffufcite le fils de la reine *Candace*, & il y fonde des églifes chrétiennes.

X V.

Les Geftes du bienheureux Barthelemi dans l'Inde. Barthelemi va d'abord dans le temple d'*Aftarot*. Cette déeffe rendait des oracles, & guériffait toutes les maladies ; *Barthelemi* la fait taire, & rend malades tous ceux qu'elle avait guéris. Le roi *Polimius* difpute avec lui; le démon déclare devant le roi qu'il eft vaincu. *St Barthelemi* facre le roi *Polimius* évêque des Indes.

X V I.

Les Geftes du bienheureux Thomas apôtre de l'Inde. St Thomas entre dans l'Inde par un autre chemin, & y fait beaucoup plus de miracles que *St Barthelemi* ; il eft enfin martyrifé, & apparaît à *Xiphoro* & à *Sufani.*

X V I I.

Les Geftes du bienheureux Philippe. Il alla prêcher en Scythie. On voulut lui faire facrifier à *Mars ;* mais il fit fortir un dragon de l'autel qui dévora les enfans des prêtres ; il mourut à Hiérapolis à l'âge de quatre-vingt-fept ans. On ne fait quelle eft cette ville ; il y en avait plufieurs de ce nom. Toutes ces hiftoires paffent pour être écrites par *Abdias*, évêque de Babylone, & font traduites par *Jules* africain.

X V I I I.

A cet abus des faintes écritures on en a joint un moins révoltant, & qui ne manque point de refpeût au chriftianifme comme ceux qu'on vient de mettre fous les yeux du leûeur. Ce font les liturgies attri-buées à St *Jacques*, à St *Pierre*, à St *Marc*, dont le favant *Tillemont* a fait voir la fauffeté.

X I X.

Fabricius met parmi les écrits apocryphes l'*Homélie* attribuée à St *Auguftin*, *fur la manière dont fe forma le Symbole :* mais il ne prétend pas fans doute que le *Sym-bole*, que nous appelons *des apôtres*, en foit moins facré & moins véritable. Il eft dit dans cette homélie, dans *Rufin*, & enfuite dans *Ifidore*, que dix jours après l'afcenfion les apôtres étant renfermés enfemble de peur des Juifs, *Pierre* dit : *Je crois en* D I E U *le père tout-puiffant.* André, *Et en* J E S U S - C H R I S T *fon fils.* Jacques, *Qui a été conçu du* SAINT-ESPRIT. Et qu'ainfi chaque apôtre ayant prononcé un article, le fymbole fut entièrement achevé.

Cette hiftoire n'étant point dans les *Aûes des apôtres*, on eft difpenfé de la croire ; mais on n'eft pas difpenfé de croire au Symbole dont les apôtres ont enfeigné la fubftance. La vérité ne doit point fouffrir des faux ornemens qu'on a voulu lui donner.

X X.

Les Conftitutions apoftoliques. On met aujourd'hui dans le rang des apocryphes les *Conftitutions des faints apôtres*, qui paffaient autrefois pour être rédigées par St *Clément* le romain. La feule lecture de quelques chapitres fuffit pour faire voir que les apôtres n'ont eu aucune part à cet ouvrage.

Dans le chapitre I X, on ordonne aux femmes de ne fe laver qu'à la neuvième heure.

Au premier chapitre du fecond livre, on veut que les évêques foient favans : mais du temps des apôtres il n'y avait point d'hiérarchie, point d'évêques attachés à une feule églife. Ils allaient inftruire de ville en ville, de bourgade en bourgade ; ils s'appelaient *apôtres*, & non pas *évêques*, & furtout ils ne fe piquaient pas d'être favans.

Au chapitre II de ce fecond livre, il eft dit qu'un évêque ne doit avoir *qu'une femme qui ait grand foin de fa maifon* ; ce qui ne fert qu'à prouver qu'à la fin du premier, & au commencement du fecond fiècle, lorfque la hiérarchie commença à s'établir, les prêtres étaient mariés.

Dans prefque tout le livre les évêques font regardés comme les juges des fidelles ; & l'on fait affez que les apôtres n'avaient aucune jurifdiction.

Il eft dit au chapitre X X I, qu'il faut écouter les deux parties ; ce qui fuppofe une jurifdiction établie.

Il eft dit au chapitre X X V I : *L'évêque eft votre prince, votre roi, votre empereur, votre Dieu en terre.* Ces expreffions font bien fortes pour l'humilité des apôtres.

Au chapitre X X V I I I. Il faut dans les feftins des agapes donner aux diacres le double de ce qu'on donne à une vieille ; au prêtre le double de ce qu'on donne au diacre ; parce qu'ils font les confeillers de l'évêque & la couronne de l'Eglife. Le lecteur aura une portion en l'honneur des prophètes, auffi-bien que le chantre & le portier. Les laïques qui voudront avoir quelque chofe, doivent s'adreffer à l'évêque par le diacre.

Jamais les apôtres ne fe font fervis d'aucun terme qui répondît à *laïque*, & qui marquât la différence entre les profanes & les prêtres.

Au chapitre X X X I V. ,, Il faut révérer l'évêque ,, comme un roi, l'honorer comme le maître, lui ,, donner vos fruits, les ouvrages de vos mains, vos ,, prémices, vos décimes, vos épargnes, les préfens ,, qu'on vous a faits, votre froment, votre vin, votre ,, huile, votre laine, & tout ce que vous avez. ,, Cet article eft fort.

Au chapitre L V I I. ,, Que l'églife foit longue, ,, qu'elle regarde l'Orient, qu'elle reffemble à un vaif- ,, feau, que le trône de l'évêque foit au milieu ; que ,, le lecteur life les livres de *Moïfe*, de *Jofué*, des Juges, ,, des Rois, des Paralipomènes, de *Job* &c. ,,

Au chapitre X V I I du livre I I I. ,, Le baptême eft donné pour la mort de JESUS, l'huile pour le SAINT- ,, ESPRIT. Quand on nous plonge dans la cuve, nous ,, mourons ; quand nous en fortons, nous reffufci- ,, tons. *Le père eft le* D I E U *de tout*, C H R I S T eft fils ,, unique D I E U, fils aimé, & feigneur de gloire. Le ,, faint Souffle eft *Paraclet* envoyé de CHRIST, docteur ,, enfeignant, & prédicateur de CHRIST. ,,

Cette doctrine ferait aujourd'hui exprimée en termes plus canoniques.

Au chapitre VII du livre V, on cite des vers des fibylles fur l'avénement de JESUS, & fur fa réfurrection. C'eft la première fois que les chrétiens fuppofèrent des vers des fibylles, ce qui continua pendant plus de trois cents années.

Au chapitre XXVIII du livre VI, la pédéraftie & l'accouplement avec les bêtes font défendus aux fidelles.

Au chapitre XXIX, il eft dit „ qu'un mari & une „ femme font purs en fortant du lit, quoiqu'ils ne „ fe lavent point. „

Au chapitre V du livre VIII, on trouve ces mots: „ DIEU *tout-puiffant*, donne à l'évêque par ton CHRIST „ la participation du St Efprit. „

Au chapitre VI. „ Recommandez-vous au feul „ DIEU par JESUS-CHRIST, „ ce qui n'exprime pas affez la divinité de notre Seigneur.

Au chapitre XII, eft la conftitution de *Jacques* frère de *Zébédée*.

Au chapitre XV. Le diacre doit prononcer tout haut: *Inclinez-vous devant* DIEU *par le* CHRIST. Ces expreffions ne font pas aujourd'hui affez correctes.

XXI.

Les canons apoftoliques. Le fixième canon ordonne qu'aucun évêque ni prêtre ne fe fépare de fa femme fous prétexte de religion; que s'il s'en fépare, il foit excommunié; que s'il perfévère, il foit chaffé.

Le

Le VIIᵉ, qu'aucun prêtre ne se mêle jamais d'affaires séculières.

Le XIXᵉ, que celui qui a épousé les deux sœurs ne soit point admis dans le clergé.

Le XXIᵉ & XXIIᵉ, que les eunuques soient admis à la prêtrise, excepté ceux qui se sont coupé à eux-mêmes les génitoires. Cependant *Origène* fut prêtre malgré cette loi.

Le LVᵉ, si un évêque ou un prêtre, ou un diacre, ou un clerc, mange de la chair où il y ait encore du sang, qu'il soit déposé.

Il est assez évident que ces canons ne peuvent avoir été promulgués par les apôtres.

X X I I.

Les reconnaiffances de Sᵗ Clément à Jacques frère du Sei-gneur, en dix livres, traduites du grec en latin par Rufin.

Ce livre commence par un doute sur l'immortalité de l'ame; *Utrumne fit mihi aliqua vita poſt mortem ; an nihil omnino poſteà ſim futurus?* (o) *Sᵗ Clément* agité par ce doute, & voulant savoir si le monde était éternel, ou s'il avait été créé; s'il y avait un Tartare & un Phlégéton, un *Ixion* & un *Tantale* &c. &c. voulut aller en Egypte apprendre la négromancie; mais ayant entendu parler de *Sᵗ Barnabé* qui prêchait le chriſtia-niſme, il alla le trouver dans l'Orient, dans le temps que *Barnabé* célébrait une fête juive. Enfuite il rencon-tra *Sᵗ Pierre* à Céfarée avec *Simon* le magicien & *Zachée.* Ils diſputèrent enfemble, & *Sᵗ Pierre* leur raconta tout ce qui s'était paſſé depuis la mort de JESUS. *Clément* fe fit chrétien, mais *Simon* demeura magicien.

(o) Nᵒ XVII, & dans l'exorde.

Dictionn. philofoph. Tome I.　　　　E e

Simon devint amoureux d'une femme qu'on appelait la *Lune*, & en attendant qu'il l'épousât, il proposa à *St Pierre*, à *Zachée*, à *Lazare*, à *Nicodème*, à *Doſithée*, & à pluſieurs autres, de ſe mettre au rang de ſes diſciples. *Doſithée* lui répondit d'abord par un grand coup de bâton; mais le bâton ayant paſſé au travers du corps de *Simon*, comme au travers de la fumée, *Doſithée* l'adora, & devint ſon lieutenant; après quoi *Simon* épouſa ſa maîtreſſe, & aſſura qu'elle était la Lune elle-même deſcendue du ciel pour ſe marier avec lui.

Ce n'eſt pas la peine de pouſſer plus loin les reconnaiſſances de *St Clément.* Il faut ſeulement remarquer qu'au livre ix il eſt parlé des Chinois ſous le nom de *Sères*, comme des plus juſtes & des plus ſages de tous les hommes; après eux viennent les brachmanes, auxquels l'auteur rend la juſtice que toute l'antiquité leur a rendue. L'auteur les cite comme des modèles de ſobriété, de douceur, & de juſtice.

X X I I I.

La lettre de St Pierre à St Jacques, & la lettre de St Clément au même St Jacques frère du Seigneur, gouvernant la ſainte égliſe des Hébreux à Jéruſalem, & toutes les égliſes. La lettre de *St Pierre* ne contient rien de curieux, mais celle de *St Clément* eſt très-remarquable; il prétend que *St Pierre* le déclara évêque de Rome avant ſa mort, & ſon coadjuteur; qu'il lui impoſa les mains, & qu'il le fit aſſeoir dans ſa chaire épiſcopale, en préſence de tous les fidelles. *Ne manquez pas, lui dit-il, d'écrire à mon frère Jacques dès que je ſerai mort.*

Cette lettre ſemble prouver qu'on ne croyait pas alors que *St Pierre* eût été ſupplicié, puiſque cette lettre attribuée à *St Clément* aurait probablement fait mention du fupplice de *St Pierre*. Elle prouve encore qu'on ne comptait pas *Clet* & *Anaclet* parmi les évêques de Rome.

X X I V.

Homélies de St Clément, au nombre de dix-neuf. Il raconte, dans fa première homélie, ce qu'il avait déjà dit dans les *reconnaiffances*, qu'il était allé chercher *St Pierre* avec *St Barnabé* à Céfarée, pour favoir fi l'ame eft immortelle, & fi le monde eft éternel.

On lit dans la feconde homélie, numéro 38, un paffage bien plus extraordinaire; c'eft *St Pierre* lui-même qui parle de l'ancien teftament; & voici comme il s'exprime :

,, La loi écrite contient certaines chofes fauffes ,, contre la loi de DIEU, créateur du ciel & de la terre : ,, c'eft ce que le diable a fait pour une jufte raifon ; ,, & cela eft arrivé auffi par le jugement de DIEU, afin ,, de découvrir ceux qui écouteraient avec plaifir ce ,, qui eft écrit contre lui &c. &c. ,,

Dans la fixième homélie, *St Clément* rencontre *Appion*, le même qui avait écrit contre les Juifs du temps de *Tibère*; il dit à *Appion*, qu'il eft amoureux d'une égyptienne, & le prie d'écrire une lettre en fon nom à fa prétendue maîtreffe, pour lui perfuader, par l'exemple de tous les dieux, qu'il faut faire l'amour. *Appion* écrit la lettre, & *St Clément* fait la réponfe au nom de l'égyptienne ; après quoi il difpute fur la nature des dieux.

X X V.

Deux épîtres de St Clément aux Corinthiens. Il ne paraît pas jufte d'avoir rangé ces épîtres parmi les apocryphes. Ce qui a pu engager quelques favans à ne les pas reconnaître, c'eſt qu'il y eſt parlé du *phénix d'Arabie qui vit cinq cents ans*, *& qui ſe brûle en Egypte dans la ville d'Héliopolis*. Mais il ſe peut très-bien faire que *Sᵗ Clément* ait crû cette fable que tant d'autres croyaient, & qu'il ait écrit des lettres aux Corinthiens.

On convient qu'il y avait alors une grande diſpute entre l'Egliſe de Corinthe & celle de Rome. L'Egliſe de Corinthe, qui ſe diſait fondée la première, ſe gouvernait en commun; il n'y avait preſque point de diſtinction entre les prêtres & les ſéculiers, encore moins entre les prêtres & l'évêque; tous avaient également voix délibérative; du moins pluſieurs ſavans le prétendent. *Sᵗ Clément* dit aux Corinthiens, dans ſa première épître : ,, Vous qui avez jeté les premiers ,, fondemens de la ſédition, ſoyez ſoumis aux prêtres, ,, corrigez-vous par la pénitence, & fléchiſſez les ,, genoux de votre cœur; apprenez à obéir. ,, Il n'eſt point du tout étonnant qu'un évêque de Rome ait employé ces expreſſions.

C'eſt dans la ſeconde épître qu'on trouve encore cette réponſe de JESUS-CHRIST que nous avons déjà rapportée, ſur ce qu'on lui demandait quand viendrait ſon royaume des cieux. *Ce ſera*, dit-il, *quand deux feront un, quand ce qui eſt dehors ſera dedans, quand le mâle ſera femelle, & quand il n'y aura ni mâle ni femelle.*

X X V I.

Lettre de Sᵗ Ignace le martyr à la Vierge Marie, & la réponſe de la Vierge à Sᵗ Ignace.

A MARIE QUI A PORTÉ CHRIST,

ſon dévot Ignace.

,, Vous deviez me conſoler, moi néophyte & diſ-
,, ciple de votre *Jean*. J'ai entendu pluſieurs choſes
,, admirables de votre JESUS, & j'en ai été ſtupéfait.
,, Je déſire de tout mon cœur d'en être inſtruit par
,, vous qui avez toujours vécu avec lui en familiarité,
,, & qui avez ſu tous ſes ſecrets. Portez-vous bien,
,, & confortez les néophytes qui ſont avec moi de
,, vous & par vous, *Amen.* ,,

REPONSE DE LA SAINTE VIERGE,

à Ignace ſon diſciple chéri.

L'humble ſervante de JESUS-CHRIST.

,, Toutes les choſes que vous avez appriſes de
,, *Jean* ſont vraies ; croyez-les, perſiſtez-y, gardez
,, votre vœu de chriſtianiſme, conformez-lui vos
,, mœurs & votre vie ; je viendrai vous voir avec *Jean*,
,, vous & ceux qui ſont avec vous. Soyez ferme dans
,, la foi, agiſſez en homme ; que la ſévérité de la
,, perſécution ne vous trouble pas ; mais que votre
,, eſprit ſe fortifie, & s'exalte en DIEU votre ſauveur,
,, *Amen.* ,,

On prétend que ces lettres ſont de l'an 116 de notre
ère vulgaire ; mais elles n'en ſont pas moins fauſſes
& moins abſurdes : ce ſerait même une inſulte à notre
ſainte religion, ſi elles n'avaient pas été écrites dans un
eſprit de ſimplicité qui peut faire tout pardonner.

X X V I I.

Fragmens des apôtres. On y trouve ce paſſage :
,, *Paul*, homme de petite taille, au nez aquilin, au

,, visage angélique, instruit dans le ciel, a dit à *Plantilla*
,, la romaine avant de mourir : Adieu, *Plantilla*, petite
,, plante de salut éternel, connais ta noblesse, tu es
,, plus blanche que la neige, tu es enregistrée parmi
,, les soldats de CHRIST, tu es héritière du royaume
,, céleste. ,, Cela ne méritait pas d'être réfuté.

XXVIII.

Onze apocalypses, qui sont attribuées aux patriarches
& prophètes, à St *Pierre*, à *Cérinthe*, à St *Thomas*,
à St *Etienne* protomartyr, deux à St *Jean*, différentes
de la canonique, & trois à St *Paul*. Toutes ces apocalypses ont été éclipsées par celle de St *Jean*.

XXIX.

Les visions, les préceptes, & les similitudes d'Hermas.

Hermas paraît être de la fin du premier siècle.
Ceux qui traitent son livre d'apocryphe, sont obligés
de rendre justice à sa morale. Il commence par dire
que son père nourricier avait vendu une fille à Rome.
Hermas reconnut cette fille après plusieurs années,
& l'aima, dit-il, comme sa sœur : il la vit un jour
se baigner dans le Tibre, il lui tendit la main, & la
tira du fleuve ; & il disait dans son cœur : *Que je serais
heureux si j'avais une femme semblable à elle pour la beauté
& pour les mœurs !*

Aussitôt le ciel s'ouvrit, & il vit tout d'un coup
cette même femme, qui lui fit une révérence du haut
du ciel, & lui dit : *Bonjour, Hermas.* Cette femme était
l'Eglise chrétienne. Elle lui donna beaucoup de bons
conseils.

Un an après, l'esprit le transporta au même endroit
où il avait vu cette belle femme, qui pourtant était

une vieille ; mais fa vieilleffe était fraîche , & elle n'était vieille que parce qu'elle avait été créée dès le commencement du monde , & que le monde avait été fait pour elle.

Le livre des *préceptes* contient moins d'allégories ; mais celui des *fimilitudes* en contient beaucoup.

Un jour que je jeûnais, dit *Hermas* , & que j'étais affis fur une colline , rendant grâces à DIEU de tout ce qu'il avait fait pour moi, un berger vint s'affeoir à mes côtés, & me dit : Pourquoi êtes-vous venu ici de fi bon matin ? C'eft que je fuis en ftation, lui répondis-je. Qu'eft-ce qu'une ftation ? me dit le berger. C'eft un jeûne. Et qu'eft-ce que ce jeûne ? C'eft ma coutume. *Allez* , me répliqua le berger , *vous ne favez ce que c'eft que de jeûner , cela ne fait aucun profit à* DIEU *; je vous apprendrai ce que c'eft que le vrai jeûne agréable à la Divinité.* (p) *Votre jeûne n'a rien de commun avec la juftice & la vertu. Servez* D I E U *d'un cœur pur , gardez fes commandemens ; n'admettez dans votre cœur aucun défir coupable. Si vous avez toujours la crainte de* DIEU *devant les yeux , fi vous vous abftenez de tout mal , ce fera-là le vrai jeûne , le grand jeûne dont* DIEU *vous faura gré.*

Cette piété philofophique & fublime eft un des plus finguliers monumens du premier fiècle. Mais ce qui eft affez étrange, c'eft qu'à la fin des *fimilitudes* le berger lui donne des filles très-affables, *valdé affabiles*, chaftes, & induftrieufes, pour avoir foin de fa maifon ; & lui déclare qu'il ne peut accomplir les commandemens de DIEU fans ces filles qui figurent vifiblement les vertus.

(p) *Similit.* 5ᵉ , livre III.

E e 4

Ne pouſſons pas plus loin cette liſte ; elle ferait
immenſe ſi on voulait entrer dans tous les détails.
Finiſſons par les ſibylles.

X X X.

Les ſibylles. Ce qu'il y eut de plus apocryphe dans
la primitive Egliſe, c'eſt la prodigieuſe quantité de
vers attribués aux anciennes ſibylles en faveur des
myſtères de la religion chrétienne. (*q*) *Diodore* de
Sicile n'en reconnaiſſait qu'une, qui fut priſe dans
Thèbes par les Epigones, & qui fut placée à Delphes
avant la guerre de Troye. De cette ſibylle, c'eſt-à-
dire de cette propheteſſe, on en fit bientôt dix. Celle
de Cume avait le plus grand crédit chez les Romains,
& la ſibylle *Erythrée* chez les Grecs.

Comme tous les oracles ſe rendaient en vers, toutes
les ſibylles ne manquèrent pas d'en faire ; & pour
donner plus d'autorité à ces vers, on les fit quelquefois en acroſtiches. Pluſieurs chrétiens qui n'avaient
pas un zèle ſelon la ſcience, non-ſeulement détour-
nèrent le ſens des anciens vers qu'on ſuppoſait écrits
par les ſibylles, mais ils en firent eux-mêmes, & qui pis
eſt, en acroſtiches. Ils ne ſongèrent pas que cet artifice
pénible de l'acroſtiche ne reſſemble point du tout à
l'inſpiration & à l'enthouſiaſme d'une propheteſſe. Ils
voulurent ſoutenir la meilleure des cauſes par la fraude
la plus mal-adroite. Ils firent donc de mauvais vers
grecs, dont les lettres initiales ſignifiaient en grec,
Jéſus, *Chriſt*, *Fils*, *Sauveur* ; & ces vers diſaient
qu'*avec cinq pains & deux poiſſons il nourrirait cinq mille*

(*q*) *Diodore*, livre IV.

hommes au défert , & qu'en ramaffant les morceaux qui refteront il remplirait douze paniers.

Le règne de mille ans , & la nouvelle Jérufalem célefte , que *Juftin* avait vue dans les airs pendant quarante nuits, ne manquèrent pas d'être prédits par les fibylles.

Lactance, au quatrième fiècle , recueillit prefque tous les vers attribués aux fibylles , & les regarda comme des preuves convaincantes. Cette opinion fut tellement autorifée , & fe maintint fi long-temps , que nous chantons encore des hymnes dans lefquels le témoignage des fibylles eft joint aux prédictions de *David*.

> *Solvet fæclum in favillâ ,*
> *Tefte David cum fibyllâ.*

Ne pouffons pas plus loin la lifte de ces erreurs ou de ces fraudes, on pourrait en rapporter plus de cent ; tant le monde fut toujours compofé de trompeurs & de gens qui aimèrent à fe tromper. Mais ne recherchons point une érudition fi dangereufe. Une grande vérité approfondie vaut mieux que la découverte de mille menfonges.

Toutes ces erreurs , toute la foule des livres apocryphes , n'ont pu nuire à la religion chrétienne , parce qu'elle eft fondée , comme on fait , fur des vérités inébranlables. Ces vérités font appuyées par une Eglife militante & triomphante, à laquelle DIEU a donné le pouvoir d'enfeigner & de réprimer. Elle unit dans plufieurs pays l'autorité fpirituelle & la temporelle. La prudence, la force, la richeffe, font fes attributs ; & quoiqu'elle foit divifée , quoique fes divifions l'aient enfanglantée , on la peut comparer à la république romaine , toujours agitée de difcordes civiles, mais toujours victorieufe.

APOINTÉ, DESAPOINTÉ.

SOIT que ce mot vienne du latin *punctum*, ce qui eſt très-vraiſemblable ; ſoit qu'il vienne de l'ancienne barbarie, qui ſe plaiſait fort aux *oins*, *ſoin*, *coin*, *loin*, *foin*, *hardouin*, *albouin*, *grouin*, *poing* &c. il eſt certain que cette expreſſion, bannie aujourd'hui mal-à-propos du langage, eſt très-néceſſaire. Le naïf *Amiot* & l'énergique *Montagne* s'en ſervent ſouvent. Il n'eſt pas même poſſible juſqu'à préſent d'en employer une autre. Je lui *apointai* l'hôtel des Urſins ; à ſept heures du ſoir je m'y rendis ; je fus *déſapointé*. Comment expliquerez-vous en un ſeul mot le manque de parole de celui qui devait venir à l'hôtel des Urſins à ſept heures du ſoir , & l'embarras de celui qui eſt venu , & qui ne trouve perſonne ? A-t-il été trompé dans ſon attente ? Cela eſt d'une longueur inſupportable, & n'exprime pas préciſément la choſe. Il a été *déſapointé ;* il n'y a que ce mot. Servez-vous-en donc , vous qui voulez qu'on vous entende vîte ; vous ſavez que les circonlocutions ſont la marque d'une langue pauvre. Il ne faut pas dire : *vous me devez cinq pièces de douze ſous*, quand vous pouvez dire : *vous me devez un écu.*

Les Anglais ont pris de nous ces mots *apointé*, *déſapointé*, ainſi que beaucoup d'autres expreſſions très-énergiques ; ils ſe ſont enrichis de nos dépouilles, & nous n'oſons reprendre notre bien.

APOINTER, APOINTEMENT,

Termes du palais.

CE font procès par écrit. On *apointe* une caufe ; c'eft-à-dire que les juges ordonnent que les parties produifent par écrit les faits & les raifons. Le Dictionnaire de Trévoux, fait en partie par les jéfuites, s'exprime ainfi : *Quand les juges veulent favorifer une mauvaife caufe, ils font d'avis de l'apointer au lieu de la juger.*

Ils efpéraient qu'on apointerait leur caufe dans l'affaire de leur banqueroute, qui leur procura leur expulfion. L'avocat qui plaidait contr'eux trouva heureufement leur explication du mot *apointer ;* il en fit part aux juges dans une de fes oraifons. Le parlement, plein de reconnaiffance, n'apointa pas leur affaire; il fut jugé à l'audience que tous les jéfuites, à commencer par le père-général, reftitueraient l'argent de la banqueroute, avec dépens, dommages, & intérêts. Il fut jugé depuis qu'ils étaient de trop dans le royaume; & cet arrêt, qui était pourtant un *apointé*, eut fon exécution avec grands applaudiffemens du public.

APOSTAT.

C'EST encore une queftion parmi les favans, fi l'empereur *Julien* était en effet apoftat, & s'il avait jamais été chrétien véritablement.

Il n'était pas âgé de fix ans lorfque l'empereur *Conftance*, plus barbare encore que *Conftantin*, fit égorger fon père, & fon frère, & fept de fes coufins germains. A peine échappa-t-il à ce carnage avec fon frère *Gallus ;* mais il fut toujours traité très-durement par *Conflance*. Sa vie fut long-temps menacée ; il vit bientôt affaffiner, par les ordres du tyran, le frère qui lui reftait. Les fultans turcs les plus barbares n'ont jamais furpaffé, je l'avoue à regret, ni les cruautés, ni les fourberies de la famille conftantine. L'étude fut la feule confolation de *Julien* dès fa plus tendre jeuneffe. Il voyait en fecret les plus illuftres philofophes qui étaient de l'ancienne religion de Rome. Il eft bien probable qu'il ne fuivit celle de fon oncle *Conflance* que pour éviter l'affaffinat. *Julien* fut obligé de cacher fon efprit, comme avait fait *Brutus* fous *Tarquin*. Il devait être d'autant moins chrétien que fon oncle l'avait forcé à être moine, & à faire les fonctions de lecteur dans l'églife. On eft rarement de la religion de fon perfécuteur, furtout quand il veut dominer fur la confcience.

Une autre probabilité, c'eft que dans aucun de fes ouvrages il ne dit qu'il ait été chrétien. Il n'en demande jamais pardon aux pontifes de l'ancienne religion. Il leur parle dans fes lettres comme s'il avait toujours été attaché au culte du fénat. Il n'eft pas même avéré qu'il ait pratiqué les cérémonies du taurobole, qu'on pouvait regarder comme une efpèce d'expiation, ni qu'il eût voulu laver avec du fang de taureau ce qu'il appelait fi malheureufement *la tache de fon baptême*. C'était une dévotion païenne qui d'ailleurs ne prouverait pas plus que l'affociation aux myftères de *Cérès*. En un mot, ni fes amis ni fes ennemis ne rapportent aucun fait, aucun difcours qui puiffe prouver qu'il ait jamais cru au chriftianifme, & qu'il ait paffé de cette croyance fincère à celle des dieux de l'empire.

S'il eft ainfi, ceux qui ne le traitent point d'apoftat paraiffent très-excufables.

La faine critique s'étant perfectionnée, tout le monde avoue aujourd'hui que l'empereur *Julien* était un héros & un fage, un ftoïcien égal à *Marc-Aurèle*. On condamne fes erreurs, on convient de fes vertus. On penfe aujourd'hui comme *Prudentius* fon contemporain, auteur de l'hymne *Salvete, flores martyrum*. Il dit de *Julien* :

Ductor fortiffimus armis,
Conditor & legum celeberrimus ; ore manuque
Confultor patriæ : fed non confultor habendæ
Relligionis ; amàns tercentum millia divûm.
Perfidus ille Deo, fed non eft perfidus orbi.

Fameux par fes vertus, par fes lois, par la guerre,
Il méconnut fon Dieu, mais il fervit la terre.

Ses détracteurs font réduits à lui donner des ridicules ; mais il avait plus d'efprit que ceux qui le raillent. Un hiftorien lui reproche, d'après St *Grégoire* de Nazianze, *d'avoir porté une barbe trop grande*. Mais, mon ami, fi la nature la lui donna longue, pourquoi voudrais-tu qu'il la portât courte ? *Il branlait la tête.* Tiens mieux la tienne. *Sa démarche était précipitée.* Souviens-toi que l'abbé d'*Aubignac* prédicateur du roi, fifflé à la comédie, fe moque de la démarche & de l'air du grand *Corneille*. Oferais-tu efpérer de tourner le maréchal de *Luxembourg* en ridicule, parce qu'il marchait mal, & que fa taille était irrégulière ? Il marchait très-bien à l'ennemi. Laiffons l'ex-jéfuite *Patouillet*, & l'ex-jéfuite *Nonotte* &c. appeler l'empereur *Julien*, *l'apoftat*. Hé, gredins ! fon fucceffeur chrétien, *Jovien*, l'appela *divus Julianus*.

Traitons cet empereur comme il nous a traités lui-même. (*a*) Il difait en fe trompant : *Nous ne devons pas les haïr, mais les plaindre ; ils font déjà affez malheureux d'errer dans la chofe la plus importante.*

Ayons pour lui la même compaffion, puifque nous fommes furs que la vérité eft de notre côté.

Il rendait exactement juftice à fes fujets, rendons-la donc à fa mémoire. Des Alexandrins s'emportent contre un évêque chrétien, méchant homme, il eft vrai, élu par une brigue de fcélérats. C'était le fils d'un maçon, nommé *George Biordos.* (1) Ses mœurs étaient plùs baffes que fa naiffance ; il joignait la perfidie la plus lâche à la férocité la plus brute, & la fuperftition à tous les vices ; avare, calomniateur, perfécuteur, impofteur, fanguinaire, féditieux, détefté de tous les partis ; enfin les habitans le tuèrent à coups de bâton. Voyez la lettre que l'empereur *Julien* écrit aux Alexandrins fur cette émeute populaire. Voyez comme il leur parle en père & en juge.

,, Quoi ! au lieu de me réferver la connaiffance de
,, vos outrages, vous vous êtes laiffés emporter à la
,, colère, vous vous êtes livrés aux mêmes excès que
,, vous reprochez à vos ennemis ! *George* méritait
,, d'être traité ainfi ; mais ce n'était pas à vous d'être
,, fes exécuteurs. Vous avez des lois, il fallait deman-
,, der juftice &c. ,,

On a ofé flétrir *Julien* de l'infame nom d'*intolérant* & de *perfécuteur*, lui qui voulait extirper la perfécution

_____

(*a*) Lettre LII de l'empereur *Julien.*

(1) *Biord*, fils d'un maçon, a été évêque d'Anneci au 18ᵉ fiècle. Comme il reffemblait beaucoup à *George* d'Alexandrie, M. de *Voltaire* fon diocéfain s'eft amufé à joindre au nom de l'évêque le furnom de *Biordos.*

& l'intolérance. Relifez fa lettre cinquante-deuxième,
& refpectez fa mémoire. N'eft-il déjà pas affez malheureux de n'avoir pas été catholique, & de brûler
dans l'enfer avec la foule innombrable de ceux qui
n'ont pas été catholiques, fans que nous l'infultions
encore jufqu'au point de l'accufer d'intolérance ?

Des globes de feu qu'on a prétendu être fortis de
terre pour empêcher la réédification du temple de
Jérufalem, fous l'empereur Julien.

Il eft très-vraifemblable que lorfque *Julien* réfolut
de porter la guerre en Perfe, il eut befoin d'argent ;
très-vraifemblable encore que les Juifs lui en donnèrent pour obtenir la permiffion de rebâtir leur
temple détruit en partie par *Titus*, & dont il reftait
les fondemens, une muraille entière, & la tour Anto-
nia. Mais eft-il fi vraifemblable que des globes de feu
s'élançaffent fur les ouvrages & fur les ouvriers, &
fiffent difcontinuer l'entreprife ?

N'y a-t-il pas une contradiction palpable dans ce
que les hiftoriens racontent ?

1°. Comment fe peut-il faire que les Juifs com-
mençaffent par détruire (comme on le dit) les fondemens du temple, qu'ils voulaient & qu'ils devaient
rebâtir à la même place ? Le temple devait être
néceffairement fur la montagne Moria. C'était là que
Salomon l'avait élevé ; c'était là qu'*Hérode* l'avait rebâti
avec beaucoup plus de folidité & de magnificence,
après avoir préalablement élevé un beau théâtre dans
Jérufalem, & un temple à *Augufte* dans Céfarée. Les
fondations de ce temple, agrandi par *Hérode*, avaient
jufqu'à vingt-cinq pieds de longueur, au rapport de

Jofephe. Serait-il poffible que les Juifs euffent été affez infenfés, du temps de *Julien*, pour vouloir déranger ces pierres qui étaient fi bien préparées à recevoir le refte de l'édifice, & fur lefquelles on a vu depuis les mahométans bâtir leur mofquée? (*b*) Quel homme fut jamais affez fou, affez ftupide pour fe priver ainfi à grands frais, & avec une peine extrême, du plus grand avantage qu'il pût rencontrer fous fes yeux & fous fes mains? Rien n'eft plus incroyable.

2°. Comment des éruptions de flammes feraient-elles forties du fein de ces pierres? Il fe pourrait qu'il fût arrivé un tremblement de terre dans le voifinage; ils font fréquens en Syrie; mais que de larges quartiers de pierres aient vomi des tourbillons de feu! ne faut-il pas placer ce conte parmi tous ceux de l'antiquité?

3°. Si ce prodige, ou fi un tremblement de terre, qui n'eft pas un prodige, était effectivement arrivé, l'empereur *Julien* n'en aurait-il pas parlé dans la lettre où il dit qu'il a eu intention de rebâtir ce temple? N'aurait-on pas triomphé de fon témoignage? N'eft-il pas au contraire infiniment probable qu'il changea d'avis? Cette lettre ne contient-elle pas ces mots: ,, Que diront les Juifs de leur temple qui a été détruit ,, trois fois, & qui n'eft point encore rebâti? Ce n'eft ,, point un reproche que je leur fais, puifque j'ai

(*b*) *Omar* ayant pris Jérufalem, y fit bâtir une mofquée fur les fondemens même du temple d'*Hérode* & de *Salomon;* & ce nouveau temple fut confacré au même Dieu que *Salomon* avait adoré avant qu'il fût idolâtre, au Dieu d'*Abraham* & de *Jacob*, que JESUS-CHRIST avait adoré quand il fut à Jérufalem, & que les mufulmans reconnaiffent. Ce temple fubfifte encore: il ne fut jamais entièrement démoli; mais il n'eft permis ni aux Juifs ni aux chrétiens d'y entrer; ils n'y entreront que quand les Turcs en feront chaffés.

,, voulu

,, voulu moi-même relever ſes ruines ; je n'en parle
,, que pour montrer l'extravagance de leurs prophètes
,, qui trompaient de vieilles femmes imbécilles. *Quid*
de templo ſuo dicent , quod , quum tertiò ſit everſum , nondum
ad hodiernam uſque diem inſtauratur ? Hæc ego , non ut
illis exprobrarem , in medium adduxi , utpote qui templum
illud tanto intervallo à ruinis excitare voluerim ; ſed ideò
commemoravi , ut oſtenderem deliraſſe prophetas iſtos quibus
cum ſtolidis aniculis negotium erat.

N'eſt-il pas évident que l'empereur ayant fait attention aux prophéties juives , que le temple ferait rebâti
plus beau que jamais , & que toutes les nations y
viendraient adorer , crut devoir révoquer la permiſſion
de relever cet édifice ? La probabilité hiſtorique ferait
donc , par les propres paroles de l'empereur , qu'ayant
malheureuſement en horreur les livres juifs , ainſi
que les nôtres , il avait enfin voulu faire mentir les
prophètes juifs.

L'abbé de la *Blétrie* , hiſtorien de l'empereur *Julien* ,
n'entend pas comment le temple de Jéruſalem fut
détruit trois fois. Il dit (c) qu'apparemment *Julien*
compte pour une troiſième deſtruction la cataſtrophe
arrivée ſous ſon règne. Voilà une plaiſante deſtruction
que des pierres d'un ancien fondement qu'on n'a pu
remuer ! Comment cet écrivain n'a-t-il pas vu que le
temple bâti par *Salomon* , reconſtruit par *Zorobabel* ,
détruit entièrement par *Hérode* , rebâti par *Hérode* même
avec tant de magnificence , ruiné enfin par *Titus* , fait
manifeſtement trois temples détruits ? Le compte eſt
juſte. Il n'y a pas là de quoi calomnier *Julien*. (d)

(c) Page 399.
(d) *Julien* pouvait même compter quatre deſtructions du temple ,
puiſqu'*Anthiochus Eupator* en fit abattre tous les murs.

L'abbé de la *Blétrie* le calomnie affez en difant qu'il n'avait que (*e*) *des vertus apparentes, & des vices réels;* mais *Julien* n'était ni hypocrite, ni avare, ni fourbe, ni menteur, ni ingrat, ni lâche, ni ivrogne; ni débauché, ni pareffeux, ni vindicatif. Quels étaient donc fes vices?

4°. Voici enfin l'arme redoutable dont on fe fert pour perfuader que des globes de feu fortirent des pierres. *Ammien Marcellin*, auteur païen & non fufpeɛt, l'a dit. Je le veux; mais cet *Ammien* a dit auffi que lorfque l'empereur voulut facrifier dix bœufs à fes dieux pour fa première viɛtoire remportée contre les Perfes, il en tomba neuf par terre avant d'être préfentés à l'autel. Il raconte cent prédiɛtions, cent prodiges. Faudra-t-il l'en croire? faudra-t-il croire tous les miracles ridicules que *Tite-Live* rapporte?

Et qui vous a dit qu'on n'a point falfifié le texte d'*Ammien Marcellin*? ferait-ce la première fois qu'on aurait ufé de cette fupercherie?

Je m'étonne que vous n'ayez pas fait mention des petites croix de feu que tous les ouvriers aperçurent fur leurs corps quand ils allèrent fe coucher. Ce trait aurait figuré parfaitement avec vos globes.

Le fait eft que le temple des Juifs ne fut point rebâti, & ne le fera point, à ce qu'on préfume. Tenons-nous-en là, & ne cherchons point des prodiges inutiles. *Globi flammarum*, des globes de feu ne fortent ni de la pierre, ni de la terre. *Ammien* & ceux qui l'ont cité n'étaient pas phyficiens. Que l'abbé de *la Blétrie* regarde feulement le feu de la Saint-Jean, il verra que la flamme monte toujours en pointe, ou en onde, & qu'elle ne

(*e*) Préface de *la Blétrie.*

fe forme jamais en globe. Cela feul fuffit pour détruire la fottife dont il fe rend le défenfeur avec une critique peu judicieufe, & une hauteur révoltante.

Au refte, la chofe importe fort peu. Il n'y a rien là qui intéreffe la foi & les mœurs : & nous ne cherchons ici que la vérité hiftorique. (*)

A P O T R E S.

Leurs vies, leurs femmes, leurs enfans.

APRÈS l'article *Apôtre* de l'Encyclopédie, lequel eft auffi favant qu'orthodoxe, il refte bien peu de chofe à dire ; mais on demande fouvent : Les apôtres étaient-ils mariés ? ont-ils eu des enfans ? que font devenus ces enfans ? où les apôtres ont ils vécu ? où ont-ils écrit ? où font-ils morts ? ont-ils eu un diftrict ? ont-ils exercé un miniftère civil ? avaient-ils une jurifdiction fur les fidelles ? étaient-ils évêques ? y avait-il une hiérarchie, des rites, des cérémonies ?

I.

Les apôtres étaient-ils mariés ?

IL exifte une lettre attribuée à *St Ignace* le martyr, dans laquelle font ces paroles décifives : ,, Je me fou-
,, viens de votre fainteté comme d'*Elie*, de *Jérémie*,
,, de *Jean-Baptifte*, des difciples choifis, *Timothée*,
,, *Titus*, *Evodius*, *Clément*, qui ont vécu dans la chaf-
,, teté : mais je ne blâme point les autres bienheureux
,, qui ont été liés par le mariage ; & je fouhaite

(*) Voyez *Julien*.

,, d'être trouvé digne de D I E U , en fuivant leurs
,, veftiges dans fon règne, à l'exemple d'*Abraham* ,
,, d'*Ifaac* , de *Jacob* , de *Jofeph* , d'*Ifaïe* , des autres
,, prophètes tels que *Pierre* & *Paul* , & des autres
,, apôtres qui ont été mariés. ,,

Quelques favans ont prétendu que le nom de
St *Paul* eft interpolé dans cette lettre fameufe ; cependant *Turrien* , & tous ceux qui ont vu les lettres de
St *Ignace* en latin dans la bibliothèque du Vatican,
avouent que le nom de St *Paul* s'y trouve. (*a*) Et
Baronius ne nie pas que ce paffage ne foit dans quelques
manufcrits grecs : *Non negamus in quibufdam græcis
codicibus ;* mais il prétend que ces mots ont été ajoutés
par des grecs modernes.

Il y avait dans l'ancienne bibliothèque d'Oxford
un manufcrit des lettres de St *Ignace* en grec, où ces
mots fe trouvaient. J'ignore s'il n'a pas été brûlé avec
beaucoup d'autres livres à la prife d'Oxford (*b*) par
Cromwell. Il en refte encore un latin dans la même
bibliothèque ; les mots *Pauli* & *apoftolorum* y font
effacés , mais de façon qu'on peut lire aifément les
anciens caractères.

Il eft certain que ce paffage exifte dans plufieurs
éditions de ces lettres. Cette difpute fur le mariage
de St *Paul* eft peut-être affez frivole. Qu'importe qu'il
ait été marié ou non , fi les autres apôtres l'ont été ?
Il n'y a qu'à lire fa première épître aux Corinthiens, (*c*)
pour prouver qu'il pouvait être marié comme les
autres : ,, N'avons-nous pas droit de manger & de

(*a*) 3e *Baronius* , anno 57.
(*b*) Voyez *Cotellier* , tome II, page 242.
(*c*) Chap. IX, verf. 5 & 6.

,, boire chez vous? n'avons-nous pas droit d'y amener
,, notre femme, notre fœur, comme les autres apôtres
,, & les frères du Seigneur, & *Céphas*? ferions-nous donc
,, les feuls, *Barnabé* & moi, qui n'aurions pas ce pou-
,, voir? Qui va jamais à la guerre à fes dépens? (*d*) ,,

Il eft clair, par ce paffage, que tous les apôtres
étaient mariés auffi-bien que S*t* *Pierre*. Et S*t* *Clément*
d'Alexandrie déclare (*e*) pofitivement que S*t* *Paul*
avait une femme.

La difcipline romaine a changé, mais cela n'empêche pas qu'il n'y ait eu un autre ufage dans les
premiers temps. (*)

I I.

Des enfans des apôtres.

ON a très-peu de notions fur leurs familles.
S*t* *Clément* d'Alexandrie dit (*f*) que *Pierre* eut des
enfans; que *Philippe* eut des filles, & qu'il les maria.

Les Actes des apôtres (*g*) fpécifient S*t* *Philippe* dont
les quatre filles prophétifaient. On croit qu'il y en
eut une de mariée, & que c'eft S*te* *Hermione*.

Eusèbe rapporte (*h*) que *Nicolas*, choifi par les apôtres
pour coopérer au faint miniftère avec S*t* *Etienne*, avait
une fort belle femme dont il était jaloux. Les apôtres
lui ayant reproché fa jaloufie, il s'en corrigea, leur
amena fa femme, & leur dit : *Je fuis prêt à la céder*;

(*d*) Qui? les anciens Romains qui n'avaient point de paye, les Grecs,
les Tartares deftructeurs de tant d'empires, les Arabes, tous les peuples
conquérans.

(*e*) Stromat. liv. III.

(*) Voyez *Conftitutions apoftoliques* au mot *Apocryphe*.

(*f*) Stromat. liv. VII, & *Eusèbe* liv. III, chap. XXX.

(*g*) Act. chap. XXI.   (*h*) *Eusèbe*, liv. III, chap. XXIX.

que celui qui la voudra l'épouse. Les apôtres n'acceptèrent point sa propofition. Il eut de sa femme un fils & des filles.

Cléophas, felon *Eusèbe* & *St Epiphane*, était frère de *St Joseph*, & père de *St Jacques le mineur*, & de *St Jude* qu'il avait eu de *Marie* sœur de la Ste Vierge. Ainsi *St Jude* l'apôtre était cousin germain de JESUS-CHRIST.

Egésippe, cité par *Eusèbe*, dit que deux petits-fils de *St Jude* furent déférés à l'empereur *Domitien*, (i) comme defcendans de *David*, & ayant un droit incontestable au trône de Jérufalem. *Domitien* craignant qu'ils ne se serviffent de ce droit, les interrogea lui-même ; ils exposèrent leur généalogie ; l'empereur leur demanda quelle était leur fortune ; ils répondirent qu'ils posfé-daient trente-neuf arpens de terre, lefquels payaient tribut, & qu'ils travaillaient pour vivre. L'empereur leur demanda quand arriverait le royaume de JESUS-CHRIST ; ils dirent que ce ferait à la fin du monde. Après quoi *Domitien* les laiffa aller en paix ; ce qui prouverait qu'il n'était pas perfécuteur.

Voilà, fi je ne me trompe, tout ce qu'on fait des enfans des apôtres.

III.

Où les apôtres ont-ils vécu? où font-ils morts?

SELON *Eusèbe*, (k) *Jacques* furnommé *le jufle*, frère de JESUS-CHRIST, fut d'abord placé le premier *fur le trône épifcopal* de la ville de Jérufalem ; ce font fes propres mots. Ainfi, felon lui, le premier évêché fut

(i) *Eusèbe*, liv. III, chap. XX.　　(k) *Eusèbe*, liv. III.

celui de Jérufalem, fuppofé que les Juifs connuffent le nom d'*évêque*. Il paraiffait en effet bien vraifemblable, que le frère de J E S U S fût le premier après lui, & que la ville même où s'était opéré le miracle de notre falut, fût la métropole du monde chrétien. A l'égard du *trône épifcopal*, c'eft un terme dont *Eusèbe* fe fert par anticipation. On fait affez qu'alors il n'y avait ni trône, ni fiége.

Eusèbe ajoute, d'après *St Clément*, que les autres apôtres ne conteftèrent point à *St Jacques* l'honneur de cette dignité. Ils l'élurent immédiatement après l'Afcenfion. *Le Seigneur, dit-il, après fa réfurrection, avait donné à Jacques furnommé le jufle, à Jean, & à Pierre, le don de la fcience*; paroles bien remarquables. *Eusèbe* nomme *Jacques* le premier, *Jean* le fecond; *Pierre* ne vient ici que le dernier : il femble jufte que le frère & le difciple bien-aimé de J E S U S paffent avant celui qui l'a renié. L'Eglife grecque toute entière, & tous les réformateurs demandent où eft la primauté de *Pierre*? Les catholiques romains répondent : S'il n'eft pas nommé le premier chez les pères de l'Eglife, il l'eft dans les Actes des apôtres. Les Grecs & les autres répliquent qu'il n'a pas été le premier évêque, & la difpute fubfiftera autant que ces Eglifes.

St Jacques, ce premier évêque de Jérufalem, frère du Seigneur, continua toujours à obferver la loi mofaïque. Il était récabite, ne fe fefant jamais rafer, marchant pieds nus, allant fe proflerner dans le temple des Juifs deux fois par jour, & furnommé par les Juifs *Oblia*, qui fignifie *le jufle*. Enfin ils s'en rapportèrent à lui pour favoir qui était JESUS-CHRIST : (*l*)

(*l*) *Eusèbe, Epiphane, Jérôme, Clément* d'Alexandrie.

F f 4

mais ayant répondu que JESUS était *le fils de l'homme assis à la droite de* DIEU, *& qu'il viendrait dans les nuées*, il fut assommé à coups de bâton. C'est de S*t* *Jacques le mineur* que nous venons de parler.

S*t* *Jacques le majeur* était son oncle, frère de *saint Jean* l'évangéliste, fils de *Zébédée* & de *Salomé*. (m) On prétend qu'*Agrippa*, roi des Juifs, lui fit couper la tête à Jérusalem.

S*t* *Jean* resta dans l'Asie, & gouverna l'Eglise d'Ephèse, où il fut, dit-on, enterré. (n)

S*t* *André*, frère de S*t* *Pierre*, quitta l'école de S*t* *Jean-Baptiste* pour celle de JESUS-CHRIST. On n'est pas d'accord s'il prêcha chez les Tartares, ou dans Argos: mais pour trancher la difficulté, on a dit que c'était dans l'Epire. Personne ne sait où il fut martyrisé, ni même s'il le fut. Les actes de son martyre sont plus que suspects aux savans ; les peintres l'ont toujours représenté sur une croix en sautoir, à laquelle on a donné son nom ; c'est un usage qui a prévalu sans qu'on en connaisse la source.

S*t* *Pierre* prêcha aux Juifs dispersés dans le Pont, la Bithynie, la Cappadoce, dans Antioche, à Babylone. Les Actes des apôtres ne parlent point de son voyage à Rome. S*t* *Paul* même ne fait aucune mention de lui dans les lettres qu'il écrit de cette capitale. S*t* *Justin* est le premier auteur accrédité qui ait parlé de ce voyage, sur lequel les savans ne s'accordent pas. S*t* *Irénée*, après S*t* *Justin*, dit expressément que S*t* *Pierre* & S*t* *Paul* vinrent à Rome, & qu'ils donnèrent le gouvernement à S*t* *Lin*. C'est encore là une nouvelle difficulté. S'ils établirent S*t* *Lin* pour inspecteur de la

(m) *Eusèbe*, liv. III.   (n) *Eusèbe*, liv. III.

fociété chrétienne naiffante à Rome, on infère qu'ils ne la conduifirent pas, & qu'ils ne reftèrent point dans cette ville.

La critique a jeté fur cette matière une foule d'incertitudes. L'opinion que St *Pierre* vint à Rome fous *Néron*, & qu'il y occupa la chaire pontificale vingt-cinq ans, eft infoutenable, puifque *Néron* ne régna que treize années. La chaife de bois qui eft enchâffée dans l'églife à Rome, ne peut guère avoir appartenu à St *Pierre;* le bois ne dure pas fi long-temps; & il n'eft pas vraifemblable que St *Pierre* ait enfeigné dans ce fauteuil comme dans une école toute formée, puifqu'il eft avéré que les juifs de Rome étaient les ennemis violens des difciples de JESUS-CHRIST.

La plus forte difficulté, peut-être, eft que St *Paul* dans fon épître écrite de Rome aux Coloffiens, (*o*) dit pofitivement qu'il n'a été fecondé que par *Ariflarque, Marc*, & un autre qui portait le nom de *Jéfus.* Cette objection a paru infoluble aux plus favans hommes.

Dans fa lettre aux Galates, il dit (*p*) *qu'il obligea Jacques, Céphas, & Jean, qui étaient colonnes*, à reconnaître auffi pour colonnes lui & *Barnabé.* S'il place *Jacques* avant *Céphas, Céphas* n'était donc pas le chef. Heureufement ces difputes n'entament pas le fond de notre fainte religion. Que St *Pierre* ait été à Rome, ou non, JESUS-CHRIST n'en eft pas moins fils de DIEU & de la vierge *Marie*, & n'en eft pas moins reffufcité; il n'en a pas moins recommandé l'humilité & la pauvreté, qu'on néglige, il eft vrai, mais fur lefquelles on ne difpute pas.

(*o*) Chap. IV, verf. 10 & 11.   (*p*) Chap. II, verf. 9.

Nicéphore Califle, auteur du quatorzième fiècle, dit que *Pierre était menu, grand, & droit, le vifage long & pâle, la barbe & les cheveux épars, courts, & crépus, les yeux noirs, le nez long, plutôt camus que pointu.* C'eft ainfi que dom *Calmet* traduit ce paffage. (*)

St Barthelemi, mot corrompu de *Bar-Ptolomaios*, (*q*) fils de *Ptolomée*. Les Actes des apôtres nous apprennent qu'il était de Galilée. *Eusèbe* prétend qu'il alla prêcher dans l'Inde, dans l'Arabie heureufe, dans la Perfe, & dans l'Abyffinie. On croit que c'était le même que *Nathanaël*. On lui attribue un évangile ; mais tout ce qu'on a dit de fa vie & de fa mort eft très-incertain. On a prétendu qu'*Afliage*, frère de *Polèmon* roi d'Arménie, le fit écorcher vif ; mais cette hiftoire eft regardée comme fabuleufe par tous les bons critiques.

St Philippe. Si l'on en croit les légendes apocryphes, il vécut quatre-vingt-fept ans, & mourut paifiblement fous *Trajan*.

St Thomas-Didyme. Origène cité par *Eusèbe*, dit qu'il alla prêcher aux Mèdes, aux Perfes, aux Caramaniens, aux Bactriens, & aux mages, comme fi les mages avaient été un peuple. On ajoute qu'il baptifa un des mages qui étaient venus à Bethléem. Les manichéens prétendaient qu'un homme ayant donné un foufflet à *St Thomas*, fut dévoré par un lion. Des auteurs portugais affurent qu'il fut martyrifé à Méliapour, dans la prefqu'île de l'Inde. L'Eglife grecque croit qu'il prêcha dans l'Inde, & que de là on porta fon corps à Edeffe. Ce qui fait croire encore à quelques moines

(*) Voyez fon *Dictionnaire de la Bible*.

(*q*) Nom grec & hébreu, ce qui eft fingulier, & qui a fait croire que tout fut écrit par des Juifs helléniftes loin de Jérufalem.

qu'il alla dans l'Inde, c'eſt qu'on y trouva, vers la côte d'Ormus, à la fin du quinzième fiècle, quelques familles neſtoriennes établies par un marchand de Mozoul nommé *Thomas*. La légende porte qu'il bâtit un palais magnifique pour un roi de l'Inde, appelé *Gondafer ;* mais lesſavans rejettent toutes ces hiſtoires.

St Mathias. On ne ſait de lui aucune particularité. Sa vie n'a été écrite qu'au douzième fiècle, par un moine de l'abbaye de Saint-Mathias de Trèves, qui diſait la tenir d'un juif qui la lui avait traduite de l'hébreu en latin.

St Matthieu. Si l'on en croit *Rufin*, *Socrate*, *Abdias*, il prêcha & mourut en Ethiopie. *Héracléon* le fait vivre long-temps, & mourir d'une mort naturelle ; mais *Abdias* dit qu'*Hirtacus* roi d'Ethiopie, frère d'*Eglipus*, voulant épouſer ſa nièce *Iphigénie*, & n'en pouvant obtenir la permiſſion de *St Matthieu*, lui fit trancher la tête, & mit le feu à la maiſon d'*Iphigénie*. Celui à qui nous devons l'évangile le plus circonſtancié que nous ayons, méritait un meilleur hiſtorien qu'*Abdias*.

St Simon Cananéen, qu'on fête communément avec *St Jude*. On ignore ſa vie. Les Grecs modernes diſent qu'il alla prêcher dans la Lybie, & de là en Angleterre. D'autres le font martyriſer en Perſe.

St Thadée ou *Lébée*, le même que *St Jude*, que les Juifs appellent dans St Matthieu, (r) *frère de* JESUS-CHRIST, & qui, ſelon *Euſébe*, était ſon couſin-germain. Toutes ces relations, la plupart incertaines & vagues, ne nous éclairent point ſur la vie des apôtres. Mais s'il y a peu pour notre curioſité, il reſte aſſez pour notre inſtruction.

(r) *Matth.* chap. XIII, verſ. 55.

Des quatre évangiles choifis parmi les cinquante-quatre qui furent compofés par les premiers chrétiens, il y en a deux qui ne font point faits par des apôtres.

St Paul n'était pas un des douze apôtres ; & cependant ce fut lui qui contribua le plus à l'établiffement du chriftianifme. C'était le feul homme de lettres qui fût parmi eux. Il avait étudié dans l'école de *Gamaliel. Feftus* même, gouverneur de Judée, lui reproche qu'il eft trop favant ; & ne pouvant comprendre les fublimités de fa doctrine, il lui dit : (s) Tu es fou, *Paul ;* tes grandes études t'ont conduit à la folie. *Infanis , Paule ; multæ te litteræ ad infaniam convertunt.*

Il fe qualifie *envoyé ,* dans fa première épître aux Corinthiens. (t) ,, Ne fuis-je pas libre, ne fuis-je pas ,, apôtre ? n'ai-je pas vu notre Seigneur ? n'êtes-vous ,, pas mon ouvrage en notre Seigneur ? Quand je ne ,, ferais pas apôtre à l'égard des autres, je le fuis à ,, votre égard....... Sont-ils miniftres du CHRIST ? ,, Quand on devrait m'accufer d'impudence , je le ,, fuis encore plus. ,,

Il fe peut en effet qu'il eût vu JESUS, lorfqu'il étudiait à Jérufalem fous *Gamaliel.* On peut dire cependant que ce n'était point une raifon qui autorifât fon apoftolat. Il n'avait point été au rang des difciples de JESUS ; au contraire, il les avait perfécutés ; il avait été complice de la mort de *St Etienne.* Il eft étonnant qu'il ne juftifie pas plutôt fon apoftolat volontaire par le miracle que fit depuis JESUS-CHRIST en fa faveur, par la lumière célefte qui lui apparut en plein midi, qui le renverfa de cheval ; & par fon enlèvement au troifième ciel.

(s) Act. chap. XXVI.   (t) I. aux Corint. chap. IX.

St Epiphane cite des *Actes des apôtres* (*u*) qu'on croit composés par les chrétiens nommés *ébionites* ou *pauvres*, & qui furent rejetés par l'Eglise ; actes très-anciens, à la vérité, mais pleins d'outrages contre *St Paul*.

C'eſt là qu'il eſt dit que *St Paul* était né à Tarſis de parens idolâtres ; *utroque parente gentili procreatus ;* & qu'étant venu à Jéruſalem, où il reſta quelque temps, il voulut épouſer la fille de *Gamaliel ;* que dans ce deſſein il ſe rendit proſélyte juif, & ſe fit circoncire ; mais que n'ayant pas obtenu cette vierge (ou ne l'ayant pas trouvé vierge) la colère le fit écrire contre la circonciſion, le ſabbat, & toute la loi.

Quumque Hieroſolymam acceſſiſſet, & ibidem aliquandiu manſiſſet, pontificis filiam ducere in animum induxiſſe, & eam ob rem proſelytum factum, atque circumciſum eſſe ; poſtea quòd virginem eam non accepiſſet, ſuccenſuiſſe, & adverſus circumciſionem, ac ſabbathum, totamque legem, ſcripſiſſe.

Ces paroles injurieuſes font voir que ces premiers chrétiens, ſous le nom de *pauvres*, étaient attachés encore au ſabbat & à la circonciſion, ſe prévalant de la circonciſion de JESUS-CHRIST, & de ſon obſervance du ſabbat ; qu'ils étaient ennemis de *St Paul ;* qu'ils le regardaient comme un intrus qui voulait tout renverſer. En un mot ils étaient hérétiques ; & en conſéquence ils s'efforçaient de répandre la diffamation ſur leurs ennemis, emportement trop ordinaire à l'eſprit de parti & de ſuperſtition.

Auſſi *St Paul* les traite-t-il de faux apôtres, d'ouvriers trompeurs, & les accable d'injures ; (*x*) il les appelle *chiens* dans ſa lettre aux habitans de Philippes. (*y*)

(*u*) *Héréſies*, liv. XXX, §. 6.
(*x*) II aux Corint. chap. XI, v. 13.　　(*y*) Chap. III, v. 2.

St *Jérôme* prétend (z) qu'il était né à Gifcala, bourg de Galilée, & non à Tarfis. D'autres lui conteftent fa qualité de citoyen romain, parce qu'il n'y avait alors de citoyen romain, ni à Tarfis, ni à Galgala ; & que Tarfis ne fut colonie romaine qu'environ cent ans après. Mais il en faut croire les Actes des apôtres, qui font infpirés par le Saint-Efprit, & qui doivent l'emporter fur le témoignage de St *Jérôme*, tout favant qu'il était.

Tout eft intéreffant de St *Pierre* & de St *Paul.* Si *Nicéphore* nous a donné le portrait de l'un, les *Actes de Ste Thècle*, qui bien que non canoniques, font du premier fiècle, nous ont fourni le portrait de l'autre. Il était, difent ces actes, de petite taille, chauve, les cuiffes tortues, la jambe groffe, le nez aquilin, les fourcis joints, plein de la grâce du Seigneur. *Staturâ brevi*, &c.

Au refte, ces *Actes de St Paul* & de Ste *Thècle* furent compofés, felon *Tertullien*, par un afiatique, difciple de *Paul* lui-même, qui les mit d'abord fous le nom de l'apôtre, & qui en fut repris, & même dépofé, c'eft-à-dire exclus de l'affemblée ; car la hiérarchie n'étant pas encore établie, il n'y avait pas de dépofition proprement dite.

I V.

Quelle était la difcipline fous laquelle vivaient les apôtres & les premiers difciples ?

IL paraît qu'ils étaient tous égaux. L'égalité était le grand principe des efféniens, des récabites, des

(z) *Saint Jérôme*, épître à *Philémon.*

thérapeutes , des difciples de *Jean* , & furtout de
JESUS-CHRIST qui la recommande plus d'une fois.

St Barnabé , qui n'était pas un des douze apôtres,
donne fa voix avec eux. *St Paul*, qui était encore moins
apôtre chóifi du vivant de JESUS, non-feulement eft
égal à eux, mais il a une forte d'afcendant ; il tance
rudement *St Pierre*.

On ne voit parmi eux aucun fupérieur quand ils
font affemblés. Perfonne ne préfide , pas même tour-à-
tour. Ils ne s'appellent point d'abord évêques. *St Pierre*
ne donne le nom d'*évêque* , ou l'épithète équivalente,
qu'à JESUS-CHRIST, qu'il appelle *le furveillant des
ames*. (*a*) Ce nom de *furveillant* , d'*évêque*, eft donné
enfuite indifféremment aux anciens, que nous appelons *prêtres ;* mais nulle cérémonie , nulle dignité ,
nulle marque diftinctive de prééminence.

Les anciens ou vieillards font chargés de diftribuer
les aumônes. Les plus jeunes font élus à la pluralité
des voix, (*b*) pour *avoir foin des tables* , & ils font au
nombre de fept ; ce qui conftate évidemment des
repas de communauté. (*)

De jurifdiction , de puiffance , de commandement,
on n'en voit pas la moindre trace.

Il eft vrai qu'*Ananiah* & *Saphira* font mis à mort
pour n'avoir pas donné tout leur argent à *St Pierre ;*
pour en avoir retenu une petite partie dans la vue de
fubvenir à leurs befoins preffans ; pour ne l'avoir pas
avoué ; pour avoir corrompu, par un petit menfonge,
la fainteté de leurs largeffes : mais ce n'eft pas *St Pierre*
qui les condamne. Il eft vrai qu'il devine la faute

(*a*) Epître I , chap. II. (*) Voyez *Eglife*.
(*b*) Actes , chap. VI , verf. 2.

d'*Ananiah ;* il la lui reproche ; il lui dit : (c) *Vous avez menti au Saint-Esprit ;* & *Ananiah* tombe mort. Ensuite *Saphira* vient, & *Pierre* au lieu de l'avertir l'interroge ; ce qui semble une action de juge. Il la fait tomber dans le piége en lui disant : *Femme, dites-moi combien vous avez vendu votre champ ?* la femme répond comme son mari. Il est étonnant qu'en arrivant sur le lieu, elle n'ait pas su la mort de son époux ; que personne ne l'en ait avertie ; qu'elle n'ait pas vu dans l'assemblée l'effroi & le tumulte qu'une telle mort devait causer, & surtout la crainte mortelle que la justice n'accourût pour informer de cette mort comme d'un meurtre. Il est étrange que cette femme n'ait pas rempli la maison de ses cris, & qu'on l'ait interrogée paisiblement comme dans un tribunal sévère, où les huissiers contiennent tout le monde dans le silence. Il est encore plus étonnant que St *Pierre* lui ait dit : *Femme, vois-tu les pieds de ceux qui ont porté ton mari en terre ? ils vont t'y porter.* Et dans l'instant la sentence est exécutée. Rien ne ressemble plus à l'audience criminelle d'un juge despotique.

Mais il faut considérer que St *Pierre* n'est ici que l'organe de JESUS-CHRIST & du Saint-Esprit ; que c'est à eux qu'*Ananiah* & sa femme ont menti ; & que ce sont eux qui les punissent par une mort subite ; que c'est même un miracle fait pour effrayer tous ceux qui, en donnant leur bien à l'Eglise, & qui, en disant qu'ils ont tout donné, retiendront quelque chose pour des usages profanes. Le judicieux dom *Calmet* fait voir combien les pères & les commentateurs diffèrent sur le salut de ces deux premiers chrétiens, dont le

(c) Actes, chap. V.

péché

péché confiftait dans une fimple réticence , mais coupable.

Quoi qu'il en foit , il eft certain que les apôtres n'avaient aucune jurifdiction , aucune puiffance , aucune autorité que celle de la perfuafion , qui eft la première de toutes , & fur laquelle toutes les autres font fondées.

D'ailleurs il paraît par cette hiftoire même que les chrétiens vivaient en commun.

Quand ils étaient affemblés deux ou trois, JESUS-CHRIST était au milieu d'eux. Ils pouvaient tous recevoir également l'Efprit. JESUS était leur véritable, leur feul fupérieur; il leur avait dit : (e) *N'appelez perfonne fur la terre votre père , car vous n'avez qu'un père qui eft dans le ciel. Ne défirez point qu'on vous appelle maîtres , parce que vous n'avez qu'un feul maître , & que vous êtes tous frères; ni qu'on vous appelle docteurs , car votre feul docteur eft* JESUS. (*)

Il n'y avait du temps des apôtres aucun rite, point de liturgie, point d'heures marquées pour s'affembler, nulle cérémonie. Les difciples baptifaient les catéchumènes ; on leur foufflait dans la bouche pour y faire entrer l'Efprit faint avec le fouffle, (f) ainfi que JESUS-CHRIST avait foufflé fur les apôtres, ainfi qu'on fouffle encore aujourd'hui, en plufieurs églifes, dans la bouche d'un enfant quand on lui adminiftre le baptême. Tels furent les commencemens du chriftianifme. Tout fe fefait par infpiration , par enthoufiafme, comme chez les thérapeutes & chez les judaïtes, s'il eft permis de comparer un moment des fociétés judaïques, devenues réprouvées , à des fociétés conduites par

(e) *Matt.* ch. XXIII. (*) Voyez *Eglife.* (f) *Jean*, ch. XX, v. 22.

Dictionn. philofoph. Tome I. G g

JESUS-CHRIST même du haut du ciel, où il était affis à la droite de fon père.

Le temps amena des changemens néceffaires; l'Eglife s'étant étendue, fortifiée, enrichie, eut befoin de nouvelles lois.

APPARENCE.

TOUTES les apparences font-elles trompeufes? Nos fens ne nous ont-ils été donnés que pour nous faire une illufion continuelle? Tout eft-il erreur? Vivons-nous dans un fonge, entourés d'ombres chimériques? Vous voyez le foleil fe coucher à l'horizon, quand il eft déjà deffous. Il n'eft pas encore levé, & vous le voyez paraître. Cette tour quarrée vous femble ronde. Ce bâton enfoncé dans l'eau vous femble courbé.

Vous regardez votre image dans un miroir. Il vous la repréfente derrière lui. Elle n'eft ni derrière, ni devant. Cette glace, qui au toucher & à la vue eft fi liffe & fi unie, n'eft qu'un amas inégal d'afpérités & de cavités. La peau la plus fine & la plus blanche n'eft qu'un réfeau hériffé, dont les ouvertures font incomparablement plus larges que le tiffu, & qui renferment un nombre infini de petits crins. Des liqueurs paffent fans ceffe fous ce réfeau, & il en fort des exhalaifons continuelles, qui couvrent toute cette furface. Ce que vous appelez *grand* eft très-petit pour un éléphant, & ce que vous appelez *petit* eft un monde pour des infectes.

Le même mouvement qui ferait rapide pour une tortue, ferait très-lent aux yeux d'un aigle. Ce rocher, qui eft impénétrable au fer de vos inftrumens, eft un

crible percé de plus de trous qu'il n'a de matière,
& de mille avenues d'une largeur prodigieuse, qui
conduifent à fon centre, où logent des multitudes
d'animaux qui peuvent fe croire les maîtres de
l'univers.

Rien n'eft ni comme il vous paraît, ni à la place
où vous croyez qu'il foit.

Plufieurs philofophes, fatigués d'être toujours
trompés par les corps, ont prononcé de dépit que les
corps n'exiftent pas, & qu'il n'y a de réel que notre
efprit. Ils pouvaient tout auffi-bien conclure que,
toutes les apparences étant fauffes, & la nature de
l'ame étant inconnue comme la matière, il n'y avait
en effet ni efprit ni corps.

C'eft peut-être ce défefpoir de rien connaître, qui
a fait dire à certains philofophes chinois, que le néant
eft le principe & la fin de toutes chofes.

Cette philofophie deftructive des êtres était fort
connue du temps de *Molière*. Le docteur *Marphurius*
repréfente toute cette école, quand il enfeigne à
Sganarelle, qu'*il ne faut pas dire, je fuis venu; mais,
il me femble que je fuis venu : & il peut vous le fembler,
fans que la chofe foit véritable.*

Mais à préfent une fcène de comédie n'eft pas une
raifon, quoiqu'elle vaille quelquefois mieux; & il y
a fouvent autant de plaifir à rechercher la vérité qu'à
fe moquer de la philofophie.

Vous ne voyez pas le réfeau, les cavités, les cordes,
les inégalités, les exhalaifons de cette peau blanche
& fine que vous idolâtrez. Des animaux, mille fois
plus petits qu'un ciron, difcernent tous ces objets qui
vous échappent. Ils s'y logent, ils s'y nourriffent, ils

s'y promènent comme dans un vaste pays. Et ceux qui sont sur le bras droit, ignorent qu'il y ait des gens de leur espèce sur le bras gauche. Si vous aviez le malheur de voir ce qu'ils voient, cette peau charmante vous serait horreur.

L'harmonie d'un concert que vous entendez avec délices, doit faire sur certains petits animaux l'effet d'un tonnerre épouvantable, & peut-être les tuer. Vous ne voyez, vous ne touchez, vous n'entendez, vous ne sentez les choses que de la manière dont vous devez les sentir.

Tout est proportionné. Les lois de l'optique, qui vous font voir dans l'eau l'objet où il n'est pas, & qui brisent une ligne droite, tiennent aux mêmes lois qui vous font paraître le soleil sous un diamètre de deux pieds, quoiqu'il soit un million de fois plus gros que la terre. Pour le voir dans sa dimension véritable, il faudrait avoir un œil qui en rassemblât les rayons sous un angle aussi grand que son disque ; ce qui est impossible. Vos sens vous assistent donc beaucoup plus qu'ils ne vous trompent.

Le mouvement, le temps, la dureté, la mollesse, les dimensions, l'éloignement, l'approximation, la force, la faiblesse, les apparences, de quelque genre qu'elles soient, tout est relatif. Et qui a fait ces relations ?

A P P A R I T I O N.

CE n'eft point du tout une chofe rare qu'une perfonne, vivement émue, voie ce qui n'eft point. Une
femme en 1726, accufée à Londres d'être complice
du meurtre de fon mari, niait le fait; on lui préfente
l'habit du mort qu'on fecoue devant elle ; fon imagination épouvantée lui fait voir fon mari même ; elle
fe jette à fes pieds, & veut les embraffer. Elle dit aux
jurés qu'elle avait vu fon mari.

Il ne faut pas s'étonner que *Théodoric* ait vu dans
la tête d'un poiffon, qu'on lui fervait, celle de
Simmaque qu'il avait affaffiné, ou fait exécuter injufte-
ment; (c'eft la même chofe.)

Charles IX, après la Saint-Barthelemi, voyait des
morts & du fang, non pas en fonge, mais dans les
convulfions d'un efprit troublé, qui cherchait en vain
le fommeil. Son médecin & fa nourrice l'atteftèrent.
Des vifions fantaftiques font très-fréquentes dans les
fiévres chaudes. Ce n'eft point s'imaginer voir, c'eft
voir en effet. Le fantôme exifte pour celui qui en
a la perception. Si le don de la raifon, accordé à
la machine humaine, ne venait pas corriger ces
illufions, toutes les imaginations échauffées feraient
dans un tranfport prefque continuel, & il ferait
impoffible de les guérir.

C'eft furtout dans cet état mitoyen, entre la veillé
& le fommeil, qu'un cerveau enflammé voit des objets
imaginaires, & entend des fons que perfonne ne
prononce. La frayeur, l'amour, la douleur, le remords,

Gg 3

font les peintres qui tracent les tableaux dans les imaginations bouleverfées. L'œil qui eft ébranlé pendant la nuit par un coup vers le petit cantus, & qui voit jaillir des étincelles, n'eft qu'une très-faible image des inflammations de notre cerveau.

Aucun théologien ne doute qu'à ces caufes naturelles, la volonté du maître de la nature n'ait joint quelquefois fa divine influence. L'ancien & le nouveau teftament en font d'affez évidens témoignages. La Providence daigna employer ces apparitions, ces vifions en faveur du peuple juif, qui était alors fon peuple chéri.

Il fe peut que dans la fuite des temps, quelques ames, pieufes à la vérité, mais trompées par leur enthoufiafme, aient cru recevoir d'une communication intime avec D I E U ce qu'elles ne tenaient que de leur imagination enflammée. C'eft alors qu'on a befoin du confeil d'un honnête homme, & furtout d'un bon médecin.

Les hiftoires des apparitions font innombrables. On prétend que ce fut fur la foi d'une apparition que St *Théodore*, au commencement du quatrième fiècle, alla mettre le feu au temple d'Amafée, & le réduifit en cendre. Il eft bien vraifemblable que D I E U ne lui avait pas ordonné cette action, qui en elle-même eft fi criminelle, dans laquelle plufieurs citoyens périrent, & qui expofait tous les chrétiens à une jufte vengeance.

Que Ste *Potamienne* ait apparu à St *Bafilide*, D I E U peut l'avoir permis; il n'en a rien réfulté qui troublât l'Etat. On ne niera pas que J E S U S-C H R I S T ait pu apparaître à St *Victor* : mais que St *Benoît* ait vu l'ame de *St Germain* de Capoue portée au ciel par des anges, & que deux moines aient vu celle de *St Benoît* marcher fur un tapis étendu depuis le ciel jufqu'au mont Caffin , cela eft plus difficile à croire.

On peut douter de même, fans offenfer notre augufte religion , que *St Eucher* fut mené par un ange en enfer , où il vit l'ame de *Charles Martel ;* & qu'un faint ermite d'Italie ait vu des diables qui enchaînaient l'ame de *Dagobert* dans une barque , & lui donnaient cent coups de fouet : car après tout il ne ferait pas aifé d'expliquer nettement comment une ame marche fur un tapis , comment on l'enchaîne dans un bateau, & comment on la fouette.

Mais il fe peut très-bien faire que des cervelles allumées aient eu de femblables vifions ; on en a mille exemples de fiècle en fiècle. Il faut être bien éclairé pour diftinguer dans ce nombre prodigieux de vifions celles qui viennent de DIEU même, & celles qui font produites par la feule imagination.

L'illuftre *Boffuet* rapporte , dans l'*Oraifon funèbre de la princeffe palatine* , deux vifions qui agirent puiffamment fur cette princeffe , & qui déterminèrent toute la conduite de fes dernières années. Il faut croire ces vifions céleftes, puifqu'elles font regardées comme telles par le difert & favant évêque de Meaux , qui pénétra toutes les profondeurs de la théologie, & qui même entreprit de lever le voile dont l'Apocalypfe eft couverte.

Il dit donc que la princeffe palatine , après avoir prêté cent mille francs à la reine de Pologne fa fœur, (*a*) vendu le duché de Rételois un million , marié

(*a*) *Oraifons funèbres* , pages 310 & fuivantes , édition de 1749.

avantageufement fes filles , étant heureufe felon le monde , mais doutant malheureufement des vérités de la religion catholique, fut rappelée à la conviction & à l'amour de ces vérités ineffables par deux vifions. La première fut un rêve , dans lequel un aveugle-né lui dit qu'il n'avait aucune idée de la lumière, & qu'il fallait en croire les autres fur les chofes qu'on ne peut concevoir. La feconde fut un violent ébranlement des méninges & des fibres du cerveau dans un accès de fièvre. Elle vit une poule qui courait après un de fes pouffins qu'un chien tenait dans fa gueule. La prin-ceffe palatine arrache le petit poulet au chien ; une voix lui crie : *Rendez-lui fon poulet ; fi vous le privez de fon manger , il fera mauvaife garde. Non ,* s'écria la prin-ceffe, *je ne le rendrai jamais.*

Ce poulet, c'était l'ame d'*Anne de Gonzague* princeffe palatine; la poule était l'Eglife; le chien était le diable. *Anne de Gonzague,* qui ne devait jamais rendre le pou-let au chien , était la grâce efficace.

Boffuet prêchait cette oraifon funèbre aux religieufes carmélites du faubourg Saint-Jacques à Paris devant toute la maifon de *Condé;* il leur dit ces paroles remar-quables : *Ecoutez , & prenez garde furtout de ne pas écouter avec mépris l'ordre des avertiffemens divins & la conduite de la grâce.*

Les lecteurs doivent donc lire cette hiftoire avec le même refpect que les auditeurs l'écoutèrent. Ces effets extraordinaires de la Providence font comme les miracles des faints qu'on canonife. Ces miracles doivent être atteftés par des témoins irréprochables. Hé! quel dépofant plus légal pourrions-nous avoir des apparitions & des vifions de la princeffe palatine, que

celui qui employa sa vie à diftinguer toujours la vérité
de l'apparence? Il combattit avec vigueur contre les
religieufes de Port-royal fur le formulaire ; contre
Paul Ferri fur le catéchifme ; contre le miniftre *Claude*
fur les variations de l'Eglife ; contre le docteur *Dupin*
fur la Chine ; contre le père *Simon* fur l'intelligence
du texte facré ; contre le cardinal *Sfrondate* fur la prédeftination ; contre le pape fur les droits de l'Eglife
gallicane ; contre l'archevêque de Cambrai fur l'amour
pur & défintéreffé. Il ne fe laiffait féduire ni par les
noms ni par les titres, ni par la réputation, ni par la
dialectique de fes adverfaires. Il a rapporté ce fait ; il
l'a donc cru. Croyons-le comme lui, malgré les rail-
leries qu'on en a faites. Adorons les fecrets de la
Providence : mais défions-nous des écarts de l'imagination, que *Mallebranche* appelait *la folle du logis*. Car
les deux vifions accordées à la princeffe palatine ne
font pas données à tout le monde.

JESUS-CHRIST apparut à *Ste Catherine* de Sienne ;
il l'époufa ; il lui donna un anneau. Cette apparition
myftique eft refpectable, puifqu'elle eft atteftée par
Raimond de Capoue, général des dominicains, qui la
confeffait, & même par le pape *Urbain VI*. Mais elle
eft rejetée par le favant *Fleuri*, auteur de l'*Hiftoire
eccléfiaftique*. Et une fille qui fe vanterait aujourd'hui
d'avoir contracté un tel mariage, pourrait avoir une
place aux petites maifons pour préfent de noce.

L'apparition de la mère *Angélique*, abbeffe du
Port-royal, à fœur *Dorothée*, eft rapportée par un
homme d'un très-grand poids dans le parti qu'on
nomme *janféniste*, c'eft le fieur *Dufoffé*, auteur des
Mémoires de *Pontis*. La mère *Angélique*, long-temps

après fa mort, vint s'affeoir dans l'églife de Port-royal à fon ancienne place, avec fa croffe à la main. Elle commanda qu'on fît venir fœur *Dorothée*, à qui elle dit de terribles fecrets. Mais le témoignage de ce *Dufoffé* ne vaut pas celui de *Raimond* de Capoue & du pape *Urbain VI*, lefquels pourtant n'ont pas été recevables.

Celui qui vient d'écrire ce petit morceau a lu enfuite les quatre volumes de l'abbé *Langlet* fur les apparitions, & ne croit pas devoir en rien prendre. Il eft convaincu de toutes les apparitions avérées par l'Eglife; mais il a quelques doutes fur les autres jufqu'à ce qu'elles foient authentiquement reconnues. Les cordeliers & les jacobins, les janféniftes, & les moliniftes, ont eu leurs apparitions & leurs miracles. *Iliacos intrà muros peccatur & extrà.* (*)

APROPOS, L'APROPOS.

L'APROPOS eft comme l'avenir, l'atour, l'ados, & plufieurs termes pareils, qui ne compofent plus aujourd'hui qu'un feul mot, & qui en fefaient deux autrefois.

Si vous dites : à propos, j'oubliais de vous parler de cette affaire ; alors ce font deux mots, & *à* devient une prépofition. Mais fi vous dites : Voilà un *apropos* heureux, un *apropos* bien adroit, apropos n'eft plus qu'un feul mot.

La Motte a dit dans une de fes odes :

Le fage, le prompt apropos,
Dieu qu'à tort oublia la fable.

(*) Voyez *Vifion*, & *Vampires*.

Tous les heureux fuccès en tout genre font fondés fur les chofes dites ou faites à propos.

Arnaud de Breffe, *Jean Hus*, & *Jérôme* de Prague, ne vinrent pas affez à propos , ils furent tous trois brûlés ; les peuples n'étaient pas encore affez irrités : l'invention de l'imprimerie n'avait point encore mis fous les yeux de tout le monde les abus dont on fe plaignait. Mais quand les hommes commencèrent à lire ; quand la populace, qui voulait bien ne pas aller en purgatoire , mais qui ne voulait pas payer trop cher des indulgences, commença à ouvrir les yeux , les réformateurs du feizième fiècle vinrent très *à propos* & réuffirent.

Un des meilleurs *apropos* dont l'hiftoire ait fait mention, eft celui de *Pierre Danez* au concile de Trente. Un homme qui n'aurait pas eu l'efprit préfent, n'aurait rien répondu au froid jeu de mot de l'évêque italien : *Ce coq chante bien : ifte gallus bene cantat.* (*a*) *Danez* répondit par cette terrible réplique : *Plût à* DIEU *que Pierre fe repentît au chant du coq !*

La plupart des recueils de bons mots font remplis de réponfes très-froides. Celle du marquis *Mafei* , ambaffadeur de Sicile auprès du pape *Clément XI* , n'eft ni froide , ni injurieufe, ni piquante, mais c'eft un bel apropos. Le pape fe plaignait avec larmes de ce qu'on avait ouvert, malgré lui, les églifes de Sicile qu'il avait interdites : *Pleurez , faint père* , lui dit-il , *quand on les fermera.*

Les Italiens appellent une chofe dite hors de propos, un *fpropofito.* Ce mot manque à notre langue.

(*a*) Les dames , qui pourront lire ce morceau , fauront que *Gallus* fignifie *Gaulois* & *Coq.*

C'eſt une grande leçon dans *Plutarque* que ces paroles : *Tu tiens ſans propos beaucoup de bons propos.* Ce défaut ſe trouve dans beaucoup de nos tragédies, où les héros débitent des maximes bonnes en elles-mêmes, qui deviennent fauſſes dans l'endroit où elles ſont placées.

L'apropos fait tout dans les grandes affaires, dans les révolutions des Etats. On a déjà dit que *Cromwell*, ſous *Eliſabeth* ou ſous *Charles II*, le cardinal de *Retz*, quand *Louis XIV* gouverna par lui-même, auraient été des hommes très-ordinaires.

Céſar, né du temps de *Scipion l'africain*, n'aurait pas ſubjugué la république romaine ; & ſi *Mahomet* revenait aujourd'hui, il ſerait tout au plus chérif de la Mecque. Mais ſi *Archiméde* & *Virgile* renaiſſaient, l'un ſerait encore le meilleur mathématicien, l'autre le meilleur poëte de ſon pays.

A R A B E S,

Et par occaſion du livre de Job.

S I quelqu'un veut connaître à fond les antiquités arabes, il eſt à préſumer qu'il n'en ſera pas plus inſtruit que de celles de l'Auvergne & du Poitou. Il eſt pourtant certain que les Arabes étaient quelque choſe long-temps avant *Mahomet*. Les Juifs eux-mêmes diſent que *Moïſe* épouſa une fille arabe ; & ſon beau-père *Jéthro* paraît un homme de fort bon ſens.

Mecka ou la Mecque paſſa, & non ſans vraiſemblance, pour une des plus anciennes villes du monde ; & ce qui prouve ſon ancienneté, c'eſt qu'il eſt impoſſible qu'une autre cauſe que la ſuperſtition ſeule ait fait bâtir une ville en cet endroit; elle eft dans un défert de fable , l'eau y eft faumâtre , on y meurt de faim & de foif. Le pays à quelques milles vers l'orient , eft le plus délicieux de la terre , le plus arrofé , le plus fertile. C'était là qu'il fallait bâtir , & non à la Mecque. Mais il fuffit d'un charlatan , d'un fripon , d'un faux prophète qui aura débité fes rêveries, pour faire de la Mecque un lieu facré & le rendez-vous des nations voifines. C'eft ainfi que le temple de *Jupiter Ammon* était bâti au milieu des fables , &c. &c.

L'Arabie s'étend du défert de Jérufalem jufqu'à Aden ou Eden , vers le quinzième degré , en tirant droit du nord-eft au fud-eft. C'eft un pays immenfe , environ trois fois grand comme l'Allemagne. Il eft très-vraifemblable que fes déferts de fable ont été apportés par les eaux de la mer , & que fes golfes maritimes ont été des terres fertiles autrefois.

Ce qui femble dépofer en faveur de l'antiquité de cette nation , c'eft qu'aucun hiftorien ne dit qu'elle ait été fubjuguée ; elle ne le fut pas même par *Alexandre* , ni par aucun roi de Syrie , ni par les Romains. Les Arabes au contraire ont fubjugué cent peuples, depuis l'Inde jufqu'à la Garonne ; & ayant enfuite perdu leurs conquêtes, ils fe font retirés dans leur pays fans s'être mêlés avec d'autres peuples.

N'ayant jamais été ni affervis , ni mélangés , il eft plus que probable qu'ils ont confervé leurs mœurs & leur langage ; auffi l'arabe eft-il en quelque façon la langue-mère de toute l'Afie jufqu'à l'Inde , & jufqu'au pays habité par les Scythes, fuppofé qu'il y ait en effet des langues-mères ; mais il n'y a que des langues dominantes. Leur génie n'a point changé, ils font encore des *mille & une nuits*, comme ils en fefaient du temps qu'ils imaginaient un *Bach* ou *Bacchus*, qui traverfait la mer Rouge avec trois millions d'hommes, de femmes & d'enfans; qui arrêtait le foleil & la lune; qui fefait jaillir des fontaines de vin avec une baguette, laquelle il changeait en ferpent quand il voulait.

Une nation ainfi ifolée, & dont le fang eft fans mélange, ne peut changer de caractère. Les Arabes qui habitent les déferts ont toujours été un peu voleurs. Ceux qui habitent les villes ont toujours aimé les fables, la poëfie, & l'aftronomie.

Il eft dit dans la *préface hiftorique de l'Alcoran*, que lorfqu'ils avaient un bon poëte dans une de leurs tribus, les autres tribus ne manquaient pas d'envoyer des députés pour féliciter celle à qui D I E U avait fait la grâce de lui donner un poëte.

Les tribus s'affemblaient tous les ans par repré-fentans, dans une place nommée *Ocad*, où l'on récitait des vers à-peu-près comme on fait aujourd'hui à Rome, dans le jardin de l'académie des Arcades; & cette coutume dura jufqu'à *Mahomet*. De fon temps chacun affichait fes vers à la porte du temple de la Mecque.

Labid, fils de *Rabia*, paffait pour l'*Homère* des Mec-quois; mais ayant vu le fecond chapitre de l'Alcoran que *Mahomet* avait affiché, il fe jeta à fes genoux, & lui dit : *O Mohammed, fils d'Abdallah, fils de Motaleb, fils d'Achem, vous êtes un plus grand poëte que moi; vous êtes fans doute le prophète de* D I E U.

Autant les arabes du défert étaient voleurs, autant ceux de Maden, de Naïd, de Sanaa étaient généreux.

Un ami était déshonoré dans ces pays quand il avait refusé des fecours à un ami.

Dans leur recueil de vers intitulé *Tograïd*, il eft rapporté qu'un jour dans la cour du temple de la Mecque, trois arabes difputaient fur la générofité & l'amitié, & ne pouvaient convenir qui méritait la préférence de ceux qui donnaient alors les plus grands exemples de ces vertus. Les uns tenaient pour *Abdallah*, fils de *Giafar*, oncle de *Mahomet*; les autres pour *Kaïs*, fils de *Saad*, & d'autres pour *Arabad* de la tribu d'As. Après avoir bien difputé, ils convinrent d'envoyer un ami d'*Abdallah* vers lui, un ami de *Kaïs* vers *Kaïs*, & un ami d'*Arabad* vers *Arabad* pour les éprouver tous trois, & venir enfuite faire leur rapport à l'affemblée.

L'ami d'*Abdallah* courut donc à lui & lui dit : Fils de l'oncle de *Mahomet*, je fuis en voyage & je manque de tout. *Abdallah* était monté fur fon chameau chargé d'or & de foie, il en defcendit au plus vîte, lui donna fon chameau, & s'en retourna à pied dans fa maifon.

Le fecond alla s'adreffer à fon ami *Kaïs*, fils de *Saad*. *Kaïs* dormait encore, un de fes domeftiques demande au voyageur ce qu'il défire. Le voyageur répond qu'il eft l'ami de *Kaïs*, & qu'il a befoin de fecours. Le domeftique lui dit : Je ne veux pas éveiller mon maître ; mais voilà fept mille pièces d'or, c'eft tout ce que nous avons à préfent dans la maifon ; prenez encore un chameau dans l'écurie avec un efclave, je crois que cela vous fuffira jufqu'à ce que vous foyez arrivé chez vous. Lorfque *Kaïs* fut éveillé, il gronda beaucoup le domeftique de n'avoir pas donné davantage.

Le troifième alla trouver fon ami *Arabad* de la tribu

d'As. *Arabad* était aveugle, & il sortait de sa maison appuyé sur deux esclaves pour aller prier Dieu au temple de la Mecque ; dès qu'il eut entendu la voix de l'ami, il lui dit : Je n'ai de bien que mes deux esclaves, je vous prie de les prendre & de les vendre ; j'irai au temple comme je pourrai avec mon bâton.

Les trois disputeurs étant revenus à l'assemblée, racontèrent fidellement ce qui leur était arrivé. On donna beaucoup de louanges à *Abdallah* fils de *Giafar*, à *Kaïs* fils de *Saad*, & à *Arabad* de la tribu d'As, mais la préférence fut pour *Arabad*.

Les Arabes ont plusieurs contes de cette espèce. Nos nations occidentales n'en ont point ; nos romans ne sont pas dans ce goût. Nous en avons plusieurs qui ne roulent que sur des friponneries, comme ceux de *Bocace*, *Gusman d'Alfarache*, *Gilblas*, &c.

De l'arabe *Job*.

Il est clair que du moins les Arabes avaient des idées nobles & élevées. Les hommes les plus savans dans les langues orientales pensent que le livre de *Job*, qui est de la plus haute antiquité, fut composé par un arabe de l'Idumée. La preuve la plus claire & la plus indubitable, c'est que le traducteur hébreu a laissé dans sa traduction plus de cent mots arabes qu'apparemment il n'entendait pas.

Job, le héros de la pièce, ne peut avoir été un hébreu : car il dit, dans le quarante-deuxième chapitre, qu'ayant recouvré son premier état, il partagea ses biens également à ses fils & à ses filles ; ce qui est directement contraire à la loi hébraïque.

Il est très-vraisemblable que si ce livre avait été

compoſé

compofé après le temps où l'on place l'époque de *Moïfe*, l'auteur qui parle de tant de chofes, & qui n'épargne pas les exemples, aurait parlé de quelqu'un des étonnans prodiges opérés par *Moïfe*, & connus fans doute de toutes les nations de l'Afie.

Dès le premier chapitre, *Sathan* paraît devant DIEU, & lui demande la permiffion d'affliger *Job* ; on ne connaît point *Sathan* dans le Pentateuque, c'était un mot chaldéen. Nouvelle preuve que l'auteur arabe était voifin de la Chaldée.

On a cru qu'il pouvait être juif, parce qu'au douzième chapitre le traducteur hébreu a mis *Jehova* à la place d'*El* ou de *Bel*, ou de *Sadaï*. Mais quel eft l'homme un peu inftruit qui ne fache que le mot de *Jehova* était commun aux Phéniciens, aux Syriens, aux Egyptiens, & à tous les peuples des contrées voifines ?

Une preuve plus forte encore, & à laquelle on ne peut rien répliquer, c'eft la connaiffance de l'aftronomie, qui éclate dans le livre de *Job*. Il eft parlé des conftellations que nous nommons (a) l'*Arcture*, l'*Orion*, les *Hyades*, & même de celles *du midi qui font cachées.* Or, les Hébreux n'avaient aucune connaiffance de la fphère, n'avaient pas même de terme pour exprimer l'aftronomie ; & les Arabes ont toujours été renommés pour cette fcience, ainfi que les Chaldéens.

Il paraît donc très-bien prouvé que le livre de *Job* ne peut être d'un juif, & eft antérieur à tous les livres juifs. *Philon* & *Jofephe* font trop avifés pour le compter dans le canon hébreu : c'eft inconteftablement une parabole, une allégorie arabe.

(a) Chap. IX, v. 9.

Dictionn. philofoph. Tome I.   H h

Ce n'eſt pas tout ; on y puiſe des connaiſſances des uſages de l'ancien monde, & ſurtout de l'Arabie. (*b*) Il y eſt queſtion du commerce des Indes, commerce que les Arabes firent dans tous les temps, & dont les Juifs n'entendirent ſeulement pas parler.

On y voit que l'art d'écrire était très-cultivé, & qu'on feſait déjà de gros livres. (*c*)

On ne peut diſſimuler que le commentateur *Calmet*, tout profond qu'il eſt, manque à toutes les règles de la logique, en prétendant que *Job* annonce l'immortalité de l'ame, & la réſurrection du corps, quand il dit : *Je ſais que* DIEU, *qui eſt vivant, aura pitié de moi, que je me releverai un jour de mon fumier, que ma peau reviendra, que je reverrai* DIEU *dans ma chair. Pourquoi donc dites-vous à préſent, perſécutons-le, cherchons des paroles contre lui ? Je ſerai puiſſant à mon tour, craignez mon épée, craignez que je ne me venge, ſachez qu'il y a une juſtice.*

Peut-on entendre par ces paroles autre choſe que l'eſpérance de la guériſon ? L'immortalité de l'ame, & la réſurrection des corps au dernier jour ſont des vérités ſi indubitablement annoncées dans le nouveau teſtament, ſi clairement prouvées par les pères & par les conciles, qu'il n'eſt pas beſoin d'en attribuer la première connaiſſance à un arabe. Ces grands myſtères ne ſont expliqués dans aucun endroit du Pentateuque hébreu ; comment le feraient-ils dans ce ſeul verſet de *Job*, & encore d'une manière ſi obſcure ? *Calmet* n'a pas plus de raiſon de voir l'immortalité de l'ame, & la réſurrection dans les diſcours de *Job*, que d'y voir la vérole dans la maladie dont il eſt attaqué.

(*b*) Chap. XXVIII, v. 16 &c.　　(*c*) Chap. XXXI.

Ni la logique , ni la phyſique ne ſont d'accord avec ce commentateur.

Au reſte, ce livre allégorique de *Job* étant maniſeſtément arabe , il eſt permis de dire qu'il n'y a ni méthode, ni juſteſſe , ni préciſion. Mais c'eſt peut-être le monument le plus précieux & le plus ancien des livres qui aient été écrits en-deçà de l'Euphrate.

A R A N D A.

Droits royaux , juriſprudence , inquiſition.

QUOIQUE les noms propres ne ſoient pas l'objet de nos queſtions encyclopédiques , notre ſociété littéraire a cru devoir faire une exception en faveur du comte d'*Aranda* , préſident du conſeil ſuprême en Eſpagne, & capitaine-général de la Caſtille nouvelle , qui a commencé à couper les têtes de l'hydre de l'inquiſition.

Il était bien juſte qu'un eſpagnol délivrât la terre de ce monſtre, puiſqu'un eſpagnol l'avait fait naître. Ce fut un ſaint , à la vérité , ce fut *St Dominique l'encuiraſſé*, (1) qui étant illuminé d'en-haut, & croyant

(1) *Dominique* fondateur de l'ordre de *ſaint Jacques Clément*, & inventeur de l'inquiſition , eſt différent du *Dominique* ſurnommé *l'encuiraſſé* parce qu'il s'était endurci la peau à force de ſe donner la diſcipline. On voit, par la note ci-après , qui eſt de M. de *Voltaire* , qu'il connaiſſait trèsbien la différence de ces deux ſaints. Mais le fondateur de l'inquiſition ne mérite-t-il pas bien auſſi l'épithète d'*encuiraſſé ? Illi robur & œs triplex circa peſtus erat.*

Il faudrait rechercher ſi du temps de *ſaint Dominique* on feſait porter le *ſan-benito* aux pécheurs , & ſi ce *ſan-benito* n'était pas une chemiſe bénite qu'on leur donnait en échange de leur argent qu'on leur prenait. Mais étant retiré au milieu des neiges , au pied du mont Crapak , qui ſépare la Pologne de la Hongrie , nous n'avons qu'une bibliothèque médiocre.

fermement que l'Eglife catholique, apoftolique, &
romaine, ne pouvait fe foutenir que par des moines
& des bourreaux, jeta les fondemens de l'inquifition
au treizième fiècle, & lui foumit les rois, les miniftres;
& les magiftrats : mais il arrive quelquefois qu'un
grand-homme eft plus qu'un faint dans les chofes
purement civiles, & qui concernent directement la
majefté des couronnes, la dignité du confeil des rois,
les droits de la magiftrature, la fureté des citoyens.

La confcience, le for intérieur (comme l'appelle
l'univerfité de Salamanque) eft d'une autre efpèce;
elle n'a rien de commun avec les lois de l'Etat. Les
inquifiteurs, les théologiens doivent prier DIEU pour
les peuples; & les miniftres, les magiftrats établis par
les rois fur les peuples, doivent juger.

Un foldat bigame ayant été arrêté pour ce délit
par l'auditeur de la guerre, au commencement de
l'année 1770, & le faint Office ayant prétendu que
c'était à lui feul qu'il appartenait de juger ce foldat,
le roi d'Efpagne a décidé que cette caufe devait uniquement refforir au tribunal du comte d'*Aranda*,
capitaine-général, par un arrêt folemnel du 5 février
de la même année.

L'arrêt porte que le très-révérend archevêque de
Pharfale, ville qui appartient aux Turcs, inquifi-
teur-général des Efpagnols, doit obferver les lois du
royaume, refpecter les jurifdictions royales, fe tenir

La difette des livres dont nous gémiffons vers ce mont Crapak où nous
fommes, nous empêche auffi d'examiner fi *faint Dominique* affifta en
qualité d'inquifiteur à la bataille de Muret, ou en qualité de prédicateur, ou en celle d'officier volontaire; & fi le titre d'*encuiraffé* lui fut
donné auffi-bien qu'à l'ermite *Dominique* : je crois qu'il était à la bataille
de Muret, mais qu'il ne porta point d'armes.

dans fes bornes , & ne fe point mêler d'emprifonner les fujets du roi.

On ne peut pas tout faire à la fois ; *Hercule* ne put nettoyer en un jour les écuries du roi *Augias*. Les écuries d'Efpagne étaient pleines des plus puantes immondices depuis plus de cinq cents ans ; c'était grand dommage de voir de fi beaux chevaux, fi fiers, fi légers, fi courageux, fi brillans, n'avoir pour pale-freniers que des moines qui leur appefantiffaient la bouche par un vilain mors, & qui les fefaient croupir dans la fange.

Le comte d'*Aranda*, qui eft un excellent écuyer, commence à mettre la cavalerie efpagnole fur un autre pied, & les écuries d'*Augias* feront bientôt de la plus grande propreté.

Ce pourrait être ici l'occafion de dire un petit mot des premiers beaux jours de l'inquifition , parce qu'il eft d'ufage dans les dictionnaires, quand on parle de la mort des gens, de faire mention de leur naiffance & de leurs dignités; mais on en trouvera le détail à l'article *Inquifition* , (*a*) auffi bien que la patente curieufe donnée par St *Dominique*. (*b*)

(*a*) Confultez , fi vous voulez , fur la jurifprudence de l'inquifition , le révérend père *Yvonet*, le docteur *Chucalon*, & furtout magifter *Grillandus* : beau nom pour un inquifiteur !

Et vous, rois de l'Europe, princes fouverains, républiques, fouvenez-vous à jamais que les moines inquifiteurs fe font intitulés *inquifiteurs par la grâce de* D I E U !

(*b*) Ce témoignage de la toute - puiffance de *faint Dominique* fe trouve dans *Louis de Paramo* , l'un des plus grands théologiens d'Efpagne. Elle eft citée dans le *Manuel de l'inquifition* , ouvrage d'un théologien français qui eft d'une autre efpèce. Il écrit à la manière de *Pafcal*.

Obfervons feulement que le comte d'*Aranda* a mérité la reconnaiffance de l'Europe entiere, en rognant les griffes, & en limant les dents du monftre.

Béniffons le comte d'*Aranda*. (2)

A R A R A T.

Déluge.

MONTAGNE d'Arménie, fur laquelle s'arrêta l'arche. On a long-temps agité la queftion fur l'univerfalité du déluge, s'il inonda toute la terre fans exception, ou feulement toute la terre alors connue. Ceux qui ont cru qu'il ne s'agiffait que des peuplades qui exiftaient alors, fe font fondés fur l'inutilité de noyer des terres non peuplées, & cette raifon a paru affez plaufible. Nous nous en tenons au texte de l'Ecriture, fans prétendre l'expliquer. Mais nous prendrons plus de liberté avec *Bérofe*, ancien auteur chaldéen, dont on retrouve des fragmens confervés par *Abidène*, cités dans *Eusèbe*, & rapportés mot à mot par *George* le fincelle.

On voit par ces fragmens que les Orientaux, qui bordent le Pont-Euxin, fefaient anciennement de l'Arménie la demeure des dieux. Et c'eft en quoi les Grecs les imitèrent. Ils placèrent les dieux fur le mont Olympe. Les hommes tranfportent toujours

(2) Depuis que M. le comte d'*Aranda* a ceffé de gouverner l'Efpagne, l'inquifition y a repris toute fa fplendeur & toute fa force pour abrutir les hommes; mais par l'effet infaillible du progrès des lumières, même fur les ennemis de la raifon, elle a perdu un peu de fa férocité.

les chofes humaines aux chofes divines. Les princes
bâtiffaient leurs citadelles fur des montagnes : donc
les dieux y avaient auffi leurs demeures : elles devenaient donc facrées. Les brouillards dérobent aux
yeux le fommet du mont Ararat : donc les dieux fe
cachaient dans ces brouillards, & ils daignaient quelquefois apparaître aux mortels dans le beau temps.

Un dieu de ce pays, qu'on croit être *Saturne*,
apparut un jour à *Xixutre*, dixième roi de la
Chaldée, fuivant la fupputation d'*Afriquain*, d'*Abidène*,
& d'*Apollodore*. Ce dieu lui dit : *Le quinze du mois*
d'Oefi le genre-humain fera détruit par le déluge. Enfermez
bien tous vos écrits dans Sipara, la ville du foleil, afin que
la mémoire des chofes ne fe perde pas. Bâtiffez un vaiffeau;
entrez-y avec vos parens & vos amis ; faites-y entrer des
oifeaux, des quadrupèdes; mettez-y des provifions; & quand
on vous demandera, où voulez-vous aller avec votre vaiffeau?
répondez : vers les dieux, pour les prier de favorifer le
genre-humain.

Xixutre bâtit fon vaiffeau, qui était large de deux
ftades, & long de cinq ; c'eft-à-dire que fa largeur
était de deux cents cinquante pas géométriques, &
fa longueur de fix cents vingt-cinq. Ce vaiffeau, qui
devait aller fur la mer Noire, était mauvais voilier.
Le déluge vint. Lorfque le déluge eut ceffé, *Xixutre*
lâcha quelques-uns de fes oifeaux, qui ne trouvant
point à manger, revinrent au vaiffeau. Quelques
jours après il lâcha encore fes oifeaux, qui revinrent
avec de la boue aux pattes. Enfin ils ne revinrent
plus. *Xixutre* en fit autant : il fortit de fon vaiffeau,
qui était perché fur une montagne d'Arménie ; & on
ne le vit plus ; les dieux l'enlevèrent.

Dans cette fable il y a probablement quelque chofe d'hiftorique. Le Pont-Euxin franchit fes bornes, & inonda quelques terrains. Le roi de Chaldée courut réparer le défordre. Nous avons dans *Rabelais* des contes non moins ridicules, fondés fur quelques vérités. Les anciens hiftoriens font pour la plupart des *Rabelais* férieux.

Quant à la montagne d'Ararat, on a prétendu qu'elle était une des montagnes de la Phrygie, & qu'elle s'appelait d'un nom qui répond à celui d'*arche*, parce qu'elle était enfermée par trois rivières.

Il y a trente opinions fur cette montagne. Comment démêler le vrai? Celle que les moines arméniens appellent aujourd'hui *Ararat* était, felon eux, une des bornes du paradis terreftre, paradis dont il refte peu de traces. C'eft un amas de rochers & de précipices couverts d'une neige éternelle. *Tournefort* y alla chercher des plantes par ordre de *Louis XIV; il dit que tous les environs en font horribles, & la montagne encore plus; qu'il trouva des neiges de quatre pieds d'épaiffeur, & toutes criftallifées; que de tous les côtés il y a des précipices taillés à-plomb.*

Le voyageur *Jean Struis* prétend y avoir été auffi. Il monta, fi on l'en croit, jufqu'au fommet, pour guérir un ermite affligé d'une defcente. (a) *Son ermitage,* dit-il, *était fi éloigné de terre, que nous n'y arrivâmes qu'au bout de fept jours, & chaque jour nous fefions cinq lieues.* Si dans ce voyage il avait toujours monté, ce mont Ararat ferait haut de trente-cinq lieues. Du temps de la guerre des géans, en mettant quelques Ararats l'un fur l'autre, on aurait été à la lune fort commodément.

(a) *Voyage de Jean Struis*, in-4°, page 208.

Jean Struis affure encore que l'ermite qu'il guérit lui fit préfent d'une croix faite du bois de l'arche de *Noé;* *Tournefort* n'a pas eu tant d'avantage.

A R B R E A P A I N.

L'ARBRE à pain croît dans les îles Philippines, & principalement dans celles de Gaam & de Ténian, comme le coco croît dans l'Inde. Ces deux arbres feuls, s'ils pouvaient fe multiplier dans les autres climats, ferviraient à nourrir & à défaltérer le genre-humain.

L'arbre à pain eft plus gros & plus élevé que nos pommiers ordinaires; les feuilles font noires, le fruit eft jaune, & de la dimenfion de la plus groffe pomme de calville; fon écorce eft épaiffe & dure, le dedans eft une efpèce de pâte blanche & tendre qui a le goût des meilleurs petits pains au lait, mais il faut le manger frais; il ne fe garde que vingt-quatre heures, après quoi il fe fèche, s'aigrit, & devient défagréable; mais en récompenfe ces arbres en font chargés huit mois de l'année. Les naturels du pays n'ont point d'autre nourriture; ils font tous grands, robuftes, bien faits, d'un embonpoint médiocre, d'une fanté vigoureufe, telle que la doit procurer l'ufage unique d'un aliment falubre; & c'eft à des nègres que la nature a fait ce préfent.

Le voyageur *Dampierre* fut le premier qui en parla. Il refte encore quelques officiers qui ont mangé de ce pain quand l'amiral *Anfon* y a relâché, & qui l'ont trouvé d'un goût fupérieur. Si cet arbre était tranf-planté comme l'a été l'arbre à café, il pourrait tenir lieu en grande partie de l'invention de *Triptolème*, qui coûte.tant de foins & de peines multipliées. Il faut travailler une année entière avant que le blé puiffe être changé en pain, & quelquefois tous ces travaux font inutiles.

Le blé n'eft pas affurément la nourriture de la plus grande partie du monde. Le maïs, la caffave, nourriffent toute l'Amérique. Nous avons des provinces entières où les payfans ne mangent que du pain de châtaignes, plus nourriffant & d'un meilleur goût que celui de feigle ou d'orge dont tant de gens s'alimentent, & qui vaut beaucoup mieux que le pain de munition qu'on donne au foldat. (1) Toute l'Afrique auftrale ignore le pain. L'immenfe archipel des Indes, Siam, le Laos, le Pégu, la Cochinchine, le Tunquin, une partie de la Chine, le Japon, les côtes de Malabar & de Coromandel, les bords du Gange fourniffent un riz dont la culture eft beaucoup plus aifée que celle du froment, & qui le fait négliger. Le blé eft abfolument inconnu dans l'efpace de quinze cents lieues fur les côtes de la mer Glaciale. Cette nourriture, à laquelle nous fommes accoutumés, eft parmi nous fi précieufe, que la crainte feule de la voir manquer, caufe des féditions chez les peuples les plus foumis. Le commerce du blé eft par-tout un des grands objets du gouvernement; c'eft une partie de notre être, & cependant on prodigue quelquefois ridiculement cette denrée effentielle.

(1) En France une fociété de phyficiens éclairés s'occupe depuis quelques années à perfectionner l'art de fabriquer le pain : grâce à fes foins, celui des hôpitaux & de la plupart des prifons de Paris, eft devenu meilleur que celui dont fe nourriffent les habitans aifés de la plupart des provinces.

Les amydoniers emploient la meilleure farine pour couvrir la tête de nos jeunes gens & de nos femmes.

Le Dictionnaire encyclopédique remarque, avec très-grande raifon, que le pain béni, dont on ne mange prefque point, & dont la plus grande partie eft perdue, monte en France à quatre millions de livres par an. Ainfi, de ce feul article, l'Angleterre eft au bout de l'année plus riche de quatre millions que la France.

Les miffionnaires ont éprouvé quelquefois de grandes angoiffes dans des pays où l'on ne trouve ni pain ni vin. Les habitans leur difaient par interprètes; vous voulez nous baptifer avec quelques gouttes d'eau, dans un climat brûlant où nous fommes obligés de nous plonger tous les jours dans les fleuves. Vous voulez nous confeffer, & vous n'entendez pas notre langue; vous voulez nous communier, & vous manquez des deux ingrédiens néceffaires, le pain & le vin: il eft donc évident que votre religion univerfelle n'a pu être faite pour nous. Les miffionnaires répondaient très-juftement que la bonne volonté fuffit, qu'on les plongerait dans l'eau fans aucun fcrupule, qu'on ferait venir du pain & du vin de Goa; & quant à la langue, que les miffionnaires l'apprendraient dans quelques années.

ARBRE A SUIF.

ON nomme dans l'Amérique *candel-berri-tree*, ou *bai-berri-tree*, ou *l'arbre à suif*, une efpèce de bruyère dont la baie donne une graiffe propre à faire des chandelles. Elle croît en abondance dans un terrain bas & bien humecté ; il paraît qu'elle fe plaît fur les rivages maritimes. Cet arbufte eft couvert de baies d'où femble fuinter une fubftance blanche & farineufe ; on les cueille à la fin de l'automne lorfqu'elles font mûres ; on les jette dans une chaudière qu'on remplit d'eau bouillante ; la graiffe fe fond, & s'élève au-deffus de l'eau : on met dans un vafe à part cette graiffe refroidie, qui reffemble à du fuif ou à de la cire ; fa couleur eft communément d'un verd fale. On la purifie, & alors elle devient d'un affez beau verd. Ce fuif eft plus cher que le fuif ordinaire, & coûte moins que la cire. Pour en former des chandelles, on le mêle fouvent avec du fuif commun ; alors elles ne font pas fi fujettes à couler. Les pauvres fe fervent volontiers de ce fuif végétal qu'ils recueillent eux-mêmes, au lieu qu'il faudrait acheter l'autre.

On en fait auffi du favon & des favonnettes d'une odeur affez agréable.

Les médecins & les chirurgiens en font ufage pour les plaies.

Un négociant de Philadelphie envoya de ce fuif dans les pays catholiques de l'Amérique, dans l'efpoir d'en débiter beaucoup pour des cierges ; mais les prêtres refufèrent de s'en fervir.

Dans la Caroline on en a fait auffi une forte de cire à cacheter.

On indique enfin la racine du même arbuste comme un remède contre les fluxions des gencives, remède usité chez les sauvages.

A l'égard du cirier ou de l'arbre à cire, il est assez connu. Que de plantes utiles à tout le genre-humain la nature a prodiguées aux Indes orientales & occidentales! le quinquina seul valait mieux que les mines du Pérou, qui n'ont servi qu'à mettre la cherté dans l'Europe.

A R C.

Jeanne d'Arc, dite la Pucelle d'Orléans.

IL convient de mettre le lecteur au fait de la véritable histoire de *Jeanne d'Arc* surnommée *la Pucelle*. Les particularités de son aventure sont très-peu connues & pourront faire plaisir aux lecteurs. Les voici.

Paul Jove dit que le courage des Français fut animé par cette fille, & se garde bien de la croire inspirée. Ni *Robert Gaguin*, ni *Paul Emile*, ni *Polydore Virgile*, ni *Genebrar*, ni *Philippe de Bergame*, ni *Papire Masson*, ni même *Mariana*, ne disent qu'elle était envoyée de DIEU; & quand *Mariana* le jésuite l'aurait dit, en vérité cela ne m'en imposerait pas.

Mézerai conte *que le prince de la milice céleste lui apparut;* j'en suis fâché pour *Mézerai*, & j'en demande pardon au prince de la milice céleste.

La plupart de nos historiens, qui se copient tous les uns les autres, supposent que la *Pucelle* fit des prédictions, & qu'elles s'accomplirent. On lui fait dire qu'*elle chassera les Anglais hors du royaume*, & ils y étaient encore cinq ans après fa mort. On lui fait écrire une longue lettre au roi d'Angleterre , & affurément elle ne favait ni lire ni écrire ; on ne donnait pas cette éducation à une fervante d'hôtellerie dans le Barois ; & fon procès porte qu'elle ne favait pas figner fon nom.

Mais, dit-on , elle a trouvé une épée rouillée dont la lame portait cinq fleurs de lis d'or gravées ; & cette épée était cachée dans l'églife de Sainte-Catherine de Fierbois à Tours. Voilà certes un grand miracle!

La pauvre *Jeanne d'Arc* ayant été prife par les Anglais , en dépit de fes prédictions & de fes miracles , foutint d'abord dans fon interrogatoire que *Ste Catherine* & *Ste Marguerite* l'avaient honorée de beaucoup de révélations. Je m'étonne qu'elle n'ait rien dit de fes converfations avec le prince de la milice célefte. Apparemment que ces deux faintes aimaient plus à parler que *St Michel.* Ses juges la crurent forcière , elle fe crut infpirée ; & c'eft-là le cas de dire :

Ma foi , juge & plaideurs, il faudrait tout lier.

Une grande preuve que les capitaines de *Charles VII* employaient le merveilleux pour encourager les foldats dans l'état déplorable où la France était réduite , c'eft que *Saintrailles* avait fon berger, comme le comte de *Dunois* avait fa bergère. Ce berger fefait fes prédictions d'un côté, tandis que la bergère les fefait de l'autre.

Mais malheureufement la prophéteffe du comte de *Dunois* fut prife au fiége de Compiégne par un bâtard de *Vendôme*, & le prophète de *Saintrailles* fut pris par *Talbot.* Le brave *Talbot* n'eut garde de faire brûler le berger. Ce *Talbot* était un de ces vrais Anglais qui dédaignent les superstitions, qui n'ont pas le fanatisme de punir les fanatiques.

Voilà, ce me semble, ce que les historiens auraient dû observer, & ce qu'ils ont négligé.

La *Pucelle* fut amenée à *Jean de Luxembourg* comte de Ligny. On l'enferma dans la forteresse de Beaulieu, ensuite dans celle de Beaurevoir, & de là dans celle du Crotoy en Picardie.

D'abord *Pierre Cauchon* évêque de Beauvais, qui était du parti du roi d'Angleterre contre son roi légitime, revendique la *Pucelle* comme une sorcière arrêtée sur les limites de son diocèse. Il veut la juger en qualité de sorcière. Il appuyait son prétendu droit d'un insigne mensonge. *Jeanne* avait été prise sur le territoire de l'évêché de Noyon : & ni l'évêque de Beauvais, ni l'évêque de Noyon n'avaient assurément le droit de condamner personne, & encore moins de livrer à la mort une sujette du duc de Lorraine, & une guerrière à la solde du roi de France.

Il y avait alors, qui le croirait? un vicaire-général de l'inquisition en France, nommé frère *Martin*. C'était bien là un des plus horribles effets de la subversion totale de ce malheureux pays. Frère *Martin* réclama la prisonnière comme *sentant l'hérésie, odorantem hæresim.* Il somma le duc de Bourgogne & le comte de Ligny, *par le droit de son office, & de l'autorité à lui commise par le St Siége, de livrer Jeanne à la sainte inquisition.*

La sorbonne se hâta de seconder frère *Martin* : elle écrivit au duc de Bourgogne & à *Jean de Luxembourg* : ,, Vous avez employé votre noble puissance à appré-,, hender icelle femme qui se dit la *pucelle*, au moyen

,, de laquelle l'honneur de Dieu a été fans mefure
,, offenfé, la foi exceffivement bleffée, & l'Eglife trop
,, fort déshonorée ; car par fon occafion, idolâtrie,
,, erreurs, mauvaife doctrine, & autres maux ineftima-
,, bles fe font enfuivis en ce royaume.... mais peu de
,, chofe ferait avoir fait telle prinfe, fi ne s'enfuivait
,, ce qu'il appartient pour fatisfaire l'offenfe par elle
,, perpétrée contre notre doux Créateur & fa foi, &
,, la fainte Eglife, avec fes autres méfaits innumé-
,, rables.... & fi, ferait intolérable offenfe contre
,, la majefté divine s'il arrivait qu'icelle femme fût
,, délivrée. ,, (a)

Enfin la *Pucelle* fut adjugée à *Pierre Cauchon* qu'on appelait l'indigne évêque, l'indigne Français, & l'indigne homme. *Jean de Luxembourg* vendit la *Pucelle* à *Cauchon* & aux Anglais pour dix mille livres, & le duc de *Bedfort* les paya. La forbonne, l'évêque, & frère *Martin*, préfentèrent alors une nouvelle requête à ce duc de *Bedfort* régent de France, *en l'honneur de notre Seigneur & Sauveur* Jesus-Christ, *pour qu'icelle Jeanne fût brièvement mife ès mains de la juftice de l'Eglife.* *Jeanne* fut conduite à Rouen. L'archevêché était alors vacant, & le chapitre permit à l'évêque de Beauvais, de *befogner* dans la ville. (C'eft le terme dont on fe fervit.) Il choifit pour fes affeffeurs neuf docteurs de forbonne avec trente-cinq autres affiftans, abbés ou moines. Le vicaire de l'inquifition, *Martin*, préfidait avec *Cauchon;* & comme il n'était que vicaire, il n'eut que la feconde place.

Jeanne fubit quatorze interrogatoires; ils font finguliers. Elle dit qu'elle a vu *Ste Catherine* & *Ste Marguerite*

(a) C'eft une traduction du latin de la forbonne, faite long-temps après.

à

à Poitiers. Le docteur *Beaupère* lui demanda à quoi elle a reconnu les deux faintes? Elle répond que c'eft à leur manière de faire la révérence. *Beaupère* lui demande fi elles font bien jafeufes? Allez, dit-elle, le voir fur le regiftre. *Beaupère* lui demande fi, quand elle a vu *St Michel*, il était tout nú? elle répond : Penfez-vous que notre Seigneur n'eût de quoi le vêtir ?

Les curieux obferveront ici foigneufement que *Jeanne* avait été long-temps dirigée avec quelques autres dévotes de la populace par un fripon nommé *Richard*, qui fefait des miracles, & qui apprenait à ces filles à en faire. Il donna un jour la communion trois fois de fuite à *Jeanne*, à l'honneur de la Trinité. C'était alors l'ufage dans les grandes affaires & dans les grands périls. Les chevaliers fefaient dire trois meffes, & communiaient trois fois quand ils allaient en bonne fortune, ou quand ils s'allaient battre en duel. C'eft ce qu'on a remarqué du bon chevalier *Bayard*.

Les fefeufes de miracles, compagnes de *Jeanne*, (*b*) & foumifes à frère *Richard*, fe nommaient *Pierrone* & *Catherine*. *Pierrone* affirmait qu'elle avait vu que DIEU apparaiffait à elle en humanité comme ami fait à ami; DIEU était long vêtu de robe blanche avec huque vermeil deffous, &c.

Voilà jufqu'à préfent le ridicule; voici l'horrible.

Un des juges de *Jeanne*, docteur en théologie & prêtre, nommé *Nicolas l'oifeleur*, vient la confeffer dans la prifon. Il abufe du facrement jufqu'au point de cacher derrière un morceau de ferge deux prêtres

(*b*) Mémoires pour fervir à l'*Hiftoire de France & de Bourgogne*, tome I.

Diƈtionn. philofoph. Tome I.　　　　I i

qui tranfcrivirent la confeffion de *Jeanne d'Arc*. Ainfi les juges employèrent le facrilége pour être homicides. Et une malheureufe idiote, qui avait eu affez de courage pour rendre de très-grands fervices au roi & à la patrie, fut condamnée à être brûlée par quarante-quatre prêtres français qui l'immolaient à la faction de l'Angleterre.

On fait affez comment on eut la baffeffe artificieufe de mettre auprès d'elle un habit d'homme pour la tenter de reprendre cet habit, & avec quelle abfurde barbarie on prétexta cette prétendue tranfgreffion pour la condamner aux flammes, comme fi c'était dans une fille guerrière un crime digne du feu, de mettre une culotte au lieu d'une jupe. Tout cela déchire le cœur, & fait frémir le fens commun. On ne conçoit pas comment nous ofons, après les horreurs fans nombre dont nous avons été coupables, appeler aucun peuple du nom de *barbare*.

La plupart de nos hiftoriens, plus amateurs des prétendus embelliffemens de l'hiftoire que de la vérité, difent que *Jeanne* alla au fupplice avec intrépidité ; mais comme le portent les chroniques du temps, & comme l'avoue l'hiftorien *Villaret*, elle reçut fon arrêt avec des cris & avec des larmes ; faibleffe pardonnable à fon fexe, & peut-être au nôtre, & très-compatible avec le courage que cette fille avait déployé dans les dangers de la guerre ; car on peut être hardi dans les combats, & fenfible fur l'échafaud.

Je dois ajouter ici que plufieurs perfonnes ont cru fans aucun examen que la *pucelle d'Orléans* n'avait point été brûlée à Rouen, quoique nous ayons le procès-verbal de fon exécution. Elles ont été trompées par la relation que nous avons encore d'une aventurière qui prit le nom de la *pucelle*, trompa les frères de *Jeanne d'Arc*, & à la faveur de cette impofture époufa en Lorraine un gentilhomme de la maifon des *Armoifes*. Il y eut deux autres friponnes qui fe firent auffi paffer pour la *pucelle d'Orléans*. Toutes les trois prétendirent qu'on n'avait point brûlé *Jeanne*, & qu'on lui avait fubftitué une autre femme. De tels contes ne peuvent être admis que par ceux qui veulent être trompés.

A R D E U R.

LE Dictionnaire encyclopédique n'ayant parlé que des ardeurs d'urine & de l'ardeur d'un cheval, il paraît expédient de citer auffi d'autres ardeurs; celle du feu, celle de l'amour. Nos poëtes français, italiens, efpagnols, parlent beaucoup des ardeurs des amans: l'opéra n'a prefque jamais été fans ardeurs *parfaites*. Elles font moins *parfaites* dans les tragédies; mais il y a toujours beaucoup d'ardeurs.

Le dictionnaire de Trévoux dit qu'ardeur en général fignifie une *paffion amoureufe*. Il cite pour exemple ce vers:

> *C'eft de tes jeunes yeux que mon ardeur eft née.*

Et on ne pouvait guère en rapporter un plus mauvais. Remarquons ici que ce dictionnaire eft fécond en citations de vers déteftables. Il tire tous fes exemples de je ne fais quel nouveau choix de vers, parmi lefquels il ferait très-difficile d'en trouver un bon.

I i 2

Il donne pour exemple de l'emploi du mot d'*ardeur* ces deux vers de *Corneille* :

> *Une première ardeur est toujours la plus forte ;*
> *Le temps ne l'éteint point, la mort seule l'emporte.*

Et celui-ci de *Racine* :

> *Rien ne peut modérer mes ardeurs insensées.*

Si les compilateurs de ce dictionnaire avaient eu du goût, ils auraient donné pour exemple du mot *ardeur* bien placé cet excellent morceau de *Mithridate :*

> *J'ai su, par une longue & pénible industrie ,*
> *Des plus mortels venins prévenir la furie.*
> *Ah ! qu'il eût mieux valu, plus sage & plus heureux,*
> *Et repoussant les traits d'un amour dangereux ,*
> *Ne pas laisser remplir d'ardeurs empoisonnées*
> *Un cœur déjà glacé par le froid des années !*

C'est ainsi qu'on peut donner une nouvelle énergie à une expression ordinaire & faible. Mais pour ceux qui ne parlent d'*ardeur* que pour rimer avec *cœur* , & qui parlent de leur vive ardeur ou de leur tendre ardeur , & qui joignent encore à cela les *alarmes* ou les *charmes* qui leur ont coûté tant de *larmes* , & qui, lorsque toutes ces platitudes sont arrangées en douze syllabes, croient avoir fait des vers, & qui, après avoir écrit quinze cents lignes remplies de ces termes oiseux en tout genre, croient avoir fait une tragédie, il faut les renvoyer au nouveau choix de vers, ou au recueil en douze volumes des meilleures pièces de théâtre, parmi lesquels on n'en trouve pas une seule qu'on puisse lire.

A R G E N T.

Mот dont on fe fert pour exprimer de l'or.
Monfieur, voudriez-vous me prêter cent louis d'or?
Monfieur, je le voudrais de tout mon cœur; mais je
n'ai point d'argent; je ne fuis pas en argent comptant :
l'Italien vous dirait : *Signore, non ho di danari.* Je n'ai
point de deniers.

Harpagon demande à maître *Jacques :* Me feras-tu
bonne chère ? Oui fi vous me donnez beaucoup
d'argent.

On demande tous les jours quel eft le pays de
l'Europe le plus riche en argent ? on entend par-là
quel eft le peuple qui poffède le plus de métaux
repréfentatifs des objets de commerce. On demande
par la même raifon quel eft le plus pauvre? & alors
trente nations fe préfentent à l'envi ; le Veftphalien,
le Limoufin, le Bafque, l'habitant du Tirol, celui du
Valais, le Grifon, l'Iftrien, l'Ecoffais, & l'Irlandais du
nord, le Suiffe d'un petit canton, & furtout le fujet
du pape.

Pour deviner qui en a davantage, on balance
aujourd'hui entre la France, l'Efpagne & la Hollande
qui n'en avait point en 1600.

Autrefois, dans le treizième, quatorzième, & quinzième fiècle, c'était la province de la daterie qui
avait fans contredit le plus d'argent comptant ; auffi
fefait-elle le plus grand commerce. *Combien vendez-
vous cela ?* difait-on à un marchand. Il répondait :
Autant que les gens font fots.

Toute l'Europe envoyait alors fon argent à la cour romaine, qui rendait en échange des grains bénis, des agnus, des indulgences plénières ou non plénières, des difpenfes, des confirmations, des exemptions, des bénédictions, & même des excommunications contre ceux qui n'étaient pas affez bien en cour de Rome, & à qui les payeurs en voulaient.

Les Vénitiens ne vendaient rien de tout cela; mais ils fefaient le commerce de tout l'Occident par Alexandrie; on n'avait que par eux du poivre & de la canelle. L'argent qui n'allait pas à la daterie venait à eux, un peu aux Tofcans & aux Génois. Tous les autres royaumes étaient fi pauvres en argent comptant, que *Charles VIII* fut obligé d'emprunter les pierreries de la ducheffe de Savoie, & de les mettre en gage pour aller conquérir Naples qu'il perdit bientôt : les Vénitiens foudoyèrent des armées plus fortes que la fienne. Un noble vénitien avait plus d'or dans fon coffre, & plus de vaiffelle d'argent fur fa table, que l'empereur *Maximilien* furnommé *Pochi danari*.

Les chofes changèrent quand les Portugais allèrent trafiquer aux Indes en conquérans, & que les Efpagnols eurent fubjugué le Mexique & le Pérou avec fix ou fept cents hommes. On fait qu'alors le commerce de Venife, celui des autres villes d'Italie, tout tomba. *Philippe II*, maître de l'Efpagne, du Portugal, des Pays-Bas, des deux Siciles, du Milanais, de quinze cents lieues de côtes dans l'Afie, & des mines d'or & d'argent dans l'Amérique, fut le feul riche, & par conféquent le feul puiffant en Europe. Les efpions qu'il avait gagnés en France baifaient à

genoux les doublons catholiques; & le petit nombre
d'angelots & de carolus qui circulaient en France
n'avaient pas un grand crédit. On prétend que
l'Amérique & l'Afie lui valurent à-peu-près dix
millions de ducats de revenu. Il eût en effet acheté
l'Europe avec fon argent, fans le fer de *Henri IV* &
les flottes de la reine *Elifabeth*.

Le Dictionnaire encyclopédique, à l'article *Argent*,
cite l'*Efprit des lois*, dans lequel il eft dit : „ J'ai ouï
„ déplorer plufieurs fois l'aveuglement du confeil de
„ *François I*, qui rebuta *Chriftophe Colomb* qui lui
„ propofait les Indes; en vérité, on fit peut-être par
„ imprudence une chofe bien fage. „

Nous voyons, par l'énorme puiffance de *Philippe*,
que le confeil prétendu de *François I* n'aurait pas
fait *une chofe fi fage*. Mais contentons-nous de remarquer que *François I* n'était pas né quand on prétend
qu'il refufa les offres de *Chriftophe Colomb;* ce génois
aborda en Amérique en 1492 , & *François I* naquit
en 1494 , & ne parvint au trône qu'en 1515.

Comparons ici le revenu de *Henri III*, de *Henri IV*,
& de la reine *Elifabeth*, avec celui de *Philippe II;* le
fubfide ordinaire d'*Elifabeth* n'était que de cent mille
livres fterling ; & avec l'extraordinaire, il fut, année
commune, d'environ quatre cents mille ; mais il
fallait qu'elle employât ce furplus à fe défendre de
Philippe II. Sans une extrême économie elle était
perdue , & l'Angleterre avec elle.

Le revenu de *Henri III* fe montait à la vérité à
trente millions de livres de fon temps; cette fomme
était à la feule fomme que *Philippe II* retirait des
Indes, comme trois à dix ; mais il n'entrait pas le

tiers de cet argent dans les coffres de *Henri III* très-prodigue, très-volé, & par conséquent très-pauvre : il se trouve que *Philippe II* était d'un seul article dix fois plus riche que lui.

Pour *Henri IV*, ce n'est pas la peine de comparer ses trésors avec ceux de *Philippe II*. Jusqu'à la paix de Vervins il n'avait que ce qu'il pouvait emprunter ou gagner à la pointe de son épée, & il vécut en chevalier errant jusqu'au temps qu'il devint le premier roi de l'Europe.

L'Angleterre avait toujours été si pauvre que le roi *Edouard III* fut le premier qui fit battre de la monnaie d'or.

On veut savoir ce que devient l'or & l'argent qui affluent continuellement du Mexique & du Pérou en Espagne? Il entre dans les poches des Français, des Anglais, des Hollandais, qui font le commerce de Cadix sous des noms espagnols, & qui envoient en Amérique les productions de leurs manufactures. Une grande partie de cet argent s'en va aux Indes orientales payer des épiceries, du coton, du salpêtre, du sucre-candi, du thé, des toiles, des diamans, & des magots.

On demande ensuite ce que deviennent tous ces trésors des Indes ; je réponds que *Sha Thamas-Kou-likan*, ou *Sha-Nadir*, a emporté tout celui du grand-mogol avec ses pierreries. Vous voulez savoir où sont ces pierreries, cet or, cet argent que *Sha-Nadir* a emportés en Perse ? une partie a été enfouie dans la terre pendant les guerres civiles ; des brigands se sont servis de l'autre pour se faire des partis. Car, comme dit fort bien *Céfar*, ,,avec de l'argent on a des ,, foldats, & avec des foldats on vole de l'argent. ,,

Votre curiofité n'eft point encore fatisfaite; vous êtes embarraffé de favoir où font les tréfors de *Séfoftris*, de *Créfus*, de *Cyrus*, de *Nabuchodonofor*, & furtout de *Salomon* qui avait, dit-on, vingt milliars & plus de nos livres de compte, à lui tout feul, dans fa caffette?

Je vous dirai que tout cela s'eft répandu par le monde. Soyez fûr que du temps de *Cyrus*, les Gaules, la Germanie, le Danemarck, la Pologne, la Ruffie, n'avaient pas un écu. Les chofes fe font mifes au niveau avec le temps, fans ce qui s'eft perdu en dorure, ce qui refte enfouï à Notre-Dame de Lorette, & autres lieux, & ce qui a été englouti dans l'*avare* mer.

Comment fefaient les Romains fous leur grand *Romulus*, fils de *Mars* & d'une religieufe, & fous le dévot *Numa Pompilius*? Ils avaient un *Jupiter* de bois de chêne mal taillé, des huttes pour palais, une poignée de foin au bout d'un bâton pour étendard, & pas une pièce d'argent de douze fous dans leur poche. Nos cochers ont des montres d'or que les fept rois de Rome, les *Camilles*, les *Manlius*, les *Fabius*, n'auraient pu payer.

Si par hafard la femme d'un receveur-général des finances fe fefait lire ce chapitre à fa toilette par le bel efprit de la maifon, elle aurait un étrange mépris pour les Romains des trois premiers fiècles, & ne voudrait pas laiffer entrer dans fon antichambre un *Manlius*, un *Curius*, un *Fabius*, qui viendraient à pied, & qui n'auraient pas de quoi faire fa partie de jeu.

Leur argent comptant était du cuivre. Il fervait à la fois d'armes & de monnaie. On fe battait & on comptait avec du cuivre. Trois ou quatre livres de cuivre de douze onces payaient un bœuf. On achetait le néceffaire au marché comme on l'achète aujourd'hui ; & les hommes avaient comme de tout temps la nourriture, le vêtement, & le couvert. Les Romains, plus pauvres que leurs voifins, les fubjuguèrent, & augmentèrent toujours leur territoire dans l'efpace de près de cinq cents années, avant de frapper de la monnaie d'argent.

Les foldats de *Guftave-Adolphe* n'avaient en Suède que de la monnaie de cuivre pour leur folde, avant qu'il fît des conquêtes hors de fon pays.

Pourvu qu'on ait un gage d'échange pour les chofes néceffaires à la vie, le commerce fe fait toujours. Il n'importe que ce gage d'échange foit de coquilles ou de papier. L'or & l'argent à la longue n'ont prévalu par-tout que parce qu'ils font plus rares.

C'eft en Afie que commencèrent les premières fabriques de la monnaie de ces deux métaux, parce que l'Afie fut le berceau de tous les arts.

Il n'eft point queftion de monnaie dans la guerre de Troye ; on y pèfe l'or & l'argent. *Agamemnon* pouvait avoir un tréforier, mais point de cour des monnaies.

Ce qui a fait foupçonner à plufieurs favans téméraires que le Pentateuque n'avait été écrit que dans le temps où les Hébreux commencèrent à fe procurer quelques monnaies de leurs voifins, c'eft que dans plus d'un paffage il eft parlé des ficles. On y dit qu'*Abraham* qui était étranger, & qui n'avait pas un pouce de terre dans le pays de Canaan, y acheta un champ & une caverne pour enterrer fa femme, quatre cents ficles d'argent monnayé de bon aloi : (*a*) *Quadringintos ficlos argenti probatæ monetæ publicæ.* Le judicieux dom *Calmet* évalue cette fomme à quatre cents quarante-huit livres fix fous neuf deniers, felon les anciens calculs imaginés affez au hafard, quand le marc d'argent était à vingt-fix livres de compte le marc. Mais comme le marc d'argent eft augmenté de moitié, la fomme vaudrait huit cents quatre-vingt-feize livres.

Or, comme en ce temps-là il n'y avait point de monnaie marquée au coin, qui répondît au mot *pecunia*, cela ferait une petite difficulté dont il eft aifé de fe tirer. (*b*)

Une autre difficulté, c'eft que dans un endroit il eft dit qu'*Abraham* acheta ce champ en Hébron, & dans un autre en Sichem. (*c*) Confultez fur cela le vénérable *Béde*, *Raban Maure*, & *Emmanuel Sa*.

Nous pourrions parler ici des richeffes que laiffa *David* à *Salomon* en argent monnayé. Les uns les font monter à vingt & un, vingt-deux milliars tournois,

(*a*) Genèfe, chap. XXIII, verf. 16.

(*b*) Ces hardis favans, qui, fur ce prétexte & fur plufieurs autres, attribuent le Pentateuque à d'autres qu'à *Moïfe*, fe fondent encore fur les témoignages de *St Théodoret*, de *Mazius* &c. Ils difent : Si *St Théodoret* & *Mazius* affirment que le livre de *Jofué* n'a pas été écrit par *Jofué*, & n'en eft pas moins admirable, ne pouvons-nous pas croire auffi que le Pentateuque eft très-admirable fans être de *Moïfe* ? Voyez fur cela le premier livre de l'*Hiftoire critique du vieux Teftament*, par le révérend père *Simon* de l'oratoire. Mais quoi qu'en aient dit tant de favans, il eft clair qu'il faut s'en tenir au fentiment de la fainte Eglife apoftolique & romaine, la feule infaillible.

(*c*) Actes, chap. VII, v. 16.

les autres à vingt-cinq. Il n'y a point de gardes du tréfor royal, ni de tefterdar du grand-turc, qui puiffe fupputer au jufte le tréfor du roi *Salomon*. Mais les jeunes bacheliers d'Oxford & de forbonne font ce compte tout courant.

Je ne parlerai point des innombrables aventures qui font arrivées à l'argent depuis qu'il a été frappé, marqué, évalué, altéré, prodigué, refferré, volé, ayant dans toutes fes tranfmigrations demeuré conftamment l'amour du genre-humain. On l'aime au point que chez tous les princes chrétiens, il y a encore une vieille loi qui fubfifte, c'eft de ne point laiffer fortir d'or & d'argent de leurs royaumes. Cette loi fuppofe de deux chofes l'une, ou que ces princes règnent fur des fous à lier qui fe défont de leurs efpèces en pays étranger pour leur plaifir, ou qu'il ne faut pas payer fes dettes à un étranger. Il eft clair pourtant que perfonne n'eft affez infenfé pour donner fon argent fans raifon, & que quand on doit à l'étranger il faut payer foit en lettres de change, foit en denrées, foit en efpèces fonnantes. Auffi cette loi n'eft pas exécutée depuis qu'on a commencé à ouvrir les yeux; & il n'y a pas long-temps qu'ils font ouverts.

Il y aurait beaucoup de chofes à dire fur l'argent monnayé, comme fur l'augmentation injufte & ridicule des efpèces, qui fait perdre tout d'un coup des fommes confidérables à un Etat, fur la refonte ou la remarque, avec une augmentation de valeur idéale, qui invite tous vos voifins, tous vos ennemis à remarquer votre monnaie & à gagner à vos dépens; enfin fur vingt autres tours d'adreffe inventés pour fe ruiner. Plufieurs livres nouveaux font pleins de réflexions judicieufes fur cet article. Il eft plus aifé d'écrire fur l'argent que d'en avoir ; & ceux qui en gagnent fe moquent beaucoup de ceux qui ne favent qu'en parler.

En général l'art du gouvernement confifte à prendre le plus d'argent qu'on peut à une grande partie des citoyens, pour le donner à une autre partie.

On demande s'il eft poffible de ruiner radicalement un royaume, dont en général la terre eft fertile ; on répond que la chofe n'eft pas praticable, attendu que depuis la guerre de 1689, jufqu'à la fin de 1769, où nous écrivons, on a fait prefque fans difcontinuation tout ce qu'on a pu pour ruiner la France fans ref-fource, & qu'on n'a jamais pu en venir à bout. C'eft un bon corps qui a eu la fièvre pendant quatre-vingts ans avec des redoublemens, & qui a été entre les mains des charlatans, mais qui vivra.

Si vous voulez lire un morceau curieux & bien fait fur l'argent de différens pays, adreffez-vous à l'article *Monnaie*, de M. le chevalier de *Jaucour*, dans l'Ency-clopédie ; on ne peut en parler plus favamment, & avec plus d'impartialité. Il eft beau d'approfondir un fujet qu'on méprife.

A R I A N I S M E.

TOUTES les grandes difputes théologiques pendant douze cents ans ont été grecques. Qu'auraient dit *Homère, Sophocle, Demofthènes, Archimède,* s'ils avaient été témoins de ces fubtils ergotifmes qui ont coûté tant de fang ?

Arius a l'honneur encore aujourd'hui de paſſer pour avoir inventé ſon opinion, comme *Calvin* paſſe pour être fondateur du calviniſme. La vanité d'être chef de ſecte eſt la ſeconde de toutes les vanités de ce monde ; car celle des conquérans eſt, dit-on, la première. Cependant ni *Calvin*, ni *Arius* n'ont certainement pas la triſte gloire de l'invention.

On ſe querellait depuis long-temps ſur la Trinité, lorſqu'*Arius* ſe mêla de la querelle dans la diſputeuſe ville d'Alexandrie, où *Euclide* n'avait pu parvenir à rendre les eſprits tranquilles & juſtes. Il n'y eut jamais de peuple plus frivole que les Alexandrins, les Pariſiens même n'en approchent pas.

Il fallait bien qu'on diſputât déjà vivement ſur la Trinité, puiſque le patriarche auteur de la *Chronique d'Alexandrie*, conſervée à Oxford, aſſure qu'il y avait deux mille prêtres qui ſoutenaient le parti qu'*Arius* embraſſa.

Mettons ici, pour la commodité du lecteur, ce qu'on dit d'*Arius* dans un petit livre qu'on peut n'avoir pas ſous la main.

Voici une queſtion incompréhenſible qui a exercé depuis plus de ſeize cents ans la curioſité, la ſubtilité ſophiſtique, l'aigreur, l'eſprit de cabale, la fureur de dominer, la rage de perſécuter, le fanatiſme aveugle & ſanguinaire, la crédulité barbare, & qui a produit plus d'horreurs que l'ambition des princes, qui pourtant en a produit beaucoup. JESUS eſt-il verbe ? S'il eſt verbe, eſt-il émané de DIEU dans le temps, ou avant le temps ? s'il eſt émané de DIEU, eſt-il coéternel & conſubſtantiel avec lui ? ou eſt-il d'une ſubſtance ſemblable ? eſt-il diſtinct de lui, ou ne l'eſt-il pas ?

eft-il fait, ou engendré ? Peut-il engendrer à fon tour ?
a-t-il la paternité ou la vertu productive fans paternité ? Le Saint-Efprit eft-il fait ou engendré , ou
produit, ou procédant du père, ou procédant du fils,
où procédant de tous les deux ? Peut-il engendrer ,
peut-il produire ? Son hypoftafe eft-elle confubftan-
tielle avec l'hypoftafe du père & du fils ? & comment,
ayant précifément la même nature, la même effence
que le père & le fils, peut-il ne pas faire les mêmes
chofes que ces deux perfonnes qui font lui-même ?

Ces queftions fi au-deffus de la raifon avaient
certainement befoin d'être décidées par une Eglife
infaillible.

On fophiftiquait, on ergotait, on fe haïffait, on
s'excommuniait chez les chrétiens pour quelques-uns
de ces dogmes inacceffibles à l'efprit humain avant
les temps d'*Arius* & d'*Athanafe*. Les Grecs égyptiens
étaient d'habiles gens, ils coupaient un chevéu en
quatre, mais cette fois-ci ils ne le coupèrent qu'en trois.
Alexandros évêque d'Alexandrie s'avife de prêcher que
Dieu étant néceffairement individuel, fimple, une
monade dans toute la rigueur du mot, cette monade
eft trine.

Le prêtre *Arious*, que nous nommons *Arius*, eft
tout fcandalifé de la monade d'*Alexandros*; il explique
la chofe différemment; il ergote en partie comme le
prêtre *Sabellious*, qui avait ergoté comme le phrygien
Praxeas, grand ergoteur. *Alexandros* affemble vîte un
petit concile de gens de fon opinion, & excommunie
fon prêtre. *Eufébios*, évêque de Nicomédie, prend le
parti d'*Arious* : voilà toute l'Eglife en feu.

L'empereur *Conftantin* était un fcélérat, je l'avoue, un parricide qui avait étouffé fa femme dans un bain, égorgé fon fils, affaffiné fon beau-père, fon beau-frère, & fon neveu, je ne le nie pas; un homme bouffi d'orgueil, & plongé dans les plaifirs, je l'accorde; un déteftable tyran, ainfi que fes enfans, *tranfeat*: mais il avait du bon fens. On ne parvient point à l'empire, on ne fubjugue pas tous fes rivaux fans avoir raifonné jufte.

Quand il vit la guerre civile des cervelles fcolaf-tiques allumée, il envoya le célèbre évêque *Ozius* avec des lettres déhortatoires aux deux parties belli-gérantes. (*a*) *Vous êtes de grands fous*, leur dit-il expreffément dans fa lettre, *de vous quereller pour des chofes que vous n'entendez pas. Il eft indigne de la gravité de vos miniftères de faire tant de bruit fur un fujet fi mince.*

Conftantin n'entendait pas par *mince fujet* ce qui regarde la Divinité, mais la manière incompréhenfible dont on s'efforçait d'expliquer la nature de la Divinité. Le patriarche arabe qui a écrit l'*Hiftoire de l'Eglife d'Alexandrie*, fait parler à-peu-près ainfi *Ozius* en préfentant la lettre de l'empereur:

(*a*) Un profeffeur de l'univerfité de Paris, nommé *le Beau*, qui a écrit l'*Hiftoire du bas empire*, fe garde bien de rapporter la lettre de *Conftantin* telle qu'elle eft, & telle que la rapporte le favant auteur du didionnaire des héréfies. *Ce bon prince*, dit-il, *animé d'une tendreffe paternelle*, *finiffait en ces termes: Rendez-moi des jours fereins & des nuits tranquilles.* Il rapporte les complimens de *Conftantin* aux évêques, mais il devait auffi rapporter le reproche. L'épithète de *bon prince* convient à *Titus*, à *Trajan*, à *Marc-Antonin*, à *Marc-Aurèle*, & même à *Julien le philofophe*, qui ne verfa jamais que le fang des ennemis de l'empire en prodiguant le fien, & non pas à *Conftantin* le plus ambitieux des hommes, le plus vain, le plus voluptueux, & en même temps le plus perfide & le plus fanguinaire. Ce n'eft pas écrire l'hiftoire, c'eft la défigurer.

„ Mes

,, Mes frères, le chriftianifme commence à peine
,, à jouir de la paix , & vous allez le plonger dans
,, une difcorde éternelle. L'empereur n'a que trop
,, raifon de vous dire que vous vous *querellez pour*
,, *un fujet fort mince.* Certainement, fi l'objet de la
,, difpute était effentiel, JESUS-CHRIST , que nous
,, reconnaiffons tous pour notre légiflateur, en aurait
,, parlé ; DIEU n'aurait pas envoyé fon fils fur la
,, terre pour ne nous pas apprendre notre catéchifme.
,, Tout ce qu'il ne nous a pas dit expreffément eft
,, l'ouvrage des hommes , & l'erreur eft leur partage.
,, JESUS vous a commandé de vous aimer , & vous
,, commencez par lui défobéir en vous haïffant , en
,, excitant la difcorde dans l'empire. L'orgueil feul
,, fait naître les difputes, & JESUS votre maître vous
,, a ordonné d'être humbles. Perfonne de vous ne
,, peut favoir fi JESUS eft fait, ou engendré. Et que
,, vous importe fa nature, pourvu que la vôtre foit
,, d'être juftes & raifonnables? Qu'a de commun une
,, vaine fcience de mots avec la morale qui doit
,, conduire vos actions ? Vous chargez la doctrine de
,, myftères, vous qui n'êtes faits que pour affermir la
,, religion par la vertu. Voulez-vous que la religion
,, chrétienne ne foit qu'un amas de fophifmes ?
,, eft-ce pour cela que le CHRIST eft venu ? Ceffez
,, de difputer; adorez, édifiez, humiliez-vous, nour-
,, riffez les pauvres, apaifez les querelles des familles
,, au lieu de fcandalifer l'empire entier par vos
,, difcordes. ,,

Ozius parlait à des opiniâtres. On affembla le concile
de Nicée, & il y eut une guerre civile fpirituelle dans
l'empire romain. Cette guerre en amena d'autres,

Dictionn. philofoph. Tome I.   K k

& de ſiècle en ſiècle on s'eſt perſécuté mutuellement juſqu'à nos jours.

Ce qu'il y eut de triſte, c'eſt que la perſécution commença dès que le concile fut terminé ; mais lorſque *Conſtantin* en avait fait l'ouverture, il ne ſavait encore quel parti prendre, ni ſur qui il ferait tomber la per-ſécution. Il n'était point chrétien, (*) quoiqu'il fût à la tête des chrétiens ; le baptême ſeul conſtituait alors le chriſtianiſme, & il n'était point baptiſé ; il venait même de faire rebâtir à Rome le temple de la Concorde. Il lui était ſans doute fort indifférent qu'*Alexandre* d'Alexandrie, ou *Euſébe* de Nicomédie, & le prêtre *Arius* euſſent raiſon ou tort ; il eſt aſſez évident, par la lettre ci-deſſus rapportée, qu'il avait un profond mépris pour cette diſpute.

Mais il arriva ce qu'on voit, & ce qu'on verra à jamais dans toutes les cours. Les ennemis de ceux qu'on nomma depuis *Ariens*, accuſèrent *Euſébe* de Nicomédie d'avoir pris autrefois ie parti de *Licinius* contre l'empereur : *J'en ai des preuves*, dit *Conſtantin* dans ſa lettre à l'Egliſe de Nicomédie, *par les prêtres & les diacres de ſa ſuite que j'ai pris &c.*

Ainſi donc dès le premier grand concile, l'intrigue, la cabale, la perſécution, ſont établies avec le dogme, ſans pouvoir en affaiblir la ſainteté. *Conſtantin* donna les chapelles de ceux qui ne croyaient pas la conſub-ſtantiabilité à ceux qui la croyaient, confiſqua les biens des diffidens à ſon profit, & ſe ſervit de ſon pouvoir deſpotique pour exiler *Arius* & ſes partiſans, qui alors n'étaient pas les plus forts. On a dit même que de ſon autorité privée il condamna à mort

(*) Voyez l'article *Viſion de Conſtantin*.

quiconque ne brûlerait pas les ouvrages d'*Arius* : mais ce fait n'eft pas vrai. *Conftantin*, tout prodigue qu'il était du fang des hommes, ne pouffa pas la cruauté jufqu'à cet excès de démence abfurde, de faire affaffiner par fes bourreaux celui qui garderait un livre hérétique, pendant qu'il laiffait vivre l'héréfiarque.

Tout change bientôt à la cour ; plufieurs évêques inconfubftantiels, des eunuques, des femmes parlèrent pour *Arius*, & obtinrent la révocation de la lettre de cachet. C'eft ce que nous avons vu arriver plufieurs fois dans nos cours modernes en pareille occafion.

Le célébre *Eusèbe*, évêque de Céfarée, connu par fes ouvrages qui ne font pas écrits avec un grand difcernement, accufait fortement *Euftate*, évêque d'Antioche, d'être fabellien ; & *Euftate* accufait *Eusèbe* d'être arien. On affembla un concile à Antioche ; *Eusèbe* gagna fa caufe ; on dépofa *Euftate* ; on offrit le fiége d'Antioche à *Eusèbe* qui n'en voulut point ; les deux partis s'armèrent l'un contre l'autre ; ce fut le prélude des guerres de controverfe. *Conftantin*, qui avait exilé *Arius* pour ne pas croire le Fils confubftantiel, exila *Euftate* pour le croire : de telles révolutions font communes.

St Athanafe était alors évêque d'Alexandrie ; il ne voulut point recevoir dans la ville *Arius* que l'empereur y avait envoyé, difant qu'*Arius était excommunié ; qu'un excommunié ne devait plus avoir ni maifon, ni patrie, qu'il ne pouvait ni manger, ni coucher nulle part, & qu'il vaut mieux obéir à* DIEU *qu'aux hommes.* Auffitôt nouveau concile à Tyr, & nouvelles lettres de cachet. *Athanafe* eft dépofé par les pères de Tyr, exilé à Trèves par l'empereur. Ainfi *Arius*, & *Athanafe* fon plus grand ennemi, font condamnés tour-à-tour par un homme qui n'était pas encore chrétien.

Les deux factions employèrent également l'artifice, la fraude, la calomnie, felon l'ancien & l'éternel ufage. *Conftantin* les laiffa difputer & cabaler ; il avait d'autres occupations. Ce fut dans ce temps-là que ce *bon prince* fit affaffiner fon fils, fa femme, fon neveu le jeune *Licinius*, l'efpérance de l'empire, qui n'avait pas encore douze ans.

Le parti d'*Arius* fut toujours victorieux fous *Conftantin*. Le parti oppofé n'a pas rougi d'écrire qu'un jour *S* *Macaire*, l'un des plus ardens fectateurs d'*Athanafe*, fachant qu'*Arius* s'acheminait pour entrer dans la cathédrale de Conftantinople, fuivi de plufieurs de fes confrères, pria DIEU fi ardemment de confondre cet héréfiarque, que DIEU ne put réfifter à la prière de *Macaire* ; que fur le champ tous les boyaux d'*Arius* lui fortirent par le fondement ; ce qui eft impoffible : mais enfin *Arius* mourut.

Conftantin le fuivit une année après, en 337 de l'ère vulgaire. On prétend qu'il mourut de la lèpre. L'empereur *Julien* dans fes *Céfars*, dit que le baptême que reçut cet empereur quelques heures avant fa mort ne guérit perfonne de cette maladie.

Comme fes enfans régnèrent après lui, la flatterie des peuples romains, devenus efclaves depuis long-temps, fut portée à un tel excès, que ceux de l'ancienne religion en firent un dieu, & ceux de la nouvelle en firent un faint. On célébra long-temps fa fête avec celle de fa mère.

Après fa mort, les troubles occafionnés par le feul mot *confubftantiel*, agitèrent l'empire avec violence.

Conflance, fils & fucceffeur de *Conflantin*, imita toutes les cruautés de fon père, & tint des conciles comme lui ; ces conciles s'anathématifèrent réciproquement. *Athanafe* courut l'Europe & l'Afie pour foutenir fon parti. Les eufébiens l'accablèrent. Les exils, les prifons, les tumultes, les meurtres, les affaffinats, fignalèrent la fin du règne de *Conflance*. L'empereur *Julien*, fatal ennemi de l'Eglife, fit ce qu'il put pour rendre la paix à l'Eglife, & n'en put venir à bout. *Jovien*, & après lui *Valentinien*, donnèrent une liberté entière de confcience : mais les deux partis ne la prirent que pour une liberté d'exercer leur haine & leur fureur.

Théodofe fe déclara pour le concile de Nicée : mais l'impératrice *Jufline*, qui régnait en Italie, en Illyrie, en Afrique, comme tutrice du jeune *Valentinien*, profcrivit le grand concile de Nicée ; & bientôt les Goths, les Vandales, les Bourguignons, qui fe répandirent dans tant de provinces, y trouvant l'arianifme établi, l'embraffèrent pour gouverner les peuples conquis par la propre religion de ces peuples mêmes.

Mais la foi nicéenne ayant été reçue chez les Gaulois, *Clovis*, leur vainqueur, fuivit leur communion par la même raifon que les autres barbares avaient profeffé la foi arienne.

Le grand *Théodoric* en Italie entretint la paix entre les deux partis ; & enfin la formule nicéenne prévalut dans l'Occident & dans l'Orient.

L'arianifme reparut vers le milieu du feizième fiècle, à la faveur de toutes les difputes de religion qui partageaient alors l'Europe : mais il reparut armé d'une force nouvelle, & d'une plus grande incrédulité. Quarante gentilshommes de Vicence formèrent une académie, dans laquelle on n'établit que les feuls dogmes qui parurent néceffaires pour être chrétiens. JESUS fut reconnu pour verbe, pour fauveur, & pour juge : mais on nia fa divinité, fa confubftantiabilité, & jufqu'à la Trinité.

Les principaux de ces dogmatiſeurs furent *Lélius Socin*, *Okin*, *Pazuta*, *Gentilis*. *Servet* ſe joignit à eux. On connaît fa malheureuſe difpute avec *Calvin* ; ils eurent quelque temps enfemble un commerce d'injures par lettres. *Servet* fut affez imprudent pour paffer par Genève, dans un voyage qu'il fefait en Allemagne. *Calvin* fut affez lâche pour le faire arrêter, & affez barbare pour le faire condamner à être brûlé à petit feu, c'eft-à-dire, au même fupplice auquel *Calvin* avait à peine échappé en France. Prefque tous les théologiens d'alors étaient tour-à-tour perfécuteurs & perfécutés, bourreaux ou victimes.

Le même *Calvin* follicita dans Genève la mort de *Gentilis*. Il trouva cinq avocats qui fignèrent que *Gentilis* méritait de mourir dans les flammes. De telles horreurs font dignes de cet abominable fiècle. *Gentilis* fut mis en prifon, & allait être brûlé comme *Servet :* mais il fut plus avifé que cet efpagnol ; il fe rétracta, donna les louanges les plus ridicules à *Calvin*, & fut fauvé. Mais fon malheur voulut enfuite que n'ayant pas affez ménagé un bailli du canton de Berne, il fut arrêté comme arien. Des témoins dépofèrent qu'il avait dit que les mots de *trinité*, d'*effence*, d'*hypoſtaſe*, ne fe trouvaient pas dans l'écriture fainte ; & fur cette dépofition, les juges, qui ne favaient pas plus que lui ce que c'eft qu'une hypoftafe, le condamnèrent fans raifonner à perdre la tête.

Fauftus Socin, neveu de *Lélius Socin*, & fes compagnons, furent plus heureux en Allemagne ; ils pénétrèrent en Siléfie & en Pologne ; ils y fondèrent des églifes, ils écrivirent, ils prêchèrent, ils réuffirent : mais à la longue, comme leur religion était dépouillée de prefque tous les myftères, & plutôt une fecte philofophique paifible qu'une fecte militante, ils furent abandonnés ; les jéfuites, qui avaient plus de crédit qu'eux, les pourfuivirent, & les difperfèrent.

Ce qui refte de cette fecte en Pologne, en Allemagne, en Hollande, fe tient caché & tranquille. La fecte a reparu en Angleterre avec plus de force & d'éclat. Le grand *Newton* & *Locke* l'embrafsèrent ; *Samuel Clarke*, célèbre curé de Saint-James, auteur d'un fi bon livre fur l'exiftence de DIEU, fe déclara hautement arien, & fes difciples font très-nombreux. Il n'allait jamais à fa paroiffe le jour qu'on y récitait le *fymbole* de St *Athanafe*. On pourra voir, dans le cours de cet ouvrage, les fubtilités que tous ces opiniâtres, plus philofophes que chrétiens, oppofent à la pureté de la foi catholique.

Quoiqu'il y eût un grand troupeau d'ariens à Londres parmi les théologiens, les grandes vérités mathématiques découvertes par *Newton*, & la fageffe métaphyfique de *Locke* ont plus occupé les efprits. Les difputes fur la confubftantialité ont paru très-fades aux philofophes. Il eft arrivé à *Newton* en Angleterre la même chofe qu'à *Corneille* en France ; on oublia *Pertharite*, *Théodore*, & fon recueil de vers, on ne penfa qu'à *Cinna*. *Newton* fut regardé comme l'interprète de DIEU dans le calcul des fluxions, dans les lois de la gravitation, dans la nature de la lumière. Il fut porté à fa mort par les pairs & le chancelier du royaume près des tombeaux des rois, & plus révéré qu'eux. *Servet* qui découvrit, dit-on, la circulation du fang, avait été brûlé à petit feu dans une petite ville des Allobroges, maîtrifée par un théologien de Picardie.

A R I S T É E.

QUOI! l'on voudra toujours tromper les hommes fur les chofes les plus indifférentes, comme fur les plus férieufes ! Un prétendu *Ariflée* veut faire croire qu'il a fait traduire l'ancien teftament en grec, pour l'ufage de *Ptolomée Philadelphe*, comme le duc de *Montaufier* a réellement fait commenter les meilleurs auteurs latins à l'ufage du dauphin qui n'en fefait aucun ufage.

Si on en croit cet *Ariflée*, *Ptolomée* brûlait d'envie de connaître les lois juives ; & pour connaître ces lois que le moindre juif d'Alexandrie lui aurait traduites pour cent écus, il fe propofa d'envoyer une ambaffade folemnelle au grand-prêtre des Juifs de Jérufalem, de délivrer fix vingts mille efclaves juifs que fon père *Ptolomée Soter* avait pris prifonniers en Judée, & de leur donner à chacun environ quarante écus de notre monnaie pour leur aider à faire le voyage agréablement ; ce qui fait quatorze millions quatre cents mille de nos livres.

Ptolomée ne fe contenta pas de cette libéralité inouïe. Comme il était fort dévot, fans doute, au judaïfme, il envoya au temple à Jérufalem une grande table d'or maffif, enrichie par-tout de pierres précieufes ; & il eut foin de faire graver fur cette table la carte du Méandre, fleuve de Phrygie ; (a) le cours de cette rivière était marqué par des rubis & par des émé-raudes. On fent combien cette carte du Méandre devait enchanter les Juifs. Cette table était chargée de deux immenfes vafes d'or encore mieux travaillés ; il donna trente autres vafes d'or, & une infinité de vafes d'argent. On n'a jamais payé fi chèrement un livre ; on aurait toute la bibliothèque du Vatican à bien meilleur marché.

Eléazar, prétendu grand-prêtre de Jérufalem, lui envoya à fon tour des ambaffadeurs qui ne préfentèrent qu'une lettre en beau vélin écrite en caractères d'or. C'était agir en dignes juifs que de donner un morceau de parchemin pour environ trente millions.

Ptolomée fut fi content du ftyle d'*Eléazar* qu'il en verfa des larmes de joie.

Les ambaffadeurs dînèrent avec le roi & les prin-cipaux prêtres d'Egypte. Quand il fallut bénir la table, les Egyptiens cédèrent cet honneur aux Juifs.

Avec ces ambaffadeurs arrivèrent foixante & douze interprètes, fix de chacune des douze tribus, tous ayant appris le grec en perfection dans Jérufalem. C'eft dommage, à la vérité, que de ces douze tribus il y en eût dix d'abfolument perdues, & difparues de la face de la terre depuis tant de fiècles : mais le

---

(a) Il fe peut très-bien pourtant que ce ne fût pas un plan du cours du Méandre, mais ce qu'on appelai en grec un *méandre*, un lacis, un nœud de pierres précieufes. C'était toujours un fort beau préfent.

grand-prêtre *Eléazar* les avait retrouvées exprès pour envoyer des traducteurs à *Ptolomée*.

Les soixante & douze interprètes furent enfermés dans l'île de Pharos; chacun d'eux fit sa traduction à part en soixante & douze jours, & toutes les traductions se trouvèrent semblables mot pour mot : c'est ce qu'on appelle la *traduction des septante*, qui devrait être nommée la *traduction des septante-deux*.

Dès que le roi eut reçu ces livres, il les adora, tant il était bon juif. Chaque interprète reçut trois talens d'or ; & on envoya encore au grand-sacrificateur pour son parchemin dix lits d'argent, une couronne d'or, des encensoirs, & des coupes d'or, un vase de trente talens d'argent, c'est-à-dire du poids d'environ soixante mille écus, avec dix robes de pourpre, & cent pièces de toile du plus beau lin.

Presque tout ce beau conte est fidellement rapporté par l'historien *Josephe*, qui n'a jamais rien exagéré. St *Justin* a enchéri sur *Josephe*; il dit que ce fut au roi *Hérode* que *Ptolomée* s'adressa, & non pas au grand-prêtre *Eléazar*. Il fait envoyer deux ambassadeurs de *Ptolomée* à *Hérode*, c'est beaucoup ajouter au merveilleux ; car on sait qu'*Hérode* ne naquit que long-temps après le règne de *Ptolomée Philadelphe*.

Ce n'est pas la peine de remarquer ici la profusion d'anachronismes qui règne dans ces romans & dans tous leurs semblables, la foule des contradictions & les énormes bévues dans lesquelles l'auteur juif tombe à chaque phrase : cependant cette fable a passé pendant des siècles pour une vérité incontestable ; & pour mieux exercer la crédulité de l'esprit humain, chaque auteur qui la citait, ajoutait ou retranchait à sa manière ; de forte qu'en croyant cette aventure il fallait la croire de cent manières différentes. Les uns rient de ces abfurdités dont les nations ont été abreuvées, les autres gémiffent de ces impoftures ; la multitude infinie des menfonges fait des *Démocrites* & des *Héraclites*.

A R I S T O T E.

IL ne faut pas croire que le précepteur d'*Alexandre*, choifi par *Philippe*, fût un pédant & un efprit faux. *Philippe* était affurément un bon juge, étant lui-même très-inftruit, & rival de *Démofthènes* en éloquence.

De fa logique.

LA logique d'*Ariftote*, fon art de raifonner, eft d'autant plus eftimable qu'il avait à faire aux Grecs, qui s'exerçaient continuellement à des argumens captieux ; & fon maître *Platon* était moins exempt qu'un autre de ce défaut.

Voici, par exemple, l'argument par lequel *Platon* prouve dans le *Phédon* l'immortalité de l'ame.

,, Ne dites-vous pas que la mort eft le contraire ,, de la vie ? — Oui. — Et qu'elles naiffent l'une de ,, l'autre ? — Oui. — Qu'eft-ce donc qui naît du ,, vivant ? — Le mort. — Et qui naît du mort ? — Le ,, vivant. — C'eft donc des morts que naiffent toutes ,, les chofes vivantes. Par conféquent les ames ,, exiftent dans les enfers après la mort. ,,

Il fallait des règles fures pour démêler cet épouvantable galimatias, par lequel la réputation de *Platon* fafcinait les efprits.

Il était néceffaire de démontrer que *Platon* donnait un fens louche à toutes fes paroles.

Le mort ne naît point du vivant ; mais l'homme vivant a ceffé d'être en vie.

Le vivant ne naît point du mort ; mais il eft né d'un homme en vie qui eft mort depuis.

Par conféquent, votre conclufion que toutes les chofes vivantes naiffent des mortes, eft ridicule. De cette conclufion vous en tirez une autre qui n'eft nullement renfermée dans les prémiffes. *Donc les ames font dans les enfers après la mort.*

Il faudrait avoir prouvé auparavant que les corps morts font dans les enfers, & que l'ame accompagne les corps morts.

Il n'y a pas un mot dans votre argument qui ait la moindre jufteffe. Il fallait dire : Ce qui penfe eft fans parties, ce qui eft fans parties eft indeftructible ; donc ce qui penfe en nous étant fans parties eft indeftructible.

Ou bien, le corps meurt parce qu'il eft divifible, l'ame n'eft point divifible ; donc elle ne meurt pas. Alors du moins on vous aurait entendu.

Il en eft de même de tous les raifonnemens captieux des Grecs. Un maître enfeigne la rhétorique à fon difciple, à condition que le difciple le payera à la première caufe qu'il aura gagnée.

Le difciple prétend ne le payer jamais. Il intente un procès à fon maître ; il lui dit : Je ne vous devrai jamais rien ; car fi je perds ma caufe je ne devais vous payer qu'après l'avoir gagnée, & fi je gagne, ma demande eft de ne vous point payer.

Le

Le maître rétorquait l'argument, & difait : Si vous perdez, payez ; & fi vous gagnez, payez, puifque notre marché eft que vous me payerez après la première caufe que vous aurez gagnée.

Il eft évident que tout cela roule fur une équivoque. *Ariftote* enfeigne à la lever en mettant dans l'argument les termes néceffaires.

> On ne doit payer qu'à l'échéance ;
> L'échéance eft ici une caufe gagnée.
> Il n'y a point eu encore de caufe gagnée ;
> Donc il n'y a point eu encore d'échéance ;
> Donc le difciple ne doit rien encore,

Mais *encore* ne fignifie pas *jamais*. Le difciple fefait donc un procès ridicule.

Le maître de fon côté n'était pas en droit de rien exiger, puifqu'il n'y avait pas encore d'échéance.

Il fallait qu'il attendît que le difciple eût plaidé quelque autre caufe.

Qu'un peuple vainqueur ftipule qu'il ne rendra au peuple vaincu que la moitié de fes vaiffeaux ; qu'il les faffe fcier en deux ; & qu'ayant ainfi rendu la moitié jufte il prétende avoir fatisfait au traité, il eft évident que voilà une équivoque très-criminelle.

Ariftote, par les règles de fa *logique*, rendit donc un grand fervice à l'efprit humain en prévenant toutes les équivoques ; car ce font elles qui font tous les mal-entendus en philofophie, en théologie, & en affaires.

La malheureufe guerre de 1756 a eu pour prétexte une équivoque fur l'Acadie.

Il eft vrai que le bon fens naturel, & l'habitude de raifonner fe paffent des règles d'*Ariftote*. Un homme

Dictionn. philofoph. Tome I.   L l

qui a l'oreille & la voix jufte , peut bien chanter
fans les règles de la mufique ; mais il vaut mieux la
favoir.

De fa phyfique.

ON ne la comprend guère ; mais il eft plus que
probable qu'*Ariftote* s'entendait , & qu'on l'entendait
de fon temps. Le grec eft étranger pour nous. On
n'attache plus aujourd'hui aux mêmes mots les mêmes
idées.

Par exemple , quand il dit dans fon chapitre fept ,
que les principes des corps font *la matière* , *la privation*,
la forme ; il femble qu'il dife une bêtife énorme ; ce
n'en eft pourtant point une. La matière, felon lui ,
eft le premier principe de tout , le fujet de tout ,
indifférent à tout. La forme lui eft effentielle pour
devenir une certaine chofe. La privation eft ce qui
diftingue un être de toutes les chofes qui ne font
point en lui. La matière eft indifférente à devenir rofe
ou poirier. Mais, quand elle eft poirier ou rofe, elle
eft privée de tout ce qui la ferait argent ou plomb.
Cette vérité ne valait peut-être pas la peine d'être
énoncée ; mais enfin il n'y a rien là que de très-
intelligible , & rien qui foit impertinent.

L'*aɛte de ce qui eſt en puiffance* paraît ridicule, & ne
l'eft pas davantage. La matière peut devenir tout
ce qu'on voudra , feu , terre , eau , vapeur , métal ,
minéral, animal, arbre, fleur. C'eft tout ce que cette
expreffion d'*aɛte en puiffance* fignifie. Ainfi il n'y avait
point de ridicule chez les Grecs à dire que le mouvement était un aɛte de puiffance , puifque la matière
peut être mue. Et il eft fort vraifemblable qu'*Ariftote*

entendait par-là que le mouvement n'eſt pas eſſentiel à la matière.

Ariſtote dut faire néceſſairement une très-mauvaiſe phyſique de détail; & c'eſt ce qui lui a été commun avec tous les philoſophes, juſqu'au temps où les *Galilée*, les *Toricelli*, les *Gueric*, les *Drebellius*, les *Boiles*, l'académie *del Cimento*, commencèrent à faire des expériences. La phyſique eſt une mine dans laquelle on ne peut deſcendre qu'avec des machines, que les anciens n'ont jamais connues. Ils ſont reſtés ſur le bord de l'abyme, & ont raiſonné ſur ce qu'il contenait ſans le voir.

Traité d'Ariſtote ſur les animaux.

S E s *Recherches ſur les animaux*, au contraire, ont été le meilleur livre de l'antiquité, parce qu'*Ariſtote* ſe ſervit de ſes yeux. *Alexandre* lui fournit tous les animaux rares de l'Europe, de l'Afrique, & de l'Aſie. Ce fut un fruit de ſes conquêtes. Ce héros y dépenſa des ſommes qui effrayeraient tous les gardes du tréſor-royal d'aujourd'hui, & c'eſt ce qui doit immortaliſer la gloire d'*Alexandre* dont nous avons déjà parlé.

De nos jours un héros, quand il a le malheur de faire la guerre, peut à peine donner quelque encouragement aux ſciences; il faut qu'il emprunte de l'argent d'un juif, & qu'il conſulte continuellement des ames juives pour faire couler la ſubſtance de ſes ſujets dans ſon coffre des Danaïdes, dont elle ſort le moment d'après par cent ouvertures. *Alexandre* feſait venir chez *Ariſtote*, éléphans, rhinocéros, tigres, lions, crocodiles, gazelles, aigles, autruches. Et nous autres, quand par haſard on nous amène un animal rare dans nos foires, nous allons l'admirer pour vingt fous ; & il meurt avant que nous ayons pu le connaître.

Du monde éternel.

Ariſtote foutient expreſſément dans ſon livre du *ciel*, chap. XI, que le monde eſt éternel ; c'était l'opinion de toute l'antiquité, excepté des épicuriens. Il admettait un DIEU, un premier moteur ; & il le définit, (a) *Un, éternel, immobile, indiviſible, ſans qualités.*

Il fallait donc qu'il regardât le monde émané de DIEU, comme la lumière émanée du foleil, & auſſi ancienne que cet aſtre.

A l'égard des fphères céleſtes, il eſt auſſi ignorant que tous les autres philoſophes. *Copernic* n'était pas venu.

De ſa métaphyſique.

DIEU étant le premier moteur, il fait mouvoir l'ame ; mais qu'eſt-ce que DIEU felon lui, & qu'eſt-ce que l'ame ? L'ame eſt une entéléchie. Mais que veut dire entéléchie ? (b) C'eſt, dit-il, un principe & un acte, une puiſſance nutritive, fentante, & raifonnable. Cela ne veut dire autre chofe, finon que nous avons la faculté de nous nourrir, de fentir, & de raifonner. Le comment & le pourquoi font un peu difficiles à faifir. Les Grecs ne favaient pas plus ce que c'eſt qu'une entéléchie, que les topinambous, & nos docteurs ne favent ce que c'eſt qu'une ame.

De ſa morale.

LA morale d'*Ariſtote* eſt, comme toutes les autres, fort bonne ; car il n'y a pas deux morales. Celles de

(a) Liv. VII, chap. XII,   (b) Liv. II, chap. II.

Confutzée, de *Zoroaſtre*, de *Pythagore*, d'*Ariſtote*, d'*Epictète*, de *Marc-Antonin*, ſont abſolument les mêmes. DIEU a mis dans tous les cœurs la connaiſſance du bien avec quelque inclination pour le mal.

Ariſtote dit qu'il faut trois choſes pour être vertueux, la nature, la raiſon, & l'habitude ; rien n'eſt plus vrai. Sans un bon naturel la vertu eſt trop difficile ; la raiſon le fortifie, & l'habitude rend les actions honnêtes auſſi familières qu'un exercice journalier auquel on s'eſt accoutumé.

Il fait le dénombrement de toutes les vertus, entre leſquelles il ne manque pas de placer l'amitié. Il diſtingue l'amitié entre les égaux, les parens, les hôtes, & les amans. On ne connaît plus parmi nous l'amitié qui naît des droits de l'hoſpitalité. Ce qui était le ſacré lien de la ſociété chez les anciens, n'eſt parmi nous qu'un compte de cabaretier. Et à l'égard des amans, il eſt rare aujourd'hui qu'on mette de la vertu dans l'amour. On croit ne devoir rien à une femme à qui on a mille fois tout promis.

Il eſt triſte que nos premiers docteurs n'aient preſque jamais mis l'amitié au rang des vertus, n'aient preſque jamais recommandé l'amitié ; au contraire, ils ſemblèrent inſpirer ſouvent l'inimitié. Ils reſſem-blaient aux tyrans qui craignent les aſſociations.

C'eſt encore avec très-grande raiſon qu'*Ariſtote* met toutes les vertus entre les extrêmes oppoſés. Il eſt peut-être le premier qui leur ait aſſigné cette place.

Il dit expreſſément que la piété eſt le milieu entre l'athéiſme & la ſuperſtition.

De fa rhétorique.

C'EST probablement fa *rhétorique* & fa *poëtique* que Cicéron & Quintilien ont en vue. *Cicéron*, dans fon livre de l'orateur, dit, *perfonne n'eut plus de fcience, plus de fagacité, d'invention, & de jugement:* Quintilien va jufqu'à louer non-feulement l'étendue de fes connaiffances, mais encore la fuavité de fon élocution, *eloquendi fuavitatem.*

Ariftote veut qu'un orateur foit inftruit des lois, des finances, des traités, des places de guerre, des garnifons, des vivres, des marchandifes. Les orateurs des parlemens d'Angleterre, des diètes de Pologne, des états de Suède, des pregadi de Venife, &c. ne trouveront pas ces leçons d'*Ariftote* inutiles; elles le font peut-être à d'autres nations.

Il veut que l'orateur connaiffe les paffions des hommes, & les mœurs, les humeurs de chaque condition.

Je ne crois pas qu'il y ait une feule fineffe de l'art qui lui échappe. Il recommande furtout qu'on apporte des exemples quand on parle d'affaires publiques; rien ne fait un plus grand effet fur l'efprit des hommes.

On voit, par ce qu'il dit fur cette matière, qu'il écrivait fa rhétorique long-temps avant qu'*Alexandre* fût nommé capitaine-général de la Grèce contre le grand roi.

Si quelqu'un, dit-il, avait à prouver aux Grecs qu'il eft de leur intérêt de s'oppofer aux entreprifes du roi de Perfe, & d'empêcher qu'il ne fe rende maître de l'Egypte, il devrait d'abord faire fouvenir que *Darius Ochus* ne voulut attaquer la Grèce qu'après que l'Egypte fut en fa puiffance; il remarquerait que *Xerxès* tint la même conduite. Il ne faut point douter, ajouterait-il, que *Darius Codoman* n'en ufe ainfi. Gardez-vous de fouffrir qu'il s'empare de l'Egypte.

Il va jufqu'à permettre, dans les difcours devant les grandes affemblées, les paraboles & les fables. Elles faififfent toujours la multitude; il en rapporte de très-ingénieufes, & qui font de la plus haute antiquité; comme celle du cheval qui implora le fecours de l'homme pour fe venger du cerf, & qui devint efclave pour avoir cherché un protecteur.

On peut remarquer que dans le livre fecond, où il traite des argumens du plus au moins, il rapporte un exemple qui fait bien voir quelle était l'opinion de la Grèce, & probablement de l'Afie, fur l'étendue de la puiffance des dieux.

S'il eft vrai, dit-il, *que les dieux mêmes ne peuvent pas tout favoir, quelque éclairés qu'ils foient, à plus forte raifon les hommes.* Ce paffage montre évidemment qu'on n'attribuait pas alors l'omnifcience à la Divinité. On ne concevait pas que les dieux puffent favoir ce qui n'eft pas: or l'avenir n'étant pas, il leur paraiffait impoffible de le connaître. C'eft l'opinion des fociniens d'aujourd'hui, mais revenons à la rhétorique d'*Ariftote*.

Ce que je remarquerai le plus dans fon chapitre de l'*élocution* & de la *diction*, c'eft le bon fens avec lequel il condamne ceux qui veulent être poëtes en profe. Il veut du pathétique, mais il bannit l'enflure; il profcrit les épithètes inutiles. En effet, *Démofthènes* & *Cicéron*, qui ont fuivi fes préceptes, n'ont jamais affecté le ftyle poëtique dans leurs difcours. Il faut, dit *Ariſtote*, que le ſtyle ſoit toujours conforme au ſujet.

Rien n'eſt plus déplacé que de parler de phyſique poëtiquement, & de prodiguer les figures, les ornemens, quand il ne faut que méthode, clarté, & vérité. C'eſt le charlataniſme d'un homme qui veut faire paſſer de faux ſyſtèmes à la faveur d'un vain bruit de paroles. Les petits eſprits ſont trompés par cet appât, & les bons eſprits le dédaignent.

Parmi nous, l'oraiſon funèbre s'eſt emparée du ſtyle poëtique en proſe : mais ce genre conſiſtant preſque tout entier dans l'exagération, il ſemble qu'il lui ſoit permis d'emprunter ſes ornemens de la poëſie.

Les auteurs des romans ſe ſont permis quelquefois cette licence. *La Calprenède* fut le premier, je penſe, qui tranſpoſa ainſi les limites des arts, & qui abuſa de cette facilité. On fit grâce à l'auteur du *Télémaque* en faveur d'*Homère* qu'il imitait ſans pouvoir faire de vers, & plus encore en faveur de ſa morale, dans laquelle il ſurpaſſe infiniment *Homère* qui n'en a aucune. Mais ce qui lui donna le plus de vogue, ce fut la critique de la fierté de *Louis XIV*, & de la dureté de *Louvois* qu'on crut apercevoir dans le *Télémaque*.

Quoi qu'il en ſoit, rien ne prouve mieux le grand ſens & le bon goût d'*Ariſtote*, que d'avoir aſſigné ſa place à chaque choſe.

Poëtique.

Ou trouver dans nos nations modernes un phyſicien, un géomètre, un métaphyſicien, un moraliſte même qui ait bien parlé de la poëſie? Ils ſont accablés des noms d'*Homère*, de *Virgile*, de *Sophocle*, de

A R I S T O T E. 537

l'*Arioſte*, du *Taſſe*, & de tous ceux qui ont enchanté
la terre par les productions harmonieuſes de leur
génie. Ils n'en ſentent pas les beautés, ou s'ils les
ſentent, ils voudraient les anéantir.

Quel ridicule dans *Paſcal* de dire : ,, Comme on
,, dit *beauté poëtique*, on devrait dire auſſi *beauté*
,, *géométrique*, & *beauté médicinale*. Cependant on ne
,, le dit point ; & la raiſon en eſt qu'on ſait bien
,, quel eſt l'objet de la géométrie, & quel eſt l'objet
,, de la médecine ; mais on ne ſait pas en quoi
,, conſiſte l'agrément qui eſt l'objet de la poëſie. On
,, ne ſait ce que c'eſt que ce modèle naturel qu'il faut
,, imiter ; & faute de cette connaiſſance on a inventé
,, de certains termes bizarres, *ſiècle d'or*, *merveilles de*
,, *nos jours*, *fatal laurier*, *bel aſtre*, &c. Et on appelle
,, ce jargon *beauté poëtique*. ,,

On ſent aſſez combien ce morceau de *Paſcal* eſt
pitoyable. On ſait qu'il n'y a rien de beau ni dans
une médecine, ni dans les propriétés d'un triangle,
& que nous n'appelons *beau* que ce qui cauſe à notre
ame & à nos ſens du plaiſir & de l'admiration. C'eſt
ainſi que raiſonne *Ariſtote* : & *Paſcal* raiſonne ici fort
mal. *Fatal laurier*, *bel aſtre*, n'ont jamais été des
beautés poëtiques. S'il avait voulu ſavoir ce que c'eſt,
il n'avait qu'à lire dans *Malherbe* :

Le pauvre en ſa cabane, où le chaume le couvre,
    Eſt ſoumis à ſes lois ;
Et la garde qui veille aux barrières du louvre,
    N'en défend pas nos rois.

Il n'avait qu'à lire dans *Racan* :

Que te ſert de chercher les tempêtes de Mars,
Pour mourir tout en vie au milieu des haſards

Où la gloire te mène?

Cette mort qui promet un fi digne loyer,

N'eft toujours que la mort, qu'avec bien moins de peine

L'on trouve en fon foyer.

Que fert à ces héros ce pompeux appareil,

Dont ils vont dans la lice éblouir le foleil

Des tréfors du Pactole?

La gloire qui les fuit, après tant de travaux,

Se paffe en moins de temps que la poudre qui vole

Du pied de leurs chevaux.

Il n'avait furtout qu'à lire les grands traits d'*Homère*, de *Virgile*, d'*Horace*, d'*Ovide*, &c.

Nicole écrivit contre le théâtre dont il n'avait pas la moindre teinture, & il fut fecondé par un nommé *Dubois*, qui était auffi ignorant que lui en belles-lettres.

Il n'y a pas jufqu'à *Montefquieu*, qui dans fon livre amufant des lettres perfanes, a la petite vanité de croire qu'*Homère* & *Virgile* ne font rien en comparaifon d'un homme qui imite avec efprit & avec fuccès le *Siamois* de *Dufréni*, & qui remplit fon livre de chofes hardies, fans lefquelles il n'aurait pas été lu. *Qu'eft-ce que les poëmes épiques?* dit-il, *je n'en fais rien; je méprife les lyriques autant que j'eftime les tragiques.* Il devait pourtant ne pas tant méprifer *Pindare* & *Horace*. *Ariftote* ne méprifait point *Pindare*.

Defcartes fit à la vérité pour la reine *Chriftine* un petit divertiffement en vers, mais digne de fa matière cannelée.

Mallebranche ne diftinguait pas le *qu'il mourût* de *Corneille*, d'un vers de *Jodéle* ou de *Garnier*.

Quel homme qu'*Ariſtote* qui trace les règles de la tragédie de la même main dont il a donné celles de la dialectique, de la morale, de la politique, & dont il a levé, autant qu'il a pu, le grand voile de la nature !

C'eſt dans le chapitre quatrième de ſa *poëtique* que *Boileau* a puiſé ces beaux vers :

Il n'eſt point de ferpent ni de monſtre odieux,
Qui par l'art imité ne puiſſe plaire aux yeux ;
D'un pinceau délicat l'artifice agréable,
Du plus affreux objet fait un objet aimable :
Ainſi, pour nous charmer, la tragédie en pleurs,
D'Oedipe tout ſanglant fit parler les douleurs.

Voici ce que dit *Ariſtote :* ,, L'imitation & l'har-
,, monie ont produit la poëſie.... nous voyons avec
,, plaiſir dans un tableau des animaux affreux, des
,, hommes morts ou mourans que nous ne regar-
,, derions qu'avec chagrin & avec frayeur dans la
,, nature. Plus ils ſont bien imités, plus ils vous
,, cauſent de ſatisfaction. ,,

Ce quatrième chapitre de la poëtique d'*Ariſtote*, ſe retrouve preſque tout entier dans *Horace* & dans *Boileau*. Les lois qu'il donne dans les chapitres ſuivans, ſont encore aujourd'hui celles de nos bons auteurs, ſi vous en exceptez ce qui regarde les chœurs & la muſique. Son idée que la tragédie eſt inſtituée pour purger les paſſions, a été fort combattue ; mais s'il entend, comme je le crois, qu'on peut dompter un amour inceſtueux en voyant le malheur de *Phèdre*, qu'on peut réprimer ſa colère en voyant le triſte exemple d'*Ajax*, il n'y a plus aucune difficulté.

Ce que ce philofophe recommande expreffément, c'eft qu'il y ait toujours de l'héroïfme dans la tragédie, & du ridicule dans la comédie. C'eft une règle dont on commence peut-être trop aujourd'hui à s'écarter.

ARMES, ARMÉES, &c.

C'EST une chofe très-digne de confidération, qu'il y ait eu & qu'il y ait encore fur la terre des fociétés fans armées. Les brachmanes qui gouvernèrent long-temps prefque toute la grande Cherfonèfe de l'Inde ; les primitifs nommés *Quakers*, qui gouvernent la Penfil-vanie ; quelques peuplades de l'Amérique, quelques-unes même du centre de l'Afrique ; les Samoïèdes, les Lapons, les Kamshatkadiens n'ont jamais marché en front de bandière pour détruire leurs voifins.

Les brachmanes furent les plus confidérables de tous ces peuples pacifiques ; leur cafte qui eft fi ancienne, qui fubfifte encore, & devant qui toutes les autres inftitutions font nouvelles, eft un prodige qu'on ne fait pas admirer. Leur police & leur religion fe réu-nirent toujours à ne verfer jamais de fang, pas même celui des moindres animaux. Avec un tel régime on eft aifément fubjugué ; ils l'ont été, & n'ont point changé.

Les Penfilvains n'ont jamais eu d'armée, & ils ont conftamment la guerre en horreur.

Plufieurs peuplades de l'Amérique ne favaient ce que c'était qu'une armée avant que les Efpagnols vinffent les exterminer tous. Les habitans des bords de la mer Glaciale ignorent, & armes, & dieux des armées, & bataillons, & efcadrons.

Outre ces peuples, les prêtres, les religieux, ne portent les armes en aucun pays, du moins quand ils font fidelles à leur inflitution.

Ce n'eft que chez les chrétiens qu'on a vu des fociétés religieufes établies pour combattre, comme templiers, chevaliers de Saint Jean, chevaliers teutons, chevaliers porte-glaives. Ces ordres religieux furent inftitués à l'imitation des lévites qui combattirent comme les autres tribus juives.

Ni les armées ni les armes ne furent les mêmes dans l'antiquité. Les Egyptiens n'eurent prefque jamais de cavalerie; elle eût été affez inutile dans un pays entre-coupé de canaux, inondé pendant cinq mois, & fan-geux pendant cinq autres. Les habitans d'une grande partie de l'Afie employèrent les quadriges de guerre. Il en eft parlé dans les annales de la Chine. *Confutzée* dit (a) qu'encore de fon temps chaque gouverneur de province fourniffait à l'empereur mille chars de guerre à quatre chevaux. Les Troyens & les Grecs combattaient fur des chars à deux chevaux.

La cavalerie & les chars furent inconnus à la nation juive dans un terrain montagneux, où leur premier roi n'avait que des âneffes quand il fut élu. Trente fils de *Jaïr*, princes de trente villes, à ce que dit le texte, (b) étaient montés chacun fur un âne. *Saül*, depuis roi de Juda, n'avait que des âneffes; & les fils de *David* s'enfuirent tous fur des mules lorfqu'*Abfalon* eut tué fon frère *Ammon*. *Abfalon* n'était monté que fur une mule dans la bataille qu'il livra contre les troupes de fon père; ce qui prouve, felon les hiftoires juives, que l'on commençait alors à fe fervir de jumens en

(a) *Confucius*, liv. III, part. I. (b) Juges, chap. X, verf. 4.

Paleftine, ou bien qu'on y était déjà affez riche pour acheter des mules des pays voifins.

Les Grecs fe fervirent peu de cavalerie ; ce fut princi-palement avec la phalange macédonienne qu'*Alexandre* gagna les batailles qui lui affujettirent la Perfe.

C'eft l'infanterie romaine qui fubjugua la plus grande partie du monde. *Céfar*, à la bataille de Phar-fale, n'avait que mille hommes de cavalerie.

On ne fait point en quel temps les Indiens & les Africains commencèrent à faire marcher les éléphans à la tête de leurs armées. Ce n'eft pas fans furprife qu'on voit les éléphans d'*Annibal* paffer les Alpes, qui étaient beaucoup plus difficiles à franchir qu'au-jourd'hui.

On a difputé long-temps fur les difpofitions des armées romaines & grecques, fur leurs armes, fur leurs évolutions.

Chacun a donné fon plan des batailles de Zama & de Pharfale.

Le commentateur *Calmet*, bénédictin, a fait impri-mer trois gros volumes du dictionnaire de la Bible, dans lefquels, pour mieux expliquer les commande-mens de DIEU, il a inféré cent gravures où fe voient des plans de bataille, & des fiéges en taille-douce. Le Dieu des Juifs était le Dieu des armées, mais *Calmet* n'était pas fon fecrétaire : il n'a pu favoir que par révélation comment les armées des Amalécites, des Moabites, des Syriens, des Philiftins, furent arrangées pour les jours de meurtre général. Ces eftampes de carnage, deffinées au hafard, enchérirent fon livre de cinq ou fix louis d'or, & ne le rendirent pas meilleur.

C'eſt une grande queſtion ſi les Francs, que le jéſuite *Daniel* appelle *Français* par anticipation, ſe ſervaient de flèches dans leurs armées, s'ils avaient des caſques & des cuiraſſes.

Suppoſé qu'ils allaſſent au combat preſque nus, & armés ſeulement, comme on le dit, d'une petite hache de charpentier, d'une épée, & d'un couteau; il en réſultera que les Romains, maîtres des Gaules ſi aiſément vaincus par *Clovis*, avaient perdu toute leur ancienne valeur, & que les Gaulois aimèrent autant devenir les ſujets d'un petit nombre de Francs, que d'un petit nombre de Romains.

L'habillement de guerre changea enſuite, ainſi que tout change.

Dans les temps des chevaliers, écuyers, & varlets, on ne connut plus que la gendarmerie à cheval en Allemagne, en France, en Italie, en Angleterre, en Eſpagne. Cette gendarmerie était couverte de fer, ainſi que les chevaux. Les fantaſſins étaient des ſerfs qui feſaient plutôt les fonctions de pionniers que de ſoldats. Mais les Anglais eurent toujours dans leurs gens de pied de bons archers, & c'eſt en grande partie ce qui leur fit gagner preſque toutes les batailles.

Qui croirait qu'aujourd'hui les armées ne ſont guère que des expériences de phyſique ? un ſoldat ferait bien étonné ſi quelque ſavant lui diſait: ,, Mon ,, ami, tu es un meilleur machiniſte qu'*Archimède*. ,, Cinq parties de ſalpêtre, une partie de ſoufre, une ,, partie de *carbo ligneus*, ont été préparées chacune ,, à part. Ton ſalpêtre diſſous, bien filtré, bien ,, évaporé, bien criſtalliſé, bien remué, bien ſéché, ,, s'eſt incorporé avec le ſoufre purifié, & d'un beau

» jaune. Ces deux ingrédiens, mêlés avec le charbon
» pilé, ont formé de groffes boules par le moyen d'un
» peu de vinaigre, ou de diffolution de fel ammoniac,
» ou d'urine. Ces boules ont été réduites *in pulverem*
» *pirium* dans un moulin. L'effet de ce mélange eft
» une dilatation qui eft à-peu-près comme quatre
» mille eft à l'unité ; & le plomb qui eft dans ton
» tuyau, fait un autre effet qui eft le produit de fa
» maffe multiplié par fa vîteffe.

» Le premier qui devina une grande partie de ce
» fecret de mathématique, fut un bénédictin nommé
» *Roger Bacon.* Celui qui l'inventa tout entier fut un
» autre bénédictin allemand nommé *Schwartz*, au
» quatorzième fiècle. Ainfi, c'eft à deux moines que
» tu dois l'art d'être un excellent meurtrier, fi tu
» tires jufte, & fi ta poudre eft bonne.

» C'eft en vain que du *Cange* a prétendu qu'en
» 1338 les regiftres de la chambre des comptes de
» Paris font mention d'un mémoire payé pour de la
» poudre à canon : n'en crois rien, il s'agit là de
» l'artillerie, nom affecté aux anciennes machines de
» guerre, & aux nouvelles.

» La poudre à canon fit oublier entièrement le feu
» grégeois dont les Maures fefaient encore quelque
» ufage. Te voilà enfin dépofitaire d'un art qui non-
» feulement imite le tonnerre, mais qui eft beaucoup
» plus terrible. »

Ce difcours qu'on tiendrait à un foldat, ferait de
la plus grande vérité. Deux moines ont en effet changé
la face de la terre.

Avant que les canons fuffent connus, les nations hy-
perborées avaient fubjugué prefque tout l'hémifphère,

&

& pourraient revenir encore, comme des loups affamés, dévorer les terres qui l'avaient été autrefois par leurs ancêtres.

Dans toutes les armées c'était la force du corps, l'agilité, une efpèce de fureur fanguinaire, un acharnement d'homme à homme qui décidaient de la victoire, & par conféquent du deftin des Etats. Des hommes intrépides prenaient des villes avec des échelles. Il n'y avait guère plus de difcipline dans les armées du Nord, au temps de la décadence de l'empire romain, que dans les bêtes carnaffières qui fondent fur leur proie.

Aujourd'hui une feule place frontière, munie de canon, arrêterait les armées des *Attila* & des *Gengis*.

On a vu, il n'y a pas long-temps, une armée de Ruffes victorieux, fe confumer inutilement devant Cuftrin, qui n'eft qu'une petite forterefle dans un marais.

Dans les batailles, les hommes les plus faibles de corps peuvent l'emporter fur les plus robuftes, avec une artillerie bien dirigée. Quelques canons fuffirent à la bataille de Fontenói pour faire retourner en arrière toute la colonne anglaife déjà maîtrefle du champ de bataille.

Les combattans ne s'approchent plus : le foldat n'a plus cette ardeur, cet emportement qui redouble dans la chaleur de l'action lorfque l'on combat corps à corps. La force, l'adrefle, la trempe des armes même, font inutiles. A peine une feule fois dans une guerre fe fert-on de la baïonnette au bout du fufil, quoiqu'elle foit la plus terrible des armes.

Dictionn. philofoph. Tome I.　　　M m

Dans une plaine fouvent entourée de redoutes munies de gros canons, deux armées s'avancent en filence ; chaque bataillon mène avec foi des canons de campagne ; les premières lignes tirent l'une contre l'autre, & l'une après l'autre. Ce font des victimes qu'on préfente tour-à-tour aux coups de feu. On voit fouvent fur les ailes, des efcadrons expofés continuel-lement aux coups de canon en attendant l'ordre du général. Les premiers qui fe laffent de cette manœuvre, laquelle ne laiffe aucun lieu à l'impétuofité du courage, fe débandent, & quittent le champ de bataille. On va les rallier, fi l'on peut, à quelques milles de là. Les ennemis victorieux affiégent une ville qui leur coûte quelquefois plus de temps, plus d'hommes, plus d'argent, que plufieurs batailles ne leur auraient coûté. Les progrès font très-rarement rapides : & au bout de cinq ou fix ans, les deux parties également épuifées font obligées de faire la paix.

Ainfi, à tout prendre, l'invention de l'artillerie & la méthode nouvelle ont établi entre les puiffances une égalité qui met le genre-humain à l'abri des anciennes dévaftations, & qui par-là rend les guerres moins funeftes, quoiqu'elles le foient encore prodi-gieufement.

Les Grecs dans tous les temps, les Romains jufqu'au temps de *Sylla*, les autres peuples de l'Occident & du Septentrion, n'eurent jamais d'armée fur pied conti-nuellement foudoyée ; tout bourgeois était foldat, & s'enrôlait en temps de guerre. C'était précifément comme aujourd'hui en Suiffe. Parcourez-la toute entière, vous n'y trouverez pas un bataillon, excepté dans le temps des revues ; fi elle a la guerre, vous y voyez tout d'un coup quatre-vingts mille foldats en armes.

Ceux qui ufurpèrent la puiffance fuprème depuis *Sylla*, eurent toujours des troupes permanentes fou-doyées de l'argent des citoyens pour tenir les citoyens affujettis, encore plus que pour fubjuguer les autres nations. Il n'y a pas jufqu'à l'évêque de Rome qui ne foudoie une petite armée. Qui l'eût dit du temps des apôtres, que le ferviteur des ferviteurs de DIEU aurait des régimens, & dans Rome ?

Ce qu'on craint le plus en Angleterre, c'eft *a great ftanding army*, une grande armée fur pied.

Les janiffaires ont fait la grandeur des fultans, mais auffi ils les ont étranglés. Les fultans auraient évité le cordon, fi au lieu de ces grands corps, ils en avaient établi de petits.

La loi de Pologne eft qu'il y ait une armée ; mais elle appartient à la république qui la paye, quand elle peut en avoir une.

AROT ET MAROT,

Et courte revue de l'Alcoran.

CET article peut fervir à faire voir combien les plus favans hommes peuvent fe tromper, & à développer quelques vérités utiles. Voici ce qui eft rapporté d'*Arot* & de *Marot* dans le Dictionnaire encyclopédique.

,, Ce font les noms de deux anges que l'impofteur ,, *Mahomet* difait avoir été envoyés de DIEU pour ,, enfeigner les hommes, & pour leur ordonner de ,, s'abftenir du meurtre, des faux jugemens, & de

M m 2

,, toutes fortes d'excès. Ce faux prophète ajoute
,, qu'une très-belle femme ayant invité ces deux
,, anges à manger chez elle, elle leur fit boire du
,, vin, dont étant échauffés, ils la follicitèrent à
,, l'amour; qu'elle feignit de confentir à leur paffion,
,, à condition qu'ils lui apprendraient auparavant les
,, paroles par le moyen defquelles ils difaient que
,, l'on pouvait aifément monter au ciel; qu'après
,, avoir fu d'eux ce qu'elle leur avait demandé, elle
,, ne voulut plus tenir fa promeffe, & qu'alors elle
,, fut enlevée au ciel, où ayant fait à D I E U le récit de
,, ce qui s'était paffé, elle fut changée en l'étoile du
,, matin qu'on appelle *Lucifer* ou *Aurore*, & que les
,, deux anges furent févèrement punis. C'eft de-là,
,, felon *Mahomet*, que D I E U prit occafion de défendre
,, l'ufage du vin aux hommes. ,, (*)

On aurait beau lire tout l'Alcoran, on n'y trouvera
pas un feul mot de ce conte abfurde, & de cette
prétendue raifon de *Mahomet*, de défendre le vin à
fes feétateurs. *Mahomet* ne profcrit l'ufage du vin qu'au
fecond & au cinquième fura, ou chapitre : *Ils t'inter-
rogeront fur le vin & fur les liqueurs fortes : tu répondras
que c'eft un grand péché.*

*On ne doit point imputer aux juftes qui croient & qui font
de bonnes œuvres, d'avoir bu du vin & d'avoir joué aux jeux
de hafard, avant que les jeux de hafard fuffent défendus.*

Il eft avéré chez tous les mahométans, que leur
prophète ne défendit le vin & les liqueurs que pour
conferver leur fanté, & pour prévenir les querelles
dans le climat brûlant de l'Arabie. L'ufage de toute
liqueur fermentée porte facilement à la tête, & peut
détruire la fanté & la raifon.

(*) Voyez *Alcoran.*

La fable d'*Arot* & de *Marot* qui defcendirent du ciel, & qui voulurent coucher avec une femme arabe, après avoir bu du vin avec elle, n'eft dans aucun auteur mahométan. Elle ne fe trouve que parmi les impoftures que plufieurs auteurs chrétiens, plus indifcrets qu'éclairés, ont imprimées contre la religion mufulmane, par un zèle qui n'eft pas felon la fcience. Les noms d'*Arot* & de *Marot* ne font dans aucun endroit de l'Alcoran. C'eft un nommé *Silburgius* qui dit, dans un vieux livre que perfonne ne lit, qu'il anathématife les anges *Arot* & *Marot*, *Safa* & *Merwa*.

Remarquez, cher lecteur, que Safa & Merwa font deux petites monticules auprès de la Mecque, & qu'ainfi notre docte *Silburgius* a pris deux collines pour deux anges. C'eft ainfi qu'en ont ufé prefque fans exception tous ceux qui ont écrit parmi nous fur le mahometifme, jufqu'au temps où le fage *Réland* nous a donné des idées nettes de la croyance mufulmane, & où le favant *Sale*, après avoir demeuré vingt-quatre ans vers l'Arabie, nous a enfin éclairés par une traduction fidelle de l'Alcoran, & par la préface la plus inftructive.

Gagnier lui-même, tout profeffeur qu'il était en langue orientale à Oxford, s'eft plu à nous débiter quelques fauffetés fur *Mahomet*, comme fi on avait befoin du menfonge pour foutenir la vérité de notre religion contre ce faux prophète. Il nous donne tout au long le voyage de *Mahomet* dans les fept cieux fur la jument *Alborac* : il ofe même citer le fura ou chapitre LIII ; mais ni dans ce fura LIII, ni dans aucun autre, il n'eft queftion de ce prétendu voyage au ciel.

C'eſt *Aboulfeda* qui plus de ſept cents ans après *Mahomet* rapporte cette étrange hiſtoire. Elle eſt tirée, à ce qu'il dit, d'anciens manuſcrits qui eurent cours du temps de *Mahomet* même. Mais il eſt viſible qu'ils ne ſont point de *Mahomet*, puiſqu'après ſa mort *Abubeker* recueillit tous les feuillets de l'Alcoran en préſence de tous les chefs des tribus, & qu'on n'inſéra dans la collection que ce qui parut authentique.

De plus, non-ſeulement le chapitre concernant le voyage au ciel n'eſt point dans l'Alcoran, mais il eſt d'un ſtyle bien différent, & cinq fois plus long au moins qu'aucun des chapitres reconnus. Que l'on compare tous les chapitres de l'Alcoran avec celui-là, on y trouvera une prodigieuſe différence. Voici comme il commence :

,, Une certaine nuit je m'étais endormi entre les
,, deux collines de Safa & de Merwa. Cette nuit
,, était très-obſcure & très-noire, mais ſi tranquille
,, qu'on n'entendait ni les chiens aboyer, ni les coqs
,, chanter. Tout d'un coup l'ange *Gabriel* ſe préſenta
,, devant moi dans la forme en laquelle le D I E U
,, très-haut l'a créé. Son teint était blanc comme
,, la neige, ſes cheveux blonds, treſſés d'une façon
,, admirable, lui tombaient en boucles ſur les épaules;
,, il avait un front majeſtueux, clair, & ſerein, les
,, dents belles & luiſantes, & les jambes teintes d'un
,, jaune de ſaphir; ſes vêtemens étaient tout tiſſus de
,, perles & de fil d'or très-pur. Il portait ſur ſon front
,, une lame ſur laquelle étaient écrites deux lignes
,, toutes brillantes & éclatantes de lumière; ſur la
,, première il y avait ces mots: *Il n'y a point de Dieu*
,, *que* D I E U; & ſur la ſeconde ceux-ci: *Mahomet eſt*

,, *l'apôtre de* DIEU. A cette vue je demeurai le plus
,, furpris & le plus confus de tous les hommes.
,, J'aperçus autour de lui foixante & dix mille caffo-
,, lettes ou petites bourfes pleines de mufc & de
,, fafran. Il avait cinq cents paires d'ailes, & d'une
,, aile à l'autre il y avait la diftance de cinq cents
,, années de chemin.

,, C'eft dans cet état que *Gabriel* fe fit voir à mes
,, yeux. Il me pouffa, & me dit: *Lève-toi, ô homme*
,, *endormi.* Je fus faifi de frayeur & de tremblement,
,, & je lui dis en m'éveillant en furfaut: *Qui es-tu?*
,, DIEU *veuille te faire miféricorde. Je fuis ton frère*
,, *Gabriel*, me répondit-il. *O mon cher bien-aimé*
,, *Gabriel*, lui dis-je, *je te demande pardon. Eft-ce une*
,, *révélation de quelque chofe de nouveau, ou bien une*
,, *menace affligeante que tu viens m'annoncer? C'eft quelque*
,, *chofe de nouveau*, reprit-il; *lève-toi, mon cher & bien-*
,, *aimé. Attache ton manteau fur tes épaules, tu en auras*
,, *befoin : car il faut que tu rendes vifite à ton feigneur*
,, *cette nuit.* En même temps *Gabriel* me prit par la
,, main; il me fit lever, & m'ayant fait monter fur
,, la jument *Alborac*, il la conduifit lui-même par la
,, bride &c. ,,

Enfin il eft avéré chez les mufulmans que ce
chapitre, qui n'eft d'aucune authenticité, fut imaginé
par *Abu-Horaïra*, qui était, dit-on, contemporain du
prophète. Que dirait-on d'un turc qui viendrait
aujourd'hui infulter notre religion, & nous dire que
nous comptons parmi nos livres confacrés les *lettres de*
St *Paul à Sénèque*, & les *lettres de Sénèque à Paul*, les
actes de Pilate, la *vie de la femme de Pilate*, les *lettres*
du prétendu roi Abgare à JESUS-CHRIST, & *la réponfe*

M m 4

de JESUS-CHRIST *à ce roitelet, l'histoire du défi de*
St Pierre à Simon le magicien, les *prédictions des sibylles,*
le *testament des douze patriaches*, & tant d'autres livres
de cette espèce ?

Nous répondrions à ce turc qu'il est fort mal instruit,
& qu'aucun de ces ouvrages n'est regardé par nous
comme authentique. Le turc nous fera la même
réponse, quand pour le confondre nous lui reproche-
rons le voyage de *Mahomet* dans les sept cieux. Il nous
dira que ce n'est qu'une fraude pieuse des derniers
temps, & que ce voyage n'est point dans l'Alcoran.
Je ne compare point sans doute ici la vérité avec
l'erreur, le christianisme avec le mahométisme, l'Evangile avec l'Alcoran ; mais je compare fausse tradition à
fausse tradition, abus à abus, ridicule à ridicule.

Ce ridicule a été poussé si loin, que *Grotius* impute
à *Mahomet* d'avoir dit que les mains de DIEU sont
froides ; qu'il le sait parce qu'il les a touchées, que
DIEU se fait porter en chaise ; que dans l'arche de
Noé, le rat naquit de la fiente de l'éléphant, & le chat
de l'haleine du lion.

Grotius reproche à *Mahomet* d'avoir imaginé que
JESUS avait été enlevé au ciel, au lieu de souffrir le
supplice. Il ne songe pas que ce sont des communions
entières des premiers chrétiens *hérétiques*, qui répandirent cette opinion conservée dans la Syrie & dans
l'Arabie jusqu'à *Mahomet*.

Combien de fois a-t-on répété que *Mahomet* avait
accoutumé un pigeon à venir manger du grain dans
son oreille, & qu'il fesait accroire à ses sectateurs que
ce pigeon venait lui parler de la part de DIEU ?

N'eſt-ce pas aſſez que nous ſoyons perſuadés de la fauſſeté de ſa ſecte, & que la foi nous ait invinciblement convaincus de la vérité de la nôtre, ſans que nous perdions notre temps à calomnier les mahométans qui ſont établis du mont Caucaſe au mont Atlas, & des confins de l'Epire aux extrémités de l'Inde? Nous écrivons ſans ceſſe de mauvais livres contr'eux, & ils n'en ſavent rien. Nous crions que leur religion n'a été embraſſée par tant de peuples que parce qu'elle flatte les ſens. Où eſt donc la ſenſualité qui ordonne l'abſtinence du vin, & des liqueurs dont nous feſons tant d'excès, qui prononce l'ordre indiſpenſable de donner tous les ans aux pauvres deux & demi pour cent de ſon revenu, de jeûner avec la plus grande rigueur, de ſouffrir dans les premiers temps de la puberté une opération douloureuſe, de faire au milieu des ſables arides un pélérinage qui eſt quelquefois de cinq cents lieues, & de prier D I E U cinq fois par jour, même en feſant la guerre?

Mais, dit-on, il leur eſt permis d'avoir quatre épouſes dans ce monde, ils auront dans l'autre des femmes céleſtes. *Grotius* dit en propres mots: *Il faut avoir reçu une grande meſure de l'eſprit d'étourdiſſement, pour admettre des rêveries auſſi groſſières & auſſi ſales.*

Nous convenons avec *Grotius* que les mahométans ont prodigué des rêveries. Un homme qui recevait continuellement les chapitres de ſon Koran des mains de l'ange *Gabriel*, était pis qu'un rêveur; c'était un impoſteur qui ſoutenait ſes ſéductions par ſon courage. Mais certainement il n'y avait rien ni d'étourdi, ni de ſale, à réduire au nombre de quatre le nombre indéterminé de femmes que les princes, les ſatrapes, les nababs, les omras de l'Orient nourriſſaient dans leurs ſérails. Il eſt dit que *Salomon* avait trois cents femmes & ſept cents concubines. Les Arabes, les Juifs pouvaient épouſer les deux ſœurs ; *Mahomet* fut le premier qui défendit ces mariages dans le ſura ou chapitre quatre. Où eſt donc la ſaleté ?

A l'égard des femmes céleſtes, où eſt la ſaleté ? Certes il n'y a rien de ſale dans le mariage que nous reconnaiſſons ordonné ſur la terre & béni par D I E U même. Le myſtère incompréhenſible de la génération eſt le ſceau de l'être éternel. C'eſt la marque la plus chère de ſa puiſſance d'avoir créé le plaiſir, & d'avoir par ce plaiſir même perpétué tous les êtres ſenſibles.

Si on ne conſulte que la ſimple raiſon, elle nous dira qu'il eſt vraiſemblable que l'être éternel, qui ne fait rien en vain, ne nous fera pas renaître en vain avec nos organes. Il ne ſera pas indigne de la majeſté ſuprême, de nourrir nos eſtomacs avec des fruits délicieux, s'il nous fait renaître avec des eſtomacs. Nos ſaintes écritures nous apprennent que D I E U mit d'abord le premier homme & la première femme dans un paradis de délices. Il était alors dans un état d'innocence & de gloire, incapable d'éprouver les maladies & la mort. C'eſt à-peu-près l'état où feront les juſtes, lorſqu'après leur réſurrection, ils feront pendant l'éternité ce qu'ont été nos premiers parens pendant quelques jours. Il faut donc pardonner à ceux qui ont cru qu'ayant un corps, ce corps ſera continuellement ſatisfait. Nos pères de l'Egliſe n'ont point eu d'autre idée de la Jéruſalem céleſte. *St Irénée* dit (*a*) que chaque cep de vigne y portera dix mille

_____
(*a*) Liv. V, chap. XXXIII.

branches, chaque branche dix mille grappes, & chaque grappe dix mille raifins, &c.

Plufieurs pères de l'Eglife en effet ont penfé que les bienheureux dans le ciel jouiraient de tous leurs fens. *St Thomas* (b) dit que le fens de la vue fera infiniment perfectionné, que tous les élémens le feront auffi, que la fuperficie de la terre fera diaphane comme le verre, l'eau comme le criftal, l'air comme le ciel, le feu comme les aftres.

St Auguftin dans fa *doctrine chrétienne* (c) dit que le fens de l'ouïe goûtera le plaifir des fens, du chant, & du difcours.

Un de nos grands théologiens italiens nommé *Plazza*, dans fa *differtation fur le paradis*, (d) nous apprend que les élus ne cefferont jamais de jouer de la guitare & de chanter : ils auront, dit-il, trois *nobilités*, trois *avantages;* des plaifirs fans chatouille-ment, des careffes fans molleffe, des voluptés fans excès : *tres nobilitates, illecebra fine titillatione, blanditia fine mollitudine, & voluptas fine exuberantiâ.*

St Thomas affure que l'odorat des corps glorieux fera parfait, & que l'humide ne l'affaiblira pas : *in corporibus gloriofis erit odor in fuâ ultimâ perfectione, nullo modo per humidum repreffus.* (e) Un grand nombre d'autres docteurs traitent à fond cette queftion.

Suarez, dans fa *fageffe*, s'exprime ainfi fur le goût : Il n'eft pas difficile à DIEU de faire que quelque humeur fapide agiffe dans l'organe du goût, & l'affecte intentionnellement : *non eft Deo difficile facere ut fapidus*

____

(b) *Commentaire fur la Genèfe*, tome II, liv. IV.

(c) Ch. II & III, n. 149.   (e) Page 506.

(d) *Supplément*, part. III, queft. 84.

humor fit intra organum guftûs, qui fenfum illum poffit intentionaliter afficere. (*f*)

Enfin , *St Profper* , en réfumant tout , prononce que les bienheureux feront raffafiés fans dégoût, & qu'ils jouiront de la fanté fans maladie : *faturitas fine faftidio & tota fanitas fine morbo.* (*g*)

Il ne faut donc pas tant s'étonner que les mahométans aient admis l'ufage des cinq fens dans leur paradis. Ils difent que la première béatitude fera l'union avec D i e u : elle n'exclut pas le refte.

Le paradis de *Mahomet* eft une fable ; mais , encore une fois , il n'y a ni contradiction ni faleté.

La philofophie demande des idées nettes & précifes ; *Grotius* ne les avait pas. Il citait beaucoup , & il étalait des raifonnemens apparens , dont la fauffeté ne peut foutenir un examen réfléchi.

On pourrait faire un très - gros livre de toutes les imputations injuftes dont on a chargé les mahométans. Ils ont fubjugué une des plus belles & des plus grandes parties de la terre. Il eût été plus beau de les chaffer, que de leur dire des injures.

L'impératrice de Ruffie donne aujourd'hui un grand exemple , elle leur enlève Azoph & Taganrok , la Moldavie , la Valachie , la Georgie ; elle pouffe fes conquêtes jufqu'aux remparts d'Erzerum ; elle envoie contr'eux , par une entreprife inouie , des flottes qui partent du fond de la mer Baltique , d'autres qui couvrent le Pont-Euxin ; mais elle ne dit point, dans fes manifeftes, qu'un pigeon foit venu parler à l'oreille de *Mahomet.*

(*f*) Liv. XVI , chap. XX.   (*g*) N. 232.

ARRETS NOTABLES,

Sur la liberté naturelle.

ON a fait en plusieurs pays, & surtout en France, des recueils de ces meurtres juridiques que la tyrannie, le fanatisme, ou même l'erreur & la faiblesse, ont commis avec le glaive de la justice.

Il y a des arrêts de mort que des années entières de vengeance pourraient à peine expier, & qui feront frémir tous les siècles à venir. Tels sont les arrêts rendus contre le légitime roi de Naples & de Sicile, par le tribunal de *Charles d'Anjou;* contre *Jean Hus* & *Jérôme* de Prague par des prêtres & des moines; contre le roi d'Angleterre *Charles I* par des bourgeois fanatiques.

Après ces attentats énormes, commis en cérémonie, viennent les meurtres juridiques commis par la lâcheté, la bêtise, la superstition; & ceux-là sont innombrables. Nous en rapporterons quelques-uns dans d'autres chapitres.

Dans cette classe, il faut ranger principalement les procès de sortilége, & ne jamais oublier qu'encore de nos jours, en 1750, la justice sacerdotale de l'évêque de Vurtzbourg a condamné comme sorcière une religieuse fille de qualité, au supplice du feu. C'est afin qu'on ne l'oublie pas, que je répète ici cette aventure dont j'ai parlé ailleurs.. On oublie trop & trop vîte.

Je voudrais que chaque jour de l'année, un crieur public au lieu de brailler, comme en Allemagne & en Hollande, quelle heure il est, (ce qu'on fait très-bien fans lui) criât : C'eſt aujourd'hui que dans les guerres de religion Magdebourg & tous ſes habitans furent réduits en cendres. C'eſt ce 14 mai, à quatre heures & demie du ſoir, que *Henri IV* fut affaffiné pour cette feule raiſon qu'il n'était pas affez foumis au pape ; c'eſt à tel jour qu'on a commis dans votre ville telle abominable cruauté fous le nom de *juſtice.*

Ces avertiffemens continuels feraient fort utiles.

Mais il faudrait crier à plus haute voix les juge-mens rendus en faveur de l'innocence contre les perſécuteurs. Par exemple, je propoſe que chaque année les deux plus forts goſiers qu'on puiſſe trouver à Paris & à Touloufe, prononcent dans tous les carre-fours ces paroles : ,, C'eſt à pareil jour que cinquante ,, magiſtrats du conſeil rétablirent la mémoire de ,, *Jean Calas,* d'une voix unanime, & obtinrent pour ,, la famille des libéralités du roi même, au nom ,, duquel *Jean Calas* avait été injuſtement condamné ,, au plus horrible fupplice. ,,

Il ne ferait pas mal qu'à la porte de tous les miniſtres il y eût un autre crieur, qui dît à tous ceux qui viennent demander des lettres de cachet pour s'emparer des biens de leurs parens & alliés, ou dépendans :

,, Meffieurs, craignez de féduire le miniſtre par ,, de faux expoſés, & d'abuſer du nom du roi. Il eſt ,, dangereux de le prendre en vain. Il y a dans le ,, monde un maître *Gerbier* qui défend la cauſe de ,, la veuve & de l'orphelin opprimés fous le poids ,, d'un nom facré. C'eſt celui-là même qui a obtenu ,, au barreau du parlement de Paris l'aboliffement ,, de la fociété de J E S U S. Écoutez attentivement la

" leçon qu'il a donnée à la société de Saint-Bernard,
" conjointement avec maître *Loifeau*, autre protecteur
" des veuves.

" Il faut d'abord que vous fachiez que les révérends
" pères bernardins de Clervaux poffèdent dix-fept
" mille arpens de bois, fept groffes forges, quatorze
" groffes métairies, quantité de fiefs, de bénéfices, &
" même des droits dans les pays étrangers. Le revenu
" du couvent va jufqu'à deux cents mille livres de
" rentes. Le tréfor eft immenfe; le palais abbatial eft
" celui d'un prince; rien n'eft plus jufte; c'eft un
" faible prix des grands fervices que les bernardins
" rendent continuellement à l'Etat.

" Il arriva qu'un jeune homme de dix-fept ans,
" nommé *Caftille*, dont le nom de baptême était
" *Bernard*, crut par cette raifon qu'il devait fe faire
" bernardin; c'eft ainfi qu'on raifonne à dix-fept ans,
" & quelquefois à trente : il alla faire fon noviciat
" en Lorraine dans l'abbaye d'Orval. Quand il fallut
" prononcer fes vœux, la grâce lui manqua; il ne
" les figna point, s'en alla, & redevint homme. Il
" s'établit à Paris; & au bout de trente ans, ayant fait
" une petite fortune, il fe maria, & eut des enfans.

" Le révérend père procureur de Clervaux nommé
" *Mayeur*, digne procureur, frère de l'abbé, ayant
" appris à Paris d'une fille de joie que ce *Caftille*
" avait été autrefois bernardin, complote de le
" revendiquer en qualité de déferteur, quoiqu'il ne
" fût point réellement engagé; de faire paffer fa femme
" pour une concubine, & de placer fes enfans à l'hôpital
" en qualité de bâtards. Il s'affocie avec un autre
" fripon pour partager les dépouilles. Tous deux vont

,, au bureau des lettres de cachet, expofent leurs
,, griefs au nom de St *Bernard*, obtiennent la lettre,
,, viennent faifir *Bernard Caſtille*, fa femme & leurs
,, enfans, s'emparent de tout le bien, & vont le
,, manger où vous favez.

,, *Bernard Caſtille* eſt enfermé à Orval dans un
,, cachot, où il meurt au bout de fix mois, de peur
,, qu'il ne demande juſtice. Sa femme eſt conduite
,, dans un autre cachot à Sainte-Pélagie, maiſon de
,, force des filles débordées. De trois enfans l'un
,, meurt à l'hôpital.

,, Les choſes reſtent dans cet état pendant trois ans.
,, Au bout de ce temps la dame *Caſtille* obtient ſon
,, élargiſſement. DIEU eſt juſte; il donne un ſecond
,, mari à cette veuve. Ce mari, nommé *Launai*, ſe
,, trouve un homme de tête qui développe toutes les
,, fraudes, toutes les horreurs, toutes les ſcéléráteſſes
,, employées contre ſa femme. Ils intentent tous deux
,, un procès aux moines. (*a*) Il eſt vrai que frère
,, *Mayeur*, qu'on appelle dom *Mayeur*, n'a pas été
,, pendu; mais le couvent de Clervaux en a été pour
,, quarante mille écus. Et il n'y a point de couvent
,, qui n'aime mieux voir pendre ſon procureur que
,, de perdre ſon argent.

,, Que cette hiſtoire vous apprenne, Meſſieurs, à
,, uſer de beaucoup de ſobriété en fait de lettres de
,, cachet. Sachez que maître *Elie de Beaumont*, (*b*) ce
,, célébre défenſeur de la mémoire de *Calas*, & maître
,, *Target*, çet autre protecteur de l'innocence opprimée,

(*a*) L'arrêt eſt de 1764.
(*b*) L'arrêt eſt de 1770. Il y a d'autres arrêts pareils prononcés par les parlemens des provinces.

,, ont

» ont fait payer vingt mille francs d'amende à celui
» qui avait arraché par ſes intrigues une lettre de
» cachet pour faire enlever la comteſſe de *Lancize*
» mourante, la traîner hors du ſein de ſa famille,
» & lui dérober tous ſes titres.

» Quand les tribunaux rendent de tels arrêts, on
» entend des battemens de mains du fond de la
» grand'chambre aux portes de Paris. Prenez garde
» à vous, Meſſieurs; ne demandez pas légèrement
» des lettres de cachet. »

Un Anglais, en liſant cet article, a demandé :
Qu'eſt-ce qu'une lettre de cachet ? on n'a jamais pu
le lui faire comprendre.

ARRETS DE MORT.

En liſant l'hiſtoire, & en voyant cette ſuite preſque
jamais interrompue de calamités ſans nombre, entaſ-
ſées ſur ce globe que quelques-uns appellent le
meilleur des mondes poſſibles, j'ai été frappé ſurtout de la
grande quantité d'hommes conſidérables dans l'Etat,
dans l'Egliſe, dans la ſociété, qu'on a fait mourir
comme des voleurs de grand chemin. Je laiſſe à part
les aſſaſſinats, les empoiſonnemens; je ne parle que
des maſſacres en forme juridique, faits avec loyauté
& cérémonie. Je commence par les rois & les reines;
l'Angleterre ſeule en fournit une liſte aſſez ample.
Mais pour les chanceliers, chevaliers, écuyers, il
faudrait des volumes.

De tous ceux qu'on a fait périr ainſi par juſtice, je
ne crois pas qu'il y en ait quatre dans toute l'Europe

qui euffent fubi leur arrêt, fi leur procès eût duré quelque temps de plus, ou fi leurs parties adverfes étaient mortes d'apoplexie pendant l'inftruction.

Que la fiftule eût gangrené le *rectum* du cardinal de *Richelieu* quelques mois plutôt, les de *Thou*, les *Cinq-Mars*, & tant d'autres étaient en liberté. Si *Barneveld* avait eu pour juges autant d'arminiens que de goma-riftes, il ferait mort dans fon lit.

Si le connétable de *Luynes* n'avait pas demandé la confifcation de la maréchale d'*Ancre*, elle n'eût pas été brûlée comme forcière. Qu'un homme réellement criminel, un affaffin, un voleur public, un empoi-fonneur, un parricide foit arrêté, & que fon crime foit prouvé ; il eft certain que dans quelque temps, & par quelques juges qu'il foit jugé, il fera un jour condamné. Mais il n'en eft pas de même des hommes d'Etat ; donnez-leur feulement d'autres juges, ou attendez que le temps ait changé les intérêts, refroidi les paffions, amené d'autres fentimens, leur vie fera en fureté.

Imaginez que la reine *Elifabeth* meurt d'une indi-geftion la veille de la condamnation de *Marie Stuart ;* alors *Marie Stuart* fera fur le trône d'Ecoffe, d'Angle-terre, & d'Irlande, au lieu de mourir par la main d'un bourreau dans une chambre tendue de noir. Que *Cromwell* tombe feulement malade, on fe gardera bien de couper la tête à *Charles I*. Ces deux affaffinats, revêtus, je ne fais comment, de la forme des lois, n'entrent guère dans la lifte des injuftices ordinaires. Figurez-vous des voleurs de grand chemin, qui, ayant garrotté & volé deux paffans, fe plairaient à nommer dans la troupe un procureur-général, un

préfident, un avocat, des confeillers, & qui, ayant
figné une fentence, feraient pendre les deux paffans
en cérémonie ; c'eft ainfi que la reine d'Ecoffe & fon
petit-fils furent jugés.

Mais des jugemens ordinaires, prononcés par les
juges compétens contre des princes ou des hommes
en place, y en a-t-il un feul qu'on eût ou exécuté,
ou même rendu, fi on avait eu un autre temps à
choifir ? Y a-t-il un feul des condamnés immolés fous
le cardinal de *Richelieu*, qui n'eût été en faveur, fi
leur procès avait été prolongé jufqu'à la régence
d'*Anne d'Autriche* ? Le prince de *Condé* eft arrêté fous
François II; il eft jugé à mort par des commiffaires :
François II meurt, & le prince de *Condé* redevient un
homme puiffant.

Ces exemples font innombrables. Il faut furtout
confidérer l'efprit du temps. On a brûlé *Vanini* fur
une accufation vague d'athéifme. S'il y avait aujour-
d'hui quelqu'un d'affez pédant & d'affez fot pour faire
les livres de *Vanini*, on ne les lirait pas, & c'eft tout
ce qui en arriverait.

Un efpagnol paffe par Genève au milieu du feizième
fiècle ; le picard *Jean Chauvin* apprend que cet efpagnol
eft logé dans une hôtellerie ; il fe fouvient que cet
efpagnol a difputé contre lui fur une matière que ni
l'un ni l'autre n'entendaient. Voilà mon théologien
Jean Chauvin qui fait arrêter le paffant, malgré toutes
les lois divines & humaines, malgré le droit des gens
reçu chez toutes les nations ; il le fait plonger dans un
cachot, & le fait brûler à petit feu avec des fagots
verds, afin que le fupplice dure plus long-temps.
Certainement cette manœuvre infernale ne tomberait

aujourd'hui dans la tête de perſonne; & ſi ce fou de *Servét* était venu dans le bon temps, il n'aurait eu rien à craindre.

Ce qu'on appelle la *juſtice* eſt donc auſſi arbitraire que les modes. Il y a des temps d'horreurs & de folie chez les hommes, comme des temps de peſte; & cette contagion a fait le tour de la terre.

Fin du Tome premier.

T A B L E

D E S   A R T I C L E S

CONTENUS DANS CE VOLUME.

Dictionn. philosoph. Tome I.   Nn 3

Fin de la Table du Tome premier.

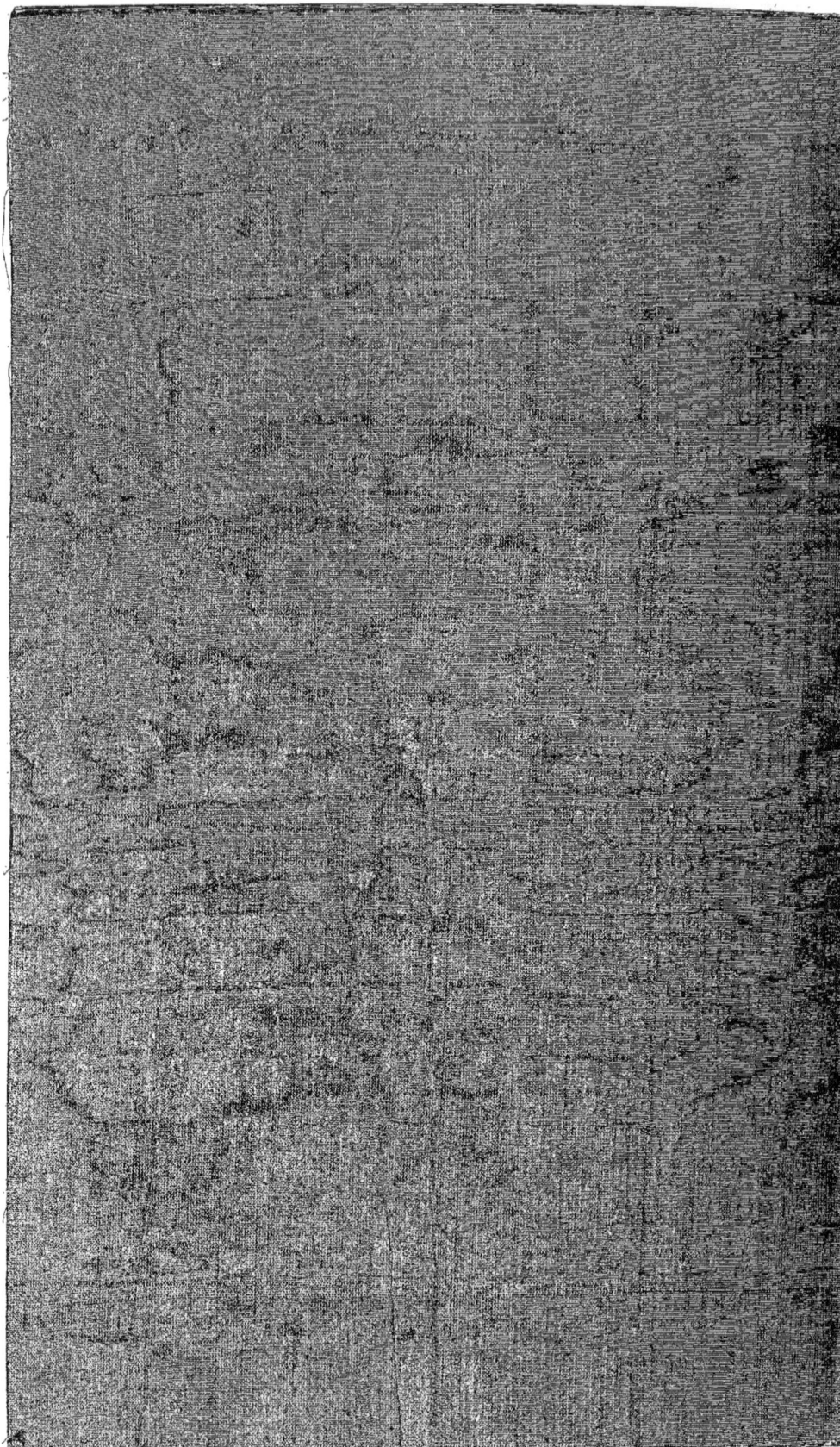

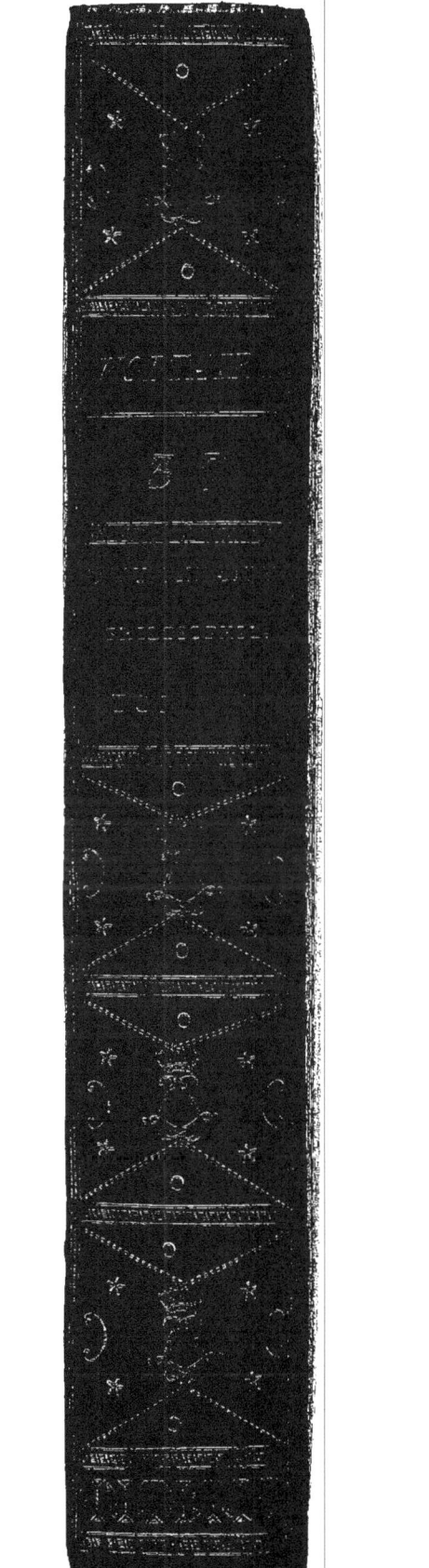